Einaudi. Stile Libero Big

Dello stesso autore nel catalogo Einaudi

Prima di cadere

Noah Hawley
Inno americano

Traduzione di Andrea Mattacheo e Eva Allione

Einaudi

Titolo originale *Anthem*

Pubblicato in accordo con The Italian Literary Agency e Writers House

www.einaudi.it

ISBN 978-88-06-25641-8

Inno americano

Per Guinevere e Lev.
Vi prego, fate del vostro meglio.

Coloro che riescono a farti credere delle assurdità, possono farti commettere delle atrocità.

VOLTAIRE

«Mi porto dietro la mazza da baseball di metallo, non si sa mai, – dice Nate, dodici anni. – Perché se ci sono costretto voglio picchiare duro».

«The New York Times», 9 maggio 2019

Nota dell'autore

In questo libro troverete della matematica. Niente calcoli infinitesimali o trigonometria, niente fitte colonne di equazioni, ma numeri distribuiti in sequenze, divisi o moltiplicati, sommati o sottratti. Qualche frazione, ogni tanto, e un paio di simboli, questi: % e $. La matematica di cui parlo ha valore simbolico e, come tutte le cose simboliche in questo libro, viene usata per portare avanti delle idee. Per esempio: un secolo è fatto di cento anni. Un anno di trecentosessantacinque giorni. Ci sono ventiquattro ore in un giorno. Ci serviamo di questi numeri (24×365×100) per misurare la storia umana. Anche se pochi degli animali bipedi che chiamiamo umani vivono per cento anni. Statisticamente l'aspettativa di vita per un uomo statunitense è di 72,4 anni. Per una donna sale a 76,6. In Congo gli uomini possono sperare di vivere in media fino a 55,7 anni. Mentre in Cina di solito una donna arriva a 66,3. È la matematica delle nostre esistenze.

Mentre sto scrivendo queste pagine, io, l'autore, ho cinquantatre anni, e significa che sono nato nel 1967, poco piú di mezzo secolo fa. Mezzo secolo prima della mia nascita era l'anno 1917.

½ secolo + ½ secolo = 1 secolo.

Questa è una misurazione oggettiva del tempo. Ma il tempo è soggettivo, ed è per questo che, man mano che invecchio, l'anno 1917 sembra sempre piú storia antica.

Un tempo distantissimo: prima del Trattato di Versailles e della fine della Prima guerra mondiale, prima che la Spagnola uccidesse ventidue milioni di persone in tutto il mondo, prima del proibizionismo, della Grande depressione, prima delle grandi orchestre e dello swing, prima della Seconda guerra mondiale e della Guerra in Corea, prima dell'avvento del rock and roll, dei Beatles e dei Rolling Stones, prima di Elvis, della Guerra fredda e dell'assassinio di Kennedy, prima dell'avanzata dei sobborghi e dell'ascesa della classe media, prima del benessere per tutti, della televisione e della penicillina.

53 + 53 = un'èra completamente diversa, in altre parole.

A rigor di logica, quindi, l'anno 1967 dovrebbe sembrare storia antica, almeno alla gran parte delle persone che hanno molto meno di cinquantatre anni. Prima che la Guerra del Vietnam si concludesse con un'*onorevole pace*, prima dell'Estate dell'amore e degli omicidi di Manson, prima del Watergate, della Grande recessione degli anni Settanta, prima della rivoluzione reaganiana e della teoria del trickle-down, dei personal computer e di Internet, prima della presidenza di Bush padre e di quelle del figlio, prima dei bancomat, dell'impeachment di Clinton e di Obama alla Casa bianca, prima dei cellulari, dei tablet, di Siri e Alexa, prima della crisi finanziaria globale, della gig economy, del ritorno dei nazionalismi, prima del 45° presidente degli Stati Uniti, prima del Covid, prima di Apple, Google e Amazon.

Prima di molte cose che consideriamo moderne. In conclusione:

1967 = storia antica.

Rendersene conto fa sentire il vostro autore un vecchietto. O, come direbbe sua madre:

Buuu puah!

L'espressione *Buuu puah!* arriva da un libro per bambini che la madre dell'autore gli leggeva quando era piccolo. Il libro si intitola *The Thing in Dolores' Piano*. Ed è la storia della piccola Dolores che suona il piano cosí male che a un certo punto il Do, la nota musicale, salta fuori dallo strumento e la implora di smettere. Dolores non ha nessuna intenzione di farlo, e cosí il Do trova un modo per bloccare i tasti.

Ma Dolores ha otto anni e rifiuta di arrendersi al volere altrui. Segue il Do all'interno del piano, spostandosi di antro in antro, incontrando tutte le altre note (Fa, Sol, La, Si), chiedendo loro di sbloccare lo strumento cosí che possa tornare a suonare. Le note, una a una, le dicono di no. Dolores prova allora un sentimento insolito: l'angoscia. Un sentimento che rifiuta, come farebbe qualsiasi bambina armata di tanta buona volontà. Poi però, dentro una stanza nera come la pece, Dolores scopre qualcosa. Una nota cosí mostruosa da essere stata rinchiusa e isolata da tutte le altre. Guarda un po', pensa Dolores, che sa riconoscere un'opportunità quando la vede. Minaccerà di liberare il mostro se i tasti non tornano al loro posto: saranno gli altri a doversi arrendere al suo volere. Il mostro è orrendo. Il mostro è terrificante. Le altre note non hanno scelta. Sbloccano il pianoforte. Dolores ha vinto. Ritorna nel mondo esterno e riprende a torturare la musica a suo piacimento.

A questo punto un coro di voci si alza dallo strumento. Gridano all'unisono. Urlano:

Buuu puah!

E ciò che intendono dire è: *Non ci piace come è andata a finire questa storia. Non sai stare al gioco e sei una bulla. Ci hai costrette a fare ciò che non volevamo, e non ci sembra corretto*. Ciò che intendono dire è: *La vita è ingiusta*.

Il figlio del vostro autore lo dice spesso. Anche lui ha otto anni. «Non è giusto», dice. E con ciò intende dire: *Non ho ottenuto quel che volevo*. Oppure: *Mia sorella ha avuto questo e io niente*. Quest'idea di giustizia non esiste da nessuna altra parte nel regno animale. I dinosauri si sono estinti, e nessuno di loro ha detto *Buuu puah!* Tutto intorno a noi le api stanno lentamente svanendo, cosí come le rane. Nessuna altra specie assiste al compiersi del suo destino con amarezza.

Capiscono il *pericolo imminente*. La *mortalità* non le riguarda.

Discutiamo della loro vita e della loro morte in termini numerici. Gli elefanti africani che vivono ancora in libertà sono trecentomila, i leopardi delle nevi duecento. Ogni morte è un termine in una sottrazione. Ogni nascita in un'addizione.

«Siate fecondi e moltiplicatevi», Dio disse a Mosè.

«Dividi e conquista», dicono i generali.

A voi fare i conti.

Il vostro autore comprende perfettamente che la matematica non è il motivo per cui si leggono i romanzi. Ma vi chiede di essere indulgenti, di avere pazienza, e vi promette che in questa storia c'è molto di piú. C'è tensione. C'è catarsi. In queste pagine troverete un mucchio di persone. Persone che hanno dei bisogni. Persone che vogliono quello che volete anche voi: sentirsi al sicuro, essere amate, trattare gli altri come vorrebbero venire trattate. Ogni loro morte è un termine in una sottrazione.

Questa è la loro storia. E se non vi piace, il vostro autore è il primo a incoraggiarvi a posare il libro che avete in mano e gridare:

Buuu puah!

Prima

I Nadir

Eccoli, il futuro dell'America. Prima uno alla volta, soli con sé stessi, poi tutti insieme.

Scuola elementare PS29, Brooklyn. La sommessa riverenza al tedio comunemente nota come recita scolastica. Sono le sei di sera di un giovedí. L'auditorium della scuola è come una cappella, uno spazio aconfessionale santificato dove gli adulti si ritrovano per adorare la promessa riposta nei loro giovani. Pianoforte, pianoforte, compagnia di danza, Mozart gracidato da un violino, pezzi pop con allusioni inopportune, un mago alle prime, primissime, armi. È l'aprile del 2009, e il mercato azionario sta precipitando. I genitori seduti su sedie pieghevoli cercano di scrollarsi di dosso quel senso d'indignazione repressa che si porta dietro la fine di ogni giornata di lavoro, almeno quanto basta per esperire la trascendenza emotiva dell'*adesso sono qui*, mentre nel frattempo registrano su supporto digitale gli sforzi artistici e musicali del giovane Sasha, o di Liam o di Nicol, per poi non riguardarli mai piú. Dietro di loro, nelle ultime file, stanno stravaccati i fratelli e le sorelle maggiori, a mettere in scena l'esplicito kabuki della loro noia. Sparsi qua e là tra il pubblico, gruppetti di bimbi e bimbe si agitano e piagnucolano senza sosta, coi piedi a penzoloni, intrappolati lí quando dovrebbero essere sulla via per il mondo dei sogni. Alle prese con due tipi di problemi: sovraeccitati da qualche snack mangiato in fretta o sprofondati nella letargia dopo un piatto di pasta con troppo burro.

Oggi il mercato azionario è crollato di 325 punti. Domani crollerà di altri 325. Nell'aria si respira il panico.

La giudice Margot Nadir siede in quarta fila al centro, con il suo secondo marito, Remy. C'è un seggiolino modellato in plastica nella poltroncina di fianco a lui. Dentro, loro figlio di dieci mesi sta dormendo, per ora, farfugliando nel sonno incomprensibili vagiti infantili. Quel susseguirsi senza sosta di rantoli e stridii che per il piccolo Hadrian – la giudice e suo marito lo hanno ormai compreso – è il rumore della vita.

Giudice Nadir. È un titolo a cui lei si sta ancora abituando, essendo stata nominata allo scranno federale solo alla fine dell'anno prima, dopo una carriera di alto profilo come assistente procuratore distrettuale a lower Manhattan. E cosí adesso, invece di affrontare tutte le mattine il traffico con le sneaker ai piedi e le scarpe eleganti infilate nella borsa, può indossare la toga a Cadman Plaza, *udite udite* il novello illustre giudice della corte distrettuale per l'Eastern District: perché a portarla in tribunale dal loro appartamento a Brooklyn Heights ci avrebbe pensato un'auto blu.

Dopo anni passati a interpretarla, ora le sue opinioni *sono* legge. È diventata *Colei che decide*. Un potere di cui a casa scherzano: Remy le ricorda sempre che può farsi chiamare «Vostro onore» soltanto al lavoro. «A casa, – dice, – le decisioni le prendiamo insieme». E lei ride e risponde: «Certo», perché vuole che si senta ascoltato. Sono ancora nella fase luna di miele del loro matrimonio. Ventidue mesi. Trenta se si aggiunge il corteggiamento. A sufficienza da convivere e fare un figlio ma non da conoscere tutti i segreti piú scottanti l'uno dell'altra.

È il secondo matrimonio per lei, il primo per lui. Remy si è presentato con una collezione di dischi. Lei con una figlia di sei anni.

Sul palco il sipario è percorso da un fremito, bambine e bambini di terza e quarta sbirciano nervosi la platea da dietro il drappo rosso. Il giudice Nadir apre il programma che le ha dato una ragazzina in sedia a rotelle mentre prendevano posto. Esamina la lista dei nomi, trova sua figlia, Story, nove anni lo scorso sabato. È la prima di un gruppo di dodici. Un sospiro di sollievo. Magari potranno sgattaiolare via risparmiandosi il medley tratto dal *Fantasma dell'opera* e arrivare a casa in tempo per fare una cena decente. Deve finire di scrivere una sentenza, e non vuole stare sveglia fino a tardi.

Lo Stato contro Gary Fey. Evasione fiscale e riciclaggio di denaro sporco. È quel che fa la gente con i soldi di questi tempi. Crea una matrioska di società e trasporta i milioni offshore. I divorzi tra ricchi ormai sono questione di intrighi internazionali. Remy si allunga e le prende la mano.

– Giornata pesante?

– Sai com'è… – dice lei, intendendo che ci sarebbe troppo da dire sul peso del mondo per quel posto e quel momento.

Lui annuisce, prende un lecca-lecca dalla tasca e lo scarta. Remy ha una carenza di zuccheri nel sangue: non è diabete, ma simile. Invece di farsi tenere sotto controllo da un medico, ha deciso di seguire una terapia di sua invenzione che pare quantomeno sospetta, come quelle cose di cui le persone si fidano ciecamente dopo averle lette su Internet. A Margot la faccenda non piace, ma parte integrante di un matrimonio è fare finta di niente quando tuo marito s'infila in spirali di abitudini discutibili, ovvero *accettare l'altra persona per quello che è*.

Sono arrivati ciascuno per conto proprio, lei e Remy; Margot dal tribunale e lui da casa, prendendosi il tempo per una quantomai necessaria tazza di caffè per strada. Prima di uscire dall'appartamento in Pineapple Street, lui ha compiuto il solito controllo da ossessivo compulsivo – portafoglio, chiavi, telefono – dopodiché, infilandosi in spalla una borsa fasciatoio non troppo mascolina, è uscito al tepore della prima vera giornata di primavera, trascinando il seggiolino da macchina convertibile di Hadrian e incastrandolo sul passeggino, sentendo quell'appagante *clac* meccanico.

Insieme sono sfilati di fianco al parco giochi e al sentiero per la Brooklyn Heights Promenade, facendosi strada sulla Henry in direzione sud. Remy ha aspettato il verde per passare su Atlantic Avenue, anche se gli altri attraversavano senza farsi troppi problemi, consapevole di essere un uomo Nero con un passeggino da 1200 $ in un quartiere borghese bianco. Chiaro di carnagione ma comunque: un uomo nero a piedi nei quartieri alti.

Invece, alla nascita il bambino aveva la pelle talmente scura da farlo dubitare. Nella nursery istintivamente gli era passato per la testa un pensiero: *Mia moglie ha avuto una storia con un Nero?* Prima di rendersi conto che il Nero, in effetti, era *lui* e che la carnagione del figlio doveva essere dovuta a un gene recessivo nel ramo di famiglia della madre. In quell'istante, dentro di lui era germogliato un seme di preoccupazione, una preoccupazione ignota ai genitori bianchi. Perché, anche con un uomo nero alla Casa bianca, suo figlio non sarebbe stato del tutto al sicuro. In fondo sui manifesti c'è scritto HOPE, spera, non ASPETTATI O PRETENDI. Come se la promessa di un mondo migliore si potesse discutere ancora soltanto nella lingua dei sogni.

Nell'auditorium, Remy tira su la copertina e la infila agli angoli del seggiolino in stile ovetto space-age. Si deve ancora abituare. A essere un marito, un padre, un patrigno, si deve ancora abituare a essere il compagno di vita di una giudice federale, una posizione che porta con sé scrupolose indagini che scavano nel passato e riunioni di routine riguardo a minacce e possibili ritorsioni personali. Se qualcuno gli chiedesse di cosa si occupa, risponderebbe che è uno scrittore, che sta lavorando a un libro su William F. Buckley, uno dei padri del conservatorismo moderno. Ma la verità sarebbe che è un papà a tempo pieno con un problema di angoscia da pagina bianca.

Sono dalla parte del partito di Lincoln, lui e Margot. Lei laureata a Stanford e lui un prodotto della George Washington University, cresciuto da un idraulico sindacalizzato e da un'infermiera specializzata, entrambi convinti sostenitori delle ragioni della lotta e della solidarietà. Eppure qualcosa, della comunità in cui era cresciuto gli sembrava bacato: quel crogiolarsi nell'autocommiserazione, il costante lamentarsi perché *l'uomo bianco, il potere, schiaccia i fratelli neri*. Remy voleva che la strada dove vivevano fosse piú sicura, e che i suoi compagni di classe fossero piú educati e rispettosi. Opportunità, benessere, prestigio, questi erano i suoi ideali. Rifiutava il peso della storia che gli era stato messo sulle spalle, sostituito con il mito dei traguardi personali. E cosí Remy si è convinto che il suo successo sia il prodotto di uno sforzo individuale. Ha fatto le scelte giuste. Ha lavorato duro. Tutto il resto sono soltanto scuse.

Nel corridoio centrale, una famiglia di tre ritardatari si fa strada tra le poltroncine per raggiungere il proprio posto. Remy un paio di volte alla settimana gioca a basket con il marito, che ora lo saluta in quel modo abbozzato e virile tipico degli uomini. La folla è in fibrillazione, un rumore bianco di voci, ragazzini soprano che fanno comunella e ridono, padri banchieri d'investimento che sudano whisky da sotto le camicie e guardando il telefono attraversano le fasi del lutto (diniego, rabbia, contrattazione, depressione, accettazione), bimbi piú piccoli che corrono e giocano, indifferenti alla preoccupazione sui volti dei genitori.

Le luci lampeggiano, segnalando che sta per cominciare. Le persone si affrettano a prendere posto. Bambini di terza non vaccinati raggiungono in gruppetto le loro famiglie di fuorilegge. Sono biologicamente impreparati ad affrontare gli orecchioni e il morbillo, la varicella o la rosolia, ma a livello aneddotico sono liberi dalla tanto chiacchierata minaccia dell'autismo.

Ciascuno ha una sua teoria, cosí è arrivata a pensare la giudice Nadir. Una convinzione, ostinata e tenace, a cui ci si aggrappa. È questa l'America. Abbiamo rimedi casalinghi sui quali siamo disposti a giurare, superstizioni a cui non rinunceremmo mai. Siamo ottimisti o pessimisti, fiduciosi o diffidenti. Validiamo le nostre teorie online. Internet, inventato per «democratizzare l'informazione», si è rivelato essere, invece, uno strumento di autoconferma. Che tu creda di soffrire di sindrome da stanchezza cronica o che l'11 settembre sia stato un complotto ordito dall'interno, il World Wide Web esiste per dirti che hai ragione.

Hai sempre ragione.

Per questo è piú difficile far rispettare le leggi, ha notato Margot. Negli ultimi tempi si è trovata davanti un numero crescente di imputati che rifiutavano persino di riconoscere l'autorità della corte. Parlano del Quattordicesimo emendamento, e del fatto che il governo federale non è che una farsa. *Perché mai i giudici dovrebbero essere idonei a dire ciò che è legale o illegale, ciò che è giusto o sba-*

gliato? Una routine che ormai somiglia sempre di piú a un incrocio tra Kafka e Gianni e Pinotto. «Ogni americano, – scrivono cosí nelle loro dichiarazioni di autodifesa, – è un'istituzione, un giudice in grado di decidere da sé quale cammino seguire e in quale verità credere».

Il che, seppure vero a livello esistenziale, non può essere la base su cui si regge una società. E certo non lo può essere del sistema giudiziario americano, che attraverso forze dell'ordine, avvocati, giudici, prigioni, ufficiali per la libertà vigilata, è stato progettato per la funzionalità.

Il sipario si apre. Miss Cindy sale sul palco, sorridendo nervosamente. Ringrazia per la partecipazione e promuove l'imminente evento di beneficenza con vendita di torte fatte in casa.

– Vi ricordo soltanto, – dice, – che giovedí e venerdí prossimo non ci sarà scuola per via dei colloqui genitori-insegnanti.

Un lamento collettivo si alza dalla folla: il suono involontario emesso da un gruppo di adulti che si è scordato qualcosa di cruciale nella vita, in questo caso sistemare i bambini rimasti a spasso durante due giorni lavorativi. Prima che Miss Cindy possa finire la frase hanno estratto tutti lo smartphone, schermi illuminati ovunque, messaggi disperati mandati nel vuoto.

– E adesso accogliamo con un bell'applauso Story Burr-Nadir.

Poi Miss Cindy sparisce e la giovane Story si presenta in scena.

Eccola, bionda e magrolina, gli occhi di un blu impossibile e una grazia innata. Guardandola, Margot si rende conto che sta trattenendo il respiro. Una ragazzina di nove anni, un'esile farfalla – i capelli spazzolati male, i denti da adulta troppo grandi per la bocca di bambina – che pure possiede già una rara, effimera bellezza, come un puledro appena nato che ha le gambe lunghe lunghe che fanno ridere ma è capace da subito di camminare, come per miracolo. Tanti meccanismi critici sono ancora acerbi in una ragazzina come Story: saranno poi le sottili ali di carta della sua identità. Sembra cosí piccola, solo occhi e un sorriso. Odia i vestiti, e le lentiggini stanno iniziando a fare capolino da sotto la pelle. I suoi capelli biondi un giorno diventeranno castani, arrendendosi alla genetica, ma per il momento sono una criniera dorata; la frangetta tagliata di netto con una sforbiciata a una lunghezza (cortissima) che ancora imbarazza sua madre.

Cammina verso la luce dei riflettori. È chiaro dal microfono e dal piano ad accompagnarla che canterà, ma nel programma non viene indicata la canzone. E nemmeno Margot, si rende conto, sa per certo quale abbia scelto. Parlava di una hit pop sdolcinata, di un classico folk, ma nella fretta del trantran quotidiano madre e figlia non si sono confrontate su questa faccenda critica. Come avessero dimenticato di cucire il costume per Halloween.

Eppure eccola lí, pronta a cantare.

Guardandola, Margot prova una fitta di alienazione, l'improvvisa vertigine del distacco, come se sua figlia di nove anni fosse di colpo diventata un'estranea: un individuo con una sua testa, una sua vita (e delle sue teorie). A quel punto l'accompagnatore al pianoforte attacca con un do centrale e Story inizia a cantare.

– *O say can you see, by the dawn's early light.*

Silenzio. E poi – come un incendio incontrollato – non appena è chiaro che Story Burr-Nadir sta davvero cantando l'inno nazionale, i genitori scattano in piedi. Militari e fan dello sport per primi, ma il movimento si diffonde: i piú si alzano con legittimo spirito patriottico, ma alcuni lo fanno per senso dell'obbligo. Altri con risentimento: *Mi sono appena seduto*. Altri con ironia: *Il patriottismo fa tanto Midwest.*

– *... what so proudly we hailed, at the twilight's last gleaming.*

La giudice si alza come sollevata da una forza esterna. Come i capelli che si sollevano sulla sua nuca, spinta da un repentino vento di superstizione; superstizione nella sua forma piú pura, da Vecchio testamento, un'ondata consacrata di giustizia morale. Come se quel momento – in cui sua figlia ha deciso di dare voce alle speranze devastate dalla guerra di una nuova nazione – combinato con la sorpresa di sentirle cantare l'inno per la prima volta, avesse creato una sincronicità dal profondo significato spirituale. Non è un sentimento cosciente. Né una scelta intellettuale. La giudice passa i suoi giorni su uno scranno con sopra una bandiera americana. Lei stessa è un'istituzione nazionale – *Vostro onore* – pregna del potere e della storia che hanno i simboli.

– *... whose broad stars and bright stripes...*

Piú tardi, mangeranno un gelato sulla Brooklyn Heights Promenade, guardando le squadre di operai del turno di notte lavorare alla costruzione del molo turistico che sorgerà di lí a poco. Rideranno di Clive e del suo interpretare un Michael Jackson sovrappeso, e *non era stupenda la voce di Hannah?* Facendo saltellare Hadrian in braccio, Remy imiterà il modo in cui Malcom continuava a tirarsi su i pantaloni. È la prima serata tiepida di aprile. Le famiglie di tutto il quartiere sono in giro. Il traffico sulla Bqe si è placato. Stanno mangiando un cono con menta e pezzetti di cioccolato e un sorbetto alla fragola con granella arcobaleno. Margot non riesce a smettere di dire quando sia orgogliosa, quanto sia sorpresa.

– Hai visto che si sono alzati tutti? – dice.

– Erano obbligati ad alzarsi, mamma, – dice Story, – è l'inno nazionale.

Margot incrocia lo sguardo del marito e sorride. Lui ricambia, sentendosi allo stesso tempo irrequieto e appagato. *Appagato* perché l'idea dell'America quando s'incarna nell'immaginario o in canzoni idealistiche produce un senso di identità, di appartenenza, quasi irrefrenabile. E *irrequieto* perché i sentimenti non sono fatti, e il desiderio di appartenere, di *essere* qualcosa, non basta a realizzare quel sogno.

Speranza.

Dalla Promenade si vedono la Statua della libertà e l'Empire State Building. Si vedono i ragazzini sugli skate e quelli un po' piú piccoli sulle bici. Si sentono la felicità dei bimbi sulle altalene, protesi verso il crepuscolo, i piedi che scalciano: *piú in alto, piú in alto*. È passata l'ora di cena, le tate sono tornate a casa per la notte, le famiglie si ricongiungono nell'illusione della permanenza. Un genitore sarà sempre un genitore. Un bambino sempre un bambino. Come una brezza calda che porta con sé la sensazione che la felicità sia una temperatura.

Va tutto bene. *Mamma è qui.*

Non ti devi preoccupare. *Ti prende papà.*

Come se il tempo non stesse divorando tutto secondo dopo secondo, spingendo i giovani verso la vecchiaia e i vecchi verso la morte. Come se madri e padri non fossero un tempo stati bambini, abbarbicati alle gambe dei loro genitori. E quei genitori a loro volta non fossero stati bimbi solo qualche decade prima. Come se ogni momento dovesse durare per sempre, sospeso a mezz'aria, come una singola nota tremolante senza un inizio o una fine, come *the home of the… brave.*

Libro 1
Lenta violenza

Ora

L'estate in cui i nostri figli cominciarono a uccidersi fu la piú calda della storia. In tutto il mondo, i termometri scoppiavano. Certo, se ne parlava, in televisione e negli editoriali, mezzi busti e opinionisti di una parte e dell'altra – le loro raggianti immagini proiettate sugli schermi ultrapiatti nelle stazioni di servizio e su quelli minuscoli dietro i sedili degli aeroplani – dibattevano sulla definizione di «calore» e di «storia», e alcuni sostenevano che l'idea stessa di misurare la temperatura fosse parte di un complotto ordito dai progressisti. Nel frattempo, i tornado avanzavano scavando solchi fra le città del Midwest, e in posti come Oslo o Reykjavík si scatenavano rivolte per accaparrarsi un condizionatore. Ecco cosa eravamo diventati: ammassati sotto il diluvio a discutere se ci stessimo bagnando oppure no.

Nessuno può dire quale sia stato il primo dei nostri figli ad andarsene. Il suicidio, per quanto tragico, non è mai stato proprio raro tra gli adolescenti e i giovani adulti. Di solito lo pensiamo come un fenomeno localizzato, casa per casa, comunità per comunità. I volti sbalorditi nel cortile della scuola, la bandiera a mezz'asta. Come ogni variazione della morte, la quantifichiamo in lacrime. Madri e padri svuotati dal dolore, noncuranti dei clacson degli altri automobilisti mentre si attardano al semaforo diventato verde. Terapeuti chiamati a gestire i tracolli esistenziali di amici e cari. *Perché lo hanno fatto? Perché non sono stato in grado di impedirlo? Cos'altro avremmo potuto fare?* Tutte le domande fondamentali dell'esistenza umana sollevate da un gesto solitario e autodistruttivo.

E anche qualcos'altro. La paura.

Il suicidio, capirete bene, è un'idea. E come ogni idea, può diffondersi da una persona all'altra. Chiunque si sia mai ritrovato a guardare il vuoto da molto in alto provando l'impulso di saltare non può dirsi immune al contagio. E cos'è l'adolescenza se non un punto molto alto da cui ci viene chiesto di saltare? Un precipizio di ormoni e dubbi, di alienazione e desiderio. Non piú bambini. Non ancora cresciuti. Intrappolati nel dolore del divenire.

Ma se si potesse far smettere il dolore?

Se la risposta fosse scegliere di non rimanere sospesi in quella miseria, di farla finita?

Dopotutto, alla fine dell'adolescenza cosa c'è? Il futuro. E come ha detto di recente qualche esperto alla Cnn, «Il futuro non è piú quello a cui eravamo abituati». Ci siamo circondati di miracolosi ritrovati tecnologici, che sono solo riusciti a mostrarci quanto sia ancora primitivo quell'ammasso molliccio che abbiamo tra le orecchie. I nostri problemi sono tornati a essere quelli dell'Età della pietra. Superstizione, tribalismo, ecc.

5O11.

Un'unica scintilla può scatenare l'inferno. Oppure può brillare innocua, come una lucciola.

Dipende dall'ossigeno, dai ramoscelli secchi in terra, e dalla fortuna.

E l'ossigeno in questo caso era stata la contagiosità delle idee, la tremenda viscosità del martirio che la gran parte di noi non fu in grado di comprendere, in quella cruciale prima ondata. Stavamo vivendo nell'èra dei meme, dopotutto. I nostri figli si consegnavano allo Slender Man e portavano i loro compagni di classe nei boschi, con un coltellaccio da cucina nascosto dietro la schiena, per sacrificarli.

O

I Carpenter, di Madison, nel Wisconsin, furono i primi di cui le persone si accorsero. Il 15 maggio, il giovane Brad Carpenter, sedici anni, fece un nodo a una prolunga e s'impiccò nell'attico della villetta a tre piani in stile edoardiano che i genitori avevano ristrutturato sei anni prima. Sua madre lo trovò a penzoloni, quando salí per portagli la biancheria appena lavata e stirata. Due giorni dopo, Todd Billings, diciassette anni, capitano della squadra di sci, si soffocò con un sacchetto di plastica proprio mentre Tim O'Malley, genietto della matematica, si stava recidendo una vena, e poi un'altra, lasciando correre il sangue nel lavello del bagno. Tutti primogeniti. Tutti guidavano una macchina di seconda mano. Todd morí con l'apparecchio ai denti. L'ultimo rimpianto di Brad fu di non poter vivere fino a che i brufoli gli fossero spariti dalla faccia.

Ognuno di loro aveva lasciato scritto da qualche parte, nei pressi del luogo del decesso, il simbolo 5O11.

Cosa significava. Perché quei numeri? E quella lettera?

Negli otto giorni seguenti, altri tre teenager si sarebbero tolti la vita a Madison, provocando il panico tra i genitori della zona. Gli abitanti del Wisconsin presero a vigilare sui figli addormentati. Invitarono i piú giovani a fare i bisogni con la porta sempre aperta. Tre contee piú in là, la reginetta del ballo si calò un blister di pillole con vodka e redbull. Ai confini a sudovest dello Stato, cinque ragazze della squadra di nuoto fecero un patto suicida e si lanciarono insieme dalla torre municipale.

Se ne interessò la Cnn. Il «New York Times» pubblicò un'inchiesta. Professionisti della salute mentale furono invitati in fretta e furia a tenere incontri pubblici, rispondendo alle domande degli adolescenti radunati a forza e dei loro genitori. Le persone iniziarono a farsi il segno della croce quando i ragazzi uscivano dalla stanza. Twitter e Facebook misero dei banner in homepage, con numeri di telefono a cui rivolgersi per supporto. Eppure continuavamo a considerare il suicidio come un fenomeno localizzato, anche se ammettevamo che la tecnologia potesse aumentarne la capacità di contagio.

Nella contea di Travis, in Texas, al ritorno a casa dal lavoro Nadine Ort trovò sua figlia sedicenne soffocata con un sacco della spazzatura in testa. La mattina dopo i capelli grigi di Nadine erano diventati bianchi. Per le strade di ogni parte del Paese persone del tutto estranee si stringevano l'un l'altra, piangendo fino ad avere gli occhi intorpiditi.

Poi toccò al Delaware. E alle Hawaii. Il 21 maggio ci fu un cluster di venticinque casi in Nebraska. Una settimana dopo, quarantatre adolescenti si tolsero la vita nello Stato del Missouri. Se ci fosse stata un'emoji per rappresentare questa crisi sarebbe stata una bocca spalancata in un urlo senza fine. Giornali pieni di foto di genitori in ginocchio, le labbra tese a formare un'impossibile O. Tutto quel lavoro ansiogeno, da mangiarsi di continuo le unghie, l'investimento di tempo, amore, denaro. L'enorme sforzo di volontà servito a impedire che i nostri figli soffocassero nella culla o si facessero investire da un'auto attraversando la strada; tutte le notti passate a lavorare ai costumi per la recita scolastica, le ore in macchina per accompagnarli dai loro amichetti, i pigiama party organizzati, tutte le lacrime versate, le litigate per costringerli a fare i compiti, tutte le attività extracurricolari cosí importanti per il loro futuro, i sabati al campo di calcio, l'inizio della tempesta ormonale adolescenziale, i peli nelle parti intime, le ripetizioni per passare gli esami, tutti i bulli e i cuori infranti. Tutto questo spazzato via con un solo piccolo gesto.

Quelli di noi non ancora toccati direttamente guardavano video di funerali celebrati in giorni ventosi tenendosi stretti i ragazzini. Una mano sulla fronte: tutto a posto? Sentivamo loro l'alito, esaminando per bene le pupille alla luce. Si drogavano? Erano tristi? Disperati? Scrollavano le spalle – adolescenti fino in fondo – dicendo che andava tutto bene. Altri, invece, scoppiavano a piangere, fasci di nervi che si spezzavano, stanchi di lottare, in bilico sull'orlo di qualche oscuro mistero: come marinai presi da un vortice, risucchiati nelle profondità piú buie.

Noi li abbracciavamo piangendo, mentre la paura s'incrostava nei nostri cuori.

Le cose stavano prendendo una piega rapidissima.

Nelle settimane seguenti, quando la tendenza era diventata prima nazionale e poi globale, rovistammo nei meandri di Internet alla ricerca di teorie. Leggevamo notizie e analisi come se ne andasse delle vite dei nostri figli e, ovviamente, non era cosí. Zittivamo mogli e mariti sulla strada per il supermercato, alzando il volume della radio ogni volta che sentivamo le parole «grido d'aiuto». Leggevamo lunghi pezzi sul peso terribile del cyberbullismo e sui pericoli del sexting, ma non erano che alberelli in una foresta che non riuscivamo a vedere.

5011. Cosa poteva significare? Perché compariva sempre nei biglietti d'addio, scarabocchiato sui muri, scritto col sangue sugli specchi dei bagni? I figli di tre ministri persero la vita all'inizio di giugno. E all'improvviso su scala nazionale si contavano mille ragazzini morti al giorno. Le star del cinema promossero una campagna di sensibilizzazione. Nelle classi delle scuole superiori la tensione era palpabile. Negli editoriali si leggeva: «È la fine?» Ovviamente erano passati solo pochi anni da quando la pandemia da Covid19 aveva messo in ginocchio il pianeta, rinchiudendoci in casa, condannando i piú deboli e gli anziani a morire soffocati, avvicinando gli Stati Uniti alla guerra civile: il punto di rottura di uno scontro culturale che fermentava da tempo, quando la parola «mascherina» era diventata da un lato un'invocazione e dall'altro un insulto.

Ora dovevamo chiederci, quell'«Anno perduto», l'infinito lockdown sopportato dai nostri figli, aveva avuto effetti a lungo termine sulla loro salute mentale? C'entravano qualcosa tutta quella didattica a distanza, la paura cronica di rimanere indietro sui programmi, i mesi interminabili in cui crescevano ansie e incertezze? Ma non c'era modo di saperlo davvero, visto che quelle ipotesi erano legate a doppio filo alle teorie complottiste di chi credeva che le ultime elezioni fossero state un inganno: teorie a causa delle quali gli Stati Uniti erano ormai una nazione con due presidenti – uno legittimo, l'altro no – dove degli sciamani di QAnon svelavano un invisibile e non verificabile broglio elettorale e i patrioti picchiavano gli agenti di polizia con le aste della bandiera a stelle e strisce. Di recente la nostra Storia era stata rivista per portare alla luce le storie di tutti gli americani. Ma poi, tribunale dopo tribunale, iniziò a essere di nuovo riscritta da folle arrabbiate che si riversavano turbolente ai consigli scolastici, chiedendo che si istituissero curricula di studi piú patriottici. E cosí uscirono nuovi testi in cui le accuse di razzismo formulate dai testi precedenti erano a loro volta razziste. Ecco cosa eravamo diventati, una nazione fondata sugli atti simbolici, dove ciò che credevamo «noi» e quello che credevano «loro» non erano solo in contrasto ma opposti. Il su è giú. Il bianco è nero. Questa ultima frattura nel reale aveva generato un dilemma esistenziale: quali abilità dovrebbero apprendere i nostri figli in un mondo in cui la realtà è tanto polarizzata? Era stata questa sfida insostenibile a mandarli fuori di testa?

5O11 voleva forse dire questo?

Qualunque fosse il motivo, vacillavamo per una nuova epidemia, un'epidemia di rassegnazione. Un'epidemia di stanchezza. Le conversazioni in pubblico si spegnevano all'arrivo di qualche adolescente. Nessuno sapeva cosa dire nemmeno ai propri figli, figuriamoci a quelli degli altri.

Il 25 maggio, incominciarono gli esami nelle università di tutta la nazione. Furono istituite nuove regole molto stringenti. Harvard e Yale fecero pressione per ottenere controlli notturni in tutti gli studentati, ovunque si cercavano pillole, lame, qualsiasi cosa che potesse servire a farsi del male. Eppure ogni mattina si trovavano cadaveri a dozzine. Il 27 dello stesso mese le università chiusero i battenti, i genitori in volo con gli occhi arrossati, o alla guida di eleganti Volvo, per andare a recuperare i loro ragazzi.

Ogni giovane vita è preziosa, unica, ma una volta che il fenomeno ebbe assunto dimensioni tanto vaste, le loro morti si ridussero a statistica. Iniziammo a pensare ai nostri figli come a una collettività omogenea. A parlare di loro come di una *generazione*, disperata a causa di una sorta d'improvviso sciopero interiore. *Erano* meno connessi, ci dicevamo, tra di loro e con noi, mentre al contrario erano sempre piú connessi al flusso costante di disinformazione in cui si era trasformata la nostra società. Gli adolescenti facevano sesso sempre piú tardi. Uscivano meno, passavano meno tempo con gli amici – meno tempo *fisico* – anche se stavano collegati con loro elettronicamente ventiquattr'ore su ventiquattro. Si trattava di una conseguenza a lungo termine della pandemia? Si era calcificata nelle loro ossa la paura ancestrale dell'altro, privandoli del desiderio di toccarsi? Era quello il problema, il cronico senso di distacco, il fatale allontanarsi, o qualcosa di piú contingente, un movente nascosto che non riuscivamo a vedere? Ci rivolgemmo ai preti per avere le risposte, ai rabbini e agli imam, agli statistici e ai sociologi. Ci dissero che i tassi di depressione e di disturbi legati all'ansia erano in crescita esponenziale da anni. Perché non ce n'eravamo accorti prima?

Eppure, dire che quelle erano le cause delle loro morti era, a voler essere generosi, una speculazione filosofica. Brancolavamo nel buio. Cercando di comprendere l'impossibile. Qualcuno diceva che era il volere di Dio, altri che era invece opera della sua controparte che risiede nelle profondità infernali. I liberal si concentravano sull'elevato livello di tossine ambientali, sul proliferare insolito delle alghe nell'Atlantico, sulle microplastiche, mentre i mezzibusti televisivi dei media di destra negavano che quello dei suicidi fosse un problema. Lo vedevano come un diversivo montato ad arte per attaccarli persino quando a infilarsi le pistole in bocca erano i loro stessi figli, in un cortocircuito di cause ed effetti che avrebbe potuto sembrare ironico non fosse stato tragico.

Alla fine tutto quello che contava era che noi fossimo i loro genitori.

Era nostro compito tenerli al sicuro, renderli felici, fare in modo che continuassero a vivere.

A giugno il fenomeno si espanse ulteriormente. I giovani fino ai venticinque furono considerati a rischio. E i bambini dai dodici. I genitori presero telefoni e tablet dei figli e li spaccarono a martellate. Cancellarono i loro account social. I televisori furono ritirati in cantina e nei garage, gli abbonamenti ai giornali disdetti. Se era un incendio, gli avremmo tolto l'ossigeno, facendo in modo che si estinguesse da solo. Ma il tasso di mortalità continuava a salire, anche dall'altra parte dell'oceano. L'Europa per prima, poi Russia e Cina. I mercati finanziari crollarono a picco. A luglio, la Major League Baseball decise di interrompere il campionato.

Con un virus, puoi vaccinare. Puoi isolare. Puoi osservare dei sintomi. Ma questo, questo era qualcosa di mai visto nella storia dell'umanità. Un atto collettivo di resa. A troppi di noi sembrò che la nostra specie avesse deciso di mollare. Tornammo a dormire nei letti dei nostri figli, scrutando nel buio le loro casse toraciche fare su e giú, ascoltando il loro respiro, come fossero di nuovo bambini.

Aiutateci, imploravamo nel silenzio di mezzanotte. Ma chi? E perché nessuno rispondeva?

Gli Oliver

In seguito, le persone avrebbero detto che era stata proprio una cosa da Claire lasciare sul luogo della sua morte per overdose, invece del tradizionale biglietto da suicida, un saggio intitolato *Brevi note intorno al nome «Claire»*. Era sempre stata quel tipo di persona: piú intelligente di te, un po' stufa del mondo, come certi personaggi di Salinger. L'umorismo caustico. Gli occhi velati da una tristezza avveduta. Nel modo in cui parlava al padre c'era un rassegnato sconforto, che ricordava quello di una docente universitaria quando si rivolge al peggiore studente della classe. Se qualcuno avesse voluto trascrivere con esattezza le loro conversazioni, avrebbe dovuto inserire tra parentesi un sospiro prima di ogni battuta pronunciata da Claire.

Piú o meno cosí:

Ty Oliver, padre: – Claire, ti rendi conto che in questa casa le regole ci sono per un motivo? Non stanno lí solo per capriccio.

Claire Oliver, figlia (sospira): – Comprendo che l'unione familiare sia un corpo politico, come ogni collettività sociale. E che all'interno la sua struttura sia retta da un potere, ovverosia tu, la cui ambizione è da un lato perpetuare e dall'altro *legittimare* suddetto potere nell'immaginario di quelli che devono sottostarvi. Sarebbe a dire: tu mi fai pressione in modo che riconosca il tuo diritto a esercitare un dominio su di me.

– Claire, dannazione...

Suo padre diceva questa combinazione di parole cosí spesso che il fratellino di Claire, Simon, quando stava imparando a parlare, credeva fosse il nome della sorella – *Claire dannazione* – e l'aveva chiamata cosí per mesi, con sbigottito ribrezzo da parte dei genitori. Claire, al contrario, era felicissima e aveva insistito per farsi chiamare cosí anche quando Simon era ormai quasi un adolescente.

– Claire, dannazione, – continuava suo padre, – puoi per favore prendere parte alla mia stessa conversazione... per una volta? Quello che ti sto dicendo è che tu, come mia figlia e come diciassettenne che vive sotto il mio tetto, se dico: «A casa a mezzanotte», devi dire: «Sissignore» punto e basta.

(Sospiro). – Sissignore, dunque?

– Claire...

(Sospiro). – No, ma ho capito. Preoccupato dall'inconsistenza della tua autorità, ribadisci il tuo ruolo di uomo forte cercando di intimidirmi cosí che io mi rimetta in riga. A titolo informativo: papozzo... non è cosí che funziona una democrazia.

– Una famiglia non è una democrazia.

(Sospiro). – Vedi, hai colto il punto del mio discorso.

La relazione che aveva con sua madre non era tanto una disputa tra avvocati in stile Clarence Darrow contro William Jennings Bryan, quanto una sfida tra Beep Beep e Willy il Coyote, con la madre che passava il tempo a cercare di *catturarla*, di *addomesticarla* e farla ritornare la sua piccola brava bambina, spesso servendosi delle maniere forti: andando cosí ad alimentare la propria illusione che una volta Claire fosse ingenua e non diffidente, quando invece dal momento in cui aveva imparato a gattonare era stata indipendente, sospettosa, distaccata.

Nella famiglia Oliver, questo era ciò che passava come amore.

– Fidati di me, ragazzino, – diceva Claire a Simon, ogni volta che lui andava in camera sua a leggersi i fumetti steso sul tappeto decorato con la sagoma di un bersaglio, – faresti bene a prendere la pillola blu e a restare dentro Matrix. Nell'istante in cui inizi a vedere oltre tutta questa cazzata di mammina-papino, la tua vita è ufficialmente fottuta. Scusa il francesismo.

In seguito, quando la verità sui loro genitori cominciò a venire a galla, la verità su quel che *faceva* suo padre per vivere, non soltanto un Ceo ma uno spacciatore, quando emersero i dettagli sulle mail interne che aveva mandato, sul modo in cui dava istruzioni al reparto Marketing e pubblicità della Rise Pharmaceuticals perché spingesse i medici a prescrivere piú antidolorifici e in dosi maggiori, anche *dopo* che era stato chiaramente dimostrato il rischio che creassero dipendenza – ovvero prima che le storie comparissero sui giornali, mentre i giornalisti indagavano e facevano domande – quando loro padre iniziò a bere presto la sera, rientrando a casa che puzzava di gin, agitato, con la voglia di litigare, quando la madre aumentò la dose di Prozac e veniva colta da attacchi di nervi che sfogava lavorando a maglia, ecco, in quel periodo Claire prese a sedersi fuori dallo studio di suo padre a origliare le sue telefonate impanicate.

– Il vecchio Ty se la sta facendo proprio sotto, *maintenant*, – diceva a Simon, che allora aveva quattordici anni. Eppure, pur sapendo la verità sugli affari di famiglia, teneva la bocca cucita davanti al fratello, forse consapevole che l'ingenuità sarebbe stata il regalo piú prezioso che poteva fargli: la possibilità di arrivare alla fine della giovinezza conservando intatta la convinzione che i genitori fossero delle persone per bene e affidabili.

E c'era forse un motivo simile dietro la scelta delle sue ultime parole, il desiderio di proteggere Simon dallo spettro di quella che aveva compreso essere la patologia terminale della loro famiglia e quindi anche sua. In aggiunta, l'atto conclusivo stesso – pur tragico e *irreversibile* – era stato caricato di ironia. E anche questo, avrebbero poi detto i suoi amici, era tipico di Claire. Perché Claire aveva deciso di togliersi la vita – un suicidio che aveva anticipato di nove mesi l'ondata di sacrifici adolescenziali – raccogliendo di nascosto, per settimane, centinaia di campioni di pasticche di ossicodone dall'ufficio del padre, e poi calandoseli tutti nel principesco bagno padronale dei suoi genitori. Ty and Patty Oliver erano negli Hamptons con il giovane Simon. Concorsi ippici e party in bianco, gli Ogilvey e i Dunkirk, e i Nichols che arrivavano in elicottero dal promontorio. Claire evitò di andarci, dicendo di aver avuto un appuntamento bollente con «il quintetto base dei New York Knicks» e di non credere di farcela a stare ben dritta in piedi «almeno per un po'». Li guardò caricare le valigie per il fine settimana nella macchina con autista che li avrebbe portati all'eliporto, salutandoli calorosamente con la mano quando partirono. L'ultima volta che Simon l'aveva vista viva gli stava facendo l'occhiolino.

Tu e io, ragazzino.

E se adesso chiude gli occhi la vede ancora cosí, che gli fa l'occhiolino.

O

Le fotografie della scena, scattate tre giorni piú tardi, dopo la convulsa chiamata della madre al 911, mostrarono quanto segue: l'intera superficie in marmo del bagno di venti metri quadrati era coperta con i blister d'alluminio dell'ossicodone. Erano stati incollati in strisce meticolose lungo tutti i muri e il soffitto, lungo la porta e persino sull'antico specchio veneziano (lasciando vuoto solo un riquadro di vetro, 4×4, all'altezza esatta degli occhi del padre, in modo che se si fosse specchiato si sarebbe potuto vedere incorniciato da un'installazione artistica della propria colpa, insieme alla primogenita morta, ben visibile riversa sulla sedia di velluto rosso che aveva trascinato dalla sua stanza per sistemarla sulle piastrelle immacolate del bagno, come un fotogramma di un film di Kubrick).

Era tutta vestita di bianco, la nostra Claire, un cordino satinato avvolto alla vita e legato con un fiocco sul retro della sedia rossa. Per somigliare a un regalo, ma anche per non cadere sul pavimento dopo aver perso conoscenza. Sulla testa una tiara bianca, che le teneva i capelli tirati indietro dando al suo cadavere l'aria di una *principessa triste*. I blister di alluminio erano anche loro bianchi, con una O rossa incisa al centro; l'effetto era quello di centinaia di O rosse che come occhi fissavano e giudicavano il padre di Claire, immobile sulla soglia, le spalle sprofondate in una miserabile sconfitta umana, incapace di distogliere lo sguardo dalla preziosa vita da lui generata che aveva finalmente avuto l'ultima parola, per sempre.

Quel che Claire non poteva aver considerato o previsto era che sarebbe stato Simon a trovarla, perché per tradizione la camera e il bagno dei loro genitori erano severamente *verboten*. *Pena la morte*. Ma la madre aveva mal di testa, e appena varcata la soglia di casa aveva chiesto a Simon di *essere un tesoro* e andare di corsa in bagno a prendere le *pillole speciali di Mamma*. Cosa che lui aveva fatto immediatamente, un ragazzino di quattordici anni con la testa ancora immersa nel romanzo cinese di fantascienza di milleduecento pagine che si era divorato sul suo iPhone da che erano partiti per South Hampton.

Aveva salito le scale due gradini alla volta e aperto la porta che dava sulle stanze dei suoi genitori con trepidazione, mentre una parte di lui era ancora preoccupata che fosse un tranello e che suo padre sarebbe saltato fuori dall'ombra urlando: «Cosa ti avevamo detto che succedeva se entravi qui!?» Dunque, in seguito, Simon non avrebbe avuto memoria dello stato del letto: era fatto? I vestiti erano tirati sul divano? Il suo primo ricordo sarebbe stato quello della porta del bagno, di come ci fosse attaccato con lo scotch, esattamente al centro, un piccolo blister d'alluminio con una O rossa stampata sopra. Era un simbolo che riconosceva vagamente senza riuscire a contestualizzarlo, ma stava cercando di fare in fretta e non rallentò nemmeno, temendo che se ci avesse messo troppo la madre avrebbe cominciato a urlare dal fondo delle scale: il tagliente fastidio della sua voce che risuonava acuto per la casa. E cosí, senza fermarsi a esaminare il blister, spalancò la porta del bagno.

Sua sorella era accasciata sulla sedia, nel mezzo della stanza, una marionetta biancovestita ormai libera dai fili che la imprigionavano. Quella tiara assurda le fendeva i capelli neri, che le cadevano a cascata *sul* volto, nascondendolo alla vista, come fosse protesa in un inchino eterno. A un certo punto si era vomitata addosso, prima di morire, e l'odore – dopo tredici ore – saturava la stanza. Intorno a lei decine di occhi rossi gettavano su Simon uno sguardo truce, senza battere ciglio, come gli occhi dei dannati. Un suono si sparse nell'aria, una sorta di lamento in forma di sirena antiaerea che scagliò dolore contro ogni superficie rigida di quel bagno principesco – un suono che poi Simon avrebbe capito provenire da lui – rimbombando dal suo corpo per tutti gli alloggi padronali, come un'arma ultrasonica.

Infilato nella tasca della camicetta della sorella, piegato in quattro, c'era un biglietto scritto a mano su carta per corrispondenza monogrammata.

Che diceva quanto segue:

Brevi note intorno al nome Claire
o
Cosa dobbiamo fare con questa vita che ci è stata data?

Nella moderna fonetica inglese la K resta il suono consonantico piú aspro di tutti, insieme gutturale ed espressivo. Si potrebbe affermare che tutte le parolacce migliori lo contengano: «cazzo», «coglione», «inculare», per citarne un paio. Allo stesso tempo, è il suono duro piú buffo di tutti, il preferito dei comici, da Mel Brooks a Larry David.

Come ha scritto Neil Simon nella commedia *I ragazzi irresistibili*: «Faccio questo mestiere da cinquantasette anni, qualcosa l'avrò imparata. Lo sai quali sono le parole buffe e quali non lo sono? "Cuculo" è buffo. "Picchio" è buffo. "Rampichino" è buffo, "somaro" non è buffo. "Lattuga" non è buffo. "Cocomero" è buffo. "Scarafaggio" è buffo. Non se li hai in casa, solo se lo dici».

Uno studio del 2015 dell'università dell'Alberta arriva a sostenere che l'efficacia dell'ironia verbale può essere spiegata dal fatto che la parola usata sembri o meno oscena. Forse è per questo che il nome Claire, che si pronuncia con la C dura, il suono della K, è sempre percepito sia come un insulto sia come la battuta conclusiva di una gag comica.

TASSONOMIA

Claire è un nome da ragazza magra, una qualche biondina ingessata con gli zigomi pronunciati. È il nome della bambina che alle elementari prende sempre A in matematica, il nome di quella la cui madre paga gli altri bambini per andare al compleanno della figlia. Sapete com'è Claire. Indossa un filo di perle e una camicetta coi merletti. Ha denti bianchissimi e tutti perfettamente dritti. Allo stesso tempo, ha quella sorta di lato oscuro che si portano dietro i disturbi alimentari. Claire ascolta solo canzoni allegre, per evitare che l'infinita disperazione nascosta sul fondo della sua psiche possa riemergere. Quello che non sapete è che l'87 percento delle ragazze di nome Claire tiene un righello di fianco al letto, e si sveglia svariate volte durante la notte per misurare la distanza che intercorre tra l'angolo del lenzuolo e il telaio della rete a molle.

Fatto: nessuno nella storia dell'umanità ha mai detto le parole «Oh, Claire, scopami, Claire», al culmine della passione libidinosa. Eppure, crescendo, Claire fantastica di uscire con un ragazzo il cui pene è cosí grande da poterlo solo chiamare cazzo.

Ha paura di comprarsi un vibratore e anche di spingersi troppo oltre.

Claire è la ragazza che facendo educazione fisica ti accorgi che ha il ciclo mestruale piú intenso di tutte. Ha giocato a hockey su prato. Si è fatta la frangetta. Claire dorme con una camicia da notte di flanella, anche d'estate. Le sue caramelle preferite sono quei bottoncini di zucchero avvolti in strisce di carta cerata, perché sono i soli dolci confezionati sistemati in un ordine perfettamente simmetrico.

Claire è sempre stata troppo spaventata per fare una battuta, perché *cosa succede se nessuno ride?*

Claire è il nome di quella delle risorse umane il cui nome non si ricorda mai nessuno. È il nome che ha in una sit-com un presidente donna che non è in grado di stabilire un legame con i lavoratori e la gente comune. Non ci sono poetesse di nome *Claire*. Cosí come nessuna donna ha mai scelto *Claire* come nome da spogliarellista.

Non ci sono gatti, cani, furetti, o pappagallini di nome Claire. Gli esseri umani che fanno la transizione da uomo a donna non decidono mai di chiamarsi Claire, perché – di tutti i nomi femminili – è il piú maschile. Per dimostrarlo è sufficiente fare riferimento all'*éclair*, il dolce piú fallico del mondo (a forma di cazzo e ripieno di crema).

Claire è il soprannome che dài alla ragazza fastidiosa in aula studio, quella che allinea le penne in file perpendicolari e non smette di chiederti cosa hai risposto alla domanda numero sei nella verifica. È il nome che i tuoi genitori ti dànno quando sperano di avere un maschio e – incrociamo le dita – pensano che tu possa ancora diventarlo crescendo. È come ti chiamano quando il posto per cui sei stata assunta in famiglia è quello di *ligia alle regole*, di *piccola di papà*, di *bimba perfetta di mamma*.

Dannazione, Claire, dicono, ogni volta che mostri i segni di un pensiero indipendente. Dannazione.

Claire è sempre stata una delusione.

E alla fine, *perché uscire dalla finestra, se puoi usare la porta?*

Ci si vede,

la ragazza un tempo nota come Claire

Ps. In paradiso tutti gli angeli si chiamano Claire. Ti sorridono con occhi gentili asciugandoti le lacrime dalle guance e chiedono, con una melodia celestiale: «Perché ci hai messo cosí tanto?»

Simon

Di tutti i misteri dell'universo – *cos'è il tempo? C'è vita sugli altri pianeti?* – quello che forse non riusciremo mai a risolvere è il mistero delle altre persone. *Perché facciamo le scelte che facciamo? Quanto della nostra identità è dettato dalla biologia e quanto dalle scelte?* Simon Oliver si sofferma spesso su queste domande iperventilando in un sacchetto di carta. C'è qualcosa nell'inspirare il proprio monossido di carbonio – lo stordimento, il naso pieno dell'essenza marrone terra di *sacchetto*, le orecchie concentrate ad ascoltare il crepitio della carta, mentre il contenitore di ogni sua ansia diventa un polmone, che si espande e si contrae – c'è qualcosa in tutto questo che connette la sua mente al senso dell'esistenza. *Che ragione ha questa faticaccia assurda?*

Poi, quando il respiro rallenta, e il cervello affamato d'ossigeno si rilassa, lascia che il pensiero si arrenda totalmente, e un'onda di euforico sfinimento lo sommerge.

Ci sono le medicine, certo. Sertralina, Propofol, Efexor. Ma il sacchetto non lo tradisce mai. Del sacchetto si può fidare. Il sacchetto è un freno d'emergenza, è il vetro da rompere in caso di incidente: il miglior rimedio per allentare la tensione, l'aria che dovrebbe uscire costretta a restare dentro, un semplice loop di retroazione biologica. Cosí Simon se lo tiene stretto in tasca durante il giorno e lo mette sotto il cuscino la notte. È la sua epinefrina, il suo defibrillatore. Sempre lo stesso sacchetto. È fondamentale che sia lo stesso. Quel sacchetto lo accompagna da mesi ormai, da prima del Float, da prima che il cappio dell'adolescenza gli stringesse il collo fino a condurlo a un attacco d'ansia e poi su un aereo privato in volo verso Chicago, dove ricorda solo vagamente di essere passato al banco accettazione del centro per la riduzione dell'ansia altrimenti noto come «il grande tasto metti in attesa». Devi finire le superiori? Metti in attesa. Devi andare al college? Metti in attesa. Devi gestire una relazione? Metti in attesa. Devi ereditare il mondo? Attesa, attesa, attesa.

E cosí si è ritrovato a fare terapia equina e a tenere per trenta secondi posizioni yoga. Pianta semi e raccoglie verdure nell'orto. Gli dànno pupazzi e peluche da stringere e schiacciare per alleviare l'ansia, coperte Gravity imbottite antistress, altri giocattolini che si possono riscaldare nel microonde e profumano di lavanda. Oggetti pensati per dare conforto ai bebè. Sono diventati proprio quello, bimbi in culla, viziati e inconsolabili.

Float è una comunità autarchica che insegna ai suoi pazienti il senso di attaccamento alla terra, di azione e reazione tattile che ispira. «Essere un adolescente è già un'esperienza abbastanza astratta», dice cosí Lemon Holbrook, il fondatore di Float. È solo attraverso le attività fisiche radicate nel concreto e un processo di espansione spirituale che gli adolescenti moderni potranno ottenere le competenze necessarie ad affrontare l'incertezza e il terrore del mondo di oggi. Funziona? Simon non può dirlo con certezza, ma per la gran parte del tempo si sente un po' meno come un'unghia che stride su una lavagna. Fino a quando non pensa di tornare là fuori, alla sua cameretta di ottanta metri quadrati all'ultimo piano di un brownstone newyorkese, alla sua scuola privata d'élite e alle pressioni sempre piú forti sulla necessità di avere successo nella vita.

Fino a quando non pensa ai titoli di testa dei giornali e ai processi. A come il suo cognome sia diventato sinonimo di avidità, assuefazione e morte.

Fino a quando non pensa a Claire.

Ha quindici anni. Sono passati dieci mesi da che l'ha trovata nel bagno dei suoi genitori. Dieci mesi passati andando avanti per inerzia – scuola, hobby, amici – isolato nell'etere dei ricchi, mentre, oltre le mura del palazzo, la linea tra fatti e invenzioni continuava ad assottigliarsi. Là fuori, nella terra che chiamano il *Paese Reale*, il Dio Re esercitava ancora il suo dominio. E anche se il Regno di Wall Street, il *Paese della Cuccagna*, prosperava, anche se i ricchi acquistavano terze e quarte case, anche se i motoscafi diventavano yacht e gli yacht isole private, lontano dalle città nobili e arroganti erano riemerse creature mitologiche, maghi e stregoni fomentavano le folle in luoghi oscuri, troll e goblin avvelenavano i pozzi della ragione. Spuntavano da radici ombrose, come funghi velenosi, distanti dalla vista. Mentre i direttori dei giornali nella terra dell'abbondanza assegnavano articoli sul ritorno dell'Epa, l'Ente per la protezione ambientale – *tornare di nuovo a proteggere la terra e il mare!* – orchi e mostri s'infilavano nelle profondità buie di Internet, su forum segreti e gruppi su Parler.com, in attesa del loro momento. Sapevano quel che sapeva anche Obi-Wan: che rendendoli dei fuorilegge li avremmo solo resi piú potenti. E cosí, anche se avevamo assistito al ritorno di quella che i professori universitari chiamavano la *normalità*, era soltanto una finta. Una faccina sorridente che nascondeva la malattia.

Nel frattempo la spaccatura tra realtà e fantasia si allargava, ma cosa era davvero cosa?

Certe volte Simon si chiede se non sia il suo regno a vivere in un sogno. Il Regno di Wall Street, dove uomini e donne istruiti credono che esibendo a chi abita nel Paese Reale tutti i *fatti*, quelli arriveranno poi a vedere il mondo come lo vedono loro. L'illusione che la scienza e la ragione siano reali, e, cosa piú importante, che *abbiano un qualche valore*. Forse è questa la vera definizione di follia. Non credere in un Dio onnipotente che ha creato l'universo in sei giorni, e non l'incrollabile superstizione di chi è convinto ci siano ovunque cospirazioni. No. Forse l'Illuminismo stesso era stato un crollo psicotico. La convinzione che tutte le cose potessero essere misurate. Forse il folle era Galileo, o Einstein.

Nel Regno di Wall Street, un ragazzino di quattordici anni ne ha compiuti quindici. Il padre lo ha portato a sciare in Svizzera. Tutte le tracce di Claire erano state rimosse da casa, la sua camera decorata a festa e trasformata in una stanza dove sistemare i regali natalizi. Le foto messe nei cassetti. Pronunciarne il nome è vietato, come se la sua intera esistenza fosse stata per i genitori un'umiliazione e non dovesse mai piú essere menzionata. Anche da Simon ci si aspettava che tacesse, che bandisse dai suoi pensieri quella sorella maggiore che lo aveva stretto nella notte quando aveva paura, che gli aveva insegnato l'alfabeto farfallino cosí da avere una lingua solo per loro.

Una sera, nel salottino della suite del resort in cui alloggiava, Simon trovò un libro pieno di fatti. Che non riguardavano né Wall Street né il Paese Reale, ma la Terra. E rimase alzato fino a tardi a leggerlo.

Imparò questo:

Il calore in eccesso dovuto al biossido di carbonio che abbiamo immesso nell'atmosfera negli ultimi cento anni, attraverso la combustione di combustibili fossili, è lo stesso che avrebbero prodotto, nello stesso periodo di tempo, quattrocentomila atomiche simili a quella caduta su Hiroshima esplose ogni giorno.

Se tutto quel carbonio solidificasse genererebbe una colonna di venticinque metri di circonferenza alta fino alla luna.

Entro il 2050 il peso della plastica in mare supererà quello di tutto il pesce.

Gli interferenti endocrini in tutta quella plastica, negli shampoo, nei cosmetici, nel cibo in scatola e negli scontrini dei bancomat hanno provocato un collasso del numero degli spermatozoii negli uomini e, nelle donne, un indebolimento degli ovuli e un aumento degli aborti spontanei.

In certe città cinesi, l'aria è cosí densa per via dell'inquinamento che il governo ha installato degli schermi giganti per mostrare il sole che sorge.

Nel 2020 la «massa antropogenica» – tutto ciò che abbiamo accumulato: macchine, edifici, spazzolini da denti – ha superato per la prima volta il peso della biomassa planetaria.

Per esempio: ci sono nove gigatonellate di plastica sulla Terra e quattro gigatonnellate di animali.

Tra ottant'anni gli oceani saranno cosí caldi che smetteranno di produrre ossigeno. Considerato che due terzi dell'ossigeno nella nostra atmosfera sono prodotti dal fitoplancton negli oceani, quello sarà il segno della fine di tutta la vita sulla Terra.

La fine
di
tutta
la vita.

All'inizio c'era stata la morte di Claire. E poi lí, nero su bianco, la morte di tutti e di tutto. La *Ur* morte.

La morte di un pianeta. E di conseguenza la morte dello stesso Simon, soffocato da una palla fusa e incandescente di mistero.

Gli adulti lo sapevano? Avevano letto quel libro? Di certo l'intero pianeta doveva essersi unito per affrontare il problema e trovare una soluzione. Wall Street e il Paese Reale dovevano aver messo da parte le loro differenze per lottare contro la morte di ogni forma di vita. Ma una volta tornato a New York Simon aveva parecchi dubbi a riguardo. Osservava i suoi genitori rimpiazzare sua sorella con vestiti e aggeggi tecnologici, con il conforto fasullo delle *cose*. Mentre intanto continuavano a rinnegare sia la sua morte sia la sua esistenza, persino davanti all'evidenza piú sfacciata. E come una pianta senz'acqua, Simon cominciò ad appassire e morire. Lo stress di dover salvare le apparenze, di *fingere*, gli si depositava nelle ossa, e l'angoscia cresceva sempre di piú. Divenne Il Ragazzo Che Ha Attacchi Di Panico, terrorizzato da tutto, paralizzato dall'incertezza. La vita per lui era un microfono lasciato troppo vicino a una cassa acustica: i suoni ad alta frequenza che salgono, e lui costantemente rannicchiato, in attesa dello stridio del feedback.

Un giorno smise di alzarsi dal letto. I suoi genitori lo spedirono alla Spa dell'Estrema Indulgenza, nel regno ai confini di Wall Street, la Terra del Self-Help.

In mensa afferra un vassoio e un piatto e valuta le opzioni. Risotto allo zafferano, un qualche pesce alla griglia. I pisellini novelli sono di stagione. Simon ne ha raccolti un po' la mattina stessa, infilando le mani tra il rampicante carico di foglie alla ricerca dei baccelli verde brillante. La sala da pranzo è un vestibolo collegato a una serie di porte a vetri scorrevoli, e crea l'illusione di una villa italiana in stile contemporaneo.

Simon trova posto in uno dei tavoli nel cortile, vicino a Louise. Lei ha quindici anni, è nera e senza sopracciglia. La sua razza la rende una rarità al Float, dove la clientela somiglia a un filo di perle modellate in uno spazio angusto sotto una pressione intensa. Cosí come il suo modesto status economico, che la separa da Simon e da tutti gli altri pallidi malati di benessere a cui i genitori, spesso in vacanza, spediscono pacchi riempiti con creme per il viso francesi ed esotici integratori di vitamine.

Quando Simon si siede, lei sta studiando alla luce il baccello di un pisellino, esaminandone l'interno.

– L'ho raccolto io, – dice Simon, – probabilmente.

Louise lo risistema con cura sul piatto, tutti i baccelli sono allineati a formare un angolo retto con le carote a bastoncino. Pulisce le posate strofinandole con il tovagliolo. L'ordine è la sua priorità numero uno, l'immacolatezza. Il suo piatto è una sorta di Mondrian culinario.

– Cosa pensi che stiano facendo adesso tutti i ragazzini normali? – gli chiede.

– Si stanno rigirando i pollici.

Poi infilza il cibo che ha nel piatto, cercando di non pensare troppo a quel che accadrà al suo corpo mentre mangia. I fluidi secreti, i bocconi masticati che si fanno strada tra contrazioni varie fino alle sue sudicie profondità.

– Mi manca il mio telefono, – dice Louise. – Ogni tanto ho paura che i selfie fossero ciò che mi rendeva reale.

E tiene la mano in alto, come se si stesse scattando una foto con lo smartphone. Con l'altra si sistema i capelli, imbronciando nel vuoto le labbra come una star del cinema. Quanto è piú semplice fingere di essere qualcosa che non sei. Di recente Louise gira intorno a un gruppetto di ragazze del Sudest asiatico che dormono nella parte sud della struttura, figlie di medici che, come lei, sono state assimilate da una cultura che pretende braccia magre e tette grosse, pelle chiara e fianchi da ragazzo. Parlano in codice della pressione che sentono e che le vuole «carine», le vuole «sexy», del bisogno di essere accettate. Sono come un armadio pieno di vestiti che vogliono tutti diventare una maglietta bianca pulitissima. E il fatto che sia impossibile ha mandato loro in pappa il cervello.

– È il punto dei behavioristi, – le dice Simon, – il momento in cui la tecnologia smette di essere uno strumento e diventa istintuale. Lo spazzolino, per esempio. La prima sigaretta della giornata. Il linguaggio. Mi riferisco a quelle azioni che facciamo senza pensarci. Svegliati, controlla il telefono. Inconscio, un movimento involontario. Guarda quelli alla prima settimana, sudati, agitati. Non è ansia. È astinenza.

Prende un cauto boccone di pesce, cercando di non pensare alle microplastiche.

– Upper East Side? – gli chiede Louise.

– West Village, – risponde lui, – il palazzo rosa che una volta era di Julian Schnabel.

– Ooh, ragazzino ricco.

– Finanziariamente, – dice lui. – Moralmente mi pare che siamo tutti un po' in bancarotta.

Lei si porta una mano alla testa per strapparsi un pelo dal sopracciglio ma si rende conto di averli già staccati tutti, arrivando a somigliare all'idea di persona di un artista astratto. È un gesto che fa centinaia di volte al giorno. Qualche volta, quando le sue sopracciglia sono folte, ci mette dello scotch sopra per ricordare a sé stessa di lasciarle in pace.

– San Francisco, – dice poi parlando di sé. – Fuori città. Siamo in affitto.

E fa una faccia come a dire: *perdonami.* Le viene naturale, questo bisogno di chiedere scusa per la sua vita, di rendersi accettabile.

– Mia nonna ha chiesto un prestito per mandarmi qui, – dice. – Quando mi ha accompagnata, e ha visto i cavalli, ha chiesto se poteva rimanere anche lei.

– Depressione?

– Qualcosa del genere, – dice Louise, poi si volta e ripete il gesto di farsi un selfie, come volesse catturare quell'attimo. Simon si accorge che si è mangiata le unghie fino a ferirsi.

– Diciamo che mi piace sentire un buon paio di forbici affilate scivolare lungo le mie flessuose cosce nere, – e nel mentre apre suggestivamente le gambe. Con un movimento lento si tira su la gonna. E all'interno delle cosce, vicino a dove iniziano le mutandine, Simon vede le cicatrici. Vecchie rotaie abbandonate.

Louise incrocia il suo sguardo in maniera seducente.

– Vuoi toccarle?

Simon arrossisce. Lei è di qualche mese piú giovane, ma anni luce avanti. Sta mettendo in scena una performance, chiaro, un modo per ottenere attenzione e approvazione senza il bisogno di esporre la vera Louise che c'è dentro. È quello che fanno tutti al Float, pensa Simon, si nascondono in bella vista.

Una voce la chiama.

– Louise!

Louise dà un'occhiata, si tira giú la gonna con una faccia come a dire: *Guastafeste*, poi si volta e agita una mano per essere vista da uno degli psicologi.

– Scusami.

Simon lo vede che li fissa. E saluta quasi a volergli far intendere: *È stata lei non io*. Inconsciamente, tamburella le dita contro il sacchetto di carta nella tasca. Ha l'impulso di mostrarle la mappa della clinica che ha disegnato la sua prima notte lí, segnalando le uscite di emergenza e i punti dove erano sistemati i rilevatori di fumo. Ogni giorno ripercorre la strada verso l'uscita, memorizzando il numero dei passi, in caso debba trovarsi a fuggire durante un blackout o tra i fumi di un incendio. Ancora prima di sedersi, i suoi occhi hanno individuato la porta piú vicina, e ha calcolato mentalmente la distanza per raggiungerla.

È giugno. L'epidemia di suicidi ha già iniziato a circolare per il Paese. Girano delle voci nella struttura. C'è stato un evidente aumento di terrori notturni. Un lieve incremento dei pazienti con tendenze suicide. E un vago senso di disperazione serpeggia nelle terapie di gruppo. *I cavalli lo avevano capito prima di noi*, si renderà conto Simon piú tardi, osservandoli nitrire e stare alla larga dai pazienti, *come se avessimo già addosso l'odore della morte*. Dopo mezzanotte, i residenti sentono quelle che sembrano delle urla provenire dalle stalle, che li svegliano dal loro sonno sedato. *Sarà forse l'estasi, le trombe di san Paolo?* Ma quando quel suono si ripropone, è chiaro che sono soltanto nitriti di equini agitati.

– È cosí noioso qui, – dice Louise. E prende la cannuccia corta dal suo succo d'arancia, fingendo di accenderla come una sigaretta. È la regina di una logora pantomima, i suoi occhi sono stanchi, gli occhi di una vecchia di sessant'anni. Cos'hanno visto, quegli occhi, per riflettere cosí quella giovinezza sfinita?

– L'altra sera mi sono bevuta tutto il collutorio che avevo, – gli dice. – Lefty Pete ha detto che ti può dare una botta, ma è un cazzone, quello. Ho avuto giusto dei brividi.

È una party girl, quindicenne sulla via per i quaranta. Simon conosce altre tipe come lei, ragazze del genere non gli hanno mai prestato molta attenzione. Lui è magrolino, alto e sembra piú giovane della sua età, come se qualcuno avesse preso un bimbo di dieci anni e lo avesse allungato per divertirsi.

Louise punzecchia per qualche istante ciò che ha nel piatto, poi lo allontana. Se le chiedessero cosa le mette ansia risponderebbe: «Tre cose. *Tutto. Niente. Me stessa*». Se la stringessero alle corde ribalterebbe la domanda, perché nonostante sia alla disperata ricerca di attenzioni la sola cosa di cui non ha voglia di discutere è sé stessa.

– Baci bene? – gli chiede.

– Piú o meno, – dice lui. – Ma non credo lo saprai mai.

– Questo lo dici tu.

– Penso che dovremmo essere solo amici.

– Noia.

– Lo dici perché non hai mai avuto un amico.

– Io ho avuto degli amici.

– Un *vero* amico.

– E cosa sarebbe? Un *vero* amico.

– Qualcuno di cui ti puoi fidare.

Lei ci pensa su, poi lo guarda con aria di sfida.

– Che paroloni.

– Pinzatrice è una parola piú grande. Anche minivan.

Lei lo guarda male.

– Di' la verità. Spenderesti dei bei dollaroni per farti fare un pompino.

– No no. Parola di lupetto scout.

Lei si piega in avanti.

– Sono molto brava a farli, – dice dolcemente, passandosi la lingua sulle labbra.

– Ne sono certo.

– Ma non sei interessato.

– Mi spiace, no.

– Perché…

– Non sei il mio tipo.
– Ti piacciono le bionde?
– Mi piacciono i ragazzi.

Che sconfitta; allora lei alza quello che una volta era il suo sopracciglio. – Sono piatta. Potresti fare finta.

Lui le prende le mani. – Louise, – dice.

Lei incrocia il suo sguardo, ma adesso pare intimidita, spaventata.

– Cosa?
– Fidati di me.

O

Una settimana dopo Simon incontra il Profeta. Quella sera è andato a letto troppo tardi – spuntare la checklist del suo rituale notturno prima di coricarsi richiede tempo – e si è svegliato un'ora dopo a causa del brusio di voci sommesse e del rumore di passi che ha sentito arrivare dal corridoio. Simon ha sempre avuto il sonno leggero. Le voci ritornano a fare su e giú. Da sotto la porta intravede le luci accendersi. Si tira su lentamente, e va alla finestra. Fuori è buio, forse l'una di notte. C'è un'ambulanza nel viale. Le porte sul retro sono aperte, dentro è illuminata. Simon si volta e va alla porta. La apre con cautela quanto basta per gettare uno sguardo in corridoio.

Due paramedici stanno spingendo una barella fuori dalla stanza di fianco alla sua. Sopra c'è un corpo con il lenzuolo tirato fin sopra alla faccia. È il ragazzino nuovo. Jeremy qualcosa. È arrivato lunedí. Un rossiccio a cui avevano sparato delle lentiggini in faccia con un fucile. Simon li osserva mentre la portano lungo il corridoio verso l'ascensore. Dopodiché uno degli psicologi esce dalla stanza di Jeremy e vede Simon.

– Torna a letto.
– Era... come si chiama... Jeremy?
– Kevin, – dice lo psicologo, – temo ci sia stato un incidente.
– Un incidente?
– Torna a letto. Ne parleremo domani.
Lo psicologo si affretta a raggiungere i paramedici. Simon lo guarda voltare l'angolo e sparire. Da dietro sente una voce.
– Non esistono incidenti.
Simon si volta. Un ragazzo sta sulla soglia di una porta in fondo al corridoio. Ha i capelli lunghi – non alla Gesú ma fino alle spalle – e gli occhiali. Sta mangiando una di quelle lunghe caramelle gommose a forma di treccia.
– Vuoi dire... che vuoi dire? – chiede Simon.
– Fa tutto parte del piano.
– Quale piano?
Il ragazzo agita la caramella verso di lui e sorride. – Questa, – dice, – è la domanda da un milione di dollari.
Poi rientra nella sua camera e chiude la porta.

O

Prima che sua sorella si uccidesse, Simon pensava che il padre fosse un dottore come lo era il suo pediatra. Si era immaginato uno studio medico con una sala d'attesa piena di bimbi moccolosi e adulti scazzati. Nella sua testa, Papà indossava un camice bianco e aveva al collo uno stetoscopio, magari con una cravatta scherzosa. Ma, ovviamente, il padre di Simon non aveva mai indossato una cravatta scherzosa in vita sua. Indossava completi da tremila dollari e scarpe da novecento. Avevano un appartamento con vista sull'Hudson e un attico terrazzato, e ogni mattina mangiava un ovetto alla coque – insieme a quello che a Oxford aveva imparato a chiamare *soldatino*, ovvero un pezzetto di pane tostato da intingere nel tuorlo –, poi si metteva l'abito su misura per sedersi sul retro di una macchina con autista che lo avrebbe portato nel suo ufficio in un grattacielo sulla Cinquantasettesima, perché Ty Oliver era, naturalmente, il Ceo della Rise Pharmaceuticals, una multinazionale fondata da suo nonno.

Di tutto ciò, Simon, ovviamente, non sapeva nulla. Era un quattordicenne, isolato da qualsiasi mondana controversia. Cosí come non sapeva a quel tempo che la Rise Pharmaceuticals era la piú grande produttrice di oppiacei legali del pianeta. E gli oppiacei legali erano tra i farmaci che davano piú dipendenza mai creati in laboratorio.

Buuu puah!

Un operaio di Pittsburgh va dal dottore per una lussazione della rotula e torna a casa con un flacone di pillole. Sei mesi dopo, ha venduto tutti i mobili di casa e compra le stesse pillole, una o due alla volta, da un tizio che le tiene nel bagagliaio di una Toyota usata. Oppure, una sciatrice olimpica si opera a un'anca. E deve stare a letto per due settimane. Prima prende le pillole con cautela, cercando di tenere sotto controllo il dolore. Ma dopo un po' le sembra che non facciano abbastanza effetto e cosí le sbriciola e se le sniffa. E l'ondata di tepore che l'avvolge è qualcosa che un animale senziente non potrà mai provare in natura.

Gli scienziati hanno dimostrato che se si mette un topo da laboratorio in una gabbia e gli si dànno un bottone da premere per il cibo e uno per una dose di un oppiaceo, il topo sceglierà sempre il bottone con la dose, anche se farlo lo porterà a morire di fame. La sola cosa che dà piú dipendenza degli antidolorifici è il denaro, che, guarda un po', si può fare a palate vendendo – in maniera lecita o illecita – oppiacei.

Cosí quando il padre di Simon indossa il suo completo al mattino e scompiglia i capelli del figlio prima di uscire, non sta andando in qualche angusto studio in un seminterrato, a diagnosticare mal di gola o a testare i riflessi con un martelletto. Ma sta andando nell'ufficio piú in alto di una torre di acciaio e vetro a cercare modi sempre piú redditizi per trasformare il dolore in $.

Non fraintendetemi. Ty Oliver era già multimilionario prima della pandemia. Allora il suo patrimonio ammontava a soli 922 000 000 $ (922 milioni). In dodici mesi di pandemia era cresciuto fino a 4 000 000 000 $ (4 miliardi). Questo è quello che è successo alle persone dopo un anno chiuse in casa: è esploso il dolore, il bisogno di fuggire. E Ty Oliver era lí apposta per fornire loro una soluzione.

Lui e altri trentasei nuovi miliardari, il cui patrimonio complessivo era salito da 2 950 000 000 000 $ (2,95 trilioni) a 4 000 000 000 000 $ (4 trilioni). La pandemia è stata una grande occasione per gli affari.

Ecco altri numeri che Simon aveva imparato l'anno precedente al suo ingresso in un centro per il controllo dell'ansia adolescenziale.

Ci sono piú di quarantuno milioni di persone che fanno uso di oppiacei sul pianeta Terra.

Trecentomila di loro muoiono ogni anno per overdose.

Claire si è uccisa ingoiando ottantasei pillole.

Era stata una dei piú di duemila americani morti quel giorno per overdose causata dalle pillole che la famiglia di Simon ha ideato e commercializzato. Questo prima che iniziasse l'epidemia di suicidi. Un martedí qualunque.

La matematica, guarda un po', ha una sua intrinseca moralità.

O

Simon vede di nuovo il Profeta alla terapia di gruppo del lunedí. Siedono in cerchio nel cortile della zona ovest, al riparo dal sole di inizio estate. La moderatrice comincia dando una notizia. Kevin Foster è venuto a mancare nel sonno durante il weekend. Poi chiede come si sentono dopo averlo saputo.

– *Nel sonno*... – dice Greta Moracin, sedici anni, – puoi essere piú precisa?

Greta è un fuscello di biondina, probabilmente anoressica, sicuramente con un disturbo da deficit di attenzione.

– Cosa vuoi sapere? – dice Ashton Hunt, tredici anni, il piú giovane tra di loro. – I dettagli truci? Se si è strozzato con la lingua o è soffocato nel suo vomito?

– Nessuno si è strozzato con la lingua, – dice la moderatrice con una voce rassicurante. – Quello che sappiamo è che la morte fa semplicemente parte della vita. È tutto parte del grande ciclo.

Simon siede sotto il pergolato di fianco a Cookie Yamamoto, una diciassettene con tendenze depressive a cui piace farsi dei disegni addosso con la biro. Nella cultura giapponese, l'ansia sociale è detta *taijin kyōfushō*, che significa paura di offendere o mettere in imbarazzo *qualcun altro*. Quanto deve essere liberatorio, pensa Simon, non essere tormentati dal terrore occidentale di essere tu quello in imbarazzo, di essere tu quello che si umilia, non essere tormentati da quella patologia del sé che non smette di darti tregua, ossessiva e narcisistica.

Di solito non parla molto quando sono in gruppo, tende

a concentrarsi soprattutto sulla respirazione. Oggi, con la coda dell'occhio, sta anche studiando il Profeta.

– La morte è *la fine* della vita, – dice Betsy, mangiucchiandosi le unghie.

– Sai la morte di cosa è anche la fine? – dice Ashton. – Delle preoccupazioni.

Ci pensano tutti, tredici adolescenti che passano giorno e notte intrappolati in una spirale d'ansia senza fine. Le informazioni dal mondo esterno non hanno modo di circolare. Niente Internet, niente cellulari. I contatti sono strettamente limitati e devono essere approvati per ridurre la possibilità che si generino conflitti o si scaldino gli animi. Questo significa che nessuno di quei bimbi troppo cresciuti che sono lí con Simon legge notizie da settimane. Non sanno che Kevin è soltanto un altro granello di sabbia in una clessidra che lentamente si sta svuotando, o che la morte ormai è un virus che sta devastando la gioventú di tutto il mondo.

Simon osserva la moderatrice; lei si schiarisce delicatamente la gola e suona un piccolo gong di bronzo per ottenere la loro attenzione. Il gruppo si zittisce al propagarsi dell'eco.

E a quel punto parla il Profeta.

– L'America moderna, – dice, – ha i tassi di depressione, ansia e solitudine piú alti della storia umana. Le cose vanno peggio nelle città, e tra i benestanti. Che è l'opposto di quello che si potrebbe pensare.

– E perché? – Simon si sorprende a chiedere.

Il Profeta si volta e lo guarda. Ha quattordici anni. Le voci dicono che arriva dal Wisconsin, che è cresciuto in un'azienda agricola fallita durante l'ultima crisi. Altri sostengono che è nato all'incrocio dei quattro Stati, tra New Mexico, Arizona, Nevada e Colorado, partorito sotto la luna piena nel cassone di un Nissan Pathfinder. Ma non sono che pettegolezzi.

– I !Kung del deserto del Kalahari, – dice, – lavorano meno di dodici ore alla settimana. Tutto quello che fanno, lo fanno insieme; cacciare, raccogliere la frutta, lavare i vestiti al fiume. Ogni risorsa che hanno è condivisa. Cibo, acqua, abitazioni. Il piú grande peccato che si può commettere nella cultura !Kung è essere egoisti. È interessante notare che hanno il tasso di malattia mentale piú basso mai riscontrato al mondo. Sarà forse perché non possiedono nulla né hanno «tempo da dedicare a sé stessi»? Perché non hanno una parola per dire *io*? Difficile dirlo. Quello che sappiamo è che, ossessionate dalla proprietà, le persone si concentrano sempre meno sulla collettività e sempre di piú su loro stesse: la parola «nostro» sparisce e resta soltanto «mio». E non può che volgere al peggio, come dimostra il fatto che oggi puoi vivere gran parte della vita incontrando soltanto estranei, circondato dal lusso eppure completamente solo.

– Perché tutto questo dovrebbe avere a che fare con il fatto che Kevin si è ammazzato? – chiede Ashton.

– Aspetta un secondo, Ash, – dice la moderatrice, – nessuno ha mai detto che Kevin si è ammazzato.

Tutti la ignorano. Sono interessati a quello che ha da dire il Profeta.

– La teoria dell'autodeterminazione, – intona con voce calma, come se la moderatrice non avesse nemmeno parlato, – mostra come gli esseri umani abbiano bisogno di tre cose basilari per essere appagati. Numero uno, devono sentirsi competenti in ciò che fanno. Numero due, devono sentire che la loro vita è autentica e, numero tre, devono sentirsi connessi agli altri. C'è qualcuno qui che possa barrare tutte e tre queste caselle?

Nessuno alza la mano. C'è una pausa. Dopodiché la mano della moderatrice scatta in alto.

– Sapete cosa altro è molto importante? – dice. – *Provarci*. È importante che siamo qui e che stiamo provando a stare bene. C'è qualcun altro che vuole condividere qualcosa con il gruppo? Betsy?

Betsy scrolla le spalle. Si sta disegnando un cappio sulla gamba, con la biro blu.

– La cosa da capire riguardo allo stare insieme, – dice il Profeta, – è che cooperare con gli altri stimola l'aumento dei livelli di ossitocina nel cervello umano. Condividere, fare gruppo. Si sviluppano legami di fiducia e solidarietà tra gli uomini e nelle donne si consolida l'istinto ad allattare al seno. Ci *sentiamo* letteralmente meglio quando collaboriamo.

– Tutto questo è meraviglioso, – dice la moderatrice. – Grazie per averlo condiviso con noi, Paul. Vedete ragazzi? È importante collaborare.

Simon si mordicchia una pellicina sul labbro. Adesso sa il nome del Profeta. *Paul*.

– Ti ho chiesto di non chiamarmi cosí, – dice il Profeta pacatamente.

– Scusa, mi sono dimenticata, – dice la moderatrice. – Come vuoi essere chiamato?

Il Profeta attende un istante, poi risponde: – Non voglio essere chiamato in nessun modo. Non sono qui per me stesso. Sono qui per voi. È l'unico modo in cui possiamo sperare che il futuro sia diverso dal presente o dal passato. Dobbiamo dimenticare noi stessi e concentrarci sugli altri.

Si volta verso Greta.

– Lo sapevate, – dice, – che quando un Paese entra in guerra, il tasso di suicidi cola a picco? A Parigi, durante la Seconda guerra mondiale, gli ospedali psichiatrici si sono svuotati. Le bombe cadevano dal cielo e le persone non si erano mai sentite meglio. Vedete, quando perseguiamo una causa comune, ci sentiamo meglio con noi stessi. Charles Fritz ha ipotizzato che le società moderne, urbanizzate e alienanti, abbiano distrutto i legami sociali fondamentali. Ma le catastrofi ci costringono a tornare a un modo piú biologico e ancestrale di relazionarci gli uni con gli altri. Guerra, carestie, inondazioni. Un blackout a Manhattan, una bufera. Quando succedono queste cose, la gente esce di casa. Distribuisce bottiglie d'acqua ai vicini. I ristoranti servono cibo gratis piuttosto che farlo andare a male. E qual è il mondo che ci hanno lasciato i nostri genitori se non un mondo in preda alla catastrofe? Non sappiamo cosa fare. Per questo siamo tanto angosciati. Per questo siamo tutti qui. E per questo Kevin si è ammazzato.

Detto ciò, si lascia andare all'indietro sulla sedia e chiude gli occhi.

La moderatrice si fa scappare una risata nervosa.

– Ok, – dice, – mi pare che per oggi abbiamo finito. Aggiungo soltanto che Cindy e io possiamo dedicarvi delle ore in piú questa settimana, se qualcuno volesse venire a farsi una chiacchierata. Quelli di voi che hanno terapia equina, possono proseguire verso le stalle.

Si alza in piedi con fare incoraggiante, come a dire: *Andate e cogliete l'attimo.*

I ragazzini abbandonano le sedie in uno stato di apatia collettiva. Il sole è a picco sul tetto del Float, e per un attimo, mentre si tira su, Simon resta accecato dalla luce. Abbassa la testa e strizza gli occhi per far sparire le macchie nere dalle palpebre. Quando li riapre, il Profeta è davanti a lui, le braccia conserte, il volto sereno.

– Cammina insieme a me, – gli dice, e poi volge la testa verso i giardini.

Simon si guarda intorno per essere sicuro che il Profeta si stia effettivamente rivolgendo a lui e a lui solo, ma tutti gli altri si stanno affrettando verso la successiva attività in programma. Anche Simon tra dieci minuti dovrebbe fare terapia dell'esposizione, ma non ha nessun dubbio. Prende il suo quaderno e si affretta a seguire il ragazzo che non vuole essere chiamato Paul.

O

Camminano lungo il giardino delle rose verso l'uccelliera. La direttrice ripete spesso che secondo lei gli uccelli sono i piú saggi tra gli animali, e incoraggia gli ospiti a passare del tempo a osservarli e ad ascoltare i loro peculiari cinguettii. Mentre avanzano, Simon fa il conto alla rovescia partendo da cento. Il Profeta cammina di fianco a lui, con le mani dietro la schiena.

85, 84, 83.

Piú Simon si avvicina al numero 50, piú diventa ansioso, cosí infila una mano nella tasca e strofina il sacchetto di carta spiegazzato, per assicurarsi che sia lí nel caso arrivi a zero senza che quel silenzio s'infranga.

Pensa a quando tra non molto il Medio oriente, l'India e gran parte della Cina diventeranno una zona inabitabile. Un grande corridoio del pianeta svuotato dell'umanità a causa del caldo e delle precipitazioni battenti. Settanta milioni di persone, ottanta milioni, cento milioni. Dove andranno? Chi li accoglierà?

Claire è sempre stata troppo spaventata per fare una battuta, perché cosa succede se nessuno ride?

– Ho una visione, – dice il Profeta proprio quando il cervello di Simon è arrivato a 26.

Poi proseguono in silenzio per un po'. Simon non sa se chiedere: *Quale visione?* Ma piú ci pensa, piú la sua bocca sembra paralizzata.

– Una visione che ti riguarda, – dice il Profeta. – Giungono a me a tarda notte, quando tutto è tranquillo. È allora che lo sento con piú chiarezza.

– Senti cosa? – riesce a chiedere Simon.

– Il brusio di Taos. Dicono che lo possa sentire il 2 percento della popolazione, ma io non ho mai incontrato nessun altro che lo sentisse. Immagina le frequenze sonore piú basse possibile, poi abbassa il tono di altri due terzi. È una sensazione, piú che un suono, a dir la verità, come mettere l'orecchio sulle rotaie quando il treno è in lontananza. Qualcuno è convinto sia generato dalla linea elettrica o dalle tubature dei gas combustibili. Ho persino sentito una teoria che sostiene che sia un suono prodotto dai movimenti tettonici. Ma secondo me quella che sento è la voce di Dio.

E si ferma a studiare un pappagallino verde, appollaiato sul ramo di un olmo.

– All'inizio mi sono chiesto: *Perché Dio dovrebbe parlare con me? Non sono speciale*. Ma poi ho pensato: *Perché non dovrebbe*? Forse è questo il punto. Cos'è la storia se non una fossa comune riempita coi cadaveri di chi ha seguito Uomini Speciali? Forse quello di cui abbiamo bisogno è qualcuno di ordinario e noioso. Anonimo. Forse abbiamo bisogno di seguire le parole, non la persona.

Simon tiene gli occhi fissi sul pappagallino ma è concentrato sul Profeta. Vuole che arrivi alla parte della storia che lo riguarda, la visione, ma è troppo intimorito per chiederlo.

– Il tuo nome è davvero Paul? – dice alla fine, una domanda che non si aspettava di fare e che immediatamente gli provoca un picco d'ansia.

Claire è sempre stata una delusione.

Ma il Profeta si limita a un'alzata di spalle.

– Non sono cosí importante da dover avere un nome. Puoi chiamarmi *ragazzo* se vuoi, oppure *il caro vecchio come si chiama*. Un bifolco fuori da un fast food Dairy Queen mi ha chiamato *finocchio del cazzo*, una volta, ma non credo fosse un modo per identificarmi, quanto una forma di disprezzo nei miei confronti. E comunque, non ti ho chiesto di camminare insieme per parlare di me. Siamo qui per parlare di te.

– Me.

– Sí. Dio mi ha parlato di te.

– Dio.

– Sí. Mi ha detto di Claire.

Simon sente un nodo stringergli lo stomaco. Nessuno usa i cognomi lí. Come fa il Profeta a sapere chi è Simon?

– Ti porti sulle spalle un grosso peso. Tutti ce lo portiamo. Ma Dio vuole che tu sappia che la sua morte non è stata vana. Lei è stata la prima, ma non sarà l'ultima.

– La prima cosa?

– Martire.

Simon strizza gli occhi.

– Che altro ha detto... Dio?

– Ha detto che tu eri là, al museo, il giorno in cui i flaconi di pillole sono caduti dal cielo.

Simon si volta e guarda il Profeta. È un ragazzino alto, sottopeso. C'è una vena di tristezza nei suoi occhi. Come può saperlo? Sa della vernice rossa che hanno tirato in faccia alla madre fuori dal Waldorf Astoria? Il cuore gli galoppa in petto.

– Che problema hai? – gli chiede. – Tutte queste stronzate da santone. Cosa vuoi nascondere?

– Mi spiace se ti ho turbato, – dice il Profeta. – Molte cose che mi dice Dio sono sconvolgenti. Estinzione. Parliamo soprattutto di questo. Cosa succede a una specie quando distruggi il suo habitat naturale, quando la corrompi nel profondo della sua essenza e dei suoi fini… quando prendi i suoi istinti e il suo corredo genetico e li sfrutti per un altro scopo? Si confondono i propositi nobili con quelli piú biechi. Imbrigliando le nostre spinte verso l'alto e spronandoci a seguire un sentiero mostruoso, un sentiero dove gli esseri umani sono riprogrammati per bramare dei prodotti e ignorare la realtà.

Simon sente il viso avvampare. Malgrado si sforzi di resistere, quelle parole rimestano qualcosa in lui. Il Profeta si lecca il palmo della mano e si aggiusta un ciuffo ribelle.

– Ci sono dati che mostrano con evidenza accertata come in molti Paesi chi non ha avuto rapporti sessuali entro i venticinque anni, allora è molto probabile che rimanga vergine almeno fino all'età di quarantacinque. Il punto è, guardati intorno: c'è un popolo di adolescenti che in qualsiasi altro decennio starebbero scopando come conigli, e invece noi stiamo su TikTok.

– Dio ti ha parlato di me, – dice Simon. – Cosa ha detto?

– Ha detto che i peccati del padre dovranno essere espiati dal figlio. Mi ha detto di dirti che è difficile essere utili e tristi insieme. E anche, *ricorda gli occhi rossi*. Ti dice qualcosa?

Simon sente qualcosa nella mano e guarda giú. Senza accorgersene, ha tirato fuori il sacchetto dalla tasca.

– Nessuno qui ha un telefono, – dice, – quindi credo che… TikTok… la tua specie di teoria non sta in piedi. Noi siamo in via di guarigione.

– Hai mai sentito parlare dei *dry drunk*? – replica il Profeta. – Persone che hanno smesso di bere ma continuano a comportarsi da alcolisti, la loro identità è rimasta la stessa anche se hanno perso l'abitudine. Per quanto riguarda gli schermi a cui siamo sempre attaccati, non siamo da biasimare. Progettano quei dispositivi che dànno assuefazione in luoghi pieni di brio e spensieratezza, con stanze per i pisolini e tappetini da yoga personalizzati. All'inizio erano solo un altro modo per far spendere dei soldi agli esseri umani, solo un'altra merce sul mercato. Ma poi c'è stata la svolta.

– Quale svolta?

– Siamo diventati *noi* la merce. I nostri dati. È questo il segreto della vita moderna. Siamo passati dall'essere cittadini all'essere consumatori, e adesso siamo merce, siamo consumati. I nostri profili personali, la nostra storia sociale e finanziaria, ciò che ci piace e non ci piace, ogni cosa sfruttata per predire accuratamente i nostri comportamenti futuri. Come voteremo? Scenderemo in rivolta per le strade o sventoleremo bandiera bianca? I dati sanno tutto, per questo oggi hanno piú valore dei nostri corpi. Come ti fa sentire saperlo, Simon Oliver? Sapere che il tuo valore in questo mondo sta nei tuoi pollici? I tasti che schiacciano. Dio non è contento. Dovresti rendertene conto. Ci ha creati per amarci l'un l'altro, per essere dei miracoli, non per swipare a destra. E allora siamo costretti a chiederci: fino a che punto l'animale uomo può spingersi lontano da quello che la biologia ha previsto per lui? Quando inizierà a collassare?

Mette una mano sulla spalla di Simon.

– Sto parlando di estinzione. È questo il motivo per cui si è ammazzato Kevin. Perché da qualche parte nel profondo di sé sapeva. Siamo in trappola. Tutti noi. Il futuro è un problema che non può essere risolto. Cinque O uno uno.

– Cosa?

– Cinque O uno uno.

– Non vuol dire niente.

– Vuol dire tutto. Solo non per te. Non ancora.

Guarda Simon dritto negli occhi.

– Voleva dire qualcosa per Claire.

Simon sbatte le ciglia. In testa vede i flaconi arancioni che piovono dalla balconata circolare del Guggenheim. Cadevano al rallentatore, una piaga biblica. Ma la vera piaga, lo sa molto bene e lo sapeva allora, erano i farmaci dentro i flaconi: un miracolo di ingegneria a rilascio graduale. Oblio in pillole. Settantasette miliardi di pillole confezionate in sette anni.

E Claire. Bellissima. Regina delle ragazze morte.

– Non parlare di lei.

– Scusami. Non sono parole mie. Sono Sue.

– Senti, – dice Simon, – non so cosa vuoi da me. Ho quindici anni. Niente di tutto questo è colpa mia.

E alla fine, perché uscire dalla finestra, se puoi usare la porta?

Simon sta iperventilando. Si volta, tira fuori il sacchetto di carta dalla tasca e lo porta alla bocca. Ci respira dentro – su e giú – il suo fiato in circolo. Il campo visivo gli si riempie di macchie, stelle. Con delicatezza il Profeta gli mette una mano sulla schiena, lo aiuta a raggiungere una panchina di legno. Sopra, una targa di bronzo recita LA SERENITÀ È L'ARTE DIVINA DI ESSERE PASSIVI.

Simon si siede, piegato in avanti, la testa tra le ginocchia, sta dando di matto mentre il Profeta gli parla in tono rassicurante.

– Due grandi forze ci motivano, – dice, – l'amore, e la paura. Di queste due, la piú facile da instillare negli altri è la paura. La paura fornisce la via piú rapida per giungere a una reazione viscerale. È una questione atavica, la sentiamo dentro. Gli animali spaventati si difendono. Combatti o fuggi. Adesso però parliamo di Storia. Di Storia americana. La *nostra* storia. Negli anni Novanta hanno iniziato a sfruttare il potere della paura per creare un diverso tipo di America. Una nazione in cui la paura fosse perpetua: paura del crimine, paura della diversità, paura del governo. Poi sono arrivate le Torri Gemelle e la guerra senza fine al terrore. Ci mettevano in guardia: tutto ciò in cui credevamo e tutti quelli che amavamo erano in pericolo. Terrorismo islamico. Stupratori messicani. Furgoni presi a noleggio che si lanciano tra la folla nelle città europee. L'autismo che arriva attraverso la siringa di un medico. Nel 2016 la paura ci ha portato il Dio Re e la sua armata di troll, la grande epidemia e la paura di morire per davvero.

Alza un pugno.

– *Indossate la mascherina!*

Poi l'altro pugno.

– *Liberate il Michigan!* Ricordi? E cosí Noi contro Loro è diventato il mondo. Ma piú la paura è utilizzata per motivare le persone, piú le persone si spaventano, piú la paura finirà col definire completamente le loro vite.

Il Profeta s'inginocchia e guarda negli occhi Simon. È una forma tremula, un fantasma di biossido di carbonio e luce.

– Quelle persone spaventate sono i nostri genitori, – dice, – e invece di crescere noi, i loro figli, circondati dall'amore, ci hanno cresciuti nella paura. Non gli è passato per la testa che le loro paure avrebbero plasmato gli adulti che saremmo diventati? Angosciati, oppressi dalla costante sensazione che qualcosa, che *tutto*, sia sbagliato. La loro paura ci ha paralizzati e la nostra incapacità di agire alimenta soltanto l'ansia che ci portiamo dentro. Stiamo fallendo nel vivere. E non ci resta che il nostro fallimento.

Il Profeta tira indietro la testa e lascia che il suo viso si riposi alla luce screziata del sole.

– Non ti sembra la tua vita? – dice.

Il respiro di Simon è tornato normale: una calma riciclata scorre attraverso il suo sangue privato di ossigeno. Abbassa il sacchetto.

– Non capisco.

– Sto dicendo che il mondo che tu credi essere reale è una bugia. Liberal, conservatori, la cosiddetta Culture War, lo scontro culturale. È un'illusione. La conseguenza ultima della paura che vince sull'amore. E quel che è peggio è che i nostri genitori ci stanno insegnando a schierarci. Ma è tutta una stronzata.

Simon respira nel sacchetto di carta, ma il suo battito cardiaco sta rallentando, i suoi respiri si fanno piú profondi, piú lunghi. Il Profeta si toglie gli occhiali, alita sulle lenti, e le pulisce con la maglietta.

– Ascoltami, Simon, – dice. – Il mondo che ci stanno lasciando è una bugia. Sai come lo so?

– Come? – dice Simon, con la bocca prosciugata, come se gracidasse.

Il Profeta si rimette gli occhiali, ingigantendo cosí i suoi occhi azzurri già grandi. Sbatte le ciglia per riprendere confidenza con la realtà filtrata dalle lenti e si piega in avanti.

– Perché stiamo ancora morendo.

Simon abbassa il sacchetto. I colori del mondo gli sembrano piú vividi, l'aria piú fresca.

– Cosa ha detto Dio? – chiede. – Di me.

– Che ha una missione per te. Che sarai essenziale nella costruzione della nostra nuova utopia.

– La nostra nuova…

– Utopia. Capisci, questo è il messaggio che mi ha detto di diffondere. Gli adulti sono perduti. Noi, i figli, ricominceremo da capo.

Il 12 luglio, il presidente rilascia una dichiarazione dallo Studio ovale. Seduto dietro la Resolute Desk, mani incrociate, espressione austera.

– Cari concittadini americani, – dice, – vi parlo in un momento in cui la nostra nazione è davvero in pericolo. A essere minacciati non sono i confini fisici che definiscono la conformazione di questa grande terra: la minaccia ci riguarda da dentro e ci riguarda tutti come popolo. I nostri figli stanno morendo. Si stanno togliendo la vita, uno dopo l'altro, tanti come non si era mai visto nella storia dell'umanità.

Una pausa per sfregarsi gli occhi, stanchezza. Sappiamo dai telegiornali che ha dormito molto poco da quando è iniziata questa crisi. Visite alle famiglie in lutto. Telefonate coi funzionari locali. Incontri con professionisti della salute fisica e mentale. Ha battuto i pugni su piú di un tavolo, esigendo risposte.

Ora aggiusta la mascella, scrollandosi di dosso le emozioni personali.

– Molti dei miei collaboratori, – prosegue, – mi hanno suggerito di non fare questa dichiarazione stasera, ma io non sono solo il vostro presidente. Sono anche un padre, e come padre ho sentito il bisogno di parlare. Dovete sapere che il vostro governo sta facendo tutto il possibile per comprendere la situazione e risolvere il problema. Questa mattina ho dichiarato lo stato di emergenza e ho incaricato la Fema di gestire la crisi, come farebbe con un uragano o qualche altra causa di forza maggiore, perché come potremmo chiamare tutto ciò, se non cataclisma umano? Il primo punto all'ordine del giorno sarà l'apertura di cliniche speciali in tutto il Paese. Ho anche firmato un provvedimento legislativo che prevede il reclutamento di medici e psichiatri in un nuovo corpo paramedico, chiedendo loro di sospendere l'attività privata e di lavorare invece per il bene di tutti gli americani, non importa a quale costo. Se questo è un qualche nuovo virus, noi lo scopriremo e troveremo la cura.

Ma non possiamo fare piú di cosí. I vostri figli non sono di proprietà del governo degli Stati Uniti. Sono vostri. E anche se possiamo darvi supporto nello sforzo per crescerli e per prendervi cura di loro, per tenerli in vita, non possiamo però farlo al posto vostro. Quindi vi imploro, concittadini americani, stringiamoci insieme ora, malgrado le differenze, e affrontiamo questa crisi, nel modo in cui abbiamo affrontato tutte le grandi crisi del nostro passato. Con cuore, con dignità, con coraggio.

E a voi, alla nostra gioventú inquieta, fatemi dire questo: *Siamo con voi*. Vi ascoltiamo. Niente è piú importante della vostra vita. E ai miei figli, che hanno dieci e dodici anni, lasciate solo che dica, Nathan, Rebecca, papà vi ama. Mamma vi ama. L'America vi ama.

Il presidente s'interrompe, gli occhi lucidi. Per un attimo si morde il labbro inferiore, cercando di tenere a freno le emozioni. Poi annuisce e si rivolge di nuovo alla telecamera.

– È stato un grande onore essere il vostro presidente in questi ultimi due anni. Non c'è Paese sulla Terra tanto benedetto e maestoso quanto la nostra grande nazione. Restiamo uniti per affrontare questa sfida, per salvare i nostri figli dall'oscurità, di modo che possano un giorno godere delle libertà e delle opportunità di cui abbiamo goduto noi. Di modo che possano vivere tutte le speranze e le promesse che può garantire loro la democrazia. Di modo che possano un giorno condurci nel futuro.

Dio vi benedica e possa benedire gli Stati Uniti d'America.

I Conklin

Cos'è un figlio desiderato? Certe donne sanno già da giovanissime che vogliono essere madri. Passano ore a valutare nomi, immaginando figli e figlie che prima o poi verranno. Certi uomini sognano di avere una famiglia appena sono grandi abbastanza da poter votare. Agognano la sensazione che dà avere uno scopo, quel senso di completezza. E poi ci sono gli altri, i genitori per caso, i genitori delle *scopate occasionali a tarda notte*, i genitori dei *preservativi rotti*, i genitori che *stavano per rompere*. Quanti eroi della storia sono venuti al mondo cosí? Quanti geni? Quanti grandi compositori, matematici, poeti, filosofi? Volere un figlio non è la condizione essenziale per avere un figlio. Louise Conklin – la ragazzina dei selfie immaginari e delle sopracciglia sparite – lo aveva capito già da piccola.

Era nata in un ospedale pubblico a Fremont, California, da una madre adolescente, senza che sul certificato di nascita venisse dichiarato il padre. Avevano vissuto con la nonna di Louise per qualche anno, poi c'era stata una serie di fallimentari fidanzati della madre. C'era stato Jerome, il camionista che faceva lunghe tratte e cantava canzoni country, e Ray, che teneva una Monster energy drink sul comodino per tracannarsela appena alzato e passava dodici ore al giorno a giocare a *Call of Duty* con le cuffie in testa. Poi erano tornate da nonna in un sobborgo fuori San Francisco. Negli anni Sessanta aveva comprato una casa malridotta in un quartiere in gran parte nero ma che da allora si era gentrificato, e a quel punto nonna era rimasta l'unica faccia scura in una strada piena di Tesla e casette degli anni Cinquanta ristrutturate in stile moderno. I suoi nuovi vicini erano amichevoli, sorridenti e salutavano sempre con entusiasmo, fieri di vivere in un quartiere cosí ricco di diversità.

Nonna aveva uno di quei comodi lavori governativi, smistava pacchi e lettere all'ufficio postale, e Louise prendeva lo scuolabus ogni giorno, coi vestiti lavati e stirati. Sua mamma era sempre data per dispersa in quegli anni, e ogni tanto si ripresentava a sorpresa, fumando Pall Mall, con qualche dente in meno; si piazzava su una sedia in cucina tamburellando con le dita sopra il tavolo. Poi Louise tornava da sola a casa da scuola e la trovava svenuta sul divano, con una scarpa ancora infilata e l'altra no. E passava quella che le sembrava essere un'ora in piedi davanti alla soglia di casa, fissando la strana forma russante di sua madre.

Restare o andarsene?

Ma dove sarebbe potuta andare? Era la sola casa che avesse. E cosí, il piú silenziosamente possibile, – a nove, dieci, undici anni – raggiungeva con passo felpato la sua stanza e chiudeva la porta, tremante. Ma restare tranquilla in camera non era mai stata un'opzione. In qualunque posto Louise fosse rimasta chiusa da sola troppo a lungo, i pensieri sarebbero arrivati a farle visita. I piranha nella pancia. Le macchie colorate agli angoli del campo visivo. *Fai qualcosa. Pulisci. Organizza.* Era il suo rituale. Avrebbe messo in ordine, pulito per terra, spolverato. L'alternativa, l'inazione, equivaleva alla non esistenza. Allora indossava i vestiti da faccende domestiche, preparandosi mentalmente mentre si guardava allo specchio. *Puoi farcela. Sei invulnerabile.* Poi apriva la porta e si metteva all'opera.

Tutto.
Niente.
Sé stessa.
La sua ansia si poteva ridurre a queste tre cose.

Tutto significava tutto. Il mondo. Seimila anni di storia umana, venuti dopo centonovantaquattromila anni di pura sopravvivenza animale, in cui il forte dominava sul debole. Le tribú diventavano regni e i regni democrazie – *civilizzate* – eppure, sotto la superfice, i legami tribali rimanevano intatti. Chi aveva potere e chi il potere lo subiva. Chi diventava ricco e chi restava povero. Tutto significava tutto ciò che non potevi dire ad alta voce riguardo alle discriminazioni e alla diseguaglianza, riguardo al modo in cui funzionava il mondo: e funzionava cosí, per lasciare al fondo le persone come lei, per impedire loro di rialzarsi.

Niente significava l'assenza di minacce tangibili – non aveva una pistola puntata alla testa, né un coltello alla gola – eppure cos'è la povertà, se non una minaccia? Cos'è venire chiamati con *quella parola* o sentirsi fischiare per la strada e poi essere seguita da branchi di ragazzi, se non una minaccia? Niente significava la paura che ti cresce nel cuore ogni mattina e ogni notte quando rivivi le offese subite durante la giornata, agitata al pensiero di quelle che ti porterà il giorno successivo. Verrai ignorata? Verrai aggredita? Verrai uccisa?

Sé stessa significava – be', bastava guardarla – la ragazza ripudiata dalla madre, strana e con il petto piatto. La bambina che badava a sé stessa, i cui migliori amici erano i prodotti per le pulizie, che si mordeva la lingua fino a farla sanguinare. Era come se fosse stata concepita in laboratorio allo scopo di generare l'ostilità dei maschi bianchi e privilegiati.

E cosí puliva.

La stessa routine ogni giorno, partendo dal bagno di sua nonna. Riordinava l'armadietto, scrostava il lavandino. Usava uno spray apposta per le fughe tra le piastrelle, e uno contro le muffe per la tenda della doccia. Il water lo trattava con la candeggina e lo spazzolone di ferro, che poi sciacquava sotto l'acqua ustionante della doccia. Vivevano in una casa rivestita di tavole in legno con due camere da letto vicino alla linea ferroviaria dei pendolari, coi treni che facevano tremare i vetri delle finestre cinquantaquattro volte al giorno. Nonna ci aveva abitato per ventidue anni, prima con nonno – che era morto a quarantotto anni in un incidente alla fabbrica di vernici – poi come madre single. E ora come nonna single, a crescere una ragazzina di dodici anni con un'ossessione per la pulizia.

– Posso specchiarmi nel tostapane, – diceva nonna con stupore certe mattine. – Sei stata tu?

Louise scrollava le spalle. Non le piaceva parlare del suo bisogno di pulire. Ma ogni giorno dopo la scuola s'infilava i guanti gialli e si metteva al lavoro. Non era importante che la casa non avesse fatto in tempo a sporcarsi dal giorno prima. Louise sapeva che anche se non la potevi vedere la sporcizia stava sempre lí.

Era stato fondamentalmente questo a impedirle di diventare una consumatrice di droghe in vena quando, a quattordici anni, aveva cominciato ad automedicare la sua ansia: l'idea di un ago sporco che le entra nel braccio. Passarsi una canna o una pipetta sarebbe stato ugualmente insostenibile, con tutti quei germi e quei virus che andavano avanti e indietro. Alcol e pillole. Quella sarebbe stata la sua strada. Era cominciato tutto in terza media. Gabby Macintosh aveva rubato del Valium dall'armadietto della madre, e Hart Overman era riuscito a prendere di straforo una bottiglia di vodka annacquata dal negozio dello zio. Era il terzo martedí di settembre del 2022. Erano nella stanza dei giochi della casa di Gabby, Louise era l'unica con della melanina nella pelle. Gabby e Hart stavano bevendo a canna, ma Louise andò a prendersi un bicchiere in cucina e si versò un dito di vodka.

– Ehi, – le disse Gabby, – prendi questo, prima.

E cosí Louise si poggiò sulla lingua la pasticca gialla di Valium, e la calò giú insieme a un sorso bruciante di vodka. Sperava nell'oblio ma si ritrovò in un sogno. Era la prima volta che si sentiva libera. La prima volta che la sua ansia costante era scomparsa. Un cazzo di miracolo, e non ci voleva niente. Una pillola, un drink.

1 + 1 = *pace*.

Quel pomeriggio saltò le pulizie. Sua nonna rientrò senza trovare nessuno, Louise sarebbe ciondolata a casa un'ora dopo, con la bocca impastata di mentine.

– Ed è allora che è iniziata, – le chiede lo psicologo. Sono passati quindici mesi. Si trovano in un portico verandato al centro per la riduzione dell'ansia Float, – quest'ossessione per il sesso e per la sessualità?

Louise lascia cadere le Crocs dai piedi, incrocia le gambe. Sta seduta su un dondolo di legno. Un incensino brucia sul tavolo accanto a lei. C'è una fresca brezza pomeridiana che arriva da est e può sentire gli agnelli e le capre belare dal recinto degli animali lí di fianco.

– Non ti puoi esibire a Carnegie Hall senza esercitarti.

– Che vuoi dire?

– Voglio dire che se vuoi essere la migliore in qualcosa ti ci devi mettere d'impegno.

Lo psicologo prende nota. Ha quarantacinque anni o giú di lí, e un isolotto di capelli castani al centro della fronte che si pettina all'indietro, come a creare un ponte per collegarli con il resto della sua attaccatura che indietreggia sempre di piú.

– E cosa significa per te, essere *la migliore* nel sesso?

Louise si appoggia allo schienale del dondolo, che si muove con lei, e alza gli occhi al soffitto. Il sesso è la sua valuta di scambio, ciò che la rende esotica lí e a casa, lo stereotipo della donna nera sensuale. È un ruolo che si è ritrovata a impersonare senza rendersene conto, attratta dal fascino dell'approvazione, la forza gravitazionale che esercita l'essere desiderabili. Ma la notte si fa scivolare un paio di forbici appuntite sulla pelle in punti in cui soltanto adolescenti cacciatori di tesori potranno arrivare a guardare, un avvertimento inciso sulla roccia all'ingesso di una caverna sacra: non puoi portarti via qualcosa di sacro senza lasciare dolore e sofferenza.

Perché, ovviamente, c'è una quarta cosa che rende Louise ansiosa, una paura atavica che fa sembrare piccole tutte le altre, un'esperienza traumatica che l'ha portata al collasso e alla fuga in quella pittoresca struttura suburbana che sua nonna non si può permettere.

E il nome di quella paura è lo Stregone.

– È… Diosanto, è un gioco, amico, – dice allo psicologo. – Stai sereno.

Lui prende un altro appunto.

– Sento che stiamo facendo parecchi progressi negli ultimi tempi, – dice.

– Fico.

– Sei d'accordo?

– Sono d'accordo che abbiamo fatto molti progressi? Non lo so. Che vuol dire? Progressi, nel mio caso, sai… intendi che non sono andata del tutto fuori di testa?

– Be'… sembri piú rilassata.

– Sono i farmaci.

– Ne sei sicura?

Louise sospira. Non le piace essere diretta. È una persona che gira intorno alle cose. Come coi ragazzi, non è il caso che chiedano un pompino, lo sai che lo vogliono. Anche *questo* tipo. Uomo Psicoanalisi. Lo vede il modo in cui prende nota delle sue storie, come mangiucchia la biro prima di segnarsi i dettagli piú disturbanti: non lo fa letteralmente ma nella sua testa quella biro la lecca. Agisce in modo calmo e distaccato, ma Louise sa che se lei si inginocchiasse nel mezzo di una seduta, lui non opporrebbe tanta resistenza.

– Spesso, – dice lo psicologo, – la promiscuità in giovane età è dovuta a un abuso. Cosa pensi di questa affermazione?

– Penso che sono io quella con le domande e tu dovresti essere Uomo Risposta.

Fa scattare la penna una volta, due. *Click-click*.

– Hai quindici anni, Louise. E se stai dicendo la verità, hai avuto incontri sessuali con decine e decine di ragazzi.

– Non scordarti le ragazze, amico. Se sto arrapata potrei leccarmi una bella fica al giorno.

Lo psicologo si toglie gli occhiali e pulisce le lenti con uno straccetto.

– Stai cercando di scioccarmi?

– Non me ne frega un cazzo. Mi sto attenendo ai fatti.

– E in che modo, – dice allora, – pensi che la tua razza possa avere a che fare con tutto questo?

Lei lo fissa. – Per davvero?

Lui annuisce, a suo agio nel distacco professionale.

– Ok, – dice lei, – rispondi un po' a questa: pensi che l'ansia sia un problema personale? Tu sei ansioso. Io sono ansiosa.

– L'ansia, – dice lui, – è una sofferenza della psiche.

– No, – gli dice lei, – è un problema che riguarda *noi*. *Noi siamo* ansiosi: persone nere, persone marroni, donne. Ansiose per le discriminazioni. Ansiose per la violenza. Ansiose per i nostri corpi e la loro salute fisica. Ansiose perché qualcuno si accorga, si accorga davvero che esistiamo... che a pensarci bene, Steve, non è un problema che hai tu.

– Perché sono bianco.

Lei alza le sopracciglia. *Non mi dire.*

Lui si toglie di nuovo gli occhiali, un'espressione contrita sul volto.

– Fa male, – dice, – sapere che mi giudichi per il colore della pelle.

Lei lo fissa.

– Stai dicendo sul serio?

Lo osserva mentre si rimette gli occhiali.

– Le persone nere sono state oggetto di razzismo in passato? – dice. – Sí. Nessuno lo sta negando, ma penso che siamo tutti d'accordo che oggi sia raro. Qualche caso isolato, certo, ma...

Lei lo fissa. Lui molla la presa, non vuole che la questione diventi *politica*. Ha fatto parecchie letture sull'argomento, comunque. Sa che il Civil Rights Act è stato un successo, a cui si è dato seguito con processi di discriminazione costruttiva, e adesso abbiamo l'uguaglianza. Un ottimo punto di partenza. *Cioè, certo*, pensa, *le persone stanno ancora lottando – persone nere, persone bianche, tutti – i tempi sono duri, ma è importante insegnare la verità ai nostri ragazzi, non un mucchio di argomenti di conversazione per progressisti.*

Immagina, pensa, *insegnare a dei bambini bianchi innocenti che sono colpevoli di essere razzisti dal momento in cui vengono al mondo.*

Ma questa non è la sua sessione di terapia. È quella di Louise, cosí la invita a parlare con un gesto della mano.

– Ok… – dice lei, appuntandosi mentalmente, da adesso in avanti, di tenere per sé tutto quel che prova davvero.

Lui sorride.

– Non fraintendermi, eh, – dice, – noi sentiamo quel che sentiamo. Se è cosí che tu fai esperienza del mondo, voglio rispettarlo.

Per qualche ragione il suo sorriso – privo di qualsiasi senso – le ricorda Colui Che Non Deve Essere Nominato. È quella la storia che il suo psicologo vuole davvero sentire, ma non c'è verso che lei gliela racconti. Lo Stregone e il Troll. La guardia ai cancelli della villa sulla collina. La ascolterebbe e si segnerebbe sul suo taccuino: «Maestra dell'inventare balle». Ma una storia a che cosa serve se non a mostrare una qualche verità piú grande?

Ti piace far festa? Perché questa è una casa dove si fa festa.

Montagne di pillole. Tutta la vodka che riesci a bere.

Ma prima devi vedertela con il Troll.

Invece, Louise fa un elenco di tutti i suoi prodotti per pulire preferiti: Borax per strofinare le superfici incrostate, 409 per sgrassare delicatamente. Parla dei punti di forza e di debolezza dei vari spazzoloni. Parla persino di sua madre sul divano, con una sola scarpa, come se avesse dovuto attraversare qualche campo pieno di fango per arrivare a sdraiarsi lí.

– E secondo te qual era il suo problema piú grande? – chiede lo psicologo.

Louise si morde le labbra. Non vuole parlare di niente di tutto questo. Vuole parlare di come, in tutta la struttura, i ragazzini stanno scomparendo, di come le ambulanze hanno cominciato a presentarsi senza luci e sirene, scivolando attraverso i cancelli nell'oscurità della notte, e poi la mattina tutto quello che resta è una stanza color salvia vuota. Dieci spariti nell'ultimo mese, le code alla mensa sono sempre piú corte. Eppure, non dice nulla, perché che senso avrebbe? Nessuno qui ti dà mai una risposta sincera.

– Era una tossicodipendente, – dice Louise.

– È questo che ti disturba? Che facesse uso di droghe? So dalle nostre sedute che ne hai provate parecchie anche tu.

Louise sorseggia il suo tè. – Ok, sai che c'è, lo vuoi proprio sapere qual era il suo problema piú grande? Ero io.

Click-Click

O

Il Troll si chiamava Evan, ma Louise lo avrebbe scoperto soltanto quando lo Stregone l'avrebbe chiamato cosí. Fuori dalle mura ricoperte d'edera, il Troll schiacciò il pulsante e parlò al citofono. «Sí, sono io, – disse. – Ne ho una». I cancelli si aprirono. Il Troll entrò fermandosi in un enorme spiazzo davanti alla villa piú grande che Louise avesse mai visto.

Lo Stregone stava lí ad aspettarla, con il telecomando per aprire il cancello in mano, indossava dei jeans e una polo. Aveva sessant'anni ma ne dimostrava poco piú di quaranta, i lineamenti puliti, fini: un uomo che si fa lampade abbronzanti, che ha un personal trainer e un personal shopper, un uomo che si fa aggiustare i capelli argento ogni settimana, che fa yoga e mangia solo frutta e verdura biologica. Un uomo che Ottiene Sempre Ciò Che Vuole, che si circonda di accoliti e yes men.

Un miliardario, insomma. Esattamente ciò che era.

«La macchina del ghiaccio è andata, Evan-bello, – disse. – Sii un tesoro e vanne a prendere un po' al locale che conosci».

Poi passò al ragazzino – quanti anni aveva Evan, diciannove, venti? – una manciata di banconote da cento dollari, quanto pensava costasse il ghiaccio? Un sacco da cinque chili di acqua congelata? Louise se ne accorse. Merda, saranno stati settecento dollari, buttati lí come quando si dice *tieni il resto*. E date le dimensioni di quella proprietà – *come cazzo* si faceva a chiamarla casa, era un palazzo con ettari di terreno, nel centro di San Francisco – settecento dollari erano spicci.

Evan disse *no problem*, e saltò sulla Mercedes cabrio.

«Fai la cattiva», disse a Louise prima di imboccare il lunghissimo viale d'accesso e sparire.

Louise indossava degli shorts bianchi e una camicetta smanicata. Era estate avanzata, ma si sentiva già un po' della frizzante aria autunnale. Aveva uno zainetto in spalla, perché Evan le aveva detto che era fondamentale che il suo look gridasse *studentessa delle superiori*. Dentro c'erano il suo libro di matematica, il diario e qualche matita colorata. Oltre a un igienizzante Purrell in tre formati (spray, lozione e con applicatore a sfera).

Squadrò lo Stregone, che se ne stava nell'ombra, come un vampiro.

«Che ne dici di farti un po' vedere bene, gattina? Fai una giravolta, – disse. – Lo Stregone vuole dare un'occhiatina alla merce».

Louise si espose con consapevolezza. Pensava a sua nonna che stava smistando pacchi e lettere all'ufficio postale, a sua madre spersa chissà dove in America, al padre che non aveva mai conosciuto. Magari era lui. Succedevano cose anche piú folli di cosí.

«Miao», disse lo Stregone, gli occhi nascosti dietro un paio di occhiali da sole da duemila dollari. E la invitò a seguirlo fino alla piscina sul retro per conoscere gli altri.

Si avvicinarono allo scalone in fondo al foyer. Louise poteva sentire la porta d'ingresso allontanarsi alle sue spalle, le sembrava di essere immobile mentre l'uscita svaniva.

Davanti a lei, lo Stregone sparí dietro una porta. Louise affrettò il passò per stargli dietro, ma si fermò sulla soglia, senza riuscire a entrare. La stanza era nera con delle scritte bianche sui muri. «Moloko Plus», lesse. «Moloko Synthemesc». «Moloko Vellocet». Allineati lungo le pareti rettangolari c'erano sei manichini d'alabastro a grandezza naturale, sei donne nude inginocchiate, con in testa delle enormi parrucche bianche vaporose. Ma non erano solo manichini. Erano fontane. Un liquido bianco acquoso zampillava dai loro capezzoli in una sorta di canale lattiginoso piú in basso.

Le luci erano basse, tutto brillava di biancore contro le pareti scure.

In fondo alla stanza, si accorse Louise, c'erano quattro uomini vestiti di bianco, con dei cappelli neri a bombetta in testa. Erano seduti su una panchina bianca e la fissavano, immobili, le ciglia nere marcate come avessero il mascara.

Lei si bloccò.

Dov'è lo Stregone? Cosa dovrei fare?

Il tintinnio delle sei fontane riempiva l'aria. In sottofondo musica classica soffusa, in crescendo, familiare. Un po' di caro vecchio Ludovico Van.

Esitando, Louise entrò nella stanza e andò verso quegli uomini: *Perché non si muovono? È una specie di sfida? Sono io lo spettacolo?* Ma avvicinandosi si rese conto che non erano esseri umani ma riproduzioni in silicone. Statue. Il che rendeva tutto ancora piú inquietante. Si fermò. All'improvviso sentí il fiato di un uomo sulla nuca.

«Ti piace il latte, gattina? – le sussurrò lo Stregone all'orecchio. – Un bel pezzettino di cioccolata miao-miao».

Louise si voltò e fece un passo indietro, infilando il piede in quella sorta di canale che correva lungo il pavimento e alzando un po' di candidi schizzi.

«Mi spi...» disse lei. Ma lo Stregone stava sorridendo coi suoi occhi schermati dalle lenti scure.

«Vuoi vedere un trucchetto?»

Alzò la mano destra e indicò le quattro riproduzioni di essere umano.

«Sia fatta luce».

Louise si girò, davanti a lei la parete nera sembrò dividersi a metà, rivelando un bagliore che riempí la stanza, accecandola, mentre due delle statue scivolavano a sinistra, e le altre due a destra. Con il piede destro zuppo fino alla caviglia, ci mise un attimo a rendersi conto che quello che stava guardando era il mondo esterno, un gigantesco patio terrazzato, tutto bianco. Poi seguí lo Stregone. E fu soltanto allora che comprese la reale grandezza di quella proprietà, gli enormi giardini pensili, l'impressionante vista sullo skyline di San Francisco e, esattamente sotto di lei, una piscina mastodontica, attorno alla quale stavano sedute decine di ragazze giovani, giovani come Louise. Un uomo con un vestito scuro ci passava in mezzo, reggendo una brocca bianca, con la quale riempiva di latte i loro eleganti calici alzati.

– Stammi a sentire, – Louise dice allo psicologo, che le siede davanti nel portico verandato, – se vuoi parlare della mammina che mi ha abbandonato, o di papino che non c'è mai stato, mi sta bene. Non ho problemi a scendere nelle profondità del perché la piccola strafattina di pillole pulisce il bagno tre volte al giorno, ma non siamo amici, e non ti devo niente.

Lo psicologo fa scattare la penna un paio di volte. – Non è quel che devi a me, – dice. – È quel che devi a te stessa.

Louise sorride, non perché sia divertente, ma perché quel tipo si comporta come se le parole avessero valore, come se essere bravi e diligenti valesse qualcosa, come se potesse sistemare tutto togliendosi la crosta e lasciando sanguinare la ferita. Ma se tutto il sangue che hai in corpo si è prosciugato? Se un vampiro ti ha preso nella notte e ti ha sostituita con un essere lattiginoso, un essere vuoto?

– Perché Kevin si è ucciso? – chiede. – Hanno fatto la stessa fine? Tutti?

– Lo conoscevi?

– L'ho intravisto. Stava qui. Stiamo tutti qui.

Click-click fa la penna.

– Perché pensi si sia ucciso?

– Perché non voleva piú vivere.

– Facile cosí?

– Facile cosí.

Click-click.

– È interessante, credo, – dice lui, – che, quando ti chiedo se hai subito degli abusi, tu svicoli parlando di suicidio. C'è un collegamento implicito? Se scavi troppo a fondo mi uccido?

Louise sospira. Ci sono delle ragnatele negli angoli in alto, deve metterci tutta la forza di volontà di cui dispone per non alzarsi e toglierle.

– Qualcuno pulisce mai qui?

Lui si guarda alle spalle, per capire a cosa si sta riferendo.

– Ti disturba?

– Tutto mi disturba, – risponde. – Le persone non fanno quello che dovrebbero fare, e nessuno dice mai la verità su niente.

Click-click.

– Cosa dovrebbero fare?

Alza lo sguardo su di lui minacciosa.

– La vera domanda, – dice, – è cosa *non* dovrebbero fare, e chi lo sta facendo?

– Ovvero?

– Ovvero lo sai, fai uno sforzo d'immaginazione.

– Ho bisogno di qualche dettaglio in piú…

– Voglio dire che a volte la città è infestata dai ratti e allora chiami il Pifferaio magico, ma invece di uccidere i ratti, quello ti rapisce i bambini. Voglio dire quello che dice la Bibbia, l'uomo degno di fiducia che s'innalzerà un giorno sopra gli uomini ingannandoli con segni e prodigi menzogneri.

Click-click.

– Ti consideri religiosa?

– Sono andata in chiesa, ma non è questo il punto. Il punto è che le persone dicono di amare qualcosa ma in realtà quello che amano è possederla.

– Ti senti usata?

Sorride di nuovo, questa volta con una specie di rabbia futile. – Non è una sensazione.

– E cos'è?

Louise prende un Tootsie Pop dalla tasca, lo scarta. Se lo infila in bocca. – È come va la cazzo di vita, gattino.

O

A cena vede Simon. Sta seduto fuori su una panchina, da solo davanti a un piatto vuoto. Sono passate tre settimane da quando il Profeta gli ha detto che Dio ha un piano per lui. Tre settimane di dubbi, di momenti passati attaccato al sacchetto e di sindrome delle gambe senza riposo. In quelle tre settimane Simon ha fatto un migliaio di domande del tipo *cosa come dove perché*. Il Profeta non risponde. Dice a Simon: «So solo quel che Dio mi dice». E a ogni risposta, l'ansia di Simon schizza alle stelle, e i dottori aumentano il dosaggio del Clonazepam, che lo fa sentire sempre stanco e gli annebbia la mente.

Poi cominciano i sogni.

All'inizio vede soltanto una casa con una porta rossa in una strada tranquilla. Una strada deserta. Niente persone. Niente animali. Nemmeno un uccello. Non ci sono forme di vita. Per molte notti non c'è altro oltre questo. La strada. La casa. La porta. Poi un suono, come di unghie che grattano. Si sveglia sudato, il terrore nelle viscere. La notte seguente si ritrova in una cucina fluorescente. I muri traspirano. C'è una pentola che bolle sul fuoco. La stanza non ha porte, né finestre, l'aria è cosí fredda che può vedere il suo respiro. E c'è un odore, come di cavolo rancido.

Cosa c'è nella pentola?

La notte, mentre dorme, arriva l'ambulanza, sirene spente, i lampeggianti come luci stroboscopiche si riflettono nelle stanze dei ragazzini. Il mondo esterno gli dà la caccia. La malattia. Ma nel loro bucolico ritiro, tutto quello che sanno è che qualsiasi cosa sia successa a Kevin si sta diffondendo: cappi fatti con le stringhe delle scarpe, polsi tagliati con vetri rotti, pillole accumulate, nascoste e poi trangugiate. Certe notti sembra che arrivi tutto il dipartimento dei vigili del fuoco, come se potessero estinguere il problema con un ingente dispiego di forze. Ma poi la mattina la terapia di gruppo è un po' meno affollata e al pomeriggio ci sono piú arrivi, fioccano nuovi ospiti ogni giorno, i genitori continuano a sperare che ospedalizzare la loro progenie potrà tenerla lontana dalle tendenze suicide che si diffondono nel mondo, senza rendersi conto che una struttura di riabilitazione psichiatrica è una prigione, e che dentro dunque c'è gente esperta: esperta in autosabotaggio, esperta nel lasciarsi morire di inedia, esperta nell'intrecciare nodi e nel prendere pillole, nel maneggiare oggetti affilati e nel soffocarsi con un sacchetto di plastica.

E gli esperti tra loro parlano. Condividono le tecniche, finché anche il pargoletto arrivato di fresco non sarà diventato un esperto nel lasciarsi andare.

In mensa, tutti gli altri sono in fila coi vassoi, indecisi se scegliere pollo o salmone. Ma Simon sembra essere lí per caso, come se girovagando, perso nei suoi pensieri, avesse semplicemente sentito il richiamo di un luogo affollato. Louise si siede di fianco a lui.

– Fa cosí schifo la scelta?

Lui alza lo sguardo, gli occhi concentrati.

– Come?

– La cena. C'è una quantità massima di farro biologico e roba del genere oltre la quale nessun ragazzino può andare.

– No, – dice Simon, – non è…

Sospira, cercando le parole giuste nella confusione farmacologica, poi opta per la semplice verità.

– Mia sorella si è uccisa.

Louise arrossisce. L'intimità a cui è abituata è fisica, non emotiva.

– Merda. Quando?

– L'anno scorso.

Si sporge in avanti, guardandosi intorno per essere sicuro che non possa sentire nessun altro.

– È stata la prima, – le dice, – ma adesso è dappertutto. Me lo ha detto il Profeta.

– Cosa intendi con dappertutto? – chiede Louise, anche se nel profondo di sé lo sa. La sua amica Gabby non si è forse uccisa il mese scorso, attaccando il tubo dell'aspirapolvere allo scarico della Bmw dei genitori? E la nonna di Louise non è forse stata super gentile con lei da allora, chiamando ogni sera giusto «per essere sicura andasse tutto bene»? *Sua* nonna, che non perdeva mai l'occasione di ricordarle che la sofferenza emotiva era un lusso che si potevano permettere solo i figli dei bianchi?

– In Delaware i ragazzini si impiccano, – le dice Simon, – in Oregon s'infilano in gola le pistole di famiglia. In Mississippi bevono l'idraulico liquido. E in altri posti idem. Giappone, Israele, Russia. Ovunque. Solo i ragazzini.

Un fremito percorre la schiena di Louise. – Quanti?

Ma Simon non risponde. Si mordicchia la lingua, sforzandosi di pensare. – Lo sapevi che il nome del Profeta è Paul? – le chiede.

– Cazzo dici? Pensavo a qualcosa piú del tipo Ezechiele o Boaz. Una roba biblica.

Simon annuisce. – Dice che questa è la fine. La nostra fine. Della razza umana. A meno che…

– A meno che cosa?

Simon affonda le mani nei capelli, poi si sfrega energicamente la testa. L'effetto che fa è quello di uno scienziato dall'aspetto normale che d'improvviso si trasforma in pazzo. – A meno che noi non scappiamo dal cancello e troviamo Sansone con la sua storia.

– La sua storia?

– Il Profeta dice che l'utopia è la fuori, – dice Simon, – che possiamo fermare tutto questo se la troviamo. Che possiamo ricominciare da capo.

– *Utopia*.

Simon annuisce. A Louise sembra folle, ma lei si lava le mani cinquecentotrentanove volte al giorno, quindi chi è per dire qualcosa?

– E come lo facciamo, come la troviamo l'utopia?

Simon si volta di nuovo verso di lei. – Dobbiamo combattere lo Stregone.

E di colpo a Louise manca il respiro.

Vede il piede lurido di sua madre senza una scarpa.
Sente il rumore delle fontane.
Il suo cuore che corre.
Ti piace il latte, gattina?
L'oscurità che si avvicina.
– Stai bene? – le chiede Simon.
Ma Louise è già svenuta.

Libro 2
Megalofobia

Teorie

Le teorie non mancavano. Chi credeva nel peccato originale vedeva nel suicidio dei nostri figli il segno dell'erosione della laicità. Dava la colpa alla guerra contro il Natale, alla separazione tra Stato e Chiesa. Chi si batteva per limitare la diffusione delle armi ci vedeva un disturbo post traumatico da stress. La chiamavano generazione strage, cresciuta a suon di esercitazioni antisparatoria. E in fondo non erano loro quelli che avevano raggiunto la maggiore età in mezzo a titoli come *Virginia, undici morti in una scuola media*, *Sparatoria della Denver High, tredici vittime*? Non erano loro che continuavano a svegliarsi la mattina solo per vedere le leggi per il controllo delle armi dibattute e mai approvate, le politiche introdotte e mai ratificate? Il cambiamento, si sentivano dire, era troppo difficoltoso. E intanto nelle mense risuonavano gli spari, noi impazzivamo di paura, e per combattere la paura acquistavamo altre armi ancora.

Ci ingozzavamo di podcast nel tentativo di capire meglio la nuova realtà in cui ci trovavamo a vivere, ne ripetevamo a pappagallo le complesse teorie sul comportamento umano. Dietro l'ascesa del Re Dio, ci sentivamo dire, non c'era il tornaconto finanziario ma l'ansia da status sociale. La percezione di aver perso terreno aveva dilaniato il Paese. Il timore che chi stava sotto di noi potesse raggiungerci. Gli esperti, come prova, portavano l'esempio delle piscine pubbliche negli anni Cinquanta, le piscine nuove di zecca su cui i residenti bianchi dei sobborghi avevano preferito versare una colata di cemento pur di non doverle condividere con le famiglie di colore. Pur di non accettare al proprio livello coloro che ritenevano inferiori. Sotto sotto, a quanto pareva, molti di noi erano convinti che il guadagno altrui fosse perdita nostra.

Per i nostri figli quell'ansia da status sociale si esprimeva nella lingua della pornografia. La parola *cuckold* era entrata nel lessico comune. Un tempo relegato ai siti porno, l'insulto si era rapidamente esteso alla politica, diventando la replica prediletta dei troll internettiani. Essere un cuckold, un cornuto consenziente, era l'evirazione totale. Un cuckhold, ci dicevano, era quello che se ne stava lí con le mani in mano mentre un altro uomo, di norma nero, faceva sesso con sua moglie. I cuckold, imparavamo leggendo le rubriche degli opinionisti del «New York Times», erano i piú deboli tra i deboli. I nostri figli invece già lo sapevano, perché l'84 percento dei ragazzi e il 54 percento delle ragazze della loro generazione usufruiva di una qualche forma di pornografia online prima del diciottesimo compleanno. Dalla *step fantasy* alla clip fai-da-te i ragazzi imparavano che il sesso è performance. Ne assorbivano il linguaggio: *milf*, *3some*, *sfw*. Parlavano di *scarfing* e di *veggie porn*. Alle nostre figlie Internet insegnava che il sesso è aggressivo e che alle donne piacciono il dolore e l'umiliazione, e ai nostri figli che la cosa peggiore era diventare cuckold. E però l'opposto del cuckold non era mica l'uomo con la moglie fedele. Era lo scopatore di mogli altrui, quello che rendeva cuckold gli altri. Debole o forte, dicevano gli smartphone ai nostri figli: la via di mezzo non esiste. O metti i piedi in testa o te li becchi in testa tu. Era stata questa fredda ideologia a somma zero a portarli alla disperazione?

In principio avevamo pensato che Internet sarebbe stato la nuova agorà, che avrebbe dato voce a tutti e messo a suo agio anche il piú emarginato. Invece era diventato un megafono dentro cui sbraitare la propria rabbia, capace di trasformare l'animo piú sereno nel piú disagiato. Tutti i giorni venivamo imboccati di parole o formule nuove da imparare – cisgender, non-binario – e venivamo puniti se le usavamo male, o se non le usavamo affatto.

Giorno dopo giorno si riscrivevano i codici della razza e del genere e a noi toccava correre per stare al passo, mentre la paura di tutto quel cambiamento generava il colpo di coda delle toilette regolamentate e delle risse agli eventi sportivi. I nostri figli si adattavano: i giovani si adattano sempre. Trovavano liberatorio il non doversi conformare alle rigide caste degli sportivi, dei secchioni e delle reginette. Ma il nostro cervello da adulti era programmato per vedere il mondo alla vecchia maniera, per cui annaspavamo nel tentativo di adeguarci o ci infuriavamo con chi ce lo chiedeva, e intanto cercavamo di rificcare i nostri figli e le nostre figlie nelle uniche categorie che ci sembravano sensate. Che sia stato questo rifiuto delle persone che loro volevano essere, a favore delle persone che ci sarebbe venuto facile educare, a far scattare la molla?

La maggior parte dei ragazzi era nata nel clima di incertezza della crisi economica del 2008, e aveva finito col passare i primi, cruciali mesi dell'adolescenza intrappolata in casa, a far lezione a distanza, mentre i genitori sbevazzavano da mattina a sera e giocavano a fare i pendolari del monitor, cercando di mantenere una qualche parvenza di movimento nella vita dei figli. L'economia era collassata un'altra volta. Con la depressione erano salite alle stelle l'apatia e l'alienazione.

Ironico che la diffusione del vaccino che li doveva «liberare» da quell'infinita quarantena non avesse fatto altro che rispedirli nel poligono di tiro delle scuole superiori, medie ed elementari. Ricordatevi della Folkdale High. Ricordatevi della Crosby Middle. Ricordatevi della Altamont University.

È questo il motivo?, ci chiedevamo. *I nostri figli si uccidono soltanto per evitare che li uccida qualcun altro?*

Naturalmente ci addossavamo la colpa. Li avevamo trascurati? Soffocati? Eravamo mamme tigre o mamme elefante o mamme delfino? Genitori elicottero o genitori tosaerba o genitori cozze?

Era il nostro modo di fare politica? I nostri continui bisticci? *Ditecelo. Qual è la risposta*, ci chiedevamo. *Che cosa ci sfugge?* Ma forse la risposta era talmente scontata che ce l'avevamo sotto il naso.

Forse eravamo noi. Forse il problema era l'umanità stessa.

A pensarci bene, l'esistenza umana è fatta di cifre devastanti. Ci siamo talmente abituati al peso storico del nostro passato collettivo, ai pogrom e alle purghe, alla morte lenta da carburanti fossili e ai genocidi, che abbiamo dimenticato come ci si sente a scoprirli per la prima volta. Nasce un bambino o una bambina. Ai genitori domanda, *Cos'è questo mondo in cui sto entrando?* E prima ancora di avere l'età per guidare, bere o votare, noi gli insegniamo cosa sono la schiavitú e l'Olocausto. Gli facciamo studiare la colonizzazione, la soppressione del voto e la Guerra civile.

Prepariamo i waffle ai nostri figli e li spediamo a scuola, con le muffole attaccate al cappottino, perché imparino che, tra il 1525 e il 1866, 12 500 000 africani furono catturati e deportati in America come schiavi.

Per il 26 percento si trattava di bambini.

Finisci le verdure.

Portiamo nostro figlio a giocare dagli amichetti e gli compriamo lo smartphone, non prima di averci installato un software con cui ripulire Snapchat e TikTok dai contenuti inappropriati, dopodiché gli spieghiamo che durante la Seconda guerra mondiale nei campi di concentramento sono morti 6 000 000 di ebrei, 1 320 000 dei quali giustiziati in appena tre mesi.

Com'è andata a scuola?, gli chiediamo quando andiamo a prenderlo. *Ti sei fatto nuovi amici?*

Facciamo a turno per accompagnare i pargoli alle feste di compleanno, e in macchina ci comportiamo come se i senzatetto fossero una normale componente dell'ordine sociale, come se i malati di mente che ci urlano contro sulle strisce pedonali fossero un fatto accettato, con cui anche loro devono imparare a convivere.

Li affoghiamo di dati: 577 000 siriani uccisi in una guerra civile che ha prodotto 5 600 000 rifugiati e 6 200 000 sfollati. Nel frattempo, in Cina, il governo radunava oltre 1 000 000 di uiguri e li spediva in «campi di rieducazione». Diciamo ai nostri figli di memorizzare questi «dati» per i compiti in classe, come se la matematica delle stragi e il volume della sfera fossero la stessa cosa. Come se il passato fosse una lezione pulita e immacolata da mandare a memoria, un po' come la legge Smoot-Hawley sulle tariffe.

Ci comportiamo, in altre parole, come se l'odio, l'intolleranza e la violenza fossero il normale companatico. *Fai il bravo*, diciamo. *Fai la brava. Non dare di matto. Non curarti con l'alcol e le droghe. Non darci degli ipocriti e non rifiutare la nostra autorità morale. Che non ti venga in mente di farla finita prima di diventare un ipocrita come noi. Siamo i tuoi genitori, siamo piú vecchi, e sappiamo cos'è meglio per te.*

A pensarci adesso, col senno di poi, non era poi cosí sbagliato chiederci: è questo che ha spinto al suicidio i nostri figli altrimenti sani?

I Nadir

In America ci sono due grossi partiti politici. Vi darei i nomi veri, ma c'è gente altrimenti civilissima che solo a vederli scritti si mette a sputare bestemmie, ragion per cui ho deciso di ricorrere a nomi piú onomatopeici, vale a dire derivati dai suoni che ciascun partito emette. Per farla breve, li chiamerò Partito della verità e Partito delle bugie. Ma c'è un inghippo. Ciascuno è convinto di appartenere al Partito della verità e che il Partito delle bugie sia quello degli avversari.

Per esempio: al momento è al potere il Partito della verità.

Prima era al potere il Partito della verità.

(Che però era l'altro).

Capite anche voi come funziona.

Per amor di sintesi, facciamo che quelli da una parte li chiamiamo veritieri e quelli dall'altra parte bugiardi.

Chi sia cosa lo decidete voi.

Margot è cresciuta nel Partito della verità, che all'epoca aveva un altro nome. Suo padre era veritiero e cosí il padre di suo padre. Le verità in cui credevano erano verità autoevidenti, verità fiscali, verità sul patriottismo e sul libero mercato. Anche Remy è cresciuto nel Partito della verità, solo che per i suoi genitori le verità erano quelle della speranza e dell'uguaglianza, degli ammortizzatori sociali e del sacrificio personale. Al college Remy ha capito che erano tutte fantasie. Ha capito che l'uguaglianza è una chimera. Che nel mondo vero c'è spazio solo per il successo personale. Cosí è passato dal Partito della verità al Partito della verità.

Certo, è innegabile che negli ultimi anni le verità stesse si siano un po' confuse. Ad esempio: una volta c'era il Partito della verità che credeva nella riduzione del debito pubblico. Ma intorno al 2016, quella verità lí è stata abbandonata in favore della verità dei tagli alle tasse. Di conseguenza, l'altro Partito della verità è diventato il Partito pro-riduzione del debito. E dunque per quelli come Remy e Margot la riduzione del debito è diventata una bugia, portata avanti dal Partito dei bugiardi. Mi seguite?

Margot preferisce usare un'altra analogia. Per lei il suo partito è un bar, mentre l'altro è un ristorante. Questo fa di lei una bevitrice, e degli avversari dei cuochi. I cuochi dicono di voler dare da mangiare a quante piú persone possibile. Dicono di volere questo supermegabanchetto infinito, una specie di Ringraziamento multiculturale in stile Norman Rockwell, ma in realtà vogliono solo dire ai clienti come e dove sedersi e ai fornitori cosa e quanto produrre.

Regole. Snobismo. Senso di colpa. Questi i piatti sul menu.

Nel ristorante dei cuochi, ai clienti nuovi tocca pagare il conto per i piatti consumati ieri, perché i debiti con la storia non si saldano mai. In questo particolare ristorante, chi possiede di piú viene penalizzato e chi possiede di meno viene premiato. Perché secondo i cuochi i ricchi devono lasciare il posto ai poveri, possibilmente rinunciando del tutto a nutrirsi, cosí quegli altri che non si sono sbattuti a fare la telefonata, che non hanno prenotato, che non possono manco permettersi antipasto e dolce, si beccano un bell'all-you-can-eat gratuito, finché lo scopo stesso del ristorante – che sarebbe quello di dar da mangiare ai clienti paganti – non si ribalta, e chi piú possiede meno mangia.

Un bar, al contrario, è un locale frequentato da adulti, i quali – essendo adulti – sanno decidere da soli cosa ordinare e quanto spendere. Il bar di Margot era uno di quei vecchi bar per fumatori, dove andavano i cristiani di buona famiglia e le loro mogli a sorseggiare brandy e discutere di agevolazioni fiscali e dei modi per esportare ai tropici la libertà americana. Però poi, qualche anno fa, ha cambiato gestione. È diventato un bar sportivo! Cosí adesso ai bevitori che vi si radunano interessa solo vincere. E l'avversario da battere è il resto del mondo. Piú bicchieri si scolano, questi bevitori, piú gli viene voglia di distruggere, finché il loro unico scopo di vita non passa dalla sconfitta del nemico al suo annientamento.

Certo, c'è ancora quella saletta appartata dove possono sedersi i bevitori moderati, ma l'atmosfera non è piú la stessa. Nella sala grande il cliente ha sempre ragione, perciò i bicchieri si fanno sempre piú abbondanti e l'alcol sempre piú forte. Spesso si viene alle mani, ma se i baristi provano a interrompere i rifornimenti, la folla minaccia di fare a pezzi il locale, per cui tutto finisce sempre con tante scuse e un altro giro di bevute.

Una volta, i bevitori si sceglievano capi che credessero nella libertà di impresa e nella non-interferenza dello Stato. Adesso invece i leader piú votati sono i cabarettisti, quelli che parlano alla pancia. Offrono un giro dopo l'altro, a chi ha la ciucca triste dicono che il mondo è un posto triste, a chi ce l'ha cattiva che il mondo ce l'ha con loro. *Solo qui nel bar siete al sicuro. Solo gli altri bevitori come voi meritano di essere ascoltati. Che ne sanno i cuochi delle nostre sofferenze? Se ne stanno là a gozzovigliare e a giudicarci.*

Ora, Margot è una moderata. Non va oltre un paio di bicchieri. E tendenzialmente pensa che gli altri dovrebbero fare lo stesso. Il problema è che il suo bar è caduto in mano agli ubriaconi. E pure se è convinta che non si debba bere come spugne, è anche convinta che se ti metti a fissare delle regole e a decidere chi può bere e quanto può bere, di fatto trasformi gli adulti in bambini.

E la giudice Margot Burr-Nadir non è una bambina.

O

Un giorno eccola in Texas, sembrerà una frottola, il colpo di scena che nessuno s'aspettava.

È l'anno del Coniglio, un'altra sfilza di trimestri uno dopo l'altro, giorni di lavoro e bollette da pagare. Per l'esattezza siamo a fine aprile. A Austin è appena esploso quel bel caldo texano. Ascelle pezzate. Trentanove gradi all'ombra.

Un'auto presa a nolo all'aeroporto si dirige in città. È una Ford blu che viaggia a novanta chilometri orari sulla corsia di destra. Margot siede dal lato passeggero. Remy è al volante. Seduto dietro c'è Hadrian, che sembrerà impossibile ma ha dodici anni e il 40 di scarpe. Stanno andando a trovare Story, ormai ventunenne (*impossibile pure questo*), un'adulta fatta e finita. Si è trasferita a Austin due anni fa per studiare legge, ma può darsi che abbia mollato. Margot non ha capito bene. Qualche settimana fa sono passate dalle telefonate ai messaggi e dai messaggi ai post su Facebook, dopodiché le comunicazioni si sono pressoché interrotte.

L'ondata di suicidi si sta appena alzando. Brad Carpenter, in Wisconsin, è già bello che morto. Come lui Todd Billings e Tim O'Malley, nonché le ragazze sul confine.

C'è qualche focolaio in Oregon e in Alabama, ma nessuno ha ancora capito che è una cosa grossa.

Dal sedile posteriore, il giovane Hadrian ascolta un audiolibro con le cuffie wireless. Sarà *Harry Potter*? Remy non lo sa. Si ripromette sempre di sorvegliarlo meglio.

– Lo sa che venivamo, vero? – chiede mentre passa in rassegna i cartelli stradali.

– Lo spero bene, – risponde Margot. – Ne abbiamo parlato a Natale. E le ho lasciato non so quanti messaggi.

Remy fa un cenno d'assenso. Gli piace pensare di avere un buon rapporto con Story, ma in verità *chi può dirlo?* È sempre stata attaccata al padre, Remy è un po' il terzo incomodo, ma ce l'ha messa tutta per essere sincero con lei, per offrirle il suo sostegno e un'opinione imparziale nei momenti difficili. Quel periodo della sua vita – i primi cinque anni di Hadrian, il matrimonio, la carriera che stentava a decollare – ora gli appare come una massa indistinta. Una sequenza di crisi, di pugni da scansare o da incassare. Alla fine, di sé pensa quello che pensano quasi tutti i genitori.

Ho fatto del mio meglio.

Accanto a lui, Margot legge i verbali di un caso di rapina in banca. Qualche tempo prima nel Flatbush un uomo ha fatto una scoperta sconcertante. Se scrivi col succo di limone, quello che hai scritto non si legge a occhio nudo. Ma se funziona con le parole, ha pensato l'imputato, con che cos'altro funzionerà questo inchiostro invisibile? Tre giorni dopo è entrato in banca con la faccia imbrattata di succo di limone. Ha fatto un bel sorriso alle telecamere. Era talmente sicuro di essere invisibile che dopo ha preso la macchina ed è andato a rapinare una seconda banca dall'altra parte della città. Quando la polizia l'ha rintracciato grazie ai nastri della videosorveglianza, lui ha piagnucolato, incredulo: «Ma mi ero messo il succo!»

Com'è assurda la gente, pensa Margot. Non sappiamo quasi niente e non riusciamo a stare zitti. Cuochi e bevitori, senza distinzione. Noi, animali che ci chiamiamo esseri umani, che viviamo la vita con tutta questa convinzione, tutta questa certezza. Tutte queste opinioni. Tutta questa fiducia in quello a cui crediamo e a cui pensiamo. Siamo talmente sicuri di prendere decisioni logiche e ponderate che rifiutiamo qualunque evidenza del contrario. Il bandito del limone è rimasto vittima del suo stesso cervello. Lo siamo tutti. Il cervello ci dice di fare una cosa e noi ubbidiamo. Ci dice di credere all'altra cosa e ci crediamo. Ci nasconde i punti ciechi. Cosí andiamo avanti convinti di decidere. È questa la prima fregatura. Il cervello ci convince che siamo autonomi e razionali, quando in realtà siamo macchine obbedienti e comandate dal dna.

A Margot squilla il telefono. Controlla il numero: sconosciuto. Di norma lo lascerebbe squillare, ma potrebbe essere Story.

– Giudice Nadir.

Remy non sente la risposta ma la vede impallidire.

– Tutto bene? – le chiede.

Lei non risponde e si morde il labbro inferiore, la testa è partita per i fatti suoi. Perché dall'altro capo le hanno detto: «Le passo il presidente degli Stati Uniti».

Fuori il paesaggio sfoggia la mise estiva. Dagli alberi pendono criniere di muschio spagnolo, l'erba è verde di pioggia. Stanno passando accanto alle ultime propaggini di Riverside, città che cresce come un'erbaccia in perenne espansione. Sul sedile passeggero, Margot è ammutolita.

– Giudice Nadir?

– Sí, signore.

– La chiamo in un brutto momento?

– No, signore, affatto.

– Sbaglio o è in viaggio?

– Sono in Texas, signore.

– È di quelle parti?

– No, sono nata in Michigan. Qui ho mia figlia che studia legge.

– Ah, benissimo. Senta, non starò a girarci intorno. Non è ancora ufficiale, ma il giudice Baker sta per ritirarsi.

Margot è assordata dal battito del proprio cuore. Lei questo presidente non l'ha votato. Lui è un cuoco e lei una bevitrice, e quindi com'è possibile che la chiami per questo? Per farle l'offerta che quella chiamata implicitamente comporta?

– Dice che vuole smettere, – continua il presidente, – e io gli credo. Dunque mi ritrovo un posto vacante alla Corte suprema.

Margot si gira verso il marito, che sta cercando di tenere gli occhi sulla strada ma continua a girarsi verso di lei, perché è evidente che è qualcosa di importante.

Cosa?, mormora a fior di labbra.

Lei scuote la testa, non ce la fa a parlare.

– È ancora lí, Marjorie?

– Mi chiamo Margot, signore.

– Oh, cazzo. Che figura. Me l'hanno scritto sbagliato.

– Non importa, signore. Se mi dà quel posto, può benissimo chiamarmi Marjorie a vita.

Il presidente scoppia a ridere, e lei sente la gioia del trionfo. A volte è questione di un niente. Puoi avere tutte le qualifiche del mondo, essere il candidato perfetto sulla carta, ma quando arrivi al dunque è il fattore umano che fa la differenza, l'alchimia con l'altro.

– Touché, – risponde lui. – Senta, so che le sembrerà una strana scelta, da parte di uno del mio schieramento, ma sto cercando di fare squadra, di porgere il ramo d'ulivo, di costruire un ponte o come cavolo si dice. Intanto cominciamo a conoscerci. Per che ora riesce a essere qui?

– Qui?

– Sí... sa, a Washington. Sto in questa grossa casa bianca su Pennsylvania Avenue. Non può sbagliarsi.

– No, signore. Me lo sono meritata.

– Il punto è che, come si suol dire, il tempo stringe. Qui in giro i segreti hanno vita brevissima, e quando uscirà la notizia vorrei avere già pronta la soluzione.

– Va bene domani? – chiede Margot. – Ho fatto tutta questa strada... vorrei almeno salutare mia figlia.

C'è un attimo di silenzio. Margot teme di aver mandato tutto a monte.

– Ho sette persone intorno che mi dicono di no, – risponde il presidente. – Ma io le dico di sí. Ho anch'io due figlie, piú piccole della sua, ma... se vivessero in un altro Stato, mi sa tanto che le andrei a trovare un giorno sí e uno anche. Faccia quel che deve, mangi un boccone e prenda il volo dopo cena. Possiamo vederci domattina. Tra qualche minuto la richiamerà Chuck per concordare i dettagli.

– Grazie, signore. Immagino non ci sia solo il mio nome sulla lista.

– Immagina bene. Ma le assicuro che non siete in tanti, e lei è la prima. Faccia colpo.

– Sí, signore. Grazie.

– Aspetti a ringraziarmi. Deve prima convincermi.

Margot si sforza di deglutire. Il futuro che le viene incontro è uno sfolgorio di colori.

– Ci proverò.

Preme il tasto *Riaggancia*. Il silenzio che segue sembra durare un millennio.

– Tesoro? – fa Remy.

Margot tiene gli occhi puntati sul pick-up davanti. Ha un adesivo sul paraurti. Ci si concentra con tutte le sue forze, perché se si girasse a guardare il marito o il figlio scoppierebbe in lacrime.

– Mi vogliono alla Corte suprema, – dice infine.

O

Remy sulla politica ha una sua teoria. Per lui i partiti si dividono in nuotatori e surfisti. I nuotatori sono il partito di Francis Delano e Obama. I surfisti sono il partito di Reagan. I nuotatori si muovono a banchi sull'oceano della Storia, sospinti dalla corrente. Sono in connessione con l'acqua, che li guida e li tiene a galla, ma al tempo stesso vulnerabili alle correnti sottomarine e all'impeto delle onde. I surfisti invece cavalcano la superficie del mare e decidono dove andare in autonomia. Non sono pesci ma uccelli, creature del vento. Non è l'oceano che li muove, sono i muscoli e la volontà.

Remy è un surfista: chi non vorrebbe volare?

Negli ultimi dieci anni, mentre la giudice Burr-Nadir si conquistava una posizione di prestigio nei circoli del surf, anche lui si è dato da fare. Con il primo libro su William F. Buckley ha ottenuto un certo rispetto, ma niente di eclatante. Con il secondo, un'analisi del *perché il Partito dei nuotatori non fa gli interessi della popolazione di colore americana*, si è guadagnato una rubrica a *Fox & Friends*, biglietto d'ingresso per il mondo dell'intellighenzia conservatrice. Nel 2015, uno dei suoi interventi al programma ha avuto piú di sedici milioni di visualizzazioni su YouTube. Nel video, Remy dice:

«Non ho nessuna voglia di andarmene in giro con quattrocento anni di storia incatenati alla caviglia. Il passato è passato e va lasciato andare. Io non sono uno schiavo. I miei sono di Trinidad. Non sono mai stati schiavi, e nemmeno i loro genitori. I neri d'America vogliono solo ricominciare da zero. Ma il Partito [dei nuotatori] si rifiuta di liberarci dalle catene della schiavitú, le catene dei diritti civili. Ci vogliono ammanettati ai torti subiti, perché gli fa vincere le elezioni».

A quel punto estrae un oggetto dalla tasca.

«Ve lo ricordate *Matrix*? Quando Laurence Fishburne spiega che le macchine sfruttano gli esseri umani? Con i progressisti è lo stesso. Neri, immigrati, di colore... è questo che siamo, per loro».

Mostra una batteria da 9v.

«Serviamo a dargli energia. Ci sfruttano per avere voti, e in cambio cos'è che ci dànno? Otto anni di Clinton, otto anni di Obama... che cosa abbiamo ottenuto? Scuole migliori, quartieri piú sicuri? No. Sfruttano la nostra energia per alimentare i loro interessi, e intanto ci tengono nelle piantagioni».

Con la metafora della batteria si è conquistato un invito a conoscere i vertici del Partito a Washington e poltrone in prima fila ai principali eventi della scena di New York e Los Angeles. *Ecco*, ha pensato allora, è proprio come dico io. Il futuro ce lo decidiamo noi. Neri, bianchi o marroni non fa alcuna differenza. Basta dire di no al partito della lagnanza e dei torti da riparare. Cavalcare l'onda. Senza farsi trascinare giú dalle correnti dei problemi *del passato*.

Ma via via che aumentavano gli inviti da parte dei circoli bianchi d'élite, Remy ha cominciato a sentirsi sempre meno il benvenuto in spazi che un tempo gli erano cari. I ragazzi hanno lasciato la scuola pubblica – piena di genitori nuotatori che lo guardavano storto – e da Brooklyn la famiglia si è trasferita a Westchester, in una casa coloniale con sei camere da letto. Lí, mentre Hadrian frequentava un rinomato collegio privato, lui ha cominciato a tenere una rubrica settimanale e a scrivere un terzo libro, facendosi scorrazzare avanti e indietro lungo la Major Deegan per registrare gli interventi da mandare su Fox News, Fox Business, Bloomberg, Cnn, tutte quante.

Quando è salito al governo il Re Dio, Remy apparteneva ormai alla crème dei conservatori. Un uomo di colore «capace di dire la verità»: ossia che le politiche di welfare, i neri li opprimevano; che le quote avevano raggiunto il loro scopo e non servivano piú. Agli occhi della legge, *vivaddio*, le razze erano tutte uguali. Se solo i nuotatori se lo fossero ficcato nella zucca, se solo si fossero tirati via dalla corrente della dipendenza, dalla corrente dei torti subiti, dalla corrente dell'inadeguatezza.

Tuttavia, proprio in quel periodo, ovvero intorno al 2016, Remy ha cominciato a sentire la terra mancargli da sotto i piedi: perché il Re Dio non era forse l'Imperatore della lagnanza? L'onda su cui Remy credeva di surfare – l'onda di una giornata di sole, un'onda di autonomia e libero arbitrio – si era trasformata in una tempesta di indignazione e di ingiustizie. Remy ha iniziato a temere che i surfisti come lui avessero perso il controllo dell'onda, o forse che il controllo stesso fosse sempre stato un'illusione, cosí com'è un'illusione quella dell'uccello convinto di controllare il vento. Ha cercato di cambiare rotta, di difendere i valori per i quali si era costantemente battuto, ma sempre piú spesso si ritrovava a gridare controvento. Nel 2017 e nel 2018 ha visto altri surfisti come lui, amanti del sole, denunciare la nuova cultura della lagnanza, e l'attimo dopo li ha visti affogare, privati della tavola. E cosí ha dovuto decidere: far sentire la sua voce e scomparire nel gelo degli abissi o convertirsi e continuare a vivere.

In ogni caso, ormai era l'onda a cavalcare lui, e puntava dritta sugli scogli.

Cosí ha trasformato il discorso sulla batteria in un discorso sulle élite progressiste che succhiano il sangue della gente, un discorso sulla corruzione morale, sullo sfruttamento. Ha giurato fedeltà al Re Dio, accusato ma mai destituito, incriminato ma mai arrestato. Cosa poteva spiegare la sua ascesa miracolosa, la sua inattaccabile capacità di galleggiamento, se non la magia? In poche parole, Remy ha fatto quello che doveva fare per sopravvivere. O meglio, anche per prosperare, perché nel frattempo si era abituato ai privilegi dell'élite, ai contratti editoriali e ai follower su Twitter. Ci aveva preso gusto a brillare nella folla, per cui ha detto quello che doveva dire e fatto quello che doveva fare, ma non fatevi ingannare: la corrente ormai l'aveva preso e lo stava trascinando giú.

O

Sedici minuti dopo, seguendo alla lettera le placide indicazioni del gps (comprese quelle che la voce ha dovuto ripetere piú volte, perché in macchina strillavano tutti), arrivano all'indirizzo fornito da Story. Le buone notizie sono come una ventata d'ossigeno nei polmoni. Ti dànno alla testa, ti mandano in estasi. Ti fanno sentire immortale. Sempre se non sei uno a cui viene l'impellente bisogno di correre a nascondersi sotto il letto, che è quello che succede a Margot non appena svanisce l'effetto dell'adrenalina. Nelle orecchie, come un coniglio spaventato, le risuona la voce di sua madre, a cui piaceva ripetere che è proprio nei momenti di felicità che si diventa piú vulnerabili.

Cosa mi toccherà?, si chiede Margot. *Un incidente d'auto? Magari mentre vado a Washington cade l'aereo.*

Ma al semaforo rosso sorride quando Remy le stringe la spalla. Sorride quando suo figlio si sporge dal sedile dietro per abbracciarla. Si sta rendendo conto che quella telefonata l'aspettava da quarant'anni, che in tutta la sua vita non ha mai desiderato niente con piú ardore del diventare giudice della massima corte territoriale. E questo la terrorizza. Cosí come la terrorizza la miriade di conseguenze politiche che quella nomina si porta appresso: lei, nota bevitrice, nominata da un cuoco. Lui le ha parlato di *gioco di squadra*, e a lei sta piú che bene, essendo una moderata vecchio stampo che ancora ricorda com'era avere un governo funzionante. Ma il suo partito la vedrà come una traditrice o la celebrerà come cavallo di Troia?

«Fra cento metri, svoltare a destra», dice il gps.

– Ma adesso dobbiamo trasferirci? – chiede Hadrian.

– Non… non corriamo troppo, – risponde lei. – È solo un colloquio.

– Ci sono altri in lizza? – chiede Remy. – Di solito ci sono.

– E tu come fai a saperlo?

– Leggo libri. Giornali.

– Ci sono altri, – conferma lei. – Ma sono pochi, e ha detto che il mio nome è il primo della lista.

Le sovviene un pensiero. – Cazzo, il volo –. Tira fuori il telefono e apre il browser.

– Devi prenotarlo tu? – le chiede Remy mentre lei comincia a cercare i voli da Austin a Washington, partenza il giorno stesso.

– Non lo so. Ha detto che mi richiamava il capo del personale.

– Chuck Malcolm in persona?

– Come se non avessi appena parlato col presidente.

– Giusto. È che… niente, che imbecille sono.

Lei gli tocca la mano, offre un sorriso. – Non sei imbecille. Siamo tutti un po'... scombussolati.

«Fra cinquanta metri, girare a sinistra. La tua destinazione è sulla destra».

Immagina come sarà dirlo alla figlia – *si metterà a gridare?* –, immagina il momento in cui si troverà faccia a faccia col presidente, quando varcherà la soglia dello Studio ovale – *cosa potrò mettermi?* E lí si blocca. Non ha niente in valigia che si presti a un tête-à-tête presidenziale. Magari Story potrà accompagnarla a fare shopping? Ci sarà in città un negozio di tailleur?

Mentre i pensieri le vorticano in testa, la sua vita si stacca dal tempo presente e i chilometri passano senza lasciare traccia. Nulla di quanto il suo corpo registra a livello fisico – la temperatura nell'abitacolo, il paesaggio che scorre fuori dal finestrino, il suono della radio – le rimane in testa, ed è un po' come se il viaggio nemmeno accadesse. Per venti minuti, Margot esiste soltanto in quel dialogo con sé stessa, isolata nell'onda d'urto di un sogno che si è realizzato.

Quello su cui sua madre, fosse ancora in vita, l'inviterebbe a riflettere, è che forse il prezzo di quella felicità lo sta già pagando.

Sul sedile accanto, Remy è concentrato sulla strada. Laddove Margot ha un unico pensiero, i suoi sono tanti e sparsi. Sarà tutto vano, pensa, se adesso finisce sul marciapiede e investe un pedone. In Texas le strade hanno una corsia centrale per svoltare, cosí, seguendo le istruzioni del gps, mette la freccia e si sposta. Ha di nuovo quel formicolio alle mani. Ce l'ha da settimane, va e viene, gli cadono gli oggetti, posate, penne. Succede sempre quand'è distratto, per cui si è detto che doveva essere un effetto collaterale della sua vita piú mentale che fisica. Ma il mese scorso agli esami di routine ne ha accennato al medico, del torpore alle mani, delle dita di pastafrolla. Il dottore gli ha controllato gli occhi e gli ha chiesto di stringergli forte la mano.

Remy l'ha fatto, o almeno ci ha provato, perché la presa non era poi cosí forte.

«Hai notato altro?» gli ha chiesto il medico. Si chiama Mike Esby, negli ultimi anni lui e Remy sono diventati amici, da quando Hadrian va a scuola con suo figlio frequentano gli stessi giri.

«Sono un po' infiacchito, – gli ha detto lui. – Il mese scorso ho avuto l'influenza. Non riuscivo a scendere dal letto».

«Sí, l'ha avuta anche Jeremy, – ha risposto Mike. – Girava a scuola».

Lo ha spedito a fare una risonanza magnetica, in cerca di un tumore o di un'ernia cervicale che premesse sul nervo. Quando gli esiti sono risultati negativi, gli ha prescritto controlli del sangue e un'elettromiografia, un esame che Remy non aveva mai sentito nominare e durante il quale il tecnico lo ha sbucazzato dappertutto con un ago elettrico che andava inserito nei muscoli. È stata un'esperienza tanto piacevole quanto lascia intendere la descrizione, dopo la quale è rimasto per ore in preda agli spasmi.

Poi il giorno prima, mentre era sul tapis roulant, l'hanno chiamato dallo studio medico e gli hanno detto di andare subito lí da loro. Remy si è fatto la doccia e ha preso un taxi. Ha quarantasei anni, nessun problema di salute ed è il classico ottimista, per cui non si è preoccupato. Mentre aspettava che il medico lo ricevesse ha letto un articolo su una rivista di viaggi che gli ha fatto venire voglia di andare in Vietnam, e ha scattato una foto col cellulare per tenerlo a mente. Poi l'ha chiamato l'infermiere.

«Sla», gli ha detto Mike appena si è seduto, e per un attimo Remy ha pensato parlasse del baseball.

«È già partita la stagione?»

«Cosa?»

«No, – ha detto lui, sentendosi sudare freddo, – *cosa* lo dico io».

«Ti sto dicendo che sono arrivati gli esiti degli esami, li ho fatti ripetere per sicurezza, e... senti, non c'è un modo indolore per dirtelo: hai la Sla».

«E io ti sto dicendo che non so che cosa sia». Il tono è piú aggressivo del voluto, ma Remy teme che l'incapacità di capire l'acronimo faccia già parte della malattia, quasi fosse clinicamente impossibilitato a parlare la lingua.

«Scusami, – risponde Mike. – Sclerosi laterale amiotrofica. Meglio nota come malattia di Lou Gehrig».

Le parole gli arrivano ma il cervello non le assorbe.

«Ma non ci è morto?» fa Remy.

«Sí», risponde Mike.

Il cuore gli accelera a mille. «Ma...»

«Ci sono farmaci, – gli spiega Mike, – che la rallentano. Ma non esiste una vera cura. Mi dispiace, Remy. Non c'è un modo indolore per dirtelo. Hai una malattia neurologica degenerativa che si prenderà la tua vita, e devi prepararti all'idea. Margot lo sa che sei qui?»

Ma Remy ha smesso di ascoltarlo.

O

Sei arrivato a destinazione.

Ferma la macchina lungo una via tranquilla e costeggiata dagli alberi. Internet gli ha detto che la perdita di controllo muscolare alle mani peggiorerà e si diffonderà al resto del corpo. Che i suoi muscoli si stanno letteralmente consumando, privi di nutrimento. Un giorno, in un futuro non lontano, non sarà piú in grado di camminare, poi di parlare, di mangiare e infine di respirare. E morirà.

Spegne il motore. Accanto a lui, Margot è ancora in fibrillazione.

– Seicentotrentuno. È questa.

Scendono dall'auto. Insieme al calore li travolge il frinire delle cicale, come se la temperatura fosse a sua volta una forma di vita. Sono nella zona est della città, divisa dalla ovest dall'autostrada 35, un'arteria che corre lungo l'asse verticale nota come «nafta». Era una zona popolata prevalentemente dai neri, ma negli ultimi dieci anni ha visto l'esplosiva avanzata della gentrificazione. Prima gli artisti, poi i ristoranti, poi i passeggini, i prezzi degli immobili salgono e la comunità preesistente è costretta a trasferirsi. In un certo senso è la storia degli Stati Uniti che si ripete all'infinito, come un meme. Il destino manifesto della ricchezza, espandersi e assorbire. La parola «risanare».

Story e il suo ragazzo – Felix? – hanno preso in subaffitto questo posto su Holly Street, accanto a un ristorante biologico che prima era una lavanderia a gettoni. Una casetta di legno bianco a cui farebbe bene una mano di vernice. Il prato, osserva Remy, si è arreso alla calura e costeggia rinsecchito il vialetto di cemento crepato. La casa è schiacciata fra altre due villette, la prima ristrutturata in stile moderno, la seconda una Craftsman diroccata col cartello «In vendita».

– Potremmo comprarla noi, – dice Hadrian, che a dodici anni è già piú alto di sua madre.

– Immagino la gioia di tua sorella, – risponde Margot, rimpiangendo di non aver portato un pensiero o una bottiglia di vino. *Ma dell'alcol per la propria figlia?*, si domanda. *Si può fare, se è adulta?*

Raggiungono la casa. Le tapparelle sono abbassate. Dentro ci sono le luci accese.

– Gliel'hai detto che venivamo? – le chiede Remy per la terza volta da quando sono scesi dall'aereo.

– Ma sí, – risponde Margot con una punta di irritazione. – Le ho mandato un messaggio, ma non mi ha risposto.

Remy bussa. Per qualche momento rimangono a sudare sotto il sole, aspettando che apra qualcuno.

– Sei sicura che...

– Lo sa, – lo interrompe Margot. – Forse dovevamo passare prima in hotel.

Hadrian si avvicina alla finestra del soggiorno e sbircia dentro.

– Hadrian, – lo riprende Remy.

– Guardo solo.

– Siamo in Texas. Ai neri non conviene sbirciare nelle finestre altrui.

– Ha dodici anni, – protesta Margot.

– Perché, qui ai dodicenni non gli sparano?

Margot controlla l'orologio. Con la testa sta già facendo il viaggio di ritorno per Washington. Passa davanti a Remy, si attacca alla maniglia. La porta è aperta.

– Pessima idea, – le dice Remy.

– Mi scappa la pipí, – risponde lei.

Entra. Non c'è un disimpegno: la porta si apre sul soggiorno. I mobili sono i classici Ikea dei neolaureati, un mix di quelli di lui e quelli di lei. Margot riconosce qualche cimelio di famiglia: il baule della nonna con sopra un centrino, l'armadio intarsiato che usava Story da bambina. Ai muri sono appese svariate foto in bianco e nero in cornici da due soldi: saranno del fidanzato? Andando in bagno passa accanto a due valigie e una borsa da viaggio in pelle, ma non ci fa nemmeno caso. Perché dovrebbe?

Remy e Hadrian la seguono, appena in tempo per vederla sparire in bagno. Pur essendo la casa della figliastra, a Remy quella violazione di domicilio non piace neanche un po'. Si affretta a richiudersi la porta alle spalle. C'è l'aria condizionata accesa: il fresco è piacevole, ma si porta appresso una puzzettina, un sentore di rancido, come latte andato a male. Cerca lo sguardo di Hadrian, ma il figlio si è subito attaccato al cellulare. Allora segue l'odore fino alla porta della cucina, e la apre.

Dentro, la puzza è piú forte. Remy vede che il tavolo è apparecchiato per cena. Piatti pieni, forchette con i bocconi ancora attaccati. Varie pentole sul gas, altri piatti nel lavandino. Ma sono le sedie che lo colpiscono: formano entrambe un angolo di quarantacinque gradi col tavolo, bloccate nel mezzo del movimento. È la storia di una sincronia, una danza simmetrica, la storia di quelle sedie scostate all'unisono e lasciate lí.

Osserva il tavolo. Pollo e patate, forse. O un pasticcio di pollo. C'è una ciotola in centro, coperta da un canovaccio. Guarda dentro e si ritrae orripilato. Sulle prime sembra riso, solo che si muove.

Quanto tempo deve passare prima che vengano i vermi?, si chiede. *Tre giorni? Una settimana?*

– Tesoro?

Si gira. Margot è sulla soglia.

– Non c'è nessuno, – dice lui.

– Lo so.

– Devono essere andati via da qualche giorno.

– Cos'è questo odore?

Remy sta cercando di elaborare quello che ha visto. Una vacanza improvvisata? Un po' tardi per uscire. *I piatti li facciamo dopo*. Un'emergenza medica? *Dovremmo chiamare gli ospedali*, pensa.

Margot vede i vermi. – Oddio.

Lui la prende per un braccio e la riporta in soggiorno. – Quand'è l'ultima volta che le hai parlato?

– Giovedí?

– A voce?

– Mi ha mandato un messaggio.

Dal divano, con gli occhi incollati al cellulare, Hadrian chiede cos'è quella puzza.

– I piatti, – risponde Remy.

Margot ripensa ai messaggi scambiati con sua figlia. Giovedí aveva il caso federale *Lo Stato contro Valice*, criminalità organizzata. E poi una serie di incombenze amministrative. Le ha scritto mentre era in ascensore.

«Non vedo l'ora di vederti».

Dopo un'ora la risposta.

«Chi?»

«Spiritosa, – ha scritto. – Hai già scelto dove andare a mangiare? Posso dire a Barbara di prenotare un ristorante».

Ha aspettato una risposta, ma invano. Poi, mentre lo infilava nella tasca della tonaca, il telefono ha vibrato e lei ha ricontrollato lo schermo.

«Ah ah ah».

Che cosa voleva dire? Le ha risposto, senza ottenere piú niente. Chissà perché le era tornata in mente *la stupidaggine*, all'epoca sua figlia era ancora una ragazzina. Tredici, quattordici, quindici anni. L'ossessione per la magrezza, i maglioni a nascondere la perdita di peso, le cene spiluccate, i pranzi intatti, e infine la presa di coscienza: Story si stava lasciando morire di fame.

Che fine ha fatto mia figlia?, si era chiesta, seduta nella sala d'aspetto dello studio medico, *la bambina che quella volta è salita sul palco e ha cantato con quella splendida innocenza?* Poi aveva letto il numero sulla bilancia ed era quasi svenuta.

– La polizia, – dice, – dobbiamo chiamare la polizia.

Manco a farlo apposta squilla il telefono. Numero sconosciuto. Risponde.

– Giudice Nadir, sono Chuck Malcolm. La disturbo?

– Non… non lo so. Siamo venuti a Austin a trovare mia figlia, ma lei non c'è. Ci sono i piatti in tavola e le valigie in soggiorno. E sono cinque giorni che non la sento.

– E lei è preoccupata.

– Sí.

– Sua figlia vive sola?

– No, col suo ragazzo. Ma anche lui è scomparso. E non ho il suo numero.

Prende fiato, i pensieri le vorticano in testa. – Ci sono dei vermi.

Una pausa all'altro capo della linea. – Ho detto a Randy di chiamare il dipartimento di Giustizia. Entro un'ora le manderanno qualcuno dall'Fbi di Austin.

Margot si sente invadere dal sollievo. – Grazie.

– Data la situazione, vuole rimandare la partenza?

Guarda Remy, che ha seguito la telefonata. Lui scuote la testa, sottovoce le dice: *Vai*.

– Non lo so, – risponde Margot.

– La capisco, e nessuno avrà da ridire se preferisce aspettare di capire cos'è successo a sua figlia, ma qui la macchina si è messa in moto. E non c'è il tasto pausa…

Remy le stringe la spalla. – Vai, – le dice, – la trovo io.

Margot annuisce, le salgono le lacrime agli occhi. Cerca lo sguardo del figlio.

– Ci pensiamo noi, – la rassicura quello.

Un altro cenno d'assenso. – No, – risponde Margot al telefono. – Vengo. Mi dica solo dove e quando.

– Mi dia l'indirizzo di sua figlia. Mando qualcuno dall'ufficio locale che l'accompagni all'aeroporto privato.

– L'aeroporto… privato?

– Per il momento vogliamo essere discreti. La stampa ha già subodorato che il giudice vuole ritirarsi. Terranno d'occhio gli aeroporti.

– A che ora è il volo?

– All'ora che arriva lei. Austin è di strada.

– Ah, – fa Margot, – non ho... mi servirebbe un abito per l'incontro col presidente. Qui non ho... non ho niente dietro di elegante.

– Ci penso io. Contatterò il suo ufficio.

– Grazie... lei... è davvero gentile.

– La ringrazio, ma in realtà... lei è la mia prima scelta, quindi ho tutto l'interesse a farla vincere. Non è solo altruismo, il mio.

– Capisco.

– Però, Margot...

– Sí? – risponde in automatico lei.

– Pregherò per lei e per la sua famiglia.

Riattacca. – Devo bere un bicchiere d'acqua, – dice, – o mettermi seduta.

Remy va in cucina e riempie un bicchiere al lavandino. Al ritorno lei non c'è. Hadrian gli indica la stanza accanto.

– Camera da letto.

Remy non sa bene dove andare, ma segue il corridoio e trova Margot in una stanza esposta a sud che affaccia su un cortiletto chiuso. Sta frugando nella cassettiera.

– Manca la biancheria.

Chiude il primo cassetto e si sposta all'armadio. Le grucce sono quasi tutte vuote.

Ricorda la corsa in ospedale di quel giorno, i segni vitali di sua figlia tutti sottosopra, gli elettroliti inesistenti, la grave disidratazione. Un'ora dopo Story aveva il sondino nel naso e le mani legate perché non potesse ribellarsi. Un vuoto. Dove prima c'era la sua bambina era rimasto un vuoto.

Era stato l'inizio di un viaggio durato cinque anni, che per Margot è *la stupidaggine*, perché chiamarla col suo vero nome vorrebbe dire riconoscere che è stata un disastro di genitore. Che l'ha quasi fatta morire.

– Quindi ha preso i vestiti, – dice, – ma allora perché ha lasciato qui le valigie?

– Hai controllato se c'è la macchina?

Margot sgrana gli occhi. Lo spinge via, imbocca il corridoio ed esce sulla strada. Story guida una Camry azzurra di seconda mano che era di suo zio. Margot scruta la via nelle due direzioni, ma non la vede. Remy l'ha seguita in giardino, col bicchiere d'acqua ancora in mano.

– Com'è che si chiama il fidanzato?

– Felix, – risponde lei. – Mi pare Moor, di cognome.

– Dentro ho visto una scrivania. Ci do un'occhiata, anche se ormai si fa tutto col telefonino.

– L'Fbi lo saprà.

Nessuno dei due dà voce alla considerazione piú ovvia: ovvero che in tutto il Paese i ragazzi scompaiono per sempre. Che il passaggio successivo è chiamare l'ospedale e l'obitorio. D'istinto, senza dirselo, hanno deciso di pensare a quella crisi come a qualcosa che si può risolvere. Scomparsa da tot ore, all'ultimo avvistamento si dirigeva verso x. Un mistero. È un mistero quello che hanno di fronte, nulla di piú.

Remy sente le ginocchia che gli cedono all'improvviso. Forse è il caldo. Non è abituato a quell'umidità. Con un braccio si appoggia a un albero di pecan. Margot se ne accorge.

– Stai bene? – gli chiede.

– Sí. È solo... tutto questo.

Lei annuisce.

– Promettimi che la troverai, – gli dice.

– La troverò, – risponde lui, mentre una berlina nera si ferma nel vialetto. Dal lato passeggero scende un uomo. Dall'altro una donna, entrambi in completo scuro. Come promesso, è arrivata l'Fbi.

Nel luglio di quell'anno presero fuoco le foreste dell'Alaska. Il Pacifico nordoccidentale era avvolto da un anello di fumo nero che pareva un'aureola bollente. Sulle montagne rocciose gli avvistamenti del Big Foot aumentarono del 58 percento. Nell'arco di sei giorni, il video di un goffo gigante che si aggirava furtivo tra le conifere non distanti da Boulder, Colorado, registrò oltre dieci milioni di visualizzazioni su YouTube. E intanto saliva il numero dei suicidi. Le pompe funebri non riuscivano piú a soddisfare la richiesta. In tutto il Paese c'era gente che si svegliava al suono di passi che non venivano da nessuna parte, di colpetti ritmici nei muri. In stanze che di solito si riscaldavano in modo uniforme si sviluppavano misteriose sacche d'aria fredda.

Massachusetts, West Virginia, Utah.

Le ricerche per «fantasmi» e «apparizione» su Google salirono del 352 percento. Secondo gli esperti si trattava di semplici allucinazioni causate dal lutto, ma il fenomeno non si limitava alle famiglie che avevano perduto una persona cara.

Wyoming, Oregon, Texas

I predicatori evangelici dichiaravano che erano tutti segni della Fine imminente come descritta nel Libro della Rivelazione. I quattro cavalieri dell'Apocalisse erano in marcia. E intanto la borsa saliva. Le cianfrusaglie in plastica partivano dalla Cina e si facevano tutto il Pacifico in nave per venire ad affollare le sale giochi del Midwest. Sul sito di Starbucks avevano messo un conto alla rovescia: non indicava la fine del mondo, ma il ritorno del Pumpkin Spice Latte.

Per dirla con le parole di Antonio Gramsci: «La crisi consiste appunto nel fatto che il vecchio muore e il nuovo non può nascere: in questo interregno si verificano i fenomeni morbosi piú svariati».

I divorziati in bolletta e i soldati in licenza che pendolavano sui Greyhound da Weehawken a Pittsburgh cominciarono a postare su Instagram fotografie di un uomo bianco, alto e in divisa indipendentista, che diceva di essere Alexander Hamilton. Sedeva sempre allo stesso posto, accanto al finestrino di fronte all'uscita posteriore, con uno sguardo distante negli occhi. Quelli che provavano a interloquirci dicevano che era «confuso», che continuava a chiedere che anno fosse e a ripetere che voleva tornare a casa dalla sua Eliza. A Monticello, in Virginia, i turisti in visita nella tenuta di Thomas Jefferson raccontavano di aver visto un vecchio con il colletto a sbuffo e i pantaloni di velluto che aleggiava a qualche centimetro da terra. Non c'erano foto nitide, ma a giugno saltò fuori un audio in cui sembrava che lo spettro recitasse brani dalla Costituzione.

In Arabia Saudita la temperatura arrivò a 60 gradi.

Di notte, tra Peoria e Springfield, capitava di vedere Abe Lincoln che vagava con la tuba in mano lungo l'aiuola spartitraffico della I-55. Aveva le guance umide di lacrime che brillavano alla luce dei fanali.

All'udienza di conferma del Senato per Margot Nadir, gli spettatori da casa si accorsero che c'era un fantasma seduto dietro la giudice. È il terzo giorno di deposizioni.

Dopo la pausa pranzo, quando la giudice torna a sedersi, alle sue spalle si vede nettamente una ragazza in abito bianco. Ha il viso pallido e i capelli biondi legati in una coda bassa. Porta un paio di enormi occhiali da sole e tiene la testa bassa. Sul palco, il capo della commissione riapre la sessione battendo il martelletto. Saluta la giudice e le dice, scherzando, che spera che il pranzo sia stato piú rilassante dell'interrogatorio a cui la donna è sottoposta da quella mattina. La giudice risponde con un sorriso educato e si protende per riempirsi d'acqua il bicchiere. In quell'istante, la ragazza alle sue spalle alza la testa e sembra guardare dritto nella telecamera. Poi, per circa un secondo e mezzo, la sua figura viene oscurata dal corpo della giudice. Quando questa si riappoggia allo schienale, la ragazza è scomparsa e al suo posto c'è un uomo di mezza età con il pizzetto.

Twitter esplode. Vengono postati migliaia di videoclip. Analisi dei singoli frame, gif animate. 1) La giudice si è protesa per versarsi l'acqua. 2) La ragazza ha alzato lo sguardo. Ma quando la giudice si è riappoggiata, 3) la ragazza era sparita. Che fosse un effetto speciale? Che l'udienza intera fosse una simulazione generata al computer e l'apparizione un glitch? Ogni pixel viene esaminato e riesaminato approfonditamente. Su Internet spuntano le foto della figlia del giudice – ormai scomparsa da oltre quattro settimane – che vengono messe a confronto con l'ingrandimento a bassa risoluzione della ragazza del mistero. Il senso è palese. La ventiquattrenne Story Nadir è deceduta e quello è il suo fantasma. Twitter studia ogni elemento dell'immagine in cerca di un significato nascosto: l'abito bianco, gli occhiali scuri. Perché è apparsa proprio in quel momento, dopo la pausa pranzo del terzo giorno? Perché è scomparsa?

L'anomalia provoca un tale trambusto che dopo un'ora il capo della commissione è costretto a rinviare la seduta. Uscendo dalla sala, la giudice Nadir sembra sbigottita, come se fosse finita in un'altra dimensione, una dimensione in cui il Big Foot esiste e in cui Einstein non ha mai ipotizzato la teoria della relatività. I flash delle macchine fotografiche catturano il suo stupore. In albergo, Margot riguarda le riprese col marito; nella stanza accanto, Hadrian è alle prese con un videogioco portatile. Remy manda piú volte indietro, riguarda il video in slow motion. Che cosa significa? Da dove è venuta fuori quella ragazza, e che fine ha fatto? È bionda, come loro figlia, ma gli occhialoni le coprono il volto. Margot, mentre guarda il video, è convinta che debba esserci una spiegazione razionale. Cosí funziona il suo cervello. Crede nel pensiero razionale e nelle spiegazioni scientifiche.

Accanto a lei, Remy sente arrivare il mal di testa. Il suo, di cervello, è piú superstizioso, piú incline a sperare in un miracolo. Quando fa per mettere in pausa, si accorge stupidamente che la mano sinistra non ha risposto ai comandi. Abbassa lo sguardo, confuso, e se la vede inerme, in grembo, come fosse la mano di un altro.

E intanto i cadaveri aumentavano. Da uno Stato all'altro il 911 veniva sommerso di chiamate angosciate, ventiquattr'ore al giorno. Connecticut, Nebraska, Hawaii. *Mio figlio è morto. Ho dei demoni nel muro.*

Sembrava che i segni fossero dappertutto. Ma il senso dipendeva dal dio in cui credevi. Il Dio del rifiuto, il Dio della vendetta, il Dio della bellezza, della prosperità, della giovinezza. Avevano tutti lo stesso nome – *Dio ti salverà. Dio ti punirà!* – ma era impossibile che il Gesú suprematista della razza bianca e il Gesú dei diritti civili fossero la stessa persona, che il Gesú del *buttate sangue sulle donne incinte* e il Gesú del *porgi l'altra guancia* fossero divinità della stessa specie.

Senza rendercene conto eravamo tornati al politeismo. Quale dio venerare dipendeva dalla tribú di appartenenza, o dal desiderio da esaudire. Persino la ragione, nell'ultimo secolo, era diventata un Dio con milioni di seguaci: un essere onnipotente fatto di pura scienza, venerato dai progressisti con un'istruzione superiore nel reparto bio del supermarket locale. E il Gesú bio sa che i fantasmi non esistono.

Forti di questa convinzione, gli opinionisti della Msnbc liquidavano il video dell'udienza come un falso, oppure proponevano spiegazioni razionali per quel presunto prodigio: la ragazza doveva essersi alzata rapidamente per cedere il posto all'uomo con il pizzetto, ed essersi allontanata con le spalle curve, senza che nessuno la vedesse. Ma intanto quella notte persino Rachel Maddow si svegliò col gelo nel petto. Sentí freddo per settimane. Le cose in casa sembravano muoversi di volontà propria, le lasciava in una stanza e la mattina dopo le trovava in un'altra. Continuò con ostinazione a negare la possibilità di una spiegazione sovrannaturale.

Montana, New Mexico, Rhode Island.

Il punto è che la realtà uno se la sceglie come si sceglie dio. E chi crede nei fantasmi e nei demoni ha le stesse probabilità di accettare l'impero della ragione di Stephen Hawking di quelle che ha Stephen Hawking di andare a vivere coi lupi mannari.

Missione

Di notte sogna Claire. Claire prima del saggio anti-Claire. Prima degli occhi rossi e della camicetta vomitata. La sua camera da letto buia, la luna che filtra dalle tapparelle. Un poster sul muro. Quel dipinto, il suo. Simon c'era, la sera che Claire lo vide per la prima volta, la serata di gala al Guggenheim, quando dalla balconata elicoidale piovvero i flaconi di pastiglie e i prestigiosi ospiti alzarono lo sguardo inebetiti, come tacchini sotto un acquazzone – una pioggia di bombe all'ossicodone che ruzzolavano dappertutto – prima di ripararsi il capo e correre al sicuro.

Assassini, tuonò una voce dall'alto.

Approfittatori.

Prima, durante le strette di mano di circostanza, i cocktail a fiumi, l'annoiatissima Claire si era allontanata dai capannelli di uomini canuti e mogli trofeo, di avvocati occhialuti in farfallino e ricche matrone in abito da sera, le braccia flaccide avvolte nella trasparenza delle maniche. D'istinto Simon l'aveva seguita su per la balconata, come un satellite costretto dalla gravità. Nel primo girone avevano passato in rassegna gli scomparti della collezione permanente. Scomparto *dipinti*, scomparto *fotografie*. Arte. Passo dopo passo, Claire aveva continuato a manifestare il suo disprezzo.

– Impostore, – aveva detto. – Prezzolato.

Moderno.

Astratto.
Fauvista.
Cubista.
Che noia.

E poi a metà del primo piano si fermò. Simon, che stava ancora guardando un Mondrian che non gli sembrava poi tanto male, andò a sbatterle contro.

– Scusa, – disse, ma lei lo ignorò. Era ipnotizzata.

Simon si spostò per vedere meglio. Lesse la targhetta.

Un ragazzo che difende un bambino da un'aquila, Frederic Leighton, 1851.

Esaminò l'espressione di sua sorella. Teneva le labbra schiuse, la punta della lingua tra i denti, le pupille completamente dilatate. Non l'aveva mai vista cosí immobile. Allora si girò verso il dipinto.

La scena era quella del titolo. Un bambino con fattezze da cherubino dormiva con il pollice in bocca su una coperta bianca, adagiata sopra un pendio d'erba. Su di lui incombeva un'enorme aquila scura, le ali spiegate in volo, un artiglio piantato nelle fasce del bimbo che, sollevate, rivelavano il fianco candido. Ma l'aquila nemmeno lo guardava, aveva la testa girata. Perché lí accanto, in soccorso, era giunto un secondo bambino, un ragazzino di non piú di otto anni, con addosso un giacchetto militare, la mano sinistra alzata a proteggere il viso dal secondo artiglio. La mano destra brandiva un falcetto, alle spalle un muro di grano, come se l'arma stessa simboleggiasse la messe.

Ma non era tutto.

In primo piano, sull'erba, c'era il dettaglio incongruo di un fiasco di vino e una composizione di frutta: un picnic che doveva essere stato predisposto dagli adulti. Dov'erano adesso? Dov'erano la madre, il padre? Quegli adulti che fino all'attimo prima dovevano esser lí, a bere vino e sbucciare gli acini d'uva, a ridere, amoreggiare, a cedere alla passione animale. A figliare. Adulti che erano diventati genitori con la stessa distrazione di chi inciampa. Dov'erano quando c'era piú bisogno di loro, quando da loro dipendeva la vita dei loro figli? Svaniti: a rappresentarli restava il vino della loro irresponsabilità, il picnic della loro negligenza, i figli lasciati a difendersi da soli.

Mentre il museo si affollava di donatori, di artisti e di politici, di filantropi e di pop star, Claire era rimasta a guardare il dipinto. Lo aveva guardato mentre al piano di sotto si stappava lo champagne, si shakeravano i whisky sour e si riempivano i bicchieri. E Simon, alla sua destra, era rimasto a guardare lei. Cosa scorgeva sua sorella tra le pennellate di colore? Non era un'ammirazione intellettuale, un'opinione accademica. Quello che si svolgeva nello spazio tra lei e quel dipinto di centocinquant'anni prima era qualcosa di personale. A un certo punto le luci si abbassarono brevemente, a segnalare l'inizio dell'evento. Simon la tirò per la manica. Aveva tredici anni e la paura se lo mangiava vivo: paura che stessero facendo qualcosa di sbagliato, paura che fosse meglio non allontanarsi dai genitori, paura di far arrabbiare la mamma o di deludere il papà, paura di perdersi qualcosa di importante.

Era la storia della sua vita, quell'incapacità di vivere il presente.

– Dài, – le disse, – sotto cominciano.

Ma Claire scosse la testa. – Vacci tu.

Simon si sforzò di deglutire. Si sentiva responsabile per Claire. Claire che se ne andava sempre in giro per i fatti suoi, che rispondeva male, che non riusciva a essere gentile e a fare quello che le veniva chiesto.

– Claire, – la implorò.

Ma lei non aveva piú niente da dirgli, cosí rimasero lí

finché non arrivò la madre a prenderli per un braccio e trascinarli giú, strattonandoli un po' piú forte del dovuto, le labbra serrate e addosso una puzza di scotch e paura.

O

È a mezzanotte che il Profeta viene a prenderlo. Simon è seduto sul bordo del letto, lo zaino già pronto. Si sente come una vecchietta che ha appuntamento dal medico e allora si alza e si prepara già alle quattro e mezza, ha il terrore di non sentire la sveglia, non riesce a non pensare al piano. E se qualcuno li ferma? Se le guardie si arrabbiano? Se chiamano i dottori, e i dottori avvisano i suoi? Simon Oliver, il fuorilegge, l'artista della fuga. Il pensiero gli dà un brivido. È una fantasia tanto ghiotta quanto spaventosa. Decidere deliberatamente di abbandonare la società e le sue regole. Di dire vaffanculo. Vaffanculo a tutto.

Riuscirebbe a cavarsela, nel caso? O finirebbe fulminato solo per averci pensato? Seduto sul letto – lo ha pure rifatto, deficiente che non è altro – passa le dita sul sacchetto di carta che ha in tasca e si concentra sul proprio respiro. Inspira. Espira.

Non pensare a tutti i voli privati che hai preso, a quanti litri di carburante sono andati bruciati per spostare quattro egoisti viziati in giro per il pianeta. Pensa a cosa puoi fare tu per liberarti dalla paralisi di questa conoscenza, dal senso di colpa del sopravvissuto che provi in quanto maschio bianco e benestante che ha tutta la vita davanti.

Redenzione. Da quando l'ha sentita dire al Profeta, non pensa che a quella parola.

A quell'ora nel dormitorio non vola una mosca, nelle orecchie sente solo il pulsare del cuore, per cui lo stridio delle gomme sulla ghiaia gli arriva come un urlo. Trattiene il fiato vedendo le luci dei fari sulle pareti. Sarà un'altra ambulanza, venuta a prendere l'ennesimo fuggitivo. Si alza in piedi, col sacchetto che gli crepita in tasca, e va a guardare fuori.

Cerca di non pensare al fatto che in Cina parlano di *airpocalypse*, l'apocalisse dell'aria. Che in India respirare all'aperto equivale a fumarsi due pacchetti di sigarette al giorno. L'inquinamento atmosferico è stato associato all'aumento dei casi di malattie mentali nei bambini e di demenza negli adulti. Ma continuiamo pure a far finta che sia tutto a posto.

Fuori c'è un furgone che sembra uscito dagli anni Settanta. Su un fianco ci hanno disegnato con lo spray un guerriero mitologico che brandisce la scure contro un'orda di demoni accanto a una donna prosperosa col bikini in cotta di maglia. Dal finestrino del guidatore esce un filo di fumo. Fumo che, arrivandogli dalla finestra schiusa, puzza di gangia e moquette pelosa.

Sono qui per noi?, si domanda. *O qualcuno ha ordinato una pizza?*

Sente bussare con decisione. Si gira. Sono il Profeta e Louise. Louise ha un paio di pantaloncini cortissimi e in spalla uno zaino di Hello Kitty. Il Profeta ovviamente non ha bagagli, come se, in quanto essere superiore, non avesse bisogno di abiti puliti, di uno spazzolino da denti o del tempo – quegli ammennicoli a cui siamo tanto affezionati noialtri.

– Fuggiamo, stolti, – dice Louise.

Simon prende lo zaino e se lo mette in spalla. Vedendo loro ha capito di aver preso troppa roba, ma non c'è tempo per i ripensamenti, perché il Profeta si è subito avviato lungo il corridoio. Louise batte le mani, felice di liberarsi dai cappi dei suoi «progressi», di prendere la sua nuova maturità e le sue strategie di compensazione e farne un bel falò. Si allontana danzando e saltellando, incurante del rumore che produce.

– Come facciamo a...? – sussurra Simon, affrettandosi per non restare indietro. – Da dove usciamo? L'accettazione è presidiata da due guardie fino alle tre. E c'è quell'infermiere, quello vecchio e zoppo, che è di ronda fino alle cinque.

Gli altri lo ignorano. In testa alla fila, il Profeta apre la porta per le scale di sicurezza.

– Aspetta, – dice Simon, raggiungendo i compagni sul pianerottolo. – Di solito queste scale... di solito c'è un allarme.

Il Profeta scende la prima rampa senza dare il minimo segno di averlo udito o di preoccuparsi. Louise lo segue, canticchiando fra sé *Bad Guy*, la colonna sonora della loro fuga.

Correndo per stare al passo, Simon imbocca l'ultima rampa prima del piano terra. Se glielo chiedeste, vi direbbe che nel mar Arabico c'è una zona morta grande come la Florida. Una zona morta tanto estesa da includere l'intero golfo di Oman. Migliaia di miliardi di litri di acqua morta.

Addio, delfini. Addio, molluschi. Addio, balene.

Arrivato in fondo vede che il Profeta si è fermato sull'uscio e sta parlando col custode notturno, che gli tiene aperta la porta, l'allarme disinserito. Il custode è un messicano sulla sessantina, minuto e brizzolato. Tiene la testa china. Il Profeta alza la mano destra e gli posa il palmo sulla cocuzza, come a dargli la benedizione. Simon cerca lo sguardo di Louise, che alza le sopracciglia perplessa, come a dire, *Ci risiamo*. L'attimo dopo sono fuori, a riempirsi i polmoni dell'aria calda dell'estate, del venticello tiepido che soffia tra i sempreverdi. Poco piú avanti li aspetta il furgone: il portellone laterale è spalancato, il guerriero è retrocesso verso i fanali di coda, a coprire i suoi nemici. Vista da lí, la donna pettoruta sembra brillare.

– Di chi è quel furgone? – chiede Simon, ma nessuno gli risponde e intanto Louise salta a bordo, coi pantaloncini che praticamente scompaiono, come in quelle penne con la donnina stampata sopra che si denuda quando scrivi.

– Ehi, splendore, – la sente dire all'autista, che ancora non è altro che uno spinello acceso sul sedile davanti, uno sbuffo di fumo.

Il Profeta si ferma davanti al portellone e si gira verso di lui, come se avesse sempre saputo che quell'ultimo passo verso la libertà sarebbe stato il piú difficile.

– È il tuo viaggio, – gli dice.

– Sí, ma dove…

Il Profeta scuote la testa. – Il dove è solo un luogo. È la strada che conta. E questa è la tua.

Gli indica la bocca nera di quel furgone anni Settanta. All'interno Simon scorge solo il puntino di luce della canna che passa da uno all'altra, e il rapido scorcio del viso di Louise quando inspira.

Stringe i denti, gli ballano le palpebre. Pensa al fatto che se la temperatura aumentasse di altri 4 gradi, le probabilità di una carestia simultanea in tutte e quattro le principali regioni cerealicole del mondo aumenterebbe dell'86 percento.

Lo sa che si preoccupa troppo, sa che deve prima buttarsi e poi guardare giú, ma non è facile. Ogni passo improvvisato gli sembra la morte. Ogni frase che ha in testa finisce con un punto interrogativo. Nessuna risposta, solo rumore bianco. Ma a che serve vivere, se la tua vita è tanto secca che si sgretola?

Da dietro sente arrivare delle voci. Nell'edificio si accendono le luci.

Gli adulti.

Poi, come una campana, la voce di Claire: *Se non sai che fare, attacca!*

Con uno sforzo di volontà riesce a muovere i piedi e tuffarsi nel furgone. Il portello si chiude all'istante e l'autista dà gas, facendo saltar via la ghiaia. Louise esulta. Simon ha il cuore che gli martella in petto. Teme di svenire e con la mano stringe il sacchetto di carta ancora in tasca. Intercetta lo sguardo del Profeta, che siede su un box frigo, dando la schiena alla strada.

– Benvenuto nel resto della tua vita, – gli dice quello, con un sorriso.

Da davanti si allunga una mano.

– Duane Yamamoto, – annuncia una voce profonda. – *Wilkomen to das Valkyrie.*

Simon alza lo sguardo e nello specchietto retrovisore incrocia gli occhi scuri di Duane. È uno schianto di mulatto, mezzo giapponese e mezzo nero, diciannove anni, pelle scura e ricci neri. La mano che offre a Simon prosegue in un braccio muscoloso, nudo fino alla spalla. La t-shirt ha le maniche tagliate. Sull'avambraccio è tatuato uno spadone.

Duane gli sorride nello specchietto. – Ti porto dove vuoi.

Basta quello, e Simon si innamora.

Il Troll

Ecco a voi l'umanità ridotta alla sua forma piú pura. Tutti i nostri irrisolvibili dilemmi, le nostre guerre tribali, la nostra polarizzazione, tutte le nostre impossibili equazioni morali si possono finalmente ricondurre a un'unica jpeg.

L😂L!

È la spada e lo scudo, l'apice di secoli di lotta in cui sono sorti e caduti imperi. Clave e bastoni. La foglia di fico e la cacciata. L'invenzione del linguaggio. La guerra, la politica. Dalla magia nacque la medicina. Dalla scienza nacque la tecnologia. Dalla tecnologia nacque Internet, da cui nacque il cellulare, da cui nacque la chat, e allora – e solo allora – la totalità dei desideri e delle miserie umane poté convergere e concentrarsi in tre sole lettere. Anzi due, con la L a fare da racchetta e al tempo stesso rete e la O da pallina condannata a un eterno rimbalzo fra le due. Un infinito cerchio di letizia. Per tutto quello che ti sta a cuore. Quello che ti offende. Quello che ti indigna, quello in cui credi.

Elle o elle.

Evan Himelman ha passato la vita a cercare quelle tre lettere. Un modo per mandare tutto a quel paese: le lamentele, le piú epiche faide della storia, il conto presentato alla sua generazione per le colpe dei genitori. Genocidio, povertà, razzismo, misoginia, apocalisse climatica, bla, bla, bla. Come trovarsi in mezzo a una rissa che non sai nemmeno da chi è cominciata. Il peso schiacciante dell'aspettativa morale. (((Gesú))) ha detto: «Fate agli altri quello che vorreste facessero a voi», ma intanto se te ne vai in giro a fare ditalini alle sconosciute ti sbattono dentro...

Il punto è che se ti metti carponi sui ceci come vorrebbero quei deficienti dei progressisti in fissa con la giustizia sociale, se lasci che ti leghino al piede la palla della responsabilità che chi cacchio gliel'ha mai chiesta, allora qualunque americano bianco diventa uno schiavista. Ditemi se non vi viene voglia di accendere il forno e ficcarci dentro la (((testa))). Chi è quel coglione che si mette a leggere le milioni di parole scritte dalle menti piú illuminate del pianeta, i trattati e i programmi politici che spiegano nei minimi dettagli la piú minuscola sfumatura di ogni singola posizione. La storia e l'altra storia. Cristianesimo, ebraismo, Islam, quello stronzo di Richard Dawkins. E per tutto il tempo la risposta ce l'avevamo sotto il naso.

Genocidio? Lol.

Razzismo? Lol.

Un mocciosetto arabo a faccia in giú su una spiaggia greca?

Come diceva il Joker: perché sei cosí serio?

Evan Bryan Himelman all'anagrafe, il Troll è nato e cresciuto a Santa Monica, California. Terra della frutta e delle noccioline. Un calderone etnico liberal-hollywoodiano, dove l'Estate dell'amore non è mai finita. S'è solo comprata una Tesla. Dove il progressismo è un diritto di nascita. Dove al posto delle giostrine con le api i tuoi ti ficcano nella culla una copia del primo discorso di Obama. Phil e Linda Himelman. Maniaci della differenziata. Del compostaggio. Del jogging. Il Troll è cresciuto sul sedile posteriore di una Volvo con Terry Gross nelle orecchie. Ma era un pulcino di cuculo. I suoi veri eroi radiofonici erano Joe Rogan e Howard Stern. Dei principî fondamentali non sapeva che farsene. Pillola rossa o morte.

All'inizio, combatteva lealmente. Argomentava le sue tesi. Era entrato nel club di dibattito. Ma poi aveva scoperto le tre letterine magiche, e il senso della vita gli era apparso davanti come il sole tra le nuvole: coltivare l'arte di far piagnucolare i progressisti, essere la miccia che fa esplodere i difensori della giustizia sociale, la nemesi del cittadino impegnato.

14/88.

Un siluro su per il culo.

L'Immigrazione tiene i bambini messicani nelle gabbie?

Un ragazzotto ti ha chiamata grassona di merda?

Mani in alto, non sparare?

Lode a Kek, Dio del Caos e delle Tenebre. Come dice l'adesivo sul paraurti, «La vita fa schifo e poi si muore». Perché non spassarsela e morire in una gragnola di proiettili? Auto da corsa, droghe di qualità, passere minorenni. Butti giú tutto con un bel bicchierone di *chiudi il becco*, insaporito da uno spruzzo di indignazione progressista.

Se non sei parte del problema sei parte della soluzione, e questo non lo vuole nessuno.

Dopodiché il Troll conobbe lo Stregone e capí qual era lo scopo della sua vita.

O

O

Per Louise, all'inizio, il Troll non era che una serie di parole sullo schermo. Qualcuno aveva un amico che conosceva un tizio che spacciava erba, alcol, pasticche, qualunque cosa. O forse era quel tale che era stato in Iraq col fratello maggiore del ragazzo che lavorava in copisteria con Davy. Comunque sia non aveva importanza. Volevano sballarsi, e la magica rete delle conoscenze comuni portava a quel contatto lí. Secondo Gabby doveva scrivergli Hart. Secondo Hart doveva farlo Gabby. Alla fine fu Louise, che non aveva mai paura di fare il lavoro sporco, a inserire il numero su WhatsApp.

Scrisse: «Disse la triglia all'amo, dammi quel bel vermone. Disse l'amo alla triglia, prendimi in bocca e l'avrai. E cosí fu che la triglia abboccò».

La risposta arrivò due giorni dopo.

«E cos'altro è disposta a prendere in bocca questa triglietta?»

Era sera tardi, la nonna era già a letto. Louise era alle prese con il suo solito trattamento idratante. Prima si spalmava la crema spessa su mani e piedi, poi quella piú leggera su braccia e gambe. Non sopportava la pelle secca, i calli e le vesciche, e con tutti i prodotti che usava per pulire – nonostante i guanti gialli – doveva idratarsi di continuo. Era una specie di circolo vizioso, la prima ossessione le seccava la pelle, la seconda gliela ingrassava.

Il telefono mandò un *ping*. E qualcosa in lei scattò come un cane che vede rimbalzare una pallina.

Si piazzò sul davanzale, illuminata dalla luce azzurra dello schermo.

«E cos'altro è disposta a prendere in bocca questa triglietta?»

Si stava ancora pulendo le mani per rispondere quando arrivò un secondo messaggio.

«Un bel cazzo nero? Uno *schvantz* ebreo? Un uccellone messicano?»

Louise rimase a fissare lo schermo, senza sapere bene che fare. Poi arrivò il terzo *ping*.

«Lol».

Rispose: «Chi sei?»

Un istante di pausa.

«Mi chiamo Yon Yonson, e sto nel Wisconsin, a sgobbare in segheria».

Louise si appoggiò al muro e spostò lo sguardo sulla finestra, valutando cos'avesse da perdere. La nonna le ripeteva sempre che l'importante era il viaggio, non la meta, ma in fondo lavorava alle poste, a smistare pacchi e buste dirette in luoghi in cui non avrebbe mai messo piede.

«Mi chiamo Louise», scrisse.

«Non si fanno nomi», rispose lui.

«Ci possiamo vedere?»

«Vedere e godere?»

...

«Dubito che ti piacerei, – scrisse lei, – sono una portaerei».

«E cosa preferisce, questa portaerei? Un Boeing sulla pista principale o un abbordaggio da poppa?»

Gli mandò l'emoticon della cacca.

«Piccantina, la risposta».
«Lo sai com'è col piccante», scrisse.
«Com'è?»
«Non brucia solo la bocca...»

O

Il giorno dopo lui le mandò un altro messaggio durante l'ora di Storia.

«Felice Giorno della memoria!»

Lei arrossí e nascose il telefono sotto il banco. La vibrazione successiva la sentí sulla punta della penna.

«Fai arte? Se la prof ti chiede qual è il tuo quadro preferito, dille che è uno di quelli che abbiamo strappato dalle gelide mani dei cadaveri ebrei. Lol».

Tenendo il telefono nascosto, gli rispose: «Tu non sei tutto a posto».

La replica fu quasi immediata.

«Hai le tue cose?»

«Perché? Ti piace il sangue?»

Perché gli aveva scritto quella frase? E poi, cosa voleva dire? A quel punto della sua vita, la cosa piú vicina al sesso che avesse mai fatto era stata quella volta in prima media che si era scambiata la gomma da masticare con Dennis Cunningham. Controllò il telefono, ma lo schermo era nero. Per un attimo temette di averlo offeso, sempre che fosse possibile. Immaginò di dover spiegare a Gabby e Hart di aver bruciato la loro unica via d'accesso al nirvana. Perché si sentiva le mani cosí secche? Sembravano di carta.

«Be', ho abboccato. Non mi tiri su?»

L'attimo dopo, proprio mentre suonava la campanella, arrivò un'altra notifica.

«Alle 4 da GameStop».

Fu cosí che ebbe inizio.

Simon

Anche Louise, si capisce subito, è innamorata di Duane. O quantomeno se lo farebbe volentieri. Non sono manco ancora usciti dal vialetto per imboccare la strada con una sgommata che lei gli si è piazzata accanto, le gambe accavallate.

– Che mi dici di te, gattino? – gli chiede.

– C'è poco da dire, – risponde Duane. – La storia della mia vita si riassume in un haiku: «Morto è l'amico mio Berry. Botte paterne. Ora ai pesi mi do».

– Molto profondo, – replica lei, toccandogli il braccio e facendo un altro tiro.

– Ah, prima che me ne scordi, – aggiunge Duane. – Sulla Valkyrie è vietato parlare di politica.

– Perché...?

– Perché la politica non esiste, – risponde lui. – Quello che la gente chiama politica in realtà non esiste. Esistono le opinioni, i sentimenti. E qui sopra di balle non ce ne voglio. Qui sopra le cose le chiamiamo col loro nome.

Louise appoggia i piedi sul cruscotto e si sgranchisce le dita. – Magari se me la spieghi un po' meglio, Romeo.

Duane mette la freccia e cambia corsia. – Prendi il divorzio, no? Metti che uno è bambino e i suoi divorziano. In sostanza gli dimostrano che questa cosa chiamata famiglia, con tutte le regole e le responsabilità che si porta appresso, non vale un fico secco. Che non ci puoi fare affidamento. Questo bambino cresce e secondo te cosa diventa, uno che crede nel sistema? Figurarsi. Guardati intorno. Ti assicuro che il 99 percento di questi qua che la smenano che bisogna abolire il governo è tutta gente che vuole solo vendicarsi di mamma e papà che gli hanno rovinato la famigliola felice. Per cui no, niente politica, qui dentro. Solo cose vere.

Simon non ha nessuna voglia di pensare alla famiglia, né la sua né quella degli altri, perché se ci pensa, tutto quello che sente – in quella vocina svilente che ha dentro il cervello – è delusione.

– Come vi siete conosciuti tu e il Pr... – si impappina e diventa rosso. – Tu e Paul, volevo dire.

Duane riprende lo spinello e cambia corsia senza mettere la freccia. – Siamo fratelli del *chan*, speleologhi delle grotte segrete, rabdomanti del mistero cosmico.

– Sarebbe a dire? – ribatte lui.

Il Profeta tira fuori un fazzoletto per asciugarsi la fronte. – Siamo d'accordo, – dice, – che se esiste un Dio, questo Dio sarà dappertutto?

– Un Dio o una Dea, – protesta Louise.

– O una Dea, – concede il Profeta. – Il punto è stabilire quali sono i suoi messaggi. E cos'è solo rumore. Conoscete la sindrome di Gerusalemme?

Simon scuote la testa.

– La sindrome di Gerusalemme è quella per cui vai in Israele e di colpo decidi che sei Gesú.

– Ma dài, – fa Louise.

No, esiste davvero. Sono il nuovo agnello di Dio, disse il dentista di Weehawken. Sono tornato dai cieli, annunciò l'idraulico di Stoccolma. Capisci dov'è il rischio? Tutti quanti vogliamo sentirci speciali, vogliamo essere gli eletti. In mezzo è pieno di matti. Ma vi svelerò un segreto.

Controlla di avere la loro attenzione.

– Dio non ci parla con gli adulti. Parla solo ai giovani, ai bambini. Perché i bambini sono ancora magici.

Per un attimo Simon rimane abbagliato dai fari dell'auto che arriva dalla direzione opposta. Chiude gli occhi e ripensa a Claire legata a quella sedia, priva di vita. Le avrà parlato, Dio? Con lui non si è mai fatto vivo. Gli piacerebbe tantissimo credere che il mondo è un posto magico, che da qualche parte c'è qualcuno che gli vuole bene.

– In altre parole, ci siamo conosciuti online, – spiega Duane, cambiando corsia.

– Allora siete due nerd, – commenta Louise, fingendo di farsi un selfie con Duane. Fa la boccuccia da baci, si allunga sul cruscotto per inquadrare il ragazzo dietro di lei.

– Se per nerd intendi uomini di intelletto, di passione, – dice lui, – esploratori, guerrieri… *hai*. Bisogna rimuovere il velo dell'ignoranza.

– Ooh, – fa Louise, – e cosa c'è sotto questo velo? O meglio, quanti centimetri è lungo?

Simon si gira verso il finestrino, trafitto dalla gelosia. Come tutti i suoi amori, anche questo sarà a senso unico. Quale creatura al mondo potrebbe mai competere con l'adorabile faccino di Louise, quell'aria sincera da raminga? Il Profeta si china ad aprire il box frigo. Gli offre un succo di frutta.

– Come ti senti? – gli chiede. – Ora che sei libero.

Simon accetta il succo – mela e mirtillo – e scrolla le spalle. – Come se mi stessero mangiando le formiche.

Stacca la cannuccia e la sfila dall'involucro.

– Dove le formiche stanno per l'incertezza, – chiarisce. – Scusa, ma adesso dove le prendiamo le medicine? Non sai quanta roba mi hanno prescritto solo per evitare che dessi di matto. Come facciamo a…

Per un minuto intero cerca di piantare la cannuccia. Il Profeta rimane a guardarlo, dopodiché gli sfila di mano il succo, centra il buco al primo tentativo e glielo restituisce.

– Dimentica i tuoi disturbi, – gli dice. – Questo è l'inizio. Il *tuo* inizio. E se è l'inizio, ne consegue che ci spostiamo verso il centro. E da lí andremo verso la fine. Perciò vedi che non ci sono incertezze. Non durante la vita. La meta ultima la conosciamo tutti: la morte.

Simon aggrotta la fronte. Non si sente affatto meglio. – Ma tu dicevi... sono venuto perché tu dicevi che potevo *mettere tutto a posto*.

Redenzione.

Il Profeta beve un sorso di succo. – E come si fa a salvarsi? – dice. – Salvando gli altri.

– Questo lo so. Ma come? E chi?

Il Profeta si stropiccia gli occhi. È cresciuto in una fattoria nei pressi di Lincoln, Nebraska, circondato dai campi di granturco. Il suo migliore amico era un ceppo che faceva da bersaglio alle fucilate degli zii.

– Louise ti ha mai accennato alla storia del Pifferaio magico? – gli chiede. – Che prima si è portato via i ratti, e poi i bambini?

Simon annuisce.

– La gente pensa che il cattivo sia il Pifferaio, che si ruba i bambini. Ma in realtà sono gli adulti. La loro corruzione. Quest'illusione che hanno, di poter avere tutto gratis. Di poter mentire a piacimento, promettere mari e monti e sfuggire alle conseguenze. È il potere che la crea. La convinzione che se c'è il potere, l'onestà possa andarsene in pensione. Che il potere scalzi tutto il resto in automatico. E cosa si giocano, gli adulti, ingannando il Pifferaio? Si giocano il futuro. I bambini non sono il futuro?

– Quindi... – tenta Simon.

– Quindi salviamo i bambini, Simon, non dal Pifferaio ma dall'arroganza del potere. Dalla certezza che i vecchi debbano controllare i giovani.

Simon sospira. È tutto troppo vago.

– Però... – dice Louise. – Li salviamo anche dal Pifferaio, vero? Perché a me i tizi col flauto mettono proprio i brividi.

– Senz'altro anche dal Pifferaio, – risponde Duane.

Il Profeta ha gli occhi puntati su Simon. Ha capito di non averlo rassicurato.

– Louise, digli dello Stregone, – la invita.

Davanti, Louise si blocca.

– Ma... devo proprio?

Segue una lunga pausa.

– Tutti noi siamo qui per un motivo, – le dice il Profeta, e il sottotesto è: *Questo è il tuo*. Cosí Louise, che fino all'attimo prima era felice, spensierata e leggera come una piuma, tira un sospiro stanco.

– E va bene. Non so il suo vero nome, ma è tipo un miliardario, uno che specula in borsa o trivella l'oceano, quel tipo lí. Va matto per le ragazzine. E ha questa megavilla a San Francisco e tipo, boh, terreni in Texas, e forse una casa a Parigi e pure un'isola privata da qualche parte, non so bene. E a San Francisco c'è questo tizio, il Troll, uno giovane, che gli trova le ragazzine da scopare. E per ragazzine intendo tredici, quattordici, quindici anni. Ha una squadra in tutto il mondo che lo rifornisce, gliene procurano una al giorno, due, tre.

– E tu lo sai... perché? – chiede il Profeta.

Louise rimane in silenzio. – Lo sai benissimo perché, – dice infine.

Nell'abitacolo cala il silenzio. Simon guarda passare i lampioni. Si sono lasciati alle spalle la zona residenziale e vanno addentrandosi in periferia. Negozi di vernici, paninerie, discount d'abbigliamento. Gli edifici si ammassano gli uni agli altri, lungo i marciapiedi solo vecchie auto. Il traffico è piú intenso. Cemento e acciaio. Sono ancora all'interno della città: lampioni e marciapiedi. Vita notturna.

Benvenuti da McDonald's. Cosa posso servirvi?

In lontananza si intravede un lampeggiante blu e rosso. La polizia è in azione.

Per un attimo Simon teme che siano le pattuglie mandate a cercarlo, che adesso li circonderanno. Teme di essere diventato il nemico pubblico numero uno, e che i poliziotti – quando costringeranno il furgone a fermarsi – spareranno a vista. Ma si scrolla di dosso il pensiero. Il Float è una clinica privata, l'hanno fatto ricoverare i suoi, senza coercizione. E poi suo padre non è il tipo che chiama la polizia. No, quando scoprirà che ha tagliato la corda chiamerà Gabe Lin, il capo della sua sicurezza privata, e Gabe li stanerà come un segugio.

– Allora è lí che andiamo? – chiede Simon. – A San Francisco?

Louise lancia uno sguardo al telefono di Duane, agganciato al cruscotto con un supporto di plastica. Sullo schermo, Google Maps mostra la linea azzurra del loro futuro.

– Lo strumento magico punta verso il Missouri.

Simon sta per chiedere: *Cosa c'è in Missouri*, quando vede un pagliaccio sotto un lampione. O meglio, vede un uomo pelato in costume da pagliaccio, il viso pitturato di bianco, il naso rosso, gli occhi cerchiati da spesse linee nere. Insomma, un pagliaccio. Solo che quel pagliaccio lí ha due baffoni e la sigaretta in bocca. E il costume è lurido, stazzonato, e sul petto l'uomo porta un AR-15, con la lunga canna nera puntata a terra. Un pagliaccio armato di fucile.

Ma sono gli occhi. È lo sguardo con cui segue il furgone. A Simon sembra che punti proprio lui.

Un pagliaccio di mezza età, sudicio e baffuto, che lo guarda col fucile in mano.

L'attimo dopo è già lontano. Simon si gira a guardare dal lunotto posteriore.

– L'avete visto?

– Che cosa? – chiede il Profeta.

– Quel... pagliaccio. Armato.

Il Profeta lancia un'occhiata a Duane nello specchietto. I due si scambiano qualcosa, un lampo di paura, come se sotto sotto non fossero sorpresi, come se già temessero qualcosa del genere. Solo che è presto.

Troppo presto.

– Lui ti ha visto?

Simon fa spallucce, scuote la testa, teme che se dice di sí, il pagliaccio diventerà reale. Non sa perché, ma sente che sarebbe un male. Qualcosa lo spinge a dire di no.

– Che cosa c'è in Missouri? – chiede.

– Merda, – mormora Duane, schiacciando il freno. Il furgone rallenta e si ferma. Sono davanti a un incrocio, sopra di loro brilla il verde del semaforo. Dove le due strade si incontrano c'è un'immensa folla in movimento. Una fiumana senza capo né coda. La gente regge cartelli e striscioni, dalla testa del corteo giunge una tremula luce arancione. E dal fondo un altro lampeggiante, rosso e blu. Qua e là salgono fili di fumo.

Salvate i nostri figli.

Un padre in polo si arrampica su un lampione. «Scarlett? Scarlett?» grida. Sotto di lui passa un gruppetto di madri in lacrime, impossibile dire se sia l'emozione o i lacrimogeni.

Per un attimo Simon e gli altri rimangono a guardare

quelle migliaia di esseri umani che si muovono in silenzio nella notte. Il grido primordiale dei genitori che piangono i figli. Sfilano per proteggere i loro bambini, o per riportarli indietro? Ancora una volta, Simon si domanda se la sua fuga non sia un sogno. Si sfrega gli occhi e, quando riabbassa la mano, con la coda dell'occhio vede muoversi qualcosa. Si gira. Accanto al furgone stanno passando altri pagliacci. Decine di pagliacci. Uomini sulla trentina e sulla quarantina, alcuni con la barba e la pancetta da birra, altri secchi come chiodi e con gli occhi spiritati dei tossici da anfetamina. Hanno giubbotti paraschegge sulla camicia a strisce e pantaloni a sbuffo, le bocche coperte da mascherine con sopra disegnati ghigni perenni, risate eterne nelle tenebre. Alcuni portano gli occhiali per la visione notturna e armi automatiche. Altri sfoggiano camicie hawaiane e osceni nasi rossi.

– Duane, – dice il Profeta.

– Li vedo, – risponde Duane, – tenetevi.

Mette la retro e comincia a rinculare, sperando di non attirare l'attenzione dei pagliacci.

– State immobili, – sussurra.

Pian piano il veicolo arretra. Simon tiene lo sguardo fisso sul finestrino, è ipnotizzato da quello che vede. I pagliacci si avvicinano impettiti alla folla. Dopo un attimo arriva il baffuto, sfila accanto al furgone con l'AR-15 alzato. Incrocia il suo sguardo. Sorride, solleva la mano sinistra e si porta l'indice alle labbra. *Ssshh.*

Simon si avvicina alla bocca il sacchetto di carta spiegazzato – non si è neanche accorto di averlo tirato fuori –, l'unica arma a disposizione contro un mondo che vuole distruggerlo. Se lo preme contro le labbra mentre il furgone si allontana rapidamente e il mondo fuori sfila via nella direzione opposta, l'esercito di pagliacci illuminato dai fanali. In quel momento uno dei manifestanti si accorge dei pagliacci e si mette a urlare. Tutti si girano. Gli uomini in costume imbracciano le armi. Respirando affannosamente nel sacchetto, Simon vede il punto di domanda sul viso di Louise illuminato dal riverbero dei fari, l'orrore ipnotico, la vertigine dell'*e adesso che succede?* Poi la luce scivola via dalla folla perché Duane ha cominciato a sterzare, fa inversione e sgomma via, l'acceleratore a manetta, per scappare dalla sterpaglia e dalla miccia.

O

Sono le quattro di mattina quando arrivano a St Louis. E lí partono i tic, la vibrazione che nasce dai denti e risalendo i nervi sfrigola nel cranio. Sono passate otto ore dall'ultima pastiglia. Sertralina, olanzapina, diazepam. Simon è quello che sta peggio, ha un pulsare sordo nelle orbite, ma Louise non se la passa molto meglio. Abbassa il finestrino, espone al vento i piedi nudi, ha le palpitazioni. Non riesce a levarsi dalla testa l'immagine di quei pagliacci, la coordinazione silenziosa con cui hanno alzato i fucili.

Sdraiato sul fondo metallico del furgone, Simon sobbalza a ogni scossa e a ogni buca. L'adrenalina della fuga è scemata. È la prima volta da mesi che prova qualcosa di diverso dalla paura. Eccitazione. È libero.

Lasciata St Clair, la radio passa dall'hard rock alla voce umana, ovvero quella, familiare, del Re Dio, la parlata nasale, l'irato accento newyorkese che li raggiunge da un luogo segreto come uno strepitio portato dal vento. Sarà in diretta? O è una replica? Chi può dirlo. In città è facile dimenticare che se ne sta lí, ventiquattr'ore al giorno, a trasmettere ogni singolo pensiero gli passi per la mente. È facile dimenticare che in campagna e nei piccoli centri la sua voce è la colonna sonora del quotidiano.

«… un'omelette con salsiccia, no? A colazione è il massimo. Lo sappiamo tutti. E mi arriva, c'è insieme questo caffettino, il succo d'arancia… e mica, dico… arance della Florida, eh? Come ci piace a noi. Perfetto. Il meglio del meglio. Perché qui non si bada a spese, eh no, ma manco in paradiso roba cosí… mi arriva l'omelette, come mi piace a me. Bella grande, gialla il giusto, spinaci e formaggio… e insieme mi arriva la Diet. La prima del giorno, bella fresca, un po' di ghiaccio, me la scolo… mica quelle porcherie che bevono quegli altri, che se decidessero loro ci toccherebbe bere a tutti il succo di broccoli, anzi no, sentite questa, il kale. Lo conoscete il kale? Ha lo stesso gusto del sacchetto dell'aspirapolvere… quelli là, ce li ho qui sul… l'avete visto voi, che ha fatto, stamattina? L'impostore. L'usurpatore. Povero Paese. 'Sto qui alla Casa bianca, sembra quello là della pubblicità… aiuto aiuto non riesco a rialzarmi… ve la ricordate quella pubblicità? A me mi piaceva un sacco. Ma qui, signori miei, qui sono i vostri soldi, delle vostre tasse, e questo qui… 'sto qui che ci fa… ci manda le ruspe sul confine… mica due o tre, no, no… manda le ruspe a buttarci giú il muro. Il nostro bellissimo… io lo guardo e penso, ma che problema ha 'sto qui, che problema… tanto non si può far niente, con questi qua. C'hanno una rabbia, c'hanno, che è… è come un bastone, ficcato in culo. Mi odiano. Non mi possono vedere. Ma insomma arriva l'omelette con salsiccia… lo posso dire?… grande come un dito, grande… anzi piú piccola, perché io ho le mani grosse due salsiccine piccole cosí sul piatto. E io gli faccio… gli dico… “Oh, ma che cazzo è?” E il cameriere, che sarà ecuadorese o che so io, mi dice: “*Salsiccias, señor*”. Sicuro è arrivato in qualche bagagliaio… mai vista una salsiccia manco in cartolina… È questa qua la situazione, signori miei. Prima ci rubano le elezioni. E adesso ci portano via la salsiccia».

Duane allunga il braccio e cambia canale, per un po' rimangono ad ascoltare Charlie Daniels, *The Devil Went Down to Georgia*, e poi per due ore nessuno riapre bocca.

O

Guidano tutta la notte e a mezzogiorno del giorno dopo si fermano in un'area camping nei pressi di Springfield, Missouri. Spossati da tutta quella strada, scendono incespicando dal furgone e strizzano gli occhi alla luce afosa del giorno. Ci sono già 35 gradi all'ombra, in serata sono previsti temporali. Simon ha dormito un sonno agitato. Si sveglia quando Duane lascia la strada principale per imboccare una stradina sterrata e raddrizzandosi vede dal finestrino il ciglio soffocato dal kudzu, e poi file e file di tende e camper. Il loro furgone si lascia dietro solo polvere.

Louise abbassa il finestrino, lasciando entrare il ronzio chiassoso degli insetti. È la sua prima volta in quella che alla National Public Radio chiamano America rurale. I boschi pullulano di tende e baracchini. Gli alberi sono addobbati di fili del bucato che sembrano ragnatele. Braghe a coste, camicette, mutande, calzini. Passando vedono una Subaru station wagon circondata da scaffali di libri, con un vecchio seduto a leggere per un gruppo di bambini.

– Dove siamo? – chiede Simon.

– E soprattutto, – dice Louise, – quei pagliacci avranno davvero ammazzato tutta quella gente? Perché voi non ve la fate sotto?

Simon sente rimestarsi lo stomaco. Per qualche motivo gli viene da pensare all'immagine di una vecchia che armeggia col forno. Guarda dal finestrino mentre si addentrano nell'area. È pieno di veicoli, camper e biciclette, salotti piazzati all'aperto sotto teli di plastica. Da qualche parte c'è una radio che trasmette a tutto volume una voce tonante che parla in tono cospiratorio.

«... fidarci del piano, lo sappiamo. Fate il vostro dovere, e ricordate: siete voi la notizia».

La megalofobia è la paura dei grandi oggetti.

Dove siamo?, si domanda Simon. *È un festival musicale? O sono rifugiati?*

Ma in Missouri ci sono rifugiati?

Non ha piú farmaci a effetto immediato in circolo, e sente un prurito caldo ai pollici. L'ansia, il diavolo che ti tortura col solletico. *Nell'ansa di un fiume nella Rust belt*, gli bisbiglia il cervello, *c'è questo paesino, dove tra il 2005 e il 2011 la farmacia ha ordinato oltre 5 700 000 pastiglie. Il paese conta trecentottanta abitanti. Solo nel 2008, la farmacia ha ricevuto 5264 pillole per ciascun uomo, donna e bambino.*

Chiude gli occhi, cerca di farsi rientrare i bulbi oculari nel cranio.

Stupido cervello! Perché non smette di bisbigliare?

C'era una volta un posto chiamato America centrale.

C'era una volta un posto chiamato Sudan.

C'era una volta un posto chiamato delta del Mekong.

Ma adesso c'è solo il forno.

Con iperoggetti si intendono concetti e fenomeni troppo grandi per poter essere afferrati dalla mente umana. Un pianeta senza ghiaccio. Una foresta senza alberi. Un oceano senza vita.

Nei boschi, qualcuno ha costruito una doccia a cielo aperto con secchi e legna di scarto. Simon osserva la fila di uomini e donne che aspettano con asciugamani e spazzolino in mano. Poco oltre un fuoristrada si muove tra le tende raccogliendo la spazzatura.

– Se preferite, – dice Duane, – fate finta di essere al Burning Man.

Parcheggiano accanto a un gigantesco camper con parabolica, il cui proprietario cuoce salsicce sul grill montato ai margini di un roveto, mentre la moglie stende la cerata sul tavolo pieghevole e apparecchia con stoviglie di metallo. Col profumino della carne, a Louise borbotta la pancia.

– Ci fermiamo una notte e domani riprendiamo verso sud, – annuncia il Profeta, – devo vedere una persona.

– Qui? – chiede Louise.

– Io vado a fare la numero due, – dice Duane, allontanandosi. Simon lo guarda col cuore in subbuglio. Solo all'idea di sfiorare quello splendido viso si sente mancare. Si guarda intorno, sono circondati dagli abitanti di quell'allevamento di carrelli della spesa. Nomadi in bici da spiaggia. Zingari dei discount e delle tessere sconto di Walmart. Guarda i bambini che si rincorrono con fucili giocattolo di seconda mano e bastoncini raccattati tra i rifiuti. Tra i suoni del bosco arriva la voce di Tom Petty, che canta di una ragazza cresciuta con grandi speranze. Simon è sempre stato orripilato all'idea di dormire all'addiaccio, camminare scalzo, mangiare fagioli in scatola e coricarsi con la terra in bocca. Ma del resto, è cresciuto in una magione. Per la sua famiglia il campeggio è un volo in economica.

– Quanto tempo ho dormito? – domanda. – È finito il mondo?

– È questo il bello del mondo, – dice il Profeta. – Non finisce mai. L'Impero romano non è caduto in un giorno, ma in quattrocento anni.

Il pensionato alla griglia li saluta con un cenno cordiale.

– Salve, forestieri, – dice, – io sono Norm e lei è Glenda, la mia dolce metà. È sempre bello vedere facce nuove.

Per Louise, che è abituata a parlare con tutti, dappertutto, è già un invito. Si avvicina e si siede su una sedia pieghevole.

– Cosa c'è per pranzo? – chiede.

– Hot dog appena fatti e verdure per la signora. Non mangia piú carne da che c'ha avuto un altro cancro al colon.

Louise fa il gesto di accendersi una sigaretta ed espirare.

– Io sono Louise, lui è Simon e quello là è Paul. Siamo venuti da St Louis per farci un giro in questa vostra terra meravigliosa, e a proposito, non è che avete un paio di birre in piú per dei viaggiatori stanchi e desiderosi di festeggiare la ritrovata libertà?

Glenda la guarda attentamente. – Quanti anni hai?

– Quanti bastano a sopravvivere a un padre ubriacone che preferiva i pugni agli abbracci, – dice Louise, sgranando gli occhioni in un'espressione supplichevole, – e una madre che si è addormentata con l'ago piantato nel braccio e non s'è piú svegliata –. Mentire le viene facile.

– Per la miseria, donna, – sbotta Norm, – dàlle una Miller Lite.

Simon è rimasto lí come un allocco con le mani in mano.

C'era una volta un posto chiamato India.

C'era una volta un posto chiamato Africa.

– Simon? – dice Louise, e quando lui alza lo sguardo si trova gli occhi di tutti puntati addosso. Evidentemente non è la prima volta che lo chiamano.

– Che c'è?

– Dicevo di prenderti una sedia. I Goodwin ci hanno invitati a pranzo.

Trova una sedia pieghevole di alluminio e cerca di capire come aprirla. Non è mai stato in campeggio. È un Paese straniero con usanze che gli sono sconosciute. Quando torna, Duane li trova seduti intorno al tavolo a mangiare hot dog e bere birra.

– Wow, – esclama, – cosa mi sono perso?

– Questo è Duane, il nostro salvatore, – spiega Louise, – autista del mitico Ram e spadaccino provetto.

– Pace, – dice Duane mentre Norm gli passa un box frigo da usare come sedia.

– Accomodati, – dice l'uomo, offrendogli una lattina di birra.

Duane l'accetta e si siede con un sorriso. – Perfetta.

Sulla sua seggiola pieghevole ad alta tecnologia, Simon ha un senso di realtà e di surrealtà al contempo. Ieri a quest'ora faceva terapia di gruppo in una struttura da millecinquecento dollari a notte, dormiva in lenzuola di cotone egiziano e mangiava spigola per cena. La città da cui proviene è un luogo di vetro e acciaio, di autisti privati e rubriche culturali alla radio. I suoi abitanti bevono kombucha e fanno crossfit. Hanno una residenza per l'estate e vanno alle cene in bianco.

Duane allunga una mano per accarezzare il camper di Norm e Glenda. Sul fianco c'è lo stencil con il nome, «The Diplomat».

– Niente male, – commenta.

– È una bellezza, sí, – dice Norm. – Consuma da bestia, ma nessun prezzo è mai troppo alto per la libertà. Dico bene?

I ragazzi rimangono a guardarlo. È la classica frase da adulti, un mix di luoghi comuni sull'economia domestica e mezzi aforismi ispirati a scene clou dell'intrattenimento a buon mercato. Slogan carichi di nostalgia per un mondo che non è mai esistito. Morale a base di simboli. Stelle, strisce e parate aeree. Casalinghe e torte di mele. I cimiteri della Normandia e *Che farebbe Gesú?* In quel momento i due adulti si scambiano uno sguardo d'intesa. Norm mette la birra nel portabibite, si gira verso di loro.

– Ma voi, – dice, – di Q cosa sapete?

O

Piú tardi, Simon e Louise si incamminano verso la zona esterna del campeggio. Sono storditi dalle due ore di proselitismo di Norm e Glenda, che li hanno iniziati all'insidiosa verità del Deep State e dell'elezione rubata. Caccia alle streghe e socialisti occulti.

– Dove va uno andiamo tutti, – hanno detto, riempiendosi la bocca di carne da discount ed entusiasmo.

Louise sferra un calcio a una lattina di birra vuota. Camminano in un campo di sterpi, controvento rispetto ai bagni chimici.

– Allora, questo Stregone, – attacca Simon.

Louise si irrigidisce. Per qualche minuto restano in silenzio. Poi lei gli prende la mano e gliela stringe. – Sei il mio ragazzo?

– Te l'ho detto, sono...

Louise sospira. – Chissene. Non parlo... del sesso. Quello potrei anche non farlo mai piú. Parlo di quello che dicevi tu. Della fiducia.

Lui annuisce. – La fiducia.

Lei sorride e gli strizza la mano. – La gente, – dice, – parla del male. Ma che cos'è il male? Dracula? L'Olocausto? Io non lo so. Non sono brava coi significati. So soltanto che è freddo e che non ha senso. Non c'è uno scopo, una funzione... sai, come per gli animali, per l'animale uomo non c'è. Tipo, il motivo per cui veniamo al mondo. Perché noi... non lo so, cazzo, noi cosa ci stiamo a fare? Siamo qui per nutrirci, fare figli? Cose buone, la famiglia, la società. Sono cose buone, le consideriamo buone. Non fare agli altri e via dicendo. E allora il male che cos'è?

– Scoparsi i bambini? – propone Simon.

Una lunga pausa. Poi Louise annuisce.

– È freddo, capisci? Non ha niente a che vedere con l'amore o con l'odio. Non parlo di passione, di genocidio, ma della pianificazione, della scienza che c'è dietro... tutte quelle camere a gas accese a manetta da mattina a sera. Tutte quelle ragazzine raccattate chissà dove, e a che prezzo? La facilità con cui le agganci, «duecento per un massaggio», un massaggio lo chiamano, un nome testato per sembrare innocuo, per sembrare puro e non quello che è, ovvero *voglio scoparmi le minorenni*. È tutto cosí... calcolato. Sorrisi falsi, lacrime di facciata. Come si dice, cinico. Una bugia che si traveste da verità, tipo il lupo cattivo travestito da nonna. E intanto, bambini, buon primo giorno di scuola!

– Lol, – dice Simon.

– Esatto. Quel lol di merda, ah ah ah stupro. Ah ah ah crimini d'odio. È proprio tipico dei ragazzini, fingere che non conti niente, che sia tutto uno scherzo.

Simon aggrotta la fronte contrariato. – Io non faccio cosí.

– Tu sei gay.

– E allora?

Louise scuote la testa. Stanno andando fuori strada. Passano accanto a un boschetto stentato, con un gruppo di ragazzi che fanno acrobazie in moto. Simon si sente stringere la mano, ricorda che Claire gliela stringeva sempre. Gli diceva che se un'aquila avesse cercato di portarselo via, lei l'avrebbe ammazzata.

Credimi.

– E allora lo Stregone cosa sarebbe? – le chiede.

– È il lupo. E se ne sta a guardare nell'ombra, in attesa. Vede che gli adulti sono presi dalle loro cose e si dimenticano dei bambini, si stampa un ghigno in faccia e viene a nutrirsi. *Mia cara, è per mangiarti meglio*. Ci fa bollire e ci spella vivi. O non lo so. Devo proprio continuare a parlarne?

Simon scuote la testa. – Il Pifferaio magico.

Lei fa un cenno d'assenso.

Arrivano a una strada sterrata. Dall'altro lato c'è una fila di coni arancio. Svariati mezzi da lavoro. I giubbotti gialli sono impegnati a montare enormi tende bianche in un campo sterminato, sudando sotto il sole cocente. Simon vede una donna con una cartellina che segue il cantiere con lo sguardo.

– Che cosa fanno? – le chiede.

La donna si gira verso di lui. – Optometria. Laggiú invece mettiamo i dentisti. A ovest ci vanno gli internisti e i pediatri, e quest'anno avremo anche un chirurgo ortopedico. Tornerà utilissimo, c'è troppa gente che ha problemi all'anca o al ginocchio.

– Non capisco, – dice Louise.

– Medici, – spiega la donna. – Da quando gli ospedali di campagna hanno chiuso quasi tutti i battenti, c'è gente che deve farsi duecento, trecento chilometri solo per vedere il dentista, ma chi è che se lo può ancora permettere? Cosí abbiamo queste cliniche mobili con cui giriamo il Paese, per cercare di rattoppare la gente.

– Vi farete pagare.

– Santo cielo, no, – risponde lei, – non siamo mica… Siamo senza scopo di lucro. Abbiamo cominciato negli anni Novanta per aiutare i Paesi del Terzo mondo, presente? Mandavamo medici in Indonesia, in Amazzonia, quei posti lí. Ma adesso… be', c'è troppo bisogno qui.

– Per questo c'è tutta quella gente? – chiede Louise, indicando l'area campeggio.

La donna fa spallucce. – È un po' il discorso dell'uovo e la gallina. C'era gente che viaggiava giorni, dormiva in macchina, faceva ore di coda pur di farsi visitare. Ma adesso le code sono dappertutto. E allora ci spostiamo noi.

Simon osserva gli operai al lavoro. Costruiscono l'ospedale come si monta un circo. La tenda per gli elefanti. La tenda per i pagliacci.

Il pensiero dei pagliacci gli procura un brivido.

Entro il 2050 quasi tutto il Vietnam finirà sommerso, insieme a parte della Cina e della Thailandia.

Stringe i denti, i muscoli del collo si contraggono.

C'era una volta un Paese di nome Australia.

C'era una volta un Paese di nome Norvegia.

Sotto un salice in lontananza vede il Profeta che parla con un ragazzo, avrà sedici anni, alto e segaligno, nonostante la calura indossa una lunga giacca di pelle da cowboy. Il Profeta indica l'area campeggio, l'altro scuote la testa, indica la strada nella direzione opposta. Per un attimo discutono, dopodiché il Profeta annuisce e il cowboy si incammina verso la strada. Il Profeta lo segue.

Simon fa un cenno a Louise. Salutano la donna e seguono il Profeta. A Simon viene in mente che forse dovrebbe lasciargli un po' di privacy, ma con l'ansia che ha addosso è impossibile. Si è messo in testa che, dovunque sia diretto, sta andando a parlare di lui.

Si inoltrano in un boschetto di alberi bassi. Piú in là c'è una radura. I ragazzi delle acrobazie si sono raccolti in un semicerchio. Al centro c'è il Profeta, col cowboy e con Duane.

Simon prende per mano Louise e la trascina nell'ombra dietro un albero.

– Ti sei deciso? – chiede lei. – Finalmente pomiciamo?

– *Ssshh.*

Simon si sporge da dietro i rami, cercando di sentire. I ragazzi sono quasi tutti in t-shirt e bermuda, qualcuno svapa. Duane sta flettendo il braccio per mostrare il tatuaggio dello spadone. Non lontano un ragazzino salta sulla ruota posteriore della motocicletta, alzando nuvolette di polvere.

– Lo so, – sta dicendo il Cowboy, – ma tanto non cambia mai niente. Chi se ne importa di salvare il mondo, facciamo saltare in aria qualcosa.

– Ogni passo è un passo, – dice il Profeta.

– Che cazzo vuol dire?

– Vuol dire che le cose cambiano eccome. Ma lentamente. Un passo alla volta. Cosí dice Dio.

Il cowboy sputa in terra. – Noi in Dio non ci crediamo.

– Nel loro dio, no. Ma io parlo del nostro.

– Abbiamo un dio nostro?

– L'unico autentico. Un dio potente, giusto e incazzato.

Il cowboy si accende una sigaretta, esala un anello di fumo. – E cos'è che ti servirebbe per questa missione?

– Le cose giuste nell'ordine giusto. La fanciulla armata, la strega in fiamme e il sacrificio ultimo.

Il sacrificio ultimo?, pensa Simon, e sente una mano che lo agguanta alla nuca. Uno della banda è tornato dai bagni chimici e li ha beccati che origliavano. Li prende e li spintona fino alla radura.

– Spie, – annuncia ai compagni.

Simon si divincola per liberarsi. Il sole picchia e gli fa sudare la schiena.

– Amici, – dice Louise, ma si blocca. Gli skater e i motociclisti hanno estratto pistole e pugnali e glieli puntano contro. Il cowboy stringe una vera e propria rivoltella che prima teneva nella fondina intorno alla vita, come un cowboy vero.

Il Profeta fa un gesto liquidatorio. – *Namaste*, – li saluta. – Calma, siamo dalla stessa parte.

La banda abbassa con riluttanza l'arsenale. Estrarre una pistola e non usarla è un po' come andare a un ballo e tornare a casa prima che parta la musica.

– Questi sono i miei amici, – dice il Profeta, – Simon e Louise.

– Sono un pacifista, – fa Simon.

– 'Fanculo il pacifismo, – ribatte il cowboy, – io ero a Parkland. So la verità.

– Che verità? – chiede Louise, consapevole – sempre consapevole, lei – di essere l'unica nera del gruppo, e che il gruppo è armato fino ai denti.

– L'unico che può fermare un cattivo con la pistola è un ragazzino con la pistola.

Il cowboy mette via la rivoltella e sputa di nuovo in terra.

– Randall Flagg, – dice, porgendo la mano, – l'uomo nero, il Vagabondo.

– Non era un personaggio di Stephen King? – chiede Simon.

– In che senso personaggio? – replica il cowboy.

Simon corruga la fronte. – Un personaggio... – spiega, – nel senso... uno di una storia. Una storia inventata.

Randall Flagg espira un pennacchio di fumo. – No, – dice. – Era tutto vero.

– Quindi... il mondo è finito e Las Vegas è caduta in mano al diavolo?

Flagg annuisce.

– E come mai noi siamo ancora qui? – chiede Simon.

– Senti, bello, – dice l'altro. – È un mondo di finzioni. Perché non posso essere finzione anch'io?

Simon non sa proprio cosa rispondere.

Randall Flagg si guarda intorno.

– Ci conviene entrare. 'Sto rodeo è un covo di boogaloo.

Si incamminano, gli altri li seguono.

– Boogaloo? – chiede Simon.

– Le camicie hawaiane, i soldati dell'imminente guerra per la razza, anche noti come Big Igloo o Big Luau. Hai presente Capitol Hill, tutti quei pagliacci in giubbotto antiproiettile, quel bordello in diretta tv.

– I pagliacci? – fa Simon.

– Eh già, – risponde Flagg, – il mondo dei pagliacci in carne e ossa. Sono piranha, quelli là. Ci facciamo due tacche ogni volta che ne ammazziamo uno.

– Davvero?

Flagg si scosta la giacca per mostrare la rivoltella.

– Questa non è per bellezza, caro il mio laureando.

– Ho quindici anni.

– Che ti devo dire? Sono venuto dal futuro con i tuoi quattrocento milioni e le chiavi della tua merdosa villa di Greenwich, Connecticut.

Simon sente quel prurito alle dita. Accarezza il sacchetto di carta che ha in tasca.

Raggiungono un'area recintata, un rettangolo sbilenco coperto dai teloni accanto a una rimessa di moto da fuoristrada. Dentro ci sono tappetini da campeggio, un piano cottura e un box frigo scassato. Randall entra per ultimo, controllando che nessun occhio indiscreto li guardi prima di chiudere le tende. All'interno, Louise trova un ventilatore portatile a pile e se lo spara in faccia.

– Pietà, – dice.

Flagg va ad aprire il box frigo. È pieno di acqua ghiacciata e latte al cioccolato. Sprofonda con il braccio e riemerge con una bustina di plastica. Dentro c'è un vecchio telefonino. La passa al Profeta.

– Ho trovato il tuo uomo, Javier. Non è stata una passeggiata. Il numero l'ho salvato qui. Puoi chiamarlo una sola volta. Poi ti conviene bruciarlo o ti troverai plotoni d'assalto che ti piovono addosso da tutte le parti.

Il Profeta apre la bustina umida e tira fuori il cellulare. – Quattro, tre, due, – dice, leggendo il prefisso. – Che zona è?

– Texas occidentale, boss, – dice un robusto ragazzo chicano con due baffetti radi e una maglietta del ketchup Heinz.

– Aspetta di essere in zona per chiamare, – consiglia Flagg, aprendosi un cartone di latte al cioccolato. – Non so quanto tempo avrete.

Il Profeta si infila il telefonino in tasca. – Ci portate voi?

Flagg pianta nel cartone di latte una minuscola cannuccia. – Per diecimila.

– Dollari? – chiede Louise.

– Vanno bene anche i Bitcoin, – dice una ragazza di nome Katniss, che porta i capelli neri legati in due codini.

Il Profeta posa la mano sulla schiena di Simon. – Ci pensa lui, – risponde.

Simon si gira. – Io?

Il Profeta lo guarda negli occhi. – Nessuno ha mai detto che la redenzione fosse gratis.

Goblin

Gabe Lin è un apostolo della pubblicità. *Presentati al mondo*, dice sempre. *Presenta l'uomo che vuoi essere, e il mondo vedrà in te quell'uomo*. Ha avviato la sua agenzia di sicurezza privata dodici mesi dopo la promozione a detective nella Buoncostume di Manhattan. *Hýbris*, gli dicevano, ma lui sapeva come stavano le cose. Sapeva che il pensiero è azione. Se vedi qualcosa che vuoi, te lo devi prendere senza esitare. Cosí è stato con la sua prima targa personalizzata. L'idea gli è venuta in sogno una notte, l'auto, la targa, tutto quanto, aveva appena visto *Il cavaliere oscuro* al multisala del quartiere.

Una Dodge Charger nera con bande rosso fuoco, i finestrini scuri che piú scuri, per legge, non si può. Anzi, già cosí non si potrebbe. Ma che gusto c'è a stare in polizia senza piegare un po' le regole?

Goblin si sarebbero chiamati lui e la sua agenzia. Immaginate la targa, testo nero su sfondo giallo:

GoBLıN.

Era un'idea talmente fica che per settimane gli è rimasto un sorriso stampato in faccia, era lí col suo collega che pestava un sospetto e non riusciva a smettere di sogghignare. Collins, col manganello in mano, tirava uno scappellotto e gli diceva: «Ma che cazzo c'hai da ridere?» E Gabe si girava, faceva la faccia giusta e rispondeva: «Perché… sei cosí… serio?»

Proprio come Heath Ledger nel film. Con una voce gutturale, posseduta. Da matto.

Goblin Security Consultants. La settimana dopo si è fatto stampare i biglietti da visita. E mica da quegli sfigati di Kinko. Ci ha speso i soldi per farli come si deve, ha trovato questa pseudoartista con la tipografia d'alto bordo e se li è fatti stampare in rilievo. Oggi, a dieci anni di distanza è esattamente dove vuole essere: sul tetto del mondo. La Goblin Security è un'agenzia che opera in tutto il globo, con sedi a Londra, Giacarta, Roma. Fornisce guardie ai Ceo della top 100 di «Fortune», alle star di Hollywood e a chi piú ne ha piú ne metta. Tutto grazie al Cliente Grosso Numero 1 (CG1), ovvero Ty Oliver, amministratore delegato della Rise Pharmaceutical. Il primo pesciolone a dare una possibilità a un poliziotto newyorkese pieno di boria che sognava in grande. E Gabe Lin non l'ha mai dato per scontato. Per i primi cinque anni si è fatto in quattro e anche di piú, disponibile ventiquattr'ore al giorno. Ha assunto uomini pagandoli extra di tasca propria, ha reclutato adoni e bonazze direttamente nelle Forze Speciali. Li ha fatti vestire in completi aderenti, gli ha imposto un taglio regolamentare e pure un trattamento per la pelle. La parola chiave era «ambizione». Perché vedete, Gabe aveva intuito quello che gli altri ancora non sapevano: che il lusso e la ricchezza sarebbero schizzati alle stelle e i paperoni si sarebbero messi a comprare bodyguard come fossero yatch e borsette.

Accessori di moda.

La prima volta che Ty è arrivato a Davon circondato dai suoi goblin, ha capito che adesso gli altri Ceo dovevano sentirsi dei pezzenti. Guardavano i loro gorilla, con gli auricolari di gomma e le sneaker di Kmart, e vedevano quell'abissale mancanza di stile che segnala il declino. Mentre Ty se ne andava in giro con la sua squadra speciale di modelli Benetton, con i bicipiti che tendevano i tessuti d'avanguardia, con i microfoni futuristici e le rivoltelle di ceramica che sembravano usciti dall'*Ira di Khan*, porca troia. Un barlume del futuro alla Star Trek all'orizzonte. E da lí non ha fatto che salire. Sempre all'avanguardia dell'avanguardia. È stato il primo a reclutare squadre tutte al femminile: ex stelle del softball, giocatrici di basket professioniste, ex elicotteriste al confine tra la grazia e la forza.

Feministas, le ha chiamate. Le sue principesse guerriere.

Tre anni dopo i primi biglietti da visita, la Goblin Security è passata da due clienti a quindici. Diciotto mesi dopo ha aperto la prima sede oltreoceano. La domenica Gabe andava nella sua maxi-chiesa di Long Island e pregava. *Lode a Gesú*, cantava, *ché dall'investimento arrivi il dividendo, ché la lode si tramuti in aumento*. Le sue donazioni hanno finanziato il fast food nell'ingresso e dieci anni del gruppo di catechismo. Al diavolo l'Antico testamento, coi suoi predicatori arcigni e le ricompense che t'aspettano nell'altra vita. Quello era il Vangelo della Ricompensa Terrena. 100 percento prosperità, zero attesa.

E tutto grazie al CGI. Per questo, quando Mr Oliver lo chiama alle tre di sabato mattina per dirgli che suo figlio è scomparso, fuggito dalla clinica in cui era ricoverato alla periferia di Chicago, Gabe schizza in macchina in otto minuti netti e brucia tutti i semafori fino al Queensboro Bridge, con il rettangolo della sua targa che brilla di luce ultravioletta.

Il GoBLIN è in arrivo.

O

Alle otto di domenica mattina, Gabe Lin e la sua squadra di ricognizione sono in Illinois, a percorrere i corridoi del centro per la riduzione dell'ansia Float, superando adolescenti rintronati e ventenni che fanno yoga o dipingono acquerelli nel Prato della Serenità. Gabe va a parlare con Jacob Wells, l'amministratore, mentre Aragorn e Legolas fanno un sopralluogo in camera del ragazzo. È stata un'altra delle sue trovate geniali, quella dei nomi in codice. I suoi uomini si chiamano tutti come i protagonisti dei fantasy, *Il signore degli anelli*, *Il trono di spade*, *Shannara*, *Xanth*. Che cazzo, a un certo punto ha avuto pure un Morpheus, un Neo e una Trinity. *Vola sempre piú in alto*. Questo dice ai suoi. Per qualche mese ha provato coi supereroi Marvel, ma pensate che storia, dopo che ha scortato Bob Iger al Super Bowl la Disney gli ha mandato una diffida.

Gabe si fa chiamare Re dei Goblin. E chissene se nello *Hobbit* è un gigante deforme con una gorgiera di carne purulenta. Il nome è talmente fico che se l'è fatto incidere sulla canna della Glock.

È la tipica mattina afosa del Midwest. Wells è il classico hippie con la collana di turchese, un elfo riccioluto con mani piccole e morbide. Gabe, dall'alto del suo metro e novantacinque, invade il suo spazio vitale e gli dà una stretta cosí forte da schiacciargli le dita. È quella la strategia che usa con i non clienti. Dominio.

– Pensiamo che se ne siano andati insieme, tutti e tre, – spiega Wells. – Non molto dopo la mezzanotte, come si vede dai nastri della sorveglianza che le ho inviato.

Gabe li ha visionati mentre veniva lí. Simon – l'obiettivo – ha lasciato la struttura con una femmina (magra, androgina) e un maschio (alto, esile, occhialuto), entrambi sotto i venti. Lui li chiama i corruttori. Quando ha chiesto al CGI come gestirli, quello ha risposto: «Senza chiasso», il che vuol dire che può farci quel cazzo che gli pare, fintanto che il cliente ne rimane fuori.

– E che mi dice dei complici? – chiede. – Louise Conklin e Paul Fisher?

– Veramente, – risponde il direttore, aggrottando la fronte, – non li definirei complici. I nostri ospiti sono qui di loro sponte e possono uscire liberamente.

– Ma certo, – fa Gabe. – Gli amici, allora. Cosa sa di loro? Da dove vengono?

Ovviamente ha già fatto tutte le ricerche per conto suo. Ha una rete d'informatori che non è seconda a quella della Cia. Sa già che Louise è una mezza vagabonda dell'East Bay e che Paul è un topo di campagna cresciuto in una fattoria dell'Oklahoma. In altre parole, non sono nessuno. Ma gli mancano le sfumature, un'intuizione su dove sarebbe bene iniziare a cercare.

– Sia Paul che Louise sono venuti qui perché li aiutassimo a superare un disagio costante. Prima di andar via stavano facendo progressi notevoli, cosí come Simon.

– Mr Oliver.

– Prego?

– Il mio cliente si chiama Mr Oliver.

Wells corruga di nuovo la fronte. – Chiedo scusa, ma credevo fosse qui per conto del padre, non di... ehm... Mr Oliver figlio.

Gabe prende un granello nero dalla scrivania di Wells, lo spara via.

– Sono oltre dieci anni che mi occupo della sicurezza della famiglia Oliver. Questo fa di Simon un mio cliente, e considerando che il suo patrimonio equivale al Pil di un piccolo Stato e che con le donazioni della sua famiglia avete in programma di costruire altre tre cliniche, direi che si merita un po' di rispetto. Per quanto ne so io, un re quindicenne è comunque *vostra maestà*.

Wells si costringe a sorridere. – Ma certo. Le chiedo scusa. Come dicevo... Mr Oliver stava imparando le tecniche di autoconsolazione e aveva fatto grandi progressi nella gestione degli impulsi. Per questo mi rattrista questa sua scelta di lasciare la clinica.

– Il mese scorso avete avuto una serie di suicidi.

– Sí. È stata una vera disgrazia... ma del resto è cosí dappertutto. Che abominio, questa storia. Questi giovani che hanno perso fiducia nel futuro. Mi addolora davvero.

Gabe alza gli occhi al cielo. Stronzate da strizzacervelli. *Hanno perso fiducia nel futuro*. Il suicidio è selezione naturale, e tanti saluti agli smidollati. *Tirami fuori un ragazzino che se l'è vista peggio di me e ti compro un cazzo di pony*, pensa. *A scuola un pestaggio al giorno, mi chiamavano occhi a mandorla e cinesin pan-pan. Mia madre è morta in un incendio in fabbrica. Papà l'ha ucciso il cancro, vent'anni a respirare detergenti chimici. Mia sorella l'hanno stuprata e assassinata all'università pubblica. E io che ho fatto, mi sono arreso? Col cazzo. Ho lottato, io. Ho fatto sí che il mondo mi pagasse il conto. Fine della storia.*

– Simon aveva tendenze suicide? – chiede.

– Simon? Oh, no. Nemmeno gli altri. Come le dicevo...

– Stava facendo progressi, ho capito. E la macchina?

– Scusi?

– Non sono mica scappati a piedi. Le telecamere li hanno visti uscire dal retro, ma a quanto pare all'esterno avete pensato bene che la sorveglianza non servisse, cosí adesso non possiamo sapere chi sia venuto a prenderli.

– George...

– L'omino delle pulizie?

– Custode notturno.

Cristo, pensa Gabe, *l'apoteosi del politicamente corretto. Parliamo di uno che passa le notti a pulire il vomito delle ragazzine bulimiche di buona famiglia*. Ma annuisce.

– George ha parlato di un furgone, – continua Wells.

– Vecchio? Nuovo?

– Non ha specificato. Ma ha detto che su una fiancata c'era dipinta un'immagine. Una specie di guerriero muscoloso con dei demoni. Le dice niente?

Gabe si sfrega gli occhi. *Sono scappati su un furgone in stile Frazetta? Come fossimo nel 1981?* 'Sta storia sembra sempre piú uno scherzo di pessimo gusto.

– Marca? Modello?

Wells fa spallucce. – Sono sicuro che troverete Simon in perfetta salute. Magari aveva solo bisogno di uscire, di prendere un po' d'aria. Non è raro per gli adolescenti che fin da piccoli subiscono le pressioni genitoriali.

Gabe si alza in piedi. Un altro minuto di quelle cagate, e gli mette le mani addosso.

– Le faremo sapere.

Nel parcheggio si aggiorna con Aragorn e Legolas. L'autista, Gandalf, li aspetta sulla Suburban nera che hanno preso a nolo, col motore ancora acceso.

– Ha preso la biancheria, – lo informa Legolas, – qualche paio di pantaloni, qualche maglietta. Niente vestiti pesanti, per cui andranno a sud.

Aragorn apre l'iPad per mostrarglielo. Sono le foto delle camere di Louise e del Profeta.

– Lei ha praticamente preso tutto, tranne qualche libro della biblioteca. L'altro ragazzo non siamo sicuri abbia preso niente. L'armadio era perfettamente in ordine. Tre camicie stirate e inamidate, tre paia di braghe. Tutte identiche.

Tira fuori dallo zaino una piccola Bibbia. – Ha lasciato questa sul comodino.

La porge a Gabe, che la apre. Sembra di immergersi nella psiche di un pazzo. Ogni pagina, ogni spazio vuoto è fitto fitto di appunti, scrittine minute, persino disegni, tutto in penna rossa. La restituisce ad Aragorn.

– Mandala ai nostri di Chicago. Voglio un'analisi completa entro stasera.

L'uomo si allontana per telefonare. Il galoppino sarà lí in dieci minuti. Gabe sale sulla Suburban, bloccando Legolas che faceva per seguirlo.

– Senti la polizia locale. Voglio le telecamere del traffico, delle banche, tutto quanto. Setacciate l'area, cercate il furgone anni Ottanta. Dividetevi le zone. Se fanno storie, vai dall'Fbi. Mezza città mi deve dei favori.

Li lascia lí a trafficare coi telefoni. È importante mettere una certa distanza con i sottoposti, che non si prendano troppa confidenza. *È questo il guaio della gioventú di oggi*, pensa. *Troppa confidenza. Troppe aspettative. Sono un branco di viziati. Per forza che adesso si fanno fuori. Fino a ieri c'erano papino e mammina a tagliarti le verdure nel piatto, poi finisci al college e di colpo non hai piú nessuno che ti prepari la pappa pronta.*

L'indulgenza rammollisce, indebolisce. Ma Gabe Lin non ha niente di debole, e di sicuro non ce l'hanno i suoi goblin. Sono assassini, predatori notturni. Carnivori che s'allenano nelle arti marziali un giorno sí e uno anche. Per essere all'altezza del proprio nome.

Lo staniamo, pensa Gabe. *Un giorno, massimo due.*

Margot

La prima sera a Washington cena col capo del personale del presidente, Chuck Malcolm, e con Jay Bryant della Liberty Society. Indossa un abito nero che le ha comprato l'assistente di Malcolm. Le va largo sotto le braccia, e non arriva alle ginocchia, ma lei lo abbina a un foulard e si fa la messa in piega, decisa a dare il massimo. Cenano in un bistrot francese in K Street, un angolino discreto lontano dagli altri clienti. Margot conosce Jay Bryant da quando studiava Legge all'università. È un distinto sessantacinquenne devoto a quella che lui chiama opera di Dio, ovvero la sistematica trasformazione del ramo giudiziario dello Stato in un corpo di stampo conservatore. Margot lo ha conosciuto alla Notre-Dame nel 1996, tramite il professore di Diritto costituzionale, uno dei pochi insegnanti conservatori della nazione, alla costante ricerca di giovani cervelli promettenti. Margot – di famiglia fieramente reaganiana, convinta che l'America fosse il Paese di Dio, presidentessa del club di dibattito e miglior allieva del suo anno a Yale – sembrava un prototipo costruito a tavolino in un laboratorio reazionario.

Chuck Malcolm è l'ultimo ad arrivare, arruffato e stazzonato. Sta portando avanti due telefonate insieme, un iPhone attaccato a un orecchio e un Samsung Galaxy all'altro.

– No, glielo dici tu... no, dicevo a Rene... ho detto che... cosa? Sant'iddio, Rene, richiamami dopo cena.

Chiude entrambe le chiamate, si infila i cellulari nelle tasche cascanti della giacca e si siede proprio mentre Margot si alza in piedi per porgergli la mano.

– Che? – fa, vedendola, dopodiché si ricorda la buona creanza e si rialza in piedi. – Scusi, ho lasciato la testa a casa.

Le stringe la mano, con Jay si scambiano un cinque. Si risiedono tutti.

– Innanzitutto, – attacca Malcolm, – come sta sua figlia? L'avete trovata?

– Non ancora, no. Mio marito Remy ha parlato con l'Fbi… e a proposito, grazie, davvero. Abbiamo detto agli agenti tutto quello che sapevamo di lei, della sua routine, del fidanzato.

Si costringe a mostrare un sorriso esasperato. – Probabilmente se ne saranno andati… a vedere qualche festival, o in campeggio, o chi lo sa. Sapete come sono i ventenni di oggi.

– Crede, – dice Jay, – che con quello che sta capitando… questa sventura collettiva… che forse… anche se in realtà sono soprattutto i piú piccoli, per fortuna… voglio dire, fortuna in questo caso…

Deve rendersi conto di quello che sta dicendo, perché si blocca di colpo. Margot prende in mano il menu. Suicidio. Stanno parlando di suicidio. L'ultimo modo in cui doveva cominciare la serata.

– Mangiamo qualcosa o beviamo solo?

I due uomini si rilassano, liberi dal peso dei pensieri spiacevoli.

– Provi il confit, – le suggerisce Malcolm. – E un bicchiere di Pinot. Lei beve?

Margot sorride. Lei e Jay sono due bevitori, e forse anche Chuck Malcolm fa solo finta di essere un cuoco.

– Beveva anche Gesú, – risponde, chiudendo il menu.

Malcolm chiama il cameriere e ordina per tutti.

– Portaci due bottiglie di Pinot e torna solo per portar via i piatti.

Quando il cameriere si allontana, tira un sospiro. Negli ultimi due giorni ha dormito per un totale di tre ore.

– Le cose stanno cosí, – riprende. – Lo so benissimo che il pensiero dà alla testa. Si parla di entrare nella Storia della nazione. Della piú alta corte del Paese. Lei quel posto lo vuole, io voglio che glielo diano, eccetera eccetera. Ma lasci che le spieghi come stanno le cose. Il mio capo, il presidente, è un moderato, e come tale cerca di governare. Che diamine, s'è pure scelto un segretario alla Difesa dei vostri. Ha messo me a capo del personale perché una volta dirigevo campagne per gli evangelisti nella Bible Belt. È il suo motto. È il Presidente del Compromesso, ed è convinto che si combatta per l'anima della nazione. Che l'unico modo per vincere la guerra sia reimparare l'arte della collaborazione. Concentrarsi sui punti di contatto anziché sulle differenze. Ma che cos'è questa guerra, e contro chi si combatte? Si combatte contro il diavolo. E lo sappiamo tutti che col diavolo non si scende a compromessi.

– Amen, – dice Jay.

– È in gioco la vita, – dice Malcolm. – Cosí, abbiamo convinto il presidente che lei sarà un'agente del compromesso. Cristo, con la famiglia che ha, sembra la coalizione arcobaleno. Lei è giovane. È bella. È affabile. E non ha proprio l'aria della fanatica.

– Non lo sono.

– Bene, – dice Jay, – glielo dica.

A Malcolm arriva una notifica sull'iPhone. La ignora, si china verso di lei.

– Domani, quando sarà col presidente, gli dica che vuole risanare le ferite della nazione, che vuole guidare verso l'unità questa corte divisa. La guiderà davvero, ma verso la *nostra* unità. Una convergenza di menti affini, una conversione dei miscredenti, finché questo Paese non tornerà a seguire il suo destino di nazione cristiana e timorata di Dio.

A Margot viene in mente sua figlia quando, a nove anni, aveva cantato l'inno nazionale su quel palco di Brooklyn, e l'intera sala si era alzata in piedi.

– Non sono un'originalista, – dice.

– Lo sappiamo, – risponde Jay. – Ma non importa. Negli ultimi dieci anni ha sempre deliberato con saggezza, dimostrando di avere opinioni valide. È chiaro che ha sposato la giusta causa.

– Non farò nessuno scambio, – insiste Margot.

– Nessuno glielo chiede, – dice Jay. – Sia sé stessa. Soltanto, tenga a mente che nella sua formazione, nei suoi progressi e nella sua carriera sono stati investiti tempo e denaro. Lei è stata scelta e addestrata per arrivare fin qui, Margot. È stata addestrata da me, da Bruce e da decine di altri americani intelligenti che non si limitano alle ciance ma sono pronti a metter mano al portafogli. Noi tutti crediamo in lei, ma anche lei deve capire che fa parte di un disegno piú grande. Ci crede, vero?

– Credo che Dio abbia un suo piano, e che veniamo al mondo per fare la sua volontà. A questo ci credo.

– E va benissimo, – dice Jay, – anche se con questo presidente sarà meglio non... Per carità, è cristiano anche lui, ma diciamo che è un cristiano con la minuscola.

– Capisco.

Malcolm si stropiccia gli occhi. – Vinceremo questa guerra, – dice. – Dobbiamo vincerla. Ma non possiamo farcela senza di lei. Lo capisce, questo?

Margot annuisce. Sa di aver vissuto tutta la sua vita per arrivare fin lí. Ogni scelta che ha fatto. Ogni ideale per cui ha combattuto. Ogni compromesso accettato. – Non vi deluderò, – dice infine.

Arriva il vino. Il cameriere comincia le manfrine da sommelier, ma Malcolm lo scaccia via. Massacra il tappo, si mette la bottiglia fra le gambe e la apre con la forza, schizzandosi i pantaloni di vino. Riempie a tutti il bicchiere fino all'orlo.

– Salute, – dice Margot, e dopo il brindisi bevono tutti e tre. Malcolm abbassa il bicchiere, la guarda come fosse un tacchino al Ringraziamento.

– Salute, cazzo, – ripete.

O

Seguono giorni frenetici. Margot va in visita al Senato e stringe una mano dopo l'altra. Incontra bevitori e cuochi. Dalle facce di quest'ultimi, capisce di essere il loro peggior incubo. Una giudice donna, conservatrice, sposata con un nero, con un figlio di razza mista. Prova a farseli amici dicendo che valuterà ogni caso singolarmente, senza seguire ideologie.

Anche i bevitori la osservano con sospetto, cercando di svelare l'arcano. Un cuoco ha nominato una bevitrice. È la bevitrice a non essere una vera bevitrice, o il cuoco a non essere un vero cuoco? L'idea del bipartisan non li sfiora nemmeno.

Il venerdí ha un incontro con il senatore junior dell'Idaho, Kurt LaRue. È un quarantenne magrissimo, moro, col riportino da sinistra a destra. È cresciuto in una comunità cristiana non lontano da Devil's Elbow. Ex imprenditore edile diventato immobiliarista, è stato eletto l'anno prima con uno scarto di neanche un centinaio di voti. Le stringe calorosamente la mano senza neanche darle il tempo di entrare. I due assistenti maschi alle sue spalle sembrano catechisti appena usciti dal liceo.

– Che onore, – la accoglie LaRue.

– Grazie, senatore.

Margot si siede. LaRue prende posto di fronte, una Diet in mano. È un bevitore che non beve, indossa un completo color fango e la cravatta allentata. Quando finisce la Diet uno degli assistenti gliene versa subito un'altra.

– Sono giorni cruciali, – le dice, – giorni critici.

Lei fa di sí con la testa.

– Prega Dio e passami le cartucce, – sorride lui.

– Prego?

– Mio padre diceva sempre cosí. Era pastore nella nostra comunità sansonita.

– Li conosco poco, i sansoniti.

– Brava gente, – dice lui, – gente onesta, che crede che Eva sia nata da una costola di Adamo per diventare strumento della volontà dell'uomo. Ma anche che l'uomo non debba mai abbassare la guardia, perché le femmine hanno il potere di privarlo della sua forza vitale.

– Come nel mito di Sansone e Dalila.

– Esattamente, – conferma lui, con un sorriso. – La storia di un uomo pio sedotto e tradito da una peccatrice.

Alza il bicchiere e con un risucchio rumoroso beve le ultime gocce di Diet, facendo tintinnare il ghiaccio. L'assistente gli rabbocca di nuovo il bicchiere.

– Lei è nata e cresciuta nella chiesa di Cristo, – dice, asciugandosi la fronte sudata con un fazzoletto.

– Sí. La mia famiglia è molto devota.

– Grazie a Dio.

Beve un altro lungo sorso. – Mentre suo marito...

– Georgiano, di famiglia battista.

È un ufficetto angusto, quello di LaRue, una scrivania

e due poltroncine per gli ospiti, un tavolino rotondo accanto alla porta. Gli uffici degli altri senatori erano caotici, stracolmi di scartoffie e fascicoli, ma questo è vuoto, privo di carta e di personalità. Non ci sono documenti, né libri sugli scaffali.

– Be', – dice il senatore, chinandosi in avanti, – sono contento che sia venuta a trovarmi. So che parliamo la stessa lingua, io e lei. Che vediamo la verità, la verità che gli altri cercano strenuamente di celare. Io e lei sappiamo che il mondo potrebbe assomigliare a quello in cui siamo cresciuti.

Alza il bicchiere. – Questo le sembrerà un bicchiere qualsiasi. E in un certo senso lo è, cosí come il *Titanic*, pure mentre colava a picco, restava una nave qualsiasi. Ma se farà lo sforzo di unire i puntini, di capire quello che c'è sotto, vedrà qual è la verità. È in corso un'ardua battaglia contro le forze del male. Forze che hanno attaccato e destituito il nostro presidente, lodato sia il Suo nome. Forze che si sono insediate ai massimi livelli delle nostre istituzioni. Io non faccio che pregare. Sta arrivando una tempesta, giudice. Forse è già arrivata. Io li sento, gli zoccoli. Il cavaliere pallido. Capisce che voglio dire? Il 6 gennaio era solo l'inizio. Questo governo non ha la facoltà di salvarci. Non ce l'hanno nemmeno i tribunali. Solo Lui ce l'ha. Non pensa anche lei?

Margot annuisce. Ha un cugino in Michigan che alle cene di famiglia non manca mai di fare predicozzi sul complotto di Satana contro l'America cristiana, la doppiezza delle élite al potere e via discorrendo. In un certo senso, non è niente di nuovo. Nel bar ci sono sempre stati bevitori come LaRue, seduti in curva a sproloquiare sulla fine del mondo; solo che oggi la curva si è ingrandita. Chi la occupa trinca roba forte che non costa niente, ed è pronto a condividerla con chiunque presti mezzo orecchio. Margot si dice che hanno buone intenzioni, che la loro è solo paura, paura verso i poteri piú grandi di loro, i poteri dello Stato, le istituzioni culturali, la casta hollywoodiana e altre forze profane inviate dal diavolo a sedurre la gioventú. Che le loro in fondo sono solo parole, e quello di parola non è forse un diritto sacrosanto difeso dalla Costituzione?

Non abbiamo tutti il diritto di dire la nostra?

Lei la pensa cosí.

– Senatore, – dice, – credo anch'io che tutti quanti siamo qui per un motivo. Che non possiamo sceglierci il ruolo che avremo nel Suo piano. Ma che possiamo cercare di vivere secondo i Suoi principî, per migliorare l'umanità intera.

LaRue chiude gli occhi e si appoggia allo schienale. Ha un sorriso in volto, le mani congiunte sul petto. Uno degli assistenti si fa avanti.

– Il senatore pregherà pensando alle sue parole, – le dice, congedandola.

In pausa pranzo Margot chiama Remy per sapere com'è andata. Lui le dice che l'Fbi ha trovato il cellulare di Story nel bidone dell'immondizia di una stazione di servizio dell'Interstatale 10, centocinquanta chilometri a ovest da lí.

– Pare fosse là da qualche giorno, – le spiega, dalla camera d'albergo. Hadrian sta giocando alla Nintendo Switch su uno dei due letti singoli. Alloggiano al Four Seasons di Austin centro, con vista sul fiume Colorado. Remy è stanco. Ha spasmi alla gamba destra. Prima Hadrian gli ha chiesto se ce l'aveva con lui.

– Ma no, – ha risposto Remy.

– Ma hai la faccia arrabbiata.

Si è guardato allo specchio e ha scoperto che era vero.

La sua espressione neutra era un cipiglio. Ha fatto un respiro profondo e si è costretto a sorridere, ma gli è uscita una faccia che era tutta sbagliata. Sbilenca.

Non ancora, ha pensato. *Mi serve piú tempo*.

È una sensazione strana, quella di un corpo che capisce di avere i minuti contati. Una sensazione che non ha nulla a che fare col cervello. Mentre Hadrian dorme, Remy si ritrova seduto sul letto, sudato fradicio, nonostante i 15 gradi di differenza con l'esterno.

Al telefono dice a Margot che non gli sembra possibile che Story sia ancora a Austin. Che forse lui e Hadrian potrebbero raggiungerla a Washington, stare insieme.

– Se preferisci rimango qui, – aggiunge, – ma non posso fare granché, a parte alitare sul collo dell'Fbi e, considerata la tua posizione, direi che in quello è piú efficiente il tuo staff.

Margot acconsente, e la mattina dopo il marito e il figlio la raggiungono all'hotel in Pennsylvania Avenue. Nel vederli prova un sollievo smisurato, finalmente ha con sé alleati veri. Stringe forte Remy. Lui la cinge con le braccia.

– Mi sei mancata, – le dice. – Come stai?

Lei si scosta, si guarda intorno nella hall. – Hai...? – Si avvicina al suo viso. – Hai bevuto?

– Che cosa? No!

– È che... – abbassa la voce, – biascichi un po' le parole.

Remy si mette una mano sulla bocca, come volesse tastarsi la lingua. – Ma... no. Forse è la stanchezza.

In quel momento Hadrian distrae la madre prendendola per un braccio.

– Mamma, – le dice, – hai conosciuto il presidente?

– Ebbene sí. Dal vivo è piú alto.

– Alto come LeBron?

– Un po' meno, – risponde lei, – e dubito sappia saltare –. Controlla l'orologio al polso. – Perché non passate in camera a darvi una sistemata? Io ho una simulazione con i miei, ma piú tardi andiamo a cena con un gruppo di senatori e membri dello staff del presidente. Che ne dite?

Hadrian annuisce.

– Ma non stare tutto il tempo a giocare, d'accordo? Esci, fatti un giro. La città è… uno sballo, davvero.

Hadrian la abbraccia.

– Lo so, – dice lei, ricambiando la stretta. – Manca anche a me. Ma sta bene. Io lo so che sta bene.

– Come fai a saperlo?

– Perché Dio veglia su di noi, – risponde, strizzandogli la mano. – E non ci farebbe mai del male.

O

Piú tardi, quella sera, dopo la cena e i vari brindisi, Margot e Remy sono a letto insieme. Hadrian guarda un film nella stanza accanto. Alla sua età ha piú resistenza di loro, per cui sta a lui spegnere la tv e augurare ai genitori la buonanotte.

– Cosa sta guardando? – chiede Margot. Sono ancora vestiti, sdraiati sopra le coperte.

– Ha la fissa degli horror, – risponde Remy. – Prima le case infestate, poi è passato ai serial killer, finché l'ho convinto a vedere *Alien*.

– Che orrore, – fa lei, – tutto quel sangue e quella violenza.

– A lui piace. E poi è normale alla sua età volersi mettere paura. Fa parte del processo per ribadire la propria indipendenza.

– Questa dove l'hai letta?

Remy l'attira a sé, le fa il solletico. – Sono un bravo padre, – dichiara. – Dillo. Di' che sono un bravo padre.

Lei scoppia a ridere e lo bacia, si addolcisce. – Sei un padre fantastico.

Piú tardi ancora, sono sotto le coperte a luci spente. Sono passate le undici, ma da sotto la porta arriva ancora la luce intermittente dell'iPad di Hadrian, con lo stridio dei violini che accompagna le scene di tensione. Margot guarda l'obelisco che brilla fuori dalla finestra.

– Ti ricordi di quella volta che Story ha cantato l'inno nazionale? – dice, ma subito aggiunge: – Oh merda. Scusami. Ti ho svegliato?

Lui si rigira sul fianco, per guardarla in faccia.

– No, stavo... è stato quando abitavamo in Pineapple Street, giusto? Quanto aveva... dieci anni?

– Nove. Non so perché, mi è tornato in mente ieri sera. Lei su quel palco.

– Accidenti. L'avevo quasi dimenticato... si erano alzati tutti in piedi, dico bene?

Margot annuisce.

A Remy si riempiono gli occhi di lacrime. Prova a parlare, ma ha un nodo alla gola. – Scusa, – mormora dopo un attimo, con voce rotta.

Margot si alza a sedere. Gli accarezza il petto. – Va tutto bene, – gli dice. – La troveremo.

Remy annuisce, cercando di allontanare quell'emozione. – Non stavo... – comincia a dire, ma è costretto a fermarsi.

Lei lo abbraccia, lo accarezza. Quella che deve confessarle è una verità troppo grande, per lui. Che morirà. Che lascerà sua moglie, i suoi figli. Che deperirà, nel fisico e nella mente. Che presto sarà un peso, una palla al piede a guastare le loro vite perfette.

Sa che quando glielo confesserà, lei si ritirerà dalla corsa per la Corte suprema, sa che la combinazione di quella notizia e della scomparsa di Story le apparirà come un segno, che rinuncerà al suo sogno proprio quand'è a un passo dal realizzarlo. Non può permettere che accada. Non può permettere che un suo problema tarpi le ali a lei. Cosí l'abbraccia e piange, lasciandole credere che quella disperazione non sia per sé stesso.

Simon

Guidano tutta la notte e il giorno successivo, fermandosi a far benzina appena fuori Plano e un'altra volta a Midland. Flagg e Katniss aprono la strada, per controllare che non ci siano intoppi, tirando al massimo le moto. Cyclops chiude la fila. Se ne sta appoggiato allo schienale del chopper, muovendo la testa al ritmo di una musica che sente solo lui. Il Profeta passa un sacco di tempo a fissare il telefonino nella busta di plastica. Duane cambia un cd dopo l'altro, quasi tutto metal anni Ottanta: Dio, Slayer, Ratt. Li intrattiene coi racconti epici di quella volta che ha sgominato i demoni o pilotato un'astronave fino al livello successivo, come se non fosse solo un videogioco. Guida con un braccio fuori dal finestrino, per sentire il vento, e lo fa anche in autostrada, trasformando l'interno del veicolo in una specie di tornado rock and roll con al centro *Ramble On* dei Led Zeppelin.

Il centro per la riduzione dell'ansia Float gli sembra un'altra vita. Man mano che macinano chilometri in mezzo al nulla, Simon comincia a sentirsi quello che è, ovvero un immigrato in terra straniera.

Texas. Siamo in Texas. Davanti alle case ci sono cartelli che inneggiano al Re Dio, la sua faccia photoshoppata sul corpo di Terminator con la scritta «Tornerò», promessa o minaccia a seconda se tifi per le macchine o gli umani. Passano accanto ad allevamenti di bestie esotiche e cartelloni che pubblicizzano Cristo. Nove città su dieci paiono abbandonate, rottami d'auto intorno a casupole fatiscenti, vetrine in stile western vuote da chissà quando; in compenso le chiese restano. La fede. È il Regno di Main Street.

La lingua sembrerebbe la stessa, ma il significato delle parole può cambiare moltissimo. Parole come «libertà». Parole come «uguaglianza». Parole come «giustizia». Si canta lo stesso inno dell'America di Simon, si cita la stessa Costituzione, ma le parole paiono enantiosemiche: vogliono dire una cosa e il suo opposto. Come «tirare», che indica tanto il lanciare via quanto l'attrarre a sé.

Il Regno di Main Street.

Sdraiato sopra una coperta sul pavimento in metallo, Simon si addormenta.

E sogna di volare.

Sotto di lui l'oceano è tutto un luccichio. Poco piú avanti si apre un banco di nebbia, un muro bianco di neve. Che a un certo punto si allunga e lo trascina dentro. Non ci vede piú. Sente l'odore dell'aria salmastra. Sente le onde formarsi sotto di lui. Le sente infrangersi contro la riva. Nel sogno non ha ansia, non ha nessuna paura. Ha la mente vuota. La rugiada gli bagna il viso. Si tuffa e si alza in volo.

Sulla punta della lingua ha i nomi degli angeli.

Semangelaf, che aiuta le donne gravide. Shateiel, l'angelo del silenzio, Abatur Muzania, che soppesa le anime.

Negli abissi sotto di lui si muove qualcosa.

Si ritrova su una spiaggia al limitare di una città, a camminare tra le palme e i bungalow di cemento. Ma la gente che fine ha fatto? Le strade sono deserte. Nessun pedone. Niente macchine. Attraversa in volo il canyon tra gli edifici, diretto a est – muro bianco, porta rossa – ma d'un tratto il canyon diventa un corridoio. Muro bianco, porta rossa. Un corridoio stretto e buio. Davanti a sé una porta mezza aperta. Da dentro vengono rumori di cucina. Si avvicina, attratto da una voce di donna.

Proteggimi, o Dumah, angelo dei sogni.

Veglia su di me, temibile Azrael, per sempre intento a scrivere nomi sul Libro dei Morti.

La donna è ai fornelli, dà le spalle alla porta, ha i capelli bianchi lunghi fino alle spalle, l'abito nero, il corpo di uno scheletro. Rigira il cucchiaio di legno in un pentolone canticchiando un brano senza melodia.

È Israfil che suonerà la tromba il Giorno del Giudizio.

Come fa a saperlo? O a sapere che è l'angelo Forneus a instillare l'amore nel cuore di due nemici mortali?

Ormai è nella cucina, impestata di un'umidità densa e della puzza di cavolo. Ma forse Simon non è nel suo corpo. Forse non è fisicamente lí, perché quando abbassa lo sguardo non si vede le braccia, né niente. Si avvicina alla donna al punto da guardarle drizzarsi i peletti sulla nuca. Al punto da vedere il contenuto del pentolone.

Sono mani. Mani umane. A decine, sobbollono in un brodo febbrile.

Mani piccole, si può dire mani di bambino.

La donna si gira. Ha gli occhi pieni di denti.

Simon si risveglia nel furgone, il Profeta seduto accanto. Alle sue spalle il sole sta tramontando.

– Ti sta parlando, – dice il ragazzo che un tempo si chiamava Paul.

– Chi?

– Dio.

Simon scrolla la testa. Ha la bocca impastata.

– Chi è Uriel? – chiede, senza sapere bene come gli sia finito in bocca quel nome.

– Qualcuno dice che è un cherubino o un serafino, ma l'opinione piú diffusa è che sia un arcangelo. Al tempo delle dieci piaghe d'Egitto lo chiamavano Angelo della Morte. È stato lui a lottare con Giacobbe, ad avvertire Noè del diluvio. Perché, lo hai visto?

Simon pensa alla donna che mescolava quelle mani nel calderone e scuote la testa. – No. Sarà... saranno i sintomi dell'astinenza. Per forza. Tutte quelle pillole.

– Ancora ti mancano, – dice il Profeta. – Rivotril, Zoloft, Adderall.

Simon si stropiccia gli occhi. – L'Adderall non l'ho mai preso. È per chi soffre di iperattività.

Il Profeta tira fuori dal taschino della camicia una treccia gommosa. – La sensazione, – dice, dando un morso. – Quel senso di distacco che ti dànno i farmaci. La calma indotta.

Simon guarda fuori. Il sole è tramontato, ma l'orizzonte è una striscia di luce. Sono a cinquanta chilometri da Fort Stockton. Sterpi e asfalto, pompe petrolifere che fanno su e giú col muso, contro un cielo sempre piú scuro. Tre pastiglie al mattino. Due la sera. Giorno dopo giorno, anno dopo anno? Gli mancano? È ancora sé stesso, ora che ha smesso di prenderle? E in caso contrario, quale dei due è il vero Simon? Quello sotto farmaci o quello al naturale?

– La gente parla di libertà, – continua il Profeta, – ma come si fa a essere liberi quando non siamo mai stati tanto malati, tanto poveri e tanto spaventati? Libertà di fare cosa? E la libertà dalla povertà, la libertà dalle spese mediche, la libertà dai farmaci che ci tocca prendere per non soffrire per la libertà che non abbiamo?

Dopo una curva, appare il profilo delle montagne squadrate. Simon chiude gli occhi.

– Chi è Javier? – vuole sapere.

Il Profeta gli offre una treccia, ma lui scuote la testa.

– Lo sapevi che due terzi degli americani sono convinti che in questo mondo siano all'opera angeli e demoni? – gli chiede il Profeta.

Simon sbadiglia. – Mi sembra un po' eccessivo.

– E in contemporanea, – prosegue l'altro, – siamo solo un terzo a credere che esista il riscaldamento globale e che la causa siano le emissioni di CO_2. E un terzo delle persone di tutto il mondo non crede che discendiamo dalle scimmie. E tanti saluti all'evoluzione –. Sorride. – Certo, non è lo stesso terzo.

– E tu? – gli chiede Simon. – Tu ci credi agli angeli e ai demoni?

– Credo che il dolore ci spinga a cercare un senso nella vita, ma credo anche che un sacco di gente si incazzi e basta. Gente che pensa di aver subito un torto. Non si sono mai viste tante vittime e tanti misfatti. E cosa ci dice la Bibbia? Quando affrontiamo una prova, possiamo farlo come santi o possiamo diventare martiri. Porgi l'altra guancia o imbraccia la spada. A te questa cosa sembra, l'èra dei santi o l'èra dei martiri?

– Ma quale sarebbe la differenza?

– I martiri sono convinti che il dolore li beatifichi. Che i sacrifici fatti in questa vita saranno ricompensati nell'aldilà. Adorano l'idea di morire per una causa. *Si chiamava Duncan. Si chiamava Ashli. Si chiamava Timothy McVeigh.* È questa la differenza. La santità invece richiede altruismo. Non ci si può ambire, perché l'atto di desiderarla andrebbe contro la santità stessa. Ma adesso la gente è arrabbiata. Si sente bistrattata. E così si torna al Dio feroce, il Dio che punisce i suoi nemici, che distrugge le città e stermina i miscredenti.

Si rimette gli occhiali. – Cosí è scritto. Sant'Osvaldo di Worcester morí in ginocchio lavando i piedi di dodici poveracci. Santa Ida di Fischingen fu accusata di adulterio e il marito la gettò dalla finestra del castello. Ma gli angeli la trassero in salvo, e in cambio lei si fece suora.

– Il marito la gettò dalla finestra? – chiede Simon.

– In altre parole, un martire muore per la causa, e infatti si dice conquistarsi la palma del martirio. Per i santi non si dice niente.

Simon ci riflette.

In paradiso tutti gli angeli si chiamano Claire. Ti sorridono con occhi gentili asciugandoti le lacrime dalle guance e chiedono, con una melodia celestiale: «Perché ci hai messo cosí tanto?»

– Vuoi sapere se ci credo, – continua il Profeta, riprendendo il filo, – ma non conta cosa credo io. Nell'ultimo anno, quelli che credono nel Big Foot sono passati dall'11 al 25 percento. Altro dato: il 30 percento degli americani è convinto che gli alieni siano stati sulla Terra non troppo tempo fa.

– Non me ne frega degli altri, – dice Simon. – Voglio sapere cosa pensi tu.

Il Profeta annuisce. Guarda fuori e rimane qualche minuto in silenzio.

– Credo che il mondo viva sul confine tra la magia e la scienza, – dice infine. – E che si inclini di qua o di là a seconda di cosa crediamo noi.

– Quindi se sono in tanti a credere al Big Foot, il Big Foot è piú… reale?

Il Profeta finisce la treccia gommosa e tira fuori il telefonino. – In greco, «apocalisse» vuol dire *rivelazione*. Sta a indicare il momento in cui una cosa che per tanto tempo era nascosta finalmente si rivela.

Simon ci riflette, pensa al fatto che sí, sarà anche interessante, ma è un modo per evadere la domanda.

Il Profeta lo scruta attentamente. – Javier, – dice finalmente, – è la chiave per il castello dello Stregone. La nostra via d'accesso. Per salvare il drago e dare il via all'esodo.

– Salvare il drago, – dice Simon.

L'altro annuisce.

– Esodo verso dove? – chiede lui, sentendosi preso in giro. – L'utopia?

– Sí. Prima troviamo il ragazzo che non si è perso.

Il Profeta estrae il telefonino dalla busta. Preme il primo tasto di chiamata rapida. Il cellulare compone il numero. Sentendo la sequenza di note, Duane chiede: – Ci siamo? – e si volta a guardare. – Lo stiamo facendo?

Accanto a lui, Louise continua a dormire coi piedi sul cruscotto.

I Black Sabbath cantano alla radio *The Mob Rules*: morte e oscurità stanno arrivando, barricate la città e avvertite gli abitanti.

Quando si mette a squillare, Simon si china in avanti, gli occhi puntati sul tessuto consunto del sedile di Duane.

Poi si sente un *click*.

«Grazie per aver chiamato il Walmart di Fort Stockton, – dice una voce, – al momento siamo chiusi. Vi invitiamo a richiamare o a passare a trovarci a partire dalle ore nove di domani mattina».

Segue un *beep*, come un invito a lasciare un messaggio, ma l'opzione non viene proposta; nessuno dice: «Per parlare con Javier, premere 1». Il Profeta riattacca, perso nei suoi pensieri. Sul sedile davanti, Louise si stiracchia e abbassa i piedi. Avverte la tensione nell'aria.

– Che c'è? – domanda. – È successo qualcosa?

Duane controlla lo specchietto e cambia corsia. – Il Profeta ha fatto la telefonata.

– E?

– Ha risposto un Walmart, – dice Simon.

– E?

– È chiuso, – dice Duane.

Louise strizza gli occhi, infastidita dai fanali di un tir nell'altra corsia. – Scusate, ma cosa doveva succedere?

– Javier, – dice Duane. – Doveva essere il suo numero.

– E allora? Si vede che lavora al Walmart. Qual è il problema?

– Che adesso è chiuso.

– Sí, ma mica per sempre, – insiste lei. – Ci andiamo domattina.

Il Profeta si riprende, scuote la testa. Spacca in due il telefono e butta i pezzi fuori dal finestrino, uno dopo l'altro.

– No, – dice, – Randall ha detto che una volta fatta la chiamata non ci resta molto tempo.

Simon si gira a guardare dal lunotto posteriore. La luce rossa dei fari posteriori illumina Cyclops sul chopper.

– Perché poi cosa succede? – chiede.

– Ci trovano. Trovano Javier.

– Un momento, – interviene Louise. – Ci trovano chi?

Il Profeta non risponde.

Louise tira uno schiaffo a Duane, sul braccio. – Ehi, ci trovano chi?

Duane aggrotta la fronte. – Quelli, – dice. – Le forze dell'oscurità.

Simon sbatte le palpebre. Nella testa sente una voce che dice: *Due terzi degli americani credono che al mondo siano all'opera angeli e demoni.* Gli prudono di nuovo i pollici. In cosa crede, lui? Dio? Il diavolo? No. È sempre stato un agnostico. Un seguace del metodo scientifico: ipotesi, esperimento, verifica. Ma questo prima che l'esperimento che è la sua vita lo facesse finire in un centro per l'ansia dove ti tolgono i lacci delle scarpe all'ingresso, prima che i ragazzini in tutto il mondo cominciassero a togliersi la vita. Vorrebbe continuare a seguire la ragione, ma niente ha piú senso nella sua vita. È un quindicenne figlio di multimiliardari con una sorella morta e due genitori talmente corrotti che credono che l'unico scopo della vita sia accumulare e spendere pezzi di carta, anche se per ciascuno di quei pezzi c'è qualcuno che ci rimette la vita. *Angeli e demoni.*

Nel 2100 metà di tutte le specie terrestri sarà estinta.

Scendi in campo.

Il 15 percento delle emissioni di gas serra causate dagli umani è dovuto alla deforestazione.

Allarga i tuoi orizzonti.

Vive in un mondo in cui ogni prova inconfutabile che la razza umana sta per estinguersi viene accolta con l'ambivalenza del governo e le vendite abbinate. Forse il problema è proprio quella fissa per la ragione. Forse è quello che non va in lui. I fatti, la logica, la scienza. Il desiderio di dare un senso a tutto. Il desiderio che le cose accadano per un motivo.

Forse, se si abbandonasse ai sentimenti, il mostro che ha dentro lo lascerebbe in pace.

In paradiso tutti gli angeli si chiamano Claire. Ti sorridono con occhi gentili asciugandoti le lacrime dalle guance e chiedono, con una melodia celestiale: «Perché ci hai messo cosí tanto?»

– Mi servirà una definizione un po' piú precisa di «forze dell'oscurità», – sta dicendo Louise, abbassando la radio. Simon la guarda, un esserino pelle e ossa e senza sopracciglia. È tentato di dirle di lasciar perdere. Che i dettagli non contano. Che la vita è una gag, una barzelletta. E come diceva Neil Simon, non è che se la spieghi fa piú ridere.

– Quelli al potere lottano per restarci, – dice il Profeta. – È nella natura stessa del potere. Le hai viste le feste dello Stregone. Li conosci quelli come lui.

Louise annuisce. Li conosce, sí. Per un istante di panico, il suo unico pensiero è darsela a gambe.

– I miliardari, – continua il Profeta, – i capi di Stato. Si prendono tutto quello che vogliono. Quello che gli dà noia lo spazzano via come un bruscolino.

– E noi di noia gliene stiamo portando una vagonata, – dice Duane.

Il Profeta guarda Simon, che non ha piú aperto bocca.

– Tu che ne pensi?

Simon scrolla le spalle. La parte difficile è andata. È salito sul furgone. Ha spezzato il ciclo della paralisi. Ora si va avanti per inerzia.

– Andiamo al Walmart, – dice.

Louise aggrotta la fronte. – E se Javier non c'è?

Il Profeta si raddrizza gli occhiali. – Dio ci manderà un segno.

O

Arrivano al Walmart di Fort Stockton poco dopo le undici. Flagg li chiama col walkie-talkie per dire a Duane di aspettare. Lui e Katniss spengono i fanali e s'infilano nel parcheggio. Col motore al minimo perlustrano il perimetro del megastore buio, temendo un'imboscata.

Negli ultimi quarant'anni sono morti oltre metà dei vertebrati del pianeta.

Simon siede accanto a Louise nel retro del furgone. In quello spazio stretto il loro respiro è un frastuono. Tengono il motore acceso, le luci spente. Il Profeta è accovacciato a terra con le spalle alla parete e gli occhi chiusi. Forse parla col suo Dio. Simon sente Louise che gli stringe forte la mano. Ma quando abbassa lo sguardo, vede che in realtà non si è mossa.

Rabbrividisce.

Claire?

Il walkie-talkie di Duane si mette a crepitare.

– Via libera, – annuncia Flagg.

Duane mette la prima ed entra a passo d'uomo nel parcheggio. Le luci sono spente ma da dentro il megastore arriva un vago bagliore. Il parcheggio sarà grande almeno due chilometri quadrati, una macchia vuota e indistinta chiazzata di benzina.

– Portaci all'ingresso, – dice il Profeta senza aprire gli occhi. – E lascia il motore acceso.

Duane accosta davanti a una fila di porte scorrevoli di vetro. Sulla piú vicina è appeso un cartello che dice SCONTO DEL 50% SUGLI PNEUMATICI RADIALI e un altro che dice -35% SU TUTTI I ROMANZI.

Il portellone accanto a Simon si apre, lasciando entrare l'odore dell'asfalto caldo. L'attimo dopo arriva un'ondata di calore texano, è quasi mezzanotte e ci sono ancora 37 gradi. In lontananza si sente ululare un coyote. Louise raggiunge Simon, seguita a ruota dal Profeta.

– Fatti valere, bellezza, – gli dice Duane facendogli l'occhiolino, e Simon scende incespicando, rosso come un pomodoro. Si gira, sente che deve rispondere qualcosa, ma il portellone si è subito richiuso.

Louise si avvia verso la bocca avida del negozio addormentato. – Sorridete, – dice, alzando il braccio. – Siamo in onda.

Simon alza lo sguardo e vede la minacciosa palla nera della telecamera. Per un istante si fa prendere dal panico, ma poi se lo scrolla di dosso. Si volta sentendo un rumore. È arrivato Flagg, con addosso una maschera di Halloween: Mr Rogers col suo sorriso affabile. Accanto a lui c'è Katniss, è accucciata e porta la stessa maschera.

Siamo venuti preparati, – dice Flagg, superandolo. Tenta di aprire le porte, ma sono tutte sigillate.

– Mr Rogers! – grida. Arriva Cyclops con una mazza in mano. Indossa anche lui la stessa maschera.

– No, – dice il Profeta appena Cyclops alza la mazza, pronto a sfondare il vetro. Cyclops cerca lo sguardo di Flagg, che scuote il testone placido da Mr Rogers. La mazza torna giú. Il Profeta si accosta alla porta e bussa tre volte con forza. Rimangono ad aspettare, strizzando gli occhi nel buio. Dentro si intravede qualche luce fioca. Louise appoggia l'occhio al vetro.

– Lo sentite? – chiede.

Dalla tenebra del reparto giardinaggio emerge un'ombra che si ferma a osservarli appena fuori dal fascio di luce. È un ometto non tanto alto, forse messicano. Accanto a Simon, il Profeta si sbottona la camicia e tira fuori un medaglione. Lo appoggia al vetro.

– *Amigos*, – dice.

L'uomo si avvicina, anche lui strizzando gli occhi. Fuori dal negozio vede dei bambini, alcuni dei quali mascherati. Si avvicina ancora, ma ha paura dei rapinatori. Si chiama Arturo Emilio Diaz III ed è in Texas da sei anni, tre dei quali li ha trascorsi chiuso in quel Walmart per il turno di notte, a lavare pavimenti con prodotti chimici talmente forti da fargli girare la testa. A Città del Messico era un ragioniere e dirigeva il coro della parrocchia. Ogni pomeriggio, prima di andare al lavoro con la Hyundai scassata, si fuma un sigaro e ascolta Verdi. Ora si ferma alle casse, a pochi metri dalle porte. Louise lo saluta con la mano. Simon fa lo stesso, sentendosi sciocco. Arturo vede il medaglione. Si fa il segno della croce e si avvicina.

– *Soy el cordero de dios*, – annuncia il Profeta. Sono l'agnello di Dio.

Arturo appoggia la fronte al vetro. Il Profeta lo benedice con la mano.

– *¿Podemos entrar?*

Possiamo entrare?

Arturo fa un passo indietro e scuote la testa. – *Por la noche nos encierran*, – dice. Ci chiudono dentro, la notte. Si rigira le tasche al contrario per far vedere che non ha chiavi.

Simon guarda il Profeta, che non dà segni di frustrazione.

– È ora della mazza, – dice Flagg. – O aspettiamo che Dio ci mandi la chiave?

Il Profeta si sfila gli occhiali e pulisce le lenti. – Ce l'ha già mandata.

O

Si spostano sul lato in ombra dell'edificio. Un'area di carico e scarico di un chilometro quadrato protetta da una rete metallica. All'estremità opposta c'è un'uscita di sicurezza in metallo. La targhetta accanto recita: ALLARMI ALLSAFE. Flagg si issa Katniss sulle spalle perché possa oscurare la telecamera con una bomboletta di vernice. Cyclops studia la porta.

– Bella rogna, – dichiara. – Li vedete i cardini? Con quelli lí, la porta si apre verso l'esterno. Forse potrei farli saltare a martellate, ma non garantisco che venga giú anche la porta.

– Potremmo farla esplodere, – propone Katniss. – Sulla moto ho degli M-80.

Per quasi dieci minuti il gruppo dibatte sui vari metodi per sfondare la porta. Simon siede per terra. Ha una barretta energetica in tasca. La tira fuori, la scarta, ma alla vista della consistenza ghiaiosa da truciolato gli passa la fame. Si alza e va verso il cassonetto, lo apre. Sta per buttarci la barretta quando vede un luccichio. Lo spalanca per guardare meglio. La luna in cielo è quasi piena.

Lí accanto c'è una cassa vuota. Ci sale sopra per sporgersi meglio. *Che cos'è?*, si domanda, scrutando l'interno del cassonetto.

Louise lo raggiunge a passo svogliato. – Fammi indovinare, – gli dice. – Hai trovato un vestito della tua taglia.

Il cassonetto è pieno di cartone, plastica e carta straccia. Ma tra le pieghe di uno scatolone, ecco di nuovo un luccichio d'argento. Combattendo le proprie paure – paura delle malattie, degli scarafaggi e dei topi – Simon si issa con la pancia sul bordo del cassonetto e allunga la mano.

Cadendo dentro.

– *Oops*, – fa Louise.

Quando riemerge, Simon ha una catenella in mano. E agganciato alla catenella c'è un mazzo di chiavi. Con un salto atterra sull'asfalto e si incammina spedito verso la porta di sicurezza.

Louise gli corre dietro. – Quelle sono chiavi?

Simon raggiunge la porta con un che di baldanzoso. – Le avrà perse il direttore portando fuori l'immondizia, – dice, superando il gruppo di motociclisti, che nel frattempo sono arrivati a dibattere se usare un verricello che non hanno per staccare la porta dal muro. Il Profeta è sulla soglia, in ginocchio con le mani giunte. Quando arriva Simon alza lo sguardo e vede il mazzo di chiavi.

Con un «Amen» si rimette in piedi.

– Stavo andando a buttare la barretta, – spiega Simon, – e ho trovato queste.

Ci sono venticinque chiavi attaccate all'anello, pensa che dovrà provarle tutte, invece l'azzecca al primo colpo. La chiave ruota, e la porta si apre con un *clic*. Da dentro arriva una ventata di aria condizionata.

– Ehi, ragazzi! – grida Louise. Flagg, Katniss e Cyclops si voltano. Vedono la porta aperta, il Profeta e Simon stanno già entrando.

– Sempre un passo indietro, – li sbeffeggia Louise, prima di entrare anche lei.

O

Simon non è mai stato in un Walmart. Certo, ne ha sentito parlare, conosce la dilagante piaga dei megastore, questi posti in cui si possono comprare pneumatici, cereali e pantaloncini da tennis, ma solo in astratto, attraverso gli sprezzanti commentatori radiofonici e gli opinionisti del «New York Times». Eppure, una volta dentro, il suo primo pensiero diventa: *È proprio vero che ci vendono di tutto*. Di fronte a lui si estendono chilometri di attrezzi da giardino e complementi d'arredo, elettrodomestici, libri, cibarie, film, giochi, componenti per motori e pistole. Un sacco di pistole e armi varie. Balestre, archi, torrette da caccia, gabbie, blocchi di sale, richiami per uccelli e tenute militari per ogni evenienza (il pigiama militare ignifugo costa solo 9,99 $). Si addentra nei corridoi in preda alla meraviglia, mentre il Profeta scambia due parole con Arturo vicino all'ufficio vuoto del direttore. Nel frattempo sono emersi altri sei impiegati del turno di notte, gli si sono raccolti intorno, a parlottare sottovoce. Simon sa che dovrebbe essere lí, dovrebbe pensare al piano, ma l'opulenza delle merci è un richiamo potente, che risveglia in lui l'innato istinto all'acquisto.

Quello mi serve, pensa, passando accanto a un binocolo, e una seconda volta accanto a un trapano senza filo. *Ma a cosa?* Ci sono libri che vuole leggere, film che non ha mai visto. Nel reparto merendine trova Louise che riempie uno zaino nuovo di zecca con buste di dolciumi e salatini.

– Non puoi farlo, – le dice, – è rubare.

Lei fa spallucce e continua il saccheggio. – Se ci arrestano per effrazione e violazione di proprietà privata, – dice, – che vuoi che sia qualche furtarello?

Simon sta per ribattere ma vede passare due Mr Rogers con un carrello della spesa strapieno di attrezzatura per la caccia. Gli corre dietro.

– Ci serviva roba nuova, – gli dice Katniss da sotto la maschera.

Impotente, Simon li guarda dirigersi verso il reparto elettronica. Dall'altra parte del negozio scorge un altro Mr Rogers che esamina le armi nella vetrinetta. È Randall Flagg. Lo raggiunge.

– Hai mai sparato con un fucile d'assalto? – gli chiede Flagg. È una strana domanda, per uno che ha la faccia del vicino d'America.

– Non sono pratico di strumenti di morte, – ribatte lui.

Sulla parete di fronte ci sono centinaia di fucili disposti in file ordinate. Nella vetrinetta, le pistole sono raggruppate per marca e modello. Guardandole Simon sente pulsare d'ansia le vene del collo. Flagg, dietro la maschera di gomma, ha il fiato corto.

– Vedi, – dice, – lui ha attivato l'allarme antincendio. Per non dover passare di aula in aula. Cosí poteva spararci man mano che uscivamo in corridoio.

Simon si sforza di mandar giú il nodo che gli è salito alla gola quando ha capito a cosa si riferisce. Parkland.

– Mio fratello lo conosceva. Era piú grande. Io avevo dodici anni. Tommy diceva sempre che erano strani quei due, Nik e suo fratello, che gli piaceva fare cose agli animali, soprattutto a Nik. Andavano coi bastoni nelle tane dei conigli per ammazzare i cuccioli, sparavano agli scoiattoli. Era stato tipo adottato, poi gli erano morti prima il padre e poi la madre, e lui se n'era andato a vivere con qualcun altro, un amico, boh. Sua mamma era vecchia. Adottato. L'avevano già espulso perché veniva a scuola con la schiscetta piena di coltelli, per rivenderli ai compagni, e un'altra volta aveva lo zaino pieno di cartucce. Ma questi sono aneddoti.

Indica il muro.

– Ha usato quella lí. Una Smith & Wesson, stessa azienda che fa articoli per caccia e pesca. Una calibro 223 che ci vuol niente a trasformare in automatica. Ti spara dieci proiettili a novecentosettantacinque metri al secondo. Il rinculo è quasi nullo e il caricatore standard tiene trenta colpi. L'avrà comprata in un negozio come questo, compiuti diciott'anni. Perché aspettare. Questo prima che annunciasse su YouTube di voler fare lo stragista di mestiere.

Si alza la maschera per accendersi una sigaretta.

– Ci abbiamo tutti i nostri pensieri, – dice. – Chi c'è che non c'ha un sassolino, un qualcosa di cui vendicarsi? Noi però pensiamo tipo: *A quello là gli tirerei un cazzotto*. Mica... mica sparatoria e diciassette morti. Forse il problema è la Florida. Forse siamo noi. Il fegato d'America.

Si infila una mano sotto la maschera, e a Simon pare che si asciughi le lacrime.

– Comunque so soltanto che fintantoché continuano a vendere 'sta merda, io non me ne vado in giro a mani vuote. Sono stufo di rintanarmi nello stanzino delle scope.

– E Tommy dov'è? – chiede Simon.

Flagg butta la sigaretta sul linoleum, si solleva la maschera e sputa in terra. – Secondo te?

Intanto arriva il Profeta. Insieme a lui c'è una donna di mezza età, dai lineamenti dei nativi americani. Si chiama Wanda Salas Soto e vive in una roulotte appena fuori Coyanosa.

– Brutte notizie, – dice il Profeta. – Wanda dice che il governo si è portato via Javier e sua madre la settimana scorsa.

– Il governo? Il nostro governo? – dice Simon, e subito si sente un idiota. Sono passate trentasei ore dall'ultimo Ativan e gli sembra di avere un nido di ragni nel cervello.

La scorsa settimana a Parigi c'erano 43 gradi.

Ci sono pause che fanno la differenza.

In America ci sono un milione di fucili in piú degli abitanti.

Vi rimette a posto!

– Lo sceriffo ha fatto un raid la scorsa settimana, – spiega Wanda. Avrà quarantacinque anni, il viso tondo e una tosse da fumatrice. I camionisti sull'app di incontri scrivono che è «esotica». – Li avrete visti i cartelli dello sceriffo Roy. Da quando c'è stata la purga ed è passata la riforma del confine meridionale dice che ai clandestini ci pensa lui, perché qua in Texas quella merda non la vogliamo mica. Cosí sono venuti gli agenti con i taser e i manganelli. Se ne sono portati via quindici. Tra cui Javier.

– Portati dove? – chiede Louise, raggiungendoli.

– Lo sceriffo Roy ha messo su un centro di detenzione vicino a Balmorhea, – continua Wanda. – Rete metallica e filo spinato. Capannoni. I bambini li tengono in gabbia, non stanno coi genitori.

– Aspetta un attimo, – fa Simon. – Perché, quanti anni ha Javier?

– Undici, – risponde il Profeta.

– Undici, – ripete Simon. Gli gira la testa. – Avevi detto che poteva portarci dallo Stregone.

– Infatti.

– Un undicenne. Non sarà mica…

Simon guarda Wanda. Non vuole dire niente davanti a lei.

– No, – lo rassicura il Profeta. – Sua madre lavorava per lui, nelle cucine. Conosce i passaggi segreti.

Simon è tentato di chiedergli come fa a saperlo, ma desiste. Conosce già la risposta.

Me l'ha detto Dio.

– Perché non parliamo con la madre? – interviene Louise.

Wanda si fa il segno della croce. – Hanno preso pure lei, ma credo sia finita a Brownsville.

Simon guarda Flagg che, a qualche metro di distanza, discute con Katniss e Cyclops. – Potremmo andare in visita all'istituto detentivo. Saranno ammessi i visitatori.

– Niente visitatori, – replica Wanda. – E niente avvocati. Lo sceriffo Roy non crede molto nei diritti civili.

Simon si scambia uno sguardo con Louise. Nessuno dei due sa che cosa fare.

– Flagg, – dice il Profeta.

– Arrivo, – risponde Flagg. Simon vede Katniss che scavalca il bancone con delle pistole e cerca di aprire le antine. Chiuse. Anche i fucili sul muro alle sue spalle sono sotto chiave.

– Le chiavi, – grida la ragazza, cercando il suo sguardo.

– Come? – fa Simon. Ha gli occhi di tutti puntati addosso.

L'ultima chiocciola arboricola delle Hawaii è morta nel 2019.

Bontà è convenienza.

Addio, tartaruga gigante dal guscio molle.

Che tigrrrata!

Abbassando lo sguardo, Simon si rende conto che ha ancora in mano il mazzo di chiavi del direttore.

– Simon, – lo incoraggia il Profeta. – Dàlle le chiavi.

Simon alza la mano, guarda il mazzo. Il cervello gli funziona al rallentatore. Perché Katniss vuole aprire la vetrinetta delle pistole? E perché Cyclops è di ritorno con un carrello pieno di fertilizzante?

Allora Flagg si avvicina e gli strappa le chiavi. – Ci mettevi troppo –. Le lancia a Katniss, che apre la vetrinetta e comincia a impilare sul bancone le scatole di cartucce.

– Dobbiamo trovare Javier, – gli dice il Profeta.

– Lo so, – risponde lui, – ma…

– Dobbiamo salvarlo, – si corregge l'altro. – Mosè ha guidato gli ebrei in fuga dall'Egitto. Ha mandato le dieci piaghe. Ha aperto il Mar Rosso.

A Simon gira la testa. – Vorresti… cosa vorresti? Che facessimo irruzione in un istituto detentivo federale per salvare un immigrato senza permesso di soggiorno?

– Come se servisse un documento, – borbotta Wanda, – per avere il diritto di calpestare la terra.

– No… hai ragione, – dice Simon, – però non vuol dire che… scusa ma, cosa fanno… cosa fanno con quelle armi? Le stanno rubando?

Nessuno risponde. Simon vede oscurarsi il campo visivo. Non c'è ossigeno nell'aria che respira.

– Perché non bastavano l'effrazione e la violazione di proprietà privata, ci voleva pure il furto d'armi, eh… voialtri… volete proprio che…

Si rende conto di aver tirato fuori il sacchetto soltanto quando se lo accosta al viso. *In caso d'emergenza*… Se lo preme sul naso e sulla bocca, ansimandoci dentro. Louise lo aiuta a sdraiarsi.

– Sono tre giorni che non prende niente, – spiega al Profeta. – Prima di passare ai reati federali, sarà meglio dargli del Rivotril.

Simon respira sempre piú affannosamente ed è sicuro che perderà i sensi.

Il Profeta si avvicina e gli si inginocchia accanto. – Lo sai chi sono i veri delinquenti? – gli domanda. – Quelli che non hanno un'etica. Quelli senza morale. Quelli che mettono al primo posto sé stessi e ignorano le esigenze della collettività. I cinici. I nichilisti. Noi lottiamo per qualcosa, per un bene supremo, per l'armonia del genere umano: equilibrio, civiltà, senso di comunione. I nostri genitori hanno gettato la spugna. Non sono in grado di impegnarsi per creare un sistema fondato sulla condivisione, sulla sacralità di ogni vita, sull'idea che non si possono sacrificare i figli di Dio in nome del progresso. Oppure non gliene importa. Non sono in grado di ammettere che insieme siamo piú forti. Che le differenze arricchiscono la specie. Che il potere senza empatia è criminale. Non sono in grado, oppure se ne sbattono.

Con le pupille annebbiate, Simon vede Flagg e Katniss che riempiono di armi e munizioni un gigantesco carrello della spesa con tanto di volante in plastica rossa e sedile sagomato.

– È una follia, – rantola.

– No, – ribatte il Profeta, – la follia è chiudere in gabbia ragazzini di undici anni. Salvarli è segno che sei sano.

Simon vorrebbe replicare, ma non gli viene niente.

Due terzi degli americani crede che al mondo siano all'opera angeli e demoni.

– Ma perché proprio io?

– Perché chi rifiuta la Sua chiamata è peggio di chi non la sente.

Simon pensa alla sua camera in clinica, al letto che ha rifatto prima di scappare, ai vestiti appesi nell'armadio, alle vie d'ingresso e d'uscita che aveva memorizzato. Una routine. Aveva una routine. Una struttura. Adesso ha solo caos. Se non fanno un po' di attenzione potrebbe mettersi male, e loro l'attenzione non sanno cosa sia. Stanno all'opposto, dell'attenzione. Infrangono la legge. Si armano.

Louise, seduta accanto a lui, gli posa la testa sulla spalla. – Forza, ragazzo, – gli dice, – non stare a rimuginarci troppo.

– Rimuginarci troppo!

– Non sarà la logica a tirarti fuori da una guerra santa.

– Non c'è un altro sistema.

Louise gli strofina il braccio. – È il nostro pianeta. Abbiamo lasciato fare a loro, e com'è finita? Bambini messicani che affogano in braccio al papà. Livello dei mari in rapida crescita e trucchetti a buon mercato per taroccare un fucile. Merda su merda. Ci siamo dentro fino al collo, e che soluzione ci offrono, quelli là? Il complotto. La magia. Be', forse è ora che la facciamo anche noi, una magia come si deve.

Si rimette in piedi e gli porge la mano.

– Andiamo a tirare fuori quei bambini.

Per un lungo momento Simon rimane a fissarla. Ha dimenticato il sacchetto di carta al suo fianco. Da che ha memoria, non ricorda un momento in cui non avesse paura. Ma ora è piú vasta l'emozione che sente. Un'emozione che non ha nome. Le afferra la mano.

– Evviva evviva, – dice Flagg, sfilandosi una sigaretta da dietro l'orecchio per mettersela in bocca. – Carichiamo 'sta roba.

Avon DeWitt

Si diceva che non ci fosse carcere al mondo da cui Avon DeWitt non potesse uscire. Poco contava che fosse lui a dirlo e che di evasioni non ne avesse fatta manco mezza. Il punto era che ogni volta che lo spedivano in gabbia, lui se ne andava fuori sulle sue gambe, dai sei ai ventiquattro mesi dopo (ma una volta era stato dentro tre anni e sei mesi per aver aggredito un agente con un'arma letale, ovvero la portiera della sua Cutlass). All'ultimo giro gli erano toccati quattro mesi per evasione fiscale, un reato contro cui Avon – stando all'accorata orazione con cui si era difeso al tribunale municipale della contea di Miami-Dade – aveva parecchie obiezioni.

«Finché non ti fermi, – diceva sempre a suo figlio Samson, – non ti possono acchiappare». Ragion per cui si erano girati dieci Stati diversi in piú di una decina d'anni. Cowboy dell'interstatale. Nomadi d'America. Ora Samson è grande, vive da qualche parte nella zona centrale del Paese. Con Avon non si parlano quasi mai, e quelle poche volte non è mai una conversazione piacevole. «Insegni a tuo figlio tutto ciò che sai, – ripete sempre Avon, – e quello ti sputa in faccia».

Perché, lui con suo padre non ha fatto lo stesso?

Non è passato molto dall'ultima volta che l'hanno spedito dentro. Ora va verso i settanta, lo scorso compleanno l'ha festeggiato nel penitenziario della contea di Miami-Dade, sdraiato su un materasso sottile come la fetta di formaggio di un cheeseburger. Il cibo lí dentro era l'argomento che andava per la maggiore. Ciascun carcere ha i suoi. A Tallahassee i detenuti parlavano di macchine – le macchine che avevano, quelle che avrebbero voluto avere, quelle su cui erano riusciti a trombare, i bolidi ultratecnologici di *Fast & Furious* 1, 2, 3, 4, 5, 6,7, 8, 9, 10 e 11. A McCreary – Avon ci aveva fatto diciotto mesi per aver staccato una serie di assegni scoperti negli anni Novanta – si parlava di pompini. Era stato lí che Avon aveva conosciuto Eddy il Grosso, che dal suo metro e novanta per sessantacinque chili bagnato giurava che una volta se l'era fatto succhiare da Miss America in persona, quand'era ancora una quindicenne piatta come una tavola che serviva sui pattini ai tavoli dell'Hula Hut di Boca Raton. Un'esperienza *passabile*, piú che altro perché lei era giovane e inesperta, ma pure perché qualche settimana prima s'era messa l'apparecchio ai denti sopra e sotto.

Era stato Eddy il Grosso a iniziarlo al concetto di sovranità. Il che è un po' come dire che era stato Gesú a iniziare il mondo al concetto di cristianità. Era quello l'impatto che l'iniziazione aveva avuto su Avon DeWitt, figlio di Marsha e Dylan DeWitt (sedici e diciott'anni rispettivamente), nato sul finire degli anni Cinquanta al confine fra Georgia e Florida, sul sedile posteriore di una Chevy sgangherata. Dylan stava portando la fidanzata con sé a Jacksonville, dove lo aspettava un lavoro alla concessionaria di suo zio Dale, e dove avrebbe potuto garantire al primogenito un tetto e tre pasti al giorno. Dale gli aveva offerto l'uso della roulotte ai margini di un lotto di sua proprietà dietro i gelati Tastee-Freez. Era su quella roulotte che Avon era stato svezzato, lí che aveva mosso i primi passi, lí che il 5 luglio del 1966 s'era fatto saltare il mignolo sinistro con un petardo.

La sovranità, gli spiegò Eddy il Grosso un pomeriggio, mentre aspettavano col muso contro le sbarre che le guardie finissero di rovistare tra le loro cose, è la condizione naturale degli uomini liberi. – Tutti quanti, – disse, – siamo esseri autonomi, padroni del nostro destino. È scritto anche nella Dichiarazione di indipendenza, – di cui Eddy si era fatto tatuare sulla schiena il primo capoverso, un lavoretto pulito realizzato da una oaxacana di Phoenix, Arizona, durante un viaggio in moto nel 1991. Alla perquisizione della cella era seguita quella dei loro orifizi, ma al momento di ritirarsi su le braghe, Eddy gli illustrò nel dettaglio la verità dietro la schiavitú a cui anche loro erano sottoposti.

– Secondo i padri fondatori d'America, – gli disse, – il governo doveva servire per proteggere i diritti dei cittadini, anziché quelli dei governanti. E l'idea che un re fosse tale per diritto di nascita era un crimine morale contro l'umanità intera, perché nessun governo, nessun uomo e nessuna donna doveva avere il diritto di governare sugli altri, a meno che questi altri non dessero il consenso.

Impegnato a raccattare i suoi effetti personali dal pavimento e a ricostruire il suo angolino di dignità, Avon lo ascoltava distrattamente.

– Dimmi un po', quanti anni fa sei venuto al mondo? – gli chiese Eddy. Talvolta nelle frasi metteva un'eleganza antica.

– Quarantuno, – rispose Avon, infilando una manciata di foto osé tra le pagine di un Tom Clancy.

– E se ti dicessi che il governo degli Stati Uniti S.p.A. ti deve mezzo milione di dollari?

A quel punto il discorso si era fatto interessante. Avon posò il tascabile sul lavandino e si voltò. – Ma che, davvero?

– Vero, sí. Sei uno schiavo, amico mio, e nemmeno sapevi di esserlo.

Eddy proseguí spiegandogli come un tempo l'America fosse un'utopia regolata dalla *common law*, la legge del buon senso. Un paradiso in cui ogni cittadino era sovrano di sé stesso. In cui non esistevano tasse, né divieti o ordini restrittivi. In quel luogo ameno, ciascuno poteva scegliere di essere cittadino della Repubblica dell'Ohio o di quella della Pennsylvania, o di qualunque altro posto gli andasse a genio.

– Non esistevano cittadini americani, – gli spiegò Eddy il Grosso, – finché la cricca dei banchieri non ha voluto il Quattordicesimo emendamento, che desse la cittadinanza ai negri. E senti un po' che bel tiro barbino ci hanno fatto, l'han ficcato lí in bella vista e nessuno se n'è accorto. Cito testuale: «Tutte le persone nate o naturalizzate negli Stati Uniti e sottoposte alla relativa giurisdizione sono cittadine degli Stati Uniti e dello Stato in cui risiedono».

Lo guardò da sopra gli occhiali. Aveva passato la cinquantina, nonostante il metabolismo da diciassettenne.

– Lo capisci che han fatto?

Avon scrollò le spalle.

– Con la scusa dell'emendamento per gli schiavi, han definito tutti gli americani.

– Sí, ma...

– Fammi finire. Prima del Quattordicesimo avevamo la *common law*, il buon senso per cui si sottostava alle leggi di natura, all'intelligenza collettiva. E invece, un anno dopo il Quattordicesimo emendamento, 'sti figli di buona donna prendono il Codice degli Stati Uniti e ci aggiungono un passaggio che non si capisce niente, messo apposta per governare il merdoso distretto della Columbia, e in mezzo c'è questa frase qua: «In relazione a questo Codice, l'espressione "Stati Uniti" indica una consociata federale».

Fece una pausa a effetto.

– E cosí, di punto in bianco, al posto del buon senso ci ritroviamo lo Zio Sam, che impone su tutti gli uomini liberi di questo stramaledetto esperimento americano quella merda di legge commerciale.

Fece un'altra pausa, per prendere un po' di tabacco dalla scatoletta e infilarselo tra il labbro e la gengiva. Avon ribatté chiedendogli se magari si spicciava a spiegargli com'era che il governo gli doveva tutta quella grana, visto che stava per cominciare *Chi vuol essere milionario*. Eddy si sfilò gli occhiali e si massaggiò le tempie.

– Saltiamo al 1933. Di punto in bianco, perché sono teste di cazzo, l'America decide di abbandonare il sistema aureo. Mi segui? Prima, a ogni banconota corrispondeva una certa quantità d'oro. Ma a un certo punto i banchieri decidono che no, non va piú bene. Perché, secondo te? E soprattutto, se non c'è piú l'oro a garantire il valore dei soldi, allora che cazzo c'è? Capisci che intendo? Se non c'è l'oro una banconota è solo carta straccia. E cosa sappiamo del 1933? Che c'è quella merda di Depressione, che gli Stati Uniti d'America sono lí lí per dare il giro. Gli serve grana e gli serve subito. E come fanno a procurarsela? Ci vendono noi.

– Noi.

– Te, me, tutti. Lo Zio Sam abbandona il sistema aureo perché capisce che ha una cosa che vale anche di piú dell'oro. Le persone. Cosí va da questi papaveri stranieri, i banchieri ebrei e quell'altra gente lí, e gli dice, voi mi fate un prestito e io in cambio vi cedo i futuri guadagni di tutti i miei cittadini. Cioè noi. Lo sai cos'è la clausola di garanzia?

Avon annuí. – Come quando ho dovuto rifare il tetto, che se non restituivo i soldi si prendevano la macchina.

– Esatto. Soltanto che adesso siamo noi la garanzia. Io, te, tutti quanti. Mi capisci?

Avon avvertí un prurito alla nuca. Come quando l'acqua si ritira dalla spiaggia prima dell'onda di marea.

– Penso. Ma che c'entra il mezzo milione?

– C'entra, amico mio, perché cosa succede quando nasci?

Avon fece spallucce.

– Il governo ti rilascia un certificato di nascita, o sbaglio? E se ci fai caso, sotto il nome del bambino c'è scritto, ad esempio, Avon… hai un secondo nome?

– Hamish.

– Avon Hamish DeWitt. Ma è scritto tutto in maiuscolo. E quel maiuscolo vuol dire che il governo degli Stati Uniti S.p.A. ha emesso un bel certificato di debito a tuo nome. Vuol dire che al Tesoro c'è un conto a nome tuo, come fosse quello in banca, mi segui? In cui ci vanno tutti i soldi che guadagni per loro. I soldi sono lí. Centinaia di migliaia di dollari. Un tizio diceva forse venti milioni. E se ne stanno lí. Ma ti svelo un segreto: se uno vuole, se li può riprendere.

– E come?

– Eh, non è mica facile. Ma si può. Devi spedire dei documenti, compilare dei moduli con le parole giuste. Con la punteggiatura come dicono loro.

– La che?

– Sai le virgole, quella roba lí. Il punto è che ci tengono in gabbia.

Avon si guardò intorno. – Ma va'?

– Dico anche quando usciamo. A meno di non dichiararci cittadini liberi.

– E come si fa?

Eddy il Grosso sorrise. – Te lo spiego io.

O

Quando esce non trova nessuno ad aspettarlo. Ma non gli importa. Il pullman se lo sa prendere benissimo da solo. Aspetta sotto il sole bollente della Florida che si richiudano le cancellate, respirando nel silenzio afoso. Poi si piazza all'ombra del porticato in attesa che arrivi il 6 direzione centro. Sono quattro mesi che non ha un soldo, mangia minestra riscaldata sul fornelletto e si masturba con un calzino, manco avesse quindici anni. Si asciuga la fronte col braccio, sognando il nirvana rinvigorente di una birra fredda (o dieci). Sale sul pullman, poi deve cambiare, infine si prepara alle due ore fino a Jupiter con un pacchetto di arachidi salate e una Coors Light da 750 ml (sgraffignata a un alimentari) nella busta di carta. Tutto sommato, non se la passa tanto male.

In autostrada abbassa di un dito il finestrino per godersi l'aria in faccia. Quando era piccolo, suo padre se lo prendeva sempre in braccio mentre guidava. Appena ventenne e con due baffoni da bruco, papà Dylan era passato dalla concessionaria alle riparazioni dei tetti e aveva infine trovato lavoro allo stabilimento Honda. Era addetto all'assale, saldava metallo e aveva le braccia costellate di bruciature che col tempo mutavano in calletti bianchi. Guidava una Ford Mustang color bluette con interni in pelle grigio opale, comprata di terza mano da un nero in catena di montaggio che si era indebitato con la carta di credito. Adorava quella macchina, passava i sabati a lavarla e darle la cera sul vialetto dello pseudoranch del nonno di Avon che gli chiedeva ogni mese 625$ di affitto.

Gli piaceva guidare col vetro tutto abbassato e la radio a palla, una Camel Light nella mano sinistra, il braccio fuori dal finestrino della serie *trallallà*, talvolta una birra tra le cosce, che trasudava goccioline fredde nel portabicchiere con sopra un dito medio stilizzato. Quando in grembo aveva Avon, la birra la metteva nella console centrale. Guidava con la cintura allacciata dietro la schiena per non dover sentire le proteste del poliziotto che viveva nel cruscotto. Con la destra teneva il volante, con la sinistra fumava. Di tanto in tanto affidava il volante ad Avon, che poteva avere sei, sette, otto anni, e si scolava un sorso di birra.

– Figliolo, ricorda bene questa sensazione, – gli disse una volta, con il vento in faccia e il sole che calava nello specchietto retrovisore lungo la Gulf Coast. – È libertà.

O

Ci vogliono dieci minuti a piedi dalla fermata dell'autobus alla casa in cui vive con Girlie, una cinquantenne filippina conosciuta tre anni fa al barbecue di Jim Nash e sposata in accordo con le leggi di natura. Girlie ha un salone di bellezza al centro commerciale, uno di quei posti dove si paga in contanti e metà delle impiegate sono clandestine. Sono dodici anni che è residente in quelli che Avon chiama Stati Uniti d'America S.p.A. È arrivata con Rose, sua sorella, che ora vive a Los Angeles e lavora come badante per una vecchia reclusa. Una vera strega, a giudicare da quel che ha sentito Avon, parola che per i filippini ha un significato ben piú letterale. *Cristo santo, quelli là credono ancora alla magia.*

Imbocca la via di casa sentendo spuntare una vescica sul tallone sinistro, dove il calzino è bucato. A mezzogiorno il sole brucia, i rivoletti di sudore gli colano su fianchi e schiena. Stavolta in gattabuia ha perso cinque chili, e appena mette piede sul vialetto di cemento rotto gli calano le braghe, cosí che per arrivare all'ingresso deve tenere con una mano la sportina con la sua roba e con l'altra i pantaloni. Dietro la zanzariera la porta è aperta. La tv va a tutto volume, dev'essere il canale delle televendite. Avon sferra un calcio al telaio di metallo della zanzariera.

– Apri 'sta cazzo di porta, – grida, – devo pisciare.

Dal lato opposto del corridoietto vede sbucare la testa di Girlie.

– Pensavo che uscivi domani, – dice lei, col suo accento marcato.

– E invece sono uscito oggi. Spicciati, donna, o me la faccio addosso.

Girlie arriva alla porta asciugandosi le mani con un canovaccio turchese. È convinta che il blu porti fortuna. In casa ha solo oggetti di quel colore.

– Ti sei magrito, – gli dice.

Lui la spinge via, butta la borsa in terra e corre in bagno. Girlie lo rimprovera schioccando la lingua. Prende la borsa e ci guarda dentro, curiosa come sempre. In bagno, due stanze piú in là, Avon si sta svuotando la vescica con la porta aperta, e lo scroscio – vigoroso, maschile – risuona in tutta la casa. Girlie schiocca di nuovo la lingua. Gli uomini sono proprio delle bestie. Anche quelli gentili.

Fruga tra le quattro carabattole, il pettine, le carte da gioco, due paia di slip lisi.

– Non toccare la mia roba, – le intima lui dal corridoio, una mano a reggere le braghe.

– Come vuoi, come vuoi, – risponde lei, lasciando la borsa su un tavolino con lampada incorporata.

Avon la raggiunge alle spalle, le stringe il seno sinistro e le si struscia contro.

– Il re è tornato dalla guerra, – le dice.

– C'è adobo sul gas, – risponde lei, – e non mi faccio i peli da qualche giorno. Per trattamento speciale ti tocca aspettare.

Lui le si struscia contro il collo, puzzolente di birra e sudore. – Mi piacciono i peli, – replica.

Girlie scrolla le spalle e lo guida in camera. Non ne ha voglia, ma a chi importa? E poi, sono mesi che è in gabbia. Durerà mezzo minuto. Avon la segue tenendola per mano, l'altra mano a rovistare nei pantaloni, e per un attimo – pelle e ossa, i capelli biondo platino rapati – si sente di nuovo bambino.

Libertà.

Piú tardi siedono al tavolo della cucina, a bere Jack & soda già pronto – hanno tutti e due un debole per il gusto melone – e a mangiare il pollo direttamente dalla pignatta.

– Hai messo l'olio nella macchina? – chiede lui.

– Succede una volta, – risponde lei, – e mi stressi per sempre.

In tv c'è un servizio di Fox News su una qualche udienza al senato. Avon si interessa poco di politica ora che sa come stanno davvero le cose. Ma mentre mangia butta un occhio. Al banco c'è una donna in tailleur, con una commissione (una roba di giustizia?) che la tartassa di domande. Dietro la scritta in sovraimpressione che recita GIUDICE MARGOT BURR-NADIR, la donna spiega i motivi per cui meriterebbe di entrare nella Corte suprema. Poi la scritta cambia. Dove prima c'era il nome appare LA FIGLIA È SCOMPARSA DA QUATTRO SETTIMANE.

Avon si apre un'altra bottiglia. Racconta a Girlie dei suoi compagni di cella – uno stupido, l'altro tonto – e che la sbobba era uno schifo. Lei lo ascolta distrattamente mentre messaggia con le sorelle, con le amiche, con le ragazze del salone in un flusso continuo. Nelle Filippine sono le sette di mattina e sono tutti svegli a digitare.

«Certo che sono preoccupata, – sta dicendo la Giudice Nadir. – Sono sua madre. Ma non siamo qui per parlare di mia figlia, bensí per stabilire se ho le carte in regola per entrare nella Corte suprema. Vi sarei grata se potessimo concentrarci su questo».

Avon butta un osso di pollo nel piatto. – Che dice questa? – chiede.

– I bambini, – risponde Girlie, – i bambini dappertutto. Stanno morendo.

– Che bambini? E in che senso stanno morendo? Cos'è, muoiono in culla?

– Ma no, scemo. I ragazzini, gli adolescenti. Si uccidono loro –. Fa il gesto di spararsi alla tempia.

Lui digrigna i denti. Non doveva dargli dello scemo. – Ma chi? Dove?

– Tutti quanti. Connie del salone dice che sua cugina si è uccisa settimana scorsa.

Avon aggrotta la fronte. – Mi sa tanto che han trovato un'altra balla per distrarci dalla tragedia vera. E dove sarebbero i corpi? Te lo sei chiesta?

– Ma no, stavolta è vero. Sono morti davvero. Tutti cosí giovani. È tanto, tanto triste.

– Perché dici che è vero, perché l'hai visto in tv? Per la cugina di Connie? Quante volte devo dirtelo, donna, è tutto fumo negli occhi. Non puoi berti ogni idiozia che vedi sullo schermo. Sono solo diversivi.

Girlie fa spallucce, avvampa e cincischia con la roba nel piatto. Lo ha visto irrigidirsi quando gli ha dato dello scemo. *Perché l'ho fatto?* Grazie a Dio non l'ha picchiata, di sicuro è perché è appena uscito di galera ed è ancora in buona. Girlie teme però che ben presto avrà modo di pentirsi di quelle parole, magari mentre sarà in camera a spazzolarsi o a mettersi la crema. Lo sentirà arrivare da dietro, sentirà il respiro che cambia. Ma sarà troppo tardi.

Controlla di nuovo il telefono. A Los Angeles sua sorella Rose si è nascosta in bagno. La Strega vive di notte, passa le giornate a letto in una stanza con le tende oscuranti. A indicare il risveglio è la puzza di fumo di sigaretta, seguita dalla tosse rantolante e dai grumi di catarro marrone che finiscono nella tazza accanto al letto. È lí che arriva Rose a portarle il caffè fresco, con gli occhi che si abituano lentamente all'oscurità della stanza. A volte, quand'ha posato la tazza, si gira e si ritrova la Strega davanti, la vestaglia tappezzata di chiazze scure nei punti in cui le cola la saliva.

Come se la ride della sua paura. Un'ossessa.

Ha gli occhi neri di una succuba.

Perciò adesso, fra il tardo pomeriggio e la sera, Rose cerca di stare alla larga. Fa un lungo giro al mercato, passa un'ora in lavanderia.

La Strega è originaria di New York, potrebbe avere settant'anni o cento, ed è secca come un chiodo. A un certo punto negli ultimi quindici anni si è fatta tatuare il contorno delle labbra, ma col tempo la pelle ha perso elasticità e la linea s'è fatta sempre piú lontana dalla bocca fino a mutarsi in un alone scuro che occupa la parte inferiore del volto e la costringe a riempire di rossetto lo spazio vuoto o ad accettarne l'incongruenza. Gracchia con un vecchio accento del Bronx, veste di nero – pantaloni e dolcevita – e porta due occhialoni scuri che le coprono gli occhi e metà del viso. Quando esce si ficca in testa un cappellino dei Ny Yankees, come un coperchio su un calderone. Cammina tutta sbilenca.

Da nove anni Rose abita in una cameretta nel suo appartamento. Era stata assunta come infermiera, ma i confini si sono fatti sfumati e adesso rimane in servizio ventiquattr'ore al giorno, pulisce, cucina, prepara da bere. Non ha ancora la green card, e ogni volta che chiedeva un giorno di permesso la Strega prendeva il telefono e minacciava di chiamare l'Immigrazione, per cui Rose ha smesso di chiedere. A Girlie, quando la chiama a notte fonda, racconta sottovoce che la Strega ha una cassa segreta in cui tiene erbe e radici. Che il freezer è pieno di zampe di gallina che lei non ricorda di aver comprato. Qualche volta le dice che la Strega l'ha guardata talmente male che per un pelo non s'è fatta il segno della croce e non è scoppiata in lacrime. Che a volte, a notte fonda, si sveglia e se la trova accanto al letto come un'ombra, uno spettro in carne e ossa. *Cos'ha sempre da mormorare? O forse ringhia?*

Girlie le ha detto di venir via. «Vieni da noi in Florida. C'è posto anche per te». Rose però ha paura. Ha paura degli agenti dell'Immigrazione, coi giubbotti antiproiettile e gli anfibi, ha paura di quello sguardo cattivo. Teme che la Strega le abbia rubato l'anima e la tenga in quella cassa insieme agli incantesimi e alle pozioni. Le due sorelle sono cresciute in un villaggio tradizionalista. Sanno che il tre, il cinque e il nove sono numeri sfortunati, che se rompi un uovo e trovi due rossi vuol dire che farai fortuna. Sanno che quando tre persone si scattano una foto in posa, è quella in mezzo che morirà per prima.

Avon dice a Girlie che se vuole ci va lui a Los Angeles ad ammazzarla, quella vecchia ciabatta.

«Non ho paura di una stronza di mummia».

Ma lo scorso Natale, quando Girlie aveva ricevuto una foto di Rose, Avon non gliel'aveva lasciata appendere. Avevano litigato a lungo, e ferocemente, ma alla fine aveva vinto lui. Vince sempre l'uomo. È cosí che va l'universo. L'uomo parla e la donna ascolta. Girlie allora aveva riposto la foto nel cassetto del comodino. Col tempo, però, si era resa conto che non la tirava fuori mai, non la guardava mai. E dire che le aveva fatto cosí piacere trovarla in mezzo alla posta. Era sua sorella maggiore, sorrideva su quel divano, illuminata dal sole che entrava dalla finestra alle sue spalle. Quella foto se l'era scattata da sola, a un braccio di distanza. Eppure aveva qualcosa di sinistro, che Girlie non riusciva a spiegarsi. Ad Avon era bastato uno sguardo per dirle che col cazzo che le lasciava appendere quella foto in casa sua. Lei aveva insistito. Che problema c'era? Era sua sorella. Non aveva il diritto di appendere il ritratto di sua sorella? Ma lui era stato irremovibile. C'era qualcosa in quella cazzo di foto che lo faceva cagare sotto.

Per capire cosa, Girlie aveva dovuto aspettare che finisse di nuovo dentro. Una sera, dopo cena, aveva tirato fuori la foto con l'idea di appenderla al frigo. *Avon starà via per mesi*, si era detta. *Perché non posso avere intorno la mia famiglia?* Si sedette al tavolo della cucina a fumare una Newport. Il sole era appena tramontato e il cielo era rosso rubino. La porta di casa era aperta, e da fuori arrivavano le voci dei bambini che giocavano in strada.

Girlie osservò attentamente il viso della sorella. Delle due, era sempre stata Rose quella allegra. L'ottimista. Nella foto sorrideva, ma con la fatica nello sguardo. Alle sue spalle, la luce illuminava la stanza: gli arredi costosi ma antiquati, le tende di un verde smorto. Girlie scrutò la sorella e rabbrividí. Si strinse nel cardigan, distogliendo lo sguardo dal viso sorridente. E a quel punto la vide, nell'angolo in alto a sinistra, una cornice scura dovuta alla sovraesposizione della finestra. La fotocamera aveva inquadrato uno scorcio del caminetto e, subito sopra, un frammento dello specchio. E in quello specchio si intravedeva una faccia: vecchia, in ombra, gli occhi puntati. Girlie non riusciva a staccare lo sguardo. Una faccia non piú grande di un punto, un ovale circondato dal buio. Era la Strega.

Guardava dritta nell'obiettivo, dritta verso di lei.

Lasciò cadere la foto e si fece il segno della croce. Nel frattempo era calata la sera, la cucina si era fatta buia. Girlie si alzò per accendere la luce, ma le cadde l'occhio sul corridoio nero e, all'estremità opposta, la porta ancora aperta. Fuori il rosso del tramonto si era mutato in una luminescenza azzurra.

Per strada non volava una mosca.

Dove sono finiti i bambini? Perché non si sente nessun rumore?

Si avvicinò alla porta, cercando a tentoni l'interruttore, senza però staccare gli occhi dall'uscio. Avvertiva una sensazione di pericolo. Si sentiva esposta, come un coniglio all'arrivo dei lupi.

E in quel momento qualcuno passò davanti alla porta di casa. Una figura umana, fugace come un'ombra, rasente il muro.

Girlie lanciò un urlo. Doveva accendere la luce, lo sapeva, ma era pietrificata. Non riusciva a staccare gli occhi da quella porta aperta. *Chiudila*, pensava. *Non lasciarla entrare.*

Con uno sforzo si costrinse a muovere le gambe, prima lentamente, poi con decisione. Aveva un tremendo presagio. La porta sembrava sempre piú lontana, per quanto allungasse il passo. Doveva prenderla, sbatterla e chiudere il chiavistello. Ma perché non ci arrivava? Dalla gola le salí un gemito angosciato. Perché quel buio? Era sicura di aver acceso la lucetta del tavolino in soggiorno, qualche ora prima.

Dalla porta giunse un brontolio – minaccioso, sotterraneo –, seguito da un lampo che illuminò il cielo, e sul vialetto apparvero i lunghi artigli d'ombra della quercia davanti a casa. O forse era la Strega? Era nascosta lí dietro, lasciando scorgere soltanto il viso e una mano pallida?

Con uno scatto riuscí a chiudere la porta. Tirò il chiavistello e corse nel bagno del seminterrato, un luogo cieco e sicuro, si chiuse dentro e accese il neon. E mentre il cielo della Florida si squarciava per riversare la sua pioggia, si accasciò sul pavimento e scoppiò a piangere.

O

Dopo cena, Avon si ritira nel suo studio. È cosí che chiama la stanzetta accanto alla cucina dove tiene i cifrari, gli opuscoli e i libri di storia che usa per le ricerche, nonché l'armadietto delle armi. Quei 500 000 $ non si restituiscono da soli. In prigione ha perso tempo, non c'era niente da leggere a parte *Tarzan* e *Robinson Crusoe*. È una bella gatta da pelare, questa fuga dalle grinfie della Usa S.p.A. La prima cosa da fare è rescindere tutti i contratti col governo, quelli diretti e quelli impliciti. Ragion per cui non ha la patente. La sua auto non è registrata, ci ha messo una targa che si è fatto stampare lui e che recita PRIVATA in grassetto. E sopra NON RICHIEDE OBBLIGO DI PATENTE O ASSICURAZIONE. E sotto VIETATO L'USO COMMERCIALE.

Perché le targhe le usano i fantocci, e Avon ha smesso di esserlo da un pezzo. Stesso discorso il conto in banca. Se ti fermi a leggere le scrittine in piccolo del contratto quando versi i soldi, scopri che non stai firmando solo con la banca, ma con la Usa S.p.A., tramite la Federal Deposit Insurance Corporation. Quando lavora – come tuttofare – accetta solo pagamenti in contanti o il baratto. Potesse decidere lui prenderebbe solo monete, ma a Girlie piace andare al ristorante italiano e comprarsi da vestire al centro commerciale, perciò si fa andar bene anche le banconote.

Non paga la previdenza. Si mangia le mani al pensiero di tutti quei contributi versati, era uno schiavo e manco sapeva di esserlo. Ogni volta che è costretto a firmare un documento federale – ad esempio quando lo arrestano, quando lo processano e quando lo rilasciano – aggiunge alla firma in minuscolo le parole SENZA PREGIUDIZIO UCC 1-308, per mantenere i diritti e i privilegi che gli spettano secondo la *common law*, e si assicura sempre di chiudere con FASC, che sta per «firma apposta sotto coercizione».

Alza le tapparelle dello studio. Dalla cucina gli arriva il rumore di Girlie che lava i piatti. Per un istante si gode il piacere semplice delle stanze multiple, il piacere di non dover restare chiuso in una scatola ventitre ore al giorno. Camminare da una camera all'altra, cagare in bagno con la porta chiusa, non sono mica bazzecole. Sono le felicità dell'uomo libero. Aggiusta il termostato – gli piace il fresco – e si siede alla scrivania. Sull'angolo, sotto una lampada, c'è una cornice con la foto dei suoi figli, Samson e Bathsheba, sfornati dalla prima moglie Jamie – la moglie sposata in accordo con le leggi del governo – all'inizio del nuovo millennio. Entrambi nati in casa, sgravati al riparo da occhi indiscreti, mai compilato nessun certificato di nascita, mai presentata domanda per un numero di previdenza sociale. In altre parole, nati liberi. Era il dono piú grande che potesse fare loro, l'invisibilità rispetto allo sguardo impiccione della Legge.

Ovviamente hanno entrambi studiato in casa, imparando la vera storia d'America senza subire l'indottrinamento della grande fandonia progressista. Eddy il Grosso ha fatto da padrino, al battesimo di Samson era presente di persona, ma per quello di Bathsheba era di nuovo dentro. Non passa giorno che Avon DeWitt non pensi con riconoscenza al vecchio Eddy, riposi in pace, ammazzato dai poliziotti di merda sul ciglio della strada, a Hot Springs, Arkansas, senza manco avere il tempo di sfoderare la pistola. Due anni e mezzo nella stessa cella del penitenziario federale, una sorta di dottorato breve in Teoria della liberazione. È stato Eddy ad aiutarlo a buttar giú la sua dichiarazione di sovranità, a spiegargli le sottili regole che governano le minuscole, il punto e virgola, le virgole. Con Eddy si è costruito sigillo e timbri personali, ha imparato a scrivere solo con certi colori (Eddy stesso usava quasi sempre il pennarello rosso). Tutti quei trucchetti, tutti quegli espedienti servivano a stordire e infinocchiare i tirapiedi del governo, per respirare liberamente l'aria di Dio e tornare a calcare la Sua terra in completa e totale sovranità.

La scoperta della storia segreta d'America è stata per lui un'illuminazione, lui che a scuola aveva sempre fatto pena, che con i professori si era sempre sentito preso in giro, giudicato. *Chi si credono di essere per darmi dello stupido?* Ma in gattabuia ha capito che l'idea stessa di conoscenza era libertà dalla tirannia. Che un uomo, un uomo libero, poteva – se s'impegnava, se prendeva l'iniziativa – svelare il grande inganno americano.

Per questo sta seduto lí, nel suo studio, con un fuoco che gli brucia dentro, a scrivere la bozza della propria emancipazione.

Margot

Le udienze cominciano di martedí. Il primo giorno sono discorsi della commissione, dichiarazioni politiche di lealtà al proprio partito e obiezioni assortite. Margot siede tranquilla, le mani giunte sul tavolo, e cerca di restare impassibile. Sorride e scherza quando si presenza l'occasione, dice umilmente la sua quando deve, e ribadisce che svolgerà l'incarico alla Corte come un dovere sacro. È sempre stata brava con la gente e si sente a suo agio sotto i riflettori. Dentro di sé, nel profondo, sa che quella non è una carriera ma una vocazione. Che è nata per diventare giudice della Corte suprema. Dio le ha dato la saggezza e la lucidità di giudicare in base alle leggi e ai costumi di quella nazione complessa e polarizzata.

Le prime domande difficili arrivano al secondo giorno, quando il senatore Morbach le chiede perché non è fuori a cercare sua figlia. Cerca di dipingerla come ambiziosa. Un'arrampicatrice senza morale. Ma lei non abbocca.

– Senatore, – dice, – sono in contatto costante con la polizia di Austin e l'Fbi. Io e mio marito abbiamo messo insieme una rete internazionale di amici e parenti, passiamo ore al telefono, a leggere mail, a battere le strade… stiamo facendo tutto il possibile per ritrovarla. Certe volte, la notte, quando mi faccio prendere dallo sconforto, chiamo gli ospedali…

Lí le trema la voce, ma Margot non piange, fa una pausa per ricomporsi e ricomincia.

– ... chiamo gli ospedali e gli obitori del Texas, di New York, di qualunque posto mi venga in mente.

Raddrizza le spalle.

– Se lei è in grado di dirmi cos'altro potrei fare per proteggere mia figlia, a parte impegnarmi indefessamente per migliorare il sistema giudiziario, cosí che se dovesse accader loro qualcosa di male, Dio non voglia, i nostri figli avranno le risorse su cui contare... se è in grado di dirmi cos'altro potrei fare, una sola cosa che non stia già facendo, le giuro che mi alzo e vado a farla seduta stante.

Lancia la sfida, e nel silenzio che segue si domanda se il senatore capirà che è un bluff, ma lui sa di non avere piú l'appoggio della sala e di chi li segue da casa. Sa di averla fatta apparire ancora piú sensibile, piú nobile; perciò cambia argomento e si mette a parlare di sentenze.

Al terzo giorno, il senatore Albright le chiede del suo percorso.

– Giudice Burr-Nadir, – le dice, – può dirmi com'è arrivata qui?

– È venuta un'auto a prendermi in albergo, – risponde lei, facendo scoppiare una risatina nell'aula.

– No, mi riferisco al suo percorso. Come è arrivata alla nomina per la piú alta corte territoriale del Paese?

Lei gli racconta di suo padre, del club di dibattito e dei suoi voti a Yale, e quando arriva ai professori di Notre-Dame che l'hanno ispirata, Albright la interrompe.

– La ringrazio, – le dice, – ma io mi riferivo a un altro percorso, un percorso ben diverso. Un percorso dietro le quinte, che coinvolge fondi segreti e ideologie estremiste, un percorso che serve a selezionare e formare studenti di giurisprudenza e neoavvocati dalle opinioni conservatrici.

Fa una pausa a effetto.

– Ho sentito che la settimana scorsa era a cena con Jay Bryant. Anche lui l'aiuta a prepararsi per queste udienze?

– Senatore, – dice Margot, – io e Bryant abbiamo cenato insieme la sera che sono arrivata a Washington, e con noi c'era anche Chuck Malcolm. Se non erro Bryant era presente anche al ricevimento al giardino delle rose, quando il presidente ha annunciato la mia nomina.

– È un amico?

Margot ci riflette. – Direi piú un collega.

– Lo ha mai visto patrocinare una causa?

– No, signore. Lui non pratica.

– Però è avvocato.

– Sí.

– In realtà, è a capo di un'organizzazione che si chiama Liberty Society. Dico bene?

– Esatto.

– E che cos'è questa Liberty Society?

– Un think tank.

– Oh, non solo.

Margot non risponde. Il senatore non le sta chiedendo informazioni. Ha un'orazione da fare.

– La Liberty Society, – prosegue, – opera per riformare l'intero sistema giudiziario degli Stati Uniti, manipolando il processo attraverso cui vengono scelti e confermati i giudici. E lo fa grazie a decine di milioni di dollari in donazioni private da parte di un gruppo di benefattori anonimi. Benefattori che hanno i loro interessi. Lei di certo li avrà conosciuti.

Non essendo una domanda, Margot non è tenuta a rispondere che sí, ha effettivamente presenziato a riunioni e incontri privati della Liberty durante i quali ha incontrato molti dei principali donatori. Se volesse sollevare un salutare dibattito, chiederebbe qual è il problema se un cittadino americano decide di adoperare i soldi che ha faticosamente guadagnato per esercitare il proprio diritto di parola. Direbbe che la Liberty è nata per dare ai procuratori e ai giudici conservatori un luogo amico all'interno di un sistema elitario che considera «normale» il progressismo. Un luogo in cui studiare e dibattere senza il timore di essere attaccati da un establishment che sta cercando di trasformare la Costituzione in una dichiarazione di politiche personali. «Perché non possiamo avere anche noi il nostro club? – ha detto piú volte Margot quand'era in un ambiente sicuro. – Gli altri hanno Soho House».

Bar e ristoranti.

Bevitori e cuochi.

Due mondi agli antipodi.

Il senatore Albright scambia il suo silenzio per assenso. – Tanto per essere chiari. Jay Bryant non ha mai ricoperto una carica pubblica. Nessuno lo ha votato, e lui tuttavia negli ultimi vent'anni non ha fatto altro che cercare di prendere il controllo dei nostri tribunali. Spende milioni di dollari in donazioni per bloccare la conferma di giudici che non gli vanno a genio, e decine di milioni per sostenere quelli che sottoscrivono la sua causa. È corretto, giudice Nadir?

– Burr-Nadir, – lo corregge lei. – Burr è il cognome di mio marito. Li scrivo col trattino in mezzo.

– Molto progressista, – commenta il senatore Albright.

Per i successivi quindici minuti cerca di dipingerla come la seguace di un fantomatico signore oscuro che mira a distruggere l'America. Margot risponde con pazienza alle domande dirette. Non si mette sulla difensiva, non aggredisce. Sa che per la maggior parte delle persone il quadro che quell'uomo va tracciando, il quadro di un'intricata rete di influenza e di potere, è troppo complesso da afferrare. *Guarda un po', anche ai cuochi piacciono i complotti.* Perciò rimane composta e ricorda alla commissione che è un giudice indipendente, che non deve niente a nessuno. Che giudica in base ai precedenti e allo scrupoloso vaglio delle leggi. Che non ha interessi. Non ha ideologie.

O

La mattina dopo Hadrian scende a fare colazione con una maglietta a maniche lunghe e un gilet col cappuccio. Sono al ristorante dell'albergo. Margot si è già avviata per prepararsi all'udienza di oggi. Remy ordina i pancake ma non tocca niente. Quando Hadrian allunga il braccio per prendere lo sciroppo il polso sinistro rimane scoperto e Remy intravede due cerotti. La vista lo strappa ai suoi pensieri.

– Cos'hai fatto? – gli chiede.

– Niente, – risponde Hadrian, ritirando la mano sotto il tavolo.

– Ti sei tagliato?

– No… mi sono scottato.

– E con cosa?

– Senti, papà…

Remy raddrizza la schiena. Si concentra. – Aspetta… eri in camera tua? Ti sei bruciato in camera tua? – Cerca di prendergli il braccio, ma il dodicenne si ritrae.

– Papà, – sibila, che sta per: *Non fare scenate.*

Remy si guarda intorno. Stanno attirando l'attenzione. Ha un momento di lucidità, si vede attraverso gli occhi degli altri clienti, un uomo nero e suo figlio nella sala del ristorante di un hotel di lusso, circondati da bianchi.

Si calma, chiama il cameriere. – Metta tutto sul conto della 340.

Il cameriere gli chiede se vuole portare via i pancake. Remy scuote la testa. Di fronte, Hadrian ha gli occhi incollati al cellulare. Remy si alza in piedi.

– Dobbiamo andare, – dice. – Passiamo in camera prima di uscire.

In ascensore sono insieme a un'anziana coppia di bianchi. Hadrian non distoglie mai lo sguardo dallo schermo. Quando arrivano in camera, Remy la apre con la tessera e lo fa entrare per primo, ma appena è dentro gli afferra un braccio e gli tira su la manica prima che l'altro abbia modo di impedirglielo.

Il cerotto si sta staccando. Sotto c'è un graffio profondo che attraversa il polso sinistro. Da un lato curva leggermente in basso, come se fosse stato tracciato dall'interno.

– Che cosa hai fatto? – esclama, improvvisamente terrorizzato. Il figlio cerca di divincolarsi, ma lui non lo lascia andare.

– Mollami.

– Come hai fatto? Ti sei tagliato?

– Basta, papà! – Hadrian si libera, scappa in bagno. Remy lo insegue, riesce ad afferrare la porta prima che si chiuda. Il tira e molla dura poco, perché lui ha dalla sua una paura primordiale con cui riesce a strappare la porta dalle mani del figlio. La sbatte contro il muro e la blocca col piede.

– Dimmelo, – grida.

Per un attimo sembra che Hadrian voglia aggredirlo, ma poi si fa prendere anche lui dalla paura. Indietreggia e sembra farsi piccolo piccolo. Si guarda intorno alla disperata ricerca di un nascondiglio e alla fine si rannicchia tra il muro e il wc, con le ginocchia strette al petto.

– Mi dispiace, – mormora. – Mi dispiace tanto.

Vedendolo impaurito, in quell'angolino, Remy sente il sangue defluirgli dal corpo. L'adrenalina che aveva in circolo scema, e si ritrova in ginocchio anche lui, a gattonare verso suo figlio.

– Bambino mio, – gli dice, – che cosa hai fatto?

A quel punto vede nel cestino il fazzoletto sporco di sangue e il bicchiere rotto, e capisce.

– Mi dispiace, – ripete Hadrian. – Faceva male, mi è venuta paura.

– Ma perché? Perché l'hai fatto?

Con le mani che tremano, Hadrian tira fuori il telefono e glielo mostra. Nell'app dei messaggi, Remy vede la chat di gruppo dei suoi amici, una decina di nuvolette che ripetono tutte la stessa cosa.

5O11.

Simon

L'istituto detentivo dello sceriffo Roy nella contea di Reeves, Texas, sorge in un avvallamento sabbioso tra due montagne. Per salire sulla montagna nord bisogna lasciare la strada al cancello anonimo e seguire la mulattiera tortuosa che attraversava un torrente in secca e una sterpaglia rada, finché a un certo punto non tocca lasciare la macchina e proseguire a piedi, il che, in una giornata d'agosto con 40 gradi, vuol dire maglietta bagnata legata intorno alla fronte. Simon e gli altri impiegano quasi tre ore ad arrivare in cima. Flagg, con la sua lunga giacca di pelle, suda come un maiale. Nell'ombra che proiettano si muovono tante piccole lucertole. Le tarantole strisciano lentamente nella polvere, mani pelose affamate di carne.

Louise, Duane e Cyclops sono rimasti al furgone, riparati all'ombra che si allunga. Il sole è rigonfio di rabbia, sbianca le ossa dei vivi e dei morti. Quando arrivano in cima, Flagg si abbassa sulla cresta di pietre. Simon lo imita, ha tutte graminacee spinose appiccicate addosso, la faccia sporca, le unghie incrostate di terra. Il Profeta siede a gambe incrociate, i vestiti immacolati, il viso perfettamente asciutto e pulito. Mentre si punge le dita per staccarsi le foglioline di ortica dalle caviglie, Simon comincia a domandarsi se il Profeta Paul non sia stato davvero mandato da Dio. Sta cominciando a credere, come si suol dire. Forse, come sostiene il Profeta, può cominciare a venerare Dio senza rinunciare alla razionalità. Chi l'ha detto che bisogna scegliere? Chi l'ha detto che non è stato Dio a creare l'universo e la scienza, e che quindi mancar di rispetto alla scienza non sia come mancarne a Lui?

Flagg guarda nel mirino a lungo raggio (129,99 $) che ha rubato al Walmart.

– Sono tre capanni e una casupola, – dice. – Circondati da tre metri di filo spinato con un'unica entrata. Vedo due guardie e quattro mezzi.

– Quanti prigionieri? – chiede Simon, strizzando le palpebre. Quando il sudore gli va negli occhi, se li asciuga col dorso della mano sporca.

– Non è chiaro, – risponde Flagg. – Internet dice trecentocinquanta. Di cui metà bambini. Sappiamo che li tengono separati dagli adulti.

– È un nostalgico, – commenta Simon. – Questo sceriffo Roy. A mettere i bambini in gabbia.

Si asciuga di nuovo il sudore.

– Pensi davvero che possiamo farcela? – chiede.

– Non sono forze speciali, – dice Flagg, – non è la Gestapo dell'Immigrazione che si cala dagli elicotteri in volo. Sono ragazzotti col pick-up che giocano a fare i soldati.

– Quindi puoi portarci dentro? – vuole sapere il Profeta.

– Senz'altro.

Flagg tira fuori dalla tasca un walkie-talkie giocattolo (29,99 $ la confezione da quattro) e lo accende.

– Cyclops, prepara tre kit completi, voglio tutto l'armamentario, visore notturno, tutto quanto. Entriamo dopo mezzanotte.

Guarda Katniss.

– Io e il monocolo prendiamo l'entrata principale. Tu, Simon e il Profeta fate il giro da dietro.

– Ricevuto, – risponde lei.

Di ritorno al furgone, Simon si trova a camminarle a fianco. Katniss è alta un metro e ottantacinque. La punta di diamante della squadra di pallavolo che ha mollato la scuola all'ultimo anno.

– Quindi sei ricco, – gli dice lei.

Simon sente rimestarsi lo stomaco. Detesta parlare di soldi. Si sente vulnerabile, colpevole.

– Io personalmente no. Ho una carta di credito senza limiti di spesa. Ma piú che altro c'è chi paga per me.

– Sarà piacevole, – dice Katniss. Ha il lato sinistro del cranio rapato quasi a zero. Sotto la peluria si vede il tatuaggio di una rosa gialla.

– Piacevole? – dice Simon, come se non gli fosse mai venuto in mente di usare quella parola. – È… un casino. È come essere convinti che sia tutto gratis. Se non c'è mai nessuno che ti dice: «No, non possiamo permettercelo», come fai a sapere che la roba ha un costo, che le barche, le case, gli orologi li devi pagare? O che i soldi non sono infiniti? Mio padre ha tanti di quei conti offshore che non riesco a immaginare un oggetto o un'esperienza che sia al di fuori della mia portata. E quindi è come se fosse tutto gratis. Di fatto vieni su con un handicap, come se fossi difettoso. Ti guardi intorno e vedi la gente che sgobba, che arranca, ma non capisci. Se il cibo è gratis come si fa a patire la fame?

– Io sono cresciuta in una casetta a schiera, lavavamo i piatti a mano e mangiavamo tacos al lunedí, – racconta Katniss. – Una volta ho trovato una vecchia bici in un granaio, l'ho presa e ho pedalato fino a casa gridando: «Bici gratis!» Poi mi sono tagliata il piede col cavalletto e mi è venuto il tetano. Perciò dà retta a me, non c'è niente di veramente gratis.

Quando arrivano ai piedi della montagna sono le sei.

Simon si sente una di quelle mummie in via di essiccazione, il caldo gli fa girare la testa. Al parcheggio trovano Louise in topless che prende il sole su una roccia piatta.

– Hai presente il gelato degli astronauti? – gli dice, da dietro un paio di occhiali da sole giganti. – Quei pacchetti di latte disidratato? Io mi sento esattamente cosí.

È talmente magra che le si contano le costole. Sotto il capezzolo sinistro ha un neo che da lontano sembra un terzo capezzolo.

– Non so a te, – continua, – ma a me, stando qui a morir di sete, mi viene da rivalutare la mia vita di merda.

– Quindi hai raggiunto il nirvana, – risponde lui, accucciandosi sui talloni sotto un basso cipresso.

– No. Semmai ho cotto le ultime tossine rimaste in circolo. Bye bye, Clonazepam. Bye bye, Paroxetina.

Si copre gli occhi col braccio. Simon siede su un masso. Non sa dove guardare, con lei lí nuda. Beve dalla bottiglietta di metallo e l'acqua è talmente calda che gli brucia la lingua.

– Scotta, – dice, sputacchiando e bagnandosi la maglietta.

– È la prima volta che ingoi? – fa lei.

– Sta' zitta.

Sale sul furgone, prende una bottiglietta dal box frigo e se l'appoggia alla fronte. La beve in un sol sorso, l'acqua fredda gli scende in gola come una lama di ghiaccio. Louise ha ragione. Si sente dentro una lucidità esagerata. Quattro giorni senza farmaci dopo quanti anni? Cinque, sei? Medicine per l'ansia e la depressione, per la noia, per la paralisi sociale, per la paura di fallire. Quando pensa alla gioia e alla serenità, ci pensa in milligrammi.

Nella valletta arida le ombre si allungano, il sole è in bilico sul crinale ovest. Tra due ore sarà buio e la temperatura si abbasserà bruscamente. Ancora una volta Simon si domanda se ci sarà una sparatoria, se finirà ucciso. In meno di quarantott'ore è passato da uomo libero a ricercato in fuga. Flagg è in ginocchio che fruga nelle borse. Simon lo guarda estrarre il caricatore da un fucile d'assalto e controllarne il meccanismo.

Cyclops si avvicina con una busta di carne secca formato famiglia.

– La cena, – dice, lanciandogli due pezzi. Simon li prende al volo, ma obietta: – Sono vegetariano.

Cyclops però si è già allontanato.

Si siede sul retro del furgone, con le gambe a penzoloni. Di colpo gli è venuta fame. Affonda i denti nella carne: è coriacea, dolciastra e speziata. Masticando ha l'impressione di passare un altro confine in questa migrazione dalla persona che era un tempo.

– Sono al teriyaki? – chiede Duane, che fino all'attimo prima si era nascosto a leggere sul sedile passeggero. Simon trasalisce.

– Veramente... – dice, girandosi a guardarlo, – non lo so.

Duane si alza dal sedile, gli prende il pezzo di carne dalla mano.

Dà un morso.

– Teriyaki, – conferma. – Mi piace di piú l'affumicato.

Gli restituisce il pezzo, e Simon lo prende imbarazzato.

– Io non... è la prima volta che mangio carne da... sono vegetariano.

Duane sorride. – Lo eri.

Si stiracchia, fa scrocchiare il collo. Da vicino sa di sandalo e patatine al formaggio. Sotto le ascelle ha ciuffi di peli neri.

– Non capisci quello che stiamo facendo?

– Attaccare una prigione federale?

– No. Stiamo spezzando il cerchio.

Simon lo guarda.

– Il cerchio della violenza, – spiega Duane, – devi capirlo anche tu. L'hai sentito il mio haiku. C'era papà che me le dava, ma anche lo zio JimJam che a sei anni mi ha insegnato a giocare col suo pisello... che poi, se ci pensi, subiscono molestie prima dei diciotto anni un ragazzo su sei e una ragazza su quattro. Ed è un ciclo. Anche lo zio JimJam l'aveva imparato da qualcuno. E perché, i preti cattolici, gli insegnanti predatori e gli stupri all'università? Le cifre salgono. Una vittima su tre viene stuprata prima dei diciassette anni. I molestatori che battono i licei, i ragazzotti che escono col preservativo e una pasticca da metterti nel bicchiere, gli uomini senza volto sulle volanti. Parliamo di milioni di ragazzini e di ragazzine. Queste sono esperienze che ti incasinano di brutto. Prova a pensarci. È tanto assurdo domandarsi se per caso gli adulti fuori di testa non avevano anche loro uno zio JimJam o un Padre Tusaichi o una mamma depressa che usava la cinghia, o il quarterback che gli ha messo la pasticca nel bicchiere all'Università di Vattelapesca? Ricchi o poveri, non conta. Il trauma è sempre trauma. Una nazione di vittime e di criminali. E che sappiamo delle vittime? Che se non sistemano i traumi, poi i traumi sistemano loro. Che te li porti appresso come una palla al piede nei secoli dei secoli. E come finisce? Finisce che diventi un bersaglio ancora piú facile per gli altri predatori. Vittime, ecco cosa diventiamo. Vittime a vita. E poi arrivano gli avvoltoi. Ci seducono, ci sfruttano e noi non diciamo mezza parola. Eh, no. Ci prendiamo la colpa e ci fustighiamo fino a non capirci piú un'acca. Lo vedi che intendo. Pensi davvero che a mandare al potere il Re Dio sia stata gente sana, gente lucida? Pensi che sia la gente sana, la gente che non ha mai subito un trauma a inventarsi QAnon e il Pizzagate? Pedofili a destra e a manca, democratici che fanno i festini nello scantinato. Questa gente se l'è presa nel culo talmente tante volte che adesso ha quella mentalità lí.

– Quella mentalità lí?

– Se vivi tutta la vita da chiodo vedrai martelli dappertutto. E allora 'fanculo le autorità. 'Fanculo gli esperti. Dietro la facciata sono tutti avvoltoi, aspettano che abbassiamo la guardia per ficcarcelo in culo.

Mentre parla, Duane giocherella con un gancio del portellone. Simon cerca di recuperare il filo.

– Quindi secondo te gli adulti sono tutti vittime, e hanno rovinato il mondo perché hanno tipo il disturbo post traumatico?

– Non tutti, ma tanti sí. Pensaci. Qual è il denominatore comune? Non si fidano dell'autorità. Ti ricordi cosa dicevo del divorzio? Sono convinti che chi comanda abusi del suo potere. E da dove gli viene il pensiero? Dall'esperienza.

Annuisce con l'aria di chi la sa lunga.

– O magari, – replica Simon, – è solo che a ogni periodo di progresso segue una fase di regressione. Forse quello che a noi sembra follia è solo un doloroso processo di crescita. La mente chiusa costretta ad aprirsi con la forza. Un po' come l'Estate dell'amore e Richard Nixon subito dopo.

– Chi?

Simon strappa un boccone di carne. Di lí a dieci minuti, arriverà Randall Flagg per insegnargli a usare il fucile. Gli dirà che con un'arma di quelle dimensioni l'importante non è la precisione ma l'intimidazione. Lo costringerà a prenderla in mano dicendo: «Lo so, lo so che tu te ne starai in disparte ad aspettare, ma non si sa mai».

Simon stringerà il fucile con riluttanza, provando un senso di disgusto e di esaltazione al contempo.

– Stringilo bene, – gli dirà Flagg, – non morde mica. E non fartela sotto. Spari cartucce stordenti, non proiettili.

Gli mostrerà un cilindro di vetro con dentro una specie di meccanismo.

– Quando premi il grilletto, – spiegherà, – si attiva la carica dell'Xrep che spara fuori il proiettile. La fuoriuscita fa spezzare il cavo, attivando la batteria.

Infilerà un proiettile nella canna e lo spingerà nella camera.

– Appena tocca l'obiettivo, il proiettile si aggancia agli abiti e alla pelle. Poi si aprono quattro elettrodi cholla, che si chiamano cosí per via del cactus, sai quello con le spine uncinate.

Per rimarcare il concetto, punterà il fucile verso il cactus piú vicino.

– La gente di solito quando viene colpita si porta le mani sulla ferita. Con gli Xrep è una pessima idea. Perché quando lo tocchi, il microprocessore manda l'impulso elettrico, generando un circuito che *zap*, ti fulmina.

Nel dirlo premerà il grilletto. Il proiettile andrà a conficcarsi nel cactus, generando un arco di luce blu.

– Quindi non uccide nessuno? – chiederà Simon.

– Fa solo un male cane.

Simon prenderà il fucile. Flagg gli mostrerà come imbracciarlo, come piazzarsi il calcio nella spalla, nell'incavo sopra la scapola. Gli passerà una cartuccia stordente, un microtaser frutto della piú moderna ingegneria.

– E queste le vendono al Walmart? – chiederà Simon.

E Flagg con uno sghignazzo gli correggerà la posizione del calcio.

– Una volta ero come te, – gli dirà, – un ragazzino dai valori progressisti pronto a citare le Sacre scritture. Convinto che le armi sono il male. Invece sono uno strumento, tutto qui. Uno strumento che serve a uno scopo preciso. Rifletticі. Rifletti sulle cose in cui credi e guardale per quello che sono: un bagaglio che ti è stato imposto dall'esterno. Dai tuoi. Dai media. E poi guardati intorno. Vedi i tuoi, vedi i media, qui intorno? No. Qui si pensa con la nostra testa.

Col sole a bruciargli gli occhi, Simon si rigirerà il fucile tra le mani. Flagg gli spiegherà come controllare la camera di scoppio, come togliere le cartucce.

– Le infili qui, quattro cartucce. Richiudi e prendi la mira. Quando spari occhio al rinculo, sentirai alzarsi la canna, ma cerca di tenerla giú.

Al calare del sole, Simon si allenerà a caricare e scaricare il fucile. Flagg rimarrà a guardarlo con la sigaretta in bocca.

– Nei templi della democrazia progressista, – gli dirà, – le pistole sono come gli unicorni, creature magiche provenienti da una terra lontana. Ma qui sono come i topi. Ce n'è dappertutto. Sono mitragliette sul retro dei pick-up, tris di canne lunghe appese al muro sopra la tv. O magari una cosa di classe, la vetrinetta nello studiolo, un mobiletto di legno lucido e vetro. Ma in ogni caso non si chiamano armi. Si chiamano *solo armi*. Decespugliatore, tosaerba, calibro 12, solo armi. Le trovi nella borsetta della nonna insieme alle caramelle. Sotto l'albero di Natale compiuti undici anni. Solo armi. Una 9 millimetri sul comodino per difesa personale. Nelle custodie rigide e negli astucci morbidi. I proiettili te li fai da te. Fondi il piombo, metti il fulminante, arrotondi la punta. Se li compri fatti costano anche cinquanta centesimi l'uno, tutti soldi che se ne vanno.

Seduto accanto a lui sul furgone, Duane allunga una mano e gli sfiora la guancia. Simon si ritrae in automatico.

– Avevi un ciglio, – gli dice Duane, mostrandogli la punta del dito. Il sole è sceso dietro le montagne, e la sterpaglia grigiastra si è colorata di un rosso cupo. Simon guarda il proprio ciglio sul polpastrello di Duane. Un'altra parte di sé ormai perduta, come un giorno passato.

– Esprimi un desiderio, – dice Duane, avvicinandogliela alle labbra.

E lui lo esprime.

O

Alle dodici e un minuto sincronizzano gli orologi rubati al Walmart (59,99 $). Cyclops e Flagg si avviano a piedi al cancello d'ingresso. Katniss prende Simon e il Profeta e li porta sul lato sud. Duane e Louise finiscono di caricare l'attrezzatura e riportano il furgone sulla strada. Da lí raggiungeranno l'istituto detentivo a fari spenti, alla luce della luna. Quando la battaglia sarà vinta e la prigione liberata, Cyclops manderà loro il segnale di accesso libero.

Simon cammina guardando dove mette i piedi. È un ragazzo di città, non è abituato al terreno irregolare. Pensa ai crotali e ai serpenti a sonagli. Alla spalla porta un fucile a pompa 870 Express Super Magnum marca Remington. Pesa tre chili e mezzo, ha il calcio nero e le parti in metallo opache. Contiene proiettili stordenti per migliaia di volt, capaci di emettere «una scarica che ti stende», per citare Flagg. Con quell'arnese al braccio, ha piú paura e al tempo stesso ne ha di meno. Sa come sfilarlo dalla spalla, come togliere la sicura e caricarlo. È un gesto pratico, concreto, una reazione fisica e viscerale alla paura – quando ti senti minacciato, spari – non un placebo o un blando sedativo a rilascio graduale. È un rilancio al poker, un *'fanculo* gridato in faccia alla paura stessa. L'arma è una risposta alla paura. Ma è anche una fonte da cui la paura sgorga.

«Lo sai che a tanta gente basta sentire il suono, – gli dice Katniss, – *per pisciarsi sotto?»*

Il Profeta li segue a qualche passo di distanza, lo sguardo puntato sulle stelle. Chi lo sapeva che ce n'erano cosí tante? Galassie intere di puntini bianco latte, milioni di stelle sparpagliate sul velluto nero del cielo. Cammina muovendo le labbra, ma non dice niente. Starà pregando? Per un'ora seguono un canale stretto, in silenzio, con Katniss in testa. Quando arrivano in vetta, Simon vede la luce emessa dal centro di detenzione. Non ci sono riflettori mobili a illuminare l'area come a Hollywood, niente torri di guardia, solo un recinto di rete metallica, essenziale, basico. Naturalmente, il primo deterrente alla fuga è il deserto. Il calore. E poi, chi è il pazzo che tenta di entrare in una prigione?

Katniss li porta a una trentina di metri dal recinto posteriore, nell'ombra. Si piazzano in un canale pietroso ad aspettare. Nessuno dice niente. Katniss li ha avvisati che di notte nel deserto i suoni riecheggiano a grande distanza. La temperatura intanto è calata sotto i 15 gradi. Simon e il Profeta siedono spalla contro spalla. Simon sente il calore del suo corpo. Prima, quando si sono fermati a far benzina, gli è caduto l'occhio sulla prima pagina di «USA Today».

SECONDO MESE, AUMENTANO I SUICIDI. OLTRE 160 000 MORTI.

Mentre Duane pagava, ha preso in mano il giornale. Louise era nella corsia dei dolciumi ad avvelenarsi. A pagina 1 c'era la fotografia a colori: «Il segretario di Stato al funerale della figlia». Simon l'ha guardata. L'ha incontrato, una volta, a una cena negli Hamptons. Amy. Cosí si chiamava la figlia. C'era anche lei a questa cena, poteva essere passato un anno, una biondina col vestito blu sempre attaccata al cellulare. Quanto poteva avere, un anno in piú di lui?

Se pensa a lei, rivede il viso azzurro alla luce fredda del telefono, come se fosse già morta allora.

Chissà perché, gli torna in mente un libro che leggeva da bambino. *I piccini di Gashlycrumb*, di Edward Gorey. Un alfabetario illustrato in bianco e nero, una morte diversa per ogni lettera.

«A è per Amy, che cadde dai gradini.

B è per Basil, assalito dai plantigradi».

Gli è tornato in mente al distributore, leggendo la notizia di un gruppo di liceali di Tokyo che si sono tolti la vita durante una gita scolastica, tutti insieme, una classe intera saltata da un ponte. Intanto, nel caldo texano, le pompe erogavano normale, super e super-plus. Il distributore automatico di granite sputava una granaglia rossa e blu da bersi in bicchieri di plastica made in China.

«C è per Clara, e la sua fine derelitta».

Ora, seduto al freddo accanto a un ragazzino del Nebraska convinto di essere un santo e alla vincitrice degli Hunger Games, Simon ripensa a Amy, alla figlia del senatore, sempre attaccata allo smartphone. La numero 160001. Dopo il concerto le aveva portato una fetta di torta. Una red velvet.

«No grazie, – aveva risposto lei. – Sono a dieta».

«D è per Desmond, caduto da una slitta».

– Cosa stiamo facendo? – sussurra.

Katniss gli dà una botta sulla gamba. *Silenzio.*

In lontananza vede due figure accucciate dietro un gruppetto d'alberi che si alzano e cominciano a correre.

Flagg.

«E è per Ernest, che una pesca ha soffocato».

Le due figure raggiungono la rete laterale e, a schiena curva, proseguono fino al cancello, con le armi pronte.

«F è per Fanny, che una mignatta ha disseccato».

Katniss si mette in ginocchio, toglie la sicura dall'M&P-15 Sport II marca Smith & Wesson.

«G è per George, che sparí sotto una stuoia».

Dalle alture rocciose arriva un rumore di spari. Un primo colpo seguito da altri due.

«H è per Hector, ignaro del suo boia».

A Simon vortica la testa, ha centoventi di minima. Oltre la rete, dal retro di un capanno escono di corsa due agenti armati. Simon e Katniss si abbassano, ma quelli non li guardano nemmeno. Si spostano sul fianco, sparendo alla vista.

«I è per Ida, affogata in uno stagno».

Katniss si alza in piedi e comincia a correre. Simon sente una sferzata d'aria in faccia e capisce che sta correndo anche lui. Alle sue spalle il Profeta si muove senza la minima fatica.

«J è per James: anziché acqua bevve ranno».

Katniss arriva alla rete, si ferma strisciando in terra le ginocchia.

– Cesoie, – ordina.

Simon la raggiunge, le passa l'attrezzo (39.95 $ offerta limitata). Katniss comincia a tagliare la rete.

«K è per Kate, che un'ascia fece a pezzettini».

Dal cancello arrivano altri spari. Tre dal suono simile, a cui risponde una serie di calibro diverso.

«L è per Leo, e la sua merenda di puntine».

Il frastuono degli spari aumenta.

– Addio effetto sorpresa, – commenta Katniss.

«M è per Maud, portata via dal mare».

Simon sente lo scroscio del proprio respiro nelle orecchie. Alle sue spalle, il Profeta sta chiaramente pregando.

«N è per Neville, annoiato da crepare».

Katniss ha finito di tagliare e sfonda la rete con un calcio. L'attimo dopo è dall'altra parte, il fucile imbracciato.

– Statemi dietro, – sibila.

Loro obbediscono.

«O è per Olive, trafitta un dí da uno spuntone».

I lampioni proiettano cerchi di luce tra gli edifici. Le porte sono di acciaio spesso. Dietro l'angolo c'è un 4×4 coi fanali accesi. Accanto sono accovacciate due guardie, di spalle, che sorvegliano l'entrata. Katniss rallenta, prende la mira.

«P è per Prue, ucciso, pensa te, da uno spintone».

– No, – fa Simon, afferrandole il braccio: l'istinto gli impone di sventare quello che ai suoi occhi può solo definirsi omicidio.

Parte un colpo, fa esplodere la lampada sopra di loro. Cade una pioggia di vetro e metallo.

– Merda, – sussurra Katniss, liberandosi dalla presa e riabbassando il fucile, mentre le guardie si girano e si preparano a sparare. In quel momento, il Profeta si mette di fronte a Simon con le braccia alzate.

«Q è per Quentin, inghiottito da un acquitrino».

– *Tranquilo*, – dice, – *tranquilo*.

Le guardie, saranno a cinque metri di distanza, fanno fuoco. Simon si abbassa d'istinto, Katniss si butta a terra. Ma il Profeta che un tempo si chiamava Paul non batte neanche ciglio, rimane lí con le braccia alzate in segno di pace.

«R è per Rhoda, imprudente col cerino».

Li investe una raffica di proiettili che fanno saltare via il terriccio e rimbalzano sul metallo, dopodiché Katniss si rimette in piedi e risponde con sei colpi, precisi e puliti. Le guardie crollano al suolo.

«S è per Susan, scossa dalle convulsioni».

L'articolo di «USA Today» diceva che gli studenti giapponesi erano saliti insieme sul parapetto, tutti e venticinque. Qualcuno era riuscito a scattare una foto di loro che si tenevano per mano con un uomo poco distante, doveva essere il professore, che correva con un braccio teso e la bocca spalancata. L'attimo dopo si erano buttati in sincrono nel vuoto, scivolando in silenzio nelle acque impetuose del Sumida.

Niente piú ragazzi.

«T è per Titus, sbriciolato da un'esplosione».

Simon immagina l'insegnante che si sporge dal parapetto, grida, piange, cerca disperatamente i sopravvissuti.

Le guardie sono morte. Nell'aria aleggia il fumo dei fucili. Simon rialza la schiena. Il Profeta abbassa le braccia. Non ha neanche un graffio. Chissà come, a quella distanza, l'hanno mancato.

– Il Signore è il mio pastore, – dice.

Correndo abbassata, Katniss raggiunge rapidamente i cadaveri. Sono caduti uno sull'altro, una pila scomposta sul terreno. Il lato posteriore del suv è tutto butterato.

«U è per Una, scivolata in un tombino».

– Prendi le chiavi, – le dice Simon senza neanche rendersene conto.

Katniss, che si stava rialzando, si riabbassa e sfila il mazzo di chiavi dalla cintura della guardia piú vicina. – Statemi dietro, – dice, avvicinandosi alla porta del capanno.

«V è per Victor, spiaccicato da un trenino».

Simon prende per mano il Profeta. Il tempo ha smesso di scorrere. Il suo campo visivo minaccia di oscurarsi da un momento all'altro. C'è gente morta. Crivellata di proiettili. Nella pancia ha un'emozione che può solo essere euforia. Gli sembra di essere diventato matto.

– Va tutto bene, – gli dice il Profeta, – fa parte del piano di Dio.

«W è per Winnie, nel ghiaccio imprigionata».

Katniss arriva alla porta del capanno. Lancia le chiavi a Simon, gli fa cenno di aprirla e mettersi al riparo. Lui è talmente stordito che non riesce a prenderle al volo ed è costretto ad arrancare tra la polvere. Si rialza che è un fascio di nervi, gli tremano le mani. Ci mette un'eternità a trovare la chiave giusta e infilarla nella toppa. Solo quando afferra la maniglia pensa a cosa potrebbe trovare dall'altra parte.

«X è per Xerses, dai topi divorato».

Il primo colpo trapassa il braccio di Katniss, sbattendola di lato.

– Orchi, – dice il Profeta.

Un altro sparo dall'interno, un lampo che illumina la notte. Con la mano ancora sulla porta, Simon vede una figura massiccia, l'arma puntata, la pancia che trasborda, sulla bocca una smorfia di rabbia e paura. La lampadina rossa d'emergenza la colora di una luce infernale.

Orco.

Il secondo proiettile gli passa sibilando accanto all'orecchio. Simon è troppo inebetito per mettersi al riparo. Dietro la guardia, chiusi in una rete metallica, cento bambini con la faccia rossa urlano e piangono di paura.

Orco.

L'attimo dopo Simon non sente piú sulla spalla il peso del fucile – *sono stato io?* –, sente il metallo sotto le dita – *fermo! Non lo fare!* –, sente la canna che si alza, sente la mano destra che toglie la sicura.

Simon – possibile che sia uno strumento del Signore? – preme il grilletto.

«Y è per Yorrick, e la sua testa fracassata».

Boom, dice il fucile. Il rinculo è troppo forte, l'arma gli vola via dalle mani e finisce contro la porta, ma intanto – con una lentezza esasperante – l'orco è attraversato dalla scarica e ruzzola nel buio del capanno, le scarpe gli saltano dai piedi. Tra le scintille che colorano di azzurro le pareti, freme e si contorce dagli spasmi, emettendo una serie di grugniti e schiocchi di lingua.

«Z è per Zillah, col gin esagerata».

Nel silenzio che segue aleggia il puzzo della cordite. I bambini stanno piangendo.

– Va tutto bene, – dice il Profeta, entrando nel capanno. – *Está bien. Somos amigos. Amigos.*

Simon si gira e dà di stomaco. Katniss intanto si è strappata una manica e se l'è legata intorno al braccio sinistro per arginare l'emorragia. Lo spinge dentro con la mano insanguinata. Il Profeta si avvicina alla gabbia.

– *Nosotros también somos niños*, – dice. Siamo bambini anche noi.

– Succo di frutta, – prosegue. – Doritos.

Simon trova una panca e si siede, evitando di guardare l'agente a cui ha sparato. Non ha niente dell'orco, in senso classico: è un uomo con una famiglia. Nell'aria si sente l'elettricità, l'odore di carne bruciata.

S è per Simon, che gli si è fermato il cuore.

Katniss rivolta il guardiano, gli lega i polsi.

– Javier, – dice il Profeta. – *Estoy buscando a Javier.*

I bambini si rimescolano e si stringono in un capannello chiassoso. Bisbigliano concitati. I piú grandicelli si fanno avanti.

– *Nosotros queremos salir*, – dice uno. Vogliamo uscire.

– Sí, – dice il Profeta. – Siamo qui a salvarvi. Simon?

Ma Simon è lontano mille miglia.

S di Simon, sperso nell'orrore.

Il Profeta dice a Katniss di prendere le chiavi e aprire la gabbia. Lei gli fruga in tasca, spalanca il portello e i bambini si riversano fuori, li circondano come un fiume, li tirano per i vestiti, dànno pacche sulla schiena.

Siamo bambini anche noi.

Un ragazzino tarchiato coi capelli a scodella gli stringe la mano. Simon non ha mai visto uno sguardo piú dolce.

– *Yo soy Javier*, – dice il bambino. – Succo, succo.

O

Era nato nel limbo di un campo profughi di là dal confine, ultimo di quattro fratelli. I suoi si trovavano lí da ormai sedici mesi, in attesa del colloquio. Tendoni blu e container, lampade di fortuna, il suolo coperto di bottiglie di plastica vuote. Salendo in cima all'unico albero, si vedeva l'America al di là del Rio Grande. Ogni giorno bisognava fare la fila per l'acqua e per il mangiare. Ogni giorno bisognava mettersi in coda per parlare con la signora con la cartellina. Quanto tempo ancora? Javier e i suoi fratelli avevano ciascuno un completo elegante che rimaneva chiuso nella busta di plastica. Era il completo del colloquio, pronto a essere indossato qualora la signora con la cartellina avesse detto che era giunto il giorno.

Passò la primavera. La sorella di Javier si ammalò e morí di dissenteria, una piaga che dilagava nel campo. L'estate lasciò il passo all'autunno. Javier venne svezzato. Gli spuntò il primo dentino. E finalmente la signora li convocò. Era arrivato il giorno del colloquio per l'ammissione negli Stati Uniti d'America. I bambini schiamazzavano guardando mamma e papà che aprivano le buste, meravigliati dai colori del vestito di mamma, dalla lucentezza della giacca di papà. Mentre i grandi sparivano dietro la rete, rimasero con la *tía* Maria. Le ore passavano nel caldo. I bambini erano rimasti ad aspettare, e intanto il sole saliva allo zenit e ricominciava la discesa, e gli adulti scalpitavano.

Al ritorno, mamma e papà avevano un sorriso stampato in faccia. Mamma e *tía* Maria si abbracciarono fra le lacrime. Il giudice aveva dato il consenso. L'indomani sarebbero andati in America.

Si stabilirono a El Paso. Il padre trovò lavoro come meccanico. La madre lavorava in una lavanderia industriale, lavava le uniformi degli alberghi e i camici degli ospedali. I fratelli di Javier prendevano l'autobus e andavano alla scuola pubblica. Erano felici. Poi ci fu un disguido con i documenti. Un sollecito andò perduto, e non riuscirono a consegnare in tempo la richiesta di residenza. Suo padre mise il completo elegante e andò a parlare col giudice, che lo fece prendere in custodia e avviò la procedura di espulsione. Quella sera, la madre prese i bambini e li portò a casa dello *tío* Christopher. Temeva che l'Immigrazione venisse a cercarli. Lasciò il posto alla lavanderia e cominciò a lavorare in nero in un motel, traslocando con i figli in un bilocale dietro una drogheria. Javier aveva ormai quattro anni. Aveva una risata musicale e gli piacevano i numeri.

Poco prima di Natale suo padre venne espulso. Un mese prima era salito in carica lo sceriffo Roy e di colpo le strade si erano fatte meno sicure. Le guardie pattugliavano i supermercati a tutte le ore, per beccare le madri che facevano la spesa e i padri che si fermavano a comprare i pannolini rientrando dal lavoro. Dopo un raid alla scuola elementare sul lato est della città, la madre di Javier ritirò i figli da scuola. Da quel momento in poi, Javier passò le sue giornate a casa dei vicini davanti a *SpongeBob*.

Quando Javier aveva sette anni, la vicina venne arrestata al salone dove lavorava. Una settimana dopo la madre di Javier iniziò a lavorare nella villa di un uomo molto ricco. Ogni mattina prima dell'alba prendeva Javier, lo caricava in macchina e si faceva i novanta minuti fino a Marfa. Durante il viaggio lo aiutava a impratichirsi con l'inglese cantando le canzoni alla radio. Per otto ore, se il padrone era fuori casa, Javier poteva correre per il giardino, dare la caccia alle lucertole e scalare i muri di pietra. Sua madre gli portava acqua, fagioli e tortillas per pranzo. Se il padrone era in casa, Javier se ne stava coricato all'ombra della macchina di sua madre e leggeva per conto suo. Costruiva degli omini coi ramoscelli, tenuti insieme dai fili d'erba, e giocava a dar loro un nome. Il suo preferito era Paolo, che si chiamava come suo padre. Lo sentiva per telefono ogni due o tre giorni, faceva il lavapiatti a Juárez. Aveva contestato l'espulsione, ma il ricorso era lungo. L'ultima volta che Paolo aveva chiamato per avere informazioni, la signora al telefono aveva detto che prima di cinque anni non c'erano date libere per l'udienza.

Finché, un giorno, il padrone rientra mentre Javier sta giocando sul bordo della piscina. È un bianco, alto, coi capelli d'argento e due ragazze accanto che potrebbero essere le figlie. Javier gli fa *ciao* con la mano. Gli piacciono le persone, attacca sempre bottone con tutti. Il padrone aggrotta la fronte e si rivolge a un uomo in completo con la fondina sul fianco. Quella sera sua madre viene licenziata. Un'amica le procura un lavoro al Walmart, il turno dalle dieci di sera alle sei di mattina, ma tre giorni dopo gli agenti dello sceriffo irrompono nel megastore e la portano in prigione. Alle cinque di mattina, gli stessi agenti buttano giú la porta di casa sua. Suo fratello maggiore, Ramon, riesce a scappare dalla finestra, ma Javier e Lupo vengono prelevati a forza dai letti, tra le grida.

O

Quando torna in sé, Simon si ritrova sul furgone. Flagg, chissà come, ha trovato tre vecchi autocarri su cui caricare i bambini. Partono in una nuvola di polvere, sapendo che i rinforzi potrebbero già essere in arrivo. All'interstatale si dividono: il furgone a ovest, i camioncini a est, dove si divideranno ulteriormente. Flagg e Katniss aprono la strada per Simon e gli altri, tirano le moto a tremila giri. Katniss tiene il manubrio con un braccio solo, l'altro le ciondola inerte contro il fianco. Dovrà farsi vedere alla svelta quella spalla, se non vuole morire dissanguata, ma intanto non mostra segni di fatica né debolezza.

Simon siede nel vano dietro, ha gli occhi aperti ma non vede nulla. Louise gli tampona la fronte con un impacco freddo. Gli canta una canzone a mezza voce, mentre seduto sul box frigo il Profeta parla in spagnolo con Javier. Le parole gli entrano da un orecchio e gli escono dall'altro: è in un sottomarino che affonda, impermeabile a quello che succede fuori.

Piú tardi, Flagg rievocherà il trionfo minuto per minuto, spiegando di aver preso alle spalle le guardie che sorvegliavano l'ingresso, grazie al fuoco di copertura di Cyclops. Quando le guardie si sono arrese, le ha legate come salami. Nella sala controllo si è portato via gli hard disk della videosorveglianza. Nel frattempo, Cyclops è andato ad aprire le gabbie. I genitori hanno potuto riabbracciare i figli. «Vi toccherà farvela a piedi, – ha detto loro Flagg. – Sarà una scarpinata». Ma se si disperdono, se dormono di giorno e avanzano la notte, dovrebbero evitare le pattuglie dell'Immigrazione. Non è detto che ce la facciano, gli ha spiegato, ma possono tentare. In compenso, se a loro sta bene, lui promette di portare in salvo tutti i bambini. Simon non ne sapeva niente, ma nelle dodici ore precedenti c'è stato un giro di telefonate. Si sono allertati camionisti e gente con mezzi di trasporto. Molti hanno offerto un rifugio.

Fuori dall'istituto detentivo, le madri hanno stretto forte i loro figli. I padri hanno abbracciato le figlie. Nel bene e nel male, hanno dovuto prendere una decisione. I bambini, urlanti e disperati, sono stati caricati sui camioncini, le mani tese verso i genitori. A quali scelte impossibili sono tenuti gli abitanti della Terra.

A Simon sembra tutto surreale.

Viaggiano in salita, su strade secondarie, diretti a Marfa. Il vecchio Simon è morto. Quell'agnellino innocente ossessionato dal proprio ombelico. Il sangue è stato versato. Lui ha premuto il sacro grilletto, ha fulminato l'orco cattivo. Indietro non si torna. È cominciata la guerra, e, come gli ricorda il Profeta sgranocchiando formaggio e cracker, «le guerre non si vincono con le parole».

Un giorno, quando l'umanità si sarà estinta o sarà ridotta a vivere nelle caverne, le tribú di selvaggi intoneranno canti in memoria di tutte queste cose che diamo per scontate. I segnali mistici che viaggiavano nel vento e sotto la superficie del suolo per illuminare le tenebre e rinfrescare l'aria. I liquidi puzzolenti che sgorgavano dalla terra per scaldare gli ambienti e alimentare i nostri cavalli metallici. Gli umani che viaggiavano a velocità inimmaginabili coprendo distanze inconcepibili. Che volavano nella troposfera e conversavano con persone che abitavano in terre lontane, come per un incantesimo. L'acqua dolce si poteva raffreddare e solidificare, e mettendola su uno stecco la potevi anche mangiare. Si chiamavano *ghiaccioli*. Oh, le meraviglie del Prima, l'èra in cui le donne dei Paesi tropicali cucivano vestiti che venivano caricati sulle navi e attraversavano gli oceani. Quante ricchezze. Quanto potere. E dovevamo solo decidere.

Tirare il prossimo a sé o tirarlo via, lontano?

Ad Alpine si fermano a un semaforo rosso. Fuori dal finestrino c'è un pupazzo dinamico che balla al vento. INAUGURAZIONE, recita il cartello. L'omino tubolare si inchina e si rialza, lanciando le braccia in aria con un fervore pentecostale. A rigor di logica, Simon sa che è una turbina posta ai suoi piedi a farlo muovere, ma a vederlo da dove si trova, coricato sul fondo del furgone, gli viene da pensare al miracolo della danza. Una creatura fatta di puro movimento, di gioia, una silhouette colorata che si alza e si abbassa, sparisce e riappare.

Ci sono 41 gradi all'ombra.

A un certo punto Louise torna davanti. Lei e Duane sono ormai inseparabili. Il nuovo Simon li guarda placidamente, lontano mille miglia da qualunque emozione. L'adrenalina dello scontro si è dissolta, lasciando il posto all'urto dei ricordi: Katniss che spara, gli agenti che crollano a terra e, nonostante fosse solo un fucile stordente, l'esplosione di quando ha premuto il grilletto, l'immagine della guardia che vola via, l'azione dello spararagli, tutto gli vortica nella testa. Non lontano, Gesú si manifesta ai fedeli sulla fetta di un toast. Il sole brilla di una luce pazzesca. Simon sente nell'anima ogni scossone. Il vento che gli soffia nelle orecchie. È questa la cosa che nessuno dice mai, della morte. Che quando capita agli altri ti fa sentire piú vivo che mai.

– Gli orchi sono creature immonde, – dice il Profeta, sistemandosi sulla coperta accanto a lui, – bestie corrotte e primitive, violente e oscene. Mangiano bambini e torturano madri e padri.

Simon alza lo sguardo. Il sole va sorgendo alle spalle del Profeta. Per la prima volta dopo un'ora di silenzio, riapre bocca.

– Quindi dovrei essere contento di avergli sparato.

Il Profeta aggrotta la fronte. – Non l'abbiamo chiesto noi, questo mondo. Questo mondo all'insegna dei pregiudizi e dell'intolleranza. Sessanta milioni di rifugiati. Ma ce lo prenderemo. E per prendercelo, chi lo governa adesso deve morire. Può accadere naturalmente, o si può ricorrere alla violenza. Quale che sia il caso, gli adulti invecchieranno e moriranno, lasciando il mondo ai loro figli. Ovvero noi. Ma se aspettiamo troppo, ci trasformeremo anche noi in adulti che parlano come loro e si comportano come tutti quelli venuti prima. Che temporeggiano e rispondono: «È complicato», anche quando si parla di cose semplicissime. Pensa alla generazione che ha fatto la guerra, educata al sacrificio e al patriottismo. Ai loro figli, quei narcisisti dei boomer, plasmati dall'idea di ribellione e ossessionati dalla libertà personale. E ai figli dei boomer, la generazione X, cresciuta negli agi e nella prosperità, una generazione di eterni bambini, piú consumatori che cittadini. Sono questi gli ostacoli che si frappongono tra noi e l'autoaffermazione, tra noi e la liberazione. Ci hanno alimentati con le fantasie di cosa è giusto secondo loro e cosa è sbagliato secondo loro, e noi ce le siamo bevute. Ma cosí facendo ci trasformano in soldati per la loro guerra culturale.

– Lo so, ma... io a quell'uomo gli ho sparato. A causa tua. A causa di quello che hai detto.

Gli si spezza la voce. Il Profeta annuisce con solennità. L'impianto Bose manda *Wish You Were Here*. Dove vorrebbe essere Simon? In Kansas o a Oz? È radicale o razionale, quello che sta facendo? La rana in pentola sa benissimo che dovrebbe saltar fuori, ma il calduccio è troppo piacevole.

– Hai detto che era una guerra, – dice al Profeta, – la *loro* guerra. E che fin da piccoli ci abituano all'idea che bisogna schierarsi, o da una parte o dall'altra. E che noi dovevamo rifiutare la guerra in toto. Adesso invece dici che siamo in guerra anche noi, e io non so piú… lo so che cerchi di aiutarmi, ma non… non ci capisco piú niente.

Il Profeta sorride. È un maestro nato, ha una pazienza inesauribile.

– Lascia che ti citi Santa Greta: «La nostra casa è in fiamme. Sono qui per dirvi che la nostra casa è in fiamme […] Voi dite che nella vita non c'è solo il bianco e il nero. Ma è una bugia. Una bugia molto pericolosa. O evitiamo un aumento della temperatura di 1,5 gradi, oppure no. O evitiamo di innescare una reazione a catena irreversibile che sfuggirà a qualsiasi controllo umano, oppure no. O scegliamo di voler esistere ancora come civiltà, oppure no. E questo è bianco o nero. Non ci sono zone grigie quando si parla di sopravvivenza».

Tira fuori dalla tasca un pacchetto di semi di girasole e se ne mette uno in bocca.

– Gli adulti sono in guerra? Sí. L'uno contro l'altro, per delle solenni stupidaggini. Quella non è la nostra strada. Noi facciamo guerra alle stupidaggini stesse. Al cinismo e alla noncuranza. Alle scuse. Alla politica. Vinceremo la guerra o moriremo, ma ti dico questo: Dio non vuole che perdiamo.

– E allora perché tutti quei ragazzi si ammazzano? L'ho visto sul giornale. Sono centinaia di migliaia, in tutto il mondo.

Il Profeta si acciglia. Si lecca le labbra secche. Riflette.

– Pensaci bene. Non siamo fatti per la guerra, noi ragazzi. La guerra è contraria alla nostra natura. Nasciamo pieni di speranza, di gioia, di bontà. Perciò adesso abbiamo paura. Non vogliamo combattere, soprattutto non contro i nostri genitori. E allora pensiamo che forse è meglio darsi alla fuga. Cinque O uno uno. Dio capisce. Non è mica colpa dei bambini. È colpa della scelta, che è impossibile.

– Che cosa vuol dire? Cinque O uno uno. Mi ricordo gli inservienti che lo cancellavano dai muri quando Betsy ha bevuto la candeggina. E l'ho visto sui giornali.

Il Profeta trova un pennarello rosso e scrive, sulla parete interna del furgone.

5O11.

Poi trasforma i numeri in lettere, con la penultima cifra in stampatello.

SOlI.

Ovvero:

SOLI.

Simon è paralizzato.

Non esiste nessun poeta di nome Claire.

Rivede le O rosse che lo fissano.

Fuggiamo, stolti.

– Si uccidono, – dice il Profeta, – perché non riescono ad avvertire la mano di Dio. Perché non percepiscono altro che la guerra da combattere. E le guerre, per come le conoscono loro, non hanno mai fine. La guerra al terrorismo, la guerra alla droga, la cosiddetta guerra culturale. Le infinite guerre della razza umana. Allora scrivono questo numero – cinque O uno uno – e si arrendono all'oscurità. Perché sanno benissimo cosa succede ai bambini che vanno in guerra.

Indica Javier, che dorme su una coperta.

– Guardalo. Ti sembra un soldato? Nel 1986 l'ayatollah Khomeini prelevò dalle abitazioni e dalle scuole diecimila bambini. Li caricò sui pulmini – davanti alla folla esultante – e li portò al confine, dove l'esercito iracheno aveva piazzato oltre un milione di mine antiuomo. Il piano dell'ayatollah era semplice: i bambini dovevano avanzare sul campo minato per far esplodere le mine e liberare il passaggio all'esercito iraniano. Lode a Dio. In Africa, le milizie catturano bambini di sei anni e li addestrano a uccidere, rimpinzandoli di brown-brown, un mix di cocaina e polvere da sparo. Cosa ci dicono queste storie? Che gli adulti vedono i bambini come uno strumento per i loro scopi iniqui. Ma ora basta. Ora combattiamo per noi stessi. Altrimenti moriamo.

Simon guarda il viso addormentato di Javier. In meno di un'ora arriveranno a Marfa.

– Hai detto che dobbiamo trovare Sansone e ascoltare la sua storia.

– Sí. E prima che me lo chiedi, non so chi sia né dove cercarlo. Ma so che se è importante per portare a termine la missione, il Signore lo metterà sulla nostra strada.

– E quindi qual è il piano?

Il profeta gli offre i semi. Simon ne prende uno, sente il sale sulla lingua.

– Javier dice che può farci entrare nella casa dello Stregone. Che c'è un canale di scolo tramite cui si arriva a un muro. C'è una grata facile da tagliare. Mi ha disegnato una piantina.

– E adesso ci sono delle donne nella casa? – chiede Simon. – Delle ragazzine? Questo lo sappiamo di certo.

– Dio mi ha mostrato un viso dietro una finestra sigillata.

– Ce l'ha un nome? Questo Stregone. La polizia non sa niente? Non possiamo avvisare loro?

Il Profeta scuote la testa.

– Già fatto. Le indagini sono sempre state archiviate. Cinque anni fa hanno persino patteggiato, una follia. Gli hanno dato i domiciliari, che per uno che possiede ville in sei continenti e un'isola privata, è come dire piede libero.

Simon ha i palmi graffiati dal fucile che gli è saltato di mano. Potrebbe essersi slogato l'indice destro.

– E allora che facciamo, entriamo a fucili spiegati? E se ci sono guardie?

– Ce ne sono di sicuro. Javier li chiama orchi.

Orchi, stregoni. Simon sente una risata salirgli in gola, un'erbaccia pruriginosa, come la battuta del condannato al boia che sta per tirare la leva.

– I fratelli Orci, – precisa il Profeta. – Strenui difensori dello Stregone.

– Piantala di chiamarlo cosí. Come si chiama davvero?

– E. L. Mobley, sesto uomo piú ricco del mondo.

Per un attimo Simon si sente mancare. Suo padre conosce Mobley. Ovvio che lo conosce. È stato a casa loro. Com'è piccolo il mondo dei miliardari. Sembrano gli abitanti di un paesino, un'isoletta remota chiusa in sé stessa. Chi può capire le tribolazioni di un creso, se non chi tribola a sua volta? I costi di manutenzione dei jet e degli yacht, la difficoltà di trovare un contabile onesto che ti ricicli i soldi offshore?

– Lo conosci, – dice il Profeta.

– Sí… l'ho incontrato una volta. Tutti quanti. I milionari, i miliardari.

– E com'era?

– Era…

Simon cerca di ricordare. Un veglione di Capodanno a Tudor City. Quanti anni poteva avere? Dodici? Erano tutti in costume. Mobley e il suo entourage erano vestiti come i personaggi di un film che lui non conosceva. Tuta bianca con il sospensorio portato sopra. Simon ricorda il momento in cui l'ha visto per la prima volta, un'ombra in un corridoio buio, bombetta nera e ciglia sinistre ripassate di mascara. E con lui sei ragazzine che bevevano latte.

– ... inquietante, – conclude. – Mia sorella gli ha dato del fallito.

– Claire.

– Gliel'ha detto in faccia.

Simon sorride. Gli manca come fosse un pezzo di cuore.

– Nello Utah, – dice il Profeta, – c'è una foresta di pioppi tremuli che in realtà sono un unico organismo. I nativi lo chiamano Pando o «il gigante che trema». Cinquantamila alberi con un unico apparato radicale. Dicono che abbia piú di ottomila anni.

– Non ti seguo.

– Quando un albero si ammala, il male può propagarsi in tutte le direzioni. Il corpo muore. La mente marcisce. Quando uno di noi si guasta, il contagio può estendersi a chi lo circonda. La nostra specie si tramanda questo mito per cui saremmo innanzi tutto individui, ma è una gran panzana. In altre parole, tua sorella aveva ragione. Lo Stregone è un fallito, nel senso che fallirà, grazie a noi. Bisogna porre fine al suo regno di lacrime.

– Stai dicendo di ucciderlo?

Il Profeta si ferma a riflettere. – Lo sai cosa ne ha fatto il Pifferaio magico dei bambini?

Simon scuote la testa.

– Li ha portati dentro una montagna e ce li ha chiusi dentro per sempre.

Simon guarda fuori. Il sole, ormai alto, colora d'oro le montagne. Alla radio suonano gli Styx: *come sail away with me*.

Un pick-up che viaggia ai centocinquanta li affianca sulla corsia di sinistra. Nel cassone sono seduti tre pagliacci, uno pelato, due con lunghi capelli al vento. Uno dei tre tiene in mano un fucile da cecchino con la canna puntata al cielo. Nonostante la velocità, sembrano muoversi lentissimi.

– Duane, – dice il Profeta.

Duane rallenta. Il pick-up sorpassa prima loro e poi le moto. Si butta a destra, sulla loro corsia, per evitare il camion consegne di Amazon nella carreggiata opposta.

Dal walkie-talkie arriva la voce di Flagg ingoiata dal vento.

– Preparatevi, – li avverte, – forse è il momento.

– Il momento? – fa Simon. – Il momento di cosa?

Javier si alza a sedere stropicciandosi gli occhi.

– *¿Qué hora es?*

Le luci posteriori del pick-up si accendono di rosso a segnalare la frenata. Simon si mette in ginocchio, aggrappandosi a una cinghia. Guarda fuori appena in tempo per vedere Flagg che supera il pick-up sulla sinistra, mentre Katniss fa lo stesso sulla destra. Duane è costretto a inchiodare e Simon finisce sballottato in avanti. Flagg e Katniss vanno sparendo all'orizzonte.

– Se ne sono andati, – mormora, e il furgone si ferma sbandando. Il pick-up si è piazzato di traverso in mezzo alla strada. Prima che Simon abbia modo di rendersi conto di quello che succede, i tre pagliacci sono scesi dal cassone e vanno verso di loro coi fucili imbracciati.

– Calmi. State tutti calmi, – dice il Profeta. Raccomanda a Javier di restare sdraiato e lo nasconde sotto una coperta.

– *No te muevas*, – gli dice.

Da dietro il furgone si sentono degli spari. Simon si gira. Cyclops salta giú dalla moto e viene avanti facendo fuoco. I pagliacci non battono ciglio: come un sol uomo si voltano e cominciano a sparare. Simon si butta giú. Dietro il furgone, Cyclops si accascia come una marionetta con i fili recisi. L'attimo dopo vedono il portellone aprirsi. Dall'altra parte c'è il pagliaccio calvo con l'arma puntata.

– Signore e signori, – dice, – a grande richiesta, ecco a voi il solo e unico scendete da questo furgone del cazzo.

Li minaccia con la canna del fucile. Gli altri due pagliacci capelloni si sono piazzati accanto ai paraurti, uno davanti e uno dietro.

Trascinano giú Louise fra sghignazzi lascivi. Hanno trovato un bel bocconcino: una donna di colore giovane e sexy, un dono mandato dal diavolo.

Ci siamo, pensa Louise. *Sono morta*. Se lo sente nel corpo, perché è il suo corpo che vogliono uccidere. Il suo corpo, che contiene la storia di tutti i corpi come il suo, corpi tirati giú a forza dalle auto e impiccati agli alberi, corpi trascinati dai cavalli, corpi stuprati e malmenati.

Simon scende dopo di lei, strizzando gli occhi al sole. Lancia un'occhiata a Cyclops, che giace morto sull'asfalto. Ha la testa in una pozza di sangue, questo ragazzo dallo stupido nome in codice. Lo stupido adolescente brufoloso che giocava con le pistole, e adesso si ritrova crivellato di buchi. L'adolescente che una volta colorava coi pastelli a cera e giocava ad arrampicarsi sugli alberi. Il bambino che i genitori hanno tenuto in braccio tra le lacrime di gioia, per il quale hanno appositamente scelto un nome, il bambino che ora ha raggiunto gli altri, tutti quanti.

5O11.

Il pagliaccio pelato li spinge fino al ciglio della strada e li fa allineare con le spalle contro uno steccato. Separa «i bianchi dai colorati», piazzando un piede sulla schiena di Duane per farsi intendere. Mentre la spinge al suo posto, il pagliaccio piú giovane dà una bella palpata al culo di Louise, perché non è per questo che le negre sculettano sempre? Louise non si sogna di protestare. Meglio rendersi invisibile, diventare un vuoto sotto il sole cocente.

Con le mani alzate, Simon pensa a Javier nascosto nel furgone. Sono in un tratto deserto, una *mesa* a mille e passa metri dal livello del mare, senza neanche un albero. Dietro lo steccato sale come un'onda uno sperone di roccia di quattro o cinque metri, che proietta l'ombra sull'asfalto.

Abbassa lo sguardo e vede un mazzo di fiori secchi con accanto una foto incorniciata. Una ragazza messicana dal sorriso timido.

Un sacrario. Sono su un sacrario.

I pagliacci si avvicinano, hanno abbassato i fucili. Hanno uno strato di sudiciume addosso e la pelle spaccata dal sole, sono una pattuglia di scellerati che sorveglia il territorio intorno ai paesini d'altura del Texas sudoccidentale in cerca di (((ebrei))) e spie. Il cerone bianco si è sciolto e insozza i colletti delle camicie hawaiane, lasciando sulle guance scurite strisce rosa e sbaffi rossi. Il piú giovane avrà trentacinque anni. Quello calvo indossa un paio di occhiali da sole da due soldi, con le lenti rosse. Ha un coltello da caccia infilato nella cintola. Era a Washington il giorno che hanno preso il Campidoglio, se la rideva sotto il ritratto di Lyndon B. Johnson mentre il suo amico JD cacava sulle scale e la spalmava sul muro. Come allora, porta un gilet militare nero che è tutto una cartuccia e gli dà un profilo da dolcetto caramellato. Mastica una gomma Big Red. Simon sente l'odore della cannella anche a quella distanza.

– Bel furgone, – dice il pagliaccio.

Duane annuisce, non sa bene cosa detti l'etichetta quando ti ritrovi spalle al muro di fronte a una gang di pagliacci pazzi. Il piú alto del gruppo tira fuori un pacchetto di Kool e lo scrolla per farne uscire una.

Il Profeta fa un passo avanti. – Siamo in missione per conto di Dio, – dice.

I pagliacci rialzano all'istante i fucili, allarmati dal movimento improvviso e dal fatto che il ragazzo non mostra la minima paura.

– Torna al tuo posto, quattr'occhi, – gli intima il pagliaccio basso coi capelli lunghi. Ha labbra carnose e il viso butterato dall'acne.

Il Profeta non si muove di un millimetro. – Fateci passare, o affronterete la Sua collera.

Simon gli prende la mano, cerca di tirarlo indietro, ma l'altro si libera.

– Abbiamo vinto alla lotteria, – commenta il pagliaccio fumatore, indicando col capo Duane e Louise. – Due scarafaggi di città.

Il pagliaccio col chewing gum fa un passo avanti, finge di annusare Duane. – Che cazzo sei, mezzo cinese?

Duane stringe i denti. – Metà giapponese e metà nero.

– Quale metà? – ridacchia il pagliaccio butterato. – Sopra o sotto?

Louise si tira su i jeans. Ha una stanchezza nelle ossa alimentata dai picchi di adrenalina. La noia di quel cliché la sfinisce. Perché il suo viaggio finirà lí, con quella morte che non ha niente a che vedere con la vita che ha vissuto, la vita che è soltanto sua, della ragazza di San Rafael con la mania della pulizia e la nonna che il sabato preparava pancake e bacon, la ragazza con i tagli sulle gambe: quella ragazza, la ragazza di nome Louise Conklin, non è lí. Al suo posto c'è una sostituta che rappresenta ogni africana, ogni giamaicana, ogni haitiana che abbia mai avuto il coraggio di respirare sul suolo di quel Paese. Morirà lí, senza un nome, pensa Louise, e quando si vanteranno di averla uccisa, di lei non resterà che il colore della sua pelle.

– Insomma, ci stuprate, ci ammazzate o cosa? – sbotta, perché non ne può piú.

I pagliacci si scambiano uno sguardo.

– Be', dipende, – risponde Chewing gum. – Com'è che quello là ci ha sparato addosso?

– Avete il coraggio di chiederlo? – fa Louise. – Perché ci avete tagliato la strada. E siete armati.

– Presente i film con gli zombie? – dice il pagliaccio fumatore. – Lí è facile, cazzo, c'è l'Apocalisse. Vedi uno zombie e lo ammazzi. Ma 'sta merda qui, un furgone pieno di froci e di traditori della razza, chi lo sa che farci, devi indovinare.

– O come *Matrix*, – interviene il butterato.

– Giusto, cazzo, *Matrix*. 'Sta merda è tutta una simulazione. La civiltà. La democrazia. Noi lo sappiamo come stanno veramente le cose. Sharia, tribunali segreti, il Frazzledrip. Quegli stronzi dei poteri occulti che ci rubano le elezioni con il Black Lives Matter e le altre cazzate. Ma noi già lo sappiamo come finirà. Dobbiamo fidarci del piano. Il grande risveglio. Lunga vita al Dio Re.

Accanto a lui, Chewing gum mastica in silenzio, con un sorrisetto sulle labbra.

– È arrivato il boogaloo, – conclude il pagliaccio butterato.

Il suo compare con la gomma prende la 9 millimetri.

– Siete boccaccioni?

– Siamo cosa? – fa Louise.

– Boccaccioni. Spie.

– Spie per conto di chi?

– Quelli là delle tre lettere, la Dea, l'Fbi, l'Atf.

– No, – risponde Louise e fa per tornare sul furgone. – Possiamo andare?

Il butterato la blocca. – Che fretta c'è, passerina?

Le preme la pistola alla tempia. Simon vede la paura sul suo viso.

– Falle succhiare la canna, – propone il fumatore.

– Fermi, – dice il Profeta, in una voce talmente autoritaria da placare il vento. Il pagliaccio butterato, che stava già cercando di infilarle la canna in bocca, si ferma e lancia uno sguardo incerto a Chewing gum. Quest'ultimo sputa la gomma, si avvicina e si piazza davanti al Profeta, che un tempo si chiamava Paul.

– Prova a fermarci, – lo sfida.

E in quel momento esplode un ruggito talmente minaccioso da innescare un terrore primordiale in chiunque lo ascolti. È il ringhio animalesco di un grande predatore, e l'attimo dopo sulla roccia appare una sagoma che oscura il sole. Simon si gira di soprassalto. Sull'orlo dello sperone alle loro spalle c'è un leone stagliato controluce, pronto a spiccare il balzo.

Un leone africano, in tutto il suo impossibile splendore.

– Porca puttana, – esclama il pagliaccio fumatore, imbracciando il fucile. Chewing gum fa un passo indietro. Fissa la bestia con gli occhi sbarrati. Sta calcolando: *la roccia sarà alta cinque metri. Non può saltare da cosí in alto.*

Vero?

Duane prende Louise e la stringe a sé.

Il Profeta rimane dov'è, dritto come un fuso all'ombra del leone.

– Il Signore ha parlato, – dice, – siamo sotto la Sua protezione. Lasciateci andare o preparatevi a morire.

Chewing gum sputa in terra. Si vergogna di aver avuto paura, si sente evirato di fronte ai suoi compagni. Prende il fucile a canne lunghe che porta in spalla e mira alla bestia.

– Pagliacci, – dice, – facciamoci un safari.

Ma prima che possa premere il grilletto, sulla gola gli esplode una macchia rossa che chiazza l'asfalto. Spalanca gli occhi.

Bam.

Il suono dello sparo li raggiunge in ritardo, rimbombando nella *mesa*. Chewing gum gorgoglia qualcosa, alza la mano, ma cade stecchito prima di riuscire a toccarsi la ferita. Per un lunghissimo istante gli altri pagliacci rimangono a fissarlo impietriti.

– Cecchino! – grida infine il butterato, guardandosi disperatamente intorno. In lontananza Simon scorge un luccichio. L'attimo dopo un lampo. Il pagliaccio si accascia.

Bam.

Il motore del pick-up si accende, all'interno l'autista dà gas. Il pagliaccio fumatore fissa i suoi due amici morti, sta ancora elaborando. Quando sente ingranare la marcia, si gira e si lancia sul cassone. L'autista sta accelerando, il pick-up scoda, le gomme non fanno presa sull'asfalto reso molle dal sole. Buttando la pistola il pagliaccio riesce ad aggrapparsi alla sponda e agganciare un piede al paraurti. Finalmente le ruote fanno presa e il pick-up sfreccia via.

Dritto sulla testa di Simon, il leone manda il suo ruggito di sfida. Lui, Duane e Louise si abbassano e si affrettano a spostarsi dietro il furgone, ma il Profeta non muove un muscolo. Guarda i cadaveri ai suoi piedi, l'ombra del leone sul suolo. Ed è allora, Simon se ne accorge, che nella sua mente si cristallizza la validità della loro causa.

Vinceranno.

Libro 3
Metà della Terra

Prima di tutto, l'autore intende scusarsi per il mondo che ha creato. Sa che è ridicolo. E il fatto che sia ridicolo anche il mondo in cui vive non è una scusa valida. Il lavoro di un autore è trovare il senso di quello che senso non ha. Dare coerenza a ciò che è incoerente. Ma se il lavoro di un autore è anche rappresentare sulla pagina la realtà cosí come la percepisce, allora come si deve comportare se il mondo in cui vive ha perso qualsiasi senso? Considerate questo: mentre scrive, il 34 percento dei suoi concittadini è intento a combattere una guerra contro dei piccoli pezzi di tessuto usati per coprirsi il naso e la bocca. Credono che questi piccoli pezzi di tessuto li stiano privando della loro liberta individuale. E cosí hanno dichiarato guerra ai piccoli pezzi di tessuto, anche se gli scienziati hanno dimostrato che quei piccoli pezzi di tessuto li proteggono da un virus mortale che si sta diffondendo in tutto il pianeta, uccidendo milioni di persone. Per il 34 percento degli americani però il nemico non è il virus, ma quel tessuto. Muoiono nei letti d'ospedale a causa di una malattia che continuano a dire che *non esiste*.

In tempi piú semplici questa si sarebbe detta *ironia*, ma il vostro autore ci tiene a sottolineare che i tempi in cui vive hanno smesso di essere semplici da parecchio. Ai suoi tempi – l'Èra del Pensiero Tribale, l'Èra della Realtà Rovesciata – l'ironia ha smesso di far ridere.

E l'ironia che non fa ridere è violenza.

O in altre parole – per il vostro autore – dire di qualcosa che è *ridicolo* ha smesso di essere un termine di scherno, diventando semplicemente un dato di fatto.

Buuu puah!

Quando il figlio dell'autore ruba un biscotto e dopo dice di non aver rubato un biscotto, anche se il 60 percento della sua faccia è ricoperto di cioccolato, be', ai vecchi tempi la sua si sarebbe detta una *bugia*. Ma nell'Èra della Realtà Rovesciata, il-biscotto-rubato-che-non-è-mai-stato-rubato viene definito un *fatto alternativo*. La prova è irrilevante. La realtà è diventata una questione di scelta individuale, la negazione dell'evidenza un'arma. Se un uomo tiene un discorso sotto la pioggia e dopo sostiene che c'è stato il sole per tutto il tempo, e se inizia una battaglia contro quelli che gli mostrano delle foto in cui stava piovendo, chiamandoli bugiardi, additandoli come il male, quell'uomo non è piú un bugiardo ma è un uomo che impone il proprio potere sulla verità. È il bullo che ti ha fregato il cappotto e lo indossa davanti a te, anche se tu hai i brividi, dicendoti che se dovesse scoprire chi te lo ha fregato di certo te lo farebbe sapere.

Sarebbe divertente, se non stessi morendo di freddo. Quella bugia è un atto violento. E tu sei la vittima. Ferita emotivamente e psicologicamente. Precipitata nell'ansia, una condizione cosí definita:

> Disagio o nervosismo generalmente legato a un evento negativo previsto o incombente: essere in ansia.
>
> *In senso medico*: una sensazione abnorme o sovrastante di apprensione e paura, spesso evidenziata da reazioni fisiche (come ipertensione, sudorazione eccessiva, aumento del battito cardiaco), dall'incertezza circa l'entità e la natura della minaccia esterna, e dal timore di non saperla affrontare.

La realtà stessa sembra collassare. E cosí collassano anche la salute mentale del vostro autore e dei suoi concittadini.

O

Ai vecchi tempi c'era una *ars* retorica chiamata *satira*. L'Encyclopedia Britannica definisce la satira come una «espressione artistica, principalmente ricercata e drammatica, in cui i vizi, le follie, le cattiverie e i limiti individuali e collettivi vengono criticati attraverso il ridicolo, la derisione, lo scherzo, l'ironia, la parodia, la caricatura o altri metodi, talvolta con l'intento di ispirare una riforma sociale».

Ci sono molte grandi opere satiriche nella letteratura moderna e contemporanea. Il vostro autore ne ha lette con piacere svariate nel corso degli anni. Testi taglienti, ricchi di acume e di mordente che una volta avevano la forza di far vergognare chi ne era bersaglio. Ma, nell'Èra della Realtà Rovesciata, la vergogna si è trasformata in orgoglio, i ridicoli si fanno vanto del ridicolo per prendere in giro quegli altri esseri umani dotati di empatia, che tengono alle persone. Chiamare qualcuno bullo non è piú un insulto. I crimini che un tempo si volevano tenere nascosti ora vengono portati avanti alla luce del sole. E cosa può voler dire questo, se non che non c'è piú niente che sia un crimine?

Vedete come l'ironia diventa violenza?

Perché adesso il bersaglio dello scherzo sei tu.

Il vostro autore si scusa se ciò che ha detto sembra politico. Potrebbe voler precisare che nel corso della sua vita ha visto perdere di senso le parole «politica» e «politico». Parole che una volta descrivevano un progetto essenziale di negoziazione civica hanno finito con l'essere usate come un'accusa. Essere accusati di *volerne fare una questione politica* significa essere accusati di *aver scelto una parte*. Di questo, il vostro autore è innocente. Non ha parti da prendere. Vuole soltanto che le parole significhino quel che significano. Il suo lavoro è comunicare informazioni e idee, e come può farlo quando il linguaggio stesso non ha piú alcun senso?

Il vostro autore ci tiene anche a spiegare che non si è divertito affatto a mettere tutte quelle armi nella storia, ma questo è un racconto sull'America. Secondo gli ultimi dati ci sono piú di quattrocentoventi milioni di armi in America (popolazione, 330 000 000). Questo fa dell'America un'opera teatrale di Čechov, in cui se un'arma viene mostrata nel primo atto dovrà sparare nel secondo. In altre parole, se pensate che il prossimo atto dell'esistenza americana potrà svolgersi senza un conflitto a fuoco, allora non siete abbastanza attenti.

Per riassumere, il vostro autore si scusa per il mondo a cui ha dato vita. Sa quanto sia ridicolo. Sta soltanto facendo del suo meglio per ricreare la realtà che vive.

Buuu puah!

Prima

Un controllo di routine della polizia. Una Ford F-150 nera alle porte di Blountstown, Florida, con una luce posteriore bruciata e la targa di quelle temporanee di cartone. La camera montata sul cruscotto della volante mostra la silhouette del guidatore in maniera nitida. Un uomo alto, che fuma con aria sprezzante. La persona sul sedile del passeggero è piú difficile da identificare, somiglia a quelle immagini ectoplasmatiche del Big Foot colto tra le nebbie di un bosco. C'è un semaforo rosso in lontananza, che sembra un gioiello luccicante. Una collinetta ricurva, chiazzata di cespugli verdi, si staglia all'orizzonte.

L'uomo al volante nella macchina di pattuglia è l'agente Dave Bullock – anche se non lo si potrà vedere finché non sarà sceso dall'abitacolo per avvicinarsi alla Ford F-150, e comunque solo di profilo –, nato ventinove anni prima a Clearwater. Gli altri poliziotti lo chiamano Bull, ma non per le ragioni che si possono immaginare. È un ragazzo piccolo, a dire il vero, e non è aggressivo né testardo. Si descrive come un tipo loquace; che tradotto vuol dire che il 60 percento di quel che gli esce dalla bocca sono stronzate. Da qui il soprannome*. Che è forse anche la ragione per cui si è separato dalla moglie, anche se il motivo potrebbe anche avere qualcosa a che fare con lei che sviluppa una

* «Stronzate» in inglese si dice *bullshit*, letteralmente «merda di toro».

dipendenza da ossicodone dopo un incidente in macchina e molla loro figlio a un vicino per andare a rimediare una dose. Cosí adesso Bullock e Nathaniel, sei anni, vivono a casa di Nonna, dove si divertono a mangiare pancake per cena e a guardare documentari sugli animali.

L'agente Jimenez, seduto al posto del passeggero, una volta si è trascinato dietro un Browning calibro 50 per le le strade di Falluja, fino alla periferia desertica, per due ore. Ha ancora una scheggia nella gamba sinistra, ricordo di una bomba piazzata lungo la strada, e gli piace scherzare dicendo che, lasciato a sé stesso, passerebbe tutto il tempo a girare in tondo. Uno e novanta per cento chili, è uno di quei personaggi del genere *la mente modifica la materia*: ogni mattina in palestra alle sei a sollevare bilancieri, mettendo alla prova le sue ferite. La doccia se la fa a casa però, perché la sua coscia sinistra somiglia alla carta topografica di un terreno montuoso. Certe volte, dopo qualche drink, la sua ragazza ripassa la cicatrice rosa acceso con il dito e piange.

Entrambi gli agenti escono insieme dal veicolo. È una giornata ventosa, e Jimenez, mentre cammina sul ciglio della strada, si porta senza rendersene conto un braccio alla testa per tener fermo il cappello. Bullock si avvicina al guidatore. È amichevole ma diretto. La conversazione dura diciannove secondi. Le voci si fanno subito grosse. Tramite la camera si vede l'agente Bullock che fa un passo indietro sulla strada e mette la mano destra sulla pistola. Ordina al guidatore di scendere dal pick-up. La portiera si apre. Un uomo bianco e alto scivola giú, con una t-shirt chiara che mette in mostra un fisico poco curato. Il suo nome – noi lo conosciamo, ma il poliziotto non lo saprà mai – è Avon DeWitt, ed è un cittadino sovrano. Avon deve accompagnare la portiera con una spallata perché si spalanchi del tutto, i cardini battono un po' i coperchi da quando poco tempo prima ha avuto un incidente. L'agente Bullock fa un altro passo indietro, mettendosi sulla difensiva quando vede la stazza dell'uomo. DeWitt sorride senza gioia, le mani ben in vista, come un mago che vuole farti vedere di non avere assi nascosti nella manica.

Risuonano i colpi, la bocca di un fucile spunta da dentro la cabina della Ford. Sul lato del passeggero, il cappello dell'agente Jimenez vola via, uno spruzzo sgargiante di sangue, mentre l'agente ruzzola all'indietro e cade nel fosso. Sul lato del guidatore, Bullock impugna l'arma di servizio – DeWitt attende riflessivo – e a quel punto spunta il passeggero con in braccio un fucile semiautomatico, piú tardi identificato come un AR-15. Spara da dietro il cassone dell'F-150, colpendo Bullock tre volte alla testa e al petto. Mentre l'agente cade a terra, DeWitt, un uomo coi baffi sulla quarantina, salta sul pick-up e urla al passeggero di fare altrettanto.

– Andiamo. Andiamo via, cazzo! – grida. Il passeggero abbassa il fucile e rientra nell'abitacolo, il veicolo torna sgommando in carreggiata, anche se la portiera dal lato del passeggero è rimasta aperta.

Dopo che il pick-up se ne è andato, la camera a bordo dell'auto della polizia continua a riprendere tutto, ma ora quello che ritrae è un paesaggio: *Ritratto di un giorno nuvoloso in Florida*, o *Natura morta con cadaveri*. La sola traccia del massacro appena avvenuto è lo stivale che si intravede sull'asfalto, nell'angolo in basso a destra dello schermo.

E cosí allo spettatore non resta che riflettere su un dettaglio che riguarda l'assassino e spicca tra tutti gli altri.

Sembrava solo un ragazzino.

Ora

È iniziato tutto con le sigarette: come vendere alle persone un prodotto che persino i contadini nella Virginia di inizio Novecento sapevano li avrebbe uccisi.

Lucky Strike. Virginia Slims.

La promessa di un'emozione a ogni tiro.

Per vendere cancro e malattie polmonari, devi fare molto di piú che nascondere la verità. Devi minare l'idea stessa che possa esistere una verità. Cos'è davvero fumare? Chi dice che fa male proprio a te? Qualche membro delle élite che è andato a Harvard e non comprende le tue pene? Chi mai vorrebbe tenerti lontano da un simile sollievo?

Per minare l'idea stessa che esistano i fatti, non puoi soltanto mettere in discussione la scienza, presentare una teoria diversa. Devi mettere in discussione che la scienza abbia anche solo voce in capitolo. Generare confusione e incertezza. Rigettare la nozione stessa di consenso diffuso.

O forse è iniziato tutto con Freud e la scoperta dell'inconscio. L'idea che le persone siano mosse da voglie e pulsioni che non sanno nemmeno di avere. Impulsi sessuali, desideri violenti. Desideri che sono stati esiliati dalla mente conscia, repressi nell'inconscio. Pensieri e sensazioni tabú a cui sappiamo di non dover dare voce. Stimoli che spingono per essere soddisfatti. Sposare nostra madre uccidendo nostro padre. Fantasie ancestrali che stanno sepolte nei sogni. La mente umana, Freud aveva capito, è alimentata dalla negazione: vuole cose che non può ammettere di volere, e al tempo stesso finge di non volerle.

O forse è iniziato tutto con il nipote di Freud, un americano di nome Ed Bernays che aveva compreso come la teoria dell'inconscio freudiana potesse essere utilizzata per vendere alla gente qualsiasi tipo di prodotto. La chiave era fare appello a quegli impulsi inconsci che ogni essere umano sente ma nasconde, dopodiché la mente razionale si sarebbe comportata di conseguenza. Bernays sviluppò una teoria battezzata da lui stesso «ingegneria del consenso», che avrebbe fornito alle persone al potere i mezzi per «controllare e irreggimentare le masse a loro insaputa». E cosí erano nati sia la subdola arte della pubblicità sia un nuovo tipo di politica.

Negli anni Venti Joseph Goebbels, il futuro ministro nazista della propaganda, cercò di contattare Mr Bernays, sperando di ottenere dei consigli utili per costruire un culto del führer intorno a Adolf Hitler. Goebbels immaginava un linguaggio simbolico, un sistema manipolatorio del quale il Partito nazista si sarebbe potuto servire per spingere il popolo tedesco verso il fanatismo e la guerra. Al cuore di questa sfida c'era una domanda: *Come si fa a spingere le persone a comportarsi in modi che sanno essere immorali?*

La risposta che ottenne fu questa: devi minare l'idea stessa di moralità. Devi ridefinirla. Quel che prima era sbagliato diventa giusto. Cosí, d'imperio. L'omicidio diventa autodifesa. Un atto morale, necessario. L'ebreo non è umano e allora può essere eliminato senza colpa o vergogna. Quelli che cercano di difendere la vecchia idea di moralità vanno etichettati come fanatici e bugiardi. Sono dipinti come il male, perché una volta che il tuo nemico è malvagio, a quel punto la sola cosa morale da fare è distruggerlo.

Il modo in cui vendi alle persone le sigarette, alla fine, è lo stesso in cui vendi loro un genocidio. Minando l'idea di certezza, rigettando la realtà oggettiva e la morale tradizionale. Demonizzando «gli esperti» che osano dirti che cosa è giusto e cosa è sbagliato. «Non ci arrivate?» ci dicono. Non c'è niente di giusto. C'è solo quel che è giusto *per te*, e sta a te e soltanto a te sceglierlo.

Oppure forse – sí, senza dubbio – è iniziato tutto con il nostro essere mortali. O, piú precisamente, con il rifiuto del nostro essere mortali. L'umana abilità di negare la morte, di vivere come se la fine non ci riguardasse tutti allo stesso modo. La nostra mortalità è una stanza chiusa a chiave in cui non entriamo mai, sentiamo un brivido e un tremore ogni volta che passiamo davanti alla porta – sprangata con le assi di legno, murata – eppure rimane lí, in attesa, come il diavolo a cui vendi l'anima. Tratteniamo il respiro quando la vediamo. I nostri genitori muoiono, e i nostri amici e colleghi. Partecipiamo ai loro funerali, osserviamo mentre li calano nelle profondità della terra, senza mai accettare che saremo noi i prossimi.

All'inizio di tutto c'è stata la negazione. E poi, grazie a Sigmund Freud e alle industrie del tabacco e al «tutto il politico è personale», è arrivato il negazionismo. Il rifiuto organizzato della realtà in favore della fantasia. Quel circolo pervasivo di rifiuto della scienza, rifiuto degli esperti, rifiuto del concetto stesso di verità. *La terra è piatta. L'Olocausto non è mai accaduto. L'11 settembre è stato un complotto ordito dall'interno. I vaccini causano l'autismo. Il Covid è un inganno. Le elezioni sono state un furto.* Non vogliamo morire, cosí fingiamo che non dovrà mai succedere. E a quel punto, se possiamo negare la nostra stessa morte, allora possiamo negare tutto.

O

Felix Moor, nato Samson DeWitt, è un esperto del rifiuto. È cresciuto con un padre che considerava illegittimo il governo degli Stati Uniti d'America. Un cittadino sovrano, che credeva che il Quattordicesimo emendamento avesse reso schiavo un popolo prima libero. Un padre che si faceva da sé le targhe per la macchina, che aveva inoltrato una dichiarazione di negato consenso al governo federale, dichiarandosi esente da tutti i regolamenti e le leggi nazionali. Che aveva insegnato a suo figlio a sparare usando bersagli con su scritto Atf e Fbi.

Possiamo allora sorprenderci se colui che poco fa abbiamo visto abbattere due poliziotti non è che un ragazzino? Cuore in gola, pulsazioni che schizzano in alto mentre toglie la sicura dall'AR-15. La voce di suo padre nella testa mentre si sporge dal cassone del pick-up. *Indossano il giubbotto antiproiettile, mira alla testa.*

Pop pop pop.

E poi giú a terra, muovendosi rapido.

Pop pop pop.

Autodifesa. Cosí la chiamava Avon. «I federali stanno venendo a prendere tutti quelli come noi, – diceva. – Prima ci prendono le armi. Poi l'anima».

Hai fatto bene, ragazzo. Hai fatto quello che andava fatto.

Nel pick-up, quel giorno, Avon disse a Samson, adesso Felix, che il buon senso che aveva appreso da lui era un dono, l'ultimo di una serie di doni, a partire dall'essere nato nell'ombra. Samson, adesso Felix, era il ragazzo senza certificato di nascita, senza numero di previdenza sociale. Per quel che ne sapeva il governo degli Usa, lui non esisteva. Immaginatelo a quindici o vent'anni. Cosa succede quando il ragazzo vuole andare a scuola o cercare un lavoro? Cosa succede se vuole uscire dal Paese e ha bisogno di un passaporto?

Come Samson, adesso Felix, avrebbe poi scoperto, è piú facile provare la propria identità per un immigrato che per un ragazzo nato nel cuore della Florida, ma completamente isolato dallo Stato. Sei un apolide in patria. Per fortuna, le identità sono falsificabili. Si può scegliere un nuovo nome, rubare un numero della previdenza sociale, si può riesumare in qualche modo il certificato di nascita di qualcun altro. E questo conduce alla domanda: quando un ragazzo che tecnicamente non esiste sparisce, a chi mancherà?

Lui era il ragazzo cresciuto con la convinzione che gli elicotteri neri del governo sarebbero arrivati da un momento all'altro, e che gli aghi fossero il modo in cui lo Stato ti impiantava i microchip di controllo. Il ragazzo per cui era normale fuggire nel cuore della notte, che aveva imparato come sistemare una trappola esplosiva, che sapeva mirare alla testa.

Secondo Avon DeWitt, Dio era americano ed era incazzato nero. Incazzato che le élite globali avessero minato la libertà americana, incazzato che ai bravi cittadini, onesti e lavoratori, fosse stato fatto il lavaggio del cervello, che fossero stati ingannati e ridotti in schiavitú. E allora Avon aveva deciso di tramutarsi in un'arma per pareggiare i conti, e suo figlio sarebbe stato un soldato che combatteva per la giustizia. Cosí, vivevano esercitandosi. Tenendosi pronti.

Un anno dopo i due poliziotti il ragazzo scelse un nuovo nome. Coprí la propria faccia invisibile di vernice colorata, di modo che lo notassero. Decise di avere una voce. Quel giorno Samson DeWitt morí. E nacque Felix Moor. O meglio rinacque, i suoi peccati mondati, la sua complicità rimossa. Era una tigre scappata dallo zoo. Un infiltrato alla deriva. Si trasferí a Austin, utilizzando il certificato di nascita di un ragazzino morto e il suo curriculum scolastico per iscriversi a un'università statale e incontrare una ragazza simpatica. Una bellezza che veniva da New York City.

Cosí era diventato reale.

Gli incubi ancora lo tormentano. L'odore della polvere da sparo e il suono dell'F-150 che sgomma via, e la voce di suo padre: «Dannazione, dannazione». Ma quando si sveglia, Felix si dice che sono i sogni di qualcun altro. Un estraneo. Lui è un uomo nuovo ormai, libero e senza colpa.

Se possiamo negare la nostra morte, possiamo negare qualsiasi cosa.

Oggi è il suo compleanno.

Felix è andato a Marfa, Texas, per salvare sua sorella da uno Stregone.

Sono parcheggiati fuori dall'*Hotel Paisano*, lui e Story. Lei, quella con il sorriso che porta l'estate e il sarcasmo tipico degli Yankee. Story Burr-Nadir, la figlia della giudice, che una volta aveva cantato a pieni polmoni: *Oh, say can you see.*

Un'ambulanza della contea staziona all'angolo dietro di loro, le porte sul retro socchiuse. La stanno osservando mentre dei paramedici usciti dall'ingresso dell'hotel caricano una barella. Il corpo adagiato sopra è coperto per intero da un lenzuolo. «Impiccato, – ha detto la ragazza al bar quando hanno preso il caffè al mattino. – Il terzo questa settimana». Loro hanno annuito e hanno chiesto latte e zucchero. Nel mondo la conta dei morti è in rapida ascesa. Insensati atti di autodistruzione.

Banali oppure ricchi di inventiva.

Gente che si faceva abbattere dalla polizia.

È iniziato tutto con le sigarette. Dove si andrà a finire, nessuno lo sa.

Di fianco a Felix, Story rimesta il ghiaccio nel bicchiere. Per lei il caffè è una scusa per bere qualcosa alla vaniglia. Sta pensando di nuovo a sua madre, Felix lo ha capito. Quando lo fa ha quello sguardo, l'occhio sinistro leggermente strabico, le pupille che guizzano. Malinconica. Preoccupata. Colpevole. L'ha distolta dall'idea di chiamarla almeno una dozzina di volte nelle ultime tre settimane. È troppo rischioso, le dice. Un giudice federale, con tutte le connessioni tra soldi e politica. Non lo chiamano lo Stregone perché indossa un cappello buffo. È uno che ha potere. Il potere di far sparire i problemi. Di far sparire le persone.

– Sembri tuo padre, – gli dice. E con padre intende il padre di finzione che si è inventato per lei, morto cinque anni prima. Il maniaco di Fox News in polo e pantaloncini corti strenuo sostenitore del Dio Re. Non proprio un suprematista bianco, ma certo non amico dei Neri. Questa versione del padre di Felix rientra nei ranghi dell'accettabile. Un possessore di armi da fuoco, senza dubbio, ma non un uomo che fa brillare degli esplosivi intorno a un fantoccio con le sembianze di un agente federale. La realtà in cui si è consumata la giovinezza di Felix è troppo radicale, troppo aliena, come un reportage da un campo di battaglia distante migliaia di chilometri. E cosí, Felix ha deciso di tenerle nascosta la verità. La verità sulla sua nascita. La verità sulle sue radici. La verità sui suoi crimini.

– Non puoi chiamarla, – dice, leggendole dentro.

– Io non sto...

Gli lancia una rapida occhiata.

– ... esci dalla mia testa.

Felix ha fatto l'errore di accendere la radio quando quella mattina si sono spostati. «La nomination alla Corte suprema per la giudice Margot Nadir sta entrando nella sua seconda settimana», ha detto un reporter. Felix ha allungato la mano per cambiare stazione, ma Story lo ha bloccato. «Corte suprema?» ha detto meravigliata. Era cosí profondo il buco in cui si erano rintanati. Niente tv, niente Internet, niente notizie per tre settimane. Poi la radio ha parlato della figlia scomparsa della giudice, Story. Ha parlato della loro casa a Austin, del pasto abbandonato sulla tavola, delle valige riempite ma lasciate lí. Story Burr-Nadir era morta? Si trattava di un omicidio?

Felix ha spento la radio. Sapeva che Story stava andando nel panico. Per sua madre. Per sé stessa. Non è una persona abituata ad arrangiarsi. A cagare tra gli alberi. Per parte sua, Felix sa bene come muoversi lontano dalla società. Paghi in contanti ed eviti i posti con le telecamere di sorveglianza. Niente motel. Niente telefonate. Sa come dissalare l'acqua e renderla potabile, come fabbricare un laccio emostatico e tamponare una ferita da arma da fuoco.

– Mi ami? – le chiede.

Lei lo guarda, concentrata. Alle sue spalle i paramedici caricano un altro suicida.

– Sí, lo sai...

Felix le prende la mano. – Ok, io questa cosa devo farla. Devo salvarla. Ma tu puoi andartene. Lo capirei. Soltanto non dire a nessuno dove sono. Va bene?

Story chiude gli occhi. Stanno cercando di essere adulti, di fare scelte responsabili, ma tutta questa faccenda sembra folle. Da quando sua sorella, Bathsheba, lo ha chiamato quella notte a Austin dicendogli che era stata rapita ed era prigioniera nel deserto. Da quando Bathsheba gli ha detto che controllavano quel che mangiava e la tenevano chiusa in una torre. Da quando ha detto di essere stata ingravidata – è questa la parola che ha usato, «ingravidata» – e ha fatto il nome, quel nome, F. L. Mobley, un miliardario con degli agganci in politica, dicendo che non avrebbe potuto rivolgersi alla polizia. Ecco, da allora Story si sente come Alice che scende nella tana del Bianconiglio.

«Lascia almeno che informi mia madre, – aveva detto Story la sera in cui Bathsheba si era fatta viva. – È una giudice federale. Potrebbe avvertire il procuratore».

Ma Felix era stato irremovibile. Niente chiamate. Niente mail. Le chiese se sapeva quanto denaro avesse donato Mobley per la campagna elettorale del presidente eletto, quanto fosse inserito nei giri politici.

«Servirebbe solo per metterlo in allarme, – disse, – la prenderebbe e la porterebbe all'estero prima che arriviamo».

Tutta quella faccenda faceva girare la testa a Story. Lasciarono il pasto a metà; i piatti ancora sulla tavola, le sedie scostate. Lei aveva cercato di far su un po' di roba, ma alla fine era rimasto tutto lí. Dovevano guidare per otto ore e Felix aveva l'ansia di mettersi in viaggio. Presero soltanto gli spazzolini e qualche paio di mutande.

Viaggia leggero. Era quello che gli aveva insegnato suo padre. Confondi le tracce. E mai senza ferro. Per questo, dopo aver messo Story in macchina, andò nel garage e tirò fuori una calibro 32 Ruger dal nascondiglio dietro la caldaia. Era dentro una custodia nera, che infilò in tasca insieme a una scatola di proiettili.

Poi tornò alla macchina trafelato, reggendo delle bottiglie d'acqua.

«Non ti preoccupare, – disse Story, vedendo la sua faccia. – La troveremo».

Guidarono per tutta la notte, facendo una sosta per la benzina a Junction. Mentre Story era in bagno, Felix scambiò la loro targa con quella di una Ford verde ammaccata, parcheggiata vicino a dove si facevano gonfiare le gomme. Arrivavano dalla Georgia, motto dello Stato:

Saggezza, giustizia, e moderazione. Felix aveva attraversato la Georgia in macchina piú volte. Dubitava che Story si fosse mai mossa sotto la Linea Mason-Dixon prima di trasferirsi a Austin. Certo non nel profondo Sud. Rovistando in macchina, trovò un cellulare nel cassetto portaoggetti, era di lei, e lo gettò nella spazzatura. Del suo Felix si era sbarazzato a casa, lo aveva sfasciato gettando i pezzi uno a uno nel water.

Non lasciare tracce.

Guidarono verso ovest coi finestrini tirati giú, sentendo il vento in faccia. All'una di notte Story si addormentò, i piedi scalzi appoggiati sul cruscotto. Felix rispettava i limiti, tenendo gli occhi aperti per i poliziotti. Era la forza dell'abitudine di un uomo la cui identità non avrebbe retto a un esame attento. Non votava, e non aveva mai preso una multa per divieto di sosta. Il curriculum scolastico che aveva presentato per iscriversi all'università era reale, soltanto che non era il suo. Bugie vere, le chiamava. In questo modo si convinceva di essere al sicuro, al riparo, dove quel che aveva fatto non sarebbe mai venuto fuori.

Un'altra forma di rifiuto. Un'illusione.

L'ansia di Felix era quella dell'animale braccato. Si svegliava spesso nel cuore della notte convinto che il padre fosse lí accanto al letto, con indosso una mimetica.

«Ci hanno trovato, – diceva, – vestiti».

Per quanto riguardava Story, l'ansia si era presentata nella sua vita sotto forma di disturbo alimentare. Un diavolo che le si insinuava nel cervello, dicendole di non mangiare. Un demone dall'odore pestilenziale, che le impediva persino di bere acqua. Un'entità maligna che la costringeva a fare esercizi tutto il giorno e a camminare avanti e indietro per la sua stanza finché non avesse bruciato ogni caloria assimilata e anche di piú. Le parlava sibillino all'orecchio, sussurrando menzogne. «Una creatura cosí grassa, ripugnante, – sussurrava, – nessuno ti amerà finché non sarai sparita».

A quei tempi soltanto la paura la teneva sveglia, un terrore elettrico riempiva ogni ora della sua giornata. Era una ragazzina di tredici anni e si stava lasciando andare. Per mesi aveva nascosto la sua condizione sotto t-shirt di parecchie taglie piú grandi. Sua madre, impegnata col lavoro, e il suo patrigno, alle prese con il fratellastro moccioso, avevano notato soltanto che era diventata piú schizzinosa con il cibo. Ma non si erano accorti che era diventata un'esperta nel tagliare ogni cosa a piccolissimi pezzi per poi risistemarli nel piatto in modo che sembrasse che aveva mangiato. E nemmeno che padroneggiava l'arte dei micromorsi, mentre i suoi genitori distratti si spazzolavano i piatti in fretta e furia.

È cosí che appare un suicidio in slow motion.

Quando sua madre alla fine si accorse che Story era l'ombra di sé stessa, quando la costrinse a salire su una bilancia, il numero comparso sul display per poco non la fece svenire.

«Oh mio dio», disse.

E da qualche parte nel profondo il demone di Story sorrideva.

Era diventata uno scheletro di quattordici anni.

Quel che seguí furono mesi passati in una clinica per disturbi alimentari, e poi sessioni intensive di terapia individuale e di gruppo. Dallo Zoloft al Citalopram. Lentamente si riprese. Ma il demone viveva ancora dentro di lei, incancrenito nel midollo, nelle spirali delle sue impronte digitali. Alle superiori si uní alla squadra di atletica, sperando di poterlo allontanare correndo. Si gettò a capofitto negli studi, convinta di riuscire a fregarlo. Attività extracurricolari una dopo l'altra nel tentativo di sfinirlo. Mentre mangiava ascoltava musica ad alto volume e audiolibri, cercando di coprire la sua voce.

Ma nel profondo della corteccia cerebrale, lo sente ancora crepitare mentre lancia i suoi incantesimi malefici.

Incantesimi d'inedia.

Incantesimi di rigurgito.

Incantesimi di lassativi e due dita in gola.

Aveva incontrato Felix in un bar, un anno prima di quella fuga. Veniva da San Marcos ed era un ragazzo magro, capellone, con gli occhi spiritati. Ci provò con lei raccontandole fatti curiosi sugli animali. «La lucertola cornuta del Texas schizza sangue dagli occhi quando si sente in pericolo, e può arrivare fino a un metro e mezzo di distanza». Era una miniera di informazioni di quel tipo. «Lo sapevi che quando una rana pelosa viene attaccata, si rompe da sola le ossa delle dita e se le fa sbucare dalla pelle per avere degli artigli con cui difendersi?»

Di notte la abbracciava e la stringeva per ore, come fanno gli animali d'inverno per tenersi al caldo. C'erano cose del suo passato che ometteva. Aveva dei cugini? Uno zio preferito? Era chiaro che stava fuggendo da qualcosa, e allo stesso tempo stava anche *fuggendo verso* qualcosa: una carriera, l'età adulta, l'amore. Il suo ragazzo non era un bambinone. Sembrava ossessionato dal crescere. Conti correnti. Assicurazioni per la macchina. Nei fine settimana la aiutava a fare il conto delle spese. Le insegnò a cambiare una gomma e dove va versato il liquido per i tergicristalli.

L'ultima volta che Story era tornata a casa a New York era stato per il giorno del Ringraziamento. Due anni prima. Non se lo ricorda bene, perché non le piace pensarci, e la sua famiglia non ne parla. Non ne parlano perché come ogni famiglia ha le sue leggende e i suoi miti, cosí ha i suoi tabú, gli argomenti di cui si deve tacere, le liti che non vanno ricordate. Una madre entra nella stanza del figlio mentre si sta masturbando. Una figlia che ha passato l'adolescenza cercando di mangiare il meno possibile, che è stata in ospedale con una flebo ad alimentarla, che ha frequentato quattro istituti di cura in un anno, torna a casa per il Ringraziamento con le braccia che sembrano stecchetti e mangia in totale due cucchiaiate di salsa di mirtilli, e poi – quando la madre glielo fa notare – comincia a urlare che è un'adulta ormai e non deve stare ad ascoltare quelle stronzate perché può fare quello che le pare, dopodiché sale sulla macchina e guida troppo veloce, uscendo dalla carreggiata e finendo contro quelle pile di bidoni gialli che ti impediscono di imboccare contromano l'autostrada, perché la verità è che da settimane è alterata, stordita, intrappolata in quella che il suo psichiatra chiama «mentalità da digiuno».

Questo succedeva prima che iniziasse la specializzazione in Legge. In quello che lei chiama il suo anno perduto, prima di incontrare Felix. Passò la notte in ospedale. Quando l'infermiera le chiese se c'era qualcuno che volesse chiamare, fece il nome della madre, perché era spaventata, perché era mortificata, perché mentre l'auto scivolava verso l'altra corsia aveva pensato che sarebbe morta. Quando sua madre arrivò, rimase di fianco al letto a fissare Story, con quelle sue braccia sottilissime scoperte dal camice sanitario a maniche corte.

«Oh, Story», disse, e si misero a piangere insieme, sotto la luce fluorescente da ospedale in una stanza che odorava di igienizzanti industriali.

Ormai Story e Felix sono accampati fuori città da tre settimane, perlustrano il territorio, prendono nota delle entrate e delle uscite dalla proprietà di E. L. Mobley.

Mobley viene e va con il suo aereo privato, decollando da un piccolo aeroporto nella zona sud. In sua assenza la sicurezza sembra aumentare, scoraggiando qualsiasi loro mossa per cercare di salvare Bathsheba. Felix è preoccupato che, vista la situazione, la sorella possa uccidersi prima che la raggiungano. È sempre stata una sognatrice, incline a farsi sedurre dagli incantatori, dai venditori di false promesse. Felix può immaginare come l'abbia rimorchiata Mobley: denaro, potere, l'illusione di realizzare il suo sogno di una vita da artista.

La tenuta di Mobley è nella parte nord della città, nascosta tra le colline ai piedi delle montagne vicino all'Osservatorio McDonald. Da Farm Road 118 c'è un vialetto stretto non segnalato che conduce a una cancellata. Le telecamere piazzate sul muro circostante controllano chi si avvicina. Al Radio Shack di Fort Jackson, Felix ha comprato un drone e un computer portatile, pagando in contanti. In un'area di sosta, che affacciava sul parco statale, lo ha tirato fuori dalla scatola, mentre Story trovava un posto protetto dal sole dove vedere bene le immagini sullo schermo del computer. Ci è voluta un po' di pratica, ma in poche ore Felix ha imparato a manovrarlo abbastanza bene da provarci. Aveva le coordinate gps della tenuta, e con l'aiuto di Story è riuscito a far volare il drone sulle colline, con la telecamera che registrava qualunque cosa: avrebbero rivisto tutto poi, insieme.

Rientrati al campo base hanno acceso un fuoco e cucinato fagioli e tortillas in una padella di ghisa, guardando le riprese del drone. Si sono resi conto in fretta che quel vialetto stretto era l'unica via d'accesso alla proprietà di Mobley. La casa – una *hacienda* in stile spagnolo con sei camere da letto e una torretta di tre piani rivolta a sud – era piazzata in un avvallamento roccioso, e dietro c'erano una piscina a sfioro e dieci metri di erba di un verde impossibile che portavano a un dirupo.

Quella notte Felix ha sognato sua sorella, intrappolata nella torretta, con lo sguardo perso nel vuoto. A cosa altro erano serviti gli insegnamenti di suo padre se non a poterla salvare? Aveva solo bisogno di un piano. E cosí avevano iniziato a presidiare la zona.

Tre settimane dopo, Felix è seduto di fianco a Story, sorseggia il caffè, in attesa che arrivi il suv nero che ogni mattina passa all'*Hotel St George* per prendere bagel e brioche da portare alla proprietà. Marfa è un enigma, non si capisce come mai negli anni Settanta un artista minimalista si sia trasferito da New York City in questo paesino sperduto del Texas occidentale, comprando una vecchia base militare abbandonata e riempiendola di opere d'arte. Trent'anni dopo, la cittadina è diventata una sorta di performance d'avanguardia del *buen retiro* di un cowboy in pensione. Adesso ci sono vegani che fanno spesa al minimarket. E gallerie d'arte ovunque. L'edificio piú alto è un rettangolo in stile minimalista di quattro piani dall'altra parte della strada, proprio alle spalle di Story e Felix. L'*Hotel St George*: San Giorgio che sfidò il drago nella città di Silena, che ora sarebbe territorio libico. Nel III secolo dopo Cristo. Il drago aveva imperversato per tutto l'inverno. Gli abitanti del villaggio uccidevano due pecore al giorno per placare l'ira della possente bestia. Ma le pecore non bastavano. Era necessario un sacrificio umano. E andava preso nel villaggio. La prima vittima, una giovane invisa a tutti, fu scelta all'unanimità, poi toccò a un giovanotto assai rozzo e stupido. Ed era chiaro che si stessero sacrificando i ragazzi per salvare la vita degli adulti. Prima i poveri, poi quelli piú benestanti. Era quella la funzione che avevano i figli allora, essere mandati in pasto ai lupi in modo che i genitori potessero fare altri figli. Ma in primavera, quando tutti i giovani erano stati sacrificati, fu la volta della figlia del re. La sua unica figlia. Cosí il re mandò a chiamare Giorgio, un soldato romano di una certa fama. I ricchi, vedete, hanno sempre usato i soldi per risolvere i loro problemi.

Successivamente, nell'anno 303, Giorgio sarebbe stato torturato e decapitato dagli stessi romani. E sarebbe poi diventato il santo patrono dei soldati, degli scout e dei sifilitici. Duemila anni dopo, a Marfa, Texas, avrebbero costruito un hotel con il suo nome dentro il quale si possono comprare libri d'arte per trecento dollari e bere Margarita da quindici dollari.

Dall'altra parte della strada, Story dà di gomito a Felix. Due suv neri si avvicinano arrivando dalla piazza del municipio. Di solito è uno solo. Story si lascia sprofondare nel sedile, mentre le due macchine piantano il muso contro il marciapiede davanti all'hotel. Due uomini con l'auricolare scendono dal suv di testa e controllano la strada. Uno degli uomini ancora a bordo parla al microfono che ha al polso, e le porte posteriori dell'altra macchina si aprono. Ne scende E. L. Mobley. Indossa una giacca a vento della North Sails sopra un maglione blu con il collo a V. I capelli argento freschi di taglio e all'ultima moda, il volto rasato e idratato da creme emollienti. I suoi occhiali da sole costano milleottocento dollari.

Liam Orci ispeziona il retro del suv, alla ricerca di eventuali pericoli. È un uomo alto con un sorriso minaccioso. Mobley gli dice qualcosa e ride. Dalla macchina, Felix e Story guardano quei quattro entrare nell'hotel. È la prima volta da che sono in città che Mobley lascia la proprietà per farsi vedere in centro. Acquattati nei sedili bisbigliano.

– Cazzo, – dice Story, – dovremmo, non so, forse dovremmo assalirlo?

– Quattro contro uno, – dice Felix, – sarebbe un massacro.

Controlla l'orologio.

– Potremmo... sono solo trenta minuti, magari potremmo andare alla proprietà e provare a entrare. Tre sono qui. Ne rimangono solo altri tre lí. Forse se...

Ma si ferma. Non sono ancora pronti. Non sono abbastanza equipaggiati.

– E se lo affrontassimo faccia a faccia? – disse Story. – Se gli dicessimo che sappiamo che l'ha rapita. *Di lasciarla andare.*

Felix scuote la testa. A volte non riesce a credere quanto sia ingenua. I ricchi non fanno niente che non li renda piú ricchi. Ricontrolla l'orologio. Tre minuti. Hanno perso tre minuti in cui Mobley è rimasto dentro l'hotel. Cosí prende una decisione.

– Vieni, – dice a Story, mentre già sta scendendo dalla macchina. Lei si infila al volo le scarpe e lo segue sussultando. Ha le gambe addormentate per essere rimasta troppo seduta. Anche se ancora non lo sa, il suo volto è su tutti i telegiornali; e su Internet la gente confronta la foto del suo libretto universitario con quelle del Fantasma del Senato, quella ragazza dai grossi occhiali apparsa per un istante alle spalle della giudice Nadir e poi svanita, sostituita da un uomo barbuto.

Sul marciapiede, Felix mette una mano intorno alla vita di Story, e la stringe a sé, baciandola sulla guancia. Recita la parte del bravo fidanzato, consapevole che potrebbero essere osservati. Entrano nell'hotel. Davanti a loro c'è la reception. Sulla destra un salottino e un bookshop. Sulla sinistra il ristorante. Felix getta un'occhiata a sinistra e vede Mobley seduto a un tavolo con Orci e un altro uomo. Le due guardie del corpo sono a un tavolo vicino e studiano la situazione. Giusto un'occhiata rapida per localizzarlo, poi torna a guardare di fronte a sé. Dopodiché trascina Story verso il bookshop.

– Vediamo se hanno quel catalogo di De Kooning, – le dice.

Lei annuisce, in silenzio. Ora che sono lí dentro, ora che Mobley è cosí vicino, tutto sembra troppo reale. Quello che stanno facendo è una follia: salvare una ragazzina dalle grinfie di un miliardario. Sono soli. Senza mezzi né preparazione.

La lobby è quasi deserta. Una famiglia in attesa dell'ascensore. Una donna col cane che parla al receptionist. Il bookshop è soltanto un mucchio di tavoloni messi lí con dei libri buttati sopra. E due scaffali rivolti alla vetrata. Ci sono quattro clienti che curiosano. Sembrano tutti adolescenti. Il ragazzo piú vicino a loro ha i capelli lunghi raccolti in una coda e occhiali con una montatura sottile. Di fianco a lui un altro ragazzo leggermente piú grande con uno spolverino di pelle mastica un chewing gum.

Story si guarda alle spalle. Vede Mobley seduto al suo tavolo. Per un istante i loro occhi si incrociano. In quel momento capisce che l'ha notata da quando sono entrati. Che non ha mai smesso di seguirla con lo sguardo. La sta studiando. Story guarda altrove, si sente violata. L'odore che arriva dal ristorante – gli hamburger sulla piastra, un agnello nel forno – prima cosí invitante, le fa venire per un attimo la nausea.

– Devo... – dice, – bagno.

Poi corre via, con una mano davanti alla bocca. Felix la osserva allontanarsi, e nota il colorito verde di chi sta per vomitare. Scuote le spalle in maniera teatrale. *Donne.* Sente addosso gli occhi di Mobley che gli fanno bruciare la schiena. Lentamente fa un giro intorno a uno dei tavoli fingendosi interessato ai libri. Prende una monografia su Ron Mueck, legge la quarta di copertina. Sulla sua destra, il ragazzo coi capelli lunghi e il suo compare con lo spolverino stanno discutendo a voce bassa.

– Adesso o dopo, – dice Spolverino, – sta a te. Io dico solo che quando le opportunità bussano alla porta...

Il ragazzo prende uno stecchino da dietro l'orecchio e se lo mette tra le labbra. Vicino alla vetrata Felix nota un ragazzino spilungone, piú giovane degli altri due, avrà quindici anni. Indossa un piumino imbottito smanicato anche se all'esterno ci sono piú di 30 gradi. Guarda fuori, verso la strada, mentre regge in mano un tascabile aperto. Felix continua a girovagare intorno al tavolo. Posa la monografia di Mueck e prende un libro giallo di poesia. *Decisamente credibile.* Da lí può vedere la porta del bagno delle donne. In sottofondo le casse diffondono del trance pop coreano quasi impercettibile. La donna con il cane smette di parlare con il receptionist e va verso l'ascensore. Da dietro l'angolo del libro, Felix vede Liam Orci richiamare l'attenzione della cameriera.

– Non è ancora il momento, – dice Codadicavallo, – siamo qui per altro.

– Per cosa? – dice Spolverino.

– Risposte, – dice Codadicavallo.

La porta del bagno si apre. Story esce. Si è sciacquata la faccia, passandosi le mani bagnate tra i capelli. Felix alza la mano per farsi notare.

– Story, – la chiama, non ad alta voce ma abbastanza forte da farsi sentire, poi pensa, *Merda, perché ho usato il suo vero nome?* Lei lo vede e lo raggiunge.

– Scusami, – dice. – È tutto... un po'... pesante.

Lui le passa il libro di poesie come a dire, *Non è interessante?* Lei lo prende senza capire, e lo poggia sul tavolo. Dietro di loro Codadicavallo e Spolverino sono impegnati in una conversazione concitata, si parlano quasi all'orecchio. Tengono gli occhi puntati su Felix e Story, bisbigliando eccitati. E noi ormai sappiamo chi sono. Uno è un profeta. L'altro si è dato il nome del cattivo di un romanzo di Stephen King.

– Che stiamo facendo? – chiede Story nervosa. Ogni minuto passato lí dentro le pare rischioso. Alle sue spalle il Profeta fa un passo indietro.

– *Ssshh*, – dice Felix.

Il Profeta sta per toccare la spalla di Story. Ma a questo punto arriva una donna, che si avvicina in fretta e furia al tavolo.

– Oh mio Dio, – dice a Story, – sembri proprio lei.

Il Profeta rimane paralizzato, la mano a mezz'aria. Story guarda Felix. *Cosa devo fare?*

La donna fa una smorfia che somiglia a un sorriso.

– La figlia della giudice.

Prende il telefono. Story vede un titolo della Cnn: SCHERZI DELLA REGISTRAZIONE? E sotto la foto del suo libretto universitario appaiata all'immagine di una donna seduta dietro sua madre in una stanza del Senato.

– Sei tu, vero? – dice la giovane donna, una bionda sui ventisei anni. Sorride.

Felix afferra Story per il gomito e la spinge verso l'uscita.

– Ferma, ferma, fammi fare una foto, – dice la donna, cercando di girare nel verso giusto il cellulare.

Felix corre verso la porta, spingendo Story. Con la coda dell'occhio percepisce Mobley che li osserva. È stato un errore andare lí. Adesso gli è chiaro. Dietro di loro la donna cerca di bloccarli per fotografarli.

– Dove credete di andare, – dice scattando verso l'uscita per tagliare loro la strada.

Story si blocca quando le punta in faccia il cellulare – l'attimo prima di diventare il prossimo meme virale su Internet – ma il ragazzo con lo spolverino inciampa nella donna, facendola finire nell'area ristorante. E il ragazzo con la coda di cavallo mette una mano sulla schiena di Felix, spingendo lui e Story fuori di lí.

– Non voltatevi, – dice.

A quel punto sono in strada, girano a destra passando davanti alla vetrata. Guardando dentro, il Profeta vede Simon che li fissa. Picchietta contro il vetro e gesticola: *datti una mossa*. Simon è accigliato, confuso, si guarda intorno, vede che i suoi amici se ne sono andati. La sua testa mette insieme i pezzi.

– Merda, – dice, e si sbriga a raggiungere la porta, incrociandosi con Randall Flagg, che ha passato gli ultimi trenta secondi a dire alla bionda di guardare dove cazzo mette i piedi la prossima volta. Sulla strada, Randall afferra Simon, facendolo sterzare nella direzione opposta a quella del Profeta.

– Aspetta, – dice Simon, – dove stiamo…

Ma Randall lo spintona verso l'incrocio. Di sfuggita Simon riesce a vedere Mobley seduto al ristorante. Sta conversando con il suo ospite, ma non perde di vista loro due che girano l'angolo. In faccia un sorrisetto.

So cosa state facendo, dice con gli occhi. *Lo so bene*.

E qualcosa di quel sorrisetto fa rabbrividire Simon, mentre Randall lo spinge via, lontano dalla luce del sole, dritti in mezzo alle ombre.

Lo Stregone

Quando parlano di E. L. Mobley, spesso lo fanno descrivendolo attraverso le cose che possiede. Il 737 privato, la palazzina di sei piani con cinquanta stanze in Madison Avenue, le altre cinque lussuosissime residenze sparse in tutto il mondo dalla Florida a Tokyo passando per Roma. Un uomo che ha una sua isola caraibica e probabilmente una miniera d'oro nell'Africa occidentale. I giornalisti ci tengono a elencare i presidenti di cui è amico, gli oligarchi russi e i dirigenti di partito cinesi che lo sentono ogni giorno al cellulare. Il suo primo miliardo di dollari lo ha fatto grazie alla terra; in particolare lo ha fatto sparando acqua ad alta pressione nella roccia, forzando l'emersione in superficie di petrolio e gas naturale. Gli effetti che ha questo procedimento sull'ambiente sono sfaccettati, ed è il motivo per cui in Oklahoma lo chiamano il Re dei Terremoti mentre in Louisiana è noto come l'Uomo Melma, essendo il responsabile della nauseabonda miscela di agenti chimici che ha infestato le falde acquifere locali. Da allora ha diversificato le attività, ripulendo il suo denaro, fondando un impero del cloud storage, un colosso di imballaggi alimentari e un consorzio di servizi finanziari, fino a che quell'iniziale miliardo di dollari contaminato non è diventato che un centesimo della sua ricchezza.

Soldi che generano altri soldi, in altre parole.

Gli piacciono le donne, piú sono giovani meglio è. Questa faccenda è di dominio pubblico in certi ambienti, eppure non ne parla quasi mai nessuno. È uno scapolone. In fondo è un miliardario, è chiaro che si diverta cosí. Qual è lo scopo del denaro se non comprarsi la giovinezza? È una cosa accettata, vista come eccentrica, perlopiú perché le persone pensano che giovani voglia dire diciotto o diciannove anni. E che magari quando è all'estero flirti con qualche diciassettenne.

La verità è che le donne non gli piacciono proprio.

Gli piacciono le ragazzine.

Mobley è un vecchio di sessantatre anni che preferisce la compagnia delle ragazzine, a volte persino quattordicenni. Se n'è portate a letto migliaia. A New York è pieno e costano poco. Lui ci scherza su dicendo che puoi scendere e comprarne una confezione da sei al negozio all'angolo. Ti bastano un po' di caramelle e un sorriso. Da collezionista di acqueforti con soggetti del folclore fiabesco, le chiama le sue *spose animali*. Mobley possiede un ranch nei dintorni di Marfa, in Texas, dove fa arrivare diciannovenni e ventenni su jet privati. Lí, in una stanza speciale, costruita secondo i criteri della sezione aurea, le stupra, e le loro urla risuonano tra le pareti progettate acusticamente alla perfezione. E. L. Mobley crede di essere l'uomo piú importante e originale che sia mai vissuto. A lui soltanto, pensa, si dischiudono i segreti dell'universo. Lui soltanto può mappare il labirinto della mente umana. Lui è un mago.

Uno stregone.

Ovunque vada ha dei complici, dei *rabatteurs*, che radunano giovani donne fertili, vulnerabili e disperate per intrattenerlo, perché si diverta, perché possa consumare i loro corpi. E lui, lo Stregone, è sempre famelico, a volte ne vede tre diverse in uno stesso giorno. Massaggi, le paga per quello. «Lo hai mai fatto un massaggino, dolcezza?» E poi sta a guardare fino a che punto arrivano quando se lo trovano nudo sul lettino. Quando comincia ad abbassare sempre piú l'asciugamano. Quando prende loro la mano e se la mette fra le gambe, quando afferra loro la testa e gliela china a forza.

C'è una donna a Los Angeles che tiene un database coi loro profili, aggiornato di settimana in settimana, con i link ai social media: aspiranti attrici e modelle, ma anche aspiranti *artiste*, ragazze tatuate coi piercing al capezzolo e un rapporto conflittuale con il padre. Il segreto è individuare ragazze che hanno dei traumi nel passato, con dei problemi di autostima, dei disturbi alimentari. Delle vittime, per farla breve. A San Francisco c'è il Troll, un ragazzino che viene pagato piuttosto bene per adescare, sedurre e comprare giovani ragazze per i party dello Stregone. Mobley poi ha investito in un'agenzia di modelle europea perché gli fornisca della merce quando è all'estero: a Parigi, in Danimarca o a Barcellona, non fa differenza. Se invece si trova sull'isola privata, i suoi uomini reclutano delle povere ragazzine delle Barbados e le portano sullo yacht. Queste qui sono piú grasse di quelle che usa di solito – «Hanno i *servizi* piú ampi», dice cosí lo Stregone, che chiama «servizi» il culo delle donne – ma se rifili abbastanza soldi alla polizia locale puoi far loro di tutto. Ecco ciò che puoi comprare con il denaro sul pianeta Terra nel XXI secolo. La libertà. Puoi essere libero da obblighi e responsabilità, libero dai procedimenti penali, dalle regole. Libero dalla moralità, dal senso di uguaglianza e di giustizia.

Decollo da San Francisco alle quattro e trenta del pomeriggio significa atterrare a Marfa, in Texas, per le nove di sera. In volo mangiano aragosta alla Hunan, accompagnata da Lo mein con il tofu, tutto preparato dal suo chef per i voli dalla West Coast. Ci sono Mobley, il suo maggiordomo personale, e Astrid Prefontaine, una ex famosa, regolarmente sulle pagine di gossip, che per parecchio tempo è stata la «fidanzata» dello Stregone, la cui mansione adesso è «normalizzarlo», dice lui agli amici ricchi che si chiedono come faccia ad avere sempre intorno della fica da esposizione.

«Astrid, – dice, – mi normalizza. Porta le ragazzine, le fa sentire a casa. "Andiamo tutte a cena insieme", dice, oppure, "A E. L. piacerebbe che andassimo tutte agli Hamptons con lui". Poi, quando ce ne stiamo sul divano a guardare un film, lei comincia a far scivolare una mano oppure a baciarle sul collo. Capite, le ragazze sanno che l'*uomo* è un predatore. Abbiamo quel luccichio feroce in fondo agli occhi. Ma le femmine, le cerbiattine, quando sono tra di loro, be', non capiscono che un'altra donna possa approfittarne. Si bloccano. Posso farvi leggere sei articoli scientifici che presentano i risultati di ricerche da me finanziate a riguardo. Se lo fa una donna deve essere ok. E quando si sono messe in testa che quello che sta succedendo non può farle sentire minacciate, a quel punto Astrid mi butta dentro; cosí anche se c'è del disagio non sarà mai abbastanza da farle smettere di credere che sí, insomma, forse le cose sono strane, ma non c'è alcun *pericolo*».

Sull'aereo ci sono anche i fratelli Orci: Pete, il pilota; Liam, il samurai di Mobley; e Boaz, il risolutore, quello che può far sparire qualsiasi problema. E in quel momento il *problema* è l'assistente personale di Mobley, Katie, diciotto anni: Astrid e E. L. se la sono lavorata per settimane. Katie è un'aspirante pittrice con Grandi Sogni di Celebrità Newyorkese, e una ragazza che ha dei sogni si può soggiogare facilmente. Per prima cosa le compri qualche quadro; poi le dici che vuoi investire nel suo futuro, le fai vincere magari un bando, garantendole un anno di tranquillità a dipingere in una delle tue proprietà. A quel punto, quando l'hai isolata, rendi la faccenda piú fisica. «Lo hai mai fatto un massaggio?» Se si agita troppo le stacchi un assegno, oppure minacci di distruggere la sua carriera artistica. Il potere è un gioco a somma zero. Non è distribuito un po' tra tutti. C'è chi ce l'ha e chi no. E lo Stregone è il potere, un mago riconosciuto a livello internazionale, un uomo con una capacità ipnotica e una malia sovrannaturali, come un cobra che si alza in spire e ti incanta con lo sguardo.

Il vero nome di Katie è Bathsheba DeWitt, un nome che le è sempre sembrato perfetto per una stripper della Florida da quattro soldi. Il suo è il profilo perfetto della vittima: padre opprimente, madre assente. Si è sviluppata in fretta. Primo ciclo a dodici anni. Sedotta dal suo professore di Matematica quando era solo una quindicenne, dopo un lungo assedio fatto di bigliettini e chiamate, terminato con lei deflorata sul sedile posteriore della sua Volkswagen. Gli uomini violenti sembrano esserne particolarmente attratti. Forse per via della sua taglia piccolina, meno di uno e sessanta, magra ma con le forme. Oppure per il fatto che, malgrado tutto, è ancora una ragazza che crede in cose come l'amore e il rispetto.

È la sua prima volta su un jet privato. Mobley la osserva mentre studia il cibo, mentre ammira il pinot grigio che le ha versato. Sembra paralizzata, sopraffatta da quello splendore etereo. La osserva mentre volta la testa per guardare fuori dal finestrino il mondo che scorre sotto di loro, un mondo che spera di conquistare un giorno, e *che cazzo*, è o non è una partenza da urlo? Davanti a lei, Astrid alza il calice, sorride. Il rossetto pallido, da donna di buon gusto.

– A Katie, – dice.

Mobley sorride, alza il calice.

– A Katie.

Si sporge in avanti per brindare con lei. Katie arrossisce, reggendo il vino in modo imbarazzato. È chiaro che non riesce a credere alla fortuna che ha avuto. Brinda prima con Astrid, poi con Mobley, poi posa il calice. Astrid fa una smorfia.

– Porta sfortuna se non bevi, – dice. Allora Katie alza il calice e prende un piccolo sorso, poi si lascia andare e continua a bere, sentendosi sofisticata, come se quel drink, quell'aereo, l'attenzione di quelle persone, le avessero aperto le porte di un mondo segreto, un mondo pieno di tesori nascosti e possibilità.

In qualche modo Katie è riuscita a dare un senso alla sua infanzia di merda e all'adolescenza problematica arrivando lí, di fronte a quell'opportunità incredibile. Per un attimo sente il petto gonfiarsi per l'orgoglio. *Se la vita ti dà limoni*, pensa.

Se solo suo padre, Avon, potesse vederla ora, suo padre e il suo costante sminuirla, sei una «merdina insignificante», e tutte quelle altre cose da padre dell'anno. Quanta strada ha fatto dal purgatorio paludoso da cui è partita per arrivare fino a quelle altezze dorate, in un posto dove è desiderata, dove le sue capacità, il suo valore, sono riconosciuti, dove la notano. Tra non molto si renderà conto di quanto è stata sciocca, si renderà conto che Katie, nata Bathsheba, non ha mai smesso di essere carne per i predatori, che è saltata fuori dalla padella per finire direttamente nella brace. La sola differenza è la *classe* diversa del predatore, prima erano dei coyote rognosi e adesso è un grande squalo bianco. Crescere magari non in totale povertà, ma tra quelli che arrancano sempre malgrado tutta la fatica che fanno, ai margini dell'impero americano, vuol dire essere segnati dai colpi incassati e dalle cicatrici che restano. Il dito rotto rimasto storto perché Avon lo ha steccato da solo senza portare Bathsheba al Pronto soccorso. Il morso di un cane sulla gamba che doveva essere medicato con dei punti. Il dente di suo fratello Samson saltato contro il paletto di una recinzione. Febbri e parassiti, overdose e incidenti d'auto. È cosí che scandisce il tempo lei. L'anno in cui il padre è stato rinchiuso in prigione, seguito a ruota dall'anno in cui la madre ha perso tutti i capelli e non riusciva piú ad alzarsi dal letto. L'anno in cui la bisnonna è annegata durante la grande inondazione. L'anno in cui la sua migliore amica è stata uccisa su una strada ghiacciata. Animali che vanno e che vengono. Il suo gattino cieco da un occhio sventrato sul portico. I cani che sopravvivevano ai coyote che finivano mangiati dagli alligatori. Nella Florida rurale, nessuno dura molto.

L'anno in cui le era venuto il ciclo, Bathsheba prese delle bende dal kit di sopravvivenza del padre e si fasciò il petto. L'istinto le diceva che se i ragazzi a scuola avessero notato che le stava spuntando il seno avrebbero iniziato a confabulare e a seguirla a casa, i motori delle macchine che giravano pigri mentre cercavano di convincerla a farsi un giro sui sedili posteriori.

Nel mondo da cui arrivava mangiavi quel che cacciavi. Cervi in autunno, linci e lontre d'inverno. I cinghiali tutto l'anno, come i procioni, gli opossum e i conigli. Quando aveva sei anni Bathsheba sapeva già tagliare la testa a un colombaccio, spellare un coniglio ed eviscerarlo. A casa sua si usavano tutte le parti degli animali, ed erano loro stessi a macellarli. Nel capanno fuori c'erano cinque o sei congelatori per conservare e frollare le carni, collegati da una prolunga. La notte facevano il rumore dello stomaco di un elefante che gorgoglia. Sdraiata in camera sua

Bathsheba sentiva intorno a lei la casa di assi che non stava mai ferma, scricchiolava, cedeva. Da qualche parte là fuori c'erano città dove le persone parlavano di arte, metropoli scintillanti piene di gente che pensava con la propria testa. Ci sarebbe andata prima o poi. Sarebbe diventata una di quelle persone che parlano di Picasso e di Margaret Atwood. Avrebbe avuto delle pantofole eleganti, un sacco di pantofole eleganti. Ma per il momento i suoi giorni erano fatti di attività pratiche, esercitazioni survivaliste e agricoltura di sussistenza. Mentre lei desiderava soltanto l'astrazione, il pensiero umano profondo che differenzia una donna da una bestia.

Nel tempo libero sperimentava coi colori che riusciva a trovare nella natura selvatica. Usava bucce di cipolla e petali di girasole, bacche e carbone. Mescolava i gialli coi blu, i marroni ruggine, e dipingeva su vecchi pezzi di cartongesso che trovava nella pila di spazzatura sul retro. In autunno le piaceva disporre le foglie per gradazione di colore sul prato. Il segreto era non curarsi del vento, trattarlo come un alleato, quando soffiava e scompigliava la disposizione, perché alla fine è quello che fa sempre il mondo, incasina le cose che ti piacciono senza un motivo, no?

Le bende intorno al petto funzionarono per circa quattro mesi, poi però furono i fianchi a farsi vedere. Le si riempí il sedere e i seni si fecero troppo ingombranti. Quando correva, c'erano parti del suo corpo che si muovevano per conto loro, sbilanciandola. Sabotaggio. Si sentiva cosí. Il suo stesso corpo si stava rivoltando contro di lei, cercando di farla uccidere. Puntuali come un orologio svizzero i ragazzi cominciarono a gironzolarle attorno con il loro fiato mefitico, a predarla con gli occhi, in cerca del suo punto debole, di un'apertura per entrare. Gli uomini di mezza età la guardavano da dietro le loro latte di birra da mezzo litro, gridandole le cose che avrebbero voluto farle, i punti che avrebbero voluto colpire del suo corpo adolescente. L'atto di penetrare, arcana dimostrazione di possesso. Bathsheba cominciò a tagliare per i boschi tornando a casa dal negozio in città, dove nel parcheggio c'erano sempre dei pick-up coi vetri oscurati in attesa. Lei sapeva dalle serie coi poliziotti in tv di essere diventata la specie animale piú a rischio, una giovane donna in età riproduttiva.

La notte ascoltava il gorgoglio dei congelatori. Il suo cellulare le mostrava posti dove le persone indossavano vestaglie trasparenti e smoking senza portare le calze, posti dove le ragazze si facevano i capelli rosa e sfoggiavano dei top con su scritto #MeToo. Se avesse messo una maglietta cosí dove stava lei, i ragazzi lo avrebbero preso per un invito: *Oh grazie signore, posso essere violentata anche io, un po' come avete fatto con Melissa Barnes sul sedile di dietro della macchina di Billy Sanger lo scorso inverno, o magari una cosa del tipo quella successa alla piú giovane delle ragazze Haskell il giorno in cui i genitori erano fuori città per festeggiare l'anniversario?* Non erano pensieri razionali ma un istinto viscerale, la parte del suo cervello predisposta alla sopravvivenza che stava all'erta giorno e notte. Se fosse rimasta in Florida, l'avrebbero mangiata viva. Questo era il cuore della sua ansia. L'avrebbero spolpata fino all'osso lasciandole soltanto della prole indesiderata. All'inizio il suo corpo le avrebbe dato il potere. Sarebbe stata una burattinaia, una Salomè che si mangiava la scena, e loro l'avrebbero seguita con lo sguardo come un cane segue la mano che lo nutre. Ma quel potere non sarebbe durato a lungo. Cinque anni, dieci al massimo, e sarebbe diventata solo la madre di qualcuno, quella che beve troppo gin al martedí sera. A quel punto le avrebbero girato intorno gli animali che rovistano tra i rifiuti, gli sciacalli che si avventano sulle carcasse per finire gli avanzi di carne marcia.

Se fosse rimasta lí avrebbe iniziato a fumare a tredici anni, a bere a quattordici, incinta a quindici. Si sarebbe specializzata in cambio dei pannolini e allattamento al seno. Un minuto prima la ragazza che sfiora il vento con la mano, mentre guida tra le Everglades la notte con la radio troppo alta e una bottiglia di tequila tra le ginocchia, un minuto dopo la donna che va da Walmart con un occhio pesto a comprare piselli congelati e sacchi formato famiglia di carote.

Cosí fuggí, preparò uno zainetto e lo nascose nei boschi. Si portò dietro tutti i soldi guadagnati facendo la babysitter e cinquanta dollari presi dal portafoglio di Avon. A quel tempo Samson se n'era già andato. Fece l'autostop verso nord, dicendo ad Avon che stava andando a Tampa dal suo amico Elvin per un weekend tra ragazzi. Bathsheba non riusciva a perdonarlo per questo, per averla lasciata lí, non solo per l'abbandono, ma per il senso di allerta militare che aveva generato a casa loro nei mesi e negli anni seguenti.

«Non ti azzardare a scappare da me», le diceva Avon quando faceva buio, con una bottiglia di whisky in grembo. Aveva piazzato trappole a filo sulle scale e appeso delle campanelle a tutte le finestre e le porte. Radar Hunt poi gli aveva dato una cagna pit bull che odiava tutte le altre femmine, in particolar modo quelle umane, e che abbaiava ogni volta che vedeva Bathsheba, i denti in mostra e gli occhi assassini. Avon la piazzava sotto la finestra della figlia la notte. Questa è la triste verità della vita di Katie, nata Bathsheba. Era già stata prigioniera. In un certo senso esserlo definiva la sua esistenza. E si potrebbe dire che doveva essere piú sveglia, che doveva accorgersi di che tipo era Mobley da un chilometro di distanza, ma dicendolo fareste un torto a tutte le cose che anche voi ignorate. Guardate la vostra vita, le relazioni in cui vi cacciate. Riuscite a vedere sempre lo stesso schema? La moglie che si rivela essere uguale a vostra madre. Il ragazzo che vi picchia come vostro papà. Vi comportate come se il mondo fosse un luogo in cui si prendono solo scelte razionali, come se i nostri cervelli fossero regolati da un semplice sistema binario: schiacci il tasto rosso e prendi la scossa, allora smetti di schiacciare il tasto rosso. Ma se fosse il tasto rosso a schiacciare te? Se tuo padre fosse il tasto rosso e ti abituasse a schiacciarlo, ricompensandoti quando lo fai? Se ti insegnasse che schiacciare il tasto rosso è una forma d'amore, una scarica elettrica secca che ti intontisce? Non ha senso, allora, che, quando sei finalmente riuscita a fuggire, se vedi un tasto rosso lo schiacci? Perché chi non vorrebbe l'amore?

Ed eccola lí, a chilometri di distanza dalla terra, che mangia aragosta, beve champagne e parla di filosofia, di Mondrian e Kandinskij. Per quel che può capire, il suo sogno è diventato realtà. E questo la rende felice, felice, felice.

– Se continui a guardare fuori tra poco si vedranno le stelle, – le dice Mobley. – Sopra il parco di Big Bend non c'è inquinamento luminoso. Solo l'universo oscuro e tu nel mezzo.

Sola nell'oscurità.

Katie sorride. Non vede l'ora. Prende una forchettata di aragosta, la porta alla bocca. Il gusto, dolce e acidulo, non è simile a niente che abbia mai provato prima. Chiude gli occhi. Davanti a lei Mobley guarda Astrid, che alza di nuovo il calice e sorride.

Capite, Katie, nata Bathsheba, crede di andare in Texas per diventare un'artista. Ma la verità è che sta per essere rinchiusa in una torre come una principessa, e sta per ricevere dentro di lei il seme di Mobley finché non rimarrà incinta del suo miracoloso erede, e rimarrà lí soltanto il tempo necessario per dare alla luce il bambino dal suo sacro ventre. Lo Stregone una notte dell'anno precedente aveva avuto avuto una visione: sarebbe diventato padre. Un'Immacolata Concezione, per mezzo di una madre surrogata. Un mero contenitore. Una donna gli avrebbe dato un figlio. Poi sarebbe svanita, e altre donne si sarebbero alternate per crescere il ragazzo, ma nessuna avrebbe oscurato la figura del padre, il pulsante piú grande e piú rosso di tutti. Lo avrebbero accudito e coccolato, ma solo Mobley gli avrebbe mostrato amore. In questo modo la devozione del figlio nei suoi confronti sarebbe stata assoluta. In questo modo si sarebbe guadagnato il diritto di essere la piú sacra tra le creature: l'erede di E. L. Mobley.

Alleluia, pensa, *perché io sono l'unico vero Dio.*

Simon

Immaginatevi un pupazzo di neve animato. Con una carota arancione per naso.

Canta:

> Se diventi grande, ha un senso tutto
> e la prospettiva cambierà.

Si chiama Olaf. E sta dentro un film della Disney. I film della Disney sono film per bambini in cui alla fine vivono tutti felici e contenti.

> Solo il tempo mostrerà
> che qualunque assurdità
> rientrava invece nella normalità.

Il film è un cartone, una fantasia. Ambientato in quello che avevamo sempre chiamato «il regno della finzione». Olaf è un po' come un bambino, pieno di meraviglia. E ha la convinzione fanciullesca che crescendo tutti i misteri piú oscuri dell'esistenza gli saranno svelati.

Lo sapete, come è successo anche a voi, no?

> Se avrò da vecchio le risposte
> saprò che ci facevo io quaggiú.

Il mondo degli adulti, pensa Olaf, è un posto dove si trovano tutte le risposte, dove tutto è chiaro, sicuro. Simon Oliver invece la sa piú lunga. Sa quello che sa ogni adolescente in bilico tra l'infanzia e l'età adulta: che ti sei lasciato delle briciole di pane alle spalle per ritrovare la strada di casa e che ad aspettarti andando avanti c'è una strega nascosta nell'oscurità.

Forse basta crescere.
Per poter conoscere.
E nulla allora ci spaventa piú.

Il mondo dei bambini è un mondo in cui *esiste* ancora un senso. Uno conta fino a venti e gli altri si nascondono, se ti prendo resti immobile, la palla è davvero avvelenata. Se si dice che il pavimento è fatto di lava allora è fatto proprio di lava e non ci puoi poggiare piú i piedi. Simon ricorda come si sentiva, anche se non è piú in grado di provarlo. Erano giorni in cui tutto tornava. Le domande avevano risposte semplici, perché non sapevi nemmeno se ci fossero domande difficili da fare.

Adesso, accovacciato dentro un cespuglio fuori dalla proprietà dello Stregone, tutto ciò a cui riesce a pensare Simon sono le domande difficili. Domande da adulti. Domande che pesano. Come esci dal casino in cui ti sei cacciato? Qual è la differenza tra un rivoluzionario e un criminale? *Come ci sono finito qui*, un ragazzino sul punto di commettere nove diversi reati federali e locali insieme a un gruppo di adolescenti stufi e arrabbiati? Ai suoi piedi c'è la grata di un canale di scolo scavato nella roccia, largo abbastanza da farci passare un ragazzo come lui. Simon ha tirato fuori dalla tasca delle cesoie affilate, e si sta aprendo una via per entrare. A quindici anni possono processarlo come un adulto: per omicidio, per aggressione, rapimento o qualsiasi altra accusa che sceglieranno di muovergli.

Non male diventare adulti eh?

Da qualche parte un coyote ulula.

Io maturerò
e non mi spaventerò.

Javier è seduto su una roccia di fianco a lui, mangia un panino con la mortadella. Non parla molto l'inglese, e Simon non sa quasi nulla di spagnolo, ma in qualche modo si sono ritrovati lí, sull'orlo di quel baratro, e tra sette minuti Simon farà irruzione nella villa dello Stregone per contribuire a salvare una principessa.

Sono passati undici giorni dall'*Hotel St George*, undici giorni da quando Simon, Louise e il Profeta hanno incontrato Felix e Story, da quando hanno ascoltato la loro storia: lo Stregone che tiene prigioniera la sorella di Felix, Bathsheba, in una torre, dopo averla condotta lí con l'inganno e averla ingravidata. Sono venuti a Marfa per salvarla, proprio come Simon ci è venuto per salvare qualcuno, chiunque. E, oh sí, il vero nome di Felix è Samson! Gliel'ha detto di nascosto, quando la sua ragazza è andata in bagno, perché il Profeta continuava a chiedere se Felix sapesse dove potevano trovare Samson. Perché voleva disperatamente salvare la sorella e aveva pensato che loro avrebbero potuto aiutarlo. Felix li ha fatti giurare di non dirlo a Story; lei si chiama Story! Quindi «Sansone e la sua storia» doveva voler dire ascoltare la ragazza di Samson, ascoltare quel che aveva da dire; e cosí tutti quanti hanno promesso che sarebbero stati zitti, anche se Felix ha giurato che presto le avrebbe detto la verità.

Quando Story è rientrata, Felix ha raccontato di Bathsheba, dicendo che non avrebbero potuto chiamare la polizia o l'Fbi o la stampa, perché ormai quelle strade non portavano da nessuna parte. Si sono ritrovati tutti a dover attraversare un fiume, ma il ponte era fuori servizio, lo avevano fatto saltare in aria quelli dall'altra parte. L'*autorità* non è che una macchina che gira a vuoto, diceva, progettata per generare calore e fare rumore senza produrre alcun effetto. La giustizia, in altre parole, non è piú lo scopo del sistema giudiziario, se mai lo era stata.

Flagg era d'accordo. Lui sapeva tutto della rabbia gridata nel vuoto. Sapeva dei funerali solenni e delle dichiarazioni d'intenti. Sapeva del chiacchiericcio onnipresente dei talk-show. Aveva visto gli amici testimoniare di fronte al Congresso. Si era vestito a lutto. Aveva assistito alla messa in scena dell'indignazione e aveva ascoltato le promesse di chi diceva che le cose sarebbero cambiate. Come faceva quella barzelletta: quanti adulti ci vogliono per cambiare una lampadina? Nessuno, perché non hanno nessuna intenzione di cambiare un cazzo.

> È tutto chiaro quando sei cresciuto.
> Sono certo che ogni dubbio se ne andrà.

È quasi l'una quando il walkie-talkie di Simon gracchia. Ha aperto la rete di metallo, piegandola in modo da non rischiare di rimanere impigliato, cercando di ricordare quando ha fatto l'ultimo richiamo di antitetanica. Nel frattempo, Flagg e Katniss stanno scavalcando il cancello sul retro. Sono rimasti appostati lí ogni notte nell'ultima settimana per progettare il loro ingresso, esercitandosi con prove di salita e di fuga in caso di fallimento. Sta lentamente calando il buio, e i pericoli aumentano, ma Simon ha l'impressione che sia proprio il pericolo il punto di ciò che stanno facendo: deve essere pericoloso.

Felix e il Profeta aspettano fuori dal cancello principale, lontani dall'occhio delle telecamere di sorveglianza, pronti a entrare quando gli altri gli apriranno. Louise e Story sono parcheggiate in un punto panoramico poco meno di un chilometro piú in basso, insieme a Duane, in attesa del segnale.

– Qui è Condor, – dice la voce al walkie-talkie. – Siamo in posizione.

Simon si tira su, l'arietta frizzante gli fa scricchiolare le ossa. Javier toglie la parte sopra del suo panino e lascia cadere a terra la mortadella, poi richiude i due pezzi di pane uno sopra l'altro senza niente in mezzo.

– Ehi, – dice Simon a bassa voce, Javier alza lo sguardo, – vado... è il momento.

Javier annuisce, e si mette il pane in tasca. Simon si tasta la pistola sul fianco. «Magari stavolta una cosa che abbia meno rinculo», gli ha detto Flagg. Una Browning calibro 32, meno di mezzo chilo. Pare di sparare con un'arma giocattolo, ma Flagg ha garantito che a distanza ravvicinata ci puoi abbattere un uomo. Ha avuto pochi giorni per fare pratica di tiro, ascoltando l'eco che fa uno sparo quando rimbalza contro le colline e ritorna indietro per due volte. Ogni colpo è un'esplosione. Ed è quello che ti dimentichi.

Niente cartucce stordenti questa volta. Si va a caccia per davvero.

Simon schiaccia per tre volte il tasto che apre la conversazione del suo walkie-talkie, come a dire: *Ricevuto, entro in azione*. Poi si mette pancia a terra, il naso schiacciato contro il terriccio secco, e fissa la bocca oscura del muro. Un attimo e striscerà dentro. Un attimo e scivolerà verso l'ignoto.

> Devo aspettare che
> questo capiti anche a me
> perché da grande
> ogni cosa si sistemerà.

– Resta dove sei, – dice a Javier. – *No te muevas*.

Javier alza le spalle, si risiede e prende a fischiettare un motivetto attraverso la fessura tra gli incisivi. Pensa a sua madre, ai suoi fratelli. Quando il ragazzo bianco sarà sgusciato oltre quel muro, Javier si alzerà e andrà sulla strada. È libero ormai e vuole solo tornarsene a casa a El

Paso, per riabbracciare Mama e i ragazzi, e ricominciare da capo la sua vita.

Simon prende fiato e si infila nel buco non piú grande di una trentina di centimetri, sentendo radici e ramoscelli impigliarsi ai pantaloni. E poi è dentro. Si tira su, si scrolla i vestiti. C'è la luna nuova in cielo. I boschi intorno a lui sono immersi nell'oscurità. Ma in lontananza può vedere una luce nella torre. Poggia una mano sul muro alle sue spalle. Non è ancora tempo di raggiungere la casa. Cercando di fare piú in fretta possibile, malgrado il buio, segue il muro attraverso gli alberi. Cammina basso, acquattato, senza motivo se non per il fatto che gli pare una cosa intelligente. Raggiunge una piccola radura, di fronte a lui il cancello principale. L'apertura è automatica, ma Flagg gli ha detto che c'è un modo di farlo scattare manualmente, in caso di blackout. Si ferma sul ciglio del vialetto d'ingresso. C'è una guardiola dall'altro lato, ma è vuota. I respiri di Simon sono rapidi e profondi, ma non gli viene in mente di tirare fuori il suo sacchetto di carta. È un tipo di agitazione diverso dal solito, una scarica di adrenalina, una scossa elettrica che rischia di stecchirti giustificata dal rischio che si sta prendendo. In quel momento capisce che c'è una differenza tra ansia e paura e che vale la pena avere quella paura per tutta la vita, invece del timore ingiustificato che non smetteva mai di assillarlo.

Attraversa il vialetto di corsa, restando basso, e raggiunge la guardiola, una cabina senza porta che può ospitare una sola persona e una stufetta. S'infila dentro, facendo sempre attenzione a non farsi vedere. Su un tavolino ci sono dei monitor che mostrano le immagini riprese dalle telecamere dall'altra parte del cancello. Per un attimo, non vedendo Felix né il Profeta, Simon va nel panico, ma poi ricorda che hanno mappato l'area controllata dalla sorveglianza e si stanno nascondendo in un avvallamento. Si guarda intorno per capire come aprire il cancello manualmente. Ha una luce portatile in tasca ma ha giurato di usarla solo in caso di emergenza.

Alla fine, le sue dita tastano un chiavistello di plastica e metallo. Collegato a una leva. Simon ha un'esitazione. Se fosse un allarme? Se aprendo il cancello scatenasse l'apocalisse? Ma lascia perdere quei dubbi e sblocca il chiavistello. Sente un pesante *clac* e la leva cede. Simon deve fare in fretta, corre acquattato verso gli alberi e raggiunge il cancello stando attento a non finire sotto le luci. Si è aperto di qualche centimetro, Simon fischia piano, poi un po' piú forte. Un istante di silenzio, dopodiché sente dei passi che si affrettano dall'altra parte del muro. Si sforza per cercare di vedere meglio al buio.

Il volto di Felix compare nel pertugio che si è aperto.

– Stai indietro, – sussurra.

Simon si fa da parte tornando tra gli alberi. Felix prova a smuovere il cancello senza troppo successo. Si alza un cigolio. Simon si copre le orecchie con le mani, come se bloccando quel suono potesse cancellarlo dalla realtà. Felix impreca e riprova a forzare il cancello, che si sposta piano piano, protestando. A quel punto Felix e il Profeta riescono a entrare e corrono per raggiungere Simon tra gli alberi. Si concedono giusto il tempo per un «Bel lavoro. Stai bene?» sussurrato. Poi si dirigono in fretta verso la casa. Procedono a scatti e brusche frenate, scrutando il buio per capire se ci sono delle guardie. Flagg ha detto che la squadra di sorveglianza era composta da sei persone. Quattro per il turno di giorno. E due per la notte, che perlopiú restano nei dintorni della casa, ma a volte si spingono a controllare anche il perimetro delle mura di cinta.

Felix prende il comando. Ha la sua calibro 38 a canna corta sul fianco e a tracolla un AR-15 gentilmente offerto da Flagg.

«Ne hai mai usato uno?» gli ha chiesto prima di darglielo.

Felix allora lo ha caricato, e in un attimo ha puntato e preso la mira come a Simon è capitato di vedere soltanto nei film di Michael Bay, poi altrettanto velocemente ha tolto il caricatore.

«Direi che è un sí», ha detto Flagg.

Felix afferra il fucile con la destra portandolo a livello della spalla e con la sinistra alza il pugno. Si fermano. Il cuore di Simon gli tuona in petto. Sente qualcuno prendergli la mano nel buio. *Claire?*, pensa, ma quando si volta vede che è stato il Profeta e adesso stringe, palmo nel palmo. Incrociano gli sguardi. Il Profeta sorride.

– Allora Mosè stese la mano sul mare. E il Signore, durante tutta la notte, risospinse il mare con un forte vento d'oriente, rendendolo asciutto; le acque si divisero.

Felix abbassa il pugno e si muove verso l'ingresso secondario della casa, le ginocchia piegate, il fucile che si sposta da sinistra a destra alla ricerca di bersagli su cui puntare. Simon lo segue, tenendogli una mano sulla schiena, come gli è stato insegnato, mentre il Profeta fa lo stesso con lui. Procedono in fila zigzagando tra la luce e l'ombra. Da un momento all'altro scatterà un allarme e i riflettori saranno puntati ovunque. Da un momento all'altro dei marines si caleranno dall'alto con un elicottero, oppure un cecchino li fredderà da sopra la torre.

S è per Simon colpito da un proiettile partito da molto lontano.

Pensa all'uomo a cui ha sparato. A come sia letteralmente sbalzato fuori dalle scarpe, tipo un cartone animato. Solo che non era un cartone animato.

Riesce a sentire lo stucco in stile spagnolo sotto i palmi delle mani. Stanno spalle al muro, in attesa del segnale di Flagg e Katniss, che stanno aggirando la piscina grazie a degli occhiali a infrarossi per la visione notturna (399 $ scontati da Walmart).

Il Profeta sussurra all'orecchio di Simon: – Allora Sansone invocò il Signore e disse: «Signore mio Dio, ti prego, ricordati di me! Dammi forza per questa volta soltanto, oh Dio, perché io mi vendichi in un colpo solo dei Filistei, per la perdita dei miei due occhi».

Una folata di vento scuote gli alberi. Simon avverte la temperatura abbassarsi. Da qualche parte un fronte di bassa pressione si è scontrato con un fronte di alta pressione, una battaglia tra le nuvole.

– Sansone tastò le due colonne di mezzo, che sostenevano la casa; si appoggiò a esse: all'una con la destra, all'altra con la sinistra.

Simon sente il walkie-talkie gracchiare dalla cintura, una, due, tre volte.

– Ci siamo, – bisbiglia Felix. – Entriamo in tre, due, uno.

Hanno studiato la proprietà con le immagini di Google Earth e con quelle riprese dal drone, arrivando alla conclusione che la porta della cucina fosse quella piú facile da cui entrare. La parte superiore è fatta di pannelli di vetro. Allo zero, Felix usa il calcio del fucile per infrangere quello piú vicino alla maniglia, poi ci infila la mano e la apre.

– Dietro di me, – dice, e avanza. Simon lo segue. Non ha tirato fuori la pistola. Ha deciso che non sparerà mai piú. Piuttosto la morte.

Solo il tempo mostrerà
che qualunque assurdità
rientrava invece nella normalità.

A questo punto sono dentro la cucina immersa nell'ombra, ma prima che Simon possa dare un'occhiata alla stanza per capire come è fatta, un lampo fa brillare di blu le pareti e Felix cade a terra, tremante. Simon si ferma, il Profeta va a sbattergli contro da dietro. Intorno a loro sembrano esserci delle ombre che si muovono. Poi sente un colpo e due sottili fili ad arco passano sopra l'isola al centro della cucina e lo colpiscono al petto. Quarantamila volt gli attraversano il corpo. I muscoli si contraggono, le ginocchia bloccate, la mascella serrata e in mezzo ci resta un pezzo di lingua, Simon cade e comincia a dimenarsi sul pavimento come un pesce. Nessun pensiero in testa. È solo una scimmia che balla.

E le mura vennero giú, e il tempio crollò.

L'ultima cosa che vede prima di perdere coscienza è il Profeta che cade alle sue spalle, gli occhi rivoltati, mentre si unisce a lui in quel folle paso doble.

Questa è la fine dei Filistei.

Il 15 di agosto, un uragano di categoria 4 si abbatté sul Golfo del Messico, allagando i bassopiani da Galveston a New Orleans. L'acqua sommerse parcheggi e paludi, spingendosi nell'entroterra fino a punti mai raggiunti. Piú di mezzo metro di pioggia cadde cosí fitta che a Alice Holstead, di Port Aransas, sembrò che Dio volesse purificare la Terra spazzando via tutti i peccatori. Venne giú cosí tanta pioggia che la città di New Orleans sprofondò di quasi cinque centimetri. Come se non bastasse, due giorni dopo un uragano di categoria 5 colpí la Florida e la zona della Carolina, con venti costanti a oltre duecentoquaranta chilometri l'ora. Il trattore di Dave Mertle finí nel fienile di Phil Oxley, a venti chilometri di distanza, perfettamente parcheggiato dietro le porte chiuse a chiave, come fosse un miracolo di Natale, se non fosse stato che alzando gli occhi si poteva vedere il buco a forma di trattore sul tetto. *Scappa, non finire sott'acqua* stava diventando il motto non ufficiale di tutti gli Stati del Sud.

Nessuno a quel punto metteva piú in discussione la potenza del vento.

Il 16 agosto, in Indiana, tutte le nuvole avevano la forma di uccelli. E piú tardi nella notte arrivarono notizie da Bailey Island, nel Maine: ogni singola aragosta pescata era blu. Le probabilità che questi eventi si verifichino sono una su un milione, dicevano gli esperti. Implausibile ma non impossibile. Di che altre prove avete bisogno, controbattevano i credenti, per capire che Dio è tra noi, e ha un disegno preciso.

Qualunque fosse la risposta, il disastro imminente stava diventando un business miliardario. Le vendite di generatori d'emergenza e pompe di sentina schizzarono alle stelle. Le armi andavano via come il pane. Negli Stati Uniti centrali vennero scavate milioni di buche, la terra sembrava una gruviera, per calarci dentro gli ultimi ritrovati in fatto di unità anticiclone. Qualcuno sosteneva che saremmo dovuti tornare al tempo in cui ci riparavamo nelle tane, scavando le case sui versanti delle colline in modo da poter sfruttare la regolazione naturale della temperatura terrestre per scaldarci e rinfrescarci. La rivista «Wired» pubblicò come articolo di copertina una storia sui *Nuovi Trogloditi*, che documentava il ritorno alla vita nelle caverne: perlopiú si trattava di imprenditori miliardari del digitale, seguiti da un po' di educati membri del ceto medio riflessivo urbano. STATE AL FRESCO SOTTOTERRA!, recitavano le pubblicità su riviste come «Outdoor World». Il pianeta si sta surriscaldando, certo, ma solo sopra. Perché non scavarti un rifugio sotto e stare tranquillo?

Nei sobborghi di Pittsburgh, gli abitanti dichiararono di aver visto dei fantasmi aggirarsi al crepuscolo. Figure evanescenti che volteggiavano all'orizzonte con braccia spettrali e gli occhi socchiusi. Sembravano inscenare una danza, volteggiando alla luce degli ultimi raggi di sole. Gli esperti dissero che era un effetto dovuto ai fumi delle fonderie lí vicino, ma quelle avevano funzionato per anni, e nessuno aveva mai visto un fantasma prima di allora.

Da qualche parte, nelle profondità algoritmiche di Facebook, stava montando una bufera. I post divennero meme, e poi divennero movimenti. Chat room e timeline riempite di congetture. Seguite gli indizi, ci veniva detto. Tutto è connesso. Il Dio Re è stato pugnalato alle spalle. Congiura. E adesso i figli dei suoi nemici si stanno suicidando uno dopo l'altro. Tutti quei progressisti che piagnucolano in lutto, lol. Quanto bisogna essere ingenui per credere fosse una coincidenza. Era una piaga, come quelle che infestarono l'Egitto ai tempi del faraone. Stava tornando la collera divina del Vecchio testamento.

Gli esperti fecero notare che i ragazzini morti si potevano collegare a entrambi i partiti, ma i fedeli sapevano la verità. Chiunque avesse perso un figlio era un traditore, non aveva alcuna importanza a quale parte politica dicesse di appartenere. Non aveva alcuna importanza quanto si fosse dimostrato leale in passato. La morte era la sola prova.

«Stiamo facendo il conto alla rovescia», diceva il meme. E mostrava l'immagine di un orologio fatto soltanto di 5, presa da una vignetta dove una donna seduta al tavolo di una cucina diceva: «Non bevo mai prima delle cinque». Cosa significava? Perché cinque? Cinque giorni? Cinque morti? A quel punto la conta dei suicidi era arrivata a 210 000.

A Los Angeles le persone chiamavano in continuazione il 911 dicendo di sentire l'odore del fumo e il rumore delle fiamme che avanzavano, ma non c'era nessun incendio. Era una profezia o un trauma ancestrale? In Nebraska, gli abitanti di svariate cittadine sostennero di aver sentito le urla di un bambino provenire dal fondo di un pozzo, ma quando i soccorritori si calarono all'interno non trovarono nessuno da nessuna parte.

Il 19 di agosto, milioni di americani si svegliarono al suono di un Amber Alert che giungeva dai loro telefonini. Li presero in mano, intontiti, confusi di fronte al bagliore blu dello schermo. Davanti ai loro occhi il triangolo, ormai familiare, che indicava che un bambino era scomparso, ma invece di un nome, il messaggio diceva: «Tuo figlio, tua figlia, tuo nipote, tua nipote», e invece della descrizione del veicolo sospetto del rapitore: «Pregate per le loro anime».

Terrorizzate, le persone scesero per strada. Aumentarono gli accoltellamenti, gli scontri tra la polizia e i manifestanti, ma c'era grande confusione riguardo all'oggetto della protesta. Spesso striscioni e cartelli erano lasciati vuoti. Quando i giornalisti lo fecero notare, gli uomini e le donne dagli occhi arrabbiati sembravano perplessi. Osservavano lo spazio vuoto dove un tempo sarebbe stata scritta la ragione della loro indignazione. Si erano dimenticati di metterla nero su bianco? Oppure era una ragione che eccedeva striscioni e cartelli e quindi non si poteva scrivere? In tutto il Paese, uomini con indosso camice hawaiane cominciarono a presentarsi alle dimostrazioni armati dalla testa ai piedi, patrioti con a tracolla sei, sette, otto mitragliatori e un mucchio di fucili che gli pendevano dalle braccia o sistemati in qualche modo sulla schiena, come fossero un peso che erano costretti a portare per penitenza. Come se bastasse il giusto numero di armi per risolvere i problemi del mondo, come se la rivoluzione fosse una questione di cabala.

Uomini barbuti si mettevano a bordo dei loro pick-up stracarichi di piombo per trovarsi nei parcheggi e formare catene umane per passarsi fucili gli uni con gli altri, i loro fuoristrada cosí pesanti da toccare con il fondo nelle strade piú dissestate, ma a che scopo? A Indianapolis, una Ford Fiesta con a bordo piú di cinquantamila proiettili andò a fuoco in mezzo a un incrocio. La polizia fece evacuare gli abitanti in un raggio di trenta isolati, mentre dalla carcassa in fiamme colpi partiti in ogni direzione crivellavano gli edifici e facevano saltare vetri ovunque. L'addetto alle pulizie di uno studio legale rimase ucciso quattro strade piú a sud, e la vetrata di una scuola media finí in mille pezzi, distrutta da una raffica di calibro 44: i bambini gettati a terra urlavano di terrore.

Il giorno seguente in America il numero dei morti per suicidio superò il numero di morti per qualsiasi altra causa. Fuori dai palazzi residenziali cominciarono ad apparire insegne che indicavano la presenza di un cimitero. Era iniziato tutto a Phoenix ma ormai era un fenomeno globale. Sempre la stessa scritta – «Cimitero delle Anime Perdute» – fissata con viti d'ottone al cemento, ai mattoni o al legno, come a dire che quei palazzi di dieci, trenta, o ottanta piani non erano altro che gigantesche pile di celle frigorifere da obitorio, come per dire che chi ci abitava era già morto.

A Bombay la temperatura raggiunse i 55 gradi. Chi viveva sulla costa di Coral Gables, in Florida, si risvegliò con l'oceano che bussava alla porta di casa. Va be' siamo ancora salvi, pensarono, ma la verità non si poteva negare ancora per molto. Il futuro di cui avevamo timore era già arrivato.

Simon

Si risveglia da solo. Sono passate ore. Il giorno volge al tramonto. A Simon sta esplodendo la testa. Sente un suono di motori che scendono di giri. Il suo corpo è immobile, ma si sta muovendo. L'oscurità lo inghiotte.

Un'ora dopo si sveglia di nuovo. È seduto su un morbido divano di pelle a bordo di un jet privato. Un jet che riconosce. Luci soffuse e intarsi in legno di ciliegio. Odora di Palo Santo e profumo. Il profumo di sua madre. Guarda fuori dal finestrino. Il jet è su una pista illuminata dal sole. La cabina di pilotaggio è vuota.

Sente dietro di lui la voce di suo padre.

– Freud chiama il bambino «sua maestà, il bambino».

Simon si volta lentamente. Suo padre, Ty Oliver, è seduto all'altro capo del tavolo di fronte a lui. Il colletto della camicia inamidato e aperto sotto la giacca di un abito di sartoria grigio. Ogni follicolo del suo volto sembra sia stato rasato alla perfezione. I denti cosí bianchi da sembrare finti.

– Se ti dicessi che sono deluso, – dice, – te ne importerebbe qualcosa?

– Sí, – risponde Simon.

Suo padre ci pensa su. – Non mi pare il caso di ripeterlo, Dio santo, ma qual è esattamente il problema? Hai tutto quello che un ragazzo può desiderare. Sei amato. Vivi sotto una campana di vetro. Sei destinato al successo, praticamente non c'è possibilità che tu fallisca nella vita.

– Perché?

Suo padre lo squadra con un'espressione inacidita. – Perché delle volte capita di essere fortunati, ragazzino. E a te è capitato di essere fortunato. Sei mio figlio.

– Claire è stata fortunata?

– Claire era stupida. E lo so che non è facile sentirselo dire, ma hai quindici anni ormai. Sei grande abbastanza per l'amara verità. E sí, Claire era fortunata. Avrebbe potuto avere tutto, ma ha scelto di sabotarsi da sola. Certe persone sono fatte cosí, puoi togliere di mezzo qualsiasi ostacolo alla loro felicità e restano comunque dei poveri infelici. E sai perché? Perché sono dei poveri infelici dentro. Il genere di persone da cui devi tenerti lontano.

L'ondata di rabbia che Simon prova in quel momento gli fa riprendere definitivamente coscienza.

– Io non sono uno stupido, – dice. – Tu lo sei. Pensi che abbia valore solo quello che non vale niente. Il denaro. Il potere. Possedere un sacco di stronzate. Non ci arrivi proprio? Moriremo tutti e tu ti preoccupi di cose inutili.

Suo padre sospira. – Non faremo questa conversazione. Roba astratta: come potrebbe essere il mondo se le persone fossero diverse. Sei un ragazzino di quindici anni che ha i voti piú alti della sua classe e una mente brillante e te ne vai in giro nel deserto con una banda di fulminati a giocare alla rivoluzione. Bravo, congratulazioni. Ti sei divertito? Ora però basta giochini. È tempo di mettersi al lavoro sulle cose serie.

– Ma davvero non ci arrivi, – dice Simon. – Abbiamo superato il limite. Il mondo è in fiamme e tu pensi soltanto a versarti un altro Martini.

Si sfrega la faccia, troppi pensieri in testa tutti insieme. Dov'è il Profeta? Cosa è successo a Louise e Duane? È preoccupato che Javier sia stato di nuovo rinchiuso da qualche parte.

– Basta! – dice il padre. – Cresci. Tua madre e io ti abbiamo dato corda fin troppo in questa faccenda. *Ansia*. Per favore. Pensi che la vostra sia la prima generazione che scende in strada a urlare che il mondo sta per finire? Il mondo sta sempre per finire. Quando io avevo la tua età c'erano la bomba atomica, l'Unione Sovietica. Ci dicevano: «Rannicchiati e copriti la testa», l'hai mai sentito? Poi c'è stato l'11 settembre ed era tutto una jihad qua jihad là. Lo sai qual è il comune denominatore? I ragazzini. Che siete tutti un branco di isterici.

Simon fa scivolare la mano in tasca, cercando inconsciamente conforto, il suo placebo di carta, ma è sparito. Ha le tasche vuote. Il padre davanti a lui sorride.

– La paura è per i bimbi, figlio mio, ammassi informi indifesi, intrappolati nell'attimo, senza passato o futuro. Non hanno modo di soddisfare i loro bisogni. Tu sei un uomo oramai. Devi prenderti delle responsabilità, fare dei piani.

– Tu non capisci, – gli dice Simon.

– Perché? Perché sono vecchio, forse? Hai mai sentito il detto *non fidarti di nessuno sopra i trent'anni*? Lo ha inventato la mia generazione. Poi siamo cresciuti. Abbiamo capito come funziona il mondo. Abbiamo fatto delle scelte. Abbiamo avuto successo oppure abbiamo fallito. Ma ce la siamo giocata.

– Ma non è una partita.

– Per favore, piantala. Bisogna essere onesti. Che arroganza, Dio mio. Eravamo anche noi cosí? Cosí superiori ma paralizzati. Terrorizzati di fare la cosa sbagliata, di *fare del male* a qualcuno.

Si sporge in avanti. – Lo sai cosa succede agli animali ansiosi nella natura selvaggia? Li servono per cena.

Simon pensa a Claire, a come adorava sfidare quest'uomo, a come godeva nel portarlo all'esasperazione, come se avere l'approvazione di tuo padre anche solo per un istante fosse il segno che stavi sbagliando strada.

– I tuoi amici sono dei mostri, – dice Simon.

– Quali amici?

– Mobley.

Ty reagisce in modo sprezzante con un gesto della mano. – Mah, lui è un tipo ok. Peggio di alcuni, meglio di altri.

Poi sorseggia il suo drink e sorride al pensiero di ciò che sta per dire. – Posso confidarti un segreto? Non riciclo. Butto tutto nello stesso cazzo di bidone. Lo faccio da sempre. A volte lascio scorrere la doccia venti minuti prima di entrarci. Ah, e tengo il riscaldamento della villa negli Hamptons sempre acceso al massimo, anche quando non la stiamo usando. E se devo proprio vuotare il sacco, mi piace lasciare a metà quello che mangio e buttare il resto, sempre. Mi dà piú soddisfazione, vedere tutta quella costosissima carne nell'immondizia, che si mischia con plastica e alluminio.

Simon lo fissa. Suo padre continua a sorridere.

– Ti mette ansia sentirmelo dire?

– Dove sono i miei amici?

Suo padre fa una pausa, riflette.

– Sai, penso di sapere cos'è che ti rende cosí ansioso. Nessuno ti dice la verità. Tutti ti dicono quello che credono tu ti voglia sentir dire, oppure ti dicono quello che vogliono ma non il vero motivo per cui lo vogliono. È questo il problema con la società. Non puoi fidarti di nessuno. Niente ha senso. Allora lascia che ti dica la verità. La Terra è un dono che ci è stato fatto dal Signore. Ci ha comandato di sfruttarla. Ha riempito il sottosuolo di petrolio perché lo bruciassimo e i mari di pesci in modo che avessimo da mangiare. Ogni animale in vita è in vita perché noi glielo concediamo, e se scegliamo di cacciarlo fino a che non si estingue, be', possiamo farlo, è una nostra scelta, un nostro diritto. Questo pianeta ha attraversato ère glaciali e geologiche prima che comparissimo noi, e ne attraverserà altre quando non ci saremo piú. Non è il caso di preoccuparsi, perché facciamo solo ciò per cui siamo stati creati. Siamo stati creati per arricchirci. E se per farlo dobbiamo surriscaldare l'atmosfera e rendere tossici i mari, cosí sia. Mi stai ascoltando? Siamo la specie dominante sulla Terra, e quindi dobbiamo dominarla. Fine della storia.

– È una cosa… orribile.

– È la verità. Il punto è: non c'è nulla di cui essere ansiosi. Sei un ragazzo ricco, e presto sarai un uomo con un patrimonio sconfinato, in un Paese dove la ricchezza è la sola cosa che conta. Potresti avere un quoziente intellettivo di undici e passare la giornata a masturbarti infilando il cazzo dentro una torta calda di mele e avresti comunque una vita migliore del 99 percento delle persone su questo pianeta. Sei preoccupato per l'aumento del crimine o per il riscaldamento globale? Ti costruisci un bunker, ti compri un'isola. Problema risolto.

– Voglio vedere i miei amici.

– Tu non hai amici. Sei stato usato. Ti stavano soltanto usando.

– No. A loro importa di me. Sono parte di qualcosa.

– Ti stavano usando. Per i tuoi soldi, per il tuo nome. Volevano arrivare a me.

– Tu non sai niente.

– Io so che se E. L. Mobley non fosse stato amico mio, adesso saresti in galera, a scontare un ergastolo per violazione di domicilio e tentato rapimento.

Una Porsche nera si accosta al jet. Un uomo esce dal

posto del passeggero. È Gabe Lin. Davanti a Simon, Ty Oliver si alza in piedi.

– Dunque, i prossimi mesi per me sono decisivi, ho bisogno che il governo approvi la fusione Telex e dopo quel che ha fatto Claire... lo sapevi che mi ha denunciato all'Fda prima di uccidersi? Quella stronzetta. Gli ha persino mandato dei documenti.

Scuote la testa, ma rispettosamente, come se rendesse onore a un nemico sul campo di battaglia.

– Ma adesso con te e la figlia di quella giudice invischiati in questo strampalato tentativo di rapimento... be', non posso farti vedere troppo in giro, ti mangerebbero vivo. Allora ti sistemo da qualche parte al sicuro per un po'. Con lei.

Camminando sfila di fianco a Simon, poi si ferma, e si volta.

– Non sarai tanto felice lí dove ti mando, ma diciamocelo, mi sa che la felicità non fa proprio per te. Quindi, lasciamo perdere. Lasciamo perdere tutto. Soltanto... fai quello che ti viene detto e cerca di non farla incazzare, parlo di quella che ti farà da balia. Quella donna mi fa cagare sotto dalla paura, se devo essere sincero.

– Cosa intendi?

– Intendo che questa mattina ti ho fatto internare. È chiaro che sei un pericolo per te stesso e per gli altri. Ma non ti preoccupare. È una cosa molto mirata. Un percorso di riabilitazione. Guardala cosí: ti hanno fatto il lavaggio del cervello e noi ti stiamo salvando. Dobbiamo ristabilire le tue priorità. Ne sarai fuori prima di compiere diciott'anni, e poi andrai diretto a Harvard o a Yale, purché ti metta lavorare a testa bassa e ti concentri sugli studi.

Si avvicina al portellone e poi comincia a scendere dalla scaletta.

– Ah, tua madre ha detto di salutarti con affetto, – dice. – Forse avrei dovuto dirtelo subito.

Simon resta seduto, scioccato. Guarda suo padre camminare sulla pista d'atterraggio e poi accomodarsi sul retro della Porsche. Gabe Lin chiude la porta e la macchina si allontana.

Precipizi

Se lo guardiamo da una prospettiva storica, il suicidio di massa non è un fenomeno nuovo. Si dice che piú di novecento ebrei si tolsero la vita alla fine dell'assedio di Masada, durante la Prima guerra giudaica. Gli uomini dentro le mura sapevano che se si fossero arresi, sarebbero stati uccisi dai romani, che avrebbero poi costretto in schiavitú le mogli e i figli. Cosí ciascuno uccise la propria famiglia e poi tirarono a sorte per decidere a chi sarebbe toccato uccidere tutti gli altri e poi togliersi la vita.

Nel 1802 le forze napoleoniche accerchiarono cinquecento schiavi ribelli durante la battaglia di Matouba a Haiti. Quando le truppe francesi iniziarono la carica, gli haitiani scelsero di dare fuoco alle loro scorte di polvere da sparo uccidendo sé stessi e quattrocento nemici, immolandosi con quell'ultimo disperato gesto. Un anno piú tardi, in Grecia, sessanta donne intrappolate dalle truppe albanesi alle porte della regione dell'Epiro decisero di lanciarsi giú da dirupo, con i figli in braccio, piuttosto che essere catturate e rese schiave. Pare che si siano buttate di sotto danzando e cantando.

Storie del genere si possono trovare dal tempo delle Guerre puniche fino alla Seconda guerra mondiale, quando, per esempio, di fronte all'avanzata delle truppe sovietiche migliaia di civili tedeschi si tolsero la vita piuttosto che affrontare gli orrori a cui temevano li avrebbero sottoposti i russi. È provato che mille persone si suicidarono nella sola città di Demmin, in gran parte annegandosi in uno dei tre fiumi cittadini. Come a Masada, quelli che avevano dei figli presero la terribile decisione di ucciderli per primi, cosí li appesantirono con un carico di pietre e li lasciarono sprofondare.

Nel 2013, in India, 1707 persone si uccisero dopo un raccolto andato tragicamente male. Tre anni dopo, nella provincia di Vidarbha, 767 contadini decisero di togliersi la vita nei modi piú svariati: impiccandosi, dandosi fuoco, sparandosi. Nello stesso periodo, in Giappone, gruppi di cittadini ammalati di solitudine crearono dei forum online in cui si scambiavano consigli su come suicidarsi meglio, usando nickname anonimi. In sessanta casi accertati, piú di 180 persone hanno preso le stesse identiche pillole e poi hanno bloccato lo scarico della macchina, trasformandola in una camera a gas su ruote. I giapponesi hanno senza dubbio una tradizione ben documentata quando si parla di suicidio organizzato. Alla fine della Seconda guerra mondiale, non accontentandosi dei leggendari piloti kamikaze, che si andavano a schiantare con gli aerei sulle navi nemiche, l'imperatore ordinò ai civili di commettere *shudan jiketsu*. Quando le truppe statunitensi presero Saipan, centinaia di giapponesi, uomini, donne e bambini si lanciarono nell'oceano da una scogliera. E altre centinaia e centinaia scelsero due diverse scogliere a Marpi Point per andare incontro al loro destino; scogliere che successivamente vennero nominate Banzai Cliff e Suicide Cliff. Alcuni genitori tagliarono la gola dei figli prima di gettarsi giú insieme a loro.

Forse avrete notato un certo tema ricorrente in queste morti, un senso comune di inquietudine. I nemici sono alle porte, circondano la preda come un branco di lupi. La morte sembra inevitabile, ma pesa di piú la paura degli orrori che la anticiperebbero. Stupri e torture. Vergogna e umiliazione.

Poi ci sono i racconti dei leader religiosi e dei loro devoti seguaci. Ormai le conosciamo bene. Jim Jones e il suo cocktail assassino. I 39 accoliti della setta Heaven's Gate trovati avvelenati nei loro letti, tutti con le stesse scarpe da ginnastica Nike ai piedi, o forse avrete sentito parlare della storia dei 53 membri dell'Ordine del tempio solare che si sono fatti esplodere in mille pezzi.

Nel 1682 lo zar Fëdor condannò a morte il leader di una setta russa cristiana conosciuta come i Vecchi credenti, e lo fece bruciare vivo. A seguito di ciò, migliaia di membri della setta si barricarono nelle chiese di tutto il Paese e si diedero fuoco.

Anche loro, come tutti gli altri, credevano che la fine fosse vicina, e piuttosto che attendere l'inevitabile, si ripromisero di riprendere in mano la loro vita, perché uccidersi quantomeno sarebbe stata una scelta e non un'imposizione. Un modo per riappropriarti della tua mortalità strappandola dalle mani degli dèi, della crudeltà e del caso.

Era quello che stavano facendo i nostri figli? Si toglievano la vita prima che forze esterne alla loro volontà potessero spazzarli via? Ma se cosí fosse stato, chi era il nemico alle porte, e perché noi non riuscivamo a vederlo?

Simon

Da lí in poi è tutto confuso. Frammenti di ricordi, sensazioni, odori. La mente vuota. Lo hanno trasportato a bordo di una macchina? È stato su un ascensore? Ricorda di un senzatetto con i pantaloni calati, accampato al bordo della strada. Prima o dopo la sopraelevata della superstrada? I ricordi hanno il sapore del sogno, di una storia raccontata da uno strafatto. Quando gli hanno infilato il primo ago nel braccio? Chissà. Ma da allora ce ne sono stati tanti altri, non riesce a contarli. Fluidi di colore chiaro che gli entrano nelle vene attraverso tubi trasparenti. Poi dorme. E quando non dorme le ore di veglia sono prive di senso. Il vuoto. Un'esistenza sospesa nel nulla. Luci fluorescenti, pasti consegnati in vassoi impilati uno sopra l'altro. Sbarre alle finestre. Quando l'effetto della dose svanisce, riacquista coscienza. Il suo nome. Simon. E Claire. Si ricorda di Claire.

Ma poi arriva lei. Il volto che tormenta i suoi sogni, occhi dentati.

La Strega.

Arriva con l'ago, e Simon sprofonda. Quanto tempo sta passando cosí? Una settimana? Un mese? È in una casa vicino a una superstrada in una città. La notte sente il rimbombo delle auto che sfrecciano su piú corsie. Il tempo è un orologio senza lancette. Questo è il tipo di internamento psichiatrico che temeva quando i genitori lo avevano mandato al Float, quando gli attacchi di panico si presentavano tre o quattro volte al giorno. Un quattordicenne terrorizzato. Si immaginava uomini in camice bianco che gli praticavano una lobotomia in stile Jack Nicholson, e un grosso indiano che lo soffocava con un cuscino. Ma questo accadeva allora, prima degli abbracci e della terapia equina del costoso centro in cui era poi stato, prima di Louise e del Profeta, prima di quel ricovero all'acqua di rose per ragazzini ricchi.

Qui è annichilito. La sua ricchezza non conta. La sua umanità nemmeno. È una non-persona, ridotto all'assenza. Un quindicenne da solo in una strana casa con le sbarre alle finestre, confinato in un manicomio per una sola persona. Fuori il sole picchia duro, friggendo il cemento, e il cielo è uno sconfinato spazio senza nuvole. Una casa di un solo piano, ricoperta su tutti i lati da stucchi sbiaditi, non distante dalla strada. Le finestre sono coperte da tende di tessuto spesso, ma di tanto in tanto riesce a sbirciare fuori. Il cortile, davanti e dietro, è lastricato, stile Città del Messico, con delle erbacce rinsecchite che crescono nelle fughe tra le piastrelle e nelle crepe. Potrebbe essere in Messico? Gli capita di sentire il ritmo di qualche musica latinoamericana pompato da casse lontane. Dentro, l'aria condizionata è al massimo. Si sente come refrigerato, il suo corpo trema cosí tanto da fargli pensare che prima o poi le sue ossa cominceranno a frantumarsi.

F è per freddo glaciale, lo faranno morire congelato.

E poi c'è sempre un odore in quel posto. Come l'odore che si sente nei complessi di case popolari di cavolo bollito in acqua salata. Insieme alle parti piú schifose del maiale. È l'odore che sente nei suoi sogni. A volte la sente che traffica in cucina, la Strega. Lo sferragliare di tegami e posate. Un pentolone, un pentolone che ribolle. Mani che galleggiano nel brodo. Era un sogno o una premonizione? Ha già visto quella donna – la Strega – nei suoi incubi piú infernali. Uno scheletro pallido, ricoperto di peluria fina e soffice.

Nei momenti in cui la Strega non c'è, di lui si occupa una filippina di mezza età di nome Rose. È Rose che lo trascina da una stanza all'altra e talvolta gli asciuga la bava che gli cola dalla bocca. Si capisce guardandola negli occhi che è un essere umano controllato dalla paura, una donna che si spaventa quando sente chiamare il suo nome dall'oscurità, e che si fa il segno della croce quando pensa che nessuno la stia osservando.

Simon dorme su un materasso in un angolo del pavimento. Negli istanti in cui percepisce di poter pensare razionalmente, si chiede se verrà punito oppure giustiziato, cancellato lentamente dalla faccia della Terra. Non importa che farlo in quel modo sia ben poco razionale, non importa che se suo padre avesse voluto sbarazzarsi di lui ci sarebbe riuscito in modi piú semplici. No. Bloccato lí, chimicamente annientato, ricorda quel vecchio adagio: *il punto è la crudeltà*. Ma poi ecco di nuovo tornare l'ago, a cancellare ogni pensiero. Capita che la notte se la faccia addosso, i farmaci gli impediscono di controllare la vescica. Al mattino, Rose gli cambia il camice da ospedale, asciugandolo con fare materno.

Al crepuscolo la Strega si siede lí nell'ombra, in modo da non essere vista, e gli parla con voce bassa e vibrante.

– Povero piccolo, – dice, – povero piccolo.

Lui si sente scuotere le viscere.

– Tu sai chi sono, – continua, – anche se non conosci il mio nome.

Lui la scruta nelle tenebre.

– Ti hanno distorto la mente per farti credere nelle

menzogne. Devi riprenderti. Tuo padre è un grande uomo. Come facciamo a saperlo? Perché è ricco. Se i poveri fossero intelligenti, non sarebbero poveri. Il successo di tuo padre è la prova del suo destino manifesto, della sua *superiorità*. Chi sei tu per metterlo in discussione?

Nei momenti in cui Simon è semilucido, gli racconta tutte le vecchie fiabe dal punto di vista del lupo. Una strega solitaria in una casa di marzapane. Un uomo piccino reso schiavo per via del proprio nome. Il punto non è *vedere le cose dal punto di vista dei cattivi*. Non cerca di giustificare le loro azioni attraverso qualche paradosso morale che ribalta la situazione. Quello che fa è negare l'empatia, dire che è una menzogna. *Ognuno è ciò che è*. I lupi mangiano gli agnelli. Le streghe mangiano i bambini. Povero te, se sei un bambino, ma non si può discutere l'ordine naturale.

– Le api sono nate in una società alveare, – dice la Strega. – Sono tutte operaie e svolgono lo stesso compito senza lamentarsi. È questa la vita che vuoi? Dove i deboli opprimono i forti? Dove quelli che non sanno badare a sé stessi impongono regole a quelli che sanno farlo? Vuoi che ci limitino, che ci dicano quello che possiamo essere? Come fossimo bambini.

Simon vuole rispondere, ma il suo cervello non riesce a elaborare le parole. Si sente tornato un moccioso. A tarda notte, quando non riusciva a dormire, Claire si coricava di fianco a lui e gli accarezzava i capelli. Gli teneva la mano nel parco. Se avesse potuto parlare avrebbe detto: *Non è compito del forte proteggere il debole?* Ma quello che accade in quella stanza non si può certo definire una conversazione.

Alle volte gli capita di essere lasciato da solo in bagno, ma di solito è cosí rintronato che deve appoggiarsi alle pareti, persino da seduto. C'è una piccola finestra satinata sopra il lavandino. Un giorno, fissandola, con la mente azzerata, Simon nota un'incrinatura, un'evidente ammaccatura nel vetro. Si spinge in avanti e guarda intensamente quel punto. Attraversando uno stretto corridoio, vede una finestra identica, sempre satinata. Sullo strato di sporcizia che ricopre il vetro, qualcuno ha scritto la parola «disperazione» e poi l'ha cerchiata e ha tirato una linea a tagliare il cerchio. Gli viene in mente quell'immagine quando a notte fonda sente le unghie della Strega che grattano, quando avverte il suo respiro glaciale sul collo.

– La paura, – gli dice, – è un'emozione primordiale. È universale. Pensa a un bebè lasciato nell'oscurità del suo lettino, infreddolito e bagnato. Non ha il senso dello spazio né del tempo. Ha il terrore che nessuno arriverà a salvarlo. Allora urla. E quando urla, arriva la mammina. Cosí capisce che urlare vuol dire amore. E questo va avanti per settimane, mesi, anni. Il bebè diventa un dittatore, che urla per tutto.

In quelle ore crepuscolari, la Strega si siede sulla sua sedia di vimini e si accende una sigaretta dopo l'altra. Le sue parole calano come manganellate, l'aria pesante di soffocanti sostanze cancerose. Nei suoi sogni lo tormenta lo scricchiolare del vimini che esplode come fosse una bomba. Se la immagina seduta su una sedia fatta di capelli umani intrecciati.

– Adesso, i conti li sai fare. Se A è uguale a B e B è uguale a C, allora A è uguale a C. Bene, fai i conti. Se essere bambini vuol dire vivere in uno stato di paura costante, allora non credi che abbia senso dire che vivere in uno stato di paura costante ci rende dei bambini? Questa perenne angoscia, la paura che il pianeta stia morendo, che delle forze oscure si mettano contro di noi, questa paura ti rende impotente. E cosí ti trasformi in un dittatore, come tutte quelle anime belle che se ne vanno in giro a tormentare gli onesti cittadini: deponi le armi, indossi una maschera.

Dopo una settimana passata a mangiare le sue zuppe a ogni pasto, Simon è costretto a indossare un pannolone. I contorni della sua individualità stanno svanendo, si sta tramutando in una sostanza liquida, come stesse diventando anche lui zuppa.

– Sai che cosa uccidono tutte le tue regole? – gli chiede. – Uccidono la magia. Tutti quei bambini che hanno paura del buio hanno inventato una cosa chiamata «scienza» e qualcosa chiamato «verità», ma sappiamo entrambi che le verità davvero importanti stanno oltre la sfera razionale. Nessuno di noi può comprendere la volontà dell'Onnipotente o i misteri soprannaturali, gli Scienziati possono chiamare qualcosa un atomo e qualcos'altro un elettrone, ma questo non vuol dire nulla.

Sente il suono della sigaretta scagliata nel vuoto e di lei che ne tira subito fuori un'altra e la accende.

– I miei amici, – dice Simon, biascicando.

– I tuoi amici sono stati rieducati. Alcuni di loro in maniera permanente.

– Cosa vuol…

– Morti, – dice lei, – rieducazione definitiva.

Si volta per guardarla, ma quando si gira non c'è piú nessuno. Solo un esile filo di fumo che si alza dal pavimento pieno di mozziconi.

Quella notte sogna Louise che danza nel deserto, è cosí magra che sembra una cassa toracica spolpata su due gambe. Dove saranno finite quelle costole? In una zuppa?

Gli scienziati chiamano la nostra èra geologica Antropocene, intendendola come l'Èra dell'Uomo. Ma altri hanno proposto di chiamarla Eremocene, che sta per l'Èra della Solitudine.

All'ora del diavolo, Simon sente le viscere che si scuotono. Il suo corpo spiaccicato sul materasso come una pozzanghera. La stanza è cosí buia che non è certo se è sveglio oppure sta sognando. Le budella s'attorcigliano. La faccia bagnata. *Perché ha la faccia bagnata?* Un attimo. Qualcosa gli sta gocciolando addosso. Prova a muoversi, ma sente i muscoli molli come gelatina. Ode una voce, bassa e roca, sta cantando. Consonanti gutturali e colpi di glottide. Una cadenza sibilante. I suoi occhi si assestano all'assenza di luce. Lei è lí, sopra di lui, nuda, il suo corpo magro, i seni cadenti che ballonzolano. Tiene tra le mani una ciotola di legno, intarsiata e scheggiata. Ci intinge le dita, borbottando. Dentro la ciotola c'è qualcosa che ha piú la consistenza di una pasta che di un liquido. Sente che quella roba gli colpisce la pelle e fa l'effetto del fango, colandogli umida sul volto. Gli sta quasi addosso, le gambe formano un triangolo che termina in una zazzera di peli grigi arruffati. Si china e lui le vede i denti, svelati da un ghigno feroce. Sul suo volto sono stati disegnati simboli e rune con quella che potrebbe essere merda.

Simon sente una paura dalle radici antiche.

La mattina seguente è in salotto, a guardare la polvere che si muove in spire colpite da un raggio di luce. Sono passati giorni da quando ha potuto farsi una doccia o un bagno e la sua stessa puzza gli fa lacrimare gli occhi. Alza un braccio per asciugarseli ma ha cosí poca forza che non riesce ad andare oltre l'altezza della spalla, cosí piega la testa e li strofina contro la manica del camice. Da una fessura fra le tende vede la casa a fianco. Ha un vialetto di cemento e due brevi rampe di scale. La porta d'ingresso è rosso sangue. Mentre la sta guardando, si apre e spunta fuori Rose, con un berrettino di plastica impermeabile sulla testa. Scende uno scalino, poi si volta e chiude a chiave con una mandata, poi con una seconda e infine con una terza. Si dirige verso il vialetto e oltre il cancello, girando a destra e sparendo dalla vista.

Trenta secondi dopo sente una chiave entrare nella serratura: Rose dà un giro, un secondo, un terzo e infine entra, scrollandosi la pioggia dalle scarpe e borbottando qualcosa tra sé in filippino. Avverte lo scricchiolio del berretto che si accartoccia quando se lo toglie per appenderlo. A quel punto è entrata nella stanza, con il suo sorriso forzato e il fare materno.

– Cú-cú, – dice, – cú-cú, come andiamo questa mattina? Pronto per un po' di zuppa?

Qualche tempo dopo – giorni? mesi? – è su una sedia a rotelle di prima mattina. Rose è con lui, in ginocchio che gli taglia le unghie dei piedi. Le unghie tagliate le raccoglie in un barattolo insieme ai suoi capelli. *Perché? Cosa ci farà?* In bagno la luce svanisce. Rose impreca sottovoce, si alza. Invece di lasciarlo da solo, lo spinge in cucina e ferma il freno della sedia a rotelle. Non è mai stato in cucina. La porta sul retro ha tre serrature che devono essere chiuse dall'interno. Fa ancora piú freddo che nel resto della casa e gli spifferi glaciali gli risalgono dalle caviglie. Rose cammina verso la parete vicino al frigo dove c'è il pannello elettrico. Lo apre.

Fra pochi minuti a Simon toccherà un'altra iniezione. Fa parte della routine mattutina. Dopo colazione, Rose lo cambia, lo lava e gli dà l'ennesimo tranquillante. Il che vuol dire che quello è il momento del giorno in cui Simon assomiglia di piú a un essere umano. Studia la cucina; un piano cottura con quattro fornelli nell'angolo, accanto a una finestra sporca (sbarrata), un bancone basso coperto di piastrelle dozzinali. Armadietti in compensato, chiusi col lucchetto. Pavimento di linoleum. Cerca di tenere a mente la disposizione della stanza. Anche i cassetti sono lucchettati. Non vede coltelli, niente che possa essere usato come arma.

Gli rimbalza in testa una frase. Parole che ha letto su una targa appesa sul muro fuori dalla stanza in cui faceva yoga al Float. «L'ansia non è la paura di qualcosa di definito, ma l'inspiegabile sensazione di avere paura di tutto».

Capisce in quel momento che l'ansia era un lusso. Un articolo costoso, fuori dalla portata di molti, che si devono accontentare di paure piú economiche: la paura della rabbia, la paura dell'odio, la paura del crimine. L'ansia era un'astrazione che lo consumava quando era piú giovane, perché era la sua intera esistenza a essere astratta; priva di sfide, priva di debiti, priva di tutto quello che la gran parte delle persone chiama realtà. La paralisi dell'abbondanza. Ma in qualche modo essere un adolescente non vuol dire proprio questo? Di fronte a noi il baratro tra ciò che siamo stati e ciò che dovremo diventare. Un futuro che devi costruirti da solo. Una terra desolata di scelte che prima o poi andranno fatte. Un'identità da definire. E se ogni scelta che si prende è quella sbagliata? Era questo a tenere Simon sveglio la notte. Quanto è piú facile avere paura adesso, invece. Paura dell'ago. Paura della Strega. Paura di suo padre. Della polizia. È un ragazzo sulla sedia a rotelle, intrappolato in una casa sconosciuta, che cerca di memorizzare i dettagli della cucina nella speranza che possano servirgli per scappare. Sente il cervello arrugginito. *Pensa*, dice a sé stesso. Poi però ritorna la luce e Rose è lí, che sblocca le ruote della sedia e lo spinge nel salotto spoglio. Dopodiché l'ago penetra la carne e l'oceano della dimenticanza lo trascina a fondo. Ma un attimo prima di colare a picco, lo vede... il pezzo mancante.

E sa come riuscirà a scappare.

O

– Noi siamo il centro del cosmo.

Simon si sente scuotere le viscere. È sdraiato sul materasso. La sua bocca sa di vecchie monete di rame.

– Il Sole è distante a malapena cento chilometri da noi. La Terra è piatta, non una sfera; altrimenti potresti osservare la sua curvatura ogni volta che prendi un aereo. Qualsiasi sciocco può vedere la verità. Lo sai che oltre il muro di ghiaccio dell'Antartide ci sono lande sterminate di terra? La scienza vuole farti credere che queste sono bugie, ma la scienza è solo una scusa che si dànno le persone per restare stupide.

Simon cerca di farsi andar via quel sapore metallico dalla bocca. – Voglio parlare con mio padre, – farfuglia.

– Tuo padre ti ha già detto tutto quello che ti doveva dire, – risponde la Strega, – finché non ti sarai pentito.

Si accende una sigaretta. Ha polsi esili come un colibrí. – Se vuoi stanare un bambino malefico, uno di quelli scambiati alla nascita dal demonio, – dice, – spargi gusci d'uova intorno a un fuoco acceso. Anche impastare il pane con polvere di gusci funziona per farli uscire allo scoperto. È di loro gusto e li spinge a rivelarsi.

– Tu chi *sei*? – dice Simon.

Lei ride, un suono arido come un fiammifero che striscia, esala un pennacchio di fumo e brucia blu al chiaro di luna. – Le persone possono tramutarsi in troll, oppure i troll possono essere mutaforma. Assumono diverse sembianze, diventano alberi cavi oppure gomitoli di filo per tessere. Bramano il sapore del sangue dei cristiani.

– E le streghe?

– Chiamiamo strega una donna che ha smesso di essere fertile senza procreare. *Qual è lo scopo di queste donne?*, si chiedono le persone. *Perché il loro volto, rugoso e cadente, è cosí repellente?*

– Questa… non me la bevo. È una presa in giro. Prima hai parlato di *magia*, e poi le cose che mi fai la notte quando pensi che sia addormentato. Gli incantesimi che usi.

– Quando la tua mente sarà sgombra dallo scetticismo, allora comincerai a vedere ciò che è nascosto. I bambini lo sanno. Costruiscono castelli per le fate. Sanno cos'è veramente un tuono. «Superstizione» è soltanto una parolaccia che usiamo per definire quello che non capiamo. Ma la risposta è semplice. Devi soltanto crederci perché una cosa diventi reale.

– Tipo Babbo Natale?

– Ti prendi gioco di me perché ormai sei cresciuto. Un ragazzone con gli occhi stanchi. Ma se sei tanto intelligente, perché hai bisogno di imbottirti di farmaci per anestetizzare il mondo? Perché sei terrorizzato da quello che c'è là fuori.

– Intendi la merda che mi spari nelle vene?

Un altro fiammifero.

– Povero, pensi che ti stia dando una di quelle droghe prescrivibili che finiscono in -ina? In vena ti finisce una pozione che appare la prima volta nel *Malleus Maleficarum*, ci sono dentro erbe e radici, che ovviamente vanno associate a una serie di intenti.

– È quella che prepari in cucina?

– In cucina ci faccio la zuppa. Quello che ti inietto è stato distillato nel deserto del Mojave in una notte senza luna dopo il sacrificio di una dozzina di uccelli canterini e un'orgia.

– Un...

– Non scandalizzarti tanto. Alla mia età, ti restano solo mangiare e scopare.

Simon incomincia a piangere. – Voglio andare a casa, – dice.

– Bene, – dice lei. – Questo significa che sei pronto.

Simon si asciuga il naso colante. – Per cosa?

– Per il ripristino.

O

Rose riempie la vasca con acqua calda. Aiuta Simon a togliersi il camice da ospedale. L'odore del suo corpo gli fa salire un rigurgito di zuppa che non riesce a trattenere.

– Non ti preoccupare, caro, – dice Rose di fronte al conato. – È una reazione normale.

Lo aiuta a entrare nella vasca, e con un panno giallo gli sfrega la pelle. Simon si sente come un neonato, indifeso, bisognoso di contatto, ma il sapone brucia e quel panno è abrasivo. Rose canticchia: – Piú presso a te, Mio Signore... – Poi bisbiglia: – Devi dare ascolto alla signora. La signora ti metterà a posto.

Gli insapona i capelli. L'acqua diventa grigia.

– Ho una sorella in Florida. Ha sposato un uomo che non è brav'uomo. Un criminale. Io ho detto che quello non era un brav'uomo, ma lei lo ama.

Rose gli lava le braccia e il petto. – Non puoi salvare le persone da loro stesse. Solo Dio può.

Gli sfrega la pancia, sposta il pene e pulisce bene intorno.

Lui le afferra il polso. – Per favore, – dice, – basta che apri la porta e mi lasci scappare, non lo dirò a nessuno.

Lei si libera, sorride senza mostrare i denti. – Su, su, non essere un uccellino sciocco. Lascia che zia Rose finisce il suo lavoro. È quasi ora della tua medicina.

– È matta, – sibila Simon.

Rose si tira su e afferra un asciugamano bianco sottile. – No, no, – dice. – Non dire brutte parole. Nessuno è meglio di qualcun altro. Parola di Gesú.

Lo aiuta a uscire dalla vasca e lo asciuga. Simon resta lí intirizzito, le gambe tremolanti. *Quanti chili ha perso?* Rose prende una busta di plastica sigillata appoggiata sul water. Dentro c'è un camice nuovo. Apre la busta, rompendo la plastica. I pantaloni sono ruvidi quando glieli infila, rigidi. Poi gli mette anche la parte sopra e gli aggiusta i capelli con la mano.

– Bello come il presidente, – dice.

Avvicina la sedia a rotelle, ma Simon la spinge via.

– Posso camminare da solo, – dice, e le sfila di fianco per uscire dal bagno. Barcolla, per poco non cade, poi si aggrappa allo stipite. Si trascina per il salotto e va verso la cucina.

– Non da quella parte, tesorino, – dice Rose.

– Voglio dell'acqua, – borbotta Simon, senza rallentare.

Lei cerca di passargli avanti, ma la sedia a rotelle va a sbattere contro il tavolino basso e la blocca. Lui riesce ad arrivare alla porta della cucina, e in qualche modo la apre.

La Strega è lí seduta, beve una tazza di tè. Simon si blocca.

– Voglio un bicchiere d'acqua, – le dice, sentendo il coraggio svanire di colpo. La Strega non risponde, sorseggia il suo tè. Simon prova a muovere un passo dentro la stanza. Il pavimento scricchiola. Ne fa un altro. C'è una credenza di fianco al lavello, dove potrebbe esserci un bicchiere. Simon scuote la maniglia. Bloccata.

– Ho bisogno di un bicchiere, – dice.

La Strega continua a sorseggiare il tè. Rose appare sulla soglia.

– Mi scusi, signora. Ho lavato il ragazzo.

Simon scuote la maniglia. – Voglio un bicchiere d'acqua, – e sembra pretenderlo.

Alle sue spalle avverte l'esitazione di Rose. Aspetta un ordine dalla sua padrona, ma la Strega non dice nulla. Rose è costretta a decidere da sola.

– Mettiti là, – gli dice indicando i fornelli. Lui lo fa, sistemando il suo corpo nello spazio tra i fornelli e la finestra sbarrata. Rose tira fuori le sue chiavi, nascondendole dalla vista di Simon. Vi fruga un po' e trova quella della credenza.

Senza muovere la testa, Simon volta gli occhi sulla Strega. La tazza portata alle labbra. Lo sta fissando. Simon distoglie lo sguardo, il cuore in gola. Si sente gelare, paralizzato. Quella donna è un iceberg, infida, il suo potere piú oscuro sta nascosto sotto la superficie. Simon ha un brivido di terrore.

Poi Rose fa cadere le chiavi. Il rumore risuona come un'esplosione nella piccola stanza. La Strega si gira. In quell'istante, Simon fa quello che è venuto a fare. Alza il piede destro e lo allunga all'indietro. Con il tallone tocca l'allaccio del gas, il tubo di gomma che dal muro arriva al piano cottura. Era quello che Simon aveva visto senza vederlo seduto sulla sua sedia a rotelle, quel tubo malridotto avvolto nel nastro adesivo.

Rose fa cadere le chiavi. La Strega gira la testa. Simon alza il piede e scalcia il tubo sentendo che cede, poi abbassa il piede. Per quel che ne sa lui non si è sentito nulla, ma quando incrocia di nuovo gli occhi della Strega, quella lo sta ancora fissando. Lo ha visto? La guarda, cercando di mantenere un'espressione rilassata. Le sostanze che gli dànno aiutano. Gran parte della sua mente è a chilometri di distanza. La Strega sorride, e dietro quel sorriso covano tutti gli spiriti maligni che una maga può evocare nella sua pura malvagità. Rose intanto ha aperto la credenza. Prende una tazza di plastica e la riempie fino all'orlo.

– Vieni qui tu, – dice, avvicinandosi a Simon e prendendolo per il braccio. Lui lascia che lo porti alla sedia a rotelle. Si siede, prende la tazza e beve.

– Contento adesso? – chiede la Strega.

Simon, mentre si volta per incrociare il suo sguardo, lascia cadere un occhio sul punto dove ha staccato il tubo.

– Sí, grazie.

E sorride.

O

La dose che gli dànno dopo lo manda al tappeto. Si sveglia nell'oscurità. Ha bagnato il pannolone. Sente dietro di sé un rumore come di unghie che grattano, lento, ritmato. Un rumore *di artiglio*. Simon volta la testa. La Strega è seduta sulla sedia di vimini. Striscia le unghie contro il legno.

Scrrrtttchh.

Scrrrtttchh.

Un pacchetto di sigarette appoggiato sul bracciolo davanti alla sua mano destra. Un accendino di plastica da quattro soldi appoggiato sopra.

Tra un anno quell'accendino si combinerà con il magma incandescente della costa delle Hawaii per dare vita a un nuovo genere di roccia. Un plastiglomerato. È cosí che le materie riciclabili lasciano la loro impronta geologica.

L'aria nella stanza è cosí fredda che Simon riesce a vedere il proprio respiro. Sente la morte che aleggia tutto intorno. La Strega continua a strisciare le sue unghiacce sul vimini.

– Non devi avere paura, – dice.

Simon si lecca il labbro screpolato e annusa l'aria. Ha imparato a lezione di scienze che si aggiunge metilmercaptano al gas naturale per dargli un odore percepibile. Altrimenti come si potrebbe capire se c'è una perdita di gas? E allora Simon annusa, cercando di andare oltre il sapore acido della zuppa, per sentire quella puzza di uova marce. L'evidenza che il tubo si è staccato e la casa si sta riempiendo di gas.

Scrrrtttchh.

Scrrrtttchh.

Simon fruga alla rinfusa lungo il materasso, cercando di capire dove sia il bordo. La Strega prende l'accendino e fa scivolare una sigaretta fuori dal pacchetto.

– Non devi avere paura, – dice di nuovo, infilandosi la sigaretta tra le labbra e avvicinando l'accendino.

– Non ne ho, – risponde lui.

Non appena il pollice della Strega tocca la rotellina metallica dell'accendino, Simon si lancia sulla sinistra e si tira addosso il materasso per ripararsi. L'esplosione lo colpisce con la forza di un pugno e lo strizza come fosse una spugna. Finisce scaraventato contro il muro, il materasso appiccicato, aderente al corpo come un lenzuolo. Il calore lo avvolge, gli entra nei polmoni. Il rumore va oltre la barriera del suono, un boato fisico privo di tonalità. In quell'attimo senza fine non ci sono pensieri, a parte quello che il corpo umano non può essere fatto per reggere tutti gli stimoli che lo stanno colpendo. È cosí la morte?

Dopo, il rilascio. Sente il calore farsi opprimente e si leva di dosso il materasso. La stanza è nera di fumo, le fiamme arrivano a sfiorare il soffitto. Dove un tempo c'era la finestra è rimasto un buco dai contorni informi. Devono essere passati al massimo dieci secondi da quando il gas che aveva riempito la casa è esploso. Simon si muove a scatti, cercando di evitare le fiamme. Poi qualcosa si staglia davanti a lui, avvolto dal fumo. Una figura oscura, le braccia tese, le mani che ghermiscono l'aria in modo tremendo. Si avvicina lentamente, e lui d'istinto fugge. Il suo cuore gli dice che quello è il diavolo, che sta arrivando per portarselo via urlante nelle profondità sulfuree. La figura si sfrega la faccia e cade.

Rimane a terra, contorcendosi, uno scheletro nero e rosso, le articolazioni in fiamme, la pelle carbonizzata e rigida. Simon continua a indietreggiare, battendo i denti per la paura, convinto che da un momento all'altro la Strega abbrustolita possa avventarsi contro di lui. Sente dell'aria fresca arrivare alle spalle, mescolata al fumo e alle fiamme, e la segue, senza però togliere gli occhi di dosso da quella cosa che una volta era una donna. I capelli spariti. I vestiti fusi con la pelle e la testa ridotta a un teschio annerito, lo guarda attraverso le orbite ormai cave. Alla fine esce, dopo essere passato attraverso la parete distrutta. Ma anche quando è fuori resta immobile e tremolante di fronte alle mura della sua prigione, l'adrenalina non smette di scorrergli nelle vene, e quando comincia a correre lo fa guardandosi indietro, credendo che lei possa inseguirlo.

Raggiunge la strada, gli occhi spiritati, i piedi scalzi, il camice da ospedale bruciacchiato. Avverte una porta aprirsi alle sue spalle, si volta. Rose sta sulla soglia della casa di fianco, incorniciata dalla porta rossa.

– *Diyos ko*,– dice quando lo vede. A quel punto viene stesa da una sedia pieghevole che arriva dall'oscurità dietro di lei. Colpisce Rose dritta sulla nuca e la manda al tappeto sul cemento. Un attimo prima si sta tenendo stretta la vestaglia slacciata e l'attimo dopo è finita a terra, mentre Story Nadir compare sulla soglia, vestita con un camice da ospedale anche lei, con in mano una sedia di alluminio rotta.

La getta via e poi si china e vomita in un cespuglio.

– Cristo, – dice tirandosi su, – che cazzo c'era in quella merda di zuppa?

Libro 4
Eremocene

Il 2 agosto il ciclone tropicale Gilberto si fece largo dal golfo del Messico fino in California e in Arizona. Era una belva in lenta progressione, dal diametro di centinaia di chilometri, che avanzava verso nord preceduta da una massa d'aria calda ad alta pressione. Si avviluppò alla costa, scatenando tempeste di fulmini da San Diego a Marin e ancora piú a est, fino al New Mexico. I meteorologi lo chiamavano «assedio elettrico». L'aria secca faceva evaporare la pioggia prima che toccasse il suolo, aumentando l'umidità delle fasce superiori dell'atmosfera e generando ancora piú fulmini. Nella San Bernardino National Forest e nel Mount San Jacinto Park, nella Angeles National Forest e nel Malibu Canyon divampò una serie di incendi. Mercoledí prese fuoco San Luis Obispo, mentre nel Big Sur e nel Big Basin Redwoods State Park i fulmini provocavano altri incendi ancora.

Erano cinque mesi che nella California settentrionale e meridionale non cadeva una goccia d'acqua. Nel giro di qualche ora, dagli abitanti in fuga lungo la costa cominciarono ad arrivare segnalazioni di tornado di fuoco. Calò una coltre asfittica e surreale. A Los Angeles e San Francisco una spessa cortina di fumo bloccava la luce azzurra, colorando di arancio il cielo. Sulla costa occidentale, la Terra andava trasformandosi in Marte.

Intanto online si discuteva del patriottismo degli atleti che portavano la fascia nera al braccio e ci si indignava per le dichiarazioni antidemocratiche di politici diventati famosi per le loro dichiarazioni antidemocratiche. Ecco cosa avevamo imparato: per evitare di affrontare le conseguenze delle proprie azioni, basta concentrarsi su quella telenovela che è la vita pubblica, con i suoi eroi, i cattivi e la narrazione limpida, priva di ambiguità. È sempre piú facile lottare contro i drammi umani che contro la vastità dei cambiamenti ambientali in corso su un pianeta di quasi dodicimila chilometri di diametro, un pianeta che ha quattro miliardi e mezzo di anni, un pianeta che per centosessantacinque milioni di anni è stato dominato dai dinosauri e che per altri sessantacinque milioni non ha visto il primo uomo, e su cui il tempo si misura in ère. Cenozoico, mesozoico, paleozoico. Ère che compongono eoni. Fanerozoico, proterozoico, archeano, adeano.

Il tempo geologico se ne frega della durata della vita animale e della storia umana. Scorre in una scala inafferrabile dal nostro intelletto, una scala secondo la quale la nostra estinzione non è soltanto possibile ma inevitabile.

Ma noi siamo creature caduche, non conosciamo che il presente, l'istante in atto, le persone che abbiamo intorno: l'iperbolico melodramma della nostra finestrella.

Intanto gli incendi continuavano a divampare.

Fu in quella settimana che cominciarono ad ammazzarsi i militari. I primi casi a Fort Benning, tredici reclute suicide nell'arco di tre notti. Al quarto giorno toccò a sei uomini di una base afghana, accalcati intorno a una granata innescata. L'indomani mattina, al risveglio, i soldati al Kelley Barracks di Stoccarda trovarono cinque paracadutisti impiccati con le corde del proprio paracadute. Li avevamo armati e avevamo insegnato loro a combattere il nemico, ma ormai era sempre piú evidente che il nemico eravamo noi.

Il Profeta

Il Profeta lo hanno portato nella seconda sala interrogatori. Siede tranquillo, i polsi ammanettati a una catena assicurata a un anello sul pavimento. La stanza fa parte della sede di El Paso dell'Agenzia per la Sicurezza nazionale, un mostro di edificio circondato da alte mura di cemento. Ha la bocca secca. Sono passate sei ore da quando i dardi del taser gli hanno arpionato spalla sinistra e collo. Sopra il colletto della camicia va formandosi un brutto livido. Fatica a concentrarsi. Quando i dardi gli hanno penetrato la pelle, nel giro di cinque secondi il taser gli ha trasmesso diciannove impulsi elettrici dalla corrente media di due milliampere, che gli hanno provocato convulsioni e un dolore intenso. Il campo elettrico ha stimolato le cellule cerebrali dette motoneuroni alfa, che a loro volta hanno inviato impulsi ai muscoli, causandogli una lunga serie di contrazioni violente.

Siede su una sedia di plastica dura. A un certo punto della cattura ha smarrito gli occhiali. La stanza che lo circonda è una macchia sfocata in bianco e grigio. Se ha paura, non lo dà a vedere. Al contrario, a guardarlo alla luce sparata del neon, sembra che stia meditando, dalla gola gli esce una sorta di brusio.

Di norma il taser ha due funzioni. La prima tramortisce. La seconda provoca un dolore intenso per ottenere la collaborazione del soggetto. Sono stati gli uomini a inventarlo, allo stesso identico modo con cui hanno inventato qualsiasi arma pensata per uccidere o rendere inoffensivi: con la massima spensieratezza.

Si apre la porta ed entra una donna in tailleur. La segue un uomo con la pistola nella fondina. Puzzano entrambi di fumo. L'uomo richiude la porta. La donna scosta la sedia e si siede. Il Profeta non apre neanche gli occhi.

– Vorrei ringraziarvi, – dice, – per avermi fulminato col taser. È stata un'esperienza estremamente illuminante.

La donna posa un fascicolo sul tavolo. – Nel mio lavoro ne vedo di gente, Paul. Posso chiamarti Paul?

– Non c'è nessun Paul, – risponde il Profeta, – per parlare con lui le servirebbe una macchina del tempo.

La donna apre il fascicolo. – Wilson, Wyoming. È da lí che vieni?

– Ci ho vissuto per un periodo.

– Sbaglio o è vicino a Yellowstone?

Il Profeta annuisce. Quando era bambino, a un mercatino dell'usato ha trovato un libro intitolato *Manuale per ragazzi*, pubblicato dai Boy-scout d'America. Era un tascabile verdeazzurro con in copertina l'immagine di tre ragazzini seduti intorno a un fuoco. Alle loro spalle aleggiava lo spettro di un capo indiano, il corpo fatto di fumo, come se fosse la legna del falò a generarlo. Spirito guida degli scout o fantasma della storia americana tornato a perseguitarli? L'edizione costava cinquanta centesimi ed era del 1950. All'interno conteneva una serie di nozioni. Si parlava di escursioni e campeggio, di fauna e flora boschiva, ma ai suoi occhi era un manuale di vita civile. Sulla prima pagina, in grassetto, era stampata la Legge scout:

1. Lo scout pone il suo onore nel meritare fiducia.

– Sa cos'è un *iperoggetto*? – chiede all'agente.

– No.

– Immagini un iceberg alla deriva nell'oceano. Se lo trova davanti, in mezzo al mare, e crede che sia tutto lí, invece la massa sotto la superficie è tanto smisurata da sfuggire alla comprensione. Un iperoggetto è un qualcosa di talmente grande che non riusciamo a concepirlo. Come il cambiamento climatico.

– Peccato che non siamo qui per parlare delle temperature in Groenlandia, bensí di crimini contro lo Stato. Di terrorismo. Perché è questo che siete, tu e i tuoi amici. Terroristi.

Qualunque fosse l'effetto in cui sperava, il colpo non va a segno. Il Profeta rimane impassibile, si limita a richiudere gli occhi.

Hmmmmm.

Cos'è quel suono che fai? gli chiede la donna.

– Questo edificio ha una sua frequenza. Molto bassa. Dubito che lei riesca a percepirla. Non ci riesce quasi nessuno. Ho scoperto che se l'accompagno con un suono analogo, la mia mente si apre alle possibilità.

L'agente si mette a sfogliare il fascicolo. – Te la sei vista brutta, eh? – gli dice. – Abusi in famiglia, svariati periodi in affidamento e infine l'arresto.

– È vero, – ammette il Profeta, – non ho incontrato molti modelli positivi.

La donna continua a sfogliare, frugando nel suo passato. – Oh, questo sí che è spiacevole. Qui dice che tuo padre ha fatto fuori tua madre.

2. Lo scout è leale.

Il Profeta trattiene il fiato.

– Quando Paul aveva sei anni, suo padre è entrato in cucina e ha ucciso sua madre con un badile, – risponde.

– Paul è andato a vivere prima con la nonna, poi con lo zio, in Nebraska. È lí che Dio ha cominciato a parlargli.

– Parliamo del Dio con la barba bianca?

– Parliamo del Dio del roveto ardente, o nel caso di Paul, del ceppo di un albero.

La donna richiude il fascicolo e lo guarda dritto negli occhi.

– Cosa provi per tuo padre, Paul?

3. Lo scout si rende utile e aiuta gli altri.

– Mio padre è Dio, – risponde lui.

– Sei cristiano?

– Originalista.

– Che vuol dire?

– Vuol dire che seguo gli insegnamenti di Dio nella loro forma originale, anziché l'interpretazione che ne ha dato la Chiesa.

– E lo puoi fare perché hai una linea diretta con Dio.

– Perché uso la frequenza.

– Come no, la frequenza.

La donna scrive qualcosa.

– Può dirmi, – chiede lui, – in che regno siamo?

– Come hai detto?

– Main Street o Wall Street.

Hmmmmm.

– Paul, – dice la donna.

– Non mi chiamo piú cosí.

Lei gli fa schioccare due dita davanti. – Sveglia, ragazzino. Lo sai che sei in un mare di guai?

Ma lui tiene gli occhi puntati sul muro.

– In effetti, non cambia molto, – dice, – un regno vale

l'altro. Tanto siamo quasi all'equinozio. Tra poco dovranno tutti smettere di fingere.

– Fingere cosa?

– Le è mai venuto un colpo di frusta, Nancy?

Per un attimo, la donna è presa alla sprovvista. – Come fai a sapere come mi chiamo?

– Me l'ha detto Dio. Vedi, il colpo di frusta in realtà non è un problema fisico, ma una forma di disturbo post traumatico.

Nancy si passa una mano sulla fronte. È sveglia da quasi trentasei ore.

– Che ne diresti di rispondere alle domande, – gli dice, – oppure chiudere il becco?

Hmmmmm.

– Un'auto ne tampona un'altra, – continua il Profeta, – e i vecchi traumi tornano a galla. Perché il dolore fisico è dolore emotivo. Mi è capitato spesso di pensarci, vagando per questo mondo.

Nancy si gira verso il collega, che fino a quel punto è rimasto nell'angolo. Ora viene avanti e si piazza alle spalle del Profeta, per intimidirlo.

– Paul, dov'è la figlia della giudice?

Il Profeta ci riflette. – Era con noi prima che mi fulminassero col taser, ma aveva un ruolo autonomo.

– L'avete rapita. Tu e quel tipo che si fa chiamare Felix.

4. Lo scout è amico di tutti.

Il Profeta chiude gli occhi.

Hmmmmm.

– È Dio che ti ha detto di uccidere gli agenti nella contea di Reeves?

– Io non ho ucciso nessuno.

– Ma eri lí.

Il Profeta ci pensa un attimo. – Curioso, prima ha detto «rapita». Cosa crede che sia quell'istituto detentivo, se non un carcere dove si tengono in ostaggio persone innocenti?

– Quindi è una questione politica.

– No. Non ci interessa la politica.

– Non vi interessa.

– No.

– A chi? Chi siete voi?

5. Lo scout è cortese.

– I suoi figli.

– Non ho nessun figlio.

– Mi scusi, intendevo i figli di tutto il mondo.

– Giusto per essere sicura di aver capito bene. Hai rapito la figlia di una giudice federale e hai ucciso quattro guardie, e ad aiutarti c'erano «i figli di tutto il mondo».

– Quando Dio ha aperto il Mar Rosso e liberato il suo popolo dalla schiavitú, e gli egizi sono morti affogati, la notizia non era *Dio uccide trafficanti di schiavi*. Era *Dio salva gli ebrei*.

La donna tamburella impaziente il dito sul tavolo. – Chi vi ha aiutato, concretamente? Sappiamo di Felix. È qui in custodia, al piano di sotto. E sappiamo dei due ragazzi armati. Lei l'hanno uccisa gli agenti della sicurezza privata, lui è rimasto ferito. Ma sappiamo che non erano soli. Voglio i nomi degli altri. Voglio tutto quello che c'è da sapere. Qual era il piano se aveste fallito la missione? Dove hanno portato Story?

6. Lo scout ama e rispetta la natura.

– La missione non è fallita, – ribatte il Profeta. – È tutto come dev'essere.

– Quindi a Dio sta bene se passi il resto dei tuoi giorni chiuso in carcere o finisci sulla sedia elettrica?

– Non ci sono piú le sedie elettriche. In Texas i condannati a morte ricevono l'iniezione letale.

La donna sbatte i palmi sul tavolo. – Dov'è la figlia della giudice?

Il Profeta chiude gli occhi, riprende a mugolare. Da bambino viveva all'aria aperta. Il nonno aveva un ranch che confinava con una riserva, ed era lí che lo portava sua madre per sfuggire a suo padre. Il nonno allevava capre. Di giorno brucavano in libertà e di notte dormivano nell'ovile, al sicuro dai lupi. Nelle notti d'inverno, il nonno si piazzava sotto il portico con il Remington e un thermos di caffè bollente, in attesa che arrivasse il branco. Il Profeta, che all'epoca era un bimbo di quattro anni di nome Paul, restava a fargli compagnia. Non dormiva mai. Mentre la luna sorgeva e tramontava, lui e suo nonno parlavano per ore, senza mai abbassare la guardia. Andavano insieme a esaminare le carcasse dei lupi uccisi, con il fischio degli spari ancora nelle orecchie. Paul si inginocchiava e passava le dita nel pelo.

«Doveva proprio morire?» chiedeva, e suo nonno sputava nell'erba stentata.

«O lui o te, – rispondeva, – ricordatelo».

7. Lo scout sa obbedire.

– Come ci avete presi? – domanda ora il Profeta.

– Ci ha chiamato la squadra della sicurezza privata. Vi avevano catturati.

– Tutti e quattro.

– Esatto.

– Noi però eravamo in cinque. Forse, anziché chiedere a me dei miei amici, dovrebbe chiedere a loro perché mentono.

Nancy sbatte le palpebre, elabora l'informazione. – Dov'è Story Burr-Nadir?

– Non le sembra di fare le domande sbagliate? – risponde il Profeta. – Non sarebbe piú saggio chiedersi perché i ragazzini continuano ad ammazzarsi? Cosa vi sfugge?

– È ancora viva?

– Al momento.

– Sarebbe a dire?

– Sarebbe a dire che nessuno è eterno. Sarebbe a dire che qui c'è in gioco la nostra vita, e che può finire in un modo o nell'altro.

– La trattengono contro la sua volontà?

Il Profeta chiude gli occhi. Mugola per quasi tre minuti. Poi riapre gli occhi. – Penso di sí.

– Voglio una lista dei complici. Dov'è la figlia della giudice, e chi c'è con lei? O mi rispondi, o ti becchi l'ergastolo senza libertà sulla parola.

– Gliel'ho detto. Non lo so dov'è. So solo che ce l'ha la Strega.

– La Strega?

Il Profeta raddrizza le spalle, si liscia la camicia. – Scusi se non la guardo negli occhi, – dice, – non trovo piú gli occhiali. Un tempo, in America, si credeva che l'aria fosse piena di demoni. Che ci finissero nel naso con la respirazione e che uscissero con gli starnuti. Per questo quando uno starnutiva si diceva: «Dio ti benedica».

– Paul, hai pochissimo tempo a disposizione per trovare un accordo. Per darmi qualcosa da offrire al pubblico ministero che gli impedisca di farti a pezzi.

Il Profeta ci riflette.

Nancy si alza, fa un cenno alla guardia.

– Tic toc, – gli dice e va a battere un pugno sulla porta. La porta si apre.

Mentre esce, il Profeta le grida: – Abbiamo il diritto di difenderci. Il pianeta è anche nostro.

O

Al piano inferiore, anche Felix è incatenato al tavolo. Ma al contrario del Profeta, è un fascio di nervi. Continua a strattonare la catena e a tentare di mettersi in piedi. Grida a vuoto. Là fuori, da qualche parte, sua sorella è ancora prigioniera. Là fuori, da qualche parte, la sua ragazza potrebbe essere morta o essere stata catturata. Felix si divincola per togliersi le manette. Si divincola perché Felix non è il suo vero nome. Perché da adolescente ha sparato a due agenti di Blountstown, Florida, per proteggere il suo papà, e da allora non ha mai smesso di scappare. Si divincola perché quella stanza è il suo peggior incubo e sono anni che lo perseguita.

D'un tratto entrano Nancy e un altro agente, che si piazza accanto alla porta. La puzza di fumo è meno forte, ma si sente ancora.

– Dov'è mia sorella? – domanda Felix, con una voce piú alta di quanto vorrebbe.

Nancy si siede senza degnarlo di un'occhiata. – Violazione di domicilio, – comincia, – possesso di armi illegali. Tentato rapimento… o forse omicidio?

– Dov'è? È ancora in mano sua?

– Hai violato la proprietà di un multimiliardario. I tuoi amici hanno fatto fuoco contro la sicurezza privata. La ragazza, Nadine Bolger, è morta. Il ragazzo è finito in ospedale. Tu sei stato arrestato con addosso un AR-15 che corrisponde a quello utilizzato per l'omicidio di due guardie di servizio in un istituto detentivo nella contea di Reeves.

– No, io non... mi ascolti, – dice Felix, – quello là ha mia sorella. L'ha stuprata.

Nancy allunga un foglio sul tavolo. – Sappiamo che non ti chiami Felix Moor.

Felix guarda il foglio. È il certificato di morte di un ragazzo deceduto nell'agosto del 2006. Un ragazzo del cui numero di previdenza sociale Samson DeWitt si è impossessato per diventare un uomo nuovo.

– Abbiamo le tue impronte, – prosegue Nancy, – ma sarebbe carino se vuotassi il sacco e ci facessi risparmiare tempo. Sarò sincera. Molti miei colleghi farebbero carte false per passare cinque minuti in tua compagnia e darti una bella lezione, dopo quello che hai fatto a quegli uomini. Erano brave persone. Padri di famiglia.

– Ma io non ero lí.

– C'era il tuo fucile.

Felix tace, si scervella. – Mi ascolti, – riprova, – lui la tiene prigioniera. Mobley, dico. L'ha rapita, l'ha messa incinta e ora la trattiene contro la sua volontà.

– Tua sorella.

– Sí, Bath... Katie, si chiama Katie. Lavorava per lui a San Francisco. È una pittrice, Mobley le aveva promesso di aiutarla. Parlo di E. L. Mobley, il miliardario. Lo so che lei lo conosce. Mia sorella è sua prigioniera. Per questo eravamo là. Per salvarla.

Ma a Nancy quella storia non interessa. – Dimmi come ti chiami e proverò a fare qualche chiamata.

Felix ci pensa su. Pensa alle cose che verrebbero a galla insieme al suo nome.

– Non mi importa di quello che può capitarmi, – le risponde, – lo capisce? L'importante è tirarla fuori.

– E di Story non le importa? Era tutta una messinscena per farle abbassare la guardia?

– No, certo che mi importa. La amo.

– Allora dimmi dov'è.

Felix scuote la testa. – Non lo so.

– Ma era con te.

Rimane in silenzio. Se chiedono di lei, vuol dire che è riuscita a fuggire.

– Voglio un avvocato.

– Infatti, ti serve. Ma se lo chiami adesso, puoi scordarti qualsiasi patteggiamento.

Felix si appoggia allo schienale. – Posso avere un bicchier d'acqua?

La donna si limita a guardarlo.

– Senta, le confesserò una cosa. Una cosa che le interesserà sapere. Una cosa grossa. Ma prima voglio parlare con mia sorella. Me la chiami al telefono e saprà da me tutto ciò che vuole.

Quando gli agenti escono dalla stanza, Felix cerca di calmarsi. Dentro di sé, nel profondo, sa che passerà il resto della sua vita in stanze non piú grandi di quella, probabilmente piú piccole. Stanze con le sbarre. Con barriere di plexiglas. Stanze con il letto e il cesso a qualche metro di distanza. Celle. In un certo senso, c'è destinato fin dalla nascita. Sono il dono di un padre talmente ostile alla società civile e talmente disgustato dall'autorità che gli ha insegnato a sparare a vista.

Per Samson DeWitt, il pianeta Terra si è ridotto alle dimensioni di quattro mura.

Che si fanno sempre piú strette.

O

Randall Flagg si sveglia in una sala emergenze del Pronto soccorso di El Paso. È ammanettato al letto, gli sbuca un tubo dal naso, nel braccio ha piantata la flebo. La prima parola che gli esce di bocca è «cazzo».

– Cazzo è? – biascica e fa per toccarsi il tubo, ma le manette bloccano la mano. Si sente la testa piena di ovatta.

– Ah-ha, – lo riprende una voce alla sua destra. Randall si gira.

Seduto accanto alla finestra c'è un poliziotto, pagina dello sport davanti, stuzzicadenti in bocca.

– Fa' il bravo, – gli intima, – e non ti alzare.

Flagg rinuncia a liberarsi. Ha qualcosa che non va all'occhio sinistro: vede tutto nero. Si sente il petto pesante. Abbassando lo sguardo scopre che è tutto fasciato, le garze chiazzate di antibatterico giallo. A quel punto capisce. Gli hanno sparato. Probabilmente piú di una volta. Per un attimo ha di nuovo quattordici anni, è a scuola, rinchiuso nello stanzino delle scope, sente gli spari e trattiene il fiato. Suo fratello è là fuori da qualche parte. Tutti quegli spari. Tutte quelle grida. E poi il sangue che comincia a filtrare da sotto la porta.

Ma non ha quattordici anni. Ne ha venti. E suo fratello è morto.

– Perché c'è il cielo arancione? – chiede, pensando che forse sta sognando.

Entra un'infermiera. Nera, corpulenta.

– Occhio, – gli dice, – ti conviene stare fermo se non vuoi strapparti i punti.

Flagg riappoggia la testa al cuscino. Ora la sente, la morsa al torace. Gli brucia l'occhio sinistro.

– Con cosa mi hanno preso?

Lei si avvicina, controlla i valori. – Ti hanno sparato.

– Sí, lo so. Ma intendo calibro grande, calibro piccolo?

– Hai perso metà del fegato. Sei stato sotto i ferri per nove ore. E vuoi sapere il calibro?

– E l'occhio?

– Era pieno di frammenti di roccia. Il chirurgo li ha rimossi, ma non riavrai la vista.

Flagg ci riflette un attimo. Una benda come quella dei pirati.

– Ho fame, – dice.

– Ti stiamo alimentando col sondino. Dà tempo all'organismo di rimettersi in carreggiata.

– Nemmeno una birretta?

– Spiritoso.

La donna gli misura la temperatura. Flagg gira la testa, guarda il poliziotto.

– Senta, capo. Posso chiederle una cosa?

– No.

– Sí, ma… glielo devo dire, sono preoccupato. Nel senso, come farà a corrermi dietro per il corridoio senza beccarsi un infarto?

Il poliziotto non batte ciglio e non alza lo sguardo. – E chi ti corre dietro, – dice. – Ti sparo e basta.

L'infermiera gli lancia un'occhiataccia. – Qui dentro nessuno spara a nessuno.

Flagg sposta lo sguardo sul soffitto. Ricorda di aver scalato il dirupo con Katniss. Era una notte splendida. Tutte quelle stelle. Si sentiva alla grande perché aveva ridotto l'equipaggiamento a una decina di chili incluso il Remington. Aveva tre cartucce addosso, fissate all'addome con il velcro, e altre cinque, sul fianco, per la Glock. Sapeva per esperienza che era in grado di ricaricare entrambe in meno di dieci secondi. Katniss si è legata alla corda e ha cominciato a salire, scalando la parete come Batman. Si erano incontrati tre anni prima. Anche lei era in fuga da qualcosa, ma non gli ha mai raccontato cosa. Entrambi sono cresciuti a pane, film Marvel e quelle storie hollywoodiane in cui l'eroe dimostra il suo valore portando a termine la missione, perché se hai un cuore puro non c'è legge che possa fermarti. Nella vita vera, però, cos'altro hanno conosciuto, a parte gente in posizione di potere che decide cosa puoi fare e cosa no? Lí non ci puoi andare. Quello non lo puoi fare. Lo stronzo non lo puoi punire. La legge non la puoi cambiare. Non conti un fico secco.

Nell'ultimo tratto, si è alzato un venticello fresco da est. Era il passaggio piú complicato. Dovevano arrampicare per tre metri senza assicurazione e issarsi sulla sommità piatta. Si sono sganciati in silenzio dalla corda. Per prima è salita Katniss, sbriciolando il suolo e costringendolo a chinare la testa per non farsi finire i frammenti in bocca. Giunta in cima, ha sporto il braccio con la Magnum. A quel punto è partito lui, aggrappandosi a uno sperone, che si è staccato di netto. Per un attimo ha creduto di essere spacciato, ma con l'altra mano ha trovato un appiglio e si è stretto alla parete, evitando di precipitare.

«Che cazzo», ha borbottato, col cuore che gli scoppiava nel petto. E poi ha raggiunto anche lui il pianoro in cima. Dal walkie-talkie è arrivata la notizia che il Profeta e il ragazzino erano dentro e si avvicinavano alla casa. Da lí era troppo in basso per scorgere guardie. Lui e Katniss si sono stesi a pancia in giú nell'erba, sul lato piú esterno della piscina. Usando il mirino, Katniss ha passato in rassegna le finestre buie della villa. In cucina c'era una luce bassa ma non si vedevano movimenti. Probabilmente restava accesa tutta la notte. Dovevano essere le due e mezza di mattina.

Flagg le ha toccato la spalla. Si sono alzati e hanno proseguito a schiena curva e coi fucili pronti, in direzione della casa. Il difficile era evitare i sensori di movimento. Avevano già individuato un rialzo roccioso sul lato sinistro della villa che avrebbe dato loro un minimo di altezza strategica; ci sono saliti superando un giardino terrazzato di cactus e piante grasse e succulente.

Katniss si è messa in ginocchio e Flagg si è nascosto dietro un masso. Ha visto Felix, Simon e il Profeta che correvano nel vialetto e si riparavano contro il muro della villa. Dal walkie-talkie ha sentito: «Ci siamo. Si entra fra tre, due, uno».

Li hanno guardati entrare e l'attimo dopo si sono accesi i fari esterni. La notte è esplosa di luci, sul tetto brillavano i lampi dei fucili e intorno a loro saltavano via pezzi di roccia. Flagg ha avvertito un bruciore all'occhio sinistro. Katniss si è accasciata con un gemito. Si è chinato, sentendo le schegge piovergli addosso mentre una raffica di centinaia di colpi crivellava la roccia sopra di lui.

Ha cercato di mettere Katniss al riparo, ma si è accorto che le mancava la calotta cranica e sanguinava dal petto. Prima che potesse ritrarsi, un proiettile è rimbalzato sul muro dietro di lui e l'ha colpito al fianco, mandandolo a cadere su un pietrone. L'attimo prima di perdere i sensi ha capito. Era un'imboscata, ed erano tutti spacciati.

Margot

Il giorno in cui tutto cambia comincia come un giorno qualsiasi. Ti svegli e controlli che temperatura c'è. Fai pipí e scorri le mail, magari butti un occhio alle notizie. Fai colazione con caffè e uova, o tè e cereali, o magari latte e toast. Ma naturalmente non è un giorno qualsiasi. È il settimo giorno dell'udienza di conferma del Senato per un posto alla Corte suprema.

Margot siede con la schiena dritta al banco dei testimoni. Risponde alla raffica di domande con la precisione di un missile teleguidato, sempre attenta a non prendere cantonate, sempre col terrore di spazientirsi e lasciar trapelare le proprie emozioni. Tanto i bevitori quanto i cuochi le lanciano sguardi sospettosi. Nonostante sia passata a conoscerli prima che cominciassero le udienze, e nonostante Jay si sia fatto in quattro per convincerli delle sue buone intenzioni, i bevitori rimangono perplessi da quella nomina, un presidente del Partito delle bugie che sceglie una giudice del Partito della verità. I cuochi, dal canto loro, predicheranno pure la necessità di scelte bipartisan, ma alla prova dei fatti preferiscono uno dei loro. Temono che Margot sia un cavallo di Troia, mandata per ingannarli. Tuttavia, nessuno dei due schieramenti può presentare obiezioni fondate contro un giudice del suo profilo e della sua integrità. Per cui sbuffano e digrignano i denti, cercando un punto debole da azzannare, e quella che un mese fa sembrava una vittoria facile si è trasformata in un pantano di obiezioni e proteste.

Alle sue spalle, Remy tiene gli occhi puntati sui banchi. Indossa un completo azzurro perfettamente stirato con la pochette bianca e occhiali dalla montatura di corno. Hadrian è in albergo con la baby-sitter, anche se, a dodici anni, detesta che la chiamino cosí.

Ogni giorno a pranzo e cena Margot e Remy rivedono l'ultima testimonianza insieme agli avvocati e allo staff della Casa bianca. Dopo cena, Margot manda giú due ibuprofene con mezzo bicchiere di whisky e si ripete che sí, vuole ancora entrare nella Corte suprema. Che se in palio c'è la nomina a vita vale la pena di sopportare la fatica e i sacrifici di quello scontro fra gladiatori in cui è coinvolta. Da quando il Dio Re ha perso il potere, la politica elettorale sembra regredita ai primi giorni della nazione, quando per una parola di troppo i rappresentanti sfoderavano la pistola. L'istinto le direbbe di tirarsi fuori dalla mischia, di mantenere l'imparzialità, di porsi al di sopra della politica. Ma rispetto a quando era giovane la politica è cambiata drasticamente, e adesso chi si colloca al di fuori della quotidiana lotta per il potere non è piú un virtuoso. Chi non si schiera è sospetto.

Per questo prende l'ibuprofene e lo manda giú col whisky, e Remy le massaggia la schiena e i piedi e le dice che «è quasi fatta».

Un altro giorno ancora.

Il venerdí indossa il completo avorio con scarpe comode. Sono passate quattro settimane da quando era a Austin, sul prato rinsecchito davanti a casa di sua figlia ad aspettare l'Fbi. Ha risposto agli attacchi sul suo passato e a chi le chiedeva come aveva intenzione di esprimersi in merito a temi che vanno dall'aborto al potere presidenziale. È rimasta calma e attenta, ma salda. Sono le tre e diciassette del pomeriggio. Quella del pranzo è l'ora in cui cincischia con l'insalata e ascolta il vicedirettore delle comunicazioni e il suo avvocato che discutono delle misure procedurali a cui possono ricorrere i cuochi per sabotare la sua nomina. In cui dibattono se otterrà abbastanza voti dall'altro Partito della verità da compensare i timori dei senatori piú progressisti, che spereranno in un nome piú affine.

Margot ha smesso di ascoltarli. O avrà il posto o non l'avrà. Deve solo tornare in aula e rispondere ad altre domande, stringere i denti mentre le due parti tengono l'arringa conclusiva. Sorridere e ringraziare per l'opportunità che le è stata concessa. Dichiarare che la sua storia personale è la storia dell'America. Ancora una volta ripensa a sua figlia sul palco davanti alla sala piena, le mani strette a pugno, gli occhi chiusi.

And the rockets' red glare
the bombs bursting in air.

Ha gli occhi puntati sul piatto e sulle prime non capisce da dove arriva quella goccia sulla ceramica. È una lacrima. Seguita da un'altra lacrima. Si porta la mano sugli occhi. Sono umidi. Solo allora l'emozione la travolge, un'ondata devastante che le tronca il respiro. È la madre di una figlia scomparsa e probabilmente morta. Che cazzo ci fa lí a mangiare insalata di rapa rossa e discutere di strategia?

Remy la guarda, capisce che è sul punto di crollare.
– Tesoro?

Lei si alza di scatto. – Scusatemi.

Scappa in bagno, sfilando accanto all'élite politica di Washington a schiena dritta e reprimendo un singhiozzo, si ritrova alle toilette, si infila in uno stallo, la porta sbatte contro il divisorio e si chiude da sola. Scoppia in lacrime, la faccia premuta sui pugni, la schiena incastrata nell'angolo. I singhiozzi le sfuggono rumorosamente dalle labbra, un suono animale, come se fosse una cornamusa malconcia suonata da mani invisibili, incapace di controllare le note e il volume.

Un tempo erano giovani. Tutti loro. Residenti di Brooklyn Heights che in una sera d'estate camminavano ridendo per la strada. È quello il prezzo che si paga per realizzare un sogno? Bisogna perdere tutte le cose che contano, rinunciare agli affetti in cambio di un necrologio piú pomposo? Respira ansando, le tremano le gambe e teme di cadere nel wc, per cui si tiene al muro con le mani e si abbassa, come un'ubriaca, sul sedile di porcellana. Non ha mai avuto un attacco di panico. Le sembra di morire.

Qualcuno bussa dolcemente alla porta. – Tesoro?

È Remy. Si è avventurato nel bagno delle donne per controllare che lei stia bene.

– Sto bene, – sussurra Margot.

– Posso... posso portarti qualcosa?

– Vattene! – grida.

Per un minuto lui rimane in un silenzio stupefatto. Poi si gira e se ne va. Margot ascolta i passi che si allontanano, il trascinio della porta che si richiude. Strappa la carta igienica dal rotolo, si tampona gli occhi. La carta si macchia di mascara. È la grande spia delle emozioni femminili, il mascara, come quella sostanza chimica che mettono nelle piscine pubbliche che diventa blu quando qualcuno fa pipí in acqua. Sforzandosi di respirare lentamente, guarda l'orologio al polso. Cinque minuti. Cinque minuti per ricomporsi, per togliersi il rossore dagli occhi e ritrovare un equilibrio.

In tutto il mondo i ragazzini si ammazzano a migliaia, e sua figlia è scomparsa. Come si fa a comportarsi come se la Terra non avesse smesso di girare nel verso giusto, come se l'umanità non fosse un convoglio lanciato a tutta velocità verso l'estinzione?

Si alza, butta la carta igienica nella tazza e tira l'acqua. Ce la può fare. Può vincere. Per sua madre, che faceva due lavori insieme. Per suo padre, che non era mai troppo impegnato per aiutarla con i compiti. Per sua sorella, morta di cancro ovarico a ventisette anni, per Remy, per Hadrian, per Story.

È questo che fanno le persone vincenti. Vincono.

Si aggiusta i capelli, alliscia la camicetta, dopodiché – recuperando il controllo delle sue emozioni e spingendole in fondo a un buco nero – si avvia alla porta.

O

Quando arrivano in aula la galleria è piena, come se l'intera città intuisse l'approssimarsi della fine. I posti a sedere sono tutti occupati, in fondo rimane un po' di spazio in piedi. Sono venuti a sostenerla, a criticarla, o semplicemente a guardare lo spettacolino piú succoso del momento. Margot entra con sguardo assente, si lascia accompagnare al banco dall'avvocato. Scosta la sedia, consapevole dei flash delle macchine fotografiche, del fatto che c'è chi la osserva in diretta. Sistemandosi la gonna si accorge che Remy è rimasto fuori. Sta parlando con un uomo in completo nero con l'auricolare all'orecchio. Intanto, la guarda con occhi spalancati. Ma lei non ha il tempo di cogliere e decifrare quello sguardo, perché nel frattempo è entrato nell'aula il presidente del Comitato di giustizia. Margot si alza in piedi mentre l'uomo prende posto sullo scanno.

Dietro la pedana, l'attimo prima che le porte si richiudano, entra Kurt LaRue, senatore junior dell'Idaho. Indossa un paltò di cammello sul completo blu, nonostante il caldo.

Il presidente batte il martelletto, richiamando all'ordine i presenti. – Seduti.

Margot si siede. C'è qualcosa nell'aula che le trasmette tensione, come una nota stonata, ma prima che possa mettere a fuoco la sensazione, Remy le tocca il gomito e le sussurra all'orecchio: – L'hanno trovato.

– Non adesso, – risponde lei, senza elaborare il senso di quelle parole, concentrata sul fatto che è in diretta, che il presidente la sta ringraziando per la pazienza e la professionalità dimostrata durante le udienze. Remy però rifiuta di sedersi.

– Felix, – insiste, – il fidanzato. Hanno trovato il fidanzato di Story, a Marfa. L'hanno arrestato, è in custodia.

Margot si gira. – Dove? – sibila.

– Texas occidentale, – risponde lui. – Violazione di domicilio e tentato rapimento.

– Che cosa?

– Giudice Nadir? – la riprende il presidente, chinandosi sul microfono.

– Un secondo, per cortesia, – dice Margot, – la prego. Si tratta di mia figlia.

Nella sala si leva un'ondata di curiosità, di bisbigli. Il presidente batte il martelletto.

– Ordine, – dice. – Giudice, vuole fare una pausa?

Margot guarda il palco. Il presidente è seduto, circondato dagli altri senatori che compongono il comitato. Alle loro spalle siedono gli assistenti. Svariati agenti della polizia del Campidoglio sorvegliano la pedana da potenziali disturbatori.

Il senatore LaRue è in piedi dietro il presidente. Ha il mento stretto e un mezzo riportino, e con quel paltò addosso suda copiosamente.

Borbotta qualcosa che Margot non riesce a sentire. Poi lo ripete, a voce piú alta.

– Signor presidente.

Il presidente si gira, confuso. Cosa ci fa lí il senatore junior dell'Idaho, con quel cappotto di cammello e il sudore che gli cola sugli occhi? – Come? – dice, senza che il microfono lo intercetti.

– Ho detto che devo fare una dichiarazione, – ripete LaRue ad alta voce, raddrizzando le spalle di fronte alle telecamere.

Il presidente si rigira accigliato. – Le dichiarazioni finali si rilasciano in ordine di anzianità, – risponde, – torni a sedersi.

Remy le stringe il braccio. – Hai capito? – le dice. – L'Fbi di El Paso ha in custodia il ragazzo di Story.

L'avvocato di Margot si avvicina con una smorfia piccata. – Si sieda.

– No! – grida una voce dal palco, e tutti si bloccano. Margot si volta e scopre con sorpresa che il senatore LaRue è salito sulla pedana. Ha allargato le braccia. Tiene qualcosa nella mano destra. Una penna?

– Ora basta, – grida, mentre le telecamere si girano a inquadrarlo. – Siamo la tempesta. Tremate dinnanzi alla nostra potenza.

Con la mano sinistra si slaccia il cappotto. Sotto indossa una sorta di giubbotto nero pieno di bozzoli.

Margot si alza in piedi in automatico. Dietro di lei qualcuno grida. Vede gli agenti che accorrono, gli altri senatori che si alzano confusamente, incespicando, non tutti hanno capito cosa sta per succedere. Non tutti hanno capito che nella pausa pranzo il senatore junior dell'Idaho si è trasformato in una bomba umana.

Margot pensa a suo figlio, al sicuro in albergo, a sua figlia, viva o morta che sia. Ha appena il tempo di stringere la mano del marito, di mormorare una preghiera di una parola, dopodiché...

– Lunga vita al Dio Re! – grida il senatore LaRue, ed esplode una luce bianca.

Boogaloo

Il Profeta sta dormendo sulla sedia quando di colpo si spalanca la porta ed entrano Nancy e altri tre agenti della Sicurezza nazionale. Lo sganciano dalla catena e lo trascinano fuori in fretta e furia, prendendolo per i gomiti. Nell'ascensore, lui sbadiglia. Stava sognando l'utopia, era un sogno meraviglioso. Ruscelli montani e bisonti, la neve primaverile che si scioglie in estate. Dovunque, a perdita d'occhio, solo bambini. Che costruiscono case e coltivano la terra. Il sogno era cosí vivido che si è svegliato in lacrime. Ma quella è la promessa di domani. Oggi deve accontentarsi di vivere nel presente, e il presente è il momento piú pericoloso: le prossime ventiquattr'ore. Se Simon è libero. Se ha trovato gli altri. Se riusciranno ad andare a nord. In fondo, Dio può solo mostrarci la strada: spetta a noi percorrerla.

8. Lo scout sorride e canta anche nelle difficoltà.

– Ci portate a Washington? – chiede.
– Silenzio, – risponde uno degli agenti.
L'ascensore sta scendendo. Il Profeta ricomincia a mugolare, quel brusio che gli esce dalla gola. Ha il battito a riposo di chi sa già cosa sta per accadere.
– Ve l'ho detto che mancava poco, – commenta.
Nancy si gira a guardarlo. – Cos'hai detto?

– L'equinozio. L'abbiamo passato. Ora verrà giú tutto. I vostri mondi sono in rotta di collisione. Questa pseudo-guerra civile in cui vi siete ficcati.

Attraversano a passo spedito un parcheggio sotterraneo e si fermano accanto alla portiera posteriore di un van senza targa. Felix è già dentro. Col Profeta entrano due guardie armate, e la portiera si richiude. Il van parte seduta stante, accelerando per la rampa ripida e grattando il marciapiede per immettersi in strada.

– Che succede? – chiede Felix.

– Il panico, – risponde il Profeta.

– Che vuol dire, il panico?

– Lo sai cos'è un esaurimento nervoso?

9. Lo scout è laborioso ed economo.

– Quando un animale non può darsi alla fuga e non è in grado di combattere, si pietrifica, – continua il Profeta. – Mentre è in quello stato, subentrano tutti gli ormoni e le sostanze chimiche associate ai meccanismi di fuga o di difesa, adrenalina, epinefrina. Se sopravvive, lo vediamo in natura coi topi, i conigli, gli uccelli, tremerà per ore, in preda agli spasmi. È cosí che il corpo si libera delle tossine.

Felix rimane un momento a fissarlo. – Non ti riesce proprio di rispondere e basta, vero?

Il Profeta ci riflette. – Ma sto rispondendo, – dice infine, – anche noi davanti ai traumi ci pietrifichiamo. Ma da bambini ci insegnano che crescere vuol dire diventare forti. Che tremare è un segno di debolezza. Cosí ci pietrifichiamo e scampiamo alla morte, ma intanto ci intossichiamo. Facciamo finta che sia tutto a posto, che non ci sia stato nessun trauma. Ma non è vero. Un esaurimento nervoso è il cervello, il cervello che da giorni, settimane o anni ti mandava segnali d'avvertimento, che alla fine trova il modo di farsi ascoltare. *Tu non badarci*.

Il van prende una curva a tutta velocità, le gomme stridono ferocemente. Felix finisce addosso a un agente, che lo rimette al suo posto con uno spintone.

10. Lo scout aiuta gli altri in ogni circostanza.

– Quello che succede, – riprende il Profeta, – è che a questo Paese che chiamiamo America è venuto un bell'esaurimento nervoso. Tieniti.

Il van prende un'altra curva e Felix finisce contro la parete.

– Te l'avevo detto di tenerti, – commenta il Profeta.

– Dove ci portano?

– È successa una cosa a Washington. Pensano che siamo coinvolti.

– Una cosa, cosa?

– Non lo so. Dio mi ha detto solo che è cominciato l'esaurimento. E che la madre di Story è morta.

– Che hai detto?

Ma prima che il Profeta possa rispondere, il van rallenta e si ferma. Da lí non hanno visuale, ma Felix sente delle voci dall'esterno. Poi il van riparte.

11. Lo scout è puro di pensieri, parole e azioni.

L'agente che prima l'ha spintonato sussurra al collega: – Andiamo direttamente all'aereo?

L'altro annuisce. Felix ha il cuore a mille, ma il Profeta è l'immagine della calma.

– Preparati, – gli dice.

Il van avanza per sessanta secondi, dopodiché inchioda. Non si è ancora fermato che il portello posteriore si spalanca. Ci sono due agenti coi fucili. Il Profeta si alza in piedi, quasi trepidante, e l'attimo dopo lui e Felix si ritrovano – trascinati senza troppi riguardi – sull'asfalto della base militare di Fort Bliss.

Il cielo è arancio.

Sono sotto l'ala di un piccolo jet. Il sole sta calando. L'agente Nancy comunica con l'interno del velivolo, si consulta col pilota. Gli altri agenti trattengono Felix e il Profeta accanto al van. Il Profeta scruta l'orizzonte. Sul viso gli piove la cenere. Felix lo sente emettere quel brusio. È sconvolto dal colore ocra dell'aria.

– Perché c'è il cielo arancione? – chiede, ma nessuno risponde.

Che sia l'Apocalisse?

Non sa che la California, l'Arizona e il New Mexico sono in fiamme. Non sa che trentanove sedi del Congresso sono cadute in mano a gruppi paramilitari.

Pensa a sua sorella. Erano cosí vicini a salvarla. *A meno che.* A meno che non fosse piú lí. *Ma certo.* Era un'imboscata. Mobley e Bathsheba, chissà come, erano già usciti. Chissà come, nonostante li tenessero d'occhio.

A quel punto si sente un rumore. Il ruggito di un grosso motore che accelera e uno schianto, seguito dagli spari. Gli agenti s'abbassano con un sussulto e si girano a guardare. Due furgonette hanno sfondato il cancello d'ingresso. Gli agenti sparano, ma le furgonette alzano la griglia posteriore. Dentro c'è una grossa mitragliatrice col treppiedi. Che comincia a sua volta a fare fuoco.

Gli agenti si disperdono. Spingono Felix e il Profeta nel van e richiudono le portiere. A motore spento, dentro è buio pesto. Felix è steso a faccia in giú sul pavimento, i polsi ammanettati dietro la schiena. Il Profeta è steso su di lui. C'è una sensazione nel cuore di Felix, un profondo smarrimento, come se il mondo che conosceva si fosse trasformato in qualcosa di irriconoscibile. Qualcosa di alieno. Di folle.

Ci siamo. È il giorno in cui si tirano i fili e la tela si disfa.

12. Lo scout compie il suo dovere verso Dio, la patria e la famiglia.

Una serie di spari, a distanza ravvicinata. Sono gli agenti che fanno fuoco, ogni colpo rimbomba nell'abitacolo. La risposta non tarda, una scarica di proiettili che tempestano di pugni il metallo del van.

Pop pop pop pop.

Felix cerca di abbassarsi, ma è già lungo disteso. Su di lui, il Profeta continua a mugolare. Felix sente il suono delle turbine del jet che decolla. O l'agente Nancy vuole tagliare la corda, o i piloti hanno deciso di portarsi al sicuro. Un'altra mitragliata sul van.

Pop pop pop pop.

Felix sente un grugnito e un tonfo, il suono di qualcosa di grosso che rimbalza sul telaio e crolla a terra. Gli spari cessano. Il Profeta, sopra di lui, interrompe il brusio.

– Ora sta a te, – gli dice, all'orecchio, – salvarci.

Libro 5
La frattura

Boogaloo II

Randall Flagg si sveglia al suono della gente che grida. È giorno, ma le tapparelle sono abbassate. La porta della sua camera è aperta, in corridoio vede passare a tutta velocità un inserviente con la lettiga. Per un attimo si chiede se quelle grida non fossero un sogno, ma eccole di nuovo. Un urlo straziato. E uno sparo. *Boom*. Con lo sguardo cerca il poliziotto, ma di lui rimangono solo le pagine dello sport abbandonate per terra.

Senza saperlo, intuisce che il pulsante è stato premuto. Il Big Igloo è finalmente arrivato. L'ospedale è sotto assedio, forse lo è lo Stato, forse il Paese intero.

Non ha tempo per lo stupore. Si è già trovato in quella situazione e ha capito che di cose impensabili ne accadono ogni giorno. Con fatica si mette a sedere. Gli fa male il fianco, ma è gestibile. Ha un occhio cieco, ma è gestibile anche quello. La mano destra è ammanettata alla sponda di plastica del letto. Nel braccio ha una flebo, un tubicino di gomma che porta a una sacca agganciata all'asta. I sensori dell'Ecg gli costellano il petto e l'addome.

Boom, un altro colpo, piú vicino. Dal suono cupo, pare un fucile. Non essendoci ricarica tra gli spari, si dice, dovrà essere un fucile tattico ad alta potenza. Si sfila l'ago dal braccio ma aspetta a disfarsene. Dà uno strattone al tubo, ribaltando la flebo sul letto. Per una decina di secondi valuta se tentare di aprire le manette con l'ago, ma è un'operazione che richiede tempo e a giudicare dagli spari ne ha ben poco.

Scosta le coperte, cerca un punto debole nella sponda del letto. È un letto robusto, sarà largo un metro e passa e alto almeno cinquanta centimetri, un blocco di plastica senza saldature visibili. Ma essendo di altezza regolabile, dovrà avercela per forza una giuntura, un punto da scardinare. Si mette in ginocchio, con il camice che gli lascia la schiena scoperta, e allungando quanto piú possibile il braccio sinistro afferra l'asta metallica della flebo.

Boom.

Con l'adrenalina nelle vene si dice: *Sono Randall Flagg, l'uomo che cammina, lo straniero senza età, che comanda bestie e uccelli e infesta i sogni dei mortali. Randall Flagg, l'uomo in nero, il Vecchio Giuda Strisciante, l'uomo che sorride. Mi uccide solo l'atomica.*

Comincia a sbattere l'asta della flebo contro la sponda di plastica, una volta, due, tre, le manette gli bucano il polso destro, i punti fanno un male cane. È una plastica dura, industriale, ma Randall Flagg è l'ostinazione fatta uomo. Colpisce un'altra volta la sponda e quella si sgancia dalla base del letto, ma senza venir via del tutto.

Boom.

Randall lascia cadere l'asta metallica, si sdraia a pancia in su, torcendo malamente il braccio destro, e attacca con i piedi la sponda di plastica, un calcio, due, finché non sente uno schiocco e il blocco che viene giú, trascinandogli il polso e minacciando di spaccargli il gomito.

Boom.

Si rimette in ginocchio sentendo avvicinarsi gli spari, ha appena il tempo di afferrare il blocco di plastica – dalla forma di un grosso vassoio con manico – e portarselo al petto, ruotare il letto verso la porta ed ecco il cecchino sotto le luci al neon della stanza, imbraccia un fucile dalle canne che fumano ancora.

È un pagliaccio col cerone bianco, giubbotto militare e camicia hawaiana. Vedendo Flagg, fa fuoco. Il proiettile si conficca nel blocco di plastica e Flagg si ritrova sbalzato fuori dal letto. Sbatte contro il muro e scivola in terra, sparendo alla vista del cecchino.

Il pagliaccio viene avanti, sfila la cartuccia vuota e ne inserisce un'altra. Cammina silenziosamente intorno al letto, a passi misurati, il fucile già puntato in basso. Peccato che quando arriva dall'altro lato, Flagg sia scomparso. Il pagliaccio ha un attimo di confusione, ma l'istante dopo il ragazzo riappare ai piedi del letto. Si è avvolto il tubo della flebo intorno al polso sinistro, l'ago stretto fra l'anulare e il medio, e non appena il pagliaccio si gira, gli tira un pugno e glielo conficca nell'occhio. Il pagliaccio si allontana barcollando e schizzando sangue. Flagg gli sbatte sulla testa il blocco di plastica massiccia che ha legato al polso, con una forza tale da frantumarlo in mille pezzi. Il pagliaccio cade in terra come una pera matura. Il Vecchio Giuda Strisciante è libero.

Raccoglie il fucile, sente l'aria condizionata sulle natiche e sulle gambe nude, e non solo quella. Lungo il fianco e la gamba destra gli cola un rivolo caldo. Abbassa lo sguardo. Sono saltati un po' di punti. Si sfila il camice zuppo di sangue e rimane nudo, con il fucile in mano, alla luce soffusa che filtra dalle tapparelle. Non mostra il minimo segno di imbarazzo.

Poi gli cade lo sguardo sulle Dr. Martens del pagliaccio.

Il ragazzo che esce da quella stanza tre minuti dopo è una sorta di spettro, completamente nudo a parte gli anfibi e il giubbotto militare, gli sanguina il fianco come a Gesú sulla croce. I capelli neri, rasati sulle tempie, sono sparati in tutte le direzioni e la faccia è pitturata di sangue, come quella di un guerriero. Col fucile imbracciato, si dirige a passo rapido verso le scale.

Samson

Ci sono momenti nella storia che trascendono la comprensione umana. Momenti in cui il mondo conosciuto tramonta e al suo posto sorge qualcosa di irriconoscibile. Momenti in cui la mente tenta senza successo di ritrovare la bussola. Il tentativo può durare pochi secondi o andare avanti per anni. Quando i generali bianchi li costrinsero a rinunciare al nomadismo, gli indiani Crow si ritrovarono non solo incapaci di abituarsi a quella nuova realtà, ma privi degli strumenti intellettuali con cui comprendere chi erano diventati e com'era cambiato il mondo. Non avevano letteralmente idea di cosa stesse capitando.

Cosí si sente Felix quando il portellone posteriore del van si spalanca e i ribelli li circondano. Dovunque guardi, non vede che il caos. L'aeroporto pullula di rivoluzionari cosplayer. Pionieri sediziosi, soldati confederati e yeti umani in mimetica di foglie e ramoscelli. Uomini adulti che camminano per le piste con addosso pellicce animali e giubbotti antiproiettile e brandiscono spade rudimentali. In lontananza scorge uno zio Sam vestito di rosso, verde e blu accanto a sei cowboy con speroni e cappello. Sono impegnati a farsi selfie con un gruppo di ariani in mullet, gessato e mazza da baseball in mano.

Nell'aria aleggia il fumo nero dei veicoli in fiamme.

A pochi passi di distanza sfila un uomo mascherato da aquila testabianca e armato di lanciafiamme. Indossa una giacca rossoblu decorata di stelle bianche. È la rivoluzione in modalità gioco di ruolo, la versione ludica degli eventi veri che soppianta gli eventi stessi. La guerra della razza combattuta da cartoni animati, un'avventura a bivi in cui la prima mossa è scegliersi l'avatar.

Qualche patriota deve essersi perso l'indicazione del dress code, è venuto a fare la guerra con addosso flanella e cappellino rosso, oppure felpa col cappuccio e scaldacollo. Alcuni sfoggiano costumi caserecci assemblati all'ultimo minuto: occhialoni da sci, casco da ciclista e protezioni da hockey, uomini mascherati con guanti da motociclista e mazza in mano. Ma per ciascuno di questi ci saranno dieci Travis Bickle con la cresta nera, il giubbotto mimetico e il lanciagranate, o cinque padri fondatori con parrucca bianca, mantella e tricorno sotto il braccio, armati con riproduzioni di pistole a focile. Un gruppo di luchador con le tutine di spandex e le facce pitturate scuote una camionetta al ritmo di un qualche canto di guerra, cercando di ribaltarla. Non lontano un gruppuscolo di templari con elmo in metallo e spadone importuna un gruppo di prigionieri, uomini in uniforme costretti a inginocchiarsi a testa china per ricevere l'investitura.

Per terra corrono rivoli di sangue, che si mescolano al vomito di questi guerrieri della domenica che al sapore della prima vittima hanno dato di stomaco. I cadaveri dei soldati giacciono scomposti sull'asfalto, gli occhi senza vita puntati al cielo. Un principe vichingo con una ferita al petto si è accasciato sul binario della cancellata, che ora nel tentativo di chiudersi gli assesta continue spintarelle, come un cane rimasto senza padrone. Nel frattempo continuano ad arrivare zaffate di spray al peperoncino e anti-orso, fino a ridurre in lacrime il piú tosto degli uomini.

E le barbe. Tante di quelle barbe. Code d'anatra e pizzetti, Van Dyke e Bismarck, lucignoli e barboni incolti, pelacci crespi che escono dal passamontagna col teschio, barbette adolescenziali coi capelli a scodella in omaggio al famoso stragista, orsi con la maglietta KYLE LIBERO e BENVENUTI A DACHAU! Accanto a un elicottero in fiamme, una tribú di barbuti a petto nudo sfoggia tatuaggi dei Crazy White Boy talmente freschi che ancora sanguinano.

Presso gli alloggi militari, un gruppo di «giovani repubblicani» tortura i prigionieri tra gli sghignazzi: i ventenni bianchi in giacca e cravatta e rasati di fresco prendono la rincorsa per sferrare calci volanti a una fila di soldati legati alla recinzione con le mani dietro la schiena.

I piú sembrano sbalorditi dalla rapidità della conquista, dalla facilità con cui la base è caduta; ma ovviamente avevano chi li aiutava dall'interno: caporali, soldati semplici e capitani di brigata che hanno riconosciuto il segnale e hanno aperto i cancelli. Eccoli lí, fanno il saluto fascista e si affrettano a disconoscere gli alleati di ieri. Distribuiscono alcol e fumano sigarette elettroniche. I soldati di pelle non bianca sono stati radunati e aggrediti, prima verbalmente e poi fisicamente, presi a pugni e percossi dai pennoni. Gli asiatici vengono costretti a spogliarsi e a camminare sulle ginocchia, implorando perdono per *l'influenza cinese*.

La battaglia è finita.

La tortura è appena cominciata.

Guardandosi intorno, Felix vede un massiccio ricorso alla simbologia piú variegata: rune celtiche, tatuaggi dell'albero della vita, magliette di Pepe The Frog, le bandiere confederate e le svastiche d'ordinanza, ma anche i triangoli intersecati del nodo di Odino, il numero 14, talvolta accostato all'88, la croce frecciata e il pugno alzato, le parole «sangue e onore», da non confondersi con la goccia di sangue con la croce, il simbolo dei fasci inframmezzato alla parola H8 in rosso e nero, la lambda maiuscola degli identitaristi e la bandiera della Germania imperiale, la runa di Jera e la League of the South X dei nazionalisti bianchi, la runa di Leben e il Moon Man, il nodo scorsoio e il disuguale matematico, la runa di Othala e il sole nero, la Race Over All e la Racial Holy War, la doppia saetta delle SS e la croce di san Michele, il triscele e la runa di Tyr, il dente di lupo, il White Pride Worldwide e un tizio a petto nudo con un tatuaggio sformato sulla pancia enorme, Adolf Hitler e la scritta «Embréo»?

Le donne mostrano una spiccata predilezione per la Statua della libertà e la Vedova nera degli Avengers. Sono crudeli almeno quanto i maschi, si divertono a dileggiare la virilità dei prigionieri terrorizzati e a spruzzargli il peperoncino negli occhi pieni di lacrime. Quelli che hanno preso Felix e il Profeta sono un gruppetto misto. Un paio di boogaloo in camicie hawaiane, due pagliacci completi e tre ragazzini a petto nudo e rapati a zero, la pelle bianca di gesso e gli occhi cerchiati di nero.

– Il municipio è in mano nostra, – annuncia, passando di lí, un Batman con una mitragliatrice leggera SAW M249 in spalla, – e pare che a Austin il Campidoglio l'abbiano preso dall'interno. Ci hanno pensato gli onorevoli a trucidare le guardie. 'Sta cosa è nazionale.

Un uomo con addosso la toppa SQUADRA GESTIONE EPIDEMIA ZOMBIE sta scaricando un estintore su una fila di prigionieri, imbrattandoli di schiuma bianca; forse l'obiettivo è farli sembrare meno umani.

Il boogaloo di fronte a Felix sputa in terra e passa a esaminare i due prigionieri nel van.

– E questi che sono? – commenta, confuso dall'aspetto innocuo dei ragazzi, pelle e ossa e ammanettati.

– Saranno federali, – risponde uno degli adolescenti cadaverici.

Hanno già imbracciato i fucili per giustiziarli, quando…

– Ma allora perché sono ammanettati? – fa notare un pagliaccio barbuto.

– Siamo prigionieri, – si inserisce Felix, cercando di mettersi seduto nonostante il Profeta sdraiato addosso. – Non siamo dei loro. Non c'entriamo niente.

I ribelli li osservano in silenzio e dopo un attimo quello piú alto abbassa il fucile.

– Benvenuti alla rivoluzione, lol, – dice.

Li prendono e li trascinano fuori dal van. Sulla pista ci sono diversi cadaveri a faccia in giú.

– Perché siete prigionieri? – li interroga un pagliaccio robusto con una zazzera di ricci.

– Siamo in missione per conto di Dio, – risponde il Profeta.

– Fico. Ma, e i crimini? Che avete fatto?

– Niente, – dice Felix, – siamo innocenti.

I rivoluzionari scoppiano in una grassa risata. Per loro di innocenti non ne esistono piú. Il pagliaccio piú alto si accende una sigaretta.

– Da che parte state?

– In che senso? – chiede Felix.

– Da nessuna parte, – risponde il Profeta, – la vostra guerra non ci riguarda.

Il pagliaccio si infila la sigaretta tra le labbra e solleva il fucile.

– Risposta sbagliata.

Dal parco mezzi arriva una serie di spari. Hanno cominciato a giustiziare i prigionieri. Le grida di guerra risuonano insieme ai campanelli delle Bmx Avenger. Cosa accomuna questa accozzaglia di guerrieri rabbiosi? Per la maggior parte sono bianchi, ma non tutti. Qualcuno viene da vicino e qualcuno da lontano, la gamma di età va dall'adolescenza alla vecchiaia. Sono al 70 percento uomini, al 30 donne. È la classe piú umile, oppressa da chi detiene il potere? In parte, ma nel mazzo ci sono medici e insegnanti, avvocati e poliziotti, uomini d'affari con conti in banca di sei o sette cifre e un portfolio di investimenti, mamme casalinghe e farmacisti, anche loro vestiti da cosplayer. Ci sono anarchici e assolutisti, qualcuno è ambedue le cose. C'è chi ha la licenza di scuola superiore. Chi una laurea specialistica.

In molti portano bandiere: la bandiera verde del *Kekistan* e il leone del VDARE, bandiere a righine blu e la rediviva bandiera del Vietnam meridionale, la bandiera gialla col serpente a sonagli del Gadsden e la bandiera delle Milizie del South Carolina, la bandiera di America First e quella del *Deus Vult*, e dappertutto un mare di Q.

Uno striscione recita LIBERATE IL KRAKEN, ma è difficile stabilire se il Kraken siano loro o se debba ancora arrivare.

Quelli che non sono fondamentalisti cristiani sono pagani, un'accozzaglia di puritani e edonisti. Un tempo li si considerava pensatori estremisti delle piú variegate estrazioni, oggi sono curiosamente alleati. Di base condividono un ideale. Credono fermamente di essere stati defraudati, di essere emarginati rispetto alla maggioranza rispettata. Vittime, sin dalla nascita, dell'odio dell'élite al potere. Vittime di una gigantesca cospirazione.

Soprattutto, sono convinti di agire per autodifesa: se non intervengono oggi, domani le forze militari del pogrom globale li spazzeranno via dalla faccia della Terra.

Bisogna tenere duro.

È il diritto di autodifesa portato all'estremo, l'idea – già ammessa in venticinque Stati – che gli americani sotto minaccia abbiano il diritto legale di ricorrere alla forza. Chi è sul punto di essere aggredito è legittimato ad attaccare per primo. Ecco perché si è versato quel sangue, sangue ancora caldo, ecco perché questi uomini e donne disarmati sono stati massacrati nella notte, legati e giustiziati prima di potersi liberare e finire quello che, secondo questi rivoluzionari, altri hanno cominciato.

Se non ci battiamo come belve, non avremo piú un Paese.

Tutto ciò per dire: non fatevi ingannare dalle apparenze. I guerrieri civili che hanno preso possesso della base aeronautica non sono aggressori. Sono patrioti sotto attacco, che difendono il Paese dalla tirannia.

Non lo vedete?

Niente è come sembra.

Il pagliaccio solleva la Luger.

– Aspettate, – interviene Felix, – siamo cittadini sovrani. Figli di genitori assennati, nati e cresciuti nell'ombra. Uomini liberi.

– Antigoverno?

– Secondo te perché siamo in manette?

Il pagliaccio sposta la canna sul Profeta.

– E tu?

Il Profeta strizza le palpebre agli ultimi raggi del tramonto, il cielo di sangue e carbone.

– Conoscete, – dice, – il quadro di Francisco Goya intitolato *Saturno che divora i suoi figli*? L'avrete visto, in sogno se non nella vita vera. Nel quadro c'è questo gigante con gli occhi spiritati, Saturno, che sarebbe il padre, che stringe nella mano il corpo nudo e inerte di suo figlio. Se lo porta alle labbra, ha la bocca sporca di sangue. Gli ha già mangiato la testa e il braccio destro. Quello che ha in mano, insomma, è un cadavere.

Felix gli posa una mano sul braccio – *Cristo, smettila di parlare* – ma lui continua imperterrito.

– Noi siamo i figli minori, in attesa di essere divorati.

Il pagliaccio sposta lo sguardo su Felix. – Insomma, lui è quello svitato.

Felix non ha piú sensibilità alle mani. – Non è che ci liberereste? – domanda. – Queste manette mi stanno uccidendo.

Il pagliaccio li scruta qualche secondo, dopodiché fa un cenno al suo compagno tarchiato, che va a frugare nelle tasche dei due agenti morti. Quando trova la chiave la mostra come a dire: *Sono stato bravo, sí o no?* Dopodiché, finalmente, li libera. Felix si strofina i polsi lividi, scrollando le mani per riattivare la circolazione.

– Come ti chiami, ragazzo? – gli chiede il pagliaccio piú alto.

Felix ci riflette un secondo. – Samson, – risponde infine, – Samson DeWitt.

– Scherzi? – grida un vecchio padre fondatore poco lontano, con due trecce grigie come Willie Nelson.

– Anni fa quando ero dentro ho conosciuto un Avon DeWitt. Siete parenti? – chiede, avvicinandosi.

Felix, che è tornato a essere Samson, conferma. – È mio padre.

Duetrecce si rivolge al pagliaccio piú alto. – Suo padre è un tipo a posto, – gli dice, – un brav'uomo.

Il pagliaccio fa un tiro dalla sigaretta, sposta lo sguardo sul Profeta. – E il tuo, di padre? È a posto anche lui?

– Mio padre è entrato in cucina e ha ucciso mia madre con un badile, – risponde il Profeta, – dopodiché si è sparato in testa.

Il pagliaccio sghignazza. – Epico.

Alla luce del crepuscolo, Felix studia il gruppo di ragazzini bianco cenere. – Ma voi chi siete?

– Siamo Figli di guerra! – grida il piú grande.

– Figli di guerra! – rispondono in coro gli altri.

Samson lancia un'occhiata al Profeta. L'ha già sentito quel grido. Per strada? In tv? O aspetta, forse in un film? Ma sí, *Mad Max*. Il post apocalisse. Acqua Cola e sacche di sangue alla Bullet Farm.

AMMIRATEMI!

I Figli di guerra conducono Felix e il Profeta in un casolare, da cui stanno uscendo soldati e ribelli che trasportano i cadaveri degli ufficiali e li depositano lungo la strada. All'interno trovano sei cadetti impiccati al soffitto, suicidatisi nel corso della notte. Ecco perché la base è caduta subito. L'anarchia dell'autosabotaggio, il suicidio come strumento del corpo che si rivolta contro sé stesso.

Il pagliaccio piú alto chiude Samson e il Profeta in un ufficio vuoto e mette una guardia a piantonarli. Samson si aggira nella stanza come un animale in gabbia, il Profeta invece va a sedersi in un angolino. Appoggia la testa al muro e si mette in ascolto del ronzio dei motori, dei generatori, del sistema di filtraggio dell'aria e degli altri suoni meccanici che la guerra porta con sé.

– Quando ero piccolo volevo entrare nei Boy-scout, – racconta. – Trovai un manuale in un negozio dell'usato. «Lo scout pone il suo onore nel meritare fiducia. Lo scout è leale». Mi studiavo i gradi, novellino, aquila, e i ruoli, aspirante, capopattuglia, trombettista, la sera sotto le coperte li leggevo e rileggevo ad alta voce con una vecchia torcia. Volevo diventare un uomo d'onore. Volevo aiutare il prossimo e imparare a fare tutto da solo. Ma nella mia zona non c'erano corpi a cui unirmi. Per cui dovetti arrangiarmi. Imparai a seguire i sentieri, a riconoscere le nuvole. Finché Dio non mi parlò da un ceppo di un albero. Supplicai i miei di portarmi in chiesa, ma mio padre era cattolico e non volle saperne. In fondo è andata bene cosí. Niente chiesa, niente Boy-scout.

Picchietta il muro di cartongesso, in cerca di un vuoto. Samson prende la maniglia della porta e la scrolla, ma da fuori il pagliaccio di guardia lo minaccia di morte.

– Che società è, – continua il Profeta, – una società che cede l'autorità morale a pervertiti e pedofili?

Samson si preme i pugni sulle tempie. – Non ce la faccio a starti ad ascoltare, – gli dice, – dobbiamo trovare un modo per uscire.

– Domattina ci libererà. Siediti e smettila di agitarti.

Samson lo guarda. – Chi, ci libererà?

Il Profeta si limita a fissarlo. – Quello che devi capire, – continua, – è che i nostri carcerieri credono di avere ragione. Si sentono dei santi. Credono anche loro di essere in missione per conto di Dio.

Felix si strofina gli occhi. Il livello di adrenalina in circolo sta finalmente calando e all'improvviso ha un sonno che dormirebbe per mille anni.

– E io ti sto chiedendo, – ribatte, – che succede se sbagliate entrambi?

Il Profeta riappoggia la testa al muro, chiude gli occhi. – Riposati, – gli dice, – domani sarà una giornata molto, molto faticosa.

Si fa immobile, il respiro profondo, sembra si sia addormentato all'istante. Felix, o meglio Samson, si avvicina alla finestra a guardare il caravanserraglio del trionfo. Le milizie hanno eretto una catasta di mobili, l'hanno cosparsa di benzina e l'hanno accesa sparando tre razzi di segnalazione da tre lati diversi. La catasta prende fuoco con il sibilo dell'ossigeno bruciato. Poi comincia il baccanale, con le casse che sparano death metal e gruppetti di ribelli che si mettono a pogare.

In tutto questo il Profeta se la dorme beato, le labbra dischiuse in un'espressione serena.

Sull'asfalto scoppiano risse che si dissolvono in festeggiamenti ubriachi, i ribelli si scolano vodka, whisky e gin, rovesciano le bottiglie e infine le frantumano. È arrivato il boogaloo in tutta la sua gloria.

Finalmente siamo liberi, grida la folla, alzando i palmi al cielo. *Grazie a Dio Onnipotente, finalmente siamo liberi.*

Kayfabe

Nelle ore che seguirono l'immolazione di LaRue, nel Paese si ammainarono a mezz'asta le bandiere. Il senatore junior dell'Idaho aveva ucciso trecentoquarantasette persone, tra cui il giudice Margot Nadir, suo marito e altri quattordici senatori, inclusi i rappresentanti del Maine, del Nebraska e delle Hawaii. Contemporaneamente, in tutto il Paese erano esplosi una serie di attacchi violenti, chiaramente pianificati. Nelle centrali di polizia e nelle caserme scoppiavano le risse e venivano a galla le vere lealtà. Era quella la guerra civile? Ma in campagna e nei piccoli centri la vita andava avanti come al solito. I contadini si alzavano e mungevano le vacche. I broker vendevano e compravano azioni. Le mamme casalinghe lasciavano i figli al campetto da calcio e andavano dal parrucchiere, scrollando su Facebook post secondo cui la bomba era un'operazione sotto copertura, un complotto della sinistra radicale per giustificare la legge marziale.

Quale che fosse la domanda, la risposta era il caos. C'erano due verità, ma la vittima cambiava a seconda di chi parlasse. La realtà era diventata al 100 percento soggettiva.

I governatori di ciascuno Stato si affrettarono a nominare un sostituto senatore che restasse in carica fino all'elezione successiva, scegliendo in ogni caso figure piú radicali dei predecessori. Nelle ore successive all'esplosione, l'Fbi fece irruzione nella casa del senatore trovando svariati ordigni e materiali esplosivi. In contemporanea, un gruppo che si definiva 4Cavalieri pubblicò un manifesto sui social. Scritto e firmato dal senatore LaRue, parlava di quattro milioni di adepti in tutto il Paese.

«Siamo dappertutto, – recitava, – siamo il vostro postino, il secondino, il sindaco e il governatore. I nemici si sono infiltrati nel nostro mondo, e noi ci siamo infiltrati nel loro. Conosciamo i segreti di questa marmaglia progressista. Le forze di Satana sono potenti, ma anche noi sappiamo nasconderci. Guardatevi alle spalle, demoni».

Nello Stato del Montana, come combinazione vincente del lotto uscí uno 000000. Il 18 agosto, su Internet, il contatore ufficiale dei suicidi segnava 31 406 casi. Per avere un metro di paragone, la norma è di duemila al giorno. La vittima piú giovane aveva undici anni. La piú anziana sessantatre. Lo stesso giorno, sulla costa dell'Oregon si spiaggiò un branco di centosedici balene. Che cosa voleva dire? C'era un nesso o era una coincidenza?

L'indomani si uccisero 42 108 persone. Il giorno dopo 55 211, mentre uomini in giubbotto mimetico e barba da Babbo Natale terrorizzavano le passeggiate di Santa Monica e Atlantic City. Entrambi i giorni, vennero al mondo altri 360 000 esseri umani. Cosí funziona la nostra specie. Ne sforniamo a gettito continuo. Ma tranquilli. Non c'è speranza che i vivi soppiantino i morti, perché il passato sarà sempre piú grande del presente. Nel 2030, il numero totale di morti dall'alba dell'umanità supererà di quindici a uno quello dei vivi. Questo significa che tutti noi che siamo in vita oggi rappresentiamo appena il 7 percento degli esseri umani che hanno mai calcato il pianeta.

Siamo una specie fatta di fantasmi.

In tempi tumultuosi c'è chi si dà alla magia e chi si dà alla matematica. Con l'approssimarsi della morte, il confine tra la vita e l'aldilà si allenta, come un buco nero che minaccia di ingoiare tutto ciò che brilla. Tutti i giorni alle tre e tredici di mattina il fantasma di Alexander Hamilton che fa il pendolare sui Greyhound si mette le mani sugli occhi e comincia a strillare. I morti, a quanto pare, stanno uscendo allo scoperto e pretendono di essere ascoltati.

Negli anni Ottanta il wrestling professionale coniò una parola, *kayfabe*, cosí definita: «Quello che tutti quanti sappiamo essere falso ma che decidiamo di chiamare vero». Le sfide, la rivalità. Le sedie spaccate in testa e i match nelle gabbie. Non è mai stato sport, è sempre stata finzione. Ma la gente voleva crederci e piú il pubblico cresceva piú la narrazione si gonfiava e si arricchiva, finché milioni di americani non hanno imparato ad accettare la fantasia come un fatto assodato.

Adesso è tutto *kayfabe*.

Impossibile scendere nei dettagli di questo conflitto che sconquassa l'America. È urbano e rurale insieme. Mogli trofeo armate di pistola che escono sparando dal parcheggio della panetteria, decise a proteggere i loro figli e le loro figlie da demoni che esistono solo nella loro testa. Demoni che hanno la faccia dei vicini di casa. Ma in fondo non sono anche loro, i nostri vicini, il prodotto di generazioni di esseri umani? Madri e padri che nel corso dei secoli si sono incontrati e hanno consumato, dalla Generazione Z alla Y, dalla X ai Baby Boomer e ancora a ritroso, la nave che dall'America fa rotta in Inghilterra e in Spagna, in Europa e in Africa, il Rinascimento si riavvolge nel Medioevo, i nomadi riattraversano la Beringia e l'homo sapiens si rifà tutto il percorso fino alla savana africana, e ancora indietro fino al luogo in cui ebbe origine la razza umana.

Dagli albori della storia dell'uomo sul pianeta sono nate e morte undici miliardi di persone, cinquecentoottantacinque milioni delle quali americane, tra viventi e decedute. Siamo musulmani per un quinto. Cinesi per il 18,2 percento. Dodici milioni di apolidi. Oltre cento milioni di noi abitano in Paesi di cui non hanno la cittadinanza. Con queste cifre si possono fare addizioni o sottrazioni, divisioni e moltiplicazioni per produrre le statistiche della nostra esistenza, cifre che presto saranno consumate da altre cifre: indice annuale delle precipitazioni, tasso di desertificazione, aumento del livello dei mari, temperature, onde anomale, numero di uragani all'anno, di tornado al mese, e intanto prendiamo coscienza del fatto che la storia del pianeta Terra non è la storia dell'animale uomo e delle sue vittorie o sconfitte, bensí una storia narrata in tempi geologici, una storia che non conta eroi, antagonisti né progresso. È, semplicemente, la storia di quello che è successo.

Il 26 agosto l'Fbi fece irruzione nelle case e negli uffici di altri sedici membri del governo: deputati, procuratori generali, sindaci. Due giorni dopo, finí sotto inchiesta lo stesso vicedirettore dell'Fbi. Gli opinionisti parlavano di contropoteri occulti, di poteri ancora piú occulti, di Deep State. Non stupisce che qualcuno si chiedesse se ce ne fosse uno, al governo, che governasse davvero, giacché ciascun dipartimento sembrava composto per metà di cosiddette spie progressiste e per l'altra metà di sedicenti spie conservatrici, che investivano tutte le energie nella lotta segreta per il potere.

La gente cominciava a dimenticare dov'era nata l'antipatia, restava solo la certezza di odiare tutto quello che rappresentavano gli avversari, come in quella vecchia storia del Dr Seuss con gli Snicci, quelli che avevano la stella sulla pancia e quelli che non ce l'avevano. Come se bastasse una stella a dar valore, a rendere completi.

Il 27 agosto la conta dei suicidi salí a 81 622.

DeWitt

Avon è uscito di prigione da quattro settimane quando arriva la telefonata della sorella di Girlie che chiede di essere recuperata. Dice proprio cosí, «recuperarla», come un soldato che trasmette da dietro le linee nemiche. Avon sta occupando le sue giornate prive di impegni in una serie di lavoretti, ha riparato il generatore e fatto il pieno di propano. Di notte, quando comincia a fare effetto il whisky, si mette a leggere le pagine Internet che ha stampato in biblioteca. È cosí che rimane connesso al mondo digitale: in forma anonima e cartacea.

Il suo amico Arnaud gli ha rivelato la storia del Google Doc, questo infinito documento collettivo su cui i liberi pensatori di tutto il Paese condividono le proprie idee. Si accede solo su invito, al riparo dallo sguardo impiccione del governo. Avon non si collegava da prima di finire dentro e, tanto per essere chiari, non ci ha mai scritto mezza parola, lo legge e basta. È importante restare informati, ma bisogna trovare fonti attendibili. Su Internet è un pullulare di mercanti della propaganda ufficiale. Per non parlare di Facebook. L'angoletto del dilettante per casalinghe disperate e complottisti della domenica in canotta e pinze per il barbecue.

È il giorno prima della bomba al Senato e del cosiddetto boogaloo. È calato il sole e Avon siede alla scrivania spulciando la pila della posta. Le bollette le lascia a Girlie.

Lo manda in bestia la vista di quelle buste prestampate col rettangolino di plastica trasparente. Fosse per lui, se ne andrebbe a vivere nei boschi senza corrente elettrica e berrebbe solo acqua del pozzo. Ma Girlie, pur simpatizzando con il movimento dei cittadini sovrani, non aderisce fino in fondo. Ha troppo da perdere, tra la green card e la costante minaccia di espulsione. Per questo al salone tiene i conti in ordine, paga le tasse e deposita i risparmi su un conto in banca assicurato presso la Federal Deposit Insurance Corporation. Quando non è in gabbia, Avon la trova spesso seduta al tavolo della cucina, a fare i conti con la calcolatrice alla mano. Avon ha un brutto rapporto con i numeri. Se c'è una cosa che proprio non riesce a digerire è la matematica, tutti quei sedicenti esperti che snocciolano dati su dati per dimostrare che hanno ragione loro, che loro sí che sanno come funzionano le cose, quando invece i cittadini di buon senso, come lui, si limitano a esprimere la propria opinione. Le statistiche. Sono la rovina della civiltà umana.

«Lo sanno tutti che con i numeri puoi dimostrare quello che ti pare, – diceva sempre a suo figlio, Samson, che da piccolo mostrava una certa inclinazione per la matematica. – Come quelli là che vogliono farci credere che le scorregge di vacca riscaldano il pianeta». Sugli argomenti davvero importanti, però, l'uso della matematica non è solo sbagliato. È un crimine, uno strumento di oppressione. Come la storia per cui quella cagata di Covid19 avrebbe ucciso centinaia di migliaia di persone, e guarda caso di questi morti Avon non ne ha visto manco mezzo. Era tutto un piano dei poteri occulti per dichiarare la legge marziale, per portar via le armi agli onesti cittadini e privarli della libertà, una volta per tutte.

E poi, cosa ne sa la matematica del piacere di abbracciare i propri figli, o di un fuoricampo perfetto che spedisce la palla oltre la tribuna? Cosa c'azzecca la matematica con la bandiera che si alza ogni mattina al suono solitario della tromba? L'amore non è mica un'equazione. La lealtà e il patriottismo non te li insegna mica un algoritmo. Sono cose che uno le sa e basta, perché ce le ha nella pancia. E la pancia non mente.

Suo figlio Samson faceva di sí con la testa e continuava a masticare la gomma. Collezionava figurine del baseball e aveva sempre in bocca uno di quei pezzi di porcheria coperti di polvere rosa.

«Se lo dici tu, papà», gli diceva.

«Ci puoi giurare che lo dico io».

Bathsheba, al confronto, era una brava ragazza. Faceva sempre quel che le veniva detto. Senza fiatare. Anche quando sua madre si era presa il linfoma ed era morta, lei era rimasta un pezzo di pane, mentre a Samson gli era venuta una linguaccia cattiva. Per tenerlo in riga aveva dovuto consumare la cinghia. E come l'aveva ringraziato il ragazzo, compiuti diciott'anni senza neanche l'ombra di un arresto per adolescenza molesta? *Niet. Nada de nada.* Ora non sa manco dove sia. L'ultima lettera che gli ha mandato era una paginetta scarsa, diceva solo che aveva deciso di cambiare nome e stronzate simili, e che se ne andava a vivere in Texas.

«Vorrei che non cercassi piú di metterti in contatto con me», gli scriveva in quella sua calligrafia arrogante da damerino. Ti guardava dall'alto in basso pure per iscritto. Solo a vedere i riccioli delle F ad Avon veniva una gran voglia di ritirare fuori la cinghia.

«Voglio una vita vera, – gli aveva scritto suo figlio, – voglio far parte di questo Paese, voglio far parte del mondo, anziché restarne fuori. Grazie a te, però, non posso.

Lo sai quant'è difficile dimostrare che esisto, senza certificato di nascita? Senza numero di previdenza sociale? Fanno prima quelli che arrivano dal Messico a diventare americani che pagano le tasse. E sí, le tasse vorrei pagarle anch'io. Vorrei poter votare. Vorrei un certificato di matrimonio e un'assicurazione per la macchina. Vorrei non essere invisibile, e so già cosa dirai, che esporsi è un pericolo, che dovrei passare il resto dei miei giorni a nascondermi, dopo quello che ho fatto. O meglio che abbiamo fatto, io e te. Ma ero solo un ragazzino e se è questo il prezzo da pagare per condurre un'esistenza normale, sono pronto ad accettarlo.

Lo so che sarai furioso, ma lascia in pace Sheba. Non ha fatto niente di male per meritarsi i tuoi attacchi d'ira. Se proprio devi metterti a sbraitare con qualcuno, prenditela con una mia foto. Non servirà a niente, ma del resto non è mai servito a niente né sbraitarci addosso né picchiarci».

Avon aveva letto due volte la lettera, dopodiché l'aveva bruciata nel posacenere con il Bic usa e getta. Per quanto lo riguarda, suo figlio è morto sul ciglio della strada con un proiettile d'ordinanza in mezzo agli occhi.

Che poi forse è come doveva andare.

Appoggia i piedi sulla scrivania e pensa che, col passare del tempo, il Paese ti porta via tutto. Ti stritola, ti separa dalle persone che ami; ma in fondo chi segue i suoi princìpî è destinato a rimanere solo. Mica per niente la Bibbia pullula di profeti e martiri. Conseguenze. È cosí che ti intrappolano. Chi rimane fedele ai suoi princìpî, chi dà voce alla coscienza con le parole e con i proiettili, per forza di cose si ritrova solo come un cane: perché l'uomo è un animale attratto dalla sicurezza e dal benessere.

Avon non si illude, sa che se si mettesse male Girlie lo scaricherebbe in meno di un secondo. L'amore è una balla come tante, o com'è che si chiama quel film di Al Gore, quella roba inventata che chiamano documentario. *Una comoda verità*?

Avon sa solo che un giorno si troverà davanti la canna di un fucile e dovrà rispondere al quesito divino: *Sono stato fedele ai miei principî? Sono stato uomo?* Il resto cosa conta? Cosa conta la donna che ti faceva compagnia? Il figlio nato dalla scopata del mercoledí? Sono solo mattoni della torre che è la propria esistenza. E la torre di Avon arriverà fin in cielo.

La libertà su parola gli impone di evitare i contatti con altri pregiudicati e gli proibisce di possedere armi da fuoco, piú i soliti divieti del cazzo come quello di lasciare il Paese eccetera eccetera. Prima di finire dentro quest'ultima volta Avon ha nascosto tutte le armi in cortile in una cassaforte d'acciaio a tenuta stagna saldata con le sue mani. C'è voluto un verricello per calarla nella buca da un metro e mezzo scavata col John Deere parcheggiato dietro il garage. Per ritirarla fuori impiega quasi per intero la seconda notte di libertà. Una volta riesumata, la lascia sul pianale del pick-up, che parcheggia in garage. All'alba la buca è richiusa e il John Deere è tornato al suo posto a ticchettare tranquillo.

Avon è in cucina a prepararsi uova e caffè quando si alza Girlie.

– Oh no, il pavimento, – esclama, vedendolo camminare sul linoleum con gli stivalacci sporchi. Lui la ignora e si porta la colazione in garage. In prigione aveva solo una piastra e riusciva a malapena a prepararsi un panino di carne in scatola. Ora che è a casa si scatena: latte, burro, hamburger una sera sí e una anche. Lascia il piatto sul tavolo da lavoro e sale sul pianale del pick-up. La cassaforte d'acciaio ha tre combinazioni, le date di nascita di tre dei padri fondatori. Prima di aprirla, la ripulisce alla perfezione e dà una bella oliata ai cardini.

All'interno le armi sono riposte nella gommapiuma. Niente di che, sia chiaro. L'onesto arsenale di un onesto lavoratore. Una carabina compatta semiautomatica, un fucile da caccia e tre pistole, due semiautomatiche e una rivoltella. Ha munizioni a sufficienza da tenere a bada i federali per qualche ora, ma non si fa illusioni. Sa benissimo che con le squadre d'assalto non ha speranze di uscirne vivo. Quello che gli interessa è rendere la loro esperienza la piú dolorosa possibile, cosí che quando pronunceranno il suo nome sarà con una cicatrice nell'anima.

Svuota la cassaforte e sposta l'arsenale dietro un pannello del muro. Nella cassaforte ci mette una serie di attrezzi di lavoro, dopodiché la ripone sotto al tavolo. L'ha detto Thomas Jefferson che «l'albero della libertà deve essere innaffiato di tanto in tanto con il sangue dei patrioti e dei tiranni. Esso ne rappresenta il concime naturale». A leggere la storia, pensa Avon, c'è poco da sorprendersi. Doveva per forza finire nel sangue.

«Il cammino dell'uomo timorato è minacciato da ogni parte dall'iniquità degli esseri egoisti e dalla tirannia degli uomini malvagi», giusto? Non dicono cosí in *Pulp Fiction*? Non ci vuole mica un genio per capire. Serve qualcuno che guidi i deboli nella valle delle tenebre, che li protegga dai politici che vogliono soltanto usarli per i propri porci comodi, dalle compagnie di assicurazione che mirano solo a spremerli, dai padroni di casa che pensano solo a sfruttarli, dalle élite che li opprimono senza pietà. Ecco perché lo sceriffo è una figura tanto cara al Paese. Una figura tradizionale, un padre della patria supremo nella sua autorità, un Salomone americano capace di valutare i fatti e giudicare con saggezza. Una figura semplice radicata in un tempo semplice.

Avon siede sulla sponda del pick-up a mangiare il panino all'uovo e sorseggiare il caffè. Pazienza se si sono raffreddati. È un uomo libero, libero di mangiare quello che vuole quando lo vuole. Quando finisce prende il tubo dell'irrigatore e dà una lavata al pianale, lo riarrotola e lo riaggancia al muro.

Alle nove e mezzo passa Girlie per avvisarlo che va al lavoro. Gli dice che le dispiace di averlo rimproverato per lo sporco. Che l'importante è che lui sia a casa. Avon glielo legge in faccia che mente, ma l'importante è che si sia scusata. Che rispetti l'ordine naturale: l'uomo viene prima della donna, i bianchi prima dei neri e dei gialli.

Un'ora dopo lo chiama nel panico. Rose è nei guai. Devono andare in California a recuperarla. Avon le fa notare che la California è tutta un incendio e che lui comunque ha il divieto di lasciare lo Stato. Girlie gli risponde che non sta scherzando. Che questa vecchia Strega tiene prigioniera sua sorella. Che è una *bruha* di quelle vere. Parla a raffica del *juju*, della stregoneria del vecchio mondo. *Mangkukulam*, la chiama. Dice che sua sorella non si sta giocando solo la vita. Si sta giocando l'anima, e «se mi ami devi venire a salvarla». Altrimenti, conclude, ci va lei da sola.

Prendono un volo da Orlando a Long Beach. Paga Girlie con i suoi risparmi. Sono seduti in una delle ultime file. Girle fa il sudoku. Nella sua valigia, che è nella stiva, Avon ha infilato una 9 millimetri smontata. Passa la hostess col carrello degli snack. Avon prende le patatine e chiede una Coca. A ogni turbolenza dell'aereo si artiglia ai braccioli. Non gli piacciono i nemici contro cui non può combattere. Stando all'indirizzo che ha dato alla sorella, Rose abita nel Van Nuys. Avon si dice che sarà una toccata e fuga. Busseranno, le diranno: «Prendi la tua roba», magari toccherà fare un po' di scena con la pistola, e di corsa a casa.

In New Mexico fa capolino il fumo, le nuvole sotto la pancia dell'aereo si fanno nere, come in un temporale. Si riaccende la spia della cintura. In Arizona cominciano la discesa. Il fumo li circonda, non è una nebbia che sale ma matasse di lana. Un dipinto a olio in scala di grigi e marroni con qualche pennellata bianca, che investono l'aereo a banchi improvvisi. In cabina serpeggia la paura, i passeggeri torcono il collo per guardare fuori. D'un tratto avvistano un muro nero. Ci si infilano con una certa riluttanza. I passeggeri trasaliscono. Nelle prime file un bambino scoppia in lacrime. Ci si domanda, a volume sempre piú alto, se il pilota ci stia con la testa.

L'aereo continua ad abbassarsi. Il fumo sembra senza fondo e alcuni passeggeri cominciano a temere che finiranno direttamente nel fuoco. Che tutta la loro vita personale e professionale non sia stata altro che una serie di avances sussurrate da diavoli eloquenti, e che ora si ritroveranno davanti ai cancelli dell'inferno. Si domandano se da qualche parte tra le clausole in minuscolo di tutti i contratti che hanno firmato, tutti i consensi che hanno dato – app nuove, media nuovi, smartphone nuovi – non abbiano ceduto il diritto alla pace eterna.

Stanno sorvolando Joshua Tree quando appare un bagliore arancio. Le montagne poco piú avanti sono in fiamme. Avon ordina un Jack Daniel's. Il capitano annuncia che si torna indietro. Faranno rotta su San Diego e atterreranno all'aeroporto da sud. Dal finestrino di destra Avon vede un oceano di fuoco che divora tutto a perdita d'occhio.

Vi è mai capitato di rovesciare un bicchiere d'acqua e vedere il liquido che si allarga in tutte le direzioni? Il cervello sta ancora elaborando la caduta del bicchiere che l'acqua si è ormai sparsa dappertutto. È cosí che si presenta l'incendio a tremila metri di altezza. Un calore liquido che si espande sulla catena montuosa, senza incontrare ostacoli né resistenza. Si fa strada tra gli alberi come un maremoto in città, devasta muri, edifici, tutto quanto. È una forza primordiale, che va al di là del pensiero razionale e al cui cospetto la civiltà umana appare insignificante, un dio insaziabile che divora il mondo.

Guardando quell'immagine, l'immagine di un'intera catena montuosa che brucia, si vede la fine della vita sul pianeta Terra. Non la vita dei singoli: la vita nella sua totalità. A Girlie lo spettacolo ispira il terrore infantile dei monsoni, la paura viva dell'isolano circondato dall'infinito oceano. *Che speranze abbiamo?*, pensa. Al confronto del fuoco, il loro aereo è un bruscolino e cosí le loro città, le loro vite. Immagina le fiamme che avanzano verso est, le immagina consumare deserti, montagne, città e savane, finché non sarà arso l'intero pianeta. Avon, seduto accanto a lei, sente invece il brivido del testosterone, il panico folle di un bimbo che prova ad accendere un fiammifero e si ritrova intrappolato in una casa che brucia, con le uscite bloccate dal fuoco.

Per un istante, ciascun passeggero dell'aereo capisce con penetrante lucidità che la razza umana ha perso il controllo del proprio futuro. Capisce che qualunque mondano conforto che hanno imparato a dare per scontato non è altro che un'illusione, un violino da suonare mentre il *Titanic* affonda. Solo che non ci sono scialuppe, né navette inviate a recuperarli.

Stavolta affogheranno tutti.

Noleggiano una Kia gialla ricoperta di un velo di cenere. Guida Girlie. Avon siede dietro, con la valigia aperta sulle gambe. Riassembla metodicamente la 9 millimetri, testa il carrello, inserisce un caricatore. Se ne infila altri due nei tasconi laterali delle braghe. Girlie intanto ascolta una radio religiosa, una stazione FM devota al vangelo californiano della prosperità.

«Quando si tratta di gestire i risparmi, non c'è libro migliore della Bibbia, – proclama una voce maschile. – Fra le sue pagine sono custoditi segreti che possono garantirvi una ricchezza inimmaginabile. Pensate ai Proverbi 28, al salmo 119, a Giosuè 1:7. È scritto dappertutto nella Bibbia: Dio gioisce del benessere dei suoi servi. Lo capite? Il Signore non vuole altro che vedervi accumulare insondabili ricchezze».

Il cielo è rosso sangue, un opprimente tetto di sporcizia che oscura il profilo della città. Girlie prende la 5 in direzione nord, da lí imbocca la 134. Ha l'aria condizionata in modalità ricircolo, ma l'odore di fumo impregna comunque l'abitacolo. In aeroporto ha cercato su Google Maps l'indirizzo che le ha dato la sorella. È un quartiere residenziale non lontano dall'autostrada. Ora, guidando, pensa alla *mambabarang* e alle tenebre tropicali della sua infanzia. Nel suo Paese è in corso un'eterna guerra tra la magia buona e la magia cattiva, tra guaritori e *aswang*, mutaforma. Mannari e succhiaviscere. *Silagan*, che detestano chi si veste di bianco, e *magtatangal*, che vagano per i boschi senza testa né interiora. Quando combinava qualche marachella, la nonna le diceva che sarebbe arrivato il *magtatangal*, con le ali da pipistrello e la lunga lingua con la quale succhia il cuore ai feti delle donne addormentate.

Al telefono, Rose le ha detto di essere caduta vittima di una *mangkukulam*. L'ha irretita e ne ha fatto la sua schiava. Girlie non le ha mai sentito addosso una paura come quella, una paura densa come un miele che le impastava la lingua. Da bambine erano molto unite, ma in America sono finite a vivere con due zie diverse, lei in Florida e Rose in California. Si sentivano continuamente al telefono, e ai raduni di famiglia non vedevano l'ora di riabbracciarsi, di raccontarsi tutto. Poi sono cresciute e l'urgenza si è placata. Rose si è sposata per ottenere la green card, ma il marito la picchiava. Ha ripreso a studiare per diventare badante a domicilio. «Vieni in Florida, – l'ha supplicata Girlie, – puoi lavorare al salone». Ma Rose non è mai stata brava a decidere per il suo bene. Ha sempre scelto ex detenuti e uomini violenti, truffe online e storie che non vanno da nessuna parte.

E ora si è fatta sedurre dalla magia nera. Girlie lo sa che per liberarla non basterà portarla fuori da là. Ci vorrà un *sumbalik* con tutti i crismi per annullare la maledizione.

«Il marito infatti è capo della moglie, – starnazza la radio, – come anche Cristo è capo della Chiesa, Lui che è il salvatore del suo corpo».

Ripensa alla foto che le ha mandato Rose, al riflesso nello specchio. Lo saprà che stanno arrivando, la Strega? Girlie è certa di aver avvertito la sua presenza, due occhi neri che la scrutavano sull'aereo, il suo alito caldo sul collo mentre faceva la fila per l'autonoleggio. Controlla nello specchietto centrale e vede Avon che guarda fuori dal finestrino.

– Se non ci spicciamo a venir via, – dice, osservando il fuoco che si propaga sulle montagne orientali, – non ci sarà piú una California da cui venir via.

Le chiede un po' di musica, e lei cambia stazione. È lí che intercettano un notiziario, si parla di un'esplosione al Senato, un senatore dell'Idaho che si è presentato in aula in tenuta da kamikaze. Girlie vuole sapere cosa significa. Avon le risponde di chiudere il becco. Sta pensando al Google Doc, Arnaud l'aveva scritto che era in arrivo qualcosa di grosso. Che era finalmente giunto il momento del boogaloo. Avon pensava fossero sbruffonate da fanatico. Da giovane ha passato anche lui una fase ribelle. È finita in un posto di blocco con due agenti morti stecchiti. Ora vuole solo starsene tranquillo per i fatti suoi. Ma quattordici senatori morti e un edificio governativo in fiamme? Non è certo la fine della storia. Semmai l'inizio.

– Dobbiamo tornare a casa, – dice pensando al suo bunker e alla protezione, l'isolamento che offre.

– Prima, – ribatte Girlie, – prendiamo Rose.

– Fa' inversione. Subito.

Lei lo ignora e dà gas. Non le importa un accidenti se il mondo ha deciso di saltare in aria. Lei si riprenderà sua sorella.

O

Sulle prime, quando arrivano al 1600 di Auster Street, Girlie pensa che il fumo provenga dalle montagne; ma è troppo spesso, e le montagne ce le hanno alle spalle. Poi vede l'incendio. La casa dove abita Rose è in fiamme. Non solo in fiamme: sono crollati il tetto e parte della facciata. C'è un ragazzo che cammina a passo malcerto verso il giardino dei vicini. Girlie accosta e spegne il motore. Dal finestrino le arriva la vampa di calore del fuoco. Il ragazzo sta salendo i gradini della casa accanto. In quel momento si apre la porta e c'è Rose.

Girlie è pazza di gioia. Sua sorella è viva! Ma l'attimo dopo Rose si accascia sul prato, colpita da qualcosa alla testa. Alle sue spalle appare una giovane, che butta una sedia per terra. Girlie lancia un grido. Avon toglie la sicura alla pistola e spalanca la portiera.

– Sta' ferma, – dice, avvicinandosi con l'arma puntata. La donna si china accanto a Rose.

– Non la toccare, – le intima lui. La donna e il ragazzo non lontano si girano verso di lui, sembrano sorpresi di vederlo. Nota che si accorgono della pistola e a quel punto capisce che lui è soltanto un adolescente. Si tratta, noi lo sappiamo, di Simon Oliver e di Story Burr-Nadir.

– Aspetti, – farfuglia Simon, – lei era... noi... siamo ostaggi. Cioè, eravamo. Ma lei... ci ha rapiti la Strega, che poi forse non è una vera strega, o forse sí, non lo so. Io... io stavo in una clinica per...

– Chiudi quella bocca, – gli dice Avon, ma per Simon è una richiesta impossibile.

– ... e lei... aspetti, lei è...

Indica Story.

– ... lei è la figlia della giudice. L'avrà vista in tv. Ci deve essere... ci deve essere una ricompensa.

Avon sposta lo sguardo su Story. – La giudice è morta.

La ragazza sbianca. – Come?

– C'è stata un'esplosione, al... come si chiama... al Campidoglio. Una bomba. L'han detto al notiziario.

– Il noti... no, mi scusi, come ha detto? – ripete Story, le ginocchia non la reggono piú, il trauma le offusca la mente. – Come?

Arriva Girlie tutta concitata, si inginocchia accanto a Rose e si mette a gridare in filippino.

– Pure tu, donna, chiudi un po' la bocca, – le dice Avon, proprio mentre Rose riprende i sensi. Sposta di nuovo lo sguardo su Simon.

– Dov'è quell'altra... la Strega?

Simon indica la casa.

– Credo sia morta. C'è stata... una fuga di gas. Ha acceso lei l'accendino.

Avon si avvia verso le macerie ancora in fiamme della villetta. Per un attimo si domanda perché i vigili se la stanno prendendo cosí comoda, ma poi si rende conto che saranno tutti impegnati sulle montagne, a cercare di impedire la fine del mondo.

Gira intorno alla casa e scopre che la parete di lato del primo piano è quasi tutta venuta giú. Entra dal retro, passando in rassegna le rovine annerite senza abbassare la guardia. Si dice che se trova quella Strega, e se è ancora viva, piazzarle due proiettili in fronte sarà un atto di misericordia. Comunque vada, problema risolto. Infilandosi in un buco nel muro entra nella stanza dove dormiva Simon. Il materasso è una chiazza di carbone, la sedia di vimini non esiste piú.

Non c'è traccia della Strega. Apre con un calcio una porta in fiamme, sbircia dentro la stanza – a quanto pare il soggiorno – che ancora brucia. Al posto del tinello è rimasto un buco.

– Signora? – chiama, ma a voce bassa, come dovesse attirare in trappola una bestia impaurita. È tutto buio, a parte l'arancio ballerino delle fiamme. Le ombre scorrono sulle pareti man mano che cammina. Attraversa il soggiorno per raggiungere un'altra porta schiusa. Da vicino vede che è un bagno, ha le piastrelle bianche immacolate. La apre meglio col piede.

– Signora? – ripete. – È qui dentro? Vuole che chiami un'ambulanza?

China la testa ed entra, con la pistola puntata passa in rassegna la stanza. L'aria è umida nonostante le fiamme, dai muri cola condensa, a camminare si scivola. Gli sembra di essere in una serra o in una sauna. Lo specchio del lavandino si è crepato per il calore. Vede riflessa la sua immagine fratturata, che si staglia sulle fiamme del soggiorno.

Solo in quel momento si accorge che c'è dell'acqua che scorre e sposta lo sguardo sulla vasca. È piena, il rubinetto è aperto, l'acqua trabocca dalla porcellana e si spande sul pavimento. Si avvicina. È un'acqua torbida, piena di cenere e sudiciume, ma sotto la superficie si intravede una forma umana. *Ma quello* – si china a guardare meglio – *è un cadavere?* Abbassa la pistola, strizza le palpebre per distinguere quella sagoma che finalmente gli appare come un corpo bruciato e sommerso. Sembra farsi piú nitido, piú definito ogni secondo che passa. Sarà stato maschio, femmina? Chi lo sa, il fuoco si è mangiato i lineamenti e gli altri tratti distintivi. La testa è una lampadina di carbone su un collo nero e sottile. Che sia lei? La Strega?

La sagoma spalanca gli occhi e per lo spavento Avon fa un salto indietro e sbatte il fianco contro il lavandino.

– Cristo, – esclama, rovinando sul pavimento bagnato e trovandosi senz'aria nei polmoni. La pistola gli sfugge di mano e scivola fuori dalla porta. Avon rimane lí stordito, finché non sente lo scrocio di una cascata e si accorge che il corpo carbonizzato sta uscendo dalla vasca. Si gira appena in tempo per vederla emergere, una sagoma di un nero impossibile che gronda acqua dallo scheletro secco.

E lo guarda.

Avon rincula, qualcosa nel profondo gli dice di non levare gli occhi di dosso da quella cosa, quella cosa che sa benissimo essere la Strega, una strega vera, lo strumento del demonio. Batte la nuca contro la maniglia, corregge il tiro, sente sulla schiena la vampa delle fiamme. Le assi del pavimento gli si sbriciolano sotto le mani, ma lui continua a indietreggiare col culo in terra e la Strega lo segue lentamente, come una morte da cui non c'è scampo.

Avon se lo sente dentro, sa che quando l'avrà preso lo consumerà, che succhierà la sua vita per ricostruirsi la pelle sulle ossa, per riavere i capelli sul cranio, e che lui finirà a bruciare per l'eternità nel parco giochi del diavolo.

Con la mano trova la pistola, è bollente ma non può esitare, la stringe, arretra il caricatore, inserisce un colpo e spara. Coi primi due proiettili blocca l'avanzata della Strega, poi si mette in ginocchio e le scarica addosso l'intero caricatore, ricacciandola in bagno, dove quella sbatte contro il muro e sparisce dalla vista.

Avon si alza in piedi, fa uscire il caricatore vuoto. Di riflesso ne prende un altro dalla tasca e lo ficca nella pistola in meno di tre secondi, inserisce pure il primo colpo in canna, è pronto fare fuoco se la stronza torna per il bis. Ma poi sente uno schiocco, come di un albero che si spezza, e l'attimo dopo crolla metà del tetto. Si butta in terra, guidato dall'istinto, e riesce a evitare il crollo. Capisce che la casa sta per sgretolarsi e si trascina nello spazio vuoto che un tempo era il tinello, accecato dal fumo, avanza carponi verso l'aria fresca, finché non sente piú il pavimento ma l'asfalto sotto le mani.

Si alza in piedi e comincia a correre, ancora non vede niente, sbatte contro una staccionata e la casa in fiamme si accascia e si piega, pronta a crollargli addosso. Fa un passo indietro e si scaglia contro la staccionata, una volta, due, spinto dal calore e da una certezza assoluta: la Strega non è morta e sta venendo a prenderlo.

Sente il legno che scricchiola, un ultimo colpo e si ritrova dall'altra parte, a incespicare sul prato. Si raddrizza e si allontana da quella casa, dall'inevitabilità della morte. Finché Girlie non lo prende per le spalle, lo blocca, gli grida all'orecchio. Ma Avon si sente ancora dentro la paura, per cui la spinge via, sfodera la pistola e scende dal marciapiede, cerca una distanza strategica. Intanto, sbattendo le palpebre, torna finalmente a vedere. Sono tutti lí, Girlie e Rose, il ragazzino e la figlia della giudice. E c'è qualcos'altro, un'ombra umana stagliata contro le fiamme, immobile nel cuore dell'incendio.

– Dobbiamo andarcene, – mormora a Girlie, – subito.

Indica la macchina con la pistola ancora in pugno. – Salite.
– Ma... – protesta Girlie.
– Salite!
Simon vede la paura sul suo volto. Sa cosa significa. La Strega non è morta. Prende Story per un braccio.
– Andiamo, – le dice.
– Con questi? – protesta lei, ma Simon continua a spingerla finché non si ritrovano stipati con Rose sul sedile posteriore della Kia e Avon sale di corsa davanti, tendendo la pistola oltre la portiera aperta.
– Parti, – ordina a Girlie, che avvertendo il terrore nella sua voce preme a fondo l'acceleratore, cosí la macchina schizza via, con le ruote che mangiano l'asfalto, svolta a tutta velocità, brucia un semaforo e imbocca l'autostrada. Solo allora Avon rinfodera la pistola e chiude la portiera.

O

Viaggiano finché hanno benzina, quasi sempre in silenzio. Rose attacca a piangere, un fiume di lacrimoni, il petto che sussulta.
– Mi dispiace, – ripete senza sosta a Story e Simon, – mi dispiace tanto.
Story si rannicchia e affonda il viso nelle ginocchia. Hanno sentito il notiziario in radio. Il mondo ha perso il senno. Margot e Remy sono morti, insieme a quattordici senatori e centinaia di presenti in aula. E in tutto il Paese si susseguono attacchi alle basi militari e alle sedi del governo. Story sa che dovrebbe piangere, ma al posto del cuore le sembra di avere una palla di vetro avvolta in quella plastica con le bolle d'aria. Un tempo era un bebè che non riusciva nemmeno a stare diritta o a reggersi sulle sue gambe, un bebè che aveva bisogno di tutto, e non

è forse questo, una madre? Questo tutto? Calore e nutrimento, affetto e protezione. Un tempo Story non era che un'infante che con passi malfermi andava alla scoperta del mondo ignara dei pericoli, una fabbrica di lacrime e capricci. Eppure sua madre le è rimasta accanto, paziente e affettuosa. A un certo punto suo padre se n'è andato, è arrivato un padre nuovo e lei ha smesso di mangiare. Ma sua madre le è rimasta accanto.

Un giorno è salita su un palco e ha cantato l'inno nazionale, ma che fine ha fatto quell'inno? L'inno dell'umanità, al di là delle nazioni e delle menzogne, l'inno che racchiude tutto il dolore e il desiderio, la speranza e la perdita. La musica della vita. Coloro che ami moriranno. Coloro di cui hai bisogno lasceranno questo mondo senza preavviso né ragione alcuna. Dov'è il loro canto, l'inno delle loro vite che sale fino al cielo, a celebrare i loro teneri e patetici tentativi di permanenza? Dov'è l'inno della loro rabbia, l'inno del loro amore?

Quando le persone che porti nel cuore muoiono, pensa Story, non si lasciano dietro che il vuoto e il rimpianto. Il nulla. E un cuore pieno di nulla non sentirà nulla a sua volta. Per questo non piange. Dondola avanti e indietro con occhi assenti.

Accanto a lei, Simon guarda il sole che sorge tra i banchi di fumo. Da est soffiano i venti di Santa Ana, caldi e asciutti, e il cielo a tratti si sgombera, sacche d'azzurro mattutino. Ancora una volta ripensa ai compagni: Louise e il Profeta, Duane, Felix e Randall Flagg. Sono ancora vivi? Li avranno arrestati? Erano in missione insieme, ma niente ha piú senso di fronte alla catastrofe, alla rivoluzione.

– Mi prestate un telefono? – chiede timidamente, sporgendosi in avanti. Avon si sta spalmando sulla mano destra la crema del kit di pronto soccorso, dove ha impugnato la pistola rovente ha tutte vesciche. Girlie si infila una mano in tasca e gli passa il Samsung.

– Non inserirci dati con cui localizzarci, – mugugna Avon, avvolgendosi il palmo nella garza.

Simon apre il telefono e trova Instagram. Sta cercando un account preciso, non riconducibile a nessuno di loro. L'hanno deciso mentre erano a Marfa, che se si fossero separati dovevano postare una foto su @vivaibassotti. Trova l'account e scorre le immagini – Bassotti in spiaggia! Bassotti nel bosco! Bassotti con la tutina! – finché non arriva alla foto di un muro di cinta. Un'adolescente di colore mostra un cartello scritto a mano, che le copre la faccia. È magra come un chiodo, porta una canotta e ha le braccia che sembrano fuscelli.

Il cartello recita: I BASSOTTI ADORANO PALM SPRINGS!

Simon esce dall'app, cancella la cronologia e spegne il telefono.

– Devo andare a Palm Springs, – dice.

Sono diretti a est sulla Interstatale 5, la strada per l'aeroporto di Long Beach. Girlie vede un'insegna della Shell e mette la freccia.

– Che stai facendo? – le chiede Avon.

– Dobbiamo fare benzina, – risponde lei, imboccando l'uscita.

Alla pompa Simon e Story escono dalla macchina. Rose si è addormentata. Avon entra a fare provviste. Story si ferma su un'aiuola a fissare il cielo. Da est arriva l'odore acre del fumo.

– Stai bene? – le chiede Simon.

– Vuoi davvero la risposta? – ribatte lei

No... scusa. Non volevo... sono un idiota.

Rimangono lí, uno accanto all'altra, a guardare il traffico che scorre sull'autostrada. Come l'intera area metropolitana di Los Angeles, la stazione di servizio trasmette un senso di declino urbano. È cosí che finisce, quando prendi una stupenda vallata e ci versi sopra una colata di cemento, asfalti il fiume, la riempi di persone alla rinfusa e la trascuri per decenni, senza investire né tempo né denaro sulla sua salute e sulla sua bellezza.

– Avevo una sorella, – confessa Simon, – Claire. E poi… è morta.

Story annuisce.

– I miei hanno fatto finta che non fosse mai esistita. Era un argomento tabú. Hanno fatto sparire tutte le foto, riarredato la camera.

Simon ha ancora indosso il camice dell'ospedale. È scalzo, come lei. Le prende la mano.

– Dico solo che… se vuoi parlare, sono qui.

Lei annuisce un'altra volta, con le lacrime agli occhi.

– Che cosa vuoi fare? – le chiede lui. – Potrei chiamare qualcuno, farti portare a casa.

Lei non risponde.

– Credo che Louise sia a Palm Springs, – le dice. – Non so Felix e il Profeta. Erano con me quando…

Si interrompe.

– Tu eri con Louise e Duane, – osserva. – Sono… come hanno fatto a scappare?

Story sospira.

– Dovevano fare pipí, io sono rimasta nel furgone a controllare la radio. Di colpo arrivano queste macchine e dei tizi mi trascinano fuori. Tra loro si chiamavano «goblin».

Simon fa un cenno col capo. – Era un'imboscata, – conferma. – Lo Stregone deve averci visti. Ci aspettavano.

Vedendo arrivare Avon con due sportine di plastica, Story si asciuga gli occhi.

– Perché è a Palm Springs? – chiede. – Louise, dico.

– Devono aver trovato Bathsheba, – risponde lui.

Avon, che stava andando alla macchina, si blocca e si gira verso di loro. – Che hai detto?

Simon lo guarda. – No, niente.

Avon lascia cadere le sporte. Una lattina si buca e con un sibilo comincia a spruzzare Coca sul parcheggio. Avon si avvicina. – Hai detto Bathsheba?

Simon annuisce, guarda Story.

– È per lei che... è una nostra amica, la sorella del suo ragazzo, – dice, indicando Story. – Eravamo lí per lei, per... salvarla... quando ci hanno rapiti.

– E si chiama Bathsheba, – ripete Avon.

I ragazzi annuiscono. Avon riflette. *Che probabilità ci sono?* D'altra parte, quante Bathsheba ci saranno mai in America?

– E sarebbe la sorella del tuo moroso? – chiede a Story. – Chi è questo moroso?

– Si chiama Felix... Moor, senza *e*.

Avon aggrotta la fronte. – Descrivimelo.

– Ehm... sarà un metro e ottanta, capelli castani.

Avon si fruga nella tasca, tira fuori il portafogli. Dentro ha una vecchia foto sgualcita. Gliela mostra. Nella foto ci sono Avon e due ragazzini, un maschio e una femmina. La femmina non avrà neanche dodici anni. Il maschio potrebbe averne sedici.

È Felix.

Story sgrana gli occhi. – Quello è...

Avon fa un respiro profondo, meravigliato dal miracolo dell'universo. – Si chiama Samson, – dice, – Samson DeWitt.

– No, – fa lei, – si chiama... Felix. È Felix, quello.

– Da' retta a me, dolcezza. Il nome Felix se l'è inventato lui. È mio figlio quello lí, e si chiama Samson. Bathsheba è sua sorella.

– Ma allora perché…

– Numero uno, per allontanarsi da me. Ma soprattutto perché è cresciuto al di fuori della legge, capisci che intendo? Un cittadino sovrano. E in passato ha fatto… delle cose. Cose da cui sta ancora fuggendo.

Story scoppia a ridere. Nel giro di un'ora ha perso la sua famiglia e ha scoperto che il suo ragazzo non è chi dice di essere. È talmente assurdo, talmente al di là della sua capacità di comprensione, che il suo cervello decide che dev'essere uno scherzo. E allora ride, ma poi attacca a tremare, perché la verità è che se è uno scherzo, la battuta finale se la becca lei.

Simon la cinge con le braccia. – Mi dispiace, – le dice, – è stata una lunga giornata.

Avon sputa in terra. La mano destra gli pulsa dal male. Ha del paracetamolo nella sportina, ma non lo prende.

– Dove sono i miei ragazzi?

Simon guarda Girlie, che sta facendo il pieno. È al telefono, parla con qualcuno. Avon si avvicina ancora.

– Sentite un po', voialtri, c'è il mondo che brucia e io sono qui a cinquemila chilometri dal mio bunker. Avete trenta secondi per dirmi dove sono i miei figli, o vi piazzo un buco in testa.

– Non lo sappiamo, – risponde Simon, – ci siamo separati. Io ero con Felix… cioè, con Samson. Lei l'ha presa lo Stregone. Sua figlia, dico. E. L. Mobley.

– Il miliardario?

Simon annuisce.

– Siamo andati a Marfa per salvarla, ma era un'imboscata, e non… non siamo manco riusciti a vederla. Non so nemmeno se era davvero lí.

– Ma adesso dici che è a Palm Springs.

– Forse. Il piano era… prima di dividerci avevamo trovato questo sistema per comunicare. E questa mia amica è a Palm Springs. Non so che fine abbia fatto il Profeta, ma diceva che dovevamo salvarla, perciò è questo che faremo.

– Il Profeta, lo Stregone...

Simon si stropiccia gli occhi. – È una storia lunga.

Avon ripensa alla Strega nelle fiamme.

– Portatemi da loro, – dice.

– Senta, – risponde Simon, – le siamo molto grati per il passaggio, ma adesso dobbiamo... dobbiamo trovare i nostri amici. Faremo l'autostop. Magari, se vuole, possiamo darle un colpo di telefono quando troviamo Bathsheba.

Avon li guarda. Sente la stessa onda di marea che l'ha travolto quando Eddy il Grosso ha cominciato a raccontargli dei verdoni imboscati dal governo. Uno scopo. Sente di avere uno scopo.

– Aspettate un attimo, – dice.

Girlie sta rimettendo il tappo al serbatoio della Kia. Avon la raggiunge.

– Tesoro, devi chiamare uno di quegli Uber, prendi tua sorella e andate in aeroporto. La porti da noi. Chiama Charlie Monocolo. Digli che è il D-day. Ci penserà lui a tenervi al sicuro.

– Perché? – domanda lei. – Abbiamo la macchina.

– Serve a me. I ragazzi sanno dov'è Sheba, o almeno cosí dicono, e forse anche Samson. Devo trovarli. Mi sa che è per questo che sono qui.

– Sei qui per salvare Rose, l'abbiamo trovata e adesso dobbiamo andare a casa prima che bruci tutto. Ci devi portare a casa!

Lui la ignora, va ad aprire la portiera della macchina. Prende Rose per la spalla e la scuote.

– Rose, – le dice, – è ora di svegliarsi.

Si rivolge a Girlie, che non si è mossa da dov'era e lo fissa a bocca aperta.

– Attaccati a quell'arnese a cui ti attacchi sempre e fatti mandare un'altra macchina. Questa me la prendo io.

Trascina Rose giú dal sedile. Lei batte confusamente le palpebre alla luce dei neon.

– Ragazzi, – grida. Simon e Story si girano. Avon fa cenno di avvicinarsi. – Dobbiamo andare.

I due si scambiano un'occhiata.

– Muovete il culo, – continua lui, – troveremo i vostri amici.

Simon prende Story per mano e la guida alla macchina. Avon apre il bagagliaio, tira fuori la valigia di Girlie e gliela passa spingendola sull'asfalto.

– Ti chiamo quando è sicuro, – le dice, dopodiché entra in macchina e chiude la portiera. Simon fa sedere Story dietro e si sistema al posto del passeggero. Vede Girlie e Rose che lo fissano attonite e le saluta timidamente con la mano.

– Fate attenzione, – si raccomanda, poi aguzza la vista. Nella luce arancio del giorno che nasce ha scorto qualcosa nell'ombra dietro il cassonetto. Una sagoma nera, accucciata, che li osserva. E sorride con i denti bianchi come ossa.

Tempo

Scende il caos. L'informazione si scontra con la disinformazione. L'unica lingua franca è la violenza. In tutto il Paese, i Pronto soccorso sono affollati di vittime di sparatorie, di percosse, di pugnalate. Dopo la bomba al Senato, automobili e camion si trasformano in armi, e cosí mazze, assi di legno, bottiglie d'acqua ghiacciate sparate col lancia t-shirt. Gli individui si aggregano, diventano folle, fiumi umani spinti allo scoperto dall'indignazione e dalla paura. Il tempo delle parole è finito. Le notizie per la strada riecheggiano le notizie delle altre strade. Uomini e donne sotto la canicola estiva che si gridano in faccia, intimandosi a vicenda di accettare la realtà. Ma cos'è la realtà, se non conflitto?

Teste spaccate, corpi mutilati, ferite che normalmente si vedono solo nelle zone di guerra. Le ambulanze lottano contro la folla per arrivare in tempo al Pronto soccorso, ma gli ospedali sono già strapieni di tentati suicidi, gente che si è buttata e si è fracassata le ossa, gente in overdose da farmaci e gente che dovrà fare i conti per sempre coi danni cerebrali da autoasfissia. E cosí siamo costretti a domandarci: questi pionieri della prima ora sapevano già cos'aveva in serbo il domani? È per questo che si sono buttati? È per questo che hanno ingoiato tutte quelle pillole e si sono sparati un colpo alla testa? Vedevano il tracollo prima che arrivasse? Alcuni animali, del resto, possono prevedere le calamità, come gli uccelli che lasciano gli alberi prima che arrivi il terremoto.

E intanto gli incendi si espandono.

Non è cosí che doveva andare. Ci avevano detto che c'era tempo, che i carburanti fossili i danni li avrebbero causati in futuro. E invece ci ritroviamo le tempeste di ghiaccio in Texas e le ondate di caldo in Siberia. Il tempo stesso va frantumandosi insieme al concetto lineare di riscaldamento futuro, dei tifoni che verranno, perché i tifoni sono ormai arrivati. Il riscaldamento è già avvenuto, cosicché l'oggi è al tempo stesso la serra del domani. Le previsioni pencolano sull'orlo dell'insensatezza, siamo nel marasmocene. La fine della storia. Non la fine dell'umanità, ma la fine della storia cronologica di una specie umana che dal passato animale si è ritagliata la propria civiltà.

Per le strade l'espressione «forze dell'ordine» si svuota di significato man mano che i distintivi perdono potere dissuasivo e l'egemonia si trasforma in questione di superiorità balistica. I militari si rivoltano contro i militari. I bambini di tutto il continente prendono a pugni gli amichetti nel cortile della scuola. È giunta l'ora della lotta manichea tra bene e male, ma non si capisce chi stia dalla parte del bene e chi del male.

È la guerra del rumore puro.

Per un breve periodo il mondo ha avuto senso. Si poteva quantificare cosa fosse buono e cosa cattivo. Si poteva guardare indietro e vedere gli errori, le possibilità di miglioramento. La qualità di vita aumentava di anno in anno, di decennio in decennio. Per un breve periodo abbiamo avuto obiettivi chiari, ma poi la terra ha cominciato a tremare e gli uccelli con un po' di sale in zucca hanno spiccato il volo.

Louise

Louise si annoia, ma l'attesa non è mai stata il suo forte, non ha mai avuto la pazienza di quelli che risparmiano i centesimi e aspettano l'occasione giusta. È il 17 agosto, lei e Duane sono al *Motel 6* alla periferia di San Bernardino. «Un cesso», lo chiama Louise, popolato di tossici e battone. Dal Texas hanno puntato a ovest, viaggiando solo di notte e cibandosi di Sprite e cracker al formaggio. Non hanno mai parlato di quello che è successo, della faccia di Story dietro il finestrino del Valkyrie all'arrivo dei suv neri, dello sguardo che ha lanciato a Louise, che – allontanatasi per fare pipí in pace – era nascosta fra gli alberi. Non hanno parlato della precisione chirurgica di quell'assalto, della squadra che ha prelevato Story dal furgone, l'ha caricata su un suv e nel giro di trenta secondi è scomparsa in una nuvola di polvere, o di come l'ultimo agente a ripartire abbia piazzato due pallottole nel blocco motore del furgone, lasciandolo lí a fumare agonizzante.

Per tutto il primo giorno non hanno parlato di niente, si sono avventurati a piedi per i campi, evitando strade e abitazioni. Per quanto ne sapevano, la polizia poteva aver diramato un mandato di arresto con la loro descrizione. Ad Alpine hanno rubato un pick-up fermo al benzinaio, con le chiavi nascoste nell'aletta parasole del conducente. Duane ha guidato in silenzio, a radio spenta. Sentiva quello che sentiva Louise, il senso di colpa di chi l'ha scampata ma sa che non tutti ce l'hanno fatta.

In Arizona hanno cambiato mezzo, hanno trovato una vecchia LeSabre parcheggiata davanti a un Walmart e l'hanno fatta partire trafficando coi cavi. Di giorno si cercavano una riva lontano dalla strada e dormivano all'ombra della macchina. Non sapevano che fare. Non era un piano d'emergenza, quello che stavano seguendo. Era una fuga bella e buona. Con la California sono arrivati i temporali, nuvolacce cariche di fulmini che laceravano il cielo. La ferocia del meteo li ha strappati al torpore, il tetto di nubi che si abbassava insieme all'alta pressione, le gengive che cominciavano a prudere. Hanno fatto rotta verso sud, su Victorville, e sono scesi per le San Gabriel Mountains in mezzo al brulicare di incendi – e di autopompe che sfrecciavano nella direzione opposta – finché non è sorto il sole e Duane ha detto che voleva una pausa, ed eccoli lí al *Cesso 6*.

Mangiano Doritos prese alla macchinetta, seduti sulla moquette industriale.

– Sei innamorata di Simon? – le chiede Duane.

Louise cerca la patatina piú scura, quella che ha sopra piú polvere, e se la preme sulla lingua. Non è gustosa, non proprio, ma la simulazione chimica del sapore le provoca una salivazione intensa.

Chiude gli occhi. – E tu?

Lui beve un sorso di Diet. Dalla stanza accanto arriva il pulsare sordo del death metal.

– Ha quindici anni, – risponde lui.

– Perché, tu quanti ne hai?

– Diciannove.

Lei fa una faccia da *chissene*.

– Pensi di piacergli? – gli chiede.

Duane scrolla le spalle, annusa l'aria.

– Non senti odore di fumo? – domanda.

– Grazie al cazzo, sta bruciando il mondo.

Duane annuisce. Louise finisce il pacchetto, lo accartoccia e lo butta dietro il letto.

– Pensi che sia morto? – gli chiede.

Lui scuote la testa.

– Secondo me sono morti tutti, – continua lei, – oppure sono prigionieri in qualche sotterraneo e sottoposti ad atroci torture.

– Perché, ha anche un sotterraneo?

– È uno Stregone. Certo che ce l'ha. O forse è solo tipo una camera dedicata, con fruste, catene e vergini di ferro coi dildo al posto degli spunzoni.

– È lí che ti portava?

– No, con me gli piaceva giocare al maestro con la scolaretta.

Dalla stanza accanto arrivano i tonfi del pogo. Sono le dieci e mezza del mattino. Duane finisce la Coca, schiaccia la lattina e la lancia verso il cestino.

– Bel tiro, – commenta lei, vedendola rimbalzare fuori.

Duane si stropiccia gli occhi. Gli sta venendo sonno. – Davvero pensi che sia morto?

Louise si alza e si avvia in bagno. Dopo due passi si sfila la maglietta. – Vado a farmi una doccia, – annuncia, con un'occhiata maliziosa, – mi fai compagnia?

Lui scuote la testa.

– Wow, – fa lei, – sei proprio innamorato.

Chiude la porta con un calcio. Dieci minuti dopo, quando esce avvolta in un telo che odora di candeggina, lo trova sdraiato sulla moquette, che dorme della grossa.

O

Il giorno dopo comprano un telefono usa e getta al 7-Eleven. Louise ha un piano. Le è venuto in sogno. Era in un bosco e una marmotta le ha detto di *cercare il Troll.*

– Davvero? – fa Duane quando glielo racconta.

Louise ride, scarta il telefono e ci infila la sim.

– Ma va, – risponde, – stavo cacando, ma non potevo mica raccontartela cosí, eh, Bilbo? Suona molto meglio se c'è la gnocca del lago che ti dona la sacra spada, e allora perché no, una marmotta mi ha sussurrato all'orecchio i segreti dell'universo e poi abbiamo fatto l'amore sotto la volta celeste.

Duane sospira. Non che Louise non sia la sua persona preferita sulla faccia della Terra. È solo che alle volte diventa un tantino pesante, soprattutto al quarto giorno consecutivo.

– Chi è questo Troll? – le chiede. – Non sarà mica il nome vero.

– Evan? Nah. È questo ragazzo, un fighetto sempre in tiro, mezzo pappone, un pezzo di merda che vende minorenni, pasticche e compagnia bella.

Traffica col telefono.

– E tu hai il suo numero?

Lei conferma.

– Giusto per dire, – prosegue, – è il tipo che se glielo chiedi ti dice che è un *rabatteur*, che è tipo il tizio che guida la caccia alla volpe e batte i cespugli.

– A che scopo?

– Allo scopo di far uscire la preda allo scoperto. È questo che eravamo. La preda.

Inserisce il numero di Evan, imparato a memoria in tutte quelle notti passate a chattare. Atto primo: il predatore seduce la preda per farla uscire allo scoperto. Atto secondo: il predatore si pappa la preda.

Scrive: «Ti piace ancora prenderlo in culo?»

Mentre aspettano la risposta, escono nel parcheggio a fumare sigarette. Verso le tre dalla porta accanto vengono fuori i ragazzi del death metal, che si stringono su una Honda argento.

Le arriva una notifica.

«Chi 6?»

Lei risponde: «Louise, Romeo».

«Sei in zona?»

Guarda Duane, che scuote la testa.

«All'incirca».

«Che vuoi? Un bel cazzo nero che ti dia una ripassata?»

«Il mio paparino».

Il grigio del cielo si tinge di arancio. Dalle montagne arriva il puzzo del fumo degli incendi. A un certo punto passa una macchina della polizia inseguita da un pick-up con mitraglietta montata sul pianale, un'inversione di causa ed effetto. Louise già teme di aver sbagliato strategia, quando…

«Il paparino è a nanna, colombella. Magari l'anno prossimo».

«Colombella tanto tanto affamata. Colombella fa di tutto per un po' di grano».

Per ingannare l'attesa Duane prende a sassate un ratto morto, finché…

«Hai ancora quella faccia da bambina? – scrive lui. – Lo sai anche tu cosa gli piace».

Louise rientra in camera, si scatta una foto in mutande con la faccia da bambolina triste e gliela manda. Sa bene che non esiste in nessuna parte del mondo che lo Stregone sia a riposo. È un pozzo senza fondo di depravazione, un mostro dall'appetito insaziabile e mai pago. *Cazzo, si fa trasfondere il sangue dei ragazzini, avrà sei personal trainer, quat-*

tro cuochi e una criocamera per villa. Figuriamoci se si astiene da qualcosa, quello lí. L'astinenza è per i comuni mortali.

Si riveste mentre aspetta la notifica del messaggio. Il telefono, invece, si mette a squillare. Louise lancia uno sguardo a Duane, che inarca le sopracciglia. Poi risponde.

– Miao, – dice il Troll.

– Amore, – fa lei ansimando, – ti sono mancata?

– Come l'herpes a una troia. Certo che hai una faccia masticata.

– Bugiardo. Sono la number one dei number one.

– Dove sei stata, in galera?

– La nonna mi ha fatto chiudere in manicomio, ma adesso sono guarita al millemila percento e ho tanta tanta voglia d'amore.

Dal rumore, sembra che il Troll stia sgranocchiando una tazza di cereali.

– Senti un po', bellezza, – le dice, – forse possiamo darci una mano a vicenda. Il paparino vuole i suoi tre pasti al giorno, ma nel caso non te ne fossi accorta, la California è in fiamme e reperirgli i bocconcini sta diventando piú complicato del previsto.

– Ma è a San Francisco?

– Macché, magari. Pare che abbia avuto qualche seccatura in Texas, cosí s'è dato alla macchia. Tu dove sei?

– Riverside.

– E che cazzo ci fai a Riverside?

– E a te che te ne frega?

– In effetti niente.

Si riempie di nuovo la bocca, beve un sorso di latte.
– Anzi, sai che ti dico? È perfetto. Riverside. Cazzo, è geniale. Ci vediamo domani alle quattro all'ingresso del museo delle belle arti.

– A Riverside c'è un museo delle belle arti?

– Ah ah. Puntuale, stronzetta.

Riattacca. Lei lancia il telefono sul letto.

– Possiamo fare una cena come si deve? – dice, rivolta a Duane. – Sono stufa marcia di mangiare patatine.

Duane la prende per la spalla e finge di picchiarla.

– Si può sapere che ti ha detto?!

– Che ci sta. Ci vediamo domani alle quattro al museo delle belle arti di Riverside.

– Aspetta. A Riverside c'è un museo delle belle arti?

– È quello che gli ho detto io.

Louise si infila le scarpe sognando hamburger e patatine. Tra tutti e due arrivano a 35 $. Basteranno per sfamarsi e sbronzarsi mentre mettono insieme un piano.

O

L'indomani pagano il motel, ma la LeSabre non vuol saperne di partire. S'incamminano per la periferia in cerca di un nuovo veicolo. Il piano di Louise è rapire il Troll e costringerlo a portarli dallo Stregone. Duane le fa notare che «forse non serve rapirlo», perché «non ha detto che ti porta da lui?» Ma lei ribatte che quella missione è una rivincita e non c'è nessuno che le debba una rivincita piú di quel moccioso testa di cazzo.

Duane medita se ribattere qualcosa, ma è ancora parecchio arrabbiato per l'imboscata, per cui risponde: – 'Fanculo. Ci sto. Andiamo a prendere 'sto succhiacazzi –. Al che Louise commenta: – Bada a come parli, ad alcuni dei miei piú cari amici piace succhiare cazzi –. Alla fine sono talmente su di giri che decidono di rubare un furgoncino delle consegne di Amazon, perché l'idea li fa sbellicare dal ridere e perché svoltato l'angolo ne trovano uno fermo con le chiavi inserite. Saltano a bordo e partono a tutta velocità, sghignazzando mentre la radio spara i Soundgarden e il cielo è sempre di quell'arancio del cazzo, le montagne bruciano e per le strade si aggirano torme di pagliacci con la motosega, ma loro due sono giovani e pieni di vita e, per un attimo, sentono di avere sotto controllo la situazione.

È lí che a Louise viene l'idea di rapire Evan usando solo il contenuto dei pacchi.

– In che senso? – le chiede Duane.

– Nel senso che siamo o non siamo in missione per conto di Dio? Dunque è lui che ci ha lasciato lí il furgoncino, e dunque l'avrà riempito di tutto quel che ci occorre per vendicarci come si deve.

– Vuoi dire per salvare la sorella di Felix.

– Certo. Perché, che ho detto?

Cosí, mentre Duane fa rotta verso il museo delle belle arti, Louise si sposta sul retro e osserva le centinaia di pacchi. Si sente come una bambina il giorno di Natale, ma non può mica scartarli tutti in trenta minuti. E allora, come si fa?

Decide che ne aprirà non piú di quattro. E qualsiasi cosa contengano, lo userà per catturare il Troll.

Alla radio arriva *I've Seen All Good People* degli Yes.

– Bisturi, – grida, e Duane le lancia il coltellino pieghevole che ha in tasca. Louise lo prende al volo e fa scattare la lama. Passa in rassegna le scatole. Tutte quelle forme, quelle dimensioni. Scatoloni pesanti, scatolette inconsistenti. Scatole sottiletta, scatole massicce. Come si fa a scegliere?

Chiude gli occhi e afferra un parallelepipedo leggero. Lo scuote e sente muoversi qualcosa di solido. Un colpo di lama e la scatola si apre. E Louise si ritrova in mano un pacchetto di pile e una confezione di fascette in velcro.

– Si preannuncia interessante, – commenta, rivolta al sedile davanti.

Nel pacco successivo trova un marsupio che sembra una pancetta da bevitore di birra. Se lo allaccia in vita. – Come sto?

Duane la guarda nello specchietto. – Vomitevole, – risponde.

Louise ripone le pile nel marsupio, scarta le fascette e le infila a loro volta nella tasca. Sceglie un'altra scatola, un cubo piú grosso.

– Ti prego, ti prego, – mormora, strappando il nastro.

– Non potresti semplicemente usare il coltello che hai già? – le fa notare Duane.

– Che noia che sei.

La scatola contiene un'altra scatola. L'etichetta sulla confezione recita SAUNA PORTATILE MONOPOSTO 2L PIEGHEVOLE USO INTERNO EFFETTO DETOX DIMAGRANTE INCLUSI TELECOMANDO TIMER SGABELLO.

Louise lancia un gridolino di gioia.

– Che pensi di farci? – le chiede Duane.

– Non lo so ancora, ma sarà memorabile.

Posa la confezione, si rialza e si scosta i capelli dagli occhi. A meno di non rompere il voto, le rimane da aprire un solo pacco. Finora si è procurata delle fascette di velcro, un marsupio e una specie di sauna in alluminio. Fa un giro su sé stessa. Ci saranno almeno duecento scatole.

– Troppa scelta, – dice, facendo vibrare le dita tese.

Duane tiene d'occhio il parcheggio. – Sarà meglio che ti spicci, – l'avverte, – sta arrivando una macchina.

Louise si fa il segno della croce e sceglie il quarto pacco. Strappa l'involucro. Dentro ci sono un fucile giocattolo, una bottiglia di salsa piccante e una copia di *Lo spazio dei sogni* di David Lynch.

– È lui? – chiede distrattamente a Duane, mentre si sforza di trovare un uso per gli oggetti.

– E che ne so. Ha una Mercedes cabrio rossa?

Louise mette la salsa nella tasca del marsupio, lo richiude e ci aggancia il fucile giocattolo. – Eh già.

Si prepara all'azione. – Vado. Come sto?

Duane la squadra. – Sembri una psicopatica, – le dice. – Vuoi che venga con te?

– No, – risponde lei, – tieni il motore acceso.

Apre il portellone e salta giú. L'asfalto è appiccicoso. Nel parcheggio ci saranno almeno 46 gradi. Inforca gli occhiali da sole e si avvia all'ingresso del museo.

Vede arrivare il Troll al volante della scemo-mobile. Ascolta yacht rock, perché sa che lei non lo sopporta. Louise si siede sui gradini e aspetta che lui accosti.

– Che ti sei messa addosso? – le chiede, dalla strada.

Louise si alza e fa una piroetta. – Ti piace?

– Dimmi che sulle mutandine hai stampato un pisello rugoso.

– Vieni a scoprirlo di persona, – risponde.

Lui tamburella le dita sul volante.

– Dài, – le dice, – spicciati. Gli ho detto che eravamo in arrivo e lui mi ha risposto di sbrigarci.

– Prima vieni un attimo qui, – ribatte lei.

Evan fa una faccia scocciata. – Se non ti spicci a salire giuro che ti lascio qui in questa merda di museo delle belle arti.

Lei si sfila il fucile dalla cintura e apre il marsupio. – Dài, – insiste. – Devi vedere una cosa.

– Cosa? Guarda che quel look da handicappata lo vedo anche da qui.

Louise prende una pila dal marsupio e la infila nel caricatore.

– Mamma mia, – sbuffa, – sei proprio barboso. Eddài, vieni a vedere, giuro che ti farà spanciare.

Lui sospira, spegne il motore ed esce dalla macchina. Sale i gradini ad andatura volutamente rallentata. – E va bene, – le dice, – ma spero per te che sia una bomba che manco la fica di una top model.

Louise arretra il cane di plastica. – Dimmelo tu –. Gli punta il fucile alla testa e spara.

La pila lo centra sotto l'occhio destro, come uno schiaffo, e lo sbilancia all'indietro. Preso alla sprovvista, Evan ruzzola giú dai gradini e picchia il cranio sul cemento. Rimane lí, scomposto e privo di sensi.

Louise batte le mani entusiasta.

– L'hai visto? – grida mentre Duane esce dal furgoncino di Amazon e le corre incontro, guardandosi intorno per assicurarsi che nessun altro li abbia visti. – Cazzo, sembrava *Matrix*!

O

Lo sveglia con la salsa piccante. Una goccia per occhio. Evan si dimena, ma ha le mani legate dietro la schiena con le fascette di velcro, cosí come le caviglie. Sullo zigomo destro va sbocciandogli un brutto livido. Ci mette un bel pezzo a capire dov'è e cosa gli sta succedendo: si trova sul retro di un furgone senza finestrini, circondato da pile di pacchi Amazon. Inoltre, è inginocchiato in una sorta di gigantesca sacca di alluminio, con la testa che spunta dalla guarnizione in gomma. È la sauna portatile. Louise l'ha collegata alla presa dell'accendisigari e ha impostato la temperatura al massimo.

– Che cazzo? – esclama il Troll.

Louise siede su un grosso pacco davanti a lui, sulle gambe incrociate ha aperto il libro di David Lynch. Legge. «Insomma, eravamo in fondo in questa via, di sera, quand'ecco dal buio – fu davvero impressionante – sbuca una donna nuda, dalla pelle candida. Forse sarà stato per la luce o per il modo in cui spuntò dall'oscurità, ma la sua pelle sembrava del colore del latte, e perdeva sangue dalla bocca».

Il Troll lotta per liberarsi, si è accorto che fa un caldo inverosimile. Ha la faccia che gronda sudore.

– Dico davvero, mongoloide. Ti do dieci secondi per liberarmi.

Louise volta pagina. «Camminava a fatica, stava male, ed era completamente nuda. Mai visto niente di simile: veniva verso di noi, ma sembrava che non si rendesse neppure conto della nostra presenza. Mio fratello scoppiò a piangere...»

Chiude il libro. – Benvenuto alla casa delle torture di Duane, – annuncia.

Duane, che si è seduto sulla console tra i sedili per godersi lo show, aggrotta la fronte. – Non tirarmi in mezzo. Io sono un pacifista.

Louise salta giú e prende un'altra scatola. – Vediamo quali strumenti hanno scelto i consumatori d'America per punirti.

Il Troll si dimena infastidito. È un diciottenne di nome Evan che ha abbandonato la scuola e abita a Santa Monica in una casetta a schiera compratagli dai suoi. È convinto di essere da sempre vittima di persecuzioni. *Non dire troia. Non dire gringo. Non dire giudeo.*

– Se ce l'hai col mondo perché t'è tipo toccato di succhiare qualche cazzo di troppo, – le dice, – perché non vai a piangere sulla spalla di una lesbicona a qualche raduno hippie? Io non c'entro niente.

Louise fa una mezza risata, apre la scatola. Lo sguardo

le si illumina di gioia. – Bingo! – esclama, tirando fuori una bomboletta spray. Si mette in posa come la modella di una televendita, mostrando lo spray prima a Duane e poi a Evan.

– Che cazzo è? – chiede quello.

Louise sottolinea con la mano destra le parole «Urina di coyote» stampate in corsivo sulla bomboletta. – Qualche povero abitante di Riverside deve avere problemi di procioni –. La brandisce come un'arma, puntandogliela in faccia.

– Non t'azzardare, – l'avverte Evan.

– Lui, – scandisce Louise, – dov'è?

– Chi?

Gli spruzza l'urina in faccia. Nel furgone si espande un odore muschiato.

– Cristo, – fa Duane.

Evan si mette a gridare e a dimenare la testa come un forsennato. Ha gli occhi e la bocca pieni di urina.

– Riproviamoci, – dice Louise, – lui dov'è?

– Troia di merda, – strepita Evan, – sei solo una lurida vacca.

Louise gli spruzza un'altra zaffata di urina. Lui si contorce, ha i conati dalla nausea.

– Ah-ha, – lo avvisa lei, – se devi vomitare ti passo una scatola.

Si getta la bomboletta alle spalle e prende un altro pacco. Le brucia dentro una rabbia piú antica di lei. Se potesse torturerebbe tutti quanti, l'intera marmaglia di ragazzini bianchi con le torce e i cappellini al rovescio che intonano *Vade retro ebrei*, tutti i conducenti di auto sportive pronti a falcidiare i manifestanti pacifici, tutti i proprietari di minivan con l'adesivo Blue Lives Matter, tutti i venerabili poliziotti che ti stringono alla gola e ti sparano addosso un caricatore ad alta capacità. Ma non può: per cui si sfoga sul Troll.

– Tu sei pazza, – ansima Evan, sputacchiando, – ti ci avrei portato comunque.

Louise sceglie una scatola piú piccola, pensa al viaggio che avranno fatto quei pacchi per arrivare lí, i carburanti fossili consumati, la plastica sprecata. Prodotti che hanno viaggiato in volo per centinaia, forse migliaia di chilometri, fino a un centro di smistamento popolato di lavoratori a contratto che sgobbano troppe ore al giorno per una miseria. Pacchi inviati da Dio perché lei potesse essere lo strumento della sua giustizia.

– Non hai nessun diritto, – annaspa Evan, – di aggredire un bianco in pieno giorno solo perché qualcuno ha ferito i tuoi preziosi sentimenti. Cazzo, impara a stare al mondo.

Il pacco contiene una scatoletta nera con due fiamme disegnate sopra. Sul lato piú sottile, in maiuscole gialle, è stampata la scritta ARTIGLI DA CARNE.

– Inshallah, – esclama Louise prima di mostrargliela.

Evan continua a sputacchiare urina di coyote. – Che è?

Lei apre la scatola. – Hai presente il maiale sfilacciato, com'è buono nei panini? – gli chiede, estraendo due artigli di metallo nero. Hanno ciascuno un buco per infilarci la mano fino alle nocche. Lame affilate, in ferro lucido.

Evan capisce che forse è spacciato.

– È a Palm Springs, – dice, – lo Stregone. È in astinenza, sta sclerando. Sono quattro giorni che è senza fica. Gli ho detto che potevo procurargli io qualche ragazza, ma è un delirio, gattina, c'è tipo la fine del mondo, e le passerine se ne stanno tutte rintanate sotto terra.

– Non chiamarmi gattina.

– Vaffanculo. Ti chiamo come mi pare e piace.

Lei alza i pugni con gli artigli che sporgono dalle nocche. – Devi chiamarmi Wolverine, pezzo di merda. Avanti, dillo.

Duane si alza in piedi. – Louise.

Ma lei fa un passo avanti, vede già scorrere il sangue.

Duane la prende per un braccio. – Louise. Ci ha detto quello che volevamo.

Lei se lo scrolla di dosso. – No, voglio l'indirizzo, – dice, – il numero di guardie. Le vie d'ingresso e d'uscita. Non abbiamo nemmeno lontanamente finito.

Sfrega gli artigli uno contro l'altro, facendo sprizzare scintille. – Voglio vedergli le budella sventolare all'aria aperta, – conclude, con un sorriso.

Evan si dimena con tutta la forza che ha. Dentro la sacca di alluminio ci sono 50 gradi.

– È nel telefono. Mi ha mandato una foto. Non so niente delle guardie. Lui fa cosí, mi manda un messaggio e mi dice se gli servono ragazze o pasticche. Lo giuro.

Louise fa stridere gli artigli, un suono agghiacciante.

– Evan, tesoro, – gli dice, – vorrei tanto aiutarti. Dico davvero. Ma Dio ha altri piani.

Bathsheba

Gli Orchi sbattono Bathsheba nelle cantine. Sono passati tre giorni da quando hanno lasciato Marfa, scappati via di corsa nel cuore della notte. Katie ricorda delle luci nella sua stanza dentro la torre, poi delle mani che l'hanno afferrata alle spalle e un dolore acuto al braccio, poi piú niente. Si è risvegliata a bordo di un elicottero che sorvolava le montagne. Era ancora il Texas? Stavano in Texas quelle montagne? Sono atterrati in una radura, due suv neri parcheggiati ad attenderli. Davanti a lei ha visto lo Stregone e Astrid salire sulla macchina di testa insieme a Liam Orci, dopodiché gli altri due fratelli Orci l'hanno fatta scendere e l'hanno trascinata per i gomiti fino all'altra macchina.

«Dove stiamo andando?» ha chiesto, nessuna risposta. Sono stati in macchina per venticinque minuti, varcando a tutta velocità i cancelli di un'altra inimmaginabile villa. Il suv non si è nemmeno fermato e già due guardie armate lo stavano scortando, le porte si sono aperte. A quel punto hanno tirato giú Katie dalla macchina e l'hanno spintonata dentro casa – una tenuta in stile Cape Cod – passando attraverso una cucina sofisticata e lungo una rampa di scale, fino a un seminterrato senza finestre. C'era una branda sistemata accanto a un muro di mattoni. Boaz Orci ha posato la sua valigia a terra e le ha detto che sarebbe stata «al sicuro qui», poi se n'è andato con le altre guardie. Katie ha sentito la porta chiudersi a doppia mandata. Non ha piú il senso del tempo. Quanti giorni sono passati da quando hanno lasciato San Francisco? Da quella prima notte con Mobley, con lui che la stringeva mentre Astrid le accarezzava i capelli, dicendole che *tutto sarebbe andato bene*, doveva soltanto *stendersi e goderselo*.

Mette una mano sulla pancia, una volta piatta, adesso bella evidente. Le nausee mattutine sono cominciate un paio di settimane fa... o forse un paio di mesi? Ha vomitato tutto quello che cercavano di darle da mangiare, pasto dopo pasto, finché non hanno fatto arrivare un dottore che l'ha attaccata a una flebo. Bathsheba lo ha implorato di aiutarla, di chiamare la polizia, ma il dottore è andato avanti nel suo lavoro senza esitazioni, misurandole la temperatura e la pressione del sangue. Quella mattina era il suo compleanno, diciannove anni, ma nessuno se ne sarebbe accorto. Nessuno lo sapeva. Ci sono voluti tutti e tre gli Orchi per tenerla ferma e infilarle l'ago nel braccio. Sono dovuti restare lí a bloccarla perché non se lo staccasse.

Il tempo è passato. Le nausee sparite. Le hanno tolto le flebo. E poi c'è stato il panico nel cuore della notte, il viaggio in elicottero e il seminterrato senza finestre. Seduta in terra, ad ascoltare ogni minimo movimento che proviene dal pavimento di sopra. Ogni tanto un sonnellino. La sveglia un suono di passi, il *tac-tac* di un paio di tacchi che scendono le scale. Astrid avanza alla luce, reggendo un vassoio.

– Ehi, dormigliona, – dice, – ti ho portato l'insalata di quinoa che ti piace e un po' di zuppa.

Poggia il vassoio su un tavolino di plastica pieghevole. Il piatto e la ciotola sono di metallo, cosí come la tazza. Le posate sono biodegradabili, niente coltello, solo un cucchiaio. I suoi carcerieri si sono fatti un quadretto roseo della situazione e sanno chiaramente che una donna in quello stato considera il suicidio una possibilità di fuga.

– Benvenuta in California, – dice Astrid con voce spigliata, – scusa per tutta la sceneggiata.

Tira fuori un tubetto di burro di cacao dalla tasca e se lo passa sulle labbra.

– Forza, – dice, – mangia. Non vorrai mica farti di nuovo attaccare a una flebo, no?

Katie si tira su, va al tavolino, si siede su una sedia pieghevole.

– Siamo in mezzo alle montagne, – dice.

La quinoa è preparata con ciliegie e mandorle in scaglie. La punzecchia con la forchetta.

Astrid prende l'altra sedia pieghevole, si siede. – Il tuo curriculum dice che sei originaria della Georgia.

– Perché? Il Padrone vuole forse incontrare i suoi suoceri?

– Piccola impertinente che non sei altro, – dice Astrid con espressione inacidita.

Katie spinge via il suo piatto. – Sono della Florida, in realtà. Il mio vero nome è Bathsheba DeWitt.

Astrid sorride, come a dire: *Sí, certo, come no.*

Bathsheba sorseggia dell'acqua. – Siamo in migliaia, sai, a essere nate fuori dai radar dello Stato, senza certificato, senza numero della previdenza sociale. Quando scappiamo per unirci al vostro mondo selvaggio dobbiamo fabbricare documenti, patenti, curriculum scolastici. E io ho fatto cosí.

Astrid è sorpresa. – Aspetta, – dice, – ci hai mentito?

– Mi pare il minimo, – risponde Bathsheba, – visto come voi avete mentito a me.

Astrid si guarda intorno, cerca di fare due conti, l'investimento che hanno fatto, il valore della ragazza come madre di Suo figlio.

– E allora cosa sei? – le chiede. – Uno di quei ratti da centro commerciale che vanno in giro dalle parti di Tallahassee?

– Arrivo da Lake Mystic, – dice Bathsheba, – e non ci era permesso andare al centro commerciale, per via dello stato di polizia, delle telecamere di sorveglianza, dei software di riconoscimento facciale. A casa avevamo un generatore autonomo e una fossa settica. L'acqua la prendevamo dal nostro pozzo.

Astrid sorride. – Che storia, – dice, – sei una di quei *survivalisti*. E noi che pensavamo fossi soltanto un'altra aspirante artista.

– Oh no. Posso sopravvivere nei boschi per settimane, mangiando bacche e raccogliendo l'acqua piovana. So come costruirmi una capanna e fabbricare armi.

E stringe il suo cucchiaio biodegradabile.

– So anche come cavare gli occhi del mio nemico con un attrezzo apparentemente innocuo, e renderlo cieco. E spezzargli la trachea con un pugno mentre ancora grida.

Astrid strizza gli occhi, ogni traccia di colore sparisce dal suo volto.

– Be', allora, – dice. Fa scivolare indietro la sedia e si alza. – Questo… ti lascio mangiare in pace, – fa un passo verso le scale.

Bathsheba le afferra la mano. – Avete fatto un errore, – dice ad Astrid, – quando mi avete scelta.

Astrid si libera dalla presa, gli occhi sbarrati. – Boaz verrà giú tra poco a prendere il vassoio, – le dice, avviandosi rapidamente alle scale. – Cerca di riposarti. Devi essere esausta dopo quel viaggio.

Sale in fretta e si sbatte la porta alle spalle.

Bathsheba, adesso Katie, prende il vassoio e questa volta il pasto le pare buono. Assapora ogni boccone, anche il brownie vegano, leccandosi le dita quando ha finito. Col senno di poi, non dovrebbe essere sorpresa di ritrovarsi lí. Basta pensare a sua madre, che si alzava prima dell'alba, preparava la colazione, tagliava la legna, ripiegava la biancheria fino a tarda ora, ben dopo aver messo a letto i figli. Che cos'era se non una prigioniera? Avon non permetteva ai bambini di andare a scuola – le «scuole del governo, – le chiamava, – dove i ragazzini vengono programmati per diventare un ingranaggio della macchina» –, cosí era lei a insegnare loro a sillabare, a fare le addizioni e le sottrazioni. Quando era stanca, cosa che capitava sempre, a volte alzava la voce. In cambio otteneva da suo marito uno schiaffo dritto in faccia col dorso della mano, oppure un colpo di giornale arrotolato, proprio come si fa con un cane indisciplinato.

Samson era il primogenito, chiamato come l'uomo piú forte della Bibbia, il favorito di Dio, tradito da una donna. Bathsheba è arrivata per seconda, il nome che le hanno dato è quello di un oggetto biblico di lussuria, la moglie di Davide, madre di Salomone. Una donna il cui solo valore era il servizio che rendeva agli uomini. Bathsheba, adesso Katie, è nata donna in una famiglia in cui contavano solo gli uomini, dove si guardava al sesso femminile come a qualcosa di subdolo e sleale. Questo la metteva di fronte a una scelta: comportarsi come un ragazzo oppure farsi possedere da qualcuno di sesso maschile.

Cosí Bathsheba ha imparato prima a fare la lotta, poi a fare a pugni, poi a sparare. Ha imparato che c'è potere nella voce di una donna, ma solo se è disposta a prendere una batosta per essere ascoltata.

La notte, coricata nel suo letto, leggeva vecchi numeri

di «National Geographic» alla luce di una torcia, sognando posti lontani. Avrebbe scalato le vette dell'Himalaya, e solcato il mar Mediterraneo. Avrebbe avuto per amici grandi scimmie e leopardi delle nevi.

Durante il giorno suo padre le insegnava a sopravvivere nella natura selvaggia, a costruire una capanna e a fare trappole per catturare gli animali. Le mostrava come nascondersi e restare nascosta. A dodici anni ha passato dieci giorni vivendo sul fondo di un dirupo, bevendo acqua piovana, mangiando scoiattoli a cui sparava con un fucile ad aria compressa. Anche allora si stava preparando; stava progettando la sua fuga. Solo che non sarebbero stati gli uomini del governo a inseguirla, sarebbe stato suo padre a studiare le sue impronte, ad annusare l'aria gelata dell'inverno. Ma lei lo avrebbe battuto al suo stesso gioco, sarebbe svanita come un fiocco di neve in una tempesta.

Bathsheba pulisce il piatto e lo gira al contrario sul tavolo. Per evitare i crampi alle gambe, cammina in tondo nel seminterrato vuoto, memorizzando ogni centimetro, alla ricerca di punti deboli.

È stata una stupida, finire in una trappola per la promessa di una vita migliore. Ma è già stata in trappola. È scappata una volta. Lo farà di nuovo. E poi raderà al suolo questo posto.

O

La tempesta giunge in piena notte. Un vento caldo fa sbattere le imposte chiuse. La pressione atmosferica precipita. I fulmini calano sulle montagne all'orizzonte, incendiandole. Bathsheba si sveglia sentendo il rumore dei passi che arriva da sopra. La porta si apre, scendono tre uomini, preparano i suoi bagagli. Boaz Orci le lancia dei vestiti.

– La montagna sta andando a fuoco, – dice, – ci spostiamo di nuovo.

La trascinano fuori, in un suv, e poi si fiondano oltre i cancelli aperti sgommando sulla ghiaia. L'aria è pesante di fumo. Bathsheba sta seduta sul retro tra due guardie del corpo. *Sono stata io?*, si chiede, ancora mezza addormentata. *Ho mandato io il mondo in fiamme*? Boaz le sta davanti, nel posto del passeggero, masticando una gomma alla nicotina. Parla nel polso, ascoltando il chiacchiericcio indistinguibile dall'auricolare all'orecchio.

– Giraci intorno, – dice, – dobbiamo arrivare sulla strada principale.

Sono un convoglio di tre suv, guidati da uomini con esperienza di strategie di combattimento. Uno dietro l'altro, procedono scendendo lungo tortuose strade di montagna, le fiamme cosí vicine che ogni tanto è possibile sentirne il calore.

Nella macchina in mezzo, Astrid è seduta di fianco a Mobley. Lui è di umore malsano, il corpo che emana nubi di furore medioevale. Neppure lui può rigirare la recente svolta negli eventi per renderla positiva. È stato cacciato da due case in due settimane, la prima volta a causa di un branco di infedeli e la seconda per via delle condizioni climatiche. Eventi che non rientrano nella storia di un dio.

Sono diretti a Palm Springs, dove la temperatura è 40 gradi all'ombra, poi forse fuori dal Paese, se la persecuzione prosegue. E. L. Mobley non deve lealtà a niente che sia insignificante quanto una nazione. È un cittadino del mondo, o meglio, è un membro della classe dominante mondiale. I suoi miliardi sono depositati nelle banche di tutto il pianeta, cosí come sono ovunque le proprietà che fanno parte dei suoi fondi immobiliari, e possiede una flotta di aerei che possono portarlo in qualsiasi posto desideri. Dogane e controlli sono una formalità. Faccende che delega a dei paggetti, a libro paga in ogni continente. I piú grandi studi legali internazionali fatturano con lui migliaia di ore di lavoro su cause civili, penali e fiscali. Lo hanno tutelato durante investigazioni in Germania, Francia e alle Bermuda, e hanno negoziato una bacchettata sulle mani per quell'incidente accaduto alla giovane Calloway.

Quale forza sulla Terra può fermare un uomo del genere?

Astrid ha imparato ad anticipare le sue esigenze capricciose ed è per questo che sa che quando schiocca le dita è perché vuole fare una chiamata e vuole farla a un certo numero che lei compone immediatamente. Gabe Lin risponde al primo squillo.

– Quanto ti ci vuole per mandare una squadra a Palm Springs? – chiede Mobley.

– Posso avere gli uomini sul campo in novanta minuti, – dice Gabe Lin.

– Siamo stati cacciati dalle montagne da questi stupidi incendi, – dice Mobley, – una beffa dopo i fatti di Marfa, e a proposito... grazie ancora per l'avvertimento. Suppongo che tu ti sia già occupato dei ragazzi catturati.

– Sí, il mio cliente mi ha dato istruzioni per ognuno di loro.

– Bene. Puoi mandarmi una squadra di sei persone?

– Suggerisco due squadre da otto, Mr Mobley. Circolano voci che la situazione interna potrebbe precipitare e farsi assai violenta nei prossimi giorni. La politica e tutto il resto... Vorrei essere certo che la faccenda non la sfiori in nessun modo, se capisce cosa intendo.

– Vada per due squadre da otto. Contatti Ms Prefontaine per definire i dettagli.

Riaggancia e restituisce il telefono, Astrid se lo infila nella tasca della giacca. A volte, quando si sveglia al mattino, trova segni di morsi sullo stomaco. Ha l'impressione che degli occhi algidi la osservino quando è in bagno. Si dice che devono essere morsicature di ragno, e che quell'impressione è soltanto un'impressione. Ma Astrid ha sempre sentito che Mobley è qualcosa di piú di un essere umano. La sua è una sensazione secolare: la superiorità genetica di quell'uomo è scritta nei suoi miliardi. Il denaro e il potere lo riparano, lo rendono invulnerabile. Lo ammantano della forza nella sua forma piú pura: può far fare qualsiasi cosa a chiunque, può influenzare governi e mettere in ginocchio corporation. Sente che gli altri parlano di lui come dello *stregone* in tono reverenziale. I loro cervelli provano a trovare spiegazioni nel soprannaturale, pensa Astrid, cercando di divinizzare qualcosa che va oltre la loro comprensione. Che poi cosa significa oggi quella parola? Chi sono gli stregoni del mondo moderno? Nerd tecnologici. Ragazzini con le penne nel taschino della camicia che chiami quando la stampante non funziona.

Mobley è un imperatore, un multimiliardario, un uomo che vale cento miliardi di dollari: 100 000 000 000. Un uomo la cui ricchezza personale è piú grande del Pil di Cuba o dell'Etiopia o del Guatemala, dell'Oman o del Kenya o del Lussemburgo. Un uomo la cui ricchezza è il doppio del Pil della Slovenia e della Lituania e tre volte quello dello Yemen e della Lettonia e del Camerun. Ognuno di questi miliardi (100 × 100 000 000) è già da solo una somma cosí grande da essere posseduta soltanto da cinquemila americani. Ogni centinaio di milioni è a sua volta fatto da singoli milioni, che sono piú di quanto la gran parte degli esseri umani guadagna in una vita intera. Astrid alza lo sguardo. Mobley sta usando il suo telefono, sta valutando foto di giovani donne attraverso un'app sviluppata da lui stesso: foto caricate da scout che ha in ogni parte del Paese.

Il suo capo possiede piú denaro di 7 800 000 000 persone messe insieme. Come può questa cosa non rendere un dio?

O

Raggiungono la tenuta di Palm Springs alle due di notte, i suv coperti da uno spesso strato di fuliggine. Un compound di trenta acri ai bordi di un quartiere residenziale suburbano, murato su tutti i lati, con un ingresso principale e uno per le consegne dietro la dépendance. Ci sono un campo da tennis, una scuderia, una piscina gigante, un green per esercitarsi nei colpi ravvicinati e un eliporto. L'edificio principale è grande piú di mille metri quadrati. Ed è protetto da due guardie armate, una sul lato nord e l'altra su quello sud.

Vicino alle mura a est c'è la dépendance, in argilla rosa, seimila metri quadri circondati da palme e cactus. In aggiunta al servizio di sicurezza standard di Mobley, ci sono sedici goblin mandati da Gabe. Legolas e Aragorn sono i piú alti in grado. Si avvicinano al suv di Mobley appena si ferma.

– Il piú grande degli Orci ci ha ragguagliati sulla configurazione del territorio, – dice Legolas a Mobley, – abbiamo piazzato delle telecamere di sicurezza aggiuntive nei paraggi e sistemato una postazione di comando mobile dietro la dépendance. Mi sono permesso di portare di mia iniziativa una squadra di droni, non le verrà addebitato nessun costo aggiuntivo.

Mobley non dice nulla, si limita a camminare sul vialetto pavimentato all'italiana verso la casa, prendendo un bicchiere di acqua aromatizzata al cetriolo da un vassoio portato dal suo maggiordomo coreano. Astrid si mette davanti a Legolas, per evitare che il suo capo debba entrare in contatto coi dettagli.

– Mi aspetto aggiornamenti ogni ora, – dice, – giorno e notte.

In lontananza vede Boaz Orci tirare giú Bathsheba dal suv e trascinarla verso la dépendance.

– Sarà necessaria una squadra di sicurezza speciale dedicata alla nostra ospite, – dice Astrid ai goblin. – Sono già venuti per lei una volta.

– Certo, signora, – dice Aragorn. Lui si occuperà del comando durante il giorno. Legolas la notte. Ed entrambi si coordineranno con Liam Orci, che è a capo degli Orchi di sicurezza.

La tenuta è circondata su tre lati dal deserto e questo permette di avere una buona visibilità, ma il lato confinante con la zona residenziale esclusiva potrebbe rivelarsi un problema. Mobley ha fatto costruire la tenuta quindici anni fa, prima che sorgesse quel quartiere di McMansion; multimilionari verdi d'invidia che si dànno troppe arie. Che ne sanno della vera ricchezza? È stato in quella casa due volte in quindici anni. C'è un intero staff che si occupa di mantenere tutto in condizioni perfette, casomai il miliardario dovesse farci un salto per capriccio, ma in realtà la gran parte delle persone impiegate lí non ha mai visto la sua faccia.

O

Questa volta Bathsheba ha a disposizione un'intera casa per sé. Prima che arrivasse, lo staff ha rimosso posate e bicchieri. E si sono premurati anche di togliere i bastoni delle tende. C'è un'epidemia di suicidi in America, hanno pensato. Chi lo sa come si diffonde. Cosí hanno fatto sparire tutti i mobili eccetto un letto e un tavolo in sala da pranzo, con un'unica sedia. Mostrandole la casa, Orci le elenca le regole.

– La cucina è zona vietata, – dice, – i pasti saranno preparati nell'edificio principale e ti saranno portati qui. Noterai che sono state fatte rimuovere tutte le porte. Di modo che non ci siano intralci per le telecamere di sorveglianza. Se hai bisogno di qualcosa, basta che lo dici ad alta voce. Qualcuno ti starà ascoltando.

La accompagna verso il bagno e poggia in terra la sua valigia.

– Ti piace questo lavoro? – gli chiede.

Lui si guarda intorno. L'armadio è vuoto e mancano le porte. Il copriwater è stato tolto, cosí come lo sportello con lo specchio dell'armadietto per i medicinali.

– Sono un fan della chiarezza, – risponde.

– Ovvero?

– Ovvero dimmi quello di cui hai bisogno e io eseguo. Ovvero, pagami una somma X per gestire una certa situazione Y.

– E non ti importa che lui sia malvagio? Che la situazione Y sia tu che rapisci una donna incinta?

Orci si siede sulla valigia. – Lo sai che l'inquinamento atmosferico protegge la Terra? Evita che diventi ancora piú calda? Cioè, sta comunque diventando piú calda, basta mettere il naso fuori. Va tutto in fiamme. Sto parlando dell'aerosol, di quello che chiamano aerosol, che raffredda il pianeta schermando i raggi del sole e riflettendoli nello spazio.

– Te lo stai inventando.

– No. L'ho sentito da Joe Rogan. Quindi dimmi… tutte le cose terribili nel mondo, sono poi davvero cosí male?

– Si scopa le bambine.

– Metà delle persone in India si scopa le bambine. Hai mai sentito parlare dei matrimoni combinati, delle spose bambine? Stabilire l'età del consenso è una nostra costruzione, come quella per votare. Pensi che sia una cosa scientifica? Pensi che un diciottenne sia davvero piú qualificato per votare di un diciassettenne? Dimostramelo.

– A me pare di essere seduta qui a guardarti mentre ti stai facendo una sega.

– Mi spiace. Tra di noi non può funzionare, dolcezza. Ci sono limiti che non oltrepasso.

Bathsheba va alla finestra, guarda fuori. Il vento sta spazzando il fumo degli incendi verso est, cosí il cielo è blu e limpido, con delle nuvolette perfette. Il prato è folto e perfetto. Può vedere la piscina, un rettangolo perfetto, piastrellato di arancione e bianco. Lí di fianco c'è una guardia armata che indossa occhiali a specchio. Bathsheba sa con certezza che nessuno deve aver mai nuotato in quell'acqua, cosí come sa che ci sono intere città in Cina fatte di appartamenti disabitati. Solo un altro luogo in cui i ricchi accumulano la loro ricchezza.

Ricorda la voce di suo fratello al telefono, come per i primi trenta secondi abbia pensato a una chiamata per fare quattro chiacchiere. Avevano un sistema, un modo per restare in contatto senza che loro padre lo scoprisse. Lui le ha chiesto se le piaceva San Francisco. Lei ha risposto di aver commesso un errore, si era fidata della persona sbagliata ed era stata fatta prigioniera. Riusciva a sentire il cervello di lui che processava l'informazione, avvertiva il balbettio nella voce. *Chi*, *cosa*, *dove*?

«Marfa, – ha risposto, – E. L. Mobley».

Poi è arrivato qualcuno e ha dovuto attaccare.

Pensa a lui adesso, a suo fratello. È stato la ragione per cui hanno dovuto lasciare il Texas? È venuto a soccorrerla? Mentre pensa a questo, fa ciò che le ha insegnato suo padre. Elenca le uscite. Individua postazioni che siano difendibili.

– Quella pianta rampicante è davvero bellissima, – dice a Orci. – Là sul muro. Cos'è, un glicine?

– E come cazzo faccio a saperlo?

– Non se ne vedono nel deserto. Ci vuole tanta acqua.

Orci si alza in piedi. – Se lo può permettere.

Bathsheba non dice nulla.

Orci picchietta tre volte contro lo stipite della porta. – Datti una sistemata. Si cena tra mezz'ora.

Lo sente andarsene, sente la porta d'ingresso che si apre e si chiude. Sa che da qualche parte qualcuno la sta guardando da uno schermo. Che la guarderanno mentre dorme, mentre si fa il bagno, mentre piscia.

Sono passate settimane da quando ha visto Mobley. Era sua abitudine farle visita ogni notte prima che rimanesse incinta, ma quando ha iniziato a essere evidente ha capito che la trovava disgustosa. Cosí adesso vede solo Astrid, la factotum, e un'ampia gamma di scagnozzi vari. Questa è la sua vita adesso. La vecchia lei le pare appartenere a una specie differente, *homo originus*, una creatura della placida savana, un erbivoro braccato. Eppure non è la stessa ragazza che sopravvisse per due settimane da sola nelle Everglades durante una delle «missioni» in cui la spediva papino? Non è lei che pestò Bobby Spencer alle elementari perché prendeva in giro il suo vestitino? Non è lei quella che non si faceva problemi ad abbattere gli animali se erano malati o deboli, perché Samson era troppo tenero di cuore?

Bathsheba DeWitt non è una damigella in pericolo. È un drago. Ma loro ancora non lo sanno.

Il Profeta

Cerchiamo di essere onesti. Siamo sempre stati una nazione in guerra. O, se non sempre, lo siamo da piú vent'anni, da quando quegli aerei hanno colpito le Torri. Da quando il presidente di allora in piedi sulle macerie ha urlato al megafono il suo messaggio al pianeta intero: «Posso sentirvi. Il resto del mondo vi sente. E le persone che hanno buttato giú questi due edifici ci sentiranno presto!» Piú di vent'anni di bombe e spari, di ordigni improvvisati e traumi cranici, prima dell'operazione Enduring Freedom e del Patriot Act, prima di *Yes we can* e di Obama, prima che Beyoncé sposasse Jay-Z, prima degli smartphone e dei tablet, prima dell'euro, prima del Gps, prima di Occupy Wall Street, prima di Facebook e Twitter, prima di YouTube, prima dell'uragano Katrina, prima di Black Lives Matter, prima dell'ossicodone, prima di Tesla, prima di *Avatar*, prima del *Signore degli anelli*, prima di *Bourne*, prima di *Twilight*, prima di *Harry Potter*, prima dell'influenza suina, prima del politicamente corretto e dei suoi contraccolpi, prima di *Ncis* e *Il trono di spade* e *The Walking Dead*, prima dei pantaloni a vita bassa e dei tanga a vita alta, prima del twerking, prima di «WAP», prima dei pacchetti tv via cavo e della nascita dello streaming, prima dei titoli garantiti da ipoteche su immobili, della bolla immobiliare e della Grande Recessione, prima di sette anelli del Super Bowl vinti da Tom Brady, prima del #MeToo, prima di

Stranger Things, prima del Dio Re e della pandemia che ha fermato il mondo.

Prima che i vostri figli fossero nati.

Siamo stati in guerra in Afghanistan e in Iraq per tutto questo tempo. Una guerra senza fine in cui 3 000 000 di soldati hanno effettuato 5 400 000 turni di servizio. Sotto i trent'anni, oppure troppo anziani per combattere. Il 50 percento era sposato. Il 50 percento aveva dei figli. 359 000 marine, 1 800 846 soldati di fanteria, 464 554 della marina, e via cosí.

Piú di 7000 di loro sono stati uccisi e 52 671 sono rimasti feriti, hanno subito amputazioni, sono stati intubati o hanno subito danni cerebrali. Ma il tributo di vittime è molto, molto piú alto. Secondo alcuni studi sono morte 480 000 persone a causa di queste guerre, direttamente o indirettamente, piú di 250 000 di loro erano civili.

23 anni / 480 000 = 20 869 all'anno. 57 al giorno. Ognuno di questi esseri umani ha perso la vita a causa di un altro essere umano suo simile che ha premuto un grilletto o sganciato una bomba.

La cara vecchia equazione un morto un assassino.

Nietzsche scrisse: «In tempi di pace l'uomo guerriero si scaglia contro sé stesso».

Tutti hanno una teoria.

Il Pew Research Center indica il 1997 come l'anno d'inizio della generazione Z, questo significa che la nostra generazione di adulti piú giovani non ha mai conosciuto un tempo in cui il Paese che abitano non sia stato in guerra. È la realtà permanente. Per loro, lo scontro armato è la norma, e – cosí come un'ape può vedere soltanto fiori – un Paese in guerra arriva ad accettare la guerra come uno stato naturale dell'essere.

E allora noi imbracciamo il fucile e combattiamo.

O

Per tutto il corso della prima notte si scatenano conflitti interni. Ora che hanno preso la base dell'aeronautica, i membri di questa sfilacciata coalizione di milizie capiscono che devono anche mantenerla e in qualche modo pianificare la prossima mossa. Per farlo si rendono conto, quasi di sfuggita, che avranno bisogno di stabilire dei leader. E cosí i capi di ogni fazione passano la nottata ad azzuffarsi – perlopiú verbalmente ma a volte arrivando alle mani – finché la questione non è risolta.

Marine veterani con tre turni di servizio alle spalle contro combattenti della domenica. Neo nazisti e anarcofascisti contro patrioti di Gesú, campioni di paintball ed evangelisti del Dio Re. Anche se sono in disaccordo sulla gran parte delle cose, sono tutti riconducibili a quella categoria che potremmo definire *iperlibertà*. Il vecchio modo di superare gli ostacoli che si frappongono alle scelte individuali è diventato inefficace, perché siamo di continuo intralciati sulla strada che porta alla vera indipendenza dai vincoli della realtà: ovvero, viviamo in una nazione dove ci sono leggi e tasse da pagare, dove i pochi decidono le regole per i molti. Questi gruppi di persone hanno allora immaginato che la libertà personale si potesse espandere all'infinito: grazie all'*iperlibertà* gli americani avrebbero potuto fare, dire, o credere qualsiasi cosa decidessero, come individui sovrani.

Gli uomini su questa pista d'atterraggio, e si tratta soprattutto di uomini, preferirebbero morire piuttosto che vivere un altro secondo in quella che chiamano America. Illegittima, governata illegalmente da un falso re, un re impegnato a controllare i loro pensieri e le loro azioni, a dire in cosa devono credere, un re che obbliga a insegnare ai loro figli che tutti i poliziotti sono razzisti, che i bianchi si devono scusare per faccende successe quattrocento anni fa.

E cosí, quando il Profeta e Samson si guardano intorno, vedono terrapiattisti e libertari fanatici del pareggio di bilancio, antisemiti ed ebrei ortodossi, no-vax, incel e gente in divisa. I loro carcerieri o odiano la polizia o *sono* poliziotti, e sparano in aria come dei rivoluzionari messicani in un vecchio film di John Ford. Quelli del Fronte per la Liberazione della Marijuana fumano skunk nell'hangar dove ci sono le macchine. I Tyler Durden stanno prendendo a pugni dei cadaveri. Ci sono berretti verdi e cavalieri del Klan sulle torrette di guardia. Sanno che la guerra non è finita perché le guerre non finiscono mai. Non è ora di rilassarsi. Sanno che il nemico è là fuori – l'opposizione vile – e che il nemico è piú potente di loro, malgrado il fatto che il nemico sia spesso disarmato, perché credere di affrontare un impero malvagio è spaventoso, e affrontare la paura li fa sentire nel giusto, eroici.

La mattina seguente il Profeta e Samson vengono svegliati dal loro sonno sul pavimento di cemento e trascinati sulla pista. Il sole è una feroce palla rossa che incendia il cielo. Le tempeste di fuliggine coprono tutto di un sottile strato di cenere. Ragazzi muscolosi senza maglietta alzano pesi vicino alla stazione di benzina, musica sparata a tutto volume da un veicolo d'assalto M-1150, i Nine Inch Nails in riproduzione automatica:

I wanna fuck you like an animal
I wanna feel you from the inside.

I Tyler Durden sono stati messi a capo della sicurezza interna. Stanno a petto nudo sotto un cielo arancione, le cicatrici da bruciature chimiche sulle mani. Alcuni portano delle bandane nere con un teschio bianco sopra il naso e la bocca. Il loro capo ha una bandoliera a tracolla. Una divinità forgiata da flessioni e integratori vitaminici venduti da Alex Jones.

– Ragazzi, ragazzi, – dice, con un ghigno, – il Project Mayhem *es aquí*. Siete caldi?

Il Profeta si alza in piedi. Ha trovato un paio di occhiali che in qualche modo vanno bene per lui, ma la lente sinistra è rotta. Se li sistema sulla faccia.

– Vogliamo ringraziarvi, – dice, – per averci aiutati nel momento del bisogno. Ma siamo in missione per conto di Dio, e dobbiamo andarcene.

Il capo dei Durden avanza verso il Profeta. Il cielo sopra di lui è di un arancio sempre piú apocalittico.

You tear down my reason
(Help me) it's your sex I can smel.

– Tu non sei speciale, – gli dice. – Tu non sei un delicato e irripetibile fiocco di neve. Tu sei la stessa materia organica deperibile di chiunque altro e noi tutti siamo parte dello stesso cumulo in decomposizione.

Samson si passa una mano tra i capelli arruffati. È rimasto sveglio tutta la notte, cercando di pianificare la fuga.

– Fratelli, – dice, – che giornata gloriosa. Riuscite a crederci? La rivoluzione è finalmente cominciata. Come possiamo aiutarvi?

– Potete pulire il cesso, – risponde uno dei Durden. Gli altri ridono.

Il Profeta fa un respiro profondo. Quando butta fuori il fiato, il fumo gli esce dai denti. L'aria è soffocata dagli incendi che bruciano ovunque sulle montagne.

– Siete spaventati, – dice, – è comprensibile.

I Durden smettono di ridere.

– In un momento di angoscia esistenziale, – continua il Profeta, – l'ente nella sua totalità si dilegua e cosí proprio il niente ci assale. È Heidegger. Dovrebbe piacervi. Anche lui era nazista. *Das Nichts selbst nichtet.*

Uno dei Durden tira fuori un grosso coltello da caccia.

– Amico, – dice Samson, mettendo una mano sul braccio del Profeta, – dacci un taglio.

Ma il Profeta non può piú rimanere lí prigioniero. Ha una meta da raggiungere, una missione santa, e nessun poser a petto nudo con la sua filosofia macho nichilista da quattro soldi potrà fermarlo.

– Ieri notte Dio mi ha parlato, – dice loro, – per tutta la notte, mentre stavo sdraiato su quel pavimento di cemento. La sua voce passava attraverso il ronzio dei cavi sepolti nelle profondità della terra. Voi ci lascerete andare, oppure fronteggerete la Sua ira.

– Tyler, – urla il Durden con il coltello.

– Sí, Tyler, – urla il capo, come un sergente durante un'esercitazione.

– Posso farlo a fette?

– Accomodati.

Il Durden con il coltello danza in avanti, squarciando l'aria. – Questa è la tua vita, ragazzo, – dice, – e va finendo un minuto alla volta.

Samson sospira. Come un pitbull malridotto con un orecchio solo, è stato cresciuto da suo padre per combattere. Una parte di sé ha sempre saputo che sarebbe successo. Si allenta la cintura e la sfila via.

– Dio, – dice il Profeta, alzando la voce, – non è affatto contento.

Samson si piazza di fronte al Profeta, fa schioccare la cintura sulle mani.

Il Durden con il coltello finta un affondo.

Let me violate you
let me desecrate you.

– Al tempo di Noè, l'inondazione, – urla il Profeta, – a Sodoma e Gomorra, Egli ha tramutato i peccatori in pietra. Guardatevi intorno. Il cielo è in fiamme. Proprio come ci ha annunciato: non piú l'acqua, la prossima volta il fuoco.

Il Durden con il coltello volteggia, fendendo l'aria. Samson fa un passo indietro. Un guizzo con il polso, e la fibbia della cintura colpisce il Durden proprio sotto l'orecchio sinistro, facendolo sanguinare. Si fanno avanti altri due Durden. Il Profeta si muove verso il centro della scena, le mani alzate.

– Ci lascerete andare oppure andrete incontro alla sua collera.

I Durden lo fissano, hanno perso interesse nello show. Alcuni sono in hangover. Gli altri sono ancora ubriachi. Prima fanno a fettine questi ragazzi, prima posso trovare una Marla Singer da violare. Samson stringe la cintura intorno alla mano destra, pronto al prossimo assalto.

Il capo dei Durden avanza ed estrae un revolver dalla cinta. Lo punta in faccia al Profeta. – Non c'è nessun Dio, – dice.

Un'esplosione fa tremare l'hangar alle loro spalle, facendo saltare rottami dappertutto. Nello stesso istante, sentono il boato di un missile in arrivo, e il veicolo d'assalto M-1150 esplode, facendo saltare per aria anche i Durden.

L'esercito è arrivato a riprendersi la base.

Samson d'istinto s'accovaccia, ma il Profeta non batte ciglio. Dio è qui. Nella sua possente maestà. Ha diviso il mare e abbattuto le mura di Gerico. Abbassa lo sguardo per vedere il capo dei Durden immerso in una pozza del suo stesso sangue. Gli manca mezza mascella, e allungando il braccio sinistro al cielo gorgoglia tutta la sua confusione.

Da qualche parte, una mitragliatrice automatica calibro 50 inizia a fare fuoco, bagliori di colpi esplosi ovunque guardino. Samson afferra la mano del Profeta e lo trascina dietro la recinzione. Un carro armato abbatte la cortina di filo spinato proprio di fronte a loro, sparando una munizione carica di uranio impoverito con un *boom* assordante. Samson e il Profeta si nascondono dietro una jeep, aspettando che si allontani. Il gas delle granate che piovono tutto intorno si mescola alla fuliggine nell'aria, trasformando il giorno in un vortice di luce e sagome oscure.

L'apocalisse diventa un dipinto impressionista. Attraverso uno spicchio d'aria limpida osservano un anarchico in un costume da giraffa incespicare lungo la pista in fiamme, le braccia e le gambe in preda a un turbinio impazzito. Sopra le loro teste sentono il frastuono rotante di un elicottero. Le Forze speciali vestite di nero pece si calano da corde invisibili per fare piazza pulita. Samson e il Profeta si arrampicano su un terrapieno e s'infilano in un buco tra le maglie della rete di metallo, e finalmente sono liberi.

O

L'apocalisse, in fondo, si rivela una cosa semplice. Nessuna confusione, nessuna incertezza riguardo alla posta in gioco. Il mondo è precipitato nel caos. Devi sopravvivere. Fine della storia. È il Tempo Prima che mette alla prova la tua resistenza, la tua salute mentale. Gli anni passati senza sapere: starà davvero finendo il mondo? Ci stiamo inoltrando in una nuova èra oscura? Il Prima è il tempo della grande ansia. Si vive in uno stato di allerta intensificata, di costante adrenalina, sull'attenti, cercando di cogliere con lo sguardo la scintilla che può scatenare l'incendio. Il piú lieve dei suoni ci ridesta nel cuore della notte. Afferriamo il telefono e scrolliamo le notizie, immaginando che gli zombie siano giunti dal regno dei morti mentre dormivamo. Per chiarezza, ci dobbiamo riferire a quel periodo come alla pre-apocalisse. L'Èra dell'Incertezza. Ormai è finita.

Samson e il Profeta attraversano l'insediamento urbano. Sono nei bassifondi deserti di Morningside Heights a El Paso. Il rumore dei colpi esplosi alla base li raggiunge come l'eco di fuochi d'artificio, all'inizio insistente, poi solo occasionale. Ci sono carri armati lungo le strade, mezzi di trasporto carichi di soldati della Guardia nazionale, ma anche pick-up pronti a farsi saltare in missioni kamikaze.

Sacche di violenza da evitare a ogni angolo, gruppi di milizie che fanno fuoco di copertura, indossando maschere antigas improvvisate e sparando colpi che potrebbero penetrare un'armatura.

Si spostano verso est lungo Nations Avenue, superando l'edificio di una scuola superiore e una biblioteca. Sentono arrivare da dentro il rumore di una sega elettrica e proseguono a passo spedito. Il Profeta sembra pregare sottovoce.

– Dobbiamo controllare Instagram, – dice Samson, pensando a Story e a sua sorella. A lui della missione per conto di Dio non frega un cazzo. Vuole che le persone che ama siano al sicuro. Il vento tira folate bollenti da ovest, alzando polvere e ceneri dalle fusoliere delle macchine. Si coprono bocca e naso con le mani e iniziano a correre, stando abbassati senza nessuna ragione plausibile se non quella che sembra la cosa giusta da fare. A quattrocentocinquanta chilometri di distanza, sulle montagne, scoppiano incendi incontrollati, i tizzoni schizzano lontano, innescando a loro volta nuovi incendi, come una bugia di cui si perde il controllo. Tornado di pura fiamma vorticano fino alle nubi. Chi può fugge, ma per la gran parte il fuoco avanza troppo rapido. In seguito i pompieri troveranno i cadaveri di persone disperate bollite vive in piscina, altri stretti insieme in tetri abbracci, come le vittime di un'esplosione atomica. L'aria delle montagne si riempie del rumore degli pneumatici saltati in aria, i cerchioni d'alluminio fusi in fiumi che scorrono lungo le strade in pendenza, i bidoni di plastica per la spazzatura ridotti a macchie di colore sopra l'asfalto che ribolle.

In Morningside Heights le vie residenziali sono ormai vuote. Gli abitanti sono fuggiti oppure tornati al creatore. Sfilano di fianco a finestre con le persiane abbassate, casa dopo casa.

– Ecco, – dice il Profeta arrivato davanti al vialetto di ingresso di una villetta a un solo piano. La porta d'ingresso è aperta. Samson s'affretta a seguirlo, momentaneamente accecato dall'oscurità dell'interno. È una casa modesta con un grande schermo tv. Sullo schermo, sul canale QVC proseguono le televendite: collane di zirconi e braccialetti di agata, solo per oggi a prezzi scontati. C'è un laptop aperto sul tavolo della cucina, Samson si siede e lo accende.

– C'è una password, – dice al Profeta.

Il Profeta apre il frigo, prende un cartone di succo d'arancia, trova un bicchiere. Lo riempie e lo beve in una sola golata. Samson prova 1234, poi 4321. Il Profeta mette giú il bicchiere.

LodaLo. Due L maiuscole.

Simon prova a immetterla. – Non va, – dice.

Il Profeta ci riflette su. – LodaLo punto esclamativo, – dice.

Samson digita sulla tastiera. Lo schermo si sblocca. Si ritrova davanti un desktop a mosaico pieno di gattini. Apre un browser, ma non si connette.

– Non c'è Internet, – dice, – è in down. Il governo avrà dichiarato lo stato di emergenza e lo avrà bloccato –. Si alza. – Dobbiamo trovare un telefono o un tablet. Qualcosa che abbia un segnale cellulare.

Cercano nella casa. In una stanza sul retro, Samson trova un tablet Samsung. Lo accende. C'è campo, tre tacche. Sul muro sopra il letto ci sono undici croci disposte a formare il disegno di un diamante. Samson apre l'app di Instagram. Cerca @vivaibassotti. Il profeta intanto si guarda intorno e studia le croci.

– So che non ci credi, – dice, – e non ti sto chiedendo di avere fede. Ma siamo d'accordo sul fatto che non se la cava affatto bene? L'umanità, intendo. Duemila anni di roveti ardenti, di discorsi della montagna, e cosa ne fa la gente? Il vangelo della prosperità? Gli chassidici che rifiutano di vaccinarsi? I musulmani che onorano i massacri? Jihadisti vestiti per il martirio? È questo il volere di Dio?

Samson scrolla foto di bassotti, con gli occhi tristi e le guance penzolanti. Il cuore gli batte a mille. L'apocalisse da cui lo metteva in guardia suo padre ora è arrivata e lui si trova a migliaia di chilometri di distanza da tutte le persone di cui gli importa.

– E non si tratta di errori, – dice il Profeta, – non è che si può dire: *Oh, devo aver capito male quel che diceva Dio*. Si tratta di opportunismo. Si tratta di pervertire la Sua volontà per corromperne i fini. Perché le persone sono corrotte. Gli adulti. Vivono in un mondo ipocrita. Farebbero qualsiasi cosa pur di diventare ricchi, pur di farsi una scopata, pur di avere potere.

– E a te non interessa niente di tutto questo.

– Io voglio sparire. Voglio essere dimenticato. Voglio una piccola casa senza elettricità nascosta in una vallata. Ma quello che voglio io non ha nessuna importanza. Non si tratta di me. Egli ci sta dando un'altra possibilità, un'altra possibilità perché sia fatta la Sua volontà, per mettere a posto le cose. Un nuovo inizio. Trovate un nuovo Giardino e ricominciate. Utopia.

Samson continua ad armeggiare con il tablet. Una foto di una ragazza adolescente con un cartello scritto a mano davanti alla faccia. Samson riconosce la t-shirt. È Louise.

– Sono a Palm Springs.

Il Profeta lo prende per mano, sorride. – Sia lodato, – dice.

Simon

«Utopia» è un neologismo coniato da Thomas More nel 1516. Un gioco di parole, che significa sia luogo del «bene» sia luogo che «non c'è». Dunque, sin dalla definizione, è chiara l'impossibilità di trovare un luogo libero dalle imperfezioni che caratterizzano la società umana. Eppure, nel corso della Storia, gli esseri umani si sono impegnati per costruire comunità che fossero perfette. Fallimento dopo fallimento, non ha importanza. I sognatori continueranno a sognare.

Un futuro piú puro. Una via migliore.

Anche l'America veniva vista come un'utopia all'inizio, il Nuovo Mondo, ricco di bellezze naturali e risorse infinite, incontaminato, mai raggiunto dalla mano «civilizzatrice».

Come molte delle realtà ideali, il Nuovo Mondo ebbe origine dal malcontento. Era il frutto della fantasia idilliaca degli europei cresciuti nel Vecchio Mondo. Avevano visto questo nuovo Giardino dell'Eden come un dono di Dio. Un dono che dava loro la possibilità di fuggire dai problemi che li affliggevano: disperazione, debiti, oppressione religiosa. Di fuggire dalla responsabilità di ricostruire un sistema profondamente imperfetto. Scappare, non aggiustare. E cosí, a giusto una traversata in nave di distanza, c'era una soluzione pronta all'uso: lí la vita sarebbe stata pacifica, meravigliosa e giusta.

I nativi che già popolavano il Nuovo Mondo erano un problema, ma si potevano tranquillamente uccidere o «civilizzare». E per non macchiare la loro utopia con il flagello dei lavori che spaccano la schiena, i colonizzatori scelsero di convertirsi alla schiavitú, facendo arrivare dall'Africa milioni di uomini, donne e bambini in catene. Si resero conto che questa loro utopia offriva qualcosa che nessuna altra società utopica aveva mai offerto: il profitto. In America si sarebbe potuto vivere nel regno dei cieli e allo stesso tempo diventare ricchi. Senza dubbio, quella era la terra dell'abbondanza. Il trucco era modificare l'idea di utopia in modo che potesse contemplare la presenza degli schiavi. Per farlo, corressero quel tanto che bastava gli insegnamenti di Cristo: aveva creato gli africani per liberare il Suo popolo dalla condanna della fatica.

In questo modo, un atto di speranza era diventato un atto di illusione. E quando il prezzo di vivere questa bugia diventò ingente, alcuni americani disillusi fecero fagotto e scapparono dai luoghi dei primi insediamenti. (Scappare, non aggiustare, ricordatevelo). Si spostarono a ovest, determinati questa volta a trovare sul serio la *vera* utopia.

Come scrive il sociologo Ralf Dahrendorf: «Tutte le utopie, dalla Repubblica di Platone al mondo nuovo del *1984* di Orwell, hanno un elemento costitutivo in comune: sono società in cui non esiste il cambiamento».

Eppure non è un nostro diritto in quanto esseri umani quello di sognare? E cosí, altri gruppi di rinnovati utopisti costruirono città chiamate New Harmony, Oberlin Colony e Oneida. Lí la vita sarebbe stata feconda e ideale. L'umanità sarebbe fuggita lí dai ceppi delle vecchie abitudini e avrebbe stretto un'unione piú perfetta, in cui ci sarebbero state piú liberta e piú giustizia per tutti.

Eppure, per usare le parole di Immanuel Kant: «Da un legno cosí storto come quello di cui è fatto l'uomo, non si può costruire nulla di perfettamente dritto».

O

Guidano nella notte, prendendo strade secondarie quando quelle principali sono chiuse per via delle fiamme. Avon evita posti di blocco e camion dei pompieri, come un uomo che ha passato tutta la vita a sfuggire alla legge. Stanno andando verso est, in direzione degli incendi, incrociando flotte di macchine in fuga, alcune cosí surriscaldate che la vernice ribolle sulla scocca. Davanti a loro, la strada è vuota. Al raccordo con la 243, si ritrovano nel mezzo di una tempesta di cenere. Si tolgono i calzini e li infilano nei bocchettoni dell'aria condizionata per bloccare il fumo. È l'una. Avon scruta le tenebre, i fari della macchina si riflettono nei suoi occhi, immersi in una nebbia fuligginosa.

Alla radio si sentono delle trombe in stile messicano.

Avon vede un posto di blocco, rallenta. Ci sono una jeep dell'esercito e un carro armato Bradley che bloccano la strada. Si ferma. Nessun soldato all'orizzonte. Story, addormentata sul sedile posteriore, si sveglia di soprassalto.

– Che sta succedendo? – dice.

Tutto intorno la strada è silenziosa. Nessuno si fa avanti. Sopra le loro teste, il cielo di mezzanotte si tinge di bagliori sanguinolenti.

Avon tira fuori la sua 9 millimetri, controlla che sia carica.

– Aspettate qui, – dice e scende dalla macchina.

Lo guardano mentre si avvicina alla jeep, poi gira intorno al Bradley, sparendo dalla vista.

– Siamo vicini agli incendi? – chiede Story, stropicciandosi gli occhi.

Simon si sporge in avanti e cerca di vedere qualcosa attraverso il vetro impolverato.

– Ci siamo in mezzo, agli incendi, – dice.

Story scivola sul sedile di dietro per spostarsi dal lato del passeggero. Osserva le piante del sottobosco, tossisce.

Se restiamo qui troppo a lungo, pensa, *andrà a finire che ci mancherà l'aria*.

C'è una gamba che spunta da un fosso sul bordo della strada.

– Simon, – dice.

Lui guarda fuori. Il fosso è pieno di cadaveri.

Apre la portiera.

– Non… – dice Story, ma senza troppa convinzione.

Simon è sceso. Gli occhi incominciano subito a lacrimargli. Rallenta il ritmo del respiro, tossisce. Le ceneri sotto i suoi piedi assomigliano alla neve dello Utah, quella piú asciutta. Ma a differenza della neve, non scricchiolano quando ci cammina sopra. Un'assenza: la sensazione di camminare nel nulla. Fa tre piccoli passi verso il bordo della strada. Il fosso è pieno di cadaveri di soldati. I corpi crivellati, le uniformi impregnate di sangue.

Sente un movimento, si volta. Una sagoma si fa avanti dalle ombre, viene verso di loro. Il battito cardiaco di Simon accelera.

Story lo chiama dalla macchina. – Simon.

Ritorna sui suoi passi. Il fumo si dirada. La sagoma è quella di Avon, che ritorna.

– Nessuno, – dice e rimette la pistola alla cintura.

Dopodiché Simon sente qualcosa che gli fa fischiare l'orecchio, seguito da uno scoppio.

Avon emette un grugnito e cade su un ginocchio. Un altro scoppio e uno degli specchietti della macchina presa a noleggio esplode. Story si fionda sul sedile del guidatore.

Un terzo sparo. Simon si getta nel fosso. Atterra morbido sui cadaveri, il sangue già seccato per via del calore degli incendi. All'orizzonte, vede tre figure che escono dall'oscurità.

– Ne ho preso uno, – dice una voce.

Risuonano altri spari, arrivano da dietro. Simon si volta. Avon appoggiato al paraurti davanti, le braccia sul cofano. Perde sangue da un fianco, poco sopra l'altezza della cinta.

Fa partire dieci colpi, lascia cadere il caricatore, ne prende un altro.

Da ovest, una delle ombre dice: – Ouch, – e ruzzola all'indietro. Gli altri si gettano a terra per ripararsi. Adesso Simon riesce a vederli. Due uomini che indossano degli elmetti da pompiere, come fossero trofei di guerra, e impugnano un AR-15. Avon ricarica.

– Ragazzino, – lo chiama, – dammi una mano a salire in questa cazzo di macchina.

Simon ci pensa su, pensa di uscire allo scoperto, completamente esposto. Ma non c'è tempo per farsi prendere dall'ansia, c'è solo paura e la paura la può gestire. Gattona fuori dal fosso e raggiunge Avon correndo accovacciato.

– Svelto ora, – gli dice il vecchio, tirandosi su con la mano sinistra, tenendo sempre la pistola puntata. Simon lo prende sotto la spalla e lo aiuta ad alzarsi. Insieme strisciano lungo il fianco verso la portiera aperta del passeggero. Avon la afferra.

– Ce l'ho, – dice. – Vai.

Simon si muove in direzione della portiera posteriore. Prende la maniglia e sta per aprirla quando una raffica di proiettili centra il finestrino e lo manda in mille pezzi. Uno dei colpi fa saltare l'orecchio sinistro di Avon.

– Figlio di puttana, – dice Avon, e salta su sparando all'impazzata.

Simon rotola sulla schiena, l'impatto sull'asfalto gli toglie il fiato.

Una dozzina di proiettili colpisce la macchina e uno manda in frantumi il lunotto posteriore. Simon striscia intorno al cofano, balzando sul lato del guidatore. Per un istante si immagina Story che presa dal panico parte e lo lascia lí. E per qualche ragione questo pensiero è piú terrificante dell'esporsi al fuoco di quei due, cosí si tira su e corre, cercando di restare basso. È appena riuscito a salire sul retro, quando Story parte a tavoletta e fugge, gli sportelli posteriori si chiudono per via della forza centrifuga.

Una raffica sulla macchina, il parabrezza si riempie di incrinature come fosse una ragnatela. Story si abbassa all'altezza del cruscotto. Dietro di lei, Avon tiene la mano sulla testa insanguinata.

– Pezzo di merda, – dice, – figlio di una maledetta troia ebrea del cazzo.

Simon è accovacciato sul tappetino per i piedi, sente il rimbombo dei colpi che crivellano la carrozzeria. Story sterza a sinistra, strisciando contro il guardrail mentre sbanda verso i veicoli militari parcheggiati. Il muso del Bradley si aggancia alla portiera del passeggero, squarciandola, ma alla fine sono dall'altra parte e corrono nella notte.

Ed è in quel momento che Story crolla e le lacrime le riempiono gli occhi. Il respiro si ferma, il petto chiuso. Stanno andando a centocinquanta all'ora e d'improvviso tutto diventa sfuocato. Un'ondata di dolore la travolge. No, altro che ondata, uno tsunami devastante di dolore; perché, ovviamente, il suo cuore non è svuotato. È difeso da mura fragili e quando si gonfia è troppo grande per il suo corpo esile; sfonda le mura e la sensazione che la inonda è animale, incontrollabile. Esplode in un miagolio sfinito. I suoi genitori sono morti e lei è viva. Suo fratello è là fuori da qualche parte, solo e spaventato nel mezzo di una guerra civile. Il suo fidanzato o è morto oppure è vivo ma potrebbe essere un'altra persona rispetto a chi era prima, o magari è morto ed era un'altra persona. Il mondo è in fiamme e lei sta bruciando insieme al mondo, e quando l'incendio sarà finito non resterà nulla.

O

I due cecchini si tirano su, i fucili ancora fumanti in mano. Non riescono piú a vedere la macchina, ma sentono il rumore del motore.

– Merda, – dice quello piú robusto.

Ha le pulsazioni a mille, dal momento che fino a quella mattina lavorava in una ferramenta. E adesso si è calato completamente nella parte del guerriero.

– Meeeerda, – ripete, – è stata una ficata epica.

L'altro, un tipo brufoloso, guarda il cadavere di Leroy, il loro amico. Anche se sarebbe piú accurato definirlo conoscente, dal momento che lo hanno incontrato poche ore fa. Quando Avon gli ha sparato, Leroy è caduto secco all'indietro e adesso ha entrambe le gambe piegate dietro la testa, come un ginnasta che fa stretching.

– Guarda Leroy, – dice Brufoloso. Due ore prima è saltato fuori dalle colline e ha seccato sei ragazzoni dell'esercito, guardandoli ballare sotto i suoi colpi, proprio come nei film.

Ora si fa chiamare Fortnite Megadeth.

Robusto si piega su Leroy, che fino a dieci minuti prima non la piantava di dire che vendeva scarpe da donna, e alle volte riusciva a guardare sotto le gonne quando le faceva provare alle signore.

Brufoloso si accascia, tira fuori il telefono.

– La foto, – dice, facendo con una mano il segno della pace, nell'altra l'AR-15.

Robusto prende il telefono e scatta la foto. La faccia di Brufoloso è striata di fuliggine, come quella di un indiano sceso in battaglia.

– Da paura, – dice Brufoloso, controllando come è venuto.

Poi sentono un rumore sordo, che avanza. Un'altra testa di cazzo che cade nella tela del ragno. Vedono arrivare da ovest un fascio soffocato di luce che scalfisce la strada. Corrono insieme dietro la jeep militare, Robusto si regge i pantaloni alla vita. Brufoloso è eccitatissimo. Non si cura nemmeno di non smettere di tossire. Si appostano dietro al paraurti posteriore del veicolo, ricaricando i fucili.

Una luce singola si avvicina, lenta.

– Amico, – dice Brufoloso. – Motocicletta. Secondo te riesco ad abbatterlo da qui?

Alza l'arma, ma Robusto lo ferma.

– No, no, – dice, – aspetta. Facciamo...

E si sdraia sull'asfalto, sul ciglio della strada. – Tu vai... e io... – Poi inizia a piagnucolare. – Ohhhh. Aiuto. Sono... sono ferito.

Brufoloso capisce e scoppia a ridere. Prende entrambi gli AR-15, e camminando rannicchiato arriva al fosso, si cala senza prestare attenzione, scivola e finisce a terra ingoiando un bel po' di fuliggine, ma non gliene frega niente perché lui è una fottuta rockstar.

In fondo alla strada la luce rallenta, si ferma. Sentono il motore che cala di giri.

– Ohhhh, – si lagna Robusto, – vi prego. Sono messo male.

Brufoloso si sistema faccia a terra, alza il fucile. Sfrega via la cenere dagli occhi, lacrimando, e rimpiange di non aver trovato un paio di occhiali per la visione notturna in quel carrarmato. Il fumo è cosí denso che non riesce a vedere un cazzo. Poi sente il rumore del cavalletto della moto.

– Ohhhh, – geme Robusto e Brufoloso deve trattenere una risata.

I passi si fanno piú vicini, a un ritmo calcolatamente lento. Brufoloso toglie la sicura. Sente qualcosa scattare alle spalle e si volta. Un cervo sbuca fuori dai cespugli, gli occhi spiritati, le corna in fiamme. Brufoloso si accovaccia, il cervo lo salta e corre per la strada.

– Cristo santo, – dice, mentre sulla strada i passi si fermano.

– Ohhhh, – geme Robusto. – Signore, per favore. Sono messo davvero male.

Scosso, Brufoloso torna in posizione. Riesce a distinguere i contorni della figura in arrivo. Un giovane uomo con i capelli lunghi fino alle spalle e con una specie di benda sull'occhio. È fermo a quattro o cinque metri da Robusto, che si sta rotolando sulla strada, piagnucolando, in modo piuttosto credibile.

Brufoloso stringe il fucile.

Sulla strada il giovane uomo volta la testa nella sua direzione.

– Non lo farei, se fossi in te, – dice.

Brufoloso sente un brivido corrergli lungo la schiena. Come cazzo fa quel tipo a sapere dov'è? Brufoloso va nel panico, preme il grilletto. Il fucile fa uno scatto. *Merda!* Brufoloso gli tira un colpo con il pugno.

– Steve, – urla. – Si è inceppato, Cristo santo.

Sulla strada, Robusto si gira di pancia e si rialza. Ha una 9 millimetri alla cintura. Sta per prenderla. Il giovane uomo non si muove.

Nel fosso, Brufoloso tira fuori il caricatore, lo reinserisce cercando di eliminare l'intoppo. Sente di nuovo dei movimenti alle sue spalle. Un altro cervo del cazzo. Non si volta e continua ad armeggiare con il fucile finché il caricatore non s'infila per bene.

– Sí, – sibila, prendendo la mira. Ma a quel punto un ringhio alle sue spalle, profondissimo, cosí profondo da avvertirlo nelle ossa. Brufoloso fa in tempo giusto a girare la testa e l'orso è già su di lui. Metà della sua pelliccia è andata in fiamme, il fianco sinistro è un ammasso di bolle purulente. Balza dai cespugli e gli salta addosso, affondando i denti nella gola di Brufoloso, che urla, ma dopo un attimo la sua testa si stacca e rotola sulla strada.

Robusto sta quasi per afferrare la sua pistola quando irrompe l'orso. Rimane paralizzato soltanto dal rumore, un predatore di quattrocento chili, mezzo pazzo per il dolore e la paura, che si fionda fuori dai cespugli. E poi la testa di Brufoloso che rotola sulla strada, e l'orso che si volta verso di lui.

La pistola di Robusto si impiglia alla cintola. Cerca di sfilarla facendo forza, mentre l'orso esce dal fosso e punta l'asfalto. Raggiunge la strada, rugliando per il dolore, poi si dà un colpo con le zampe posteriori e si alza, quattro metri di bestia in piedi. Il cavallo dei pantaloni di Robusto cambia colore, diventando piú scuro. Guarda il giovane uomo, che lo sta fissando con un sorriso divertito, come a dire: *E adesso che fai?*

Robusto incomincia a urlare e a piangere. Lascia perdere la pistola, si volta e corre verso il guardrail al centro della carreggiata, sentendo l'orso che si rimette a quattro zampe, sentendo che lo bracca. Afferra il guardrail e cerca di saltarlo, ma inciampa e cade nell'altra corsia. La pistola schizza via, è dalla parte opposta. E adesso l'orso gli è addosso. I denti piantati lungo la spina dorsale. Grida.

Dietro di lui, il versante della collina è completamente in fiamme e il fuoco si dirige veloce verso la strada.

Randall Flagg si rimette in sella alla sua moto e riparte.

O

Spostano Avon sul sedile di dietro cosí può stare disteso e oltrepassano le montagne dalle parti di Bonnie Bell. Story spinge a centosessanta all'ora. Sul retro Simon strappa le maniche del suo camice da ospedale per fare una benda da mettere sull'orecchio di Avon. Si accovaccia nello spazio per i piedi, applica pressione. Avon si toglie la maglietta. C'è un foro di calibro 40 poco sopra il suo fianco sinistro e ce n'è un altro sulla schiena, da dove la pallottola è uscita. Lí in mezzo il rene e la milza di Avon sono diventati una specie di zuppa tossica, mescolandosi con il sangue e le viscere.

– Non andava cosí una volta, – mormora, delirante, la sua voce ormai ridotta a un grugnito dopo anni passati a fumare Camel senza filtro. – Una volta era tutto senza recinti, selvaggio, e lui mi teneva in braccio e mi lasciava guidare.

– Chi? – chiede Simon, poi schiaffa la benda intrisa di sangue sul tappetino.

– Papà, – dice Avon. Afferra il polso di Simon. – Non capisci, – gli dice, – una volta era meglio. Una volta eravamo liberi.

Piú si spostano a est, piú l'aria si fa limpida, finché alle porte di Whitewater possono tirare giú il finestrino e lasciare entrare dell'aria fresca per la prima volta dopo tre giorni. Arrivati a Palm Springs si fermano a fare rifornimento. Il lunotto posteriore è andato e la carrozzeria è crivellata di colpi: cinquantacinque buchi. Mentre il serbatoio si riempie di benzina, Story entra nella stazione di servizio e rimedia a Simon un nuovo outfit, pantaloni della tuta gialli, una maglietta leggera bianca con sopra il logo blu e rosso della Valvoline, e un paio di infradito. Compra anche tre rotoli di carta assorbente e del nastro adesivo.

– Lo portiamo all'ospedale, vero? – dice Simon, infilandosi la t-shirt, mentre Story cambia il bendaggio ad Avon, fissandolo con il nastro isolante grigio.

– Niente ospedali, – mormora Avon, quasi nel sonno.

Un furgoncino per le consegne di Amazon gli sfila di fianco, all'inizio del suo giro giornaliero, malgrado il caos.

I sedili posteriori di tessuto hanno assorbito quasi tutto il sangue. Una Mercedes rossa si ferma alla pompa di fianco. Scende un uomo in procinto di diventare calvo con una polo rosa e dei pantaloni corti cargo. Ha una pistola alla cinta.

– Cosa cazzo avete da guardare? – chiede, strisciando la carta. Sistema l'ugello, poi va dentro. Nella sua testa, l'equazione è chiara. Lui è quello con la pistola e loro sono quelli con la macchina piena di fori di proiettile. Perdenti, in altre parole.

Story riavvita il tappo del serbatoio della Kia. Dopodiché sbircia dentro la Mercedes.

– Story, – la ammonisce Simon, ma Story s'infila dentro il finestrino aperto e afferra il cellulare di quello stronzo preparato per l'apocalisse. Poi salta sulla Kia mentre il vendicatore calvo esce dalla stazione di servizio, con in mano uno Slurpee blu.

Dà il telefono a Simon, ingrana la marcia. E sono in strada.

Story cambia corsia, guidando con calma, come se niente fosse. Superano un supermercato in cui tutte le vetrate sono state spaccate. I saccheggiatori corrono fuori reggendo carne surgelata e gelati, sacchi di carbonella e scatole di cereali.

Simon armeggia con il telefono rubato. Trova Instagram, vede la foto di Louise che regge il suo cartello. Sotto c'è una serie di immagini di bassotti cuccioli che agitano i loro musetti penzolanti. Poi trova la foto di un acquario dietro la vetrina di un negozio. La mostra a Story.

– Cercalo, – gli dice.

Trova tre negozi di animali a Palm Springs. Solo uno vende acquari. È nella parte nord della città. Il telefono fornisce le indicazioni: destra, sinistra, poi dritti per tre chilometri e duecento metri. Nel tragitto incrociano sei macchine della polizia, luci blu e rosse che lampeggiano, e una dozzina di veicoli di società di sicurezza privata, alcuni equipaggiati con armamenti militari. I cadaveri dei vari guerrieri della domenica caduti in battaglia intralciano la carreggiata. Qui nella ricca Palm Springs, i benestanti non lasciano nulla al caso. Story svolta nel parcheggio di un centro commerciale. L'Ulysses Pet Emporium è proprio lí davanti, di fianco a Angel's Sporting Goods sulla sinistra e a un centro estetico sulla destra. Sono le due di notte, è tutto chiuso e le luci sono spente.

– Vai sul retro, – dice Simon.

Parcheggiano nell'area di carico e scarico, di fronte a un garage di quelli con la serranda avvolgibile.

Simon apre la portiera.

– Tieni, – dice Avon dal sedile posteriore. È rimasto sempre sveglio, mugolando e parlando a parenti morti da tempo. Simon si volta e lo guarda. Avon si regge su un gomito e gli porge la sua pistola. Simon pensa di avere qualcosa da ridire ma evita. Sa che piega hanno preso le cose. Afferra la pistola e si avvicina all'ingresso di servizio. All'orizzonte, verso ovest, vede le montagne in fiamme, una cerniera rosso incandescente che tiene insieme il cielo e la terra.

Bussa educatamente alla porta con le nocche, attende. Story è fuori dalla macchina, in piedi appoggiata alla portiera del guidatore, il motore ancora acceso, pronta per una rapida fuga se si scoprisse che sono caduti in una trappola.

Simon sta per bussare di nuovo quando sente il rumore di un chiavistello e la porta che si discosta lasciando aperta una fessura. Dentro il negozio è buio, ma vede due occhi puntati su di lui.

– *¿Cual es la contraseña?* – dice una voce femminile.

– Che? – risponde Simon confuso.

– La parola d'ordine, Chuck. Qual è la parola d'ordine?

Simon scruta nell'oscurità, ha riconosciuto la voce. – Louise?

– Chiamami Piperita Patty, e questo è la mia amichetta, Marcie.

Spalanca la porta. Louise indossa un gilet marrone, di quelli usati dagli impiegati nel negozio, sopra il top di un costume da bagno e dei pantaloni a scacchi. Duane è in piedi dietro di lei, saluta cordialmente con la mano. Si abbracciano tutti e tre, come cuccioli, sollevati e contenti e dopo un po' Louise finge di scoparsi la gamba di Simon mentre Duane gli dà un bacio in bocca.

– Ciao, – dice.

– Ciao, – risponde Simon, senza fiato. Poi arriva Story a riportarli alla realtà.

– Sta sanguinando di nuovo, – osserva, – e scotta.

Vanno insieme alla Kia.

– Fatemi indovinare, – dice Louise, studiando i buchi dei proiettili e il lunotto distrutto. – Era cosí quando l'avete trovata.

Simon apre la portiera posteriore e si china su Avon. La fronte è bollente.

– Chi è il vecchietto, caro vecchio Chuck? – dice Louise.

– Il papà di Felix, – risponde Story. Poi afferra la mano di Duane, divorata allo stesso tempo dalla speranza e dalla preoccupazione. – Hai sue notizie?

Duane scuote la testa.

– Siamo solo noi finora, – dice, – e il Troll.

– Il cosa?

Duane scrolla le spalle. – Questo tizio che conosce Louise. Ci ha detto dove trovare lo Stregone.

Duane stringe la mano di Story.

– Mi spiace davvero che vi abbiano presi, – dice, – non sapevamo proprio come provare a salvarvi.

Lei annuisce.

– Erano poliziotti? – chiede.

Lei scuote la testa. La verità è molto piú strana e disturbante.

– Guardie di sicurezza privata o qualcosa del genere. Mi hanno portata a LA e c'erano queste due donne a sorvegliarmi. Almeno credo fossero donne. Potevano anche essere due streghe. Poi è venuto fuori che Simon stava alla porta accanto. Ha fatto saltare in aria la casa e siamo scappati, e lí abbiamo trovato il papà di Felix.

Si strofina gli occhi, provati dal dolore. – Sembra tutto un sogno.

Portano Avon dentro lasciandosi alle spalle una striscia di sangue sul cemento e lo sdraiano lungo un bancone di formica. Il vecchio ha perso di nuovo conoscenza, le labbra pallide. Duane trova un paio di forbici, gli taglia la maglietta. Intorno a loro una dozzina di cani liberati abbaiano e saltano. Le pareti sono piene di gabbie, tutte aperte, ed è chiaro dall'odore che nelle ultime ore il negozio è diventato il bagno comune di un nutrito gruppo di animali esotici e meno esotici. Duane prende un kit di primo soccorso dall'ufficio. Spiega che suo padre ha guidato un'ambulanza per un anno, il turno di notte, e quando non c'erano baby-sitter disponibili se lo portava dietro.

– Facevamo pratica cucendo pezzi di maiale, – dice, – soprattutto filetti. Li cucivamo insieme e poi li cucinavamo per cena.

Osserva per bene il foro d'ingresso e quello d'uscita. – Louise, – dice, – avrò bisogno di antisettici, di ago e filo, e di un po' di antibiotici.

– Mi metto all'opera, – dice e si avvia al furgoncino delle consegne di Amazon parcheggiato nell'area di carico e scarico. Simon la segue.

– Dove l'avete rimediato? – chiede.

– Dio ci ha mandato una mistery box, – risponde lei, aprendo il portellone del furgoncino e salendo.

– Credevo che i poliziotti ti avessero presa, – le dice Simon, la voce scossa dalla paura e dal sollievo, – giú in Texas.

Louise afferra una scatola, se la mette davanti alla fronte, come per fare una sorta di divinazione sul contenuto. – Hanno preso Story. Io ero andata a pisciare.

Simon trova un pacco imbottito con scritto sopra AMAZON PHARMACY. Lo fa vedere a Louise.

– Aprilo, – gli fa. – Mi è sempre andata bene finora, anche se a volte bisogna un po' interpretare come usare quello che capita sotto mano. È cosí che Dio ti parla, credo. Tipo con degli enigmi.

Simon straccia l'imballo del pacco. Dentro c'è un flacone di doxiciclina. Glielo mostra.

– E poi ci sono le volte in cui, – dice, – non c'è bisogno di interpretare niente.

Fruga in una pila, sceglie una piccola scatola. Dentro c'è quella che sembra una scorta a vita di filo interdentale, senza gusto.

– Il Profeta si è fatto vivo? – le chiede Simon.

Lei scuote la testa.

– Nessuna chiamata, nessun messaggio, – dice, – ma sta arrivando.

– Come lo...

– Me lo dicono i pacchi, – risponde lei, poi sceglie una scatola pesante, grande quanto una grossa valigia. Dentro c'è una macchina da cucire professionale con pedale, forbici e aghi.

Sorride.

– Se Mosè avesse avuto questo furgoncino, – gli dice, – gli ebrei sarebbero stati fuori dal deserto in tre giorni al massimo.

Portano il bottino nella stanza sul retro. Story dice che rimarrà con Duane per dargli una mano a ricucire il vecchio. Louise prende una lattina di Alpo e dei croccantini per cani. Spiega a Simon che deve aiutarla a dare da mangiare al Troll. Dentro l'ufficio, Simon vede quello che una volta era un esteta adolescente legato a una sedia ergonomica, la faccia graffiata, qualche ciocca di capelli strappata. Una fascetta elastica è stata usata per tenergli fermo in bocca quello che sembra un calzettone.

– Come dicevo prima, – dice Louise accendendo le luci, – alle volte devi essere creativo con ciò che ti viene dato, ma alla fine funziona.

Gli occhi del Troll sono aperti. Vedendo loro, incomincia ad agitarsi sulla sedia. Louise appoggia il cibo per cani sulla scrivania, prende una bottiglietta spray da una delle tasche del gilet e gli si avvicina. Gli punta la bottiglietta contro.

– Ti tolgo il bavaglio, – dice, – ma se cerchi di mordermi di nuovo, te la scarico tutta addosso. Intesi?

Lui annuisce.

Simon legge l'etichetta sulla bottiglietta. – «Urina di coyote»? Louise toglie la fascetta elastica dalla faccia del Troll, che sputa il calzettone sul pavimento.

– Aiutami, – implora a Simon, – questa è pazza.

– Cosa preferisci? Secco o umido?

– Per favore, – continua il Troll, – ti ho detto tutto. Non puoi soltanto lasciarmi andare?

– No, – risponde Louise, – lo avvertiresti.

– Non lo farei. Te lo giuro.

Louise usa un cacciavite per aprire la latta di Alpo.

L'etichetta recita: LONDON GRILL.

– Andrà tutto bene, – gli dice. – Ancora qualche ora.

Simon vede un boccione dell'acqua. Prende un cono di carta, lo riempie e lo porta al Troll.

– Facci attenzione, – lo avverte Louise. – Sputa.

Simon porta il cono alle labbra del Troll. Lui beve, il labbro inferiore gli trema.

– Per favore, – implora, – mi chiamo Evan. Voglio solo tornare a casa.

– Risparmiaci le tue cazzate, – dice Louise, arrivando con l'Alpo. Simon si fa indietro.

– Lo sai che, – continua lei, – il signorino Evan mi ha venduto allo Stregone per due soldi?

Evan sta per obiettare ma Louise gli infila in bocca un cucchiaio di cibo per cani.

– Louise, – fa Simon, preoccupato.

Evan quasi soffoca con quella poltiglia marrone in bocca, ma poi si forza a ingoiarla quando un'altra cucchiaiata gli va a sbattere contro i denti.

– Possiamo parlarne fuori? – chiede Simon.

– Come vuoi, – risponde lei, voltandosi e andando verso la porta.

– Stai lí buono, – ordina a Evan, spegnendo le luci.

Simon si chiude la porta alle spalle. – Cosa stai facendo? – dice.

– No, – ribatte Louise, – non riuscirai…

– Louise. Lo stai torturando.

– Lo sto *punendo*, cosí cambierà.

– Pensi davvero che possa cambiare? Perché lo hai sfregiato e gli hai dato da mangiare cibo per cani?

– Sto esprimendo la mia rabbia, come suggerito dal mio psichiatra.

– Vuoi solo vendicarti.

– Cazzo sí, hai proprio ragione, voglio vendicarmi. Mi *merito* di vendicarmi.

– Non è morale. Quello che stai facendo.

– È giustizia. Non è morale la giustizia?

– È vendetta. Giustizia è che lui va in prigione se ha commesso un crimine. C'è una bella differenza.

Louise si toglie il gilet e lo lancia nella stanza.

– Oh, Simon, – dice, – sei estenuante, davvero. Con la tua tenerezza.

– Io?

– La giustizia ha fallito. Tutta la baracca, l'idea stessa che ci sta dietro. Un sistema imparziale che valuta i pro e i contro. C'è soltanto il potere; chi ce l'ha e chi non ce l'ha. E quando ce l'hanno *loro*, loro abusano di noi. Allora quando poi ce l'abbiamo noi, dobbiamo abusare di loro. È cosí che bilanciamo le cose.

Lui la fissa.

– Quindi, la giustizia, – dice, – è che se hai il potere, puoi fare quello che vuoi?

– Bingo. Lui mi ha fatto del male e ora io faccio del male a lui. Si chiama moralità. E, ehi, se Dio non fosse d'accordo, non mi avrebbe fornito gli strumenti con il suo furgoncino magico.

– Allora tu saresti tipo, cosa, l'Inquisizione spagnola?

– Guardati intorno, ragazzino. C'è la guerra civile, perché quella che chiamavamo giustizia non funzionava per un cazzo di nessuno. Siamo tornati ai principî elementari. Occhio per occhio. Non me ne frega niente che tu sia un vagabondo o un milionario. Se mi fai del male. Se mi stupri. Poi vengo a prenderti. Posso avere un amen?

E se ne va.

Simon rimane lí fermo a guardare il suo riflesso sul vetro della finestra. Quello che di giorno è trasparente, limpido, chiaro, di notte riflette. In quel momento se ne rende conto. Ha la certezza matematica che Dio non ha alcun piano per Simon Oliver. Che tutta questa avventura non è stata che una farsa disperata, una scusa per pensare a qualsiasi cosa eccetto al fatto che sua sorella si è uccisa, i suoi genitori sono dei mostri e il mondo sta per finire. Cristo, sta per finire. E non ci può fare nulla.

Che sciocco che è stato a crederci. Ma come biasimarlo? Chi non vorrebbe essere salvato?

Fissa il suo riflesso, illuminato da dietro le lampade blu di un acquario, quando un volto appare impresso sopra il suo. Gli occhi gentili di un altro uomo. I capelli lunghi di un estraneo. *Gesú?*, pensa. Ma poi l'immagine si fa piú nitida. Il Profeta, il suo profeta, mette una mano sul vetro e sorride vedendolo dall'altra parte. Agli occhiali che indossa manca una lente. Bacia la vetrina, come un pellegrino bacia la terra sulla quale giunge. Dopodiché si apre la porta d'ingresso e il Profeta abbraccia Simon, e tutti fanno festa insieme, tra i latrati e gli schiamazzi dei cani. Sembra che stia accadendo l'impossibile. Nei giorni precedenti erano tutti certi che alla fine sarebbero morti, credevano che i loro amici già lo fossero, o che fossero in prigione, credevano di essere rimasti soli.

Insieme al Profeta è entrato anche Samson, che cerca Story e teme di sentirsi dire da Simon che è morta o è stata incarcerata. Non ha idea che i genitori di lei sono stati uccisi e che lei sa il suo vero nome. Finalmente la vede, nascosta sul fondo, tra le ombre. Con il cuore in gola va ad abbracciarla, ma lei mette avanti le mani per fermarlo.

– Ehi, – dice lui, confuso, – ero... tu stai bene?

Lei però non lo guarda nemmeno negli occhi. Sta pensando invece a quanto disprezzo ci voglia per mentire alla persona che dici di amare su qualcosa di tanto importante come il tuo nome. Non riesce a credere di averlo scelto. Sua madre è morta e lei ha scelto lui. Si è nascosta per lui. Ha permesso che i suoi genitori si preoccupassero, che pensassero chissà cosa – che fosse stata rapita, uccisa? – quando poteva chiamarli, poteva prendere un volo per Washington e stare con loro qualche giorno, o qualche settimana, prima che morissero. Poteva salvarli, forse, o almeno restare con suo fratello dopo che erano stati uccisi. Adesso poteva essere con lui, invece di stare lí, imbarcata in quella ridicola missione per salvare la sorella dell'uomo che gli ha mentito sul suo cazzo di nome.

– Ti amo, – dice Samson, cercando di nuovo di abbracciarla.

– Tuo papà è qui, – risponde Story, voltandosi dall'altra parte.

– Cosa?

Story indica Duane, che ha finito di ricucire il vecchio e lo sta impacchettando per bene con del nastro adesivo e un asciugamani.

Samson ha un attimo di spaesamento. Il suo primo pensiero è che suo padre lo abbia rintracciato, e sia venuto a punirlo per il suo tradimento, ma poi lo vede, con la faccia pallida, avvolto negli asciugamani insanguinati, e si fa strada in lui un sentimento diverso.

– Papà? – dice, sentendo che gli occhi cominciano a lacrimargli. Lo tocca per essere certo che sia reale: ma come può essere?

Avon apre gli occhi e gli afferra il polso. *Cosa ci fai qui? Come è possibile?*

– Tua sorella, – mormora.

– Andremo a prenderla.

A quel punto se ne rende conto. *Suo padre è lí.* Story ha detto: «Tuo padre è qui». Non lo ha abbracciato, non lo ha guardato negli occhi: significa che è successo l'impensabile, l'inevitabile. Il passato e il presente si sono scontrati. Ogni sua bugia è stata scoperta. L'uomo che fingeva di essere, l'uomo che lei amava, è volato via col vento. Non rimane che uno spaventapasseri, un uomo di paglia con dei vestiti addosso. E nessuno ama uno spaventapasseri.

Si volta per cercarla, improvvisamente disperato, ma è sparita.

Avon gli stringe il polso. – Non andare, – gli dice.

Samson rimane paralizzato dai dubbi, pieno di disgusto per sé stesso.

– Come? – chiede. – Come ci sei arrivato qui?

– Tutto è collegato, – risponde Avon.

Sulla porta, Louise dà un bacio sulla bocca al Profeta, mettendolo in imbarazzo.

– Vecchio sentimentale, – gli dice. – Aspetta di vedere cosa ci ha mandato Dio.

Il Profeta afferra la mano di Simon. – Tu, – dice.

– Io cosa? – chiede Simon.

Il Profeta si toglie gli occhiali, pulisce con la maglietta l'unica lente che gli rimane, se li rimette.

– Adesso devi guidarci tu, – dice, – Dio me l'ha annunciato. È giunto il tuo tempo.

Simon sente il sangue ghiacciarsi nelle vene. Il gelo gli piomba addosso. Ha appena rinunciato alla fede. È un impostore. Come può guidarli mentre il mondo va in fiamme e lui non può farci nulla?

– Palm Springs, eh? – chiede una voce da dietro di loro.

Simon si volta.

Sull'uscio c'è Randall Flagg che fuma una Newport. Vestito tutto di nero, con una doppietta a tracolla. E una bandana rossa sull'occhio sinistro.

Simon non riesce a trattenersi. Si getta tra le braccia di Randall, e lo abbraccia.

– Cristo, ragazzino, – dice il Vagabondo, – datti una calmata.

Simon lo molla e piange, tanto per la confusione che ha in testa quanto per il sollievo. Il mondo è diventato un missile, si muove troppo veloce per fargli cambiare direzione. Si può solo pregare. Per la prima volta desidera essere un adulto, risoluto, un uomo con esperienza e delle prospettive, che ha già fatto tutti i suoi errori e ha imparato la lezione. Invece, è uno sciatore principiante che è stato piazzato sulla cima della montagna. Non ha la piú pallida idea delle condizioni della pista, né tantomeno di come si faccia a curvare, a evitare gli ostacoli, a fermarsi.

Se diventi grande, tutto ha un senso, pensa, ma anche con quella consapevolezza, sa che nessuno nella storia dell'umanità è stato grande abbastanza.

Randall entra e chiude la porta.

– Chi di voi figli di puttana ha un piano? – domanda.

O

Trovano un seghetto nel furgoncino di Amazon e lo usano per aprire un buco nel cartongesso che divide il negozio di animali da quello di articoli sportivi. Tirare giú il muro di mattoni che stava nascosto dietro richiede un maggiore sforzo, ma sono giovani e motivati, e sul retro Flagg trova dei tubi di acciaio con cui si mettono all'opera, colpo, su colpo, su colpo. Dopo tutto quello che hanno passato quel lavoro li fa sentire bene. Fare casino, una botta qui e una lí, spaccare cose, tirare calci. Durante le pause mettono a confronto le ferite: fisiche, emotive. Tutti concordano che Flagg, con mezzo fegato e un occhio in meno, sia il vincitore, anche se quando Simon descrive la disavventura sua e di Story con la Strega, tutti restano in silenzio.

Louise ha i brividi.

Avon sembra messo male, e Samson gli sta vicino, senza sapere bene cosa provare, mentre gli altri lavorano. Ha già perso tanto, ha rinunciato a suo padre e cambiato nome, eppure eccolo lí, con il vecchio, un pensiero che sperava non sarebbe diventato realtà. Il Profeta direbbe che Dio ha portato Avon da lui cosí che insieme possano curare le ferite del loro passato, ma Samson non ne è tanto certo. A volte, pensa, il mondo è soltanto un posto andato a puttane, dove tutto succede per caso, senza alcun senso.

Siamo noi a dargli un significato.

Simon è il primo a passare oltre il muro. Il negozio di articoli sportivi è stato ripulito per bene negli ultimi giorni; ma non lo hanno saccheggiato, si sono solo comprati quasi tutto. Il reparto armi è vuoto, niente piú proiettili, ma sugli scaffali è rimasto ancora qualcosa e cosí fanno su quello che pensano possa servirgli, o quello che per un attimo trovano divertente. All'inizio Louise si rifiuta di fare quel pellegrinaggio all'Angel's Sporting Goods. La sua logica è che Dio ha donato loro tutto ciò di cui avevano bisogno attraverso l'apparizione del furgoncino. Ma poi il Profeta ipotizza che forse è stato Dio a mettere lí quel negozio di articoli sportivi, di fianco a quello di animali, e «chi siamo dunque noi per rifiutare una tale benedizione», cosí Louise dopo aver scrollato le spalle si unisce agli altri.

Piú tardi Samson trova Story, seduta per conto suo sul pavimento del negozio di animali, le spalle contro il muro. Le mani appoggiate sul cemento freddo, ha bisogno di sentire qualcosa di fisico, qualcosa di reale. Lui scivola a terra di fianco a lei, attento a non andarle troppo vicino. Nella stanza sul retro, Simon gli ha detto quello che è successo. L'esplosione in Campidoglio. La morte della sua famiglia. Le bugie che ha raccontato adesso gli sembrano patetiche in confronto alla magnitudine del suo dolore.

Restano lí seduti in silenzio per un minuto.

– Non so nemmeno cosa ci faccio qui, – dice lei, senza guardarlo. – Devo ritrovare Hadrian. Ma a chi mi posso rivolgere? All'Fbi? I servizi sociali? Certo che no… e poi le linee telefoniche sono saltate. È un bimbo di dodici anni e i satelliti, o che ne so, sono fottuti, perché, tipo, il mondo sta per finire.

Lui annuisce. – Per quello che posso, – dice, – voglio aiutarti.

– No, – risponde, – penso che tu abbia già fatto abbastanza.

Samson ci pensa su. L'ultima cosa di cui lei ha bisogno è che lui si spieghi, che sposti l'attenzione su di sé, che dica: *Lo so che i tuoi genitori sono morti, ma adesso parliamo della mia infanzia difficile. Lascia che ti racconti quanto è stata dura, cosí mi perdoni e possiamo tipo… tornare a come stavamo prima?*

– Mi spiace, – dice.

Lei annuisce.

– Vuoi che ti accompagni fino a Washington?

Lei lo guarda per la prima volta.

– Guidare cinquemila chilometri nel mezzo di una guerra civile?

– Se è quello che vuoi.

– E tua sorella?

Riflette un attimo. – Sto cercando di fare la cosa giusta, – dice.

– Non c'è niente di giusto. Il giusto è una fantasia.

– Aiutami a salvare mia sorella e poi ti aiuterò a trovare tuo fratello.

– Aiutarti?

Lui annuisce.

– Anche lei è una ragazzina, è tutta sola, un mostro l'ha catturata e adesso è qui. È una cosa che si può fare invece di restare seduti sul pavimento a stare male come dei cani.

– I miei genitori sono morti.

– Lo so e mi spiace, ma non cambierà niente se resti qui. E non so se quel ragazzino abbia ragione, quel cazzo di Profeta, quando dice che Dio gli ha parlato e che dobbiamo salvare lei per ricominciare da capo, per far rinascere l'umanità, ma se fosse davvero cosí? E se fosse questo il momento giusto? Se stessimo scrivendo la Storia? Non sei stanca di stare sempre a parlare? Sempre a ripetere che è tutto sbagliato, e poi mai nessuno fa niente. E ti dicono che ci sono delle regole, che il sistema va cosí. Be', 'fanculo. Mi sono rotto di parlare. La salviamo, salviamo tuo fratello e poi andiamo verso questa utopia di cui continua a blaterare il tipo e ricominciamo.

Per un bel po' Story resta in silenzio, e lui teme di averla persa per sempre. Ma poi lei chiude gli occhi e annuisce. – Ok.

Passano le tre ore successive a pianificare l'assalto al compound dello Stregone; scandagliando le mappe sfuocate di Google Earth per cercare possibili entrate, punti non sorvegliati dalle telecamere, ecc. La tenuta è stata offuscata sulle immagini satellitari, ma online trovano delle vecchie foto e le studiano per i dettagli. Chi se lo immaginava che pagando si potesse far letteralmente sparire la propria casa dalla mappa?

– È una piattaforma per l'elicottero quella? – chiede Louise, indicando un'immagine sgranata. Tutti si avvicinano allo schermo, aguzzando la vista. Nessuno di loro sa come far scendere un elicottero, se non sparandogli. Per un attimo rimangono senza parole. L'unico modo in cui possono pensare di portare in salvo Bathsheba è rischiando di morire tutti... Flagg allora dice: – Per me va bene –. Sa quello che gli altri non hanno il coraggio di dire, che si dovrà versare del sangue, e nessuno va in guerra puntando al pareggio. Nelle ore centrali della notte elencano le opzioni a disposizione – Samson attacca da qui, Simon scavalca il muro lí – ma ogni scenario termina con la morte. Sono un branco di ragazzini messi insieme alla rinfusa, che progettano di assaltare una fortezza difesa da forze speciali addestrate. Possono sperare soltanto nel caos e nella fortuna.

E a quel punto Simon ha un'idea cosí semplice, cosí a prova di bomba, che li lascia tutti a bocca aperta. Un'idea che va oltre il campo di battaglia, oltre l'obbiettivo, dritta al cuore della natura umana. Non appena pronuncia quelle parole ad alta voce, ogni presente nella stanza capisce che dovranno fare in quel modo. Il Profeta si china e gli bacia i piedi.

– Te l'avevo detto, – dice, e Simon arrossisce.

Con rinnovato entusiasmo, si attrezzano per l'attacco.

Riempiono i veicoli con il bottino del negozio sportivo e caricano le armi. L'idea è di partire all'alba. Ognuno ha un compito, persino Avon, che si sveglia intorno alle quattro e dà i suoi suggerimenti. È lui a consigliare di immergere le palle da tennis nella benzina per poi incendiarle e lanciarle dentro le finestre per creare quello che definisce «un diversivo coi controcazzi». Poi mostra loro come trasformare in bombe i fornelletti a propano per il campeggio. Sorprendendo Samson non spara merda sulla loro strategia e non cerca di imporsi con un suo piano da grande uomo. Nel suo stato vulnerabile Avon sembra aver compreso qualcosa di fondamentale: il tempo in cui era lui a prendere le decisioni è finito. Ora tocca a loro. Tutto quello che gli resta è difendere le decisioni del passato, quelle per cui vale la pena di lottare. E le sole che sembrano importargli adesso sono i suoi figli.

Stanno partendo troppo carichi? Forse. Ma sanno che la chiave per la vittoria è somigliare a un esercito preparato, un'unità militare che non può essere messa sotto da nessuno. Solo cosí potranno costringere lo Stregone a fare un passo falso.

Alle cinque e tredici sono pronti. Prenderanno macchine diverse e si incontreranno dove stabilito. Prima di partire lasciano liberi tutti gli animali nel negozio, cani e gatti, serpenti e criceti. Il Profeta li benedice con l'acqua del boccione per poi aprirgli la porta.

– Non ci saranno animali domestici nel nuovo mondo, – dice. – Nessuna supremazia dell'uomo sugli altri esseri. L'Antropocene è finito.

Poi escono, a due a due, gatti e roditori, conigli e beagle, guidati da un'iguana solitaria.

Il piano di Simon prevede che lui vada con il Profeta e Flagg. Saranno l'arma finale, l'ultima linea di difesa. Caricano insieme la Kia. Flagg ha trovato una latta di tabacco da masticare nel negozio di articoli sportivi e ne sta ruminando una presa, disseminando sputacchi brodosi e marroni sull'asfalto. Simon va a cercare Duane.

– Ehi, – dice al ragazzo un po' piú grande di lui, cercando di sembrare disinvolto, – adesso devo risolvere questa faccenda folle del salvataggio.

– Un'idea tua, eh... – risponde Duane.

– Lo so, è che... tu mi piaci, ok, e non so se tu... ma dal momento che molto probabilmente andrà a finire che mi ammazzano, ho pensato che avrei dovuto dirtelo e vedere che succedeva.

Lo guarda negli occhi.

– Non morire.

Poi annuisce. – Grazie, – dice, – so che non è stato facile.

– Ah, – risponde Simon, lo stomaco sottosopra, – be', sí, prego.

Si volta per andarsene, l'imbarazzo sul volto, ma Duane gli afferra la mano.

– E appena avrai compiuto diciassette anni, ne riparleremo, ok?

Simon arrossisce. – Ok.

Duane sorride. – Però... ascolta, – gli dice, – mi fai venire voglia di avere un futuro.

– Ohh, – fa Simon, gli occhi umidi.

Duane gli bacia la mano. – Ora vai e guidali.

Simon attraversa il negozio deserto, evitando pile di escrementi. Trova Louise che esce dall'ufficio sul retro, un pennarello nero indelebile in mano.

– Lo hai liberato? – le chiede.

– Ho lasciato un taglierino sulla scrivania, – risponde. – Non sarà una passeggiata, ma ce la può fare.

– E il pennarello?

Lei lo lancia nella stanza.

– Cosí ogni volta che si guarda allo specchio capirà come sono quelli come lui.

– Ovvero.

– Cinque zero uno uno.

Simon le dà un abbraccio rapido. C'è troppo da dire. Louise fa calare le braccia e gli strizza il culo. Lui sorride.

– Avevi ragione, – ammette.

– Su cosa?

– Dovevo fidarmi di te.

Louise

Arriva davanti al cancello principale sulla Mercedes del Troll. Lucidalabbra color irresistibile. Sono le cinque e ventitre, e il cielo inizia a schiarire. Ci sono svariati e singolari tipi di ansia elencati nel *Manuale diagnostico e statistico dei disturbi mentali*; Louise Conklin non soffre piú di nessuno di questi. La paura della morte l'ha liberata dalla morsa del terrore ignoto. Invece, adesso ha la macchina decappottabile e sta ascoltando *Rock Steady* di Aretha Franklin. Indossa pantaloni mimetici attillati e il top di un costume da bagno.

Una guardia in maglietta nera e pantaloni cargo tattici le fa un cenno con la mano.

– Consegna speciale, – dice, i bassi che pompano.

Louise è la prima linea. Il suo obbiettivo è semplice, entrare, avvicinarsi allo Stregone e mettere gli occhi sulla principessa nella torre. Convinta al cento percento che sarà freddata mentre è ancora in macchina, sorride alla guardia, che si accosta e le dice di abbassare la musica.

Lo fa ma senza esagerare, la musica è ciò che le dà coraggio.

– Mi manda Evan, – dice, – ho saputo che lo Stregone è un bimbo tanto, tanto solo.

Sfodera il suo broncio da ragazzina, sapendo che quell'omaccione grande e grosso, con la sua grossa pistola, la sottovaluterà. Non soltanto lei è nera e donna, ma ha quindici anni e pesa quarantacinque chili scarsi. Non ha nemmeno la patente. Prima di arrivare lí ha dovuto fare pratica nel parcheggio del negozio di animali.

– Digli che c'è Louise, la sua gattina, con un po' di dolcissimo latte al cioccolato.

La guardia parla nel polso, ascolta.

– Guarda in camera, – le ordina, indicandola.

Lei guarda e sorride. Anche se il vento sta soffiando a est dal deserto, si sente il fumo degli incendi da ovest. Da qualche parte in lontananza si alzano spari sempre piú frequenti.

La guardia porta la mano all'orecchio, annuisce. Un ronzio elettronico e il cancello si spalanca. Dentro è un paradiso. La piscina è enorme con al centro una fontana che zampilla. Il vialetto è circondato da un prato di un verde inimmaginabile e da palme altissime. Louise lo segue fino all'edificio principale – un misto tra una moschea turca e un'*hacienda* spagnola – incrociando una dozzina di uomini in maglietta nera armati di fucile d'assalto. Per un attimo, il pensiero dell'impresa impossibile che devono compiere la sovrasta, ma lo ricaccia via. Beyoncé mollerebbe? Una guardia vestita per la guerra le fa un cenno, indicandole dove parcheggiare. Lei preme il freno troppo forte, inchioda, poi posteggia la macchina come se guidare non fosse niente di che. Mentre parcheggia, le viene in mente che sono settimane che non sente l'urgenza di pulire nulla.

Scende, sbatte la portiera, sorride ai trecentocinquanta chili di muscoli che si frappongono tra lei e la porta. Il cielo è di un azzurro cristallino, e dato quanto era arancione nei giorni precedenti Louise per un'istante si chiede se sia normale.

Astrid si affaccia nel porticato. Boaz Orci alle sue spalle, con una pistola alla cintura.

– Ma guarda chi c'è, – dice Astrid, sorridendo.

Louise fa una piroetta.

– Evan ha detto che era un'emergenza, – dice, alzando le mani per ripararsi gli occhi dal sole basso.

– Allarga le braccia, – dice Orci.

Louise le allarga, con fare un po' accattivante. Il top del costume non copre granché. Orci le mette le mani sui fianchi, e scende.

– *Oops*, – esclama quando con la destra lui arriva a toccarle i genitali.

Orci si alza, fa cenno di sí ad Astrid.

– Il padrone è di sopra, – annuncia quella. – Ed è... nervoso, ecco. Sai come diventa.

– Evan ha detto che è da qualche giorno che sta senza massaggi, povero piccolo.

Astrid studia Louise per un secondo, un sorriso congelato sul volto.

– Dov'è Evan? – chiede.

Louise scuote le spalle.

– Che ti devo dire? Le strade sono piene di coglioni con l'AK-47, letteralmente piene. E il nostro Evan non è, be' lo sapete, non è proprio un cuor di leone, ed è rimasto da qualche parte con la porta sprangata.

– Tu no, invece?

– Astrid, tesoro. Chi mai potrebbe farmi del male, ho la pelle dura, – e si scompiglia i capelli per fare scena.

– Una ragazza nera in reggiseno, – dice Astrid, – che guida una Mercedes da centomila dollari durante una guerra razziale, chi mai potrebbe farti del male?

Louise regala ad Astrid il suo sorriso piú innocente.

Astrid guarda Orci, che si morde il labbro inferiore. Se fosse per lui terrebbe lontana quella ragazza almeno un paio di chilometri dal suo principale ma, visto che Mobley è stato una bestia in gabbia negli ultimi giorni, meglio fare in modo che entri e faccia in fretta.

– È nella spa, – dice Astrid, – vieni, ti faccio vedere.

Entrano insieme in casa. Un lampadario di cristallo pende al centro dell'atrio. Le decorazioni dei pavimenti tolgono il fiato.

– Adoro i tuoi pantaloni, – le dice Astrid mentre salgono le scale. – Perfetti per il momento.

Il corridoio del piano di sopra è ricoperto da tappeti. Ci sono due guardie ad accoglierle. Astrid guida Louise attraverso una serie di porte a due ante.

– Giusto per informarti, – la avverte, – è a secco da qualche giorno, quindi potrebbe esigere... un trattamento speciale.

Si fermano di fronte a una delle doppie porte. Louise studia quella donna abbastanza matura, coi suoi capelli e il trucco perfetti, le labbra piene e il tailleur coi pantaloni affusolati.

– Lo sai che ho quindici anni, vero? – le chiede.

Astrid arrossisce. – Amore mio, – le risponde, – noi non parliamo di queste cose.

Apre le porte. – Caro, – dice, – guarda chi ho trovato.

La stanza dove è seduto Mobley è grande quanto un palazzo, piastrellata di bianco. Ci sono una sauna e un bagno turco, un lettino per i massaggi e una doccia. Al centro un divano di pelle. E lí c'è Mobley, in cardigan e pantaloni chino, che legge il «New York Times». Sul muro, tre schermi muti: uno su Newsmax, l'altro su Bloomberg e il terzo sulla Cnn.

Ogni schermo mostra immagini di truppe militari nelle strade americane, che combattono gruppi armati.

Mobley sospira. Senza alzare la testa, ordina: – Di' a Orci di fare il pieno al jet.

– Bahamas? – chiede Astrid.

– Parigi.

Piega il giornale e rimane sul divano. Solo adesso dà un'occhiata a Louise, che sente un ghiacciolo gelido di terrore attraversarla in punti che non le piace ricordarsi di avere. Quell'uomo emana un potere sempre piú forte. Un uomo che possiede cosí tanti soldi da guadagnare, solo di interessi sul patrimonio, 68 000 000 $ al giorno. Un uomo che potrebbe comprarsi tutte le squadre della Nfl e della Major League Baseball e restare comunque multimiliardario. Quell'uomo, quell'entità fisica di fronte a lei, che un tempo è stato un bambino e che un giorno sarà un cadavere, gode di tutti i vantaggi concessi a un re senza dover sopportare il peso della corona. Non deve preoccuparsi di sostentare il regno o della sicurezza dei suoi cittadini. Non deve preoccuparsi di avere dalla sua parte la Chiesa o di inimicarsi la corte. Non ha corte, né successori. È un re che non è sottoposto al giudizio di nessuno, circondato solo da servi, un re che controlla un vasto esercito senza avere un Paese. Anzi, è re in ogni Paese, adorato in Francia come a Hong Kong. Potente in Brasile quanto in Marocco. Potere del dollaro onnipotente. E quando ti guarda, ti senti quello che sei ai suoi occhi: insignificante, un oggetto da usare e poi buttare.

Louise si sforza di sorridere.

– Ehi, papino, – dice. – Strana giornata, eh?

Mobley fa *pat pat* sul divano di fianco a lui. Alle sue spalle la sauna è in funzione, l'ingresso in legno di cedro aperto, nella stanza ci sono quasi 45 gradi. Louise volteggia con le braccia in aria verso di lui. Tra pochi minuti comincerà l'assalto. Deve soltanto restare calma.

– Vado a sistemare tutto per il volo, – dice Astrid, e si chiude le porte alle spalle.

Louise fa oscillare i fianchi, guardandosi intorno per cercare una possibile arma. Essere da sola con Mobley è come essere sola con un drago – c'è in lui una brama, una scelleratezza a sangue freddo. E lei ora è lí. Bilbo Baggins senza l'anello. Ma d'altra parte questa non è una favola. Niente invisibilità, niente trucchi magici per fuggire. Soltanto una tremenda battaglia di corpi che lottano per sopravvivere. Appoggiate a un mobiletto, vicino al lavandino, vede un piccolo paio di forbici, luccicanti e acuminate. Scivola di fronte allo specchio, ballando al ritmo della musica che ha dentro, braccia in aria, ancheggiando. Ruota in modo seducente, dando la schiena al mobiletto, poi fa una mossa da stripper e scuote un po' il culo rimbalzando sui tacchi. Quando si rialza poggia le mani dietro di sé, proprio sul mobiletto.

Lo Stregone posa in terra il giornale, e fa di nuovo *pat pat* sul divano per invitarla. Sono passati giorni dall'ultimo servizio e le pulsioni che gli agitano la zona inguinale sono insistenti e animali. Per un momento il suo cervello è pieno solo di quello che le farebbe. Gli occhi hanno un attimo di offuscamento. Si fa scivolare le forbici nella tasca posteriore, poi si dà una spinta in avanti e attraversa la stanza per andare da lui, lasciandosi cadere sul divano, la pelle intrisa di sudore. Da vicino, lo Stregone odora di legno affumicato e rosmarino. Nella vita ha speso piú soldi in vestiti di quanti ne abbia spesi per il sesso, eppure non c'è niente a cui pensi tanto quanto a scopare. Seghe e pompini, tette e culi. La sua mente è un Kamasutra della dominazione sessuale. Le sue voglie sono insaziabili. Quando Louise era nel suo giro abituale a San Francisco, Evan le aveva detto che lo Stregone riceveva anche cinque servizi al giorno, tutte ragazzine reclutate per fargli «massaggi» a pagamento. Alcune le costringeva a masturbarlo o a succhiarglielo, altre le violentava, altre ancora dovevano restare lí a guardarlo mentre si toccava. Dipendeva tutto da come se la sentiva, da quali vibrazioni emanava la bimba, poteva essere vittima o Vittima.

Quando era in vena Mobley lasciava anche 1000 $ a una ragazza, ma capitava di rado. Di solito, erano poche centinaia di dollari, ma se lo incontravi per tre volte la settimana ti facevi un bel gruzzoletto, specialmente per quelle delle superiori, che non avevano affitto da pagare, niente tasse o prestiti universitari da restituire.

Ma mettiamo per ipotesi che spendesse 500 $ a scopata, per una media di 3 scopate al giorno. Fanno 1500 $ al giorno × 365 giorni ovvero 547 500 $ l'anno.

Adesso moltiplichiamo per 20 anni e abbiamo 10 950 000 $.

Pensateci. Mobley negli ultimi vent'anni ha pagato undici milioni di dollari perché adolescenti e minorenni gli facessero dei «massaggi». (Senza contare qualche milione di buonuscita alle ragazze che si sono rivolte alla polizia, piú le mazzette ai poliziotti stessi). Se ogni scopata di giornata è stata con una ragazza diversa, questo significa che Mobley deve aver visto tre ragazze diverse ogni giorno. Ora, supponiamo che al massimo una stessa ragazza si ripresentasse tre volte alla settimana per «fargli un massaggio»: 3 scopate × 3 ragazze = 9 scopate alla settimana, da sottrarre alle 21 scopate a settimana.

Questo significa che Mobley necessitava almeno di un set addizionale di 3 ragazze, o probabilmente di 2 set per essere sicuro di coprire le restanti 12 scopate.

Quindi 9 diverse ragazze ogni settimana. Ma, c'è un altro fattore. Non dimentichiamoci che Mobley è sempre stato parecchio in giro; e questo significa che di settimana in settimana poteva essere in una città o in un Paese diverso, e di conseguenza avere bisogno di un set completamente nuovo di ragazze, e che tutte queste ragazze dovevano essere reclutate e disponibili con pochissimo preavviso. Quindi, supponiamo 9 ragazze a disposizione ogni settimana in 6 location diverse, ovvero 54 ragazze disponibili per Mobley da qualche parte sul pianeta Terra ogni settimana.

3 ragazze al giorno × 365 giorni = 1095 scopate all'anno. Scopate che richiedevano un piccolo esercito di talent scout e reclutatori, tutti a caccia di ragazze dalle Bahamas alla Francia, da New York alla California, ovunque decidesse di andare col suo jet; ragazze tra i quattordici e i vent'anni che potessero essere manipolate, intimidite, o costrette a diventare le sue schiave sessuali.

Da qui in poi l'analisi statistica incomincia a includere molti fattori casuali. Bisogna considerare la sua agenda mensile di viaggi, sempre variabile, e in aggiunta un possibile tasso di ripetizione anche tra le ragazze di cui ha usufruito in trasferta. Alcune utilizzate una volta sola. Altre, le piú indottrinate o le piú disperate, che invece sono tornate per anni. Anche Mobley ha perso il conto delle ragazze di cui ha approfittato nel corso della sua vita, ma è plausibile che siano state migliaia.

Migliaia di ragazze forzate a fare sesso oppure violentate per un totale di 21 900 volte in vent'anni, tutto al costo dello 0,1 percento del suo patrimonio.

Per metterla in prospettiva, il reddito medio familiare nel 2019 negli Stati Uniti è stato 68 703 $.

Lo 0,1 percento di questa somma sono 6,87 $.

Sei dollari e ottantasette centesimi. Questo vale la vita di quelle ragazze per lui, è questo il peso che hanno. Monetine nel piattino all'ingresso di casa. Un pacchetto di sigarette, non a testa, tutte insieme, migliaia di figlie e sorelle fumate e spente sotto una scarpa per meno del costo di una confezione da sei di Budweiser.

Vi sfido a trovare un drago nella Terra di Mezzo che abbia rovinato piú vite.

Louise incrocia le gambe. Non ha mai detto a nessuno cosa è successo in stanze come quella con Mobley, un'abitudine andata avanti sei mesi. Era una ragazzina di quattordici anni con una madre assente e un'ossessione per la pulizia, che stava ancora cercando di capirci qualcosa dell'adolescenza. Ok, aveva bevuto qualche drink e si era calata qualche pillola, ma non aveva idea dei mostri che c'erano là fuori nel mondo, mostri che stavano in agguato a spiarla in attesa di saltarle addosso e divorarla. Non aveva idea delle cose che vogliono fare gli uomini ai corpi delle donne. Lo svilimento, la violenza. Essere strozzata. Gli sputi addosso. Legata e penetrata.

Non è la definizione stessa di male?

Mobley afferra un telecomando, spegne i televisori. Le sorride, ma senza riconoscerla. È il sorriso di uno squalo, il ghignetto di un coccodrillo. Louise non è un essere umano per lui, non è un volto degno di essere ricordato. È un fazzoletto con cui soffiarsi il naso per poi gettarlo a terra.

– Dimmi un po' di nuovo il tuo nome, gattina, – le chiede, e infila un dito sotto la spallina del top.

– Morte, – risponde lei, a voce bassa.

– Mor...? – dice lui, aggrottando le sopracciglia.

Louise fa scorrere la mano destra sul fianco fino a che non sente le forbici nella tasca dietro dei pantaloni.

– Morte, – dice chiaramente adesso, – non ti ricordi di me? Sono la Distruttrice di mondi.

E a quel punto si scatena la tempesta di colpi.

O

Legolas sta presidiando il perimetro della tenuta quando il furgoncino di Amazon accosta al cancello per le consegne sul retro. Ci sono tre guardie in servizio. Lo osservano arrivare dal viale, prendere la rotonda e fare retromarcia per piazzarsi con il posteriore di fronte al cancello, con nonchalance. Il guidatore è di razza mista, nero e asiatico. Ha il braccio fuori dal finestrino, la radio accesa passa Sinatra. *Fly Me to the Moon*.

Al di là delle sbarre di ferro del cancello, Duane vede l'edificio principale, in fondo a un breve vialetto. Ci sono altre due guardie appostate sul tetto. Duane apre la portiera e scende. Indossa una maglietta blu di Amazon e dei pantaloncini cargo bianchi. Fa un cenno alle guardie e sul retro, fischiettando.

– Eccitante, vero, – dice alle guardie, – quando arriva la fatina dei doni.

Dà un colpetto al portellone, disinvolto come Sinatra, poi lo apre. Dentro c'è un muro di scatole. Duane prende la pistola scanner appesa alla sua cintura, la punta contro un paio di pacchi. *Beep*: pacco sbagliato. Due guardie si avvicinano.

Duane parla senza voltarsi.

– Fatemi indovinare. L'attesa vi sta uccidendo.

Si volta sorridendo. – Devo averlo messo davanti –. E ritorna verso il posto del guidatore, – un attimo e ci sono, – dice.

Le guardie stanno davanti al portellone, aspettano. Davanti a loro il sole sorge e per evitare di ritrovarselo dritto in faccia fanno un passo avanti, all'ombra. Per i loro occhi, ingannati dalla luce, nel vano del furgoncino c'è solo buio.

Poi, dentro, qualcosa luccica.

I primi due colpi centrano quei punti che il giubbotto antiproiettile non arriva a coprire. Il piú vicino, Dean, muore sul colpo. Di fianco a lui, l'altro, Morgan, viene colpito al collo e cade a terra, dimenandosi e schizzando sangue ovunque. Non c'è niente di pulito o di cool, nella violenza. È brutale e caotica. E rapida. Rapidissima. Da dentro il furgoncino, Avon DeWitt mira alle guardie sul tetto e comincia a sparare.

O

Attaccato al lato nord della proprietà dello Stregone c'è un complesso di campi da tennis. Cinque in totale, confinanti con l'area residenziale suburbana che i costruttori chiamano Desert Glen. I campi sono fiancheggiati da una fila di enormi cipressi, mantenuti verdi con grande dispendio d'acqua. Siamo in un deserto, dopotutto. All'alba la gran parte delle case sono serrate per bene, con le persiane giú. Qualche testa bionda di tanto in tanto si affaccia da una finestra, giusto il tempo per capire se l'apocalisse è arrivata alle loro porte sotto forma di una folla ribelle di antifascisti anarchici vestiti di nero, venuta per distruggere le care libertà americane, o magari chissà, a questo punto potrebbero presentarsi persino gli alieni dallo spazio, oppure gli oscuri signori rettiliani rimasti sempre nell'ombra. È agosto. Può succedere di tutto.

Mentre il sole sorge, una giovane donna vestita con un completino da tennis bianco spinge una Lobster Elite Liberty Ball Machine in mezzo alla placida via principale del complesso Desert Glen. La macchina lanciapalle Lobster Elite contiene centocinquanta palline. Le può sparare a velocità variabile fino a trenta metri di distanza. La giovane donna, Story Burr-Nadir, la sta trasportando su una sorta di carrellino a rotelle. Nella mano destra regge una tanica di benzina.

Sono le cinque e venticinque del mattino e la temperatura a Palm Springs è già di quaranta gradi. Davanti a sé vede la fortezza di Mobley. Le mura di cinta sono alte tre metri, ma dal fondo della strada Story stima che il tetto della dépendance per gli ospiti disti forse dieci metri, mentre l'edificio principale è un po' piú lontano in direzione sudovest. Si immagina la pioggia di palline da tennis infuocate che sta per scagliare.

Un pick-up con le ruote fuori misura le sfila di fianco, e rallenta a uno stop. La cabina di guida è piú o meno a due metri da terra. Appeso al lunotto posteriore c'è un portafucili. Il finestrino del guidatore si abbassa. Dentro c'è un uomo con un cappellino da baseball.

– Serve un passaggio?

Story alza gli occhi. Al volante c'è Samson. Ha trovato quel mezzo nel parcheggio di un IHOP. Le finestre del ristorante in frantumi, i cadaveri degli avventori e dei patrioti insieme a quelli di ufficiali di polizia e soldati.

Il motore ancora acceso, le chiavi inserite.

Dio o fortuna?

– Smettila di cazzeggiare, – gli dice Story, – siamo in ritardo.

– Ok, ok, – dice Samson, e avanza. Fa un'inversione a U al fondo della strada chiusa, piazzandosi con il cassone del pick-up puntato contro la recinzione metallica che separa la strada dal campo centrale. Mette la retromarcia e spinge a tavoletta sul pedale del gas. L'impatto lo schiaccia contro il sedile, ma la recinzione metallica cede e crolla. Samson parcheggia vicino alla rete, con il posteriore rivolto verso le mura sul retro della proprietà dello Stregone.

Salta giú dal pick-up, reggendo un enorme fucile ad acqua Super-Soaker – il Soakzooka (20,99$ su Amazon) – che ha una capacità di quaranta litri e può scaricare un diluvio fino a dieci metri di distanza. È stato progettato per sparare a raffica; una sorta di arma giocattolo di distruzione di massa, perfetta da usare a bordo piscina. Samson si sistema nel cassone del pick-up. Alla cintura ha una Smith & Wesson 9 millimetri per quando si incomincerà a sparare sul serio.

La notte prima è rimasto seduto con suo padre nell'oscurità del negozio di animali. Hanno dato da mangiare insieme ai cuccioli, delle crocchette pescate tra gli scaffali e lanciate un po' alla volta in mezzo alla stanza, guardando i cani correre.

«Promettimi che la riporterai indietro», gli ha detto Avon, senza guardare il volto ormai cresciuto di suo figlio. La medicazione già piena di sangue.

Samson ha lanciato lontano una manciata di crocchette. «La riporteremo indietro insieme».

Avon ci ha pensato su. Sono rimasti in silenzio mentre gli altri caricavano le macchine. Nessuno dei due si radeva da sei giorni. Samson ricordava di quando da bambino in bagno guardava suo padre che faceva scorrere il rasoio usa e getta sul volto. Era ancora surreale che fosse lí, in quel posto e in quel momento, con lui. Eppure la storia doveva andare a finire cosí.

«Papà», gli ha detto.

Avon lo ha guardato. Da almeno dieci anni Samson lo chiamava soltanto con il suo nome di battesimo oppure pezzo di merda.

«Hai mai… – e nel dirlo per un attimo è sembrato che fosse di nuovo un ragazzo, piccolo e spaventato. – Ti senti mai male per quello che abbiamo fatto?»

Avon si è voltato di nuovo verso i cani, che si sono accalcati intorno a loro tutti agitati. E ha lanciato un altro po' di crocchette.

«No», ha detto.

Samson ha annuito. Non è passato un giorno da Blountstown senza che abbia rivissuto quel momento, senza vedere i volti degli agenti nell'istante in cui ha sparato, senza sentire il brivido d'adrenalina e insieme l'ondata di vergogna e disperazione.

«Io sí, – ha continuato. – Penso che abbiamo fatto un errore. Io ho fatto un errore».

«Hai protetto tuo padre, – ha risposto Avon, – come vuole la legge del Signore».

Samson ha tirato un sospiro, non intendeva cacciarsi in un'altra conversazione senza via d'uscita con il vecchio sulle leggi bibliche, la Costituzione e la cabala.

«Stavano solo facendo il loro lavoro».

«Erano agenti dell'oppressione».

«Papà, – ha detto prendendogli il braccio. – Erano figli di qualcuno anche loro».

Avon si è irrigidito, allontanando il braccio. Ha gettato tutto il sacco di crocchette, scagliandolo via, come a dire che bisognava smettere di prendersi in giro.

«La sola cosa che conta adesso è tua sorella. Capito?»

Samson ha annuito, pensando per un attimo di discutere, ma non sarebbe servito a nulla. Ha fatto un grattino tra le orecchie di un golden retriever accucciato sui suoi piedi.

«La riporterò indietro».

Adesso, sul campo da tennis, lui e Story stanno caricando la macchina sparapalle sul cassone del pick-up. Story rimuove il tappo e Samson getta la benzina sulle palline. L'odore pizzica il naso, una zaffata tossica dolciastra. Story tossisce mentre Samson usa un imbuto di plastica per riempire il Soakzooka.

– Ci siamo, – dice lui.

Programmano la macchina perché si inclini a quarantacinque gradi. Si sono messi d'accordo che Story rimanga lí a vedere le prime dieci palline, nel caso qualcosa vada storto, e poi raggiunga gli altri al punto d'incontro. Samson ha un'altra faccenda da sbrigare. Salta giú dal cassone e tira fuori dalla tasca un accendigas con un lungo beccuccio. Lo fissa sotto la bocca della macchina sparapalle con del nastro adesivo, di modo che resti acceso e possa incendiare le palline man mano che escono.

Restano immobili per un attimo, a fissare l'esile fiamma blu. Danza nella lieve brezza del mattino.

– Ci vediamo presto, – le dice.

Lei annuisce, pensando a sua madre e al suo patrigno, ormai morti, che a colazione spesso preparavano i pancake, disegnandoci sopra uno smile con le gocce di cioccolato. E pensando al suo fratellastro, che è la fuori da qualche parte, l'orfano. Se sopravvive, lo andrà a riprendere e non lo abbandonerà mai piú.

– Nessun altro, – dice lei, – non perderemo nessun altro.

Lui annuisce, poi afferra il Soakzooka e corre verso il cipresso piú vicino alle mura del compound. Si mette a tracolla il cannone ad acqua e incomincia a salire sull'albero. A tre metri di altezza, abbraccia un ramo bello spesso e sbircia oltre il bordo del muro.

La dépendance per gli ospiti è un edificio di due piani, che si estende per una trentina di metri, e sta a un tiro di schioppo dalle mura. Il tetto è fatto di tegole, in stile spagnolo, e c'è un balcone al secondo piano, in corrispondenza di quello che deve essere il bagno padronale. La porta a vetri del bagno è aperta e sul balcone c'è una guardia seduta su una sdraio reclinabile, il fucile d'assalto poggiato sopra un tavolino di vetro. Sembra appisolata. In lontananza, Samson vede altre guardie che girano per la proprietà. Ne conta almeno cinque tra tetto e terrazze dell'edificio principale e un'altra dozzina sparse fuori.

Guarda verso Story e alza il pollice. Incastra il piede in un avvallamento del tronco, per essere stabile, e punta il Soakzooka. L'odore della benzina è quasi insopportabile. Se qualcuno gli accendesse un fiammifero vicino, Samson andrebbe in fiamme all'istante, incendiando tutto l'albero.

Mira al tetto della dépendance per gli ospiti e preme il grilletto. Un pennacchio di benzina s'inarca dalla bocca del cannone superando il muro. Circa la metà finisce a terra, ma il resto disegna una linea lungo la parete della dépendance arrivando fino alle tegole.

Il procedimento non è dei piú silenziosi.

Samson stringe forte l'albero mentre la guardia sul balcone si stiracchia senza svegliarsi. È chiaro che non potrà agire in segreto, cosí opta per una strategia diversa: colpisci e terrorizza. Si tira su, reggendosi al ramo con le cosce, e inizia a sparare a raffica archi di benzina sulla casa, ricaricando il piú in fretta possibile.

La benzina piove sul tetto, sulle pareti, sul balcone. La guardia si risveglia quando una scarica la colpisce. Si guarda intorno, disorientata, la faccia zuppa, cerca di afferrare il fucile.

Samson guarda Story e senza emettere suono le dice: *Ora.*

Lei accende la macchina sparapalle. La prima pallina esce come un proiettile, passa attraverso la fiamma dell'accendigas e s'incendia. S'inarca sopra il muro, manda in fiamme una parte del tetto della dépendance degli ospiti e atterra nella piscina.

– Piú basso, – grida Samson, mentre la guardia si raccapezza, imbraccia il fucile e si guarda intorno per capire da dove arriva l'assalto.

Story s'inginocchia nel cassone, capisce come cambiare l'angolo, puntando piú in basso la bocchetta da cui escono le palline. Parte una seconda palla, ma è troppo bassa e impatta contro il muro, rimbalzando accanto al pick-up e andando a finire sulla strada.

– Merda, merda, merda, – dice Story, mentre prova a cambiare di nuovo l'angolo, cercando una via di mezzo.

Da lontano arrivano degli spari. Samson si ripara istintivamente, ma è soltanto Avon nel furgoncino di Amazon. L'assalto è iniziato per davvero. Non si può piú tornare indietro. Sul balcone, gli occhi della guardia cadono sul cipresso. Vede Samson, alza il fucile, e allora lui reagisce facendo partire un altro fiotto di benzina che lo centra in pieno, impregnandogli i vestiti e accecandolo.

La guardia impreca, le dita premono inavvertitamente il grilletto mentre cerca di levarsi dal diluvio. Il fucile spara, il caricatore esplode, la canna si surriscalda. La benzina che lo ricopre erutta. La guardia e il balcone in un istante vanno a fuoco. Nello stesso momento, parte un'altra pallina da tennis, che con una parabola perfetta colpisce il tetto della dépendance. Le fiamme corrono lungo l'edificio e raggiungono il terreno.

Sentendo urlare la guardia sul balcone, Samson lancia il Soakzooka. Salta oltre il muro e atterra in un cespuglio all'interno del compound. Alle sue spalle si alza un boato man mano che le fiamme avvolgono l'edificio. Samson avverte il calore. Consapevole di essere lui stesso benzina per un 10 percento del peso tira fuori la pistola e corre verso il fianco della casa, attento a tenersi alla larga dall'inferno.

O

Bathsheba è nel bagno quando sente il primo sparo, dopodiché il mondo fuori dalla sua finestra si tinge di arancione e il fuoco fa saltare il vetro. Riesce in qualche modo a infilarsi i pantaloni e si fionda nel corridoio, sentendo arrivare l'eco di altri colpi, e poi il rumore di voci urlanti. *È il momento?*, si chiede. *Salvezza o morte?*

La porta d'ingresso della dépendance si apre e compare Boaz Orci con Aragorn e altre due guardie. La prendono per i gomiti e la trascinano via, verso l'edificio principale. Dietro di lei, la casa dove stava va in fiamme. E all'ingresso per le consegne sul retro infuria la battaglia. Risuona un colpo e una delle guardie incespica e cade a terra. Boaz e Aragorn accelerano il passo, ognuno tenendo Bathsheba per un braccio, mentre le altre due guardie si fermano e rispondono al fuoco di un tiratore comparso sul fianco della casa.

È suo fratello.

O

La porta della spa si spalanca. Entra Liam, con le guardie. Questa la scena che si trova davanti agli occhi: Louise con un paio di forbici in mano sta per balzare addosso a Mobley sul divano. Ma gli uomini che irrompono nella stanza la distraggono e con il primo affondo riesce solo a prenderlo di striscio sulla guancia. Mobley impreca, le afferra il polso e iniziano a lottare mentre Liam mette mano alla pistola. Si sposta, cercando un punto da cui sparare a colpo sicuro.

Affannata, Louise non si accorge degli spari che arrivano da fuori e nemmeno delle esplosioni che continuano nella dépendance. La mente le permette di sentire soltanto il suo respiro e quello dello Stregone che le si avventa addosso. L'odore di lui cambia durante la lotta, diventa piú tagliente, piú ferale, come quello del pelo di un predatore. Lei prova in ogni modo a infilzarlo con le forbici, ma lui la schiaccia con tutto il suo peso, e a un certo punto Louise capisce che sta affondando nel divano, sta scomparendo tra due cuscini, come una donna che viene ingoiata viva. Una parte del corpo di Mobley – il gomito? la spalla? – le capita a tiro di morso e lei affonda i denti piú che può. Lui grugnisce e le stritola il polso. Louise sente uno schiocco, le forbici le scivolano di mano, e prima che possa rendersi conto di quello che vuol dire, sente un dolore acuto sul fianco sinistro, sotto la cassa toracica: lo Stregone la colpisce una, due, tre volte. Le sue urla sono smorzate dai cuscini del divano, cuscini in pelle che la stanno soffocando, poi tutto diventa nero.

Lo Stregone si solleva di scatto, un animale imbizzarrito, le prende la faccia con il palmo della mano e la schiaccia. Ruggisce come un leone che ha scampato la morte, prima che Liam Orci e le guardie lo prendano di peso e lo portino fuori dalla stanza, dando Louise per morta: una delle tante figlie di qualcuno arrotolate in un tappeto e scaricate a bordo della strada.

Per un minuto nella stanza regna il silenzio, Louise sprofondata completamente nel divano. Spuntano solo il suo ginocchio sinistro e un pezzetto di braccio. La faccia pallida. Poi i cuscini incominciano a muoversi e lei a fatica riemerge dalla sua bara di pelle, come una speranza che proprio non vuole morire.

Il fianco le brucia da impazzire e il sangue gocciola da una ferita sotto le costole. Ci mette una mano sopra, respirando con affanno. Il modo piú rapido per levarsi da quel divano è lasciarsi cadere, e cosí fa; si ritrova a carponi e inizia a gattonare verso una pila di asciugamani, lasciandosi dietro una scia insanguinata. Respirando tra i vapori bollenti della sauna, si rende conto di non voler morire. Questo la sorprende. Ha sempre pensato che, tirando le somme, continuare a vivere le fosse indifferente, con tutti i problemi e le tribolazioni senza fine che bisogna sopportare; ma adesso, mentre sente il sangue colarle tra le dita, capisce di non essersi spinta tanto lontano solo per finire dissanguata nel bagno dello Stregone, come se fosse un preservativo gettato via.

Raggiunge gli asciugamani e ne preme uno sulla ferita. Sente da fuori il suono di parecchi fucili d'assalto che sparano raffiche ravvicinate, e anche qualcos'altro: il suono di un elicottero che si prepara a decollare.

Tutto sta andando secondo il piano.

L'aereo

L'elicottero vola basso, muovendosi veloce al di sopra degli alberi. Da trenta metri di altezza possono vedere le fiamme che divorano le montagne a ovest. Mobley siede dietro insieme a Bathsheba e Liam Orci. Sanguina dal taglio sulla guancia, ma l'adrenalina è ancora troppa perché se ne accorga. Legolas è davanti con Boaz. Aragorn sta di vedetta, affacciato al portellone aperto, pronto ad accogliere minacce in avvicinamento con il suo AR-15, come se fosse Fallujah e non Palm Springs. Quando Astrid ha cercato di infilarsi a bordo – il volto in preda al panico, i proiettili che rimbalzavano dappertutto – Bathsheba l'ha letteralmente sbattuta fuori a calci. Sente ancora l'urlo che ha cacciato quando è caduta, con l'elicottero già a un paio di metri da terra e in risalita.

Fuori una, ne restano tre, è stato il suo pensiero.

Hanno dato istruzioni via radio all'aereo – «Pronti al decollo in cinque minuti» – e Legolas adesso lo vede, parcheggiato sulla pista lí davanti, scaletta abbassata. Fa segno a Orci di accostarsi il piú possibile, 'fanculo i regolamenti Fcc. Liam si piega in avanti, urlando in cuffia.

– Quando tocchiamo terra, voglio i gemelli del *Signore degli Anelli* sulla pista a sorvegliare il perimetro. Mio fratello e io porteremo il capo. Sparate a qualsiasi cosa che si muova finché non siamo decollati. Ricevuto?

Legolas e Aragorn accolgono fragorosamente l'ordine.

– Hieeehyaaaa! – Boaz Orci spinge la cloche e l'elicottero punta in basso. Spegne il motore ancor prima di essere completamente atterrato e in un attimo sono fuori e corrono verso l'aereo. I motori del jet sono accesi, un lamento assordante e continuo. Liam sorregge Mobley, mentre Boaz trascina Bathsheba per il collo, pistola in mano. Ci sono 42 gradi all'ombra. Aragorn e Legolas si distaccano, controllano l'area circostante, ma è tutto tranquillo.

E alla fine Mobley, Bathsheba e i fratelli Orci sono a bordo.

Aragorn fa segno a Legolas di spostarsi verso la coda. Lui cammina circospetto verso la parte anteriore dell'aereo, attento a ogni movimento. Al riparo dai loro sguardi, un'ombra scende dall'ala e una figura si cala silenziosamente a terra. È un giovane uomo tutto vestito di nero coi capelli lunghi e un paio di stivali da cowboy: un fantasma oscuro con un occhio solo. Scivola sotto la fusoliera stando accovacciato. Sul fianco ha una 9 millimetri e nella mano destra stringe un coltellaccio. Si mette pancia a terra, osserva le gambe del suo bersaglio. Poi prende una decisione.

Sull'aereo, Boaz spinge avanti Bathsheba. È un 737, personalizzato in modo da andare incontro alle esigenze del piú esigente tra i miliardari. Arredi di modernariato, un bar fornitissimo, videogiochi arcade per i bambini e una camera da letto completamente insonorizzata sul retro. Liam conduce Mobley a una poltrona e lo fa accomodare.

– Stia qui, – dice al miliardario, porgendogli una salvietta per la ferita sul volto che continua a sanguinare. – Ci faccio decollare.

Si volta e annuisce a Boaz, che va verso la cabina di pilotaggio chiusa, cerca di aprirla. È bloccata. Boaz è perplesso, la prende a pugni, mentre Liam raggiunge la scaletta, schiaccia il comando per ritirarla e chiude il portellone anteriore.

Appena svolta questa operazione succedono contemporaneamente quattro cose:

1) le porte della camera da letto si spalancano e salta fuori Simon, che con voce sicura e perentoria dice: – Ho capito.

2) Gli Orchi si voltano verso di lui.

3) La cabina di pilotaggio si apre, rivelando al suo interno il Profeta, che sta in piedi con in mano una bomboletta spray riempita di urina di coyote.

4) Randall Flagg si catapulta lungo la scaletta esterna e piomba dentro dal portellone per i passeggeri, i cadaveri dei suoi nemici riversi sulla pista dietro di lui. Spara a Liam sotto il braccio destro, il proiettile gli trapassa il cuore e si conficca nel bicipite sinistro mentre il Profeta spruzza il piscio del predatore del deserto negli occhi di Boaz, accecandolo. L'unico ancora vivo dei fratelli Orci grida e cade all'indietro, rimbalzando contro il televisore da sessanta pollici montato a parete, proprio nell'istante in cui suo fratello crolla. Flagg prende la mira e gli spara due volte alla schiena, i proiettili gli escono dal petto e attraversando la tv finiscono nel bagno.

Volano scintille. Gli Orchi giacciono a terra insieme, le braccia dell'uno aggrovigliate a quelle dell'altro.

In quel momento, Bathsheba si lancia contro Mobley dal divanetto, gettandogli le mani alla gola. Il ginocchio trova da solo la strada verso l'inguine. Poi lo tira indietro e lo colpisce di nuovo proprio sui testicoli. Le urla di lui sono soffocate e isteriche. L'agonia gli paralizza la mente razionale. Bathsheba sa che per ucciderlo il trucco non è ostruirgli le vie respiratorie ma bloccare l'afflusso di sangue al cervello. Lo stringe per il collo con tutta la forza che ha, osservando il dolore e il terrore nei suoi occhi. Coglie l'istante esatto in cui comincia a perdere coscienza. A quel punto Simon e il Profeta le sono addosso, e la tirano via. Bathsheba, adesso Katie, grida e scalcia mentre la riportano sul divanetto.

– Toglietevi di dosso, – urla, – ce l'avevo in pugno. Ce l'avevo in pugno, cazzo.

Mobley riprende fiato a fatica, le mani portate all'inguine. È un miracolo che riesca a non vomitare. Per la prima volta in anni e anni ha scoperto una sensazione che i suoi miliardi non possono anestetizzare o far sparire.

Il Profeta si accovaccia davanti a Bathsheba, guardandola negli occhi con il piú gentile degli sguardi.

– Sei salva ora, – dice, – siamo con Samson.

– Ce l'avevo in pugno, – ripete lei, ma lo spirito della battaglia la sta abbandonando, e subentra il sollievo.

Dalla parte opposta a lei E. L. Mobley fatica a rimettersi seduto.

Non gli era mai successo nella vita di non avere idea di cosa dire o fare.

Simon gli siede di fronte.

– Ho capito, – ripete, – è il dolore. Le cinque fasi del lutto, giusto? Negazione, rabbia, contrattazione, depressione, accettazione, ma noi siamo tutti intrappolati nelle prime due. Tutto il Paese, o forse la Terra intera. Siamo prigionieri della negazione e siamo incazzati, perché qualcosa che amiamo è morto, soltanto che metà del Paese piange per un passato che crede di aver perso, mentre l'altra metà piange il futuro che pensava di conquistare, ma alla fine ci sentiamo tutti nello stesso modo. Come se qualcuno che amavamo fosse morto. E io lo capisco bene. Lei mi manca e non riesco ad accettare che sia morta, e sono incazzato.

Si sporge verso lo Stregone.

– Ma siamo bloccati, non possiamo muoverci, – continua, – nessuno di noi, perché tu ci stai addosso, ci consumi, ci dài la caccia, tu e gli altri, voi che trasformate il dolore in denaro, ci volete arrabbiati, ci volete far combattere tra di noi, ci volete tenere divisi cosí potete continuare a prendervi le nostre vite, le vite di noi ragazzi e dissanguarci.

Lo Stregone lascia cadere la salvietta sul grembo.

– Hai finito? – chiede, senza fare nessuno sforzo per mascherare il disprezzo che prova per loro.

– No, – dice Simon. – Perché io non nego, sono incazzato, ma so qual è la realtà. La realtà è che tu ci stai ammazzando. Con la tua avidità e con i tuoi discorsi subdoli. E gli unici che lo capiscono sono i ragazzini. Ed è per questo che ci stiamo uccidendo. Perché ciò per cui siamo in lutto è la nostra stessa morte.

Bathsheba si alza dal divanetto e avanza. Sta tremando. – Uccidilo, – gli dice.

Simon guarda il Profeta.

– No, – dice il sant'uomo che un tempo è stato un bambino di nome Paul, – ci serve per un'ultima cosa.

Epilogo

La leggenda del Sí e del No

Mia figlia mi ha chiesto come avrei fatto finire questo libro. Le ho detto che non lo sapevo. In realtà, quel che intendevo è stato: «Mi hai beccato».

Le ho spiegato che suo padre è un romantico, e questo significa che vuole che alla fine tutto si aggiusti. Vuole che capitino cose belle alle persone che si comportano bene e cose brutte a chi fa del male agli altri. È cosí che siamo fatti, noi essere umani. Vogliamo che le relazioni durino. Che le famiglie stiano insieme. Ci piace quando vincono i buoni.

Favole. Sto descrivendo le favole.

Mia figlia allora ha risposto: «Okay, ma come fai a far finire una storia se niente finisce mai veramente?»

Avevamo appena parlato della Prima guerra mondiale, che lei stava studiando a Storia, e avevo appena finito di dirle che non puoi davvero raccontare la Prima guerra mondiale senza parlare anche della Seconda guerra mondiale.

Funziona cosí. Una cosa conduce a un'altra cosa.

«Il meglio che puoi sperare, – le ho detto, – è ottenere una sensazione di catarsi. Dare l'impressione che c'è stato un cambiamento definitivo. Che c'è stata un'evoluzione positiva».

«E c'è stata?» mi ha chiesto lei.

«Smettila di fare tante domande», ho replicato io. Ma ovviamente è il suo lavoro fare tante domande. Ha tredici anni e le sto passando le chiavi per una macchina che si chiama Terra. *Cos'è quest'ammaccatura?*, mi sta chiedendo. *Perché questo pezzo è rotto? È sicura?*

Prende due diversi farmaci per l'ansia, mia figlia. Non li prendeva prima che iniziassi a scrivere il libro. Era una bimba di undici anni a cui mancava ancora un dente, che si mordeva la lingua quando doveva concentrarsi. Ma nel momento in cui l'infanzia ha lasciato il posto all'adolescenza è successo qualcosa. Quella bestia che si chiama ansia si è intrufolata nella sua vita.

Lo scorso anno le ho chiesto: «Che succede? Di che cosa sei tanto spaventata?»

Questo è ciò che mi ha detto: non voleva crescere. Non voleva pensare al futuro. Ho cercato di convincerla che pianificare è il solo modo che abbiamo per esercitare un qualche controllo sul futuro, ma era scettica a riguardo. Siamo nel mezzo di una pandemia mondiale, dopotutto.

Il controllo, ha imparato, è un'illusione.

O

Fermatemi se questa l'avete già sentita.

In principio c'erano la terra e il mare, e gli alberi, i prati e le montagne. C'erano il sole e la luna, i fiori e le api, i pesci e gli orsi, e tutti i doni meravigliosi della vita.

In principio c'erano l'Alaska, il delta dello Yukon e il mare di Bering. Il primo giovedí di settembre, un aereo privato atterra in una pista d'atterraggio isolata poco a nord di Allakaket. Il terreno tutto intorno – duecentomila acri – è stato acquistato il mese prima da un miliardario eremita che da allora è scomparso.

La scaletta dell'aereo si abbassa. Scendono otto adolescenti. È una mattina nebbiosa. La temperatura fuori è di

18 gradi. Ci sono due coppie fratello e sorella, il resto dei ragazzi sono amici.

200 000 acri = 809 chilometri quadrati. Camminando a circa cinque chilometri all'ora, ci vorrebbero centoquattro ore a lasciare quella che adesso è la loro proprietà. Le abitazioni prefabbricate saranno consegnate in una settimana, insieme a un sistema di raccolta delle acque piovane, una banca dei semi e del bestiame. Questo è ciò che possono comprare i soldi di un miliardario. Una comunità che può ospitare qualche centinaio di persone e che crescerà nel tempo.

Una profezia li ha portati fino a lí. Una missione, se volete. Prima hanno dovuto superare la loro ansia. Poi hanno liberato il ragazzino imprigionato. E hanno liberato il drago dalla torre e sconfitto la Strega e lo Stregone. Questa è la loro ricompensa. Il Paradiso in Terra.

Utopia.

Simon Oliver cammina sull'erba. Sono passati sessanta giorni da quando ha preso l'ultima pillola. Domani sarà il suo sedicesimo compleanno. Si sente come Noè che abbandona l'arca alla fine del Diluvio. Scendono a due a due. Alle spalle si lasciano un mondo in fiamme, intorbidito dall'odio.

Per Claire, pensa quando vede i pioppi agitati dalla brezza.

O

Di recente, mi sono chiesto: noi, come specie, soffriamo di un problema di empatia? E se è cosí, il nostro dilemma è che non proviamo *abbastanza* empatia? Oppure è l'empatia in sé il problema?

Seguitemi.

Nel 2019, la ex first lady Michelle Obama tenne un discorso alla convention nazionale del Partito democratico. Parlò della crescente polarizzazione politica e dell'aumento dell'aggressività negli Stati Uniti.

«L'empatia, – disse, – è qualcosa a cui penso spesso ultimamente. L'abilità di mettersi nei panni di qualcun altro; il riconoscere che l'esperienza dell'altro ha valore quanto la tua. Molti di noi la praticano senza secondi fini. Se vediamo qualcuno soffrire o in difficoltà, non ci viene da criticarlo, da metterlo in dubbio. Lo ascoltiamo, gli porgiamo una mano, perché: *sarebbe potuto capitare a me*. Non è un concetto tanto difficile da comprendere. È quello che insegniamo ai nostri figli.

Ma proprio in questo momento, i ragazzi possono vedere quello che succede se smettiamo di esigere reciprocamente empatia. Si guardano attorno e si chiedono se, forse, per tutto questo tempo, non gli abbiamo mentito riguardo a chi siamo e a ciò a cui diamo realmente valore».

A dire di Michelle Obama quindi, il nostro piú grande problema è la mancanza di empatia. Ti capisco, tu mi capisci. E la soluzione è fare in modo che se ne generi di piú.

Paul Bloom, d'altro canto, un filosofo morale, sostiene che nelle interazioni umane l'empatia sia un problema. Secondo Bloom, l'empatia, «per quanto ben intenzionata, è una guida piuttosto esile nelle argomentazioni morali. Peggio ancora, nella misura in cui gli individui e le società prendono decisioni di natura etica basandosi sull'empatia diventano sempre piú insensibili alle sofferenze dei grandi gruppi di persone».

Paul Slovic, un altro filosofo morale, è d'accordo. Anche lui sostiene che l'empatia sia uno strumento inutile per migliorare le condizioni di vita degli altri, dal momento che la mente umana non funziona per niente bene quando si tratta di pensare a, e quindi empatizzare con, milioni o miliardi di individui.

«A una singola esistenza, accordiamo un grande valore. Faremmo di tutto per proteggere un certo individuo e per salvare qualcuno in difficoltà, ma all'aumentare del numero di persone con dei problemi non rispondiamo proporzionalmente nell'impegno».

Slovic parla di un fenomeno chiamato «intorpidimento psichico», definito vagamente in questo modo: piú è grande il numero di persone che soffrono, maggiore è l'apatia.

Ma allora, il problema è che non c'è abbastanza empatia, oppure è l'empatia stessa?

O

Samson DeWitt (adesso Felix) scende la scaletta dietro Simon, con sua sorella, Bethsheba (adesso Katie). Di fronte a loro, Randall Flagg è in piedi, scalzo, disarmato, guarda con sorpresa la vetta del monte Denali. I suoi fucili li seppellirà in quella terra, ha deciso. Da oggi non combatterà piú.

Di fianco, Story Burr-Nadir tiene la mano di suo fratello. Anche Hadrian guarda le montagne, ma in testa ha parole diverse. Pensa: *Questo è un posto dove potremo guarire*. Ha passato sei giorni rinchiuso in una stanza d'albergo a Washington DC, mangiando barrette energetiche e guardando alla tv il mondo finire, prima che la sorella e i suoi amici arrivassero a salvarlo. La guarda, mentre lei è rapita da un girasole, e sorride.

– Siamo tu e io, – gli dice, e lui annuisce, perché che altro potrebbe esserci?

Duane Yamamoto segue Simon e gli prende la mano. Sono dei pionieri, che dormiranno sull'aereo finché non arrivano le loro case. Mangeranno il cibo che si sono portati finché non potranno sostenersi in altro modo. Hanno un solo telefono, che sono tutti d'accordo di usare esclusivamente in caso di emergenza.

Per ultimo scende il Profeta Paul, che al fondo della scaletta s'inginocchia sulla terra feconda. Si china in avanti e bacia una chiazza di muschio, ringraziando Dio di averli condotti lí, nella nuova Terra Promessa.

È davvero quello che è successo?, si chiede Simon. *O ci siamo condotti qui da soli?*

Come tutto ciò che riguarda Dio, alla fine è una questione di fede.

O

Essendo uno scrittore, il vostro autore crede da tempo che la finzione sia un sistema per generare empatia. E crede che, sulla pagina o sullo schermo, chi scrive possa farvi, a voi lettori, prendere a cuore la sorte di qualcuno che non siete voi, cosí che possiate tornare nel mondo reale con una piú ampia comprensione per gli altri. E crede anche che questa cosa possa rendere il mondo un posto migliore.

Considerate questo, però.

L'empatia, come ogni altra emozione, può essere manipolata. Non è quello che vi ho appena descritto? Un autore scrive una storia per produrre determinate sensazioni, no? L'empatia, perciò, è uno strumento che può essere usato per fare del bene o per fare del male. Come ha scritto un tempo Adam Smith, provare empatia per qualcuno che ha subito un torto è allo stesso tempo provare rabbia per chi quel torto lo ha perpetrato. Dunque se voglio farvi arrabbiare, basta che vi ritragga una povera vittima e insieme chi ha abusato di lei o l'ha manipolata.

Aiutate la vittima, potrei dire, ma punite anche l'aguzzino.

Mettiamo che racconti una storia a un gran numero di persone che sono loro stesse delle vittime, manipolate da forze oscure, disprezzate da persone che non hanno mai visto, abbandonate come cani lungo la strada; cosa dovranno fare queste persone per aiutarsi da sole e punire quelli che credono siano stati i loro aguzzini? Perché chi di noi non empatizza prima di tutto, e soprattutto, con sé stesso?

O

C'erano 3 478 769 962 persone vive sul Pianeta Terra l'anno in cui sono nato. Oggi ce ne sono 7 794 798 739. Durante il corso della mia vita, 4,3 miliardi di esseri umani in piú sono giunti su questa palla luccicante di blu e di verde. Bambini con genitori. Persone che hanno bisogno di cibo e acqua, di case e scuole, che producono rifiuti e guidano macchine e a loro volta hanno altri bambini.

È possibile che a questa faccenda nessuno ci abbia mai pensato davvero. Non voglio negare che un singolo individuo, dopo milioni di anni di evoluzione, sia diventato straordinariamente abile nel risolvere i problemi. Ma ciò che un essere umano può risolvere in maniera affidabile sono i suoi problemi personali, forse – in pochi casi eccezionali – i problemi di una comunità piú grande di una città, ma piú piccola di una nazione. Perché malgrado tutto, a un certo punto, la nostra abilità di risolvere un problema collassa quando il problema diventa troppo grande.

Questa incapacità è peggiorata dal fatto che, come si è detto, la nostra motivazione nel risolvere i problemi che riguardano gli altri diminuisce esponenzialmente quando gli altri aumentano a dismisura. Eppure, il dilemma, in questo caso, non è se smettere di fare bambini. I bambini sono meravigliosi. Il problema è che il numero di persone sulla Terra è inversamente proporzionale alla nostra capacità (e al nostro desiderio) di risolvere i problemi di tutti.

Immaginatela in questo modo: quando una madre e un padre mettono al mondo il terzo figlio, incominciano a fare un'analogia sportiva. Dicono: «Adesso dobbiamo giocare con la difesa a zona», intendendo dire che sono in inferiorità numerica e non possono piú mantenere un approccio uno a uno per gestire i figli.

E se una famiglia avesse dieci figli, o trenta, o cento? A un certo punto, la loro possibilità di risolvere i problemi collasserebbe. Il massimo che possono sperare è di sopravvivere.

Che, come sappiamo, è il piú basso standard di vita.

O

«Allora, come va a finire il libro?» mi ha chiesto di nuovo mia figlia ieri. Per lei è importante che tutto si risolva per il meglio. È importante anche per me.

«Ancora non lo so», le ho risposto.

Piú tardi, nel letto, la notte, ero preoccupato.

Ce la faranno?, mi chiedevo. *Simon e Duane, Paul e Louise*. Le ferite della nostra Louise stanno guarendo, ho deciso: ha mangiato la zuppa riscaldata per lei nella cucina dell'aereo, ma dopo l'aggressione, non ha ancora detto nulla.

Anche questa è una guarigione.

Guarda a cosa sono sopravvissuti, mi sono detto nel cuore della notte, cercando di rassicurarmi.

Se ce l'hanno fatta ad arrivare dove sono arrivati, ce la faranno anche dopo: daranno vita alla loro comunità, sopporteranno il gelo invernale e le temperature estive sempre piú alte.

Gli attacchi degli orsi.
Le altre persone.
Ma sono preoccupato.
Sono preoccupato perché, per questi ragazzi – come per i miei ragazzi – il futuro è incerto. Come faranno a sostentarsi? E se si dovessero ammalare? E se capita un disastro naturale oppure se degli uomini cattivi piombano su di loro nella notte con l'odio nel cuore? Cosa succede se il livello degli oceani si alza e si scioglie la calotta polare? Saranno in grado di sistemare quello che noi abbiamo distrutto? Saranno in grado di salvare il mondo?

O

Ecco un'altra domanda.
E se l'empatia non portasse a nulla?
Se – come la felicità o la tristezza – il sentimento empatico ti prendesse intensamente per un momento e poi svanisse nel tempo? Per esempio, se vediamo un bambino senzatetto, sentiamo una vampata d'empatia. Una sensazione che ci mette anche moralmente in pace con noi stessi: *Sento empatia e dunque sono un essere morale*. E quindi aumenta la nostra convinzione di essere delle brave persone. Ci portiamo dietro questo senso di rettitudine morale per l'intera giornata, eppure il bambino è ancora senza un tetto. Che cosa abbiamo fatto per aiutarlo, oltre a sentire il suo dolore?

O

«Come va a finire?» chiede lei.
«Dimmelo tu», rispondo.

O

C'era una volta un ragazzo che diceva soltanto *no* e un altro ragazzo che diceva soltanto *sí*. I due ragazzi combattevano una guerra infinita, guidando le armate illimitate.

NO!, gridavano da una parte.

SÍ!, gridavano dall'altra.

E andarono avanti cosí, anno dopo anno.

Poi un bel giorno venne al mondo una nuova generazione. Vedeva il mondo per quello che era. Le cose belle erano belle. I problemi si potevano risolvere. Ma non con i *no* e con i *sí*.

Guardate, dissero, la soluzione è semplice.

Quelli che hanno di piú devono condividere con quelli che hanno di meno.

Quelli che sono malati devono essere curati.

Quelli che inquinano l'aria e il mare, le foreste e le pianure devono smettere di farlo.

Dàte, dissero al mondo, non prendete.

Sapevano quello che noi non sapevamo.

Che è impossibile essere utili e tristi.

Quanto eravamo fortunati, dissero, ad avere cosí tanta ricchezza nel mondo, perché tutta quella ricchezza poteva essere usata per porre fine alla guerra infinita e instaurare una pace perpetua.

Potevamo smettere di combattere.

Potevamo sistemare questo casino.

Potevamo perdonarci.

Non eravamo destinati a morire.

Non capite?, ci urlarono. Bisogna soltanto cambiare.

O

Ecco tutto.

La mia storia è finita. Il resto tocca a voi.

Buuuh puah!

Ringraziamenti.

Questo è il sesto romanzo che pubblico. I primi tre che ho scritto sono finiti prima in un cassetto, poi in una scatola nascosta e alla fine giustamente in un cestino per la carta. Non posso guardare questo libro senza rivederli tutti, frase dopo frase, parola dopo parola, senza vedere mia madre e mia nonna, entrambe scrittrici, senza vedere mio padre, che mi ha insegnato a non dire a voce alta tutto ciò che volevo dire, senza vedere New York, dove ho imparato a essere tenace e divertente, e a leggere camminando in mezzo a una folla senza andare a sbattere contro nessuno; senza vedere il Sarah Lawrence College, dove ho studiato per diventare un re-filosofo perché pensavo fosse un lavoro vero, senza vedere la Juvenile Rights Division della Legal Aid Society, che invece era un vero lavoro, forse il piú importante di tutti, senza vedere il Writers Grotto a San Francisco, dove ho trovato una comunità di amici artisti, senza vedere Bob DeLaurentis o Warren Littlefield, i miei mentori hollywoodiani, che mi hanno insegnato che puoi avere successo al di là dei tuoi sogni piú folli e restare comunque la versione migliore di te stesso. Non posso guardare questo libro senza vedere la mia agente, Susan Golomb, che – dopo tre romanzi – mi giudica per il mio lavoro e non per le copie che ho venduto, senza vedere Michael Pietsch, il mio editor e editore, che ancora crede che la letteratura debba essere una meritocrazia, dove pubblichi i libri che ami. Scrivo perché leggo. Perché i libri ci possono salvare. Non sarei uno scrittore se all'inizio non avessi avuto delle ispirazioni, senza Don DeLillo o Milan Kundera, Toni Morrison o Kurt Vonnegut, Gabriel García Márquez o Haruki Murakami. Voglio ringraziarli insieme a tutti gli altri scrittori che continuano a ispirarmi e mi spingono a mettermi alla prova. E voglio dire grazie al mio Kyle, la mia ispirazione quotidiana; non ti preoccupare, questi ragazzini cresceranno e prospereranno, anche se magari non sembra cosí evidente. Sarò onesto, non mi è mai piaciuta la pagina dei ringraziamenti nei romanzi. Mi è sempre sembrata troppo personale, gli autori che condividono la loro intimità in modo tanto trasparente, ma adesso che sono piú vecchio sento che è importante. Dobbiamo mostrare la nostra gratitudine a voce alta.

Anche i curricula dovrebbero avere una pagina dei ringraziamenti, dove chi si candida per un lavoro ringrazia tutti quelli che nella vita lo hanno aiutato. Un po' di umiltà non fa male a nessuno. Quindi vi incoraggio tutti a mettervi subito comodi e fare una lista, come quella che ho fatto io qui, di chiunque e qualsiasi cosa vi abbia reso ciò che siete. Ve lo prometto, sarà la cosa piú gratificante che farete oggi. Questo è tutto. Grazie per aver letto il mio libro.

Nota.

La cit. a p. 142 è tratta da K. Vonnegut, *Mattatoio n.5*, trad. di L. Brioschi, Feltrinelli, Milano 2005.

Le cit. a pp. 245-50 sono tratte da E. Gorey, *I piccini di Gashlycrumb*, trad. di M. Codignola, Adelphi, Milano 2013.

La cit. a p. 258 è tratta da G. Thunberg, *La nostra casa è in fiamme*, trad. di S. Canavero, A. Stringhetti e T. Albanese, Mondadori Libri S.p.A., Milano 2020.

La cit. a p. 262 è tratta da *Come Sail Away*. Testo e musica di Dennis De Young. © 1977 Almo Music Corporation/Stygian Songs. Sub-editore per l'Italia: Universal Music Publishing Ricordi Srl. Tutti i diritti riservati per tutti i Paesi.

Le cit. a pp. 313, 314, 316, 317, 322 sono tratte da *Da grande* (*When I Am Older*) tratto da *Frozen II - Il segreto di Arendelle*. Testo originale e musica di Kristen Anderson-Lopez e Robert Lopez. Adattamento del testo italiano di Lorena Brancucci. © 2019 Wonderland Music Company, Inc. Sub-editore per l'Italia: Universal Music Publishing Ricordi Srl. Tutti i diritti riservati per tutti i Paesi. Riprodotto su autorizzazione di Hal Leonard Europe BV (Italy).

La cit. a p. 446 è tratta da D. Lynch e K. McKenna, *Lo spazio dei sogni*, trad. di L. Fusari, Mondadori Libri S.p.A., Milano 2018.

La cit. a p. 465 è tratta da F. Nietzsche, *Al di là del bene e del male*, trad. di F. Masini, Adelphi, Milano 1977.

Le cit. a pp. 467, 468, 470 sono tratte da *Closer*, Words and Music by Trent Reznor. © 1994 Leaving Hope Music, Inc. All Rights Administered by Kobalt Songs Music Publishing. All Rights Reserved. Used by Permission. Reprinted by permission of Hal Leonard Europe Limited (UK).

La cit. a p. 468 è tratta da C. Palahniuk, *Fight Club*, trad. di T. Dobner, Mondadori Libri S.p.A., Milano 2017.

La cit. a p. 469 è tratta da M. Heidegger, *Che cos'è la metafisica*, a cura di F. Volpi, Adelphi, Milano 2001.

La cit. a p. 477 è tratta da I. Kant, *Idee per una storia universale in prospettiva cosmopolitica*, in *Scritti politici*, a cura di N. Bobbio, L. Firpo e V. Mathieu, trad. di G. Solari e G. Vidari, Utet, Milano 2010.

La cit. a p. 536 è tratta da P. Bloom, *Contro l'empatia. Una difesa della razionalità*, trad. di M. Silenzi, Liberilibri, Macerata 2019.

La cit. a p. 537 è tratta da un'intervista di B. Resnick a P. Slovic, *A psychologist explains the limits of human compassion*, in Vox.com, 5 settembre 2017.

Indice

Questo libro è stampato su carta contenente fibre certificate FSC®
e con fibre provenienti da altre fonti controllate.

FSC
www.fsc.org
MISTO
Carta da fonti gestite
in maniera responsabile
FSC® C115118

Stampato per conto della Casa editrice Einaudi
presso ELCOGRAF S.p.A. - Stabilimento di Cles (Tn)
nel mese di novembre 2022

C.L. 25641

Edizione						Anno			
1	2	3	4	5	6	2022	2023	2024	2025